Die Frau in der Literatur

Elizabeth von Arnim

Elizabeth von Arnim

Anna Estcourt

›The Benefactress‹

Roman

Aus dem Englischen übersetzt von
Inge Uffelmann

Mit einem Nachwort von
Annemarie Stoltenberg

Ullstein

Ullstein Buchverlage GmbH
Berlin
Taschenbuchnummer: 30377
Titel der Originalausgabe:
The Benefactress
Aus dem Englischen von
Inge Uffelmann

Deutsche Erstausgabe
2. Auflage Februar 1997

Umschlaggestaltung:
Theodor Bayer-Eynck
Illustration:
Mauritius-Superstock
Portrait of a Lady von Emeline Tarbell

Frontispiz:
Vorlage: Elizabeth von Arnim-Privatarchiv Pöthe

Printed in Germany 1997
Gesamtherstellung:
Ebner Ulm
ISBN 3 548 30377 3

Gedruckt auf alterungsbeständigem
Papier mit chlorfrei gebleichtem
Zellstoff

Die Deutsche Bibliothek
CIP-Einheitsaufnahme

Arnim, Mary A. von:
Anna Estcourt : Roman = The benefactress /
Elizabeth von Arnim. Aus dem Engl. übers. von Inge Uffelmann.
Mit einem Nachw. von Annemarie Stoltenberg. –
Dt. Erstausg., 2. Aufl. – Berlin : Ullstein, 1997
(Ullstein-Buch ; Nr. 30377 : Die Frau in der Literatur)
Einheitssacht.: The benefactress <dt.>
ISBN 3-548-30377-3
NE: GT

1

Anna Estcourt war fünfundzwanzig Jahre alt und quälte sich gerade mit der Frage, ob die angenehmen Seiten des Lebens die unangenehmen auszugleichen in der Lage seien, als etwas Wunderbares geschah.

Anna war ein außerordentlich hübsches Mädchen und hätte das Leben unbeschwert genießen können. Sie hatte ein weiches, etwas unregelmäßiges Gesicht, entzückende Augen, zwei Wangengrübchen, ein angenehmes Lachen, lange und schlanke Glieder. Wahrhaftig hätte Anna das Leben genießen können, statt dessen aber vertrödelte sie ihre Zeit mit närrischen Grübeleien über die Rätsel der menschlichen Existenz, mit jenen nicht zu beantwortenden Fragen nach dem Warum und dem Wozu also, die gemeinhin nur ältere und unansehnlichere Frauen bewegen. Groß sind die Zahl und die Variationsbreite der Motive, die eine Frau veranlassen mögen, derart zu sinnieren, in Annas Fall jedoch war es nichts weiter als die allgegenwärtige Präsenz einer Schwägerin. Diese Schwägerin verfügte über Vermögen – an sich ein angenehmer Umstand –, aber sie war auch sehr offen und frei heraus, und sowohl ihr Ehemann als auch Anna waren ganz und gar von ihr abhängig. Diese Verknüpfung von Reichtum und Direktheit drängten die Schwägerin, immer wieder ermüdende Anspielungen auf die Armut der Estcourts zu machen. Außer, daß diese Andeutungen von schlechtem Geschmack zeugten, belasteten sie den Ehemann nicht, denn er durfte sich bewußt sein, ihr eine vollwertige Gegenleistung zu ihrem Geld geliefert zu haben – hatte er doch einer Person einen Namen gegeben, die zuvor so gut wie keinen gehabt hatte: Er war *Sir* Peter Estcourt aus der Linie der Devonshire Estcourts, sie dagegen war eine Dobbs aus Birmingham. Darüber hinaus war er ein Philosoph, und einen Philosophen kümmert nie irgend etwas. Anna hingegen befand sich in einer weniger angenehmen Situation; sie war keine Philosophin, sie war dünnhäutig, sie hatte nichts zu geben und mußte alles nehmen. Vor allem aber hatte Anna ein unabhängiges Wesen. Ein unabhängiges Wesen jedoch kann der Besitzerin, sofern sie nicht auch über Geld verfügt, gehöriges Ärgernis bereiten.

Als sie noch jünger war und zu einer etwas schwülstigen Ausdrucksweise neigte, sprach Anna gelegentlich davon, daß sie es vorzöge, besenschwingend die Straße zu fegen. Aber ihre Schwägerin Susie wollte vom Straßenkehren nichts hören. Sie steckte Anna in wunderschöne Kleider und führte sie zu Tanzveranstaltungen und Diners aus, denn Anna sollte tun, was alle jungen Mädchen tun. Susie vertrat nämlich die Ansicht, ein reicher, gutsituierter Ehemann bringe sehr viel mehr Befriedigung als die Straßenkehrerei. Außerdem hoffte sie im stillen, ein solcher Ehemann werde ihr die Auslagen ersetzen, die Anna verursacht hatte.

Mit achtzehn war Anna so hübsch, daß das Auftauchen des perfekten Gatten nur noch eine Frage von Tagen sein konnte. Was, dachte Susie, als sie Anna betrachtete, was könnte dieser so heißersehnte Ehemann sich mehr wünschen als eine so bezaubernd schöne Kreatur? Doch aus irgendeinem Grunde erschien der Mann aus Susies Träumen nicht auf der Bildfläche. Zwar hatte es ein oder zwei Jahre gedauert, doch schließlich hatte Anna begriffen, wozu all diese teuren Kleider und Tanzvergnügungen eigentlich dienen sollten. Nachdem sie von Männern, die sie nicht ausstehen konnte, jede Menge Heiratsanträge eingeheimst hatte, verliebte sie sich selbst in einen mittellosen jungen Mann. Dieser war seinerseits besonnen genug gewesen, eine andere zu heiraten, die über Geld verfügte, und Anna zog sich in sich selbst zurück. Kühl und immer entschiedener widersetzte sie sich Susies verzweifelten Plänen, sie unter die Haube zu bringen, und ihren Bewunderern gegenüber ließ sie gelegentlich sogar zynische Bemerkungen fallen. Angesichts solcher untrüglicher Zeichen fortgeschrittenen Alters ergriffen die Freier sofort ängstlich die Flucht, und bald sank die Zahl der Bewerber beträchtlich.

Zu dieser Zeit, Anna war knapp zweiundzwanzig, begann sie

erstmals davon zu faseln, lieber die Straße fegen zu wollen. Susie hatte Anna ernstlich gerüffelt, weil sie die Annäherungsversuche eines alten, reichen, alleinstehenden Herrn nicht mit mehr Eifer begrüßt hatte. Dann hatte Susie auf die Unmengen guten Geldes hingewiesen, die sie während der letzten drei Jahre ausgegeben hatte, und auf die dringende Notwendigkeit, durch eine angemessene Heirat diesen Auslagen nun endlich ein Ende zu bereiten. Statt aber vernünftig zu sein und ruhig über die Dinge zu reden, hatte Anna einer Flut von unausgegorenen Gefühlen freien Lauf gelassen. Sie wisse nur zu gut, was man von ihr erwarte, hatte sie gesagt. Jedem dahergelaufenen Mann solle sie schön tun, vorausgesetzt er habe Geld. Dann hatte sie über die Unerträglichkeit des Lebens geklagt, das zu führen sie verdammt sei, und die demgegenüber ungleich größere Attraktion des Straßenkehrens gepriesen, und zwar als Möglichkeit, sich einen eigenen Lebensunterhalt zu verdienen.

»Was denn, du hast doch nicht mal genug Geld, dir einen Besen zu kaufen«, versetzte Susie verdutzt und ungehalten zugleich. »Und ohne Besen kann man bekanntlich nicht fegen. Ich wünschte, du wärst weniger albern, meine liebe Anna, und dafür ein wenig dankbarer. Die meisten Mädchen würden sich glücklich schätzen, eine solch hervorragende Gelegenheit beim Schopfe ergreifen und eine so gute Partie machen zu können. Du redest eine Menge Zeug von wegen Unabhängigkeit und so. Aber wenn du wirklich eine Chance bekommst, und ich tue eine Menge, um dir dabei zu helfen, dann gerätst du in hellen Zorn und schwafelst davon, die Straße zu fegen! Du könntest wahrhaftig einmal daran denken«, fuhr Susie fort und zuckte nervös mit einer Schulter, »daß es für mich auch kein Zuckerschlecken ist, die Tochter einer anderen unter die Haube zu bringen.«

»Natürlich ist das kein Zuckerschlecken«, erwiderte Anna. An den Kaminsims gelehnt, schaute sie die Schwägerin mit verwundert hochgezogenen Augenbrauen an. »Und du tust mir auch furchtbar leid. Ich wünschte, du wärest nicht so versessen darauf, mich los zu werden. Ich wünschte wirklich, ich könnte dir behilflich sein. Aber weißt du, Susie, du hast mich nichts lernen lassen. Ich kann mich nicht selbständig machen, solange du mir nicht wenigstens einen Besen schenkst und mich mein Glück an der nächsten Straßenecke versuchen läßt. Die Kreuzung unten an der Ecke ist oft besonders dreckig. Was hältst du davon, wenn ich dort anfange?« Was für eine Antwort hätte man auf einen solch blühenden Unsinn geben können?

Als Anna ihr vierundzwanzigstes Lebensjahr erreicht hatte, da waren fast alle anderen Mädchen verheiratet, die mit ihr in die Gesellschaft eingeführt worden waren, und Anna kam es nun vor, als spukte sie durch Ballsäle, in denen sich bereits eine neue Generation tummelte. Da ihr dieses Gefühl unangenehm war, verhärtete sie sich. Sie wurde immer unnahbarer. Sie erfand alle möglichen Ausflüchte, um sich vor den gesellschaftlichen Verpflichtungen zu drücken, die man ihr auferlegte. Zugleich begann sie, sich mit einer beängstigenden Schlichtheit zu kleiden und zu frisieren. Susie war außer sich vor Erbitterung. »Ich begreife überhaupt nicht, warum du so erpicht darauf bist, das Schlechteste aus dir zu machen«, rief sie verärgert, als Anna sich strikt weigerte, ihre Frisur zu ändern.

»Ich habe die Nase voll von diesem Firlefanz«, versetzte Anna. »Weißt du, wie lange es immer gedauert hat, diese Wellen zu legen? Und weißt du, was diese Hilton dabei plappert? Jetzt ist alles in zwei Minuten erledigt, und ich muß mir nicht ihr dummes Gerede anhören.«

»Aber du bist vollkommen unattraktiv«, rief Susie. »Du bist einfach nicht mehr dieselbe. Das einzige, was deine beste Freundin heute noch von dir sagen könnte, wäre: Du siehst sauber aus.«

»Nun, ich habe nichts dagegen, sauber auszusehen«, entgegnete Anna und stolzierte weiterhin mit Haaren durch die Welt, die ordentlich hinter den Ohren zusammengesteckt waren. Zur Belohnung erhielt sie noch vor Ablauf von vierzehn Tagen einen Heiratsantrag von einem Geistlichen.

Peter Estcourt war noch überraschter als seine Frau, daß Anna nicht schon vor Jahren eine gute Partie gemacht hatte. Zugegeben, sie verfügte nicht über Geld, aber sie hatte Schönheit zu bieten, und sie entstammte einer guten Familie. Einen Ehemann zu finden, hätte ihr also wahrhaftig nicht schwerfallen sollen. Er wünschte von ganzem Herzen, daß Anna sich möglichst bald glücklich verheiraten werde, denn er liebte seine Schwester, und er wußte, sie und Susie, mochten sie sich auch noch so große Mühe geben, würden niemals Freundinnen sein. Außerdem sollte jede Frau ihr eigenes Heim haben, einen Ehemann und Kinder. Jedesmal, wenn er an Anna dachte, dachte er genau dies; und wenn er am Ende dieses Gedankenganges angelangt war, dann fühlte er, daß mehr zu tun nicht in seiner Macht stand, und so begann er, über etwas anderes nachzudenken. Durch seine eigene Eheschließung mit Susie – einer Person, von der nie irgend jemand je irgend etwas gehört hatte – waren ungeahnte, tief in seinem Inneren schlummernde philosophische Schätze zum Vorschein gekommen. Vor der Eheschließung war Peter ziemlich arm und sehr glücklich gewesen; aber er liebte Estcourt, und sehenden Auges zu erleben, wie es vor die Hunde ging, war ihm unerträglich. Außerdem liebte er seine kleine Schwester, die damals erst zehn Jahre alt war und die er mit einer guten und gründlichen Ausbildung zu versorgen wünschte. Was aber kann ein Mann in einer solchen Situation tun? Da weit und breit keine reiche, junge Amerikanerin in Sicht war, heiratete er Miss Dobbs aus Birmingham und wurde Philosoph.

Für Susie bedeutete es allerdings einen schweren Schicksalsschlag, daß Peter auf ihre Kosten den Philosophen in sich entdeckte. Sie konnte Philosophen nicht ausstehen; sie begriff ihre stille Art, die Ausgeglichenheit ihres Wesens nicht. Nachdem sie alles erfüllt hatte, was Peter hinsichtlich des Anwesens in Devonshire wünschte, nachdem sie Anna mit jeglichem Luxus in Form von mehreren Gouvernanten ausgestattet und ihrem Ehemann einen Erben geboren hatte, auf den die wiedergewonnenen Familiengüter übergehen würden, glaubte sie, ein Recht darauf zu haben, nun auch ihrerseits ein wenig Vergnügen geboten zu bekommen. Sie erwartete auch ein wenig Dankbarkeit, mußte aber überrascht feststellen, daß sie wenig bis gar keine bekam. Niemand hätte mehr tun können, als sie getan hatte, und doch erhielt sie dafür keine Gegenleistung. Peter ging angeln oder las und war nur mit Mühe von Estcourt wegzubewegen. Anna war natürlich noch zu jung, um dankbar zu sein; sie war einfach da und nahm alles als selbstverständlich hin, und Susie empfand allein schon diese Selbstverständlichkeit als aufreizendes Ärgernis. Sie wollte vorankommen in der Welt, doch niemand half ihr. Sie wollte den Dobbs-Anteil ihrer Person ein für allemal begraben und dafür den Estcourt-Anteil um so blühender entwickeln. Aber der Dobbs-Anteil war natürlich, der Estcourt-Anteil künstlich, und die Dobbsens waren nun einmal eine ausnehmend unattraktive Sippe – gierige, ruhelose, drahtige kleine Frauen und Männer, nur darauf erpicht, so viel zu kriegen, wie sie nur konnten, und alles solange wie möglich zu behalten. Kurz: eine Familie, der es gelungen war, einen schönen Batzen Geld zusammenzuraffen, doch völlige Versager in der Kunst, Freunde zu gewinnen. Susie war noch die Angenehmste von ihnen, und zu Hause hatte man sie immer die Hübsche genannt. Trotzdem war ihr in London alles andere als Erfolg beschieden. Sie schob es auf Peters Gleichgültigkeit und auf sein Zögern, sie seinen Freunden vorzustellen. Tatsächlich war es weder Peters Schuld noch ihre eigene. Es war nicht ihre Schuld, daß sie nicht hübsch war – es hatte niemals einen schönen Menschen in der Familie Dobbs gegeben –, und es war nicht ihre Schuld, daß sie unglücklicherweise so offen und unverblümt war. Nie machte sie einen Hehl daraus, an jeder erstrebenswerten Bekanntschaft fieberhaft interessiert zu sein, in erwünschte Positionen zu gelangen, in heißersehnte Kreise einzudringen. Doch bis zu Annas erstem gesellschaftlichen Auftritt gewährte man Susie nur bei jenen großen Gelegenheiten Zutritt, zu denen sowieso Krethi und Plethi strömten, und die Stunden, die sie dort verbrachte, gehörten durchaus nicht zu den angenehmsten ihres Lebens. Menschen, die zunächst Peter zuliebe ihre Bereitschaft gezeigt hatten, freundlich zu ihr zu sein, machten sich rar, als sie erkannten, daß die Gier, mit der Susie die Aufmerksamkeit der Mächtigeren auf sich zu ziehen wünschte, sie unfähig werden ließ, ihre Gedanken auf die freundlichen Komplimente zu richten, mit denen sich Peters Freunde solche Mühe gaben. In Gesellschaft war Susie zerstreut, nervös, ganz offensichtlich nur von dem brennenden Wunsch besessen, einen dicken Fisch an die Angel zu bekommen. Obwohl sie reich war, war sie doch nicht reich genug in diesem Zeitalter der Millionäre; und nicht ein einziges Mal in ihrer ganzen Laufbahn war ein dicker Fisch dumm genug, sich von ihr angeln zu lassen. Nach einer gewissen Zeit sagten ihr ihre natürliche Gerissenheit und ihr klarer Menschenverstand, daß das einzige an ihr, das gelegentlich eine gewisse Anziehungskraft auf andere ausübte, ihr Geld war. Das Geld hatte ihr Peter eingebracht; das Geld garantierte ihren Kindern eine angenehme Zukunft; das Geld hatte eine Dobbs in eine Estcourt verwandelt; allein durch das Geld war sie an alle wertvollen Gegenstände gekommen, die sie besaß.

Sobald sie das zur Gänze begriffen hatte, maß sie dem bloßen Besitz des Geldes eine ungeheure Bedeutung zu. Sie wurde knauserig. Wann immer es um Ausgaben ging, machte sie Schwierigkeiten, die Peter viel Pein verursachten. Nicht, daß er jetzt, nachdem Estcourt in seinem alten Glanz wiedererstanden und für den Jungen gerettet war, ihr Geld für sich hätte haben wollen; nein, es war ganz einfach so, daß Peter Knickerigkeit in Gelddingen bei einer Frau nicht begreifen konnte – er empfand sie als abstoßend, als unweiblich, als völligen Gegensatz zu seinem Idealbild von der weiblichen Natur. Er entzog sich, ohne auch nur eine Andeutung über Annas Ausbildung oder andere häusliche Arrangements fallenzulassen; alles, was unternommen wurde, geschah auf Susies Anweisung hin. Peter verbrachte mehr und mehr Zeit in Devonshire, vergrub sich immer tiefer in seine Philosophie; wenn er tatsächlich einmal mit seiner Frau sprach, dann beschränkte er sich in der Konversation auf die Sprache abstrakter Weisheit.

Das traf Susie hart. Da sie für abstrakte Weisheit nichts übrig hatte, führte sie ein Leben, wie man es sich einsamer kaum vorstellen kann. Peter ging ihr aus dem Weg, Anna hüllte sich immer wieder in lang anhaltendes, eisiges Schweigen. In solchen Zeiten dachte Susie voll sehnsuchtsvollem Bedauern an die fröhlichen Tage im Hause Dobbs zurück, an den offenen und sympathisch vulgären Umgangston, den man dort pflegte. Als Anna ihr achtzehntes Lebensjahr erreichte, schien es für eine kurze Zeit so, als könnte Susies Lage sich in ihrem Sinne verbessern. Türen, die seit ihrer Eheschließung mit Peter hermetisch verschlossen geblieben waren, öffneten sich plötzlich weit, als sie mit einer derart hübschen Debütantin unter ihren Fittichen erschien, und Susie konnte den Widerschein von Annas ruhmvollen kleinen Triumphen genüßlich auskosten. Und dann veränderte sich Anna ohne ersichtlichen Grund plötzlich in dieser merkwürdigen Weise und enttäuschte die Erwartungen aller so bitter. Nie ermunterte sie den richtigen Mann, nie tat sie, worum man sie bat, in höchst ärgerlicher Weise war sie nachlässig in allen Dingen von lebenswichtiger Bedeutung, ja, sie zeigte erste Anzeichen, in jener philosophischen Haltung zu erstarren, in der auch Peter sich gefiel. Ihre Mutter war eine Deutsche gewesen – Kammerfrau einer der deutschen Prinzessinnen; ihr Vater war ihr begegnet und hatte sie geheiratet, während seiner Zeit als Sekretär der englischen Botschaft in St. Petersburg. Und Susie, die von deutscher Philosophie und deutscher Sturheit gehört hatte und beides aus tiefstem Herzen verachtete, zog daraus den messerscharfen Schluß, der deutsche Anteil in Ehemann und Schwägerin müsse für alles verantwortlich sein, was sie an Anna und Peter nicht begreifen konnte. Manchmal, wenn Peter sich noch nachdenklicher und unnahbarer gab als sonst, neckte sie ihn und nannte ihn Herr Schopenhauer. Das freilich führte unweigerlich dazu, daß er in ein wochenlanges Schweigen verfiel, denn nicht nur konnte er seine Frau am wenigsten leiden, wenn sie sich nekkisch gab, er hatte tatsächlich auch fast alle Werke Schopenhauers gründlich gelesen und war sich auf beunruhigende Weise bewußt, daß ihm das nicht gutgetan hatte. Während Peter in Estcourt angeln ging und dabei über die Vergeblichkeit allen menschlichen Strebens meditierte, hielt Anna, von seltenen Ausnahmen abgesehen, sich da auf, wo Susie sich aufhielt, und Susie hielt sich prinzipiell da auf, wo es gerade Mode war, sich aufzuhalten. Für ein oder zwei Wochen im Sommer, für ein oder zwei Tage über Ostern fuhren sie nach Devonshire. Anna wandelte dann nach Herzenslust durch das alte Haus oder machte Spaziergänge auf dem weitläufigen Grundstück und empfand jedesmal aufs neue, daß ihr beides in seinem früheren, verfallenen Zustand besser gefallen hatte, so, wie sie Haus und Garten als Kind gekannt hatte, als ihre Mutter noch dort lebte und glücklich gewesen war. Jetzt war drinnen und draußen alles auf eine aggressive Art schmuck und adrett. Susies Geld und Susies Geschmack hatten alle Weichheit und alle Romantik weggewaschen. Anna war jedesmal froh, Estcourt wieder verlassen zu können, nach Marienbad zu reisen oder an einen der anderen Orte, an dem sich die Blaublütigen gerade zu treffen pflegten, denn Susie hegte eine leidenschaftliche Passion für den Adel. Aber was war das für ein Leben, Jahr um Jahr mit Susie unterwegs zu sein! London, Devonshire, Marienbad, Schottland und wieder zurück nach London – immer auf geduldigen Füßen den nichtsahnenden Fürstlichkeiten hinterhereilend, traf man immer dieselben Leute, hörte immer dieselbe Musik, redete immer dasselbe, aß immer die gleichen Speisen. Würde denn niemals jemand eine neue Speise erfinden? Was für eine unaussprechliche Langeweile, Tag für Tag jeden Morgen die Row auf und ab zu fahren, die unsäglichen Stunden, die man damit zubrachte, Kleider zu probieren und Einkäufe zu erledigen, der Überdruß beim Anblick all der neuen Bilder, und all die Konzerte und all die Opern, die von Jahr zu Jahr unerträglicher zu werden schienen, je mehr sich die Kritikfähigkeit ihrer Augen und Ohren entwickelte. Zum Schluß kannte Anna jeden einzelnen Ton der sich immer wiederholenden Opern und Konzerte, und jede einzelne Note schien ihr für sich auf die Nerven zu gehen. Und dann die Menschen, die sie kennenlernten – ihre nicht endende Gleichartigkeit, die Zufriedenheit, mit der sie immer und ewig die immergleichen Runden drehten. Wenn sie in der offenen Kutsche mit Susie durch den Park spazierenfuhr, wobei keine von beiden ein Wort sprach, dann beobachtete Anna die Gesichter der Menschen in den anderen Wagen – fast lauter Bekannte –, um zu sehen, ob sich in ihnen eine Spur von Fröhlichkeit entdecken ließe. Aber nie entdeckte sie ein munteres Gesicht darunter. Jedes Gesicht drückte die blanke, pure Langeweile aus. Gelangweilt oder verärgert sahen sie aus, kaum jemand war in ein Gespräch mit der ihn begleitenden Person vertieft. Ihre Bekannten fuhren jeden Tag auf den gleichen Wegen wie sie und Susie, genauso schweigend, genauso angeödet. Ein paar wenige außergewöhnlich schöne oder außergewöhnlich kluge oder außerordentlich junge Menschen schienen das Leben angenehm zu finden und schauten glücklich drein, diese jedoch wichen Susie aus. Susies Umgebung bestand aus den Dumpfen und aus den Banalen; alle interessanten, alle amüsanten Menschen wandten ihr den Rücken zu.

Dies also waren die Umstände, die Anna dazu trieben, jedesmal, wenn sie sich außerhalb der Reichweite von Susies Stimme aufhielt, über die Probleme des Lebens nachzudenken.

Diese entwürdigende Abhängigkeit von Susie empörte sie zutiefst, doch genauso ärgerte sie sich über die Tatsache, daß es aus dieser Abhängigkeit nur einen einzigen Ausweg gab – die Heirat. So wies sie jeden Heiratsantrag sogleich mit einer Heftigkeit zurück, die die unglücklichen Freier erstaunte und verprellte; danach verbrachte sie Tage und Nächte in größter Qual, weil sie den Antrag abgewiesen hatte, obwohl Susie sie doch so inständig gedrängt hatte, ihn anzunehmen, und auch wegen eines unendlichen Mitleids mit Susie, das ihr schier das Herz abschnürte.

Wie konnte Peter so seelenruhig auf Susies Kosten leben und ihr zugleich mit solch absolutem Mangel an jeglicher Zärtlichkeit und Zuwendung begegnen? Annas Liebe zu ihrem Bruder verringerte sich in dem Maße, wie ihr Verständnis für Susies Leben wuchs. Es war so ein armseliges kleines Leben voll von Katzbukkelei und Schöntuerei. Und doch, wie heroisch lächelte Susie angesichts jeglicher Mißhandlung. Niemand interessierte sich auch nur im geringsten für Susie. Sie hatte Hunderte von Bekannten, die sich an ihren Diners gütlich taten und dann weggingen, um sich hinter ihrem Rücken über sie lustig zu machen, doch sie hatte keinen einzigen Freund. Ihr Ehemann ließ sich von ihr aushalten und sprach kaum ein Wort mit ihr. Ihr Junge in Eton, ein bemerkenswert selbstgefälliger und hochnäsiger

Mensch, schaute voll Verachtung auf sie herab. Ihre Tochter dachte nicht einmal im Traum daran, ihr je zu gehorchen. Und Anna, getrieben von einem starrsinnigen Anspruchsdenken, das keine ihrer Altersgenossinnen zu kennen schien, war unfähig, das eine und einzige zu tun, was Susie sich von ihr erwünschte: endlich zu heiraten und sich so selbst aus dem Weg zu räumen. Was, wenn Susie keine vulgäre kleine Person ohne Bildung und Familie gewesen wäre? Nun, es hätte den Estcourts auch dann nicht mehr zur Ehre gereicht, alles zu nehmen, was sie bekommen konnten, von ihrer Person aber keine Notiz zu nehmen. Schließlich und endlich war es Susie, die alle Rechnungen bezahlte. Anna bedauerte sie aus tiefstem Herzen: So ein hilfloses, kleines Frauchen, aus ihrer natürlichen Umgebung gerissen, zitternd und frierend allein gelassen ohne auch nur einen Funken Liebe, der sie trösten oder wärmen könnte.

Doch nur, wenn sie weit weg war von Susie, empfand Anna so. War sie hingegen mit ihrer Schwägerin zusammen, verhielt sie sich genauso kalt, abweisend und schweigend wie Peter.

Wann immer sich die Gelegenheit dazu bot, entfloh Anna und besuchte die Nachmittagsandacht in der St. Paul's Kathedrale. Es war der einzige Ort, an dem das Schlechte in ihr beruhigende Ruhe fand und so dem Guten erlaubte, in Frieden zu bestehen. Die anheimelnde Atmosphäre des großen Raumes, in dem sie niemals einem Bekannten begegnete, die Schönheit der Musik, die Gravität der Gottesdienste, die täglich in immergleicher Perfektion den armen Teufeln geboten wurde, die sich entschlossen, eine Stunde lang der Hektik des Lebens den Rücken zu kehren, all dies half Anna, die Leiden ihres Daseins zu mildern. Und es erfüllte ihr Herz mit Sanftmut gegenüber den Unglücklichen und all denen, die nicht wußten, daß sie unglücklich waren, und gegenüber all jenen, die ihr wertvolles Leben damit vergeudeten, elend und unglücklich zu sein, während sie doch hätten glücklich sein können. Wie wenig braucht es doch, dachte sie dann (denn sie war jung und voller Phantasie), um die Sorgen und Nöte der Menschen in Glück und Zufriedenheit zu verkehren.

Eine winzige Veränderung in ihrem Verhalten und in ihren

Vorstellungen hätte Susie glücklich machen können; eine winzige Veränderung in Peters Gewohnheiten hätte aus Susie eine strahlende Frau machen können. Aber blind lebten sie alle weiter dahin, jeder Tag ein Tag der Leere, jeder einzelne dieser wertvollen Tage, die so reich bestückt waren mit Möglichkeiten und unbeachteten Segnungen. Wie rasch würde das Leben hinter ihnen liegen, und alle Chancen wären dann für immer dahin.

Die Welt ist ein furchtbarer Ort, voll von unglücklichen Menschen, dachte sie und blickte mit unglücklichen Augen in die Welt hinaus. Jeder ist für sich allein, und da ist niemand, der ihn trösten kann. Jeder schleppt eine größere Bürde, als er zu tragen vermag, und da ist niemand, der ihm hilft. Ach, wenn ich nur könnte, allen, die mühselig und beladen und traurig sind, würde ich mit Rat und Trost zur Seite stehen – oh, wenn ich nur könnte!

Und sie träumte von all dem Guten, das sie tun würde, wäre sie an Susies Stelle – reich und frei von allen Einmischungen. Sie würde den weniger Glücklichen helfen, ebenfalls zufrieden zu sein. Da sie aber alles andere als reich und frei war, schüttelte sie die Träume ab und faßte statt dessen zahllose gute Vorsätze – Vorsätze, die sich meist um ihr zukünftiges Verhalten gegen Susie drehten. Und sie kam aus der Kirche, erfüllt von dem festen Entschluß, von nun an zu Susie freundlich und liebevoll zu sein. Doch wenn sie nach Hause zurückkam, war das erste Wort, das Susie an sie richtete, so kratzbürstig, daß Anna alle guten Vorsätze in den Wind schlug und entweder mit Widerreden reagierte, die sie später bitter bereute, oder in ihrem bekannten Zustand kalter Abgehobenheit erstarrte.

Wenn Susie geahnt hätte, welch großes Mitleid Anna im stillen für sie empfand, wenn sie gewußt hätte, daß sie die Person war, derentwegen Anna nachmittags gute Vorsätze faßte, ja daß sie in Annas Augen längst schon zu dem Kreuz geworden war, das mit Heroenmut zu tragen man verurteilt ist, Susie wäre wohl sehr aufgebracht und empört gewesen. Denn andere Menschen zu bemitleiden oder selbst bemitleidet zu werden, das sind zwei ganz und gar verschiedene Dinge. Das eine ist beruhigend und süß, das andere ist ärgerlich, ja, es kann einen – je nach Temperament und Gemütslage – regelrecht wütend machen. Susie jedoch kam gar nicht erst auf die Idee, daß irgend jemand Mitleid für sie empfinden könne, und wenn Anna, bevor sie nach einem in Gesellschaft verbrachten Abend zu Bett ging, die Arme um sie legte und sie unverhältnismäßig zärtlich auf die Wange küßte, dann zeigte sie ihre Überraschung ganz unverhohlen. »Na hör mal, was ist denn los?« fragte sie dann beispielsweise. »Wieder eine von deinen Anwandlungen, was?« Denn sie konnte nicht wissen, wie tief Anna von den gemeinen Bemerkungen und Sticheleien betroffen war, die Susie hatte einstecken müssen. Wie sollte sie auch? Susie war an diese bissigen Boshaftigkeiten schon so gewöhnt, daß sie sie kaum noch zur Kenntnis nahm.

Anna war fünfundzwanzig Jahre alt, und ihr Leib quälte sich, so zu sein und sich so zu verhalten, wie Susie es wünschte, und ihre Seele quälte sich mit den nicht zu beantwortenden Fragen nach dem Wie und Warum ihrer ziellosen und nutzlosen Existenz, als jenes wundervolle Ereignis eintrat, das dieses ganze Leben mit einem Schlag veränderte.

2

Anna hatte einen deutschen Verwandten, den Bruder ihrer Mutter, der Susie als Onkel Joachim bekannt war. Zweimal war dieser Onkel bereits in England zu Besuch gewesen, das erste Mal zu Lebzeiten seiner Schwester, als Anna noch klein und Peter noch unverheiratet war. Damals waren sie alle arm, aber glücklich miteinander gewesen dort in Estcourt. Bei seinem zweiten Besuch war Susie bereits längst in die Familie eingeführt, und Anna fing gerade an, bockig zu werden und die Haare glatt hinter den Ohren zusammenzufassen.

Susie wußte alles über den Onkel, denn sie hatte sich, sobald sie von seiner Existenz erfuhr, mit der ihr eigenen Unverblümtheit nach ihm erkundigt. Vor allem wollte sie wissen, ob er Anna und Peter bei seinem Tode etwas vermachen werde, und als sie erfuhr, daß er einen ganzen Stall voll Söhne, viele Güter und keinen Pfennig Bargeld habe, da empfand Susie es als eine ungeheuerliche Zumutung, ihn in ihrem Haus in London beherbergen zu müssen. Sie hegte gegenüber allen Deutschen Vorbehalte, und insbesondere diesen hielt sie für einen schrecklichen alten Mann. So wurde sie es denn auch nicht müde, seine Kleidung und seine ihr merkwürdig scheinenden Tischmanieren mit ihren Kommentaren lächerlich zu machen. Es fuchste sie, daß er bei ihnen in Hill Street wohnte, und solange er in London weilte, weigerte sie sich, Gesellschaften zu geben. Mehrmals fragte sie ihn mit Nachdruck, ob er nicht lieber nach Estcourt weiterreisen wolle; auf dem Lande sei es zu dieser Jahreszeit besonders schön, betonte sie, denn die Primeln stünden jetzt in voller Blüte.

»Was soll ich mit Primeln?« fragte Onkel Joachim, der selten viele Worte machte. »Ich lebe selber auf dem Lande. Jetzt will ich London besichtigen.«

Und fleißig besuchte er alle Museen und Galerien, manchmal allein und manchmal in Annas Begleitung, die um seinetwillen ihre gesellschaftlichen Verpflichtungen mehr denn je vernachlässigte, denn sie liebte den Onkel.

Sie sprachen hauptsächlich Deutsch miteinander, wobei Onkel Joachim Annas Fehler vorsichtig berichtigte. Und während sie bescheiden mit den Omnibussen fuhren, um die verschiedenen Sehenswürdigkeiten zu erreichen, und zu denjenigen, zu denen keine Busse fuhren, zu Fuß gingen und während sie zu Mittag in einer Bäckerei rasch ein Rosinenbrötchen verspeisten – denn Onkel Joachim fürchtete nicht nur die Fahrt im *Hansom**, er war auch ausgesprochen sparsam –, lockte er Anna aus der Reserve, sagte selbst wenig, wußte aber bald genausoviel über ihr Leben, ihre Gemütsunruhen und ihre Schwierigkeiten wie sie selbst.

Anna war sehr glücklich über seinen Besuch und gestand sich selbst ein, daß schließlich und endlich Blut doch dicker sei als

* Hansom: zweirädrige englische Kutsche (Anm. d. Ü.)

Wasser. Sie machte sich nicht die Mühe, den Gedanken weiter auszuspinnen, doch hatte sie das vage Gefühl, daß Susie wohl das Wasser darstellte. Es war ihr, als ob Onkel Joachim sie besser verstünde als je ein anderer Mensch zuvor; und war das nicht ganz natürlich? Schließlich war er doch der Bruder ihrer verstorbenen Mutter. Erst nachdem sie ihn einmal zur Andacht in die St. Paul's Kathedrale mitgenommen hatte, stieg ein leiser Verdacht in ihr auf, daß es möglicherweise Punkte geben könne, an denen ihre Geister sich schieden. Während die anderen Andachtsbesucher sich erhoben oder niederknieten, war Onkel Joachim in der Kirchenbank sitzengeblieben; doch an diesem liberalen Ort, an dem niemand das Maß der Frömmigkeit des Nachbarn beachtete, spielte das keine Rolle. Als dann die Hymne angestimmt wurde – eine jener unbegleiteten Hymnen, vorgetragen allein mit Stimmen, die ohne Frage Engelsstimmen sind –, da war er eingeschlafen. Und beim Verlassen des Gotteshauses, als eine Fuge im widerhallenden Kirchenschiff wie ein ruhmreiches Konvolut durch den Raum rollte, da spürte Anna, die diese Fugen als Durcheinander des sich brechenden Widerhalls liebte, wie ihr Geist ergriffen und in den Himmel emporgetragen wurde. Der Onkel aber betrachtete ihr verzücktes Gesicht und ihre feuchten Wimpern mit nüchternem Blick, tätschelte freundlich ihre Hand und sagte aufmunternd: »Als ich noch so jung war wie du, da habe ich mir auch Bach angehört. Jetzt höre ich mir lieber das Quieken der Schweine an. Quiekende Schweine sind besser.«

Annas Mutter war seine einzige Schwester gewesen, und er war über den Kanal gekommen, nicht, wie er Susie versicherte, um London zu sehen, sondern um Susie selbst in Augenschein zu nehmen und um zu erfahren, wie es hatte geschehen können, daß Anna, ohne geheiratet zu haben, jenes Alter erreicht hatte, in dem man in Deutschland eine unverheiratete Frau eine alte Jungfer nennt. Nachdem er zwei Abende in der Wohnung in der Hill Street zugebracht hatte, stand seine Meinung über seinen Neffen und dessen Gemahlin unumstößlich für den Rest seines Lebens fest: »Der gute Peter«, sagte er unvermittelt, als er mit Anna durch das Labyrinth von Hampton Court wandelte – denn er absolvierte getreulich das gesamte in seinem Baedeker vorgeschlagene Programm –, »der gute Peter ist man bloß ein Quatschkopf«.

»Ein Quatschkopf?« echote Anna, deren etwas verschüttete Kenntnis der Muttersprache sich nicht bis auf die Seitenpfade der umgangssprachlichen Schmähungen erstreckte. »Was um alles in der Welt ist denn ein Quatschkopf?«

»Ein Quatschkopf ist ein *twaddler**«, erklärte Onkel Joachim, »und genau das ist der gute Peter.«

»Ich glaube gar, du beschimpfst ihn!« rief Anna aus und hakte sich bei ihm unter. Zu dieser Zeit waren sie noch immer gute Freunde, wenn auch keine verwandten Geister mehr.

Onkel Joachim antwortete nicht sofort. Sie hatten die Öffnung in der Mitte des Irrgartens erreicht, und er setzte sich auf die Bank, um Atem zu schöpfen und sich die Stirn abzuwischen, denn obgleich ein kalter Wind wehte, stach die Sonne doch mächtig. »Gott, was man alles durchmacht auf Reisen!« seufzte Onkel Joachim und stopfte sein Schnupftuch wieder in die Tasche. Er blickte zu Anna auf, die, auf ihren Sonnenschirm gestützt, vor ihm stand. »Unter einem Quatschkopf verstehe ich einen närrischen Kerl, der dumm genug ist, eine Frau wie diese Susie zu heiraten.«

»Ach ja, die arme Susie!« rief Anna aus, sofort bereit, sie zu verteidigen, denn sie war voll der freundlichen Gefühle, die der Abstand zu ihr immer hervorrief. »Peter hat sehr vernünftig gehandelt, als er sie heiratete. Ich glaube aber, daß Susie eine Dummheit beging, als sie Peter heiratete!«

»Er ist ein Quatschkopf«, beharrte Onkel Joachim auf seinem Standpunkt, »und die geborene Dobbs ist eine vulgäre Person, die leider nicht reich genug ist.«

»Nicht reich genug? Na, hör mal, sie erstickt uns alle mit ihrem Geld. Wir hören von nichts anderem. Es wäre unerträglich, wenn sie noch mehr hätte.«

---

* twaddler: Schwätzer, Faselhans (Anm. d. Ü.)

»Nicht reich genug«, insistierte Onkel Joachim, stülpte die Lippen mit dem Ausdruck größter Mißachtung vor und schüttelte verächtlich den Kopf. »Solch eine Frau müßte Millionen besitzen. Und zwar nicht an Mark, sondern an Pfund Sterling. Da es ihr daran fehlt, hätte ein Mann von hoher Geburt sie seinen Kindern nicht als Mutter zumuten dürfen. Genau das aber hat Peter getan. Er ist ein Quatschkopf.«

»Es ist eine große Gnade, daß sie keine Millionärin ist«, versetzte Anna, von dem bloßen Gedanken angeekelt. »Es wäre genau dasselbe wie jetzt, nur müßten wir uns noch mehr Gerede über Geld anhören. Das bloße Wort Geld ist mir verhaßt.«

»Unsinn. Geld ist sehr gut.«

»Aber nicht, wenn es einem anderen gehört.«

»Das ist richtig«, stimmte Onkel Joachim ihr zu, »das eigene Geld ist das einzige, das ein angenehmes Gefühl hervorruft.« Und dann setzte er urplötzlich hinzu: »Sag mal, wie kommt's eigentlich, daß du nicht verheiratet bist?«

Anna runzelte die Stirn. »Jetzt redest du genauso wie Susie«, sagte sie.

»Ach – fragt sie dich das auch oft?«

»Ja. Oder vielmehr nicht genauso. Sie behauptet, sie wisse, warum ich nicht verheiratet sei.«

»Ah, und was weiß sie?«

»Sie sagt, ich würde alle in die Flucht jagen«, murmelte Anna und bohrte die Spitze ihres Parasols in den Boden. Dann blickte sie Onkel Joachim an und lachte.

»Was?« rief er ungläubig. Diese wunderschöne kleine Kreatur, die da vor ihm stand, so zart und jung – denn daß sie schon fünfundzwanzig Lenze zählte, war schier nicht zu glauben –, dieses süße Dinge konnte doch nun wahrhaftig nichts anderes als liebenswert sein.

»Sie sagt, ich sei den Leuten nicht angenehm, ich würde böse schauen, würde sie nicht genügend ermutigen. Aber ich bitte dich, ist es nicht entsetzlich, daß ich jeden dahergelaufenen Mann ermutigen soll, bloß weil er Geld hat? Ich will nicht, daß irgendjemand mich heiratet. Ich will mir meine Unabhängigkeit nicht auf diese Weise kaufen. Abgesehen davon, daß das ja auch gar keine Unabhängigkeit wäre.«

»Für eine Frau ist das das einzig mögliche Leben«, entgegnete Onkel Joachim mit äußerster Entschiedenheit. »Sprich du mir nicht von Unabhängigkeit. Solche Worte sind nicht für die Lippen kleiner Mädchen gemacht. Es ist der Stolz einer jeden Frau, sich an die Schulter eines guten Ehemannes zu lehnen. Es ist ihre Freude, von ihm beschirmt und beschützt zu werden. Außerhalb des kleinen Kreises ihres trauten Heimes gibt es für sie keine Erfüllung. Die Frau, die niemals heiratet, hat alles verpaßt.«

»Das glaube ich nicht!« erwiderte Anna fest.

»Und dennoch ist es wahr.«

»Aber schau dir doch Susie an – ist sie vielleicht glücklich?«

»Ich sagte, ein *guter* Ehemann, von einem Faselhans habe ich nicht gesprochen.«

»Und was den kleinen Kreis anlangt, was glaubst du, wie glücklich, wie überglücklich ich außerhalb desselben sein könnte, wenn ich nur unabhängig wäre!«

»Unabhängig – unabhängig«, wiederholte Onkel Joachim gereizt. »Immer wieder höre ich dieses alberne Wort. Was hast du bloß in deinem Kopf, Kind? Dieses hübsche kleine Frauenköpfchen, das nur zu einem Zwecke geschaffen ist, sich an die Schulter eines starken Mannes anzulehnen.«

»Ach was – eines starken Mannes Schulter«, sagte Anna und zog die eigenen hoch. »Ich will mich an niemandes Schulter anlehnen, ich will meinen Kopf aufrecht auf meinen eigenen Schultern tragen, ganz allein. Bewunderst du etwa lahme Frauen, lieber Onkel, deren Köpfe kraftlos hin und her baumeln, bis endlich ein Mann kommt, der diesen Kopf hält und stützt?«

»Das sind englische Ideen. Sie behagen mir ganz und gar nicht«, schnauzte der Onkel und blickte starr vor sich hin.

Anna setzte sich neben ihn auf die Bank und drückte ihre Wange einen Augenblick lang gegen seinen Ärmel. »Dies ist die einzige Schulter eines guten Mannes, an den dieser Kopf sich je lehnen wird«, schmeichelte sie. »Wenn ich ein Prediger wäre, weißt du, was ich dann predigen würde?«

»Du bist kein Prediger, und niemals wirst du einer werden.«

»Aber wenn ich einer wäre? Weißt du, was ich predigen würde? Früh und spät und zu jeder Jahreszeit?«

»Ohne Zweifel jede Menge Blödsinn.«

»Ich würde die Unabhängigkeit predigen. Nur und ausschließlich. Es wären Andachten nur allein für Frauen, und es wären Warnungen vor Stützen.«

Sie setzte sich auf und schaute ihn aus dem Augenwinkel an, er aber starrte weiterhin eisig geradeaus.

»Ich würde mit der flachen Hand auf das Kanzelpolster schlagen und in emphatischer Rede nur eines propagieren: ›Seid unabhängig, unabhängig, unabhängig. Redet nicht soviel, handelt lieber. Geht euren eigenen Weg und laßt den Nachbarn den seinen gehen. Mischt euch nicht in die Angelegenheiten anderer Leute, wenn ihr vollauf damit beschäftigt seid, euch um euren eigenen Kram zu sorgen. Werft alle Stützen und Krücken von euch . . .‹«

»Anna, du faselst blühenden Unsinn.«

»›. . . werft sie von euch, die Krücken, die Tradition und Autorität euch aufgeschwatzt haben; bewegt euch alleine vorwärts. Krabbelt, stolpert, schwankt, doch bewegt euch allein voran. Kein Mensch lernt laufen, ohne zu fallen, ohne sich zu stoßen, ohne sich die Knie aufzuschlagen; doch solange ihr euch auf Krücken stützt, werdet ihr nie laufen lernen!‹ Oh«, sagte sie mit Inbrunst und schaute zum Himmel empor, »es gibt nichts, nichts Besseres, als seine Krücken von sich zu werfen!«

»Noch nie zuvor«, grummelte Onkel Joachim, nun seinerseits ebenfalls die Augen zum Himmel richtend, »habe ich ein Mädchen gesehen, das der Führung durch einen guten Mann dringender bedurft hätte als du. Hast du denn niemals geliebt, mein Kind?« Bei diesen letzten Worten wandte er ihr plötzlich das Gesicht zu.

»Aber ja doch!« rief Anna sofort. Warum, wenn Onkel Joachim sie so ohne Umschweife fragte, sollte sie nicht ebenso frei von der Leber weg antworten?

»Ja, aber . . .?«

»Er ging und heiratete eine andere. Ich hatte kein Geld, und sie hatte eine ganze Menge. Daran kannst du sehen, daß es sich um einen sehr vernünftigen jungen Mann handelte.« Und sie lachte glockenhell, denn längst schon war sie nur noch amüsiert von der Erinnerung an diesen fernen Ausflug in die steinigen Gefilde der Liebe.

»Das«, sagte Onkel Joachim fest, »war keine wahre Liebe.«

»Und ob es das war.«

»Nein. Über eine Liebe lacht man nicht.«

»Aber es war alles, was ich hatte. Es ist nichts anderes mehr übrig. Es war sehr schlimm, solange es andauerte, ich brauchte mindestens zwei Jahre, um darüber hinwegzukommen. Was habe ich nicht alles angestellt, um diesem jungen Mann zu gefallen und in seinen Augen liebenswert zu erscheinen. Die Stunden, die ich damit zugebracht habe, mich herauszuputzen und mir die Haare schön zurechtzumachen. Die größten Qualen hatte ich durchzustehen, wenn ich nicht so hübsch aussah, wie ich dachte, daß ich aussehen könnte. Eine Zofe nach der anderen habe ich entlassen. Und Ränke habe ich geschmiedet, bloß um an Orte zu gelangen, wo er sich ebenfalls aufhalten würde. Niemals vorher oder nachher war ich so durchtrieben und verschlagen. Die arme Susie war völlig hilflos. Es ist ein großes Glück, daß die Geschichte so ausging.«

»Das«, wiederholte Onkel Joachim, »war keine wahre Liebe.«

»Und doch war es das!«

»Nein, mein Kind.«

»Doch, mein Onkel. Heute kann ich darüber lachen, doch damals war es eine schreckliche Zeit.«

»Du bist nur ein dummes Gänschen«, sagte er und zuckte die Achseln. Doch dann tätschelte er ihr gleich freundlich die Hand, damit sie sich von der Bemerkung nicht verletzt fühle. Und, indem er sich weiteren Argumenten verschloß, verlangte er, nun zum Great Vine gebracht zu werden.

Auf diese Art und Weise, indem er Anna zum Reden brachte und selbst nur kurze Kommentare einstreute, gelang es ihm, sie so gründlich kennenzulernen, als hätte er sein ganzes Leben mit ihr verbracht.

Wenige Tage nach ihrem Ausflug nach Hampton Court kam ein Brief, der ihn zur Abreise drängte, was Susie mit schlecht verhohlener Erleichterung zur Kenntnis nahm.

»Meine *swines are* nämlich *sick*«, erklärte er Susie in großer Erregung, durch die sein ohnehin dürftiges Englisch ganz und gar durcheinandergeriet. »Mein Inspektor schreibt mir, daß die Schweine *perpetually* sterben. Gott behüte dich, Anna!« Er umarmte sie sehr zärtlich, beugte sich hastig über Susies Hand, murmelte ein paar Höflichkeitsfloskeln, und in einer vierrädrigen Droschke entschwand er aus ihrem Leben. Sie sahen ihn nie wieder.

»Meine *swines are* nämlich *sick*, sie sterben *perpetually* –«, äffte Susie ihn nach, als Anna, die deutlich spürte, daß sie soeben ihren einzigen Freund verloren hatte, ins Zimmer zurückkam. »Meinen *Scheinehunden* ist nämlich *übel*, sie sterben *ununterbrochen* – ts!«

Anna mußte in die Kirche eilen und lange und sehr inbrünstig beten, ehe sie in der Lage war, Susie zu vergeben.

3

Der alte Mann verstarb an Weihnachten. Im darauffolgenden März, als Anna trauriger und teilnahmsloser denn je war, traf die Nachricht ein, der Onkel habe Jahre vor seinem Tod ein weiteres kleines Landgut erworben, auf dem er eigentlich seinen Lebensabend habe verbringen wollen, und obgleich seine anderen Güter natürlich an seine Söhne gingen, wolle er dieses kleine Anwesen seiner lieben und einzigen Nichte Anna vermachen.

Anna war allein, als die Briefe ankamen, die diese Nachrichten enthielten. Ein Buch in Händen, saß sie im Salon; aber sie fühlte sich so niedergeschlagen, die Welt war ihr so gleichgültig, daß sie nicht in das Buch schaute. Viel zu hoffnungslos, um noch irgend etwas zu wollen oder zu erwarten, akzeptierte Anna ihr Schicksal, das aus einer endlosen Folge von Tagen wie diesem bestehen würde, Tage, allein damit zugebracht, nutzlos zu sein, mit nichts weiter beschäftigt als älter zu werden und sich selber einzureden, all dies sei ihr völlig egal. Was macht es schon, solange ich ein gemütliches Bett habe und ein Feuer, wenn mir kalt ist, und etwas zu essen, wenn mich hungert? dachte sie bei sich. All dies nicht zu haben, das ist das wahre Elend. Alles andere ist reine Phantasterei. Welches Recht hätte ich, glücklicher zu sein als andere Menschen? Wenn sie mit diesen Dingen zufrieden sein können, dann kann ich es auch. Und was auch sollte eine unnütze Person wie ich Besseres verdienen? Es war verachtenswert undankbar von mir, die ganze Zeit unglücklich gewesen zu sein.

Ziellos stand sie auf und blickte aus dem Fenster. Gerade wirbelte eine heftige Märzböe in der sonnenbeschienenen Straße den Staub auf, und die Frauen, die an der Straßenecke standen und Osterglocken verkauften, mußten sich noch kräftiger als sonst gegen den Wind stemmen, und ihre Augen waren noch röter als gewöhnlich. In den Augenblicken, in denen ihr ganzer Körper von dem heftigen Verlangen ergriffen war, hinauszugehen, und ehe es ganz und gar zu spät dazu wäre, noch irgend etwas zu tun, was ihre Existenz rechtfertigen konnte, hatte Anna diese armen Frauen oft beneidet, weil sie einer Arbeit nachgingen. Jetzt überkam sie ob dieses Wahns ein leichter Zweifel. Es ist doch viel besser, es gemütlich zu haben, dachte sie und ging genauso ziellos, wie sie ans Fenster getreten war, zum wärmenden Kaminfeuer zurück. Und wie idiotisch, mit einem Leben zu hadern, das andere Menschen ziemlich erträglich fänden.

Dann war die Tür aufgegangen, und das Dienstmädchen hatte die Briefe hereingebracht. Diese wunderbaren Briefe, die die ganze Welt plötzlich in einen neuen Glanz tauchten, die ihr Leben mit einem Schlag veränderten, diese wundervollen Briefe lagen zusammen mit Rechnungen und belanglosen Schreiben auf dem Tablett, das eine gleichgültige Bedienstete hereintrug und ihr entgegenstreckte, als handelte es sich um ein wertloses Nichts. Zuerst begriff Anna den Inhalt der Schreiben überhaupt nicht. Sie brütete über dem gedrechselten Deutsch und der verschnörkelten Handschrift, las die langen, verschlungenen Sätze wieder und wieder, bis ganz plötzlich etwas ihr Herz ergriff. War das möglich? War das wirklich wahr? War es tatsächlich Onkel Joachim, der doch soviel einzuwenden gehabt hatte gegen ihren Wunsch nach Unabhängigkeit, war wirklich er es, der ihr just diese Unabhängigkeit nun mit beiden Händen reichte – und ihr dazu noch seinen Segen gab? Sie las die Briefe noch einmal sehr sorgfältig und gründlich durch, und ihre Hände zitterten dabei. Ja, es stimmte. Sie fing an zu weinen, schluchzte aus Liebe und Zuneigung über den Schriftstücken, ihr ganzes Wesen schmolz dahin in Dankbarkeit und Demut, so ergriffen war sie von dem Gefühl, dies alles nicht verdient zu haben, so geblendet war sie von den strahlenden Farben, die das Leben urplötzlich, in einem unerwarteten Augenblick, angenommen hatte.

Es waren zwei Briefe. Der eine stammte von Onkel Joachims Notar, den anderen hatte Onkel Joachim kurz nach seiner Rückkehr aus England selbst verfaßt und mit dem Vermerk auf dem Umschlag versehen, daß er Anna nach seinem Tode auszuhändigen sei.

Onkel Joachim hatte zu jenen Menschen gehört, die ihre Zuneigung zu anderen nur durch einen freundlichen Schlag auf die Schulter auszudrücken vermögen, und der Brief, über den sich Anna nun mit solch zärtlicher Dankbarkeit und so außergewöhnlicher Demut beugte, war kaum mehr als eine kahle Auflistung von Fakten: Zwar weigere sich Anna mit einer Widernatürlichkeit, die er aus tiefstem Herzen mißbillige, die Ehe einzugehen, zugleich auch sehe er, daß sie von jener Halsstarrigkeit befallen sei, die ein typisches Charaktermerkmal ihrer deutschen Vorfahren sei und die einem Manne auch durchaus gut anstehe, bei einer Frau aber, deren Bestreben es doch sein solle, sanft und nachgiebig zu sein, gänzlich unerwünscht sei. Andererseits jedoch habe er sich bei seinem Besuch in London durch eigenen Augenschein davon überzeugen können, daß Anna unter gar keinen Umständen mit ihrem Bruder und dessen Ehefrau glücklich sein könne, zudem sei es unter der Würde der Tochter seiner einzigen Schwester – immerhin ja eine junge Dame aus bester Familie –, sich ewig auf den Federn zu wälzen, mit welchen jene bürgerliche Gans, eine geborene Dobbs, Peters sonst mangelhaftes Nest ausgestattet habe. Aus all den genannten Gründen habe er sich entschlossen, seine Nichte Anna von diesen beiden unabhängig zu machen, indem er ihr – sosehr seine zahllosen Söhne darüber auch verärgert sein mochten – jenen Teil seines Besitzes vermache, über den er völlig frei und ohne Einschränkung verfügen könne. Bei diesem Besitzteil handele es sich um ein kleines Gut in der Nähe von Stralsund, wo er selbst die letzten Jahre seines Lebens zu verbringen gehofft hatte. Es sei in bestem Zustand, einfach zu bewirtschaften und bringe unter den Händen seines versierten Inspektors, den zu halten er sie dringend ersuche, ein jährliches Durchschnittseinkommen von vierzigtausend Mark. Er sei zuversichtlich, daß Anna auf dem Gut leben und es so führen werde, daß dessen gegenwärtig hervorragender Zustand erhalten werden könne. Des weiteren hoffe er, daß sie eines Tages doch noch einen guten deutschen Ehrenmann, von denen es ja schließlich eine Menge gebe, heiraten und sie auf diese Weise endgültig in das Land ihrer Vorväter zurückkehren werde. Das ihr vermachte Anwesen liege nicht zu weit von Stralsund entfernt. Es sei ihr also jederzeit möglich, dorthin zu fahren, sollten weibliche Bedürfnisse, wie etwa das, sich putzen oder sich die Haare richten lassen zu wollen, sie dazu veranlassen. Zum Schluß seines Briefes empfahl ihr der Onkel, dieses neue Leben in Gesellschaft einer ernsten und nüchternen älteren Weibsperson aufzunehmen, die ihr Gesellschaft und Schutz zugleich bieten könne, bis sie durch Heirat in den Schutz und die Protektion ihres Ehemannes übergehe.

Dann folgte noch ein kurzer Abriß seiner Ansichten über Frauen, besonders solche, die von einer Gesellschaft zur nächsten hasten, um dort Klatsch und Tratsch zu verbreiten. In launiger Weise verglich er diese mit jenen tugendhaften Frauen, deren Aufgaben sie an das Haus binden. Zuletzt erfolgte noch einmal eine dringliche Ermahnung an Anna, die Gelegenheit beim Schopfe zu ergreifen und das bessere Leben zu wählen, das immer, sagte der Onkel, das einfache, frugale Leben voller harter Arbeit sei.

Anna lachte und weinte zugleich über diesen Brief – das zärtlichste Lachen und die glücklichsten Tränen. Abwechselnd schien es ihr ganz und gar unmöglich, daß sie je über Wohlstand verfügen werde, und dann wieder war es ihr die natürlichste Sache von der Welt. Susie war ausgegangen. Noch niemals zuvor hatte Anna ihre Abwesenheit als schrecklich empfunden; jetzt jedoch konnte sie das Warten kaum ertragen. Unruhig ging sie im Zimmer auf und ab, denn stillzusitzen war ihr unmöglich. Die wertvollen Briefe hielt sie fest umklammert in den kleinen kalten Händen. Ihre Wangen glühten, ihre Augen strahlten, die Qual der Ungeduld war kaum auszuhalten, mischte sie sich doch mit der Befürchtung, es könne ausgerechnet in diesem großen Moment etwas Schreckliches passiert sein, das Susie solange aufhielt. Anna eilte zum Fenster und blickte sehnsüchtig die Straße hinauf und hinunter. In nur einer einzigen Stunde waren die Blumenfrauen und der Segen, Osterglocken verkaufen zu können, auf das Niveau einer völlig belanglosen Nebensächlichkeit abgesunken. Dann hastete Anna zur anderen Zimmerecke, wo das Schreibpult stand, ergriff die Feder und begann einen Brief an Peter in Devonshire aufzusetzen; dann wieder, beim Klang von draußen vorüberrollenden Wagenrädern, warf sie die Feder beiseite und rannte erneut zum Fenster. Doch es war nicht Susies Kutsche, und so eilte sie zu ihrem Brief zurück, schrieb rasch eine Zeile, rannte dann wieder zum Fenster. Sie war gerade wieder bei ihrem Brief, als unvermittelt die Tür aufflog und Susie hereinkam, total erledigt von einer erschöpfenden Rundtour.

Susies Nachmittag war alles andere als erfolgreich verlaufen. Sie hatte sich mit der Beherztheit, die für alle ihre gesellschaftlichen Annäherungsversuche typisch war, einer Frau von beneidenswert hohem Rang anzubiedern versucht und war für die Leiden, die sie dafür auf sich genommen hatte, mit selten gesehener Grobheit zurückgewiesen worden. Außerdem hatte sie noch ein paar mindere Ärgernisse erlebt. Derart erledigt zu einer Schwägerin nach Hause zu kommen, die einen normalerweise bei den Mahlzeiten keines Wortes würdigt, die einem nun aber unvermittelt um den Hals fällt und einen dazu noch heftig abküßt, mußte eine Frau, die sowieso schon stocksauer ist, ziemlich hart ankommen.

»Was, um alles in der Welt, ist denn bloß in dich gefahren?« japste Susie atemlos und versuchte sich aus der Umarmung zu lösen.

»O Susie, o Susie«, rief Anna, »du bist ja Ewigkeiten weg gewesen – und die Briefe kamen doch, kaum daß du aus dem Haus warst. Ich hab' ja so sehnsüchtig auf dich gewartet, ich hatte ja so schreckliche Angst, es wäre dir was passiert . . .«

»Aber wovon redest du denn, Anna?« fiel ihr Susie gereizt ins Wort. Es war schon spät, und sie wollte sich ein wenig ausruhen, bevor sie sich umzog, um wieder auszugehen. Und ausgerechnet da präsentierte sich Anna in einer neuen, bisher ungekannt heftigen Gemütserregung, und sie hatte Annas Stimmungen allesamt bis über alle Maßen satt.

»Oh, so etwas Wunderwunderschönes ist geschehen!« trällerte Anna, »so etwas Herrliches! Was wird Peter nur dazu sagen? Und wie glücklich du erst sein wirst . . .«, und mit zitternden Fingern drückte sie Susie die Briefe in die uninteressierten Hände.

»Was soll das?« fragte Susie und schaute verblüfft.

»Ach nein . . . wie gedankenlos von mir«, sagte Anna, und Susie meinte, sie müsse wahrhaftig den Verstand verloren haben, denn sie riß ihr die Briefe gleich wieder aus der Hand. »Du kannst sie ja nicht lesen, sie sind ja in Deutsch. Hier, sieh!« Anna entfaltete die Bogen und glättete die Knicke, die sie vor Aufregung schon hineingemacht hatte, und bei all dem zitterten ihre Hände.

Susie starrte verständnislos. Ganz offensichtlich mußte etwas Außergewöhnliches geschehen sein, denn die frostige Anna der vergangenen Monate war aufgetaut und erstrahlte in einem Glanz von Gefühlen, die, sollte sich nicht unverzüglich herausstellen, daß sie gerechtfertigt waren, einfach nur lächerlich genannt werden konnten.

»Zwei, zwei deutsche Briefe«, erläuterte Anna, während sie sich auf den nächstbesten Stuhl setzte, die Bogen in ihrem Schoß ausbreitete und sich beim Sprechen schier verhaspelte, weil die Worte gar nicht so schnell aus ihrem Mund sprudeln konnten, »zwei deutsche Briefe, einer von Onkel Joachim und . . .«

»Onkel Joachim?« wiederholte Susie gedehnt. Der unheimliche Verdacht, daß Anna übergeschnappt sei, nahm konkrete Form an. »Du weißt sehr gut, daß er gestorben ist. Tote können keine Briefe schreiben«, sagte sie fest.

». . . und einer von seinem Notar«, fuhr Anna unbeirrt fort.

»Der Brief des Notars ist voll von juristischen Fachbegriffen, die kein normaler Mensch verstehen kann, aber er bestätigt alles, was Onkel Joachim schreibt. Und sein Brief ist ganz klar und eindeutig. Er hat den Brief vor seinem Tode verfaßt und bei seinem Notar hinterlegt, mit der Maßgabe, ihn mir nach seinem Tode auszuhändigen.«

Jetzt spitzte Susie beide Ohren. Notare, verstorbener Onkel und Annas glühende Wangen konnten nur eine einzige Bedeutung haben.

»Onkel Joachim war der einzige Bruder unserer Mutter . . .«

»Ich weiß, ich weiß«, fiel Susie ihr ungeduldig ins Wort.

»Und mir war er der liebste und freundlichste Onkel, den man sich denken kann . . .«

»Ist doch jetzt egal, was er war«, fuhr Susie noch ungeduldiger dazwischen. »Was er dir hinterlassen hat, das interessiert mich. Ihr habt immer so getan – Peter und du –, alle beide habt ihr so getan, als besäße er nichts weiter als ein paar Sandhaufen irgendwo in der Wüste und Dutzende von Söhnen. Was also hat er für dich tun können?«

»Für mich tun können?« Anna erhob sich mit der majestätischen Würde, die der großartigen Nachricht angemessen war, die es zu übermitteln galt, legte ihrer Schwägerin Susie beide Hände auf die schmalen Schultern, blickte ihr mit strahlenden Augen ins Gesicht und sagte langsam: »Er hat mir ein Gut hinterlassen, das vierzigtausend Mark im Jahr abwirft.«

»Vierzigtausend?« hauchte Susie, von größter Ehrfurcht ergriffen.

»Mark«, ergänzte Anna.

»Ach so, Mark«, sagte Susie ernüchtert. »Das ist dasselbe wie Franc, nicht wahr? Einen Augenblick lang dachte ich doch tatsächlich . . .«

»Mark sind mehr als Franc. Die Summe entspricht im Durchschnitt etwa zweitausend englischen Pfund im Jahr. Zweitausend – Pfund – im – Jahr«, wiederholte Anna und nickte bei jedem Wort bestätigend mit dem Kopf. »Na, Susie, was sagst du jetzt?«

»Was ich dazu sage? Na ja, also weißt du, viel ist das ja nicht gerade. Ich frage mich, wo ihr alle wärt, wenn ich nur zweitausend im Jahr hätte.«

»O Susie, gratuliere mir!« rief Anna und breitete die Arme weit aus. »Küß mich und sag mir, daß du dich freust. Siehst du denn nicht, daß du mich endlich los bist? Daß wir nie wieder an Ehemänner denken müssen? Daß wir nie wieder Kleider für mich kaufen müssen! Und du mußt dich nicht mehr der ermüdenden Aufgabe widmen, mich in der Gesellschaft herumzureichen! Ich weiß gar nicht, wem von uns beiden man mehr gratulieren sollte«, und sie lachte und schaute Susie dabei mit tränenfeuchten Augen an. Und sie bestand darauf, sie wieder und wieder zu küssen und ihr dumme Albernheiten ins Ohr zu flüstern wie etwa, daß es ihr leid tue, so eine schreckliche Person gewesen zu sein, und daß sie Susie ja so unendlich dankbar sei und fest entschlossen, von nun an nur noch lieb und gut zu sein.

»Meine *liebe* Anna«, ermahnte Susie die Schwägerin, denn sie hegte einen deutlichen Abscheu gegenüber Gefühlen, und Gefühlsausbrüche dieser Art waren ihr mehr als suspekt, »natürlich gratuliere ich dir. Denn es scheint ja fast, als würdest du nun fürstlich dafür belohnt, daß du dir alle guten Gelegenheiten hast durch die Lappen gehen lassen. Wir wollen also keine weitere Zeit verschwenden. Du weißt, wir sind zum Abendessen eingeladen. Also, was hat er Peter vermacht?«

»Peter?« fragte Anna verwundert.

»Ja, Peter. Er war doch wohl in dem Maße sein Neffe, wie du seine Nichte warst, oder etwa nicht?«

»Ja, sicher, aber trotzdem – Peter ist was anderes. Er, er braucht kein Geld, so wie ich es benötige, und das wußte Onkel Joachim natürlich.«

»Unsinn. Peter besitzt keinen müden Penny. Zeig mir die Briefe!«

»Aber sie sind in Deutsch, du wirst sie nicht lesen können.«

»Gib sie her! Ich habe Deutsch in der Schule gelernt und immer gute Noten gehabt. Du bist nicht der einzige Mensch auf der Welt, der was gelernt hat.«

Sie nahm Anna die Briefe aus der Hand und begann langsam und mühsam den von Onkel Joachim zu lesen; sie wollte sehen, ob Peter wirklich nicht darin erwähnt wurde. Anna schaute ihr zu, dabei wurde ihr abwechselnd heiß und kalt, denn sie fürchtete, daß Susie vielleicht doch nicht alles Schulwissen wieder vergessen hatte.

»Hier, hier steht was über Peter – und über mich«, rief Susie plötzlich. »Jedenfalls scheint er mich zu meinen, denn da steht irgendwas von Dobbs. Wieso nennt er mich so? Seit mehr als fünfzehn Jahren ist das nicht mehr mein Name.«

»Oh, das ist eine dumme deutsche Angewohnheit, weißt du. Er schreibt die *geborene Dobbs*, um dich von anderen Damen Estcourt zu unterscheiden.«

»Aber es gibt doch keine anderen.«

»Nun, seine Schwester war eine. Gib mir den Brief, Susie – ich kann dir sehr viel schneller übersetzen, was er schreibt, als du es lesen kannst.«

»›*Unter der Wurde der Tochter meiner einzigen Schwester –*‹«, las Susie, ohne auf Annas Angebot zu hören, stockend und mit der entstellendsten Aussprache, die man je gehört hat, »›*immerhin ja eine junge Dame aus bester Familie –, sich ewig auf den Federn zu wälzen, mit welchen diese bürgerliche Gans, eine geborene Dobbs, Peters sonst mangelhaftes Nest ausgestattet hat.*‹ Was für ein Zeug der zusammenschreibt, ich verstehe kein Wort. Dabei muß ich in der Schule gut in Deutsch gewesen sein, wie hätte ich sonst gute Noten haben können? Was steht in diesem Absatz über Peter und mich?«

»Welcher Absatz?« fragte Anna und wurde puterrot. »Laß mal sehen!« Und rasch nahm sie den Brief wieder an sich. »Oh, das ist, äh, das ist die Stelle, wo er sagt, er halte es nicht für fair, daß ich dir und Peter ein Leben lang auf der Tasche liege.«

»Na ja, das hört sich vernünftig an. Der alte Mann hatte also doch einen Funken Verstand, obwohl er manchmal reichlich verworren klang, und vulgär obendrein. Es ist in der Tat nicht fair, daß du mir auf der Tasche liegst. Ich meine, ich will ja nichts Böses sagen, ich will auch nicht alles aufzählen, was ich schon für dich getan habe, Anna. Aber das mußt du zugeben, nur wenige Mütter hätten die Opfer gebracht, die ich für dich gebracht habe, geschweige denn Schwägerinnen – also ehrlich, so eine wie mich möchte ich noch mal sehen.«

»Liebe Susie«, entgegnete Anna mit sanfter Stimme und legte in Anerkennung all der Wohltaten, die sie empfangen hatte, wieder den Arm um sie, »ich weiß sehr wohl, wie freundlich und großzügig du immer gewesen bist. Ich weiß, daß ich alles, was ich in der Welt habe, nur dir allein verdanke. Deshalb kannst du dir sicher vorstellen, wie herrlich es für mich ist, daß ich diese Last nun von deinen Schultern nehmen kann. Jetzt kannst du kommen und mich besuchen, du kannst bei *mir* leben, wenn dir die Dinge hier zum Halse heraushängen, ach, und ich werde so stolz sein, dich in meinem Haus empfangen zu können!«

»Bei dir leben?« rief Susie aus und wich zwei Schritte zurück. »Wo willst du denn hingehen?«

»Nun, dorthin, zu dem Gut, nehme ich doch an.«

»Da willst du leben? Ist das eine Bedingung?«

»Nein. Onkel Joachim sagt nur, er hoffe, daß ich dort leben werde, daß ich mich dort niederlasse und mich um die Wirtschaft kümmere.«

»Du sollst dich selbst um die Bewirtschaftung des Gutes kümmern? Alberner Gedanke!«

»Ja, du hast mir nicht gerade viel über Landwirtschaft beigebracht. Aber er wünscht, daß ich ganz und gar eine Deutsche werde.«

»Ach, du gütiger Himmel!« Susie schlug die Hände zusammen, denn sie war aus ehrlichem Herzen entsetzt.

»Nun, er meint eben, ich solle mein Leben mit Arbeit zubringen und nicht damit, nur Klatsch und Tratsch zu verbreiten.«

»Was zu verbreiten?«

»Augenscheinlich klatschen und tratschen deutsche Frauen

nur, wenn sie zusammenkommen. Wir tun das nicht. Ich würde nie etwas tun, was mit solch häßlichen Wörtern bezeichnet wird, und du auch nicht, da bin ich sicher.«

»Wo liegt das Gut?«

»In der Nähe von Stralsund.«

»Und wo, um alles in der Welt, ist das?«

»Tja«, sagte Anna und stöberte in staubigen Ecken ihrer Erinnerung, »genau das wüßte ich auch gern. Vielleicht«, gab sie ehrlich zu, »habe ich es noch nie gewußt. Laß mich Letty rufen, sie soll ihren Atlas mitbringen.«

»Letty wird das nicht wissen«, versetzte Susie ungehalten, »sie weiß nur all das, was sie nicht wissen sollte.«

»Na, also so klug ist sie nun auch wieder nicht«, entgegnete Anna und zog an der Klingelschnur. »In jedem Fall besitzt sie Landkarten, und das ist mehr als wir haben.«

Das Dienstmädchen erschien und wurde geschickt, Miss Letty Estcourt zu bitten, sich mitsamt ihrem Atlas in den Salon zu begeben.

»Was braut sich denn jetzt schon wieder zusammen?« wollte Letty von ihrer Hauslehrerin wissen, »sie wollen mich doch wohl so spät am Abend keiner Prüfung unterziehen, was Leechy?«

Letty litt nämlich sehr darunter, einen Bruder zu haben, der sämtliche Prüfungen mit links absolvierte und dabei auch noch stets als Bester abschnitt, was die ehrgeizige Mutter, die überzeugt war, die Tochter könnte genausogut sein, wenn sie sich nur tüchtig ins Zeug legte, dazu trieb, sie zu jeder Prüfung zu schicken, die für Mädchen ihres Alters zufällig irgendwo ausgeschrieben war. So brachten Letty und ihre Erzieherin ihre Tage abwechselnd damit zu, sich defensiv auf unvorhergesehene Herausforderungen vorzubereiten oder sich von den Zusammenbrüchen zu erholen, die der unausweichlichen Niederlage ebenso unausweichlich folgten. Und beide empfanden ihr Leben als eine Bürde, die zu tragen viel zu schwer sei. Erst kam ein kurzes Gerangel mit Waschlappen und Seife, Kamm und Bürste, dann marschierte Letty, den Atlas unterm Arm und tiefstes Mißtrauen auf ihrem Gesicht, in den Salon. Doch es war weit und breit kein verräterisch schmeichelnder Prüfer zu sehen, der mit öligen Gesten und abstoßenden Höflichkeitsfloskeln seine Gemeinheiten einleitete; lediglich ihre Mutter und ihre hübsche Tante saßen im Salon.

»Wo liegt Stralsund?« riefen beide wie aus einem Mund, sobald die Tür aufging.

Letty blieb wie angewurzelt stehen und starrte die beiden an.

»Was ist los?«

»Es ist ein Ort – eine Stadt in Deutschland«, erklärte Anna.

Und Susie sagte mit einer Stimme, die Donnerhall gehabt hätte, wäre sie volltönend genug gewesen: »Letty, willst du etwa behaupten, daß du nicht weißt, wo Stralsund liegt? Willst du mir etwa sagen, daß nach all dem Geld, das ich für deine Erziehung ausgegeben habe, du nicht einmal *das* weißt?«

War das eine neu erfundene Foltermethode? Lauerte ihr das Prüfungsgespenst jetzt schon in so familiären und bisher harmlosen Gestalten wie Mutter und Tante auf? Sie zeigte ihre Verachtung ganz offen. »Wenn es eine Stadt ist, dann ist sie in diesem Atlas verzeichnet«, schrie sie, »und wenn das eine Prüfung sein soll, dann finde ich das nicht fair, und wenn es ein Spiel sein soll, dann gefällt es mir nicht«, und mit Schwung knallte sie den Atlas auf den neben ihr stehenden Stuhl. Obwohl ihre Mutter sie zu vielen Dingen zwingen konnte, gelang es ihr doch nie, sie zu einem zu bewegen – zu respektvollem Verhalten.

»Was das Kind doch für eine Heidenangst vor Prüfungen hat!« rief Susie. »Sei nicht albern, Letty! Wir wollen doch nur sehen, ob du weißt, wo Stralsund liegt, das ist alles.«

»Komm, Lettylein, sag uns, wo es liegt«, schmeichelte Anna, kniete sich vor den Stuhl und schlug den Atlas auf. »Laß uns die Deutschlandkarte aufschlagen und dann gemeinsam den Ort suchen. Du hast dich doch für die letzte Geographieprüfung auf Deutschland vorbereitet – da kennst du doch alles aus dem Effeff.«

»Ich hab' aber nicht dort gelebt«, versetzte Letty patzig.

Trotzdem ging sie zu Anna, die immer freundlich zu ihr war, und fing an, die abgegriffenen Seiten umzuschlagen. Oh, was für

Erinnerungen steckten in diesen schmuddeligen Eselsohren! Es ist schwer für ein junges Ding von vierzehn Jahren, das sich gewiß genauso gerne amüsieren würde wie jedes andere junge Mädchen, gezwungen zu sein, sich in düsteren Zimmern mit Landkarten herumzuschlagen, wenn draußen die Sonne scheint und fröhliche Kinderstimmen durch die Fenster der Gefängniszelle dringen, wenn alle Welt sich draußen trifft und fröhlich ist. Letty dachte so, und Miss Leech empfand das ebenfalls als unbillige Härte für eine Frau von dreißig, und deshalb versuchten sie beide, sich gegenseitig zu trösten. Allerdings hatten beide keine rechte Ahnung, wie sie das mit dem Trost bewerkstelligen sollten, denn ihr Fall schien völlig hoffnungslos. Lagen nicht Durststrecken unendlich sich hinziehender Schulstunden und Lektionen vor und hinter ihnen, unterbrochen bloß von den viel zu häufigen schwarzen Flecken – den Prüfungen? Waren nicht die Trottoirs der Gower Street und das Pflaster von Kensington Square, wo all die Bildungsstätten für junge Mädchen stehen, schon ganz abgelaufen von ihren geduldigen Füßen? Und dann die Extras! O Gott, was war das für ein Leben! Zweimal in der Woche kam ein Mann, der darauf bestand, Letty das Geigespielen beizubringen. Ein hochgradig nervöser Mensch, der dauernd an ihrem Ellenbogen herumzerrte und ihr jedesmal mit seinem Bogen auf die Fingerknöchel schlug, wenn sie falsch spielte, was sie ununterbrochen tat. Und gegenüber Miss Leech ließ er bitterböse Bemerkungen von tödlich scharfem Sarkasmus fallen, wenn sie beim Spielen der Begleitmusik aus dem Takt geriet.

Mittwochs war Tanzstunde: Eine spindeldürre junge Frau spielte mit der Energie der Verzweiflung auf dem Klavier, während der heißblütige, agil hin und her springende Tanzmeister mit seinen unpassend aufwärts gerichteten Zehen den Mädchen die Lanciers beibrachte und sich so im Schweiße seines Angesichts sein Brot verdiente. Auch seine Bemerkungen waren sarkastisch, doch hüllte er seinen Sarkasmus wenigstens in das Gewand freundlich wirkender Scherze, über die er selber leise lachte. Und natürlich erwartete er von seinen Schülerinnen, daß auch sie über diese Scherze lachten, was sie mit einem gewissen

Unbehagen taten, denn die witzigen Bemerkungen waren von sehr persönlicher Natur und bezogen sich meist auf Unbeholfenheiten und Ungeschicklichkeiten in ihren Bewegungen, und keine wußte je, wann sie zum Objekt dieser Sticheleien werden würde. Die Stunde endete immer mit dem, was der Meister den Marsch der Grazien nannte: Jedes Mädchen mußte dann allein einmal durch den ganzen Raum schreiten, und zwar ohne die dämpfende Unterstützung der Musik, die den Lärm der Schuhe auf dem blanken Parkett übertönt hätte. Alle anderen Mädchen schauten dabei zu, und der Maestro gab seine Kommentare dazu ab. Besonders für Letty war dieser Marsch jedesmals eine Tortur. All ihre Alpträume drehten sich um diesen Gang durchs Zimmer. Sie war ein ziemlich langweilig aussehendes Pummelchen, blaß, ungelenkig und ungeschickt. Außerdem zwang ihre Mutter sie, billige Schuhe zu tragen, die fürchterlich knarrten.

»Miss Estcourt hat mal wieder neue Schuhe an«, pflegte der Tanzmeister jedesmal zu sagen, wenn sie weit weg am anderen Ende des Raumes mutterseelenallein und abgeschnitten von aller Hilfe, ihre Runde drehte; jedes Quadratzentimeters ihres rundlichen Körpers war sie sich bewußt, während sie verzweifelt und doch vergeblich versuchte, sich graziös zu bewegen. Der Maestro lächelte dünn, und alle Mädchen – das Opfer ausgenommen – kicherten.

»Wissen Sie, Miss Estcourt«, sagte er mindestens jedes zweite Mal, »es gibt da eine Redensart. Nur Schuhe, die noch nicht bezahlt sind, knarren. Ich bitte vielmals um Verzeihung, wie sagten Sie? Sagten Sie, Ihre Schuhe seien bezahlt? Ah, jetzt verstehe ich, Miss Estcourt sagte, sie wisse es nicht.« Und mit einem spöttischen Lächeln wandte er sich den anderen Schülerinnen zu und zog die Schultern hoch.

Pflichtübung am Samstagnachmittag war der Besuch der öffentlichen Konzerte in der St. James Hall. Da Susie sie für lehrreich erachtete, erwarb sie ein Abonnement, und Letty, die im Winter immer Frostbeulen an den Füßen hatte, litt tausend Qualen, weil sie die juckenden Füße nicht reiben konnte. Denn eins war so sicher wie das Amen in der Kirche: Sobald sie einen Fuß hob, um ihn – und sei es noch so sanft – gegen den anderen zu reiben, drehte sich ein Musikliebhaber in der Reihe vor ihnen nach ihr um – sei es ein alter Gentleman von sonst ganz menschlicher Erscheinung oder eine verzückte Dame mit Augengläsern und wehendem Gewand – und zwang sie mit einem wütenden »Pssst!« zu starrer Unbeweglichkeit.

»Letty, ich *bitte* dich, halte Ruhe!« zischte Miss Leech, die öffentliches Aufsehen fürchtete.

Doch wer nie Frostbeulen gehabt hat, kann die Tortur nicht ermessen, die es für Letty bedeutete, Füße mit Frostbeulen in dicken Stiefeln stecken zu haben, wo sie nicht an sie heran konnte. Sobald die Frostbeulen abklangen, war die Konzertsaison vorüber – es schien wahrhaftig, als hätte das Schicksal nichts Besseres zu tun, als seinen Spott über Letty auszugießen.

Es ist wirklich schrecklich, dachte Letty jetzt, als sie sich über die Landkarte beugte, wenn man jung ist und um jeden Preis klug gemacht werden soll. Jetzt kam auch noch ihre Tante, ihre hübsche, liebenswürdige Tante, und quetschte sie abends um sieben Uhr mit Fragen nach der deutschen Geographie aus, während sie gedacht hatte, daß wenigstens für diesen Tag die Schulstunden endlich abgeschlossen seien. Hatte sie doch schon gemütlich dagesessen und, während sie am Kaminfeuer ihres Schulzimmers Käsebröckchen röstete, Miss Leech zugehört, die von dem einzigen Mann schwärmte, den sie je geliebt hatte. Und Anna, die Stunden der Abgehobenheit und der geistigen Verzückung in St. Paul's erlebte und danach regelmäßig nach Hause zurückkehrte mit einer Seele, die dahinschmolz für die Mühseligen und Beladenen, und die sich mit ihrem ganzen Wesen danach sehnte, diesen Ärmsten der Armen zu helfen, diese Anna sah Letty niemals als eine Kreatur, die in all ihren Nöten vielleicht ein wenig Hilfe und Aufmunterung hätte brauchen können. Letty stand ihr zu nahe, und die enthusiastischsten Wohltäter der Menschheit sind so damit beschäftigt, ferne Objekte für ihre Menschenliebe zu finden, daß sie die Ärmsten zu ihren Füßen meist nicht sehen.

Es war sehr zeitraubend und mühsam, Stralsund zu finden. Als

Lettys suchender Finger endlich darauf zeigte, blieb Susie nur mehr Zeit, einen einzigen, kurzen und sehr entsetzten Blick auf die Lage des Ortes zu werfen, dann mußte sie mit Anna davoneilen, um sich für das Abendessen zurecht zu machen. Auch Anna hätte es lieber gesehen, Stralsund hätte etwas südlicher gelegen, im Schwarzwald vielleicht oder in einem anderen romantischeren Winkel, wohin gelegentlich zu reisen amüsant gewesen wäre, zumindest für ein paar Wochen im Sommer. Doch da war es, so weit nördlich, wie überhaupt nur etwas nördlich sein konnte, in einem Teil der Welt, von dem sie noch nie gehört hatte.

Letztlich war es gleichgültig, wo dieser Ort lag. Onkel Joachim hatte ja nur empfohlen und nicht verlangt, sie solle dort leben. Aber wäre es nicht etwas ganz Außergewöhnliches, wenn sie dorthin ginge und einen eigenen Hausstand führte?

Andererseits, sie mußte ja nicht gehen; fast war sie sich schon sicher, daß sie nicht gehen würde. So oder so, sie brauchte sich ja nicht sofort zu entscheiden. Sie wollte vor allen Dingen das Geld, und das konnte sie ausgeben, wo immer sie wollte. Wenn nur der Inspektor, von dem Onkel Joachim in den höchsten Tönen geschwärmt hatte, dafür sorgte, daß das Gut weiterhin vierzigtausend Mark im Jahr abwarf, dann wäre sie schon rundum zufrieden.

Sie rannte die Stufen hinauf, um ihr schönstes Kleid anzuziehen und sich die Haare in jene Wellen und Locken legen zu lassen, die sie solange verschmäht hatte. Mußte sie sich nicht so charmant und schön wie möglich machen für diese schöne Welt, in der alle so gut und freundlich waren? Mußte sie da nicht ihren Teil zur Schönheit und Freundlichkeit beitragen? Als sie hinter Letty die Treppe hinaufsprang, die sich mit dem Atlas unterm Arm langsam Stufe um Stufe hinaufschleppte, da strahlte sie die Nichte an, nahm ihr den Atlas ab und sagte, sie wolle ihn tragen. Und sie strahlte Miss Leech an, die an der Tür des Schulzimmers auf ihre Elevin wartete. Sie strahlte das Dienstmädchen an, ja, sie strahlte ihr eigenes Bild in einem Spiegel an, der in diesem Augenblick wirklich eine sehr schöne junge Frau zeigte. O herrliche, glückliche Welt! Was sollte sie mit so viel Geld bloß anstellen? Sie, die in ihrem Leben noch nie einen einzigen eigenen Penny besessen hatte, hielt den zu erwartenden Geldsegen für eine enorme, unerschöpfliche Summe. Eines war sicher: Sie würde alles allein für gute Werke ausgeben. Sie würde so vielen Menschen wie nur irgend möglich mit diesem Geld helfen, und nie, nie, nie, nie gäbe sie diesen Menschen das Gefühl, sie stünden deshalb in ihrer Schuld. Denn wußte sie nach fünfzehn Jahren Abhängigkeit von Susie nicht selbst nur zu gut, was es heißt, durch Schuld verpflichtet zu sein? Und was konnte trauriger, grausamer, niederschmetternder, tödlicher sein als Abhängigkeit? Sie wußte noch nicht genau, was für Leuten sie helfen wollte, aber eins wußte sie bereits: Unmengen von Menschen würde sie mit Glück überhäufen und für immer zufriedenstellen. Während Hilton mit der Brennschere ihre Haare ondulierte, dachte Anna an Elendsviertel; dann fiel ihr ein, daß sie das in Kontakt mit jener Geistlichkeit brächte, aus deren Reihen auch die jüngsten Heiratsangebote an sie herangetragen worden waren. Sogar der Vikar, der sie zu einer Zeit auf die Konfirmation vorbereitet hatte, als seine erste Frau noch lebte und der inzwischen bereits seine zweite Frau betrauerte, sogar dieser Vikar hatte ihr einen Antrag gemacht. Bloß weil ich schon fünfundzwanzig bin und sehr gesetzt wirke, halten sie mich für geeignet, dachte sie. Und dann mußte sie unwillkürlich lächeln, als sie ihr Gesicht im Spiegel sah.

Als sie schließlich fertig angekleidet und bereit war, nach unten zu gehen, da konnte sie sich der Frage nicht länger entziehen, ob die Person, die sie da im Spiegel sah, auch nur im Entferntesten einem Menschen ähnelte, der ein einfaches, frugales Leben voller harter Arbeit führen werde, wie Onkel Joachim das bessere Leben genannt hatte und von dem er hoffte, daß auch sie darin ihre Erfüllung finden werde. Sie wußte, daß er ein sehr weiser Mann war, aber . . . Nun, zum Glück mußte sie sich jetzt noch nicht entscheiden. Vielleicht ginge sie nach Stralsund – vielleicht nicht. »Es ist dieses weiße Kleid, das mich so . . . so ungeeignet erscheinen läßt‹, sagte sie zu sich selbst, ›und dazu diese wunderschönen Wellen, die mir Hilton gelegt hat.«

Als sie, die süßeste aller weiblichen Kreaturen, die Treppe hinunterschritt, mußte sie sich gehörig zusammennehmen, um nicht noch lauter zu singen. Glück und Liebe und Freundlichkeit strahlten aus ihren Augen: Ein wunderhübsches Ding, der Trostlosigkeit leerer Jahre endgültig entflohen, weil Onkel Joachim sie durch seinen rechtzeitigen Eingriff dieser schönen Welt zurückgegeben hatte.

Letty und Miss Leech hörten sie auf der Treppe trällern und unterbrachen ihre Unterhaltung. Was für merkwürdige, fremde Töne in diesem sonst so dumpfen und freudlosen Haus.

»Ich weiß nicht, was los ist, Leechy«, hatte Letty bei ihrer Rückkehr aus dem Salon gesagt, »aber Mama und Tante Anna verhalten sich wirklich gespenstisch merkwürdig heute abend. Was glauben Sie wohl, weshalb sie mich zu sich gerufen haben? Sie wußten nicht, wo Stralsund liegt, wollten es aber unbedingt wissen. Deshalb taten sie so, als ob sie bloß mal sehen wollten, ob *ich* wüßte, wo es liegt. Ich habe das Spiel natürlich sofort durchschaut. Und Tante Anna sieht schrecklich glücklich aus. Ich glaube, sie wird heiraten, und in Stralsund werden sie dann ihren Honigmond verbringen.«

Letty griff wieder nach ihrer Röstgabel, während Miss Leech pflichtbewußt die Erinnerung ihrer Schülerin hinsichtlich Stralsunds, Wallensteins und der Hansestädte im allgemeinen ein wenig aufzufrischen versuchte.

4

Nachdenklich saß Peter am Ufer des Flusses bei Estcourt und kam nach reiflicher Überlegung zu dem Schluß, eine Reise nach London sei völlig unnötig, da ein Gratulationsschreiben durchaus die gleiche Wirksamkeit entfalten könne.

Die Nachricht von dem großen Glück, das so unvermutet über seine Schwester gekommen war, hatte ihn tief bewegt; in einer ersten Aufwallung von Mitfreude hatte er angeordnet, man solle unverzüglich seine Koffer packen und alles bereit machen, damit er den Abendzug nehmen könne. Dann war er zum Fluß hinuntergegangen und hatte dort, umgeben vom beruhigenden Einfluß des grauen Wassers, der grauen Wolken und des grünen Grases noch einmal in Ruhe nachgedacht. Dabei war ihm langsam die Einsicht gekommen, daß auch ein Brief all seine Gefühle sehr gut kundtun könne, besser vielleicht sogar als der persönlich übermittelte Ausdruck der Freude, denn da er sich ohnehin nur einige wenige Stunden in der Stadt aufhielte, schien es die lange Reise wirklich nicht wert. Noch am selben Abend also setzte Peter sich hin und schrieb einen Brief – einen freundlichen, brüderlichen Brief, in dem er seiner lieben kleinen Schwester zunächst von ganzem Herzen gratulierte und ihr dann darlegte, warum es unbedingt nötig sei, daß sie umgehend nach Deutschland reise, um den Notar aufzusuchen und von ihrem neuen Eigentum Besitz zu ergreifen. Sobald das erledigt sei und auch alle Arrangements bezüglich der zukünftigen Überweisungen der Einnahmen aus ihrem Gut getroffen seien, solle sie natürlich nach England zurückkehren. Estcourt werde immer ihr Zuhause sein. Und jetzt, da sie ja unabhängig sei, bestehe keinerlei Verpflichtung mehr, sich dort aufzuhalten, wo Susie sich aufhalte, vielmehr werde sie, wie er doch dringend hoffe, zu ihm nach Estcourt kommen, wo sie dann gemeinsam angeln könnten, »denn es gibt nichts Besseres als Angeln«, schloß Peter sein Schreiben, »wenn man Frieden wünscht«.

Aber Anna wünschte keinen Frieden. Jedenfalls nicht jetzt und nicht diese Art von Frieden. In einem *Punt** zu sitzen, war nicht das Ziel ihrer Wünsche. Sie war durchdrungen von der Liebe zu ihren weniger glücklichen Mitkreaturen, von dem Gefühl, die Macht zu haben, ihnen helfen zu können, und von dem Verlangen, es auch zu tun. Sie hatte gehofft, Peter würde sie nach Deutschland begleiten, um ihr bei der Erledigung der Formalitäten zu helfen; denn schon bevor sein Brief sie erreichte, hatte sie selbst erkannt, daß dies das Vordringlichste war, das es zu erledigen galt.

---

* Punt: flaches, viereckiges, meist mit Staken bewegtes Flußboot (Anm. d. Ü.)

Von Mitkommen freilich schrieb Peter kein einziges Wort. Sie nahm an, er hätte schlicht vergessen, es zu erwähnen, so natürlich schien es ihr, daß ihr Bruder sie bei dieser Reise begleiten würde. Sie schrieb ihm also ein kurzes Billett mit der Frage, wann er sich denn für diese Unternehmung freimachen könne. Darauf erhielt sie ein langes Antwortschreiben gespickt voll mit bedauernden Erklärungen, Ausflüchten und guten Gründen, das sie mit wachsender Verwunderung las. War sie eigennützig, oder war Peter der Egoist? Sie dachte lange und gründlich nach und kam schließlich zu der Erkenntnis, daß es ihre Ichbezogenheit gewesen war, die sie veranlaßt hatte zu erwarten, Peter, der doch alle geschäftlichen Dinge haßte und die Ruhe liebte, dieser Peter solle so weit gehen und unter persönlichen Mühen langweilige Geldangelegenheiten regeln. Außerdem konnte es ja auch sein, daß er sich wirklich nicht wohl fühlte. Sie wußte, daß er an Rheumatismus litt. Und wenn man Rheuma hat, dann ist der bloße Gedanke an eine längere Reise schon eine Schreckensvision.

Auch Susie, die in allen Gelddingen immer einen sehr klaren Kopf hatte, erkannte die Notwendigkeit der Reise nach Deutschland, und sie hatte ebenfalls an Peter als natürlichen Reisegefährten und Führer gedacht. Allerdings war sie nicht überrascht, als Anna ihr sagte, Peter könne nicht mitreisen.

»Es wäre wirklich zu viel erwartet«, entschuldigte Anna ihren Bruder. »Du weißt, wie oft er besonders im Frühjahr an seinen Rheumaanfällen leidet, vielleicht auch jetzt gerade in diesem Augenblick.«

Susie rümpfte verächtlich die Nase.

»Die Frage ist nur«, sagte Anna nach einer Pause, »was ich jetzt tun soll, törichte Jungfrau, die ich trotz meiner Jahre bin, und die ich nicht weiß, wie man solche Dinge erledigt.«

»Ich komme mit dir.«

»Du? Ja, aber was ist mit den Verpflichtungen, die du hier hast?«

»Oh, die lasse ich sausen. Ich werde dich begleiten. Letty kann auch mitkommen, das wird ihrem Deutsch guttun. Herr Schumpf sagt, es sei eine Schande, wie schlecht sie ist.«

Susie hatte eine lange Latte von Gründen, ihre Hilfe so selbstlos anzubieten. Einer davon war gewiß ihre Neugier. Der wichtigste Grund freilich hing just mit jener Frau zusammen, die an dem Tag, an dem Anna die Neuigkeiten erhalten hatte, Susie so unverschämt rüde hatte abblitzen lassen. Diese Frau nämlich hatte zur unmittelbar nach Ostern angesetzten Hochzeitsfeier ihrer Tochter an Gott und die Welt Einladungen verschickt, nur Susie hatte keine erhalten.

Dies war eine jener schrecklichen Feuerproben, die einen ruinieren konnten. Wenn Susie sich zum Zeitpunkt der Hochzeit in London aufhielte, dann konnte sie zwar später all ihren Freunden erklären, sie sei an jenem Tag unpäßlich gewesen, sie konnte sogar tatsächlich im Bett bleiben, ja, sich bereits Tage vorher und auch noch nachher mit Medikamenten vollstopfen, trotzdem würde ihr niemand glauben. Nicht einmal, wenn sie ihnen ein ärztliches Attest unter die Nase hielte, nähmen sie ihr die Geschichte mit der Krankheit ab. Alle wüßten, daß sie nicht eingeladen war, und würden sich ins Fäustchen lachen. Das war mehr, als Susie ertragen konnte. Da kam ihr diese unaufschiebbare Geschäftsreise auf den Kontinent wie gerufen, um sich aus dieser verzweifelten Situation zu retten. Bei ihrer Rückkehr würde sie hören, wie alle von der Hochzeit schwärmten – oder auch (was wahrscheinlicher war) über sie herzogen. Sie aber konnte dann mit völlig ruhigem Gesicht und Gewissen ihrer unsäglichen Enttäuschung darüber Ausdruck geben, dieses Ereignis leider verpaßt zu haben.

Hätte auch Susie eine Einladung zur Hochzeit erhalten, so ist ernsthaft zu bezweifeln, ob sie Anna – ganz gleich, wie groß die Nöte der Schwägerin auch gewesen wären – ihre Begleitung angeboten hätte. Anna aber, die von diesen geheimen Beweggründen ihrer Verwandten nichts ahnte, erinnerte sich daran, wie schlecht sie ihrerseits Susie immer behandelt hatte, und die nun, all dessen ungeachtet, so freundlich und selbstlos bereit war, alles zu tun, was sie konnte; und Anna schämte sich sehr.

Ein oder zwei Tage vor Ostern reisten sie von London ab. Letty und Miss Leech, beide fast krank vor unterdrückter Freude über diese unerwarteten Ferien, kamen auch mit. Sie hatten Onkel Joachims Notar ihre Anreise rechtzeitig angekündigt und ihn gebeten, Vorkehrungen zu treffen, damit sie sich in Kleinwalde, Annas neuem Besitztum, aufhalten könnten. Susie schlug vor, einen Tag in Berlin zu bleiben. Das würde Anna Zeit geben, alles Notwendige mit dem Notar zu regeln, und Letty bekäme Gelegenheit, die Museen zu besuchen. Susie hatte die hoffnungsvolle Vorstellung, Letty werde die deutsche Sprache aufsaugen wie ein Schwamm, sobald sie im Lande sei, und die direkte Konfrontation, Angesicht zu Angesicht, mit den Statuen von Goethe und Schiller werde aus einem Funken Interesse, der, so meinte sie, in jedem gut erzogenen Kinde schwelte, ein hell loderndes Feuer entfachen. Sie konnte sich einfach nicht vorstellen, daß Letty nicht einmal diesen Funken besaß. Da eines ihrer Kinder so abnorm klug war, konnte es nur an der Dickköpfigkeit des anderen liegen, wenn aus dem täglichen Überangebot an Bildung und Wissen bei ihm nichts hängenblieb. Was Lettys Chancen anging, so gab sie sich keinen Illusionen hin; da jetzt schon klar war, daß Letty niemals eine Schönheit sein würde, war es um so wichtiger, daß sie wenigstens über Bildung verfügte. Im Zug saß Susie ihrer Tochter gegenüber, und da sie in den endlosen Stunden, in denen sie über den Boden Norddeutschlands ratterten, nichts Besseres zu tun hatte, schaute sie sie genau an. Und je länger sie schaute, desto ärgerlicher und wütender wurde sie darüber, daß Peter eine derart wunderschöne Schwester und eine derart nichtssagende Tochter hatte, die noch dazu so ein fetter Pummel war! Was für eine Strafe Gottes, mit einer fetten Tochter am Schürzenbändel in Gesellschaft auftreten zu müssen. Wo hatte Letty das bloß her? Sie selbst und Peter waren die Schlanksten unter den Sterblichen. Es mußte daran liegen, daß Letty zu viel aß, was nicht nur eine abstoßende Angewohnheit war, sondern eine teure obendrein. Dem mußte unverzüglich und rigoros ein Riegel vorgeschoben werden. Seit Jahren hatte Susie keine Gelegenheit mehr gehabt, ihr Kind so gründlich zu betrachten. Als Ergebnis dieser ausgiebigen Inspektion aller Schwachpunkte ihrer Tochter verweigerte sie der gesamten Reisegesellschaft jegliche Nahrungsaufnahme während der Reise. Es sei vulgär, in Zügen zu essen, erklärte sie. Zugleich gab sie ihrer Verwunderung darüber Ausdruck, wie Leute sich dazu überwinden konnten, die abscheulich aussehenden Speisen auch nur zu berühren, die in den Zügen angeboten wurden. Mit diesen Worten drehte sie den beiden drallen, in Oberhausen zugestiegenen Damen angewidert den Rücken zu, die völlig ungerührt von so viel Verachtung genüßlich ihr Mittagsmahl verspeisten. Die eine aß ein Hühnchen, ohne vom ersten bis zum letzten Bissen auch nur ein einziges Mal die Gabel zur Hilfe zu nehmen, die andere nahm wiederholt Schlucke von ganz offensichtlich befriedigender Wirkung aus einer großen Weinflasche, die ihr zwischendurch als Rückenstütze diente.

Als sie in Berlin ankamen, waren die beiden Damen, die sich den ganzen Tag über gut genährt hatten, sehr vergnügt; Susies Begleitung hingegen war vor Erschöpfung sehr einsilbig. Besonders die arme Miss Leech, die noch nie sehr kräftig gewesen war, sah sich gezwungen, vor Susies Augen beinahe ohnmächtig zu werden, was Susie veranlaßte, Anna gegenüber eine Bemerkung fallenzulassen, dahingehend, daß Miss Leech sich auf dieser Reise sicher noch als rechte Landplage erweisen werde.

Es ist doch merkwürdig, dachte Anna, als sie am Abend in ihr Bett krabbelte, wie das Reisen unsere schlechtesten Seiten zum Vorschein bringt.

Es ist in der Tat merkwürdig, denn nichts kommt dem warmen Enthusiasmus der Erwartung, bevor es losgeht, so nahe wie die kalte Ernüchterung, wenn man angekommen ist. Unzählbar die Freundschaften, die auf einer Reise ein unvorhergesehenes, plötzliches Ende gefunden haben, und wie gering die Zahl der Freundschaften, die sie überlebten. Doch wenn ein Horace Walpole und ein Gray sich entzweiten, wenn Byron und Leigh Hunt gezwungen waren, sich zu trennen, wenn Unmengen anderer Persönlichkeiten, deren Gaben ein Zusammensein mit ihnen höchst wünschenswert erscheinen lassen, sich nach ein paar Wochen gemeinsamen Reisens unmöglich auch nur einen Tag länger ertragen können, wie darf man da von soviel geringeren Geschöpfen wie Susie und Anna, Miss Leech und Letty erwarten, daß sie die kurze Reise von London nach Berlin nicht bereits als hinreichend erachteten, endlich alle Unzulänglichkeiten und Mängel im Charakter der anderen mit ungetrübter und erschütternder Klarheit erkannt zu haben?

Anna machte auf den Notar, einen scharfsichtigen Mann mit bemerkenswert feinem Gesichtsschnitt, einen sehr vorteilhaften Eindruck. Als er dieser graziösen, so schlichten und freundlichen jungen Dame in die klaren, charmanten Augen blickte, da konnte er sehr gut nachvollziehen, daß sie den alten Joachim bezaubert hatte. Doch schon nach einer kurzen Unterhaltung wurde klar, daß sie im Augenblick kein Interesse hegte, den Wünschen ihres Onkels zu entsprechen. Vielmehr schien sie in kalter Mißachtung seiner Absichten vorzuhaben, all das gute deutsche Geld, das sie aus dem Gut ziehen werde, in diesem ohnehin schon überreich versorgten und aufgeblasenen England auszugeben.

Das verärgerte ihn; erstens, weil er England haßte, und zweitens, weil schon sein Vater die Angelegenheiten Joachims geregelt hatte, ehe er selbst in die väterlichen Fußstapfen getreten war, und die Gefühle beider, sowohl des Vaters als auch des Sohnes, diesem Klienten gegenüber deutlich wärmer gewesen waren, als es sonst zwischen Notar und Klient üblich ist. Da er den Fall aus der Sicht eines Mannes beurteilte, konnte er einfach nicht glauben, daß etwas so Hübsches zugleich so herzlos sein könne. Also betrachtete er die begleitende Lady Estcourt mit forschendem Blick, und da sie unattraktiv war, ein kleines, scharfgeschnittenes Gesicht und einen nervös zuckenden Körper hatte, kam er zu der Überzeugung, daß sie hinter der Mißachtung der Wünsche des verstorbenen Wohltäters stecken müsse. Susie ihrerseits beäugte ihn mit Herablassung, weil er einen umgeschlagenen, weichen Kragen trug.

Wenn Letty sich später an Berlin erinnerte, dann dachte sie an einen Ort, in dem alle Häuser Museen sind, in denen man so viele Tassen heiße Schokolade mit Sahnehaube trinken muß, daß man hinterher alles doppelt sieht.

Anna entsann sich Berlins als eines entzückenden Ortes, an dem liebenswürdige Notare einem die Börse mit Geld füllen.

Und Susie erinnerte sich mit Genugtuung an Berlin als jenes Ortes auf dem Festland, in dem es ihr kraft strengster Sparvorschriften – die Fußgänge im Regen von Museum zu Museum ebenso eingeschlossen wie die Abfütterung mit zweifelhaft aussehenden Kuchen, statt der nahrhafteren, aber auch sehr viel teureren Mahlzeiten, die Letty als »anständig« bezeichnete – erfolgreich gelungen war, sich davor zu schützen, daß man ihr, wie sie sagte, das Fell über die Ohren zog.

Für Miss Leech war Berlin nichts weiter als ein Ort, an dem man nasse Füße bekommt und sich die Kleider ruiniert.

Früh am nächsten Morgen brachen sie nach Kleinwalde auf.

5

Stralsund, das eine über Deiche mit dem Festland verbundene Insel bildet, ist eine alte Stadt mit Giebelhäusern, uralten Kirchen und mit Straßen, die mit eigentümlich grobem Kopfstein gepflastert sind. Im Frühsommer, wenn das grüne Marschland rund um die Stadt mit Hahnenfuß übersät ist, kleine weiße Schäfchenwolken fast bewegungslos am Himmel stehen, das Vieh draußen auf der Weide grast, die Lerchen singen und die orangefarbenen und roten Segel der Schmacken der Fischer auf den schmalen Meeresgürtel zwischen Stralsund und der Insel Rügen buntkontrastierende Tupfen in das verschmelzende Blau von Himmel und Meer setzen, dann zeigt sich die Stadt von ihrer schönsten Seite. In dieser gesegneten Jahreszeit legt sich eine göttliche Frische und Helligkeit über das harte Strandgras und die gemeinen Feldblumen. Die Luft ist voll von den Gerüchen der See. Die Sonne brennt auf die Stadt und das umgebende Flachland. Die Leute kommen aus ihren Häusern, in denen sie die meiste Zeit ihres Lebens verbringen, stehen in den Torbögen und beklagen sich über die Hitze. Ein schwerer Karren poltert über das Kopfsteinpflaster – schon Minuten, bevor er in Sicht kommt, und noch Minuten nachdem er vorübergefahren ist, hört man in der Verschlafenheit des Städtchens das Geräusch der rumpelnden Räder. Ein ehrlicher Geruch nach Fisch und Teer hängt in der Luft, und ein Reisender mit poetischer Ader auf der Suche nach dem Pittoresken, der es mit seiner eigenen Bequemlichkeit nicht zu genau nimmt, wird unfehlbar begeistert sein, wenn er diese kleine Stadt im Monat Juni zum ersten Mal besucht.

Doch im Winter und viel mehr noch in jenen doppelt düsteren Tagen zum Ende des Winters, wenn der Frühling längst schon erste Anzeichen seines Nahens hätte zeigen sollen, in den Tagen der heulenden Winde, der plötzlichen Regengüsse und der verspäteten Schneestürme, in diesen Tagen ist die Ebene nichts anderes als eine öde sich erstreckende Weite der Trostlosigkeit, in deren entferntester Ecke verloren eine alte Stadt hockt.

Und an jenem Morgen, als Susie und ihre drei Begleiterinnen die Ebene durchquerten, zeigte sie sich von ihrer ödesten und trostlosesten Seite.

»Was für ein tristes Land!« rief Susie aus, während sie Meile um Meile hinter sich brachten und sich ihren Blicken noch immer nichts anderes bot als die ewiggleiche Abfolge von flachen, gepflügten Feldern und Marschen und dazwischen ganz selten einmal ein winziges, wild schwankendes Kieferngrüppchen oder ein paar vom Wind bis zum Boden niedergebeugte Silberbirken. »Was für eine Weltecke – wie kann man nur hierherkommen, um hier leben zu wollen! Dein alter Onkel war wohl wirklich völlig übergeschnappt; zu glauben, daß du dich hier je niederlassen könntest! Das muß man sich mal vorstellen, daß jemand Geld ausgibt, um hier Land zu erwerben. Ich nähme nicht einmal eine Schubkarre voll davon, und wenn es geschenkt wäre.«

»Nun, ich nehme viele Schubkarren voll von diesem Land«, erwiderte Anna. »Und ich bin sicher, Onkel Joachim hatte recht, hier Land zu kaufen, denn er hatte immer recht.«

»O ja, es ist ja jetzt deine Pflicht, ihn über den grünen Klee zu loben. Vielleicht liegt der bessere Teil ja noch vor uns, aber bis jetzt ist mir unerfindlich, wie man aus diesem Ödland zweitausend im Jahr rausquetschen soll.«

Der Blick aus dem Zugfenster bot an diesem Tag wahrhaftig nichts Anziehendes; doch Anna sagte sich, daß bei einem solchen Wetter jeder Ort auf Erden trostlos wirken müsse. Sie war viel zu glücklich in dieser ersten Welle der Unabhängigkeit, um sich durch irgend etwas die Stimmung verhageln zu lassen. Hatte sie nicht erst am Morgen dem Zimmermädchen in Berlin ein so reichlich bemessenes Trinkgeld für Dienste gegeben, die nicht erbracht worden waren, daß sogar das Mädchen selbst gesagt hatte, das sei zuviel? Doch Anna wollte Wiedergutmachung leisten für die unendlich vielen Male, bei denen man von Hotels abgereist war, ohne daß Susie auch nur einen einzigen Penny Trinkgeld gegeben hätte. Und hatte sie nicht auch von Susie die Erlaubnis erbeten – und unverzüglich erhalten! – in Berlin die Fahrkarten für die ganze Reisegruppe bezahlen zu dürfen? Und war es nicht ein angenehmes, die Seele wärmendes Gefühl gewesen, Fahrkarten für andere Leute zu kaufen, statt sich von anderen Leuten eine Fahrkarte kaufen lassen zu müssen? In Pasewalk, einem kleinen Städtchen auf halber Strecke zwischen Berlin und Stralsund, hatte der Zug zehn Minuten Aufenthalt gehabt. Anna hatte darauf bestanden, auszusteigen – trotz der Pfützen auf dem matschigen Perron. Im Erfrischungsraum hatte sie gekochte Eier, belegte Brötchen und Kuchen gekauft – kurz, alles, was wenig dazu angetan war, Susies Geschmack zu beleidigen. Außerdem hatte sie einen Stralsund-Führer erstanden, obwohl sie gar nicht in Stralsund blieben, und dazu noch ein paar Ansichtspostkarten, dabei verschickte sie niemals Ansichtskarten. Mit Paketen beladen war Anna an den Zug zurückgekommen, und ihr Gesicht hatte vor kindlichem Vergnügen gestrahlt, eigenes Geld ausgegeben zu haben.

»Aber *liebe* Anna«, schalt Susie, doch da sie hungrig war, verspeiste sie in aller Seelenruhe ein Brötchen und erlaubte Letty desgleichen zu tun, obgleich sie sich erst zwei Tage zuvor lang und breit über die Vulgarität des Essens in einem Zug ausgelassen hatte.

Und mit einem Mal war Susie in einer ausgesprochen leutseligen Gemütsverfassung. Trotz des Wetters freute sie sich darauf, das Gut zu sehen, von dem Onkel Joachim gemeint hatte, es sei ein angemessenes Heim für seine Nichte. Und da sie und Anna auf der einen Seite des Wagens und Letty und Miss Leech in der anderen Ecke saßen und niemand sonst das Coupé mit ihnen teilte, war sie weder durch die allzugroße Nähe der Tochter verärgert noch durch den Anblick speisender Mitreisender. Miss Leech, immer ihrer Pflichten eingedenk, machte das Beste aus der fünfstündigen Reise und bemühte sich mit leiser Stimme, das neblige Dunkel der Erinnerung an den Unterricht des letzten Winters im Kopf ihrer Schülerin etwas zu erhellen. »Erinnerst du dich denn gar nicht an das, was Professor Smith dich gelehrt hat, Letty?« fragte sie. »Schau, es drehte sich alles um genau diesen Teil Deutschlands. Findest du es denn nicht aufregend, zu wissen, was sich hier abgespielt hat? Stralsund zum Beispiel, wo wir bald hinkommen werden, hat eine sehr turbulente und interessante Vergangenheit.«

»Tatsächlich?« gab Letty gelangweilt zurück. »Na, also meine Schuld ist das jedenfalls nicht, Leechy.«

»Nein, meine Liebe. Aber du solltest wenigstens versuchen, dich an die Lektionen zu erinnern. Hast du denn den Aufsatz vergessen, den du über Wallenstein geschrieben hast?«

»Ich erinnere mich, daß ich einen Aufsatz schrieb. Verflucht harte Arbeit, das.«

»Aber Letty! Du sollst doch nicht verflucht sagen – das schickt sich nicht für eine Dame.«

»Na und? Mama sagt es andauernd.«

»Na ja. Weißt du nicht mehr, was Wallenstein sagte, als er Stralsund belagerte und feststellen mußte, was für eine schwere Aufgabe das war?«

»Ich nehme mal an, er wird auch gesagt haben: Verflucht harte Arbeit, das.«

»Oh, Letty! Nein, es hatte mit Ketten zu tun. Nun, erinnerst du dich?«

»Ketten?« wiederholte Letty gedehnt und sah unendlich gelangweilt aus. »Mal ehrlich Leechy, erinnern *Sie* sich?«

»Ja, *daran* erinnere ich mich, obwohl, das gebe ich zu, den größten Teil der Lektion habe ich auch vergessen.«

»Also was fragen Sie mich dann, wenn Sie's wissen, und wenn Sie wissen, daß ich es nicht weiß!? Was hat er denn über die Ketten gesagt?«

»Er hat gesagt, er werde die Stadt einnehmen, und wäre sie mit eisernen Ketten an den Himmel geschmiedet«, deklamierte Miss Leech dramatisch.

»So ein Blödhammel!«

»Still! Solche schrecklichen Wörter sagt man nicht! Wo lernst du sowas bloß? Bei mir bestimmt nicht.« Miss Leech war todunglücklich, denn sie hegte einen abgrundtiefen Abscheu vor der Vulgärsprache und war ganz außer sich, wie oft diese Form der Rhetorik aus Letty hervorbrach.

»Also gut«, lenkte Letty ein, »war sie es?«

»War sie was, meine Liebe?«

»Na, an den Himmel gekettet.«

»Die Stadt? Also hör mal, wie kann denn eine Stadt an den Himmel gekettet sein, Letty?«

»Ja, und wieso hat er es dann gesagt?«

»Er hat eine Metapher benutzt.«

»Ach so!« antwortete Letty, die keine Ahnung hatte, was eine Metapher ist. Da sie aber annahm, es handele sich um ein Gerät, das man bei Belagerungen einsetzt, zog sie es vor, nicht weiter nachzufragen.

»Er war gezwungen, sich zurückzuziehen«, erläuterte Miss Leech, »und mußte eine Unmenge gefallener Männer auf dem Schlachtfeld zurücklassen.«

»Arme Teufel! Hör'n Sie mal, Leechy«, flüsterte Letty. »Lassen wir's gut sein mit der Geschichte, ja? Erzählen Sie mir lieber von Mr. Jessup. Sie waren bis zu dem Punkt gekommen, wo er Sie zum ersten Mal Amy genannt hat.«

Mr. Jessup war jene Person, auf die auf diesen Seiten bereits angespielt wurde als der einzige Mann, den Miss Leech je geliebt hatte. Seine Geschichte interessierte Letty brennend. Nie konnte sie genug bekommen von der Beschreibung, wie er an Leechys Horizont auftauchte, erste, zarte Annäherungsversuche unternahm, dann dazu überging, ihr ernsthaft den Hof zu machen, und wie es schließlich zum melancholischen Ende dieser Werbung gekommen war. Mr. Jessup, ein Geistlicher der Kirche von England mit einem Vikariat, das bereits darauf wartete, ihn mitsamt einer Frau in Empfang zu nehmen, war plötzlich von einer neuen Überzeugung gepackt worden und zum römisch-katholischen Glauben konvertiert, woraufhin Miss Leechs Vater, ebenfalls ein Geistlicher der Kirche von England, eine Menge Brandreden gehalten hatte gegen die Rote Hure Babylon und Mr. Jessup die Tür vor der Nase zuschlug, als dieser kam, um eine Erklärung abzugeben. Dies alles war geschehen, als Miss Leech zwanzig Jahre alt war. Jetzt, mit dreißig, fand sie als Vollwaise, die sich weiteren Schicksalsschlägen des Lebens entzogen hatte, sanften Trost in der Erinnerung: Immer wieder erzählte sie ihrer brennend interessierten Schülerin und Freundin die Geschichte dieser Verlobung unter dem unglücklichen Stern. Und je öfter sie sie erzählte, desto weniger schmerzte sie sie, bis sie zuletzt den Punkt erreichte, an dem die Erinnerung ihr schieres Vergnügen bereitete. Es freute sie und es schmeichelte ihr, eine so entscheidende Rolle gespielt zu haben in einem Drama, das auf unbedeutender Bühne aufgeführt und ausgepfiffen worden war. Es machte sie glücklich, endlich eine sympathisierende Zuhörerin gefunden zu haben, die mit größter Begeisterung bei jedem einzelnen Auftritt dieses kurzen, aber so gloriosen Dramas verweilte. Man muß übrigens sehr bezweifeln, daß Miss Leech auch nur annähernd diesselbe Menge Vergnügen aus Mr. Jessup gezogen hätte, wäre dieser dem Glauben seiner Väter verhaftet geblieben und hätte er sie zu gegebener Zeit geehelicht. Durch seine Abkehr aber war er, ohne es zu wissen, zu einer Art göttlicher Fügung für Letty und Miss Leech geworden, errettete er sie doch vor endlosen Stunden der Langeweile, indem er das einsame Schulzimmer mit Romantik und Geheimnis erfüllte. Und während er in Miss Leechs Vorstellungen langsam die süße Unberührbarkeit eines angenehmen Traumes annahm, wurde er für Letty zu Mark und Bein ihrer ganzen Existenz. Sie glühte förmlich bei dem Gedanken, vielleicht selbst eines Tages einem Mr. Jessup zu begegnen, der, von einem neuen Glauben ergriffen, alles aufgäbe – sie selbst eingeschlossen –, um allein dem zu folgen, was er für richtig erkannt hatte.

Wie gewöhnlich waren sie sogleich ganz und gar in die Geschichte des Mr. Jessup vertieft und vergaßen über der Betrachtung seiner vortrefflichen Eigenschaften alles sonst in der Welt. Erst durch die Ankunft in Stralsund wurden sie unsanft in die Wirklichkeit zurückgestoßen, denn Susie drückte ihnen Bücher, Taschen und Schirme in die unbeschäftigten Hände und schob sie aus dem Coupé hinaus in die Nässe.

Hilton, Annas und Susies gemeinsame Zofe, mußte im Dritte-Klasse-Wagen gefunden und gedrängt werden, schnell aus dem Zug auf den niedrigen Bahnsteig herunterzuklettern. Dort stand sie hilflos herum, ein Bild verletzter Überheblichkeit, herumgeschubst von eiligen Kofferträgern und Reisenden, denen aus dem Weg zu gehen sie sich hochnäsig weigerte. Anna hielt indessen nach dem Gepäck Ausschau und sah zu, daß es auf den Wagen geladen wurde, der zu diesem Zweck geschickt worden war. Es handelte sich dabei um einen ganz normalen Bauernwagen, wie er im Sommer benutzt wird, um das Heu einzubringen, und im Herbst, um den Mist auf die Felder zu fahren. Ein Strohsack, den man auf die bloßen Bodenbretter dieses Wagens gelegt hatte, sollte nun Hilton als Sitz dienen. Das zumindest sagte der Jungknecht, der den Wagen fuhr und gerade dabei war, dem Kofferträger zu helfen, die Gepäckstücke auf dem Wagen festzuzurren, damit sie auf der holprigen Fahrt nicht vom Wagen fielen oder gegen Hilton stießen. Und der Kutscher des Zweispänners, der auf die Herrschaften wartete, bestätigte es, indem er mit seiner Peitsche erst auf Hilton und dann auf den Bauernwagen deutete. Auch der Kofferträger, der diese Form des Reisens für ganz selbstverständlich zu halten schien, bekräftigte es. Und alle warteten darauf, daß Hilton nun endlich hinaufkletterte. Hilton aber, als sie die Situation endlich erfaßte, flüchtete sich zu Susie hinüber, die voll Angst so tat, als sei sie ganz von diesem blauen Himmel fasziniert, was ihr jedoch nichts nützte. Mit einer Stimme, die vor höchster Erregung zitterte, und einem Gesicht, das abwechselnd wachsweiß und knallrot wurde, erklärte Hilton, daß sie nur als Leiche in diesem Wagen fahren werde, doch nie und nimmer, solange sie noch lebendigen Odem in sich habe!

Man sah sich einem Problem gegenüber. Und die Müßiggänger, deren Neugier weder Wind und Graupelschauer etwas anhaben konnten, drängten sich zusammen, und die Leute, die mit demselben Zug angekommen waren, blieben stehen, um sich das Schauspiel anzuschauen. Der Jungknecht klopfte mit der Hand auf den Strohsack und versicherte, es sei nur reines, sauberes Stroh darin. Der Kutscher stand von seinem Bock auf und schwor einen heiligen Eid, daß es sich um einen ganz neuen Sack handele, und der Kofferträger versicherte dem Fräulein, daß die Sitzgelegenheit bequem sei wie ein Federbett. Niemand schien begreifen zu können, warum das, was man ihr hier bot, für Hilton eine tödliche Beleidigung darstellte.

Susie fürchtete sich vor Hilton, die einmal in den Diensten einer Herzogin gestanden hatte, denn jedesmal, wenn Susie etwas von ihr verlangte, was ihr unangenehm war, schwang Hilton diese Herzogin wie ein Damoklesschwert über das Haupt ihrer Herrin. Sie zitierte dann die Worte der einstigen Gnädigen oder legte dar, wie sie in einer gegebenen Situation gehandelt hätte, und immer, so schien es, pflegte die Herzogin ganz im Sinne Hiltons zu handeln. Da Susie für Herzoginnen eine geradezu sklavische Bewunderung hegte, wurde Hilton mit einer Nachgiebigkeit behandelt, die absurde Züge aufwies, verglichen mit der Härte, die Susie anderen gegenüber an den Tag legte.

Hilton war nicht entsetzter als ihre Herrin selbst, als sie den Schindkarren sah, der für das Gepäck und die Dienstboten gedacht war. Aber sie auch noch in dem Gefährt unterzubringen, das der Träger den »herrschaftlichen Wagen« genannt hatte, war schlicht unmöglich, denn dabei handelte es sich um eine Art *Viktoria**, und das Rätsel, wie die übrigen vier darin unterkommen sollten, war noch längst nicht gelöst.

---

* Viktoria: vierrädriger, zweisitziger Kutschwagen mit Klappverdeck (Anm. d. Ü.)

»Was sollen wir denn bloß machen?« wandte sich Susie verzweifelt an Anna.

»Machen? Mein Gott, sie muß eben mit diesem Wagen da fahren. Hilton, nun stellen Sie sich nicht so an und halten Sie uns nicht in diesem Regen auf! Wir sind hier nicht in England. Niemand denkt sich was dabei. In einem Bauernwagen zu fahren ist hier keine Schande. Es ist ehrenwerte Schlichtheit, sonst nichts. Die Leute starren Sie nur deshalb an, weil Sie so ein Theater machen. Seien Sie ein liebes Mädchen, steigen Sie ein und lassen Sie uns endlich losfahren.«

»Nur über meine Leiche, M'am«, zeterte Hilton mit klappernden Zähnen, »nur über meine Leiche.«

»Unsinn«, schimpfte Anna ungeduldig.

»Was sollen wir denn bloß machen?« jammerte Susie. »Die arme Hilton – was sind das bloß für Barbaren hier?«

»Dann müssen wir sie halt in der Droschke fahren lassen, falls es nicht zu weit ist, und man hier eine kriegen kann.«

»Eine Droschke für diese Strecke?! Es wird ein Vermögen verschlingen.«

»Wir können doch nicht ewig zur Belustigung dieser Leute hier herumstehen.«

»Oh, wären wir doch bloß nie zu diesem schrecklichen Ort gekommen«, rief Susie aus. Hiltons wütende Weigerung machte sie wirklich krank.

Aber Anna wollte weder ihrem Lamento weiter zuhören noch Hiltons monotonem »nur über meine Leiche, Mylady« und verhandelte mit einem unwilligen Droschkenkutscher, der keinerlei Verlangen zeigte, nach Kleinwalde hinauszufahren. Erst als Anna ihm ein Fahrgeld von zwanzig Mark zusagte, dazu eine Zwischenrast und Hafer für seine Pferde sowie eine kleine Zugabe in Form von Erfrischungen bei der Ankunft und einem Trinkgeld je nach Annas Großzügigkeit, war er bereit, nachzugeben.

»Hör mal, Anna, du kannst aber nicht von mir erwarten, daß *ich* für diesen Wagen zahle«, sagte Susie ziemlich beunruhigt, nachdem die sehr beruhigte Hilton in die Droschke eingestiegen und außer Hörweite war. »Dieser scheußliche Bauernwagen ist schließlich dein Eigentum, nicht wahr?«

»Natürlich gehört er mir«, erwiderte Anna mit strahlendem Lächeln. »Und natürlich ist die Droschke meine Sache. Was für ein herrliches Gefühl ist es doch, über Wagen und Droschken verfügen zu können. Also, würdest du jetzt bitte die Güte haben und in meinen Kutschwagen einsteigen? Hast du bemerkt, wie äußerst respektvoll sich mein Kutscher verhält?«

Der Kutscher, eine merkwürdig aussehende Gestalt mit runden Schultern und langem grauem Bart, trug eine blaue Stoffkappe auf dem Kopf und einen rehfarbenen Anzug, dazu Gamaschen, an denen dicht an dicht in einer Reihe aufgenäht glänzende Silberknöpfe prangten, die Onkel Joachims Wappen trugen. Als seine neue Herrin und ihre Begleiterinnen in seinen Wagen einstiegen, riß er sich die Kappe vom Kopf und setzte sie erst wieder auf, als alles zur Abfahrt bereit war.

»Ganz so als wären wir Fürstlichkeiten«, bemerkte Susie.

»Nur der Rest von ihm paßt nicht ganz«, entgegnete Anna, die die gesamte Prozedur sehr amüsierte. »Gefallen dir meine Pferde, Susie? Oder vermutest du, sie hätten heute morgen noch auf den Feldern den Pflug gezogen? Nun ja«, fügte sie rasch hinzu, denn sie schämte sich jetzt, über einen Teil der Hinterlassenschaft des lieben Onkels gespottet zu haben, »ich glaube, in diesem Teil der Welt, wo die Straßen so furchtbar schlecht sind, muß man ganz einfach schwere Ackergäule vor die Kutschen spannen.«

»Trotzdem könnten ihre Schweife ein bißchen kürzer sein«, bemerkte Susie spitz.

»Ja, könnten sie«, stimmte Anna ernst zu.

Mit Hilfe des Gepäckträgers, der alles über Onkel Joachims letzten Willen zu wissen schien und Anna seine tiefste Anteilnahme bekundete, war es ihnen schließlich gelungen, alle zusammen irgendwie in der Viktoria Platz zu finden. Und auf ging's über die Buckelquader der Straße, entlang der Außenbezirke der Stadt hinüber zum Festland, wobei der Sturm ihnen Graupelkörner ins Gesicht blies. Der Wagen, in dem Hilton saß, folgte in langsamerem Trott hinterher, und der Bauernkarren mit dem Gepäck und dem unbenutzten Strohsack bildete das Ende der Kette.

»Von Stralsund werden wir leider nicht viel sehen«, sagte Anna und lugte um die Ecke des Verdecks über den Seearm, der die Stadt vom Festland trennt.

»Wie du natürlich weißt, ist es eine sehr historische Stadt«, bemerkte Susie mit scharfem Ton an ihre Tochter gewandt, denn als sie gelangweilt die Seiten ihres Baedekers durchblätterte, hatte sie gesehen, daß die Stadt ausführlich und mit vielen Jahreszahlen beschrieben war.

»Na und ob!« antwortete Letty. »Wallenstein sagte, er werde sie einnehmen, auch wenn sie an den Himmel gekettet wäre. Als er dann gesehen hat, daß sie nicht an den Himmel gekettet war, wurde ihm furchtbar schlecht. Er machte sich aus dem Staub und ließ all seine Sachen da im Feld zurück.«

Miss Leech, die auf dem Notsitz kauerte und sich mit ihrem Schirm gegen die Wut der Elemente zu verteidigen versuchte, blickte äußerst besorgt drein, doch Susie sagte nur mit Befriedigung in der Stimme: »Ich bin froh, daß du wenigstens einmal etwas von dem behalten hast, was man dich lehrt.«

Worauf Letty, die in bester Stimmung war, weil ihr diese Fahrt im Regen ein Mordsvergnügen machte, wiederum mit einem »Na und ob!« antwortete, und ihre Mutter gratulierte sich zu dem klugen Entschluß, sie nach Deutschland mitgenommen zu haben, der Heimstatt aller Gelehrsamkeit und allen Wissens, denn offensichtlich schien er schon Wirkung zu zeigen.

Die Kutsche stank nach Fisch. Susie bemerkte es sogleich mit Bestürzung, denn unglücklicherweise hatte sie eine höchst empfindliche Nase, die alles roch. Solange man noch durch die Stadt gefahren war, hatte sie vermutet, der Geruch hinge in den Straßen, und ihn folglich stoisch ertragen. Doch jetzt, als sie über das freie Feld rumpelten, wo weit und breit kein Haus stand, bemerkte sie, daß es die Kutsche selbst war.

Sie rutschte auf ihrem Sitz hin und her, schaute sich um und suchte mit den Füßen unter der Sitzbank nach dem Fischkorb, der irgendwo versteckt sein mußte. Sie war wild entschlossen, den Korb, sollte sie ihn finden, wortlos mit einem Tritt nach draußen zu befördern. Denn daß sie sich zwei Stunden lang das Taschentuch vor die Nase hielte, war mehr, als irgend jemand ihr abverlangen durfte. Ohnehin hatte sie um Annas Willen ihrer Meinung nach schon mehr geleistet, als man von ihr erwarten durfte, bedachte man die Kosten der Reise und die Unbequemlichkeiten, die die Abwesenheit von Zuhause bedeutete, und sie hoffte, daß Anna Dankbarkeit empfand. Nie hatte sie ihre Pflichten gegenüber Anna vernachlässigt oder gegenüber sonst irgend jemandem, und sie war sich sicher, daß sie das auch niemals tun werde, doch umschlossen ihre Pflichten sicherlich nicht das stille Erdulden unangenehmer Gerüche.

»Was suchst du denn?« fragte Anna.

»Den Fisch.«

»Ach, riechst du das auch?«

»Ob ich das rieche? Na hör mal. Es bringt mich um!«

»Oh, arme Susie!« lachte Anna, die von dem unkontrollierbaren Verlangen beherrscht war, über alles zu lachen. Das Beförderungsmittel (eine Kutsche konnte man es schwerlich nennen), in dem sie jetzt saßen und das, so vermutete Anna, zu benutzen ihr zukünftiges Schicksal sein werde, sollte sie sich entschließen, in Kleinwalde zu bleiben, war anders als alles, was sie je gesehen oder erlebt hatte. Es war ein uraltes Gefährt mir riesengroßen Rädern, das ganz fürchterlich ruckelte. Obendrein war der Sitz so konstruiert, daß sie ständig nach vorn rutschte, weshalb sie sich unablässig mit Füßen und Armen wieder nach hinten schieben mußte. Das ganze Innere einschließlich des Verdecks war mit schwarz-weiß kariertem Tuch ausgeschlagen, allerdings war das Weiß der großen Karos durch langen Gebrauch und Schmutz schon zu verschiedenen Schattierungen von Gelb bis Braun verblaßt. Als Miss Leechs Schirm in einer Windböe umschlug, konnte Anna den rehfarbenen Anzug des Kutschers sehen und einen langen weißen Bändel, der lose zwischen den Rockschößen flatterte und dessen Sinn und Zweck Anna sich nicht erklären konnte. Auf der linken Seite des Bocks prangte in Grün und Weiß – Onkel Joachims Farben – groß und glänzend ein Wappen. In welche Richtung auch immer sie schnupperte, rundum stank es erbärmlich nach Fisch.

»Ich glaube, wir transportieren unser Mittagessen mit uns nach Hause, aber ich kann es nirgendwo entdecken.«

»Unter den Sitzen ist nichts. Vielleicht hat der Kutscher es vorn unterm Bock. Frag ihn, Anna. Ich kann das nicht länger aushalten.«

Anna wußte nicht so recht, wie sie seine Aufmerksamkeit auf sich lenken sollte. Es schien unwürdig, ihn einfach in die Rippen zu stoßen; aber sie kannte seinen Namen nicht, und als sie schüchtern »Oh, Kutscher, Kutscher!« rief, trug der Wind ihr schwaches Stimmchen zurück nach Stralsund statt nach vorn zu dem Mann.

Dann fiel ihr ein, daß »Oh« nicht besonders deutsch war und daß Onkel Joachim statt dessen immer sonor klingende »Achs« verwendet hatte. Also hob sie noch einmal an: »Ach, Kutscher!«

Letty kicherte. »Na los schon, Tante Anna!« schrie sie ermunternd. »Pieks ihn mit deinem Schirm in die Rippen oder, wenn du willst, mach' ich's für dich!«

Ihre Mutter, das Taschentuch vor Nase und Mund gepreßt, ermahnte sie, nicht so unverschämt zu sein, woraufhin Letty langatmig erklärte, daß sie im Gegenteil nur lieb sei und ihre Hilfe angeboten habe.

»Ich glaube, ich muß ihn tatsächlich anstoßen«, sagte Anna, deren schwache Giekser im Rumpeln des Karrens und im Heulen des Windes untergingen. »Oder würden Sie ihn vielleicht am Ärmel zupfen, Miss Leech?«

Miss Leech drehte sich um und berührte ganz behutsam den Ärmel seiner Jacke. Sofort pfiff er dem Pferd, das unverzüglich anhielt, riß sich die Mütze vom Kopf, schaute sich nach Anna um und fragte nach ihren Befehlen.

Es geschah so unerwartet schnell, daß Anna, deren Konversationsdeutsch sehr eingerostet war, sich nicht an das deutsche Wort für *fish* erinnern konnte, weshalb sie nur dahockte und den Mann hilflos anstarrte, während sie vergeblich in ihrem Gehirn kramte.

»Was heißt *fish* auf deutsch?« erbat sie verzweifelt Auskunft von Susie, denn es war ihr unangenehm, daß der Mann ohne Mütze auf dem Kopf im Regen hockte.

»Letty, was heißt *fish* auf deutsch«, fauchte Susie ihre Tochter an.

»Fisch«, antwortete Letty und schaute dumm.

»Nein, wie *fish* auf deutsch heißt, verdammt noch mal!« Susie stampfte mit dem Fuß.

»Fisch«, mischte sich jetzt auch Miss Leech hilfreich ein.

»Fisch?« rief nun auch der Kutscher, der das Wort aufgeschnappt hatte.

»Ja, aber ja doch, ach, was bin ich doch so dumm!« Anna schlug sich gegen die Stirn, lief rot an und zeigte ihre Wangengrübchen. »Fisch heißt es, natürlich. Kutscher, wo ist Fisch?«

Der Mann guckte ausdruckslos; dann hellten sich seine Züge plötzlich auf. Mit seiner Peitsche deutete er zur brandenden See hinüber, die zu seiner Rechten sichtbar war, und erläuterte dazu, daß es dort sehr viel Fisch gebe, vor allem Hering.

»Was sagt er?« fragte Susie hinter ihrem Taschentuch.

»Er sagt, da im Meer gebe es Hering.«

»Gott, was ist der Kerl für ein Trottel!«

Letty lachte aus vollem Halse. Der Kutscher, der Anna und Letty so vergnügt sah, dachte wohl, das Richtige getroffen zu haben, und war sehr erfreut.

»Aber im Wagen«, hakte Anna jetzt nach, »wo ist Fisch im Wagen?«

Der Kutscher stierte sie an; er hatte keinen Dunst, wovon sie sprach, sagte aber mit beruhigender Stimme und sanftem Kopfschütteln: »Nein, nein, gnädiges Fräulein!« In der Hoffnung, das werde sie zufriedenstellen.

»Aber es riecht, es riecht«, rief Anna, mit seiner Antwort ganz und gar nicht zufrieden, und um ihr unmißverständliches Mißvergnügen zu demonstrieren, hielt sie die gerümpfte Nase hoch.

Sein Gesicht hellte sich unverzüglich auf. »Ach so! Jawohl, jawohl!« stieß er fröhlich aus und beeilte sich dann zu erklären, die nächsten Fische seien die in der See. Er habe aber heute morgen alle Lederteile der Kutsche mit Fett eingerieben, damit alles schön glänze. Daß das von ihm verwendete Fett einen leichten Fischgeruch habe, das sei ihm auch aufgefallen. »Behagt dem gnädigen Fräulein der Geruch nicht?« fragte er besorgt, denn er hatte sieben hungrige Kinder zu Hause und folglich großes Interesse daran, daß die neue Herrin mit ihm zufrieden war.

Anna lachte und schüttelte den Kopf; obwohl sie mit großem Nachdruck sagte, der Geruch behage ihr überhaupt nicht, blickte sie ihn dabei doch so freundlich an, daß er vollkommen beruhigt war.

»Was sagt er?« fragte Susie.

»Tja, ich glaube, wir müssen den Gestank ertragen; er kommt von dem Fett, mit dem er das Leder eingerieben hat.«

»Barbar!« schrie Susie ungehalten. Ihr war jetzt schon schlecht. Bei Ende der Fahrt würde sie sicherlich ernsthaft krank sein. »Und du lachst ihn auch noch an und ermutigst ihn, statt ihm gleich mit Festigkeit entgegenzutreten und ihm zu zeigen, daß du solches Verhalten nicht dulden wirst. Man sollte – man sollte ihn des Bockes entheben!« fügte sie voll Zorn hinzu, denn sie hatte gehört, daß man unbotmäßige Amtsinhaber ihres Amtes entheben kann. Warum also sollte man einen Kutscher nicht seines Bockes entheben?

Wieder lachte Anna. Sie versuchte, sich das Lachen zu verkneifen, aber es gelang ihr nicht. Und Susie, durch dieses kindische Benehmen noch wütender, schmollte auf dem ganzen Rest des Weges.

»Avanti!« rief Anna dem Kutscher zu. Obwohl sie kaum Italienisch konnte und in Italien, als sie in ihrem Wortschatz wühlte, nie das passende Wort fand, kamen während der letzten zwei Tage immer die italienischen Wörter auf ihre Lippen, wenn sie sie öffnete, um Deutsch zu sprechen.

Der Kutscher begriff trotzdem, was sie wollte, und so setzten sie ihren Weg auf der Landstraße fort, die sich bis zur nächsten fernen Biegung gerade vor ihnen erstreckte. Zu beiden Seiten dieser Chaussee standen Ahornbäume und zwischen die Bäume waren große, grellweiß gestrichene Steine gesetzt, die des Nachts den Weg markierten. Hinter dieser Reihe von Bäumen und Steinen waren parallel zur Straße Gräben ausgehoben, als Schutz für die im Sommer Frucht tragenden Felder. Wenn nämlich ein Wagen von der Straße abkam, landete er im Graben. Diese Vorkehrung war einfach und effektiv. Zur Rechten konnten sie hinter einem Streifen Marschland eine Zeitlang das Meer und weit draußen die flache Küste der Insel Rügen sehen, dann schob sich ein leicht erhöhtes baumloses Feld, auf dem saftig grün die Winterfrucht stand, in ihr Blickfeld. Zur Linken breitete sich nur das endlos öde Flachland, das in weiten Abständen mit Gehöften durchsetzt war, zu denen dann kleine Baumgruppen gehörten. Hier und da sah man auch eine Windmühle, die in der steifen Brise wütend ihre Flügel drehte. Der Wind blies eisig, und in den Gräben lagen noch Reste des Dezemberschnees. In dieser bleiernen Landschaft aus Grau, Braun und Schwarz wirkte das Grün der Felder mit dem Winterroggen beinahe erschreckend. Susie dachte, es sei das gottverlassenste Land, das sie je gesehen hatte, und brachte diese Meinung unverhohlen in ihrem Gesicht und ihrem Verhalten zum Ausdruck, es bedurfte da gar keiner Worte. Demonstrativ drückte sie sich schaudernd in ihre Ecke, hüllte sich mit größter Sorgfalt in ihre Pelze und verhielt sich ganz so, wie Sklaven der Pflichterfüllung es gern zu tun pflegen, wenn der Weg, den sie zu gehen haben, gar zu holprig ist.

Nach etwa einer Stunde Fahrt auf der Chaussee kamen sie an einem sehr großen, herrschaftlichen Haus vorbei, das zur Rechten ein gutes Stück von der Straße entfernt zwischen Bäumen stand. Noch ein wenig weiter in der Ferne lag ein kleines Dorf. Mit einem Ruck kam die Kutsche plötzlich zum Stehen. Anna schaute neugierig um die Kante des Verdecks und sah, daß sie vor einem neuen roten Backsteinhaus hielten, dessen Stufen überquollen von Kindern. Drei Männer und ein paar Frauen standen auch dabei, zwei der Männer schienen Geistliche zu sein. Der Ältere der beiden, ein Mann in mittleren Jahren mit milden Zügen, kam die Stufen herunter, verbeugte sich tief und begrüßte Anna sehr feierlich in ihrem neuen Zuhause, und zwar im Namen dieser Kinder aus Kleinwalde, die diese neue Schule besuchten. Er vermutete, daß Anna die Person sei, die es zu begrüßen gelte, da er von der Dame in der anderen Ecke der Kutsche nur die Augen sehen konnte, und die blickten alles andere als freundlich, während die junge Dame zu ihrer Linken sich lächelnd nach vorne lehnte und ihm eine freundliche Hand entgegenstreckte.

Er nahm die Hand und schüttelte sie langsam, während er darum bat, das Verdeck zurückklappen zu dürfen, damit diese Kinder aus dem Dorf, die, um sie willkommen zu heißen, drei Meilen weit zu Fuß gekommen seien, in die Lage versetzt würden, sie zu sehen. Als Anna dem ohne Umschweife zustimmte, half er eigenhändig mit seinen weiß behandschuhten Händen dem Kutscher, das Verdeck zu öffnen. Susie sah sich dadurch der vollen Wucht des Regensturmes preisgegeben und drückte sich noch tiefer in ihre Ecke. Als dunkle, geheimnisvolle Kombination aus Pelz, Hahnenfedern und schwarzen Augenbrauen bildete sie ein verlockendes Anschauungsobjekt für die Schulkinder.

Dann hielt der Geistliche mit dem Hut in der Hand eine Rede. Er sprach deutlich und klar, wie einer, der gewöhnt ist, oft und lang zu sprechen, und Anna verstand jedes Wort. Doch die Zeremonie verwirrte sie auch. Sie hatte nämlich keine Ahnung, was sie als Erwiderung sagen sollte. So saß sie zunächst nur verunsichert da und schaute den Geistlichen lächelnd an, wobei sie sehr hübsch und sehr schüchtern wirkte. Bald bemerkte sie allerdings, daß ihr Lächeln unangebracht war, weshalb sie es ersterben ließ. Während der Geistliche sprach und dabei immer mehr in Fahrt kam, erkannte Anna, daß er es für selbstverständlich erachtete, daß sie hier leben und sich um das Wohl der Ärmsten kümmern werde, versicherte er doch wortreich allen hier Versammelten, daß Anna den Kranken eine mit zarten Händen pflegende Mutter und den Hungrigen ein Engel der Gnade sein werde, der sie in der Stunde der Not sättige, und eine Freundin und Schwester werde sie den kleinen Kindern sein, denen sie beistehen und für die sie in ihrer bedauernswerten Schwäche und Sündhaftigkeit sorgen werde. Sein Gesicht begann vor Begeisterung zu glühen, während er weitersprach, und Anna dankte Gott, daß Susie kein Wort verstand. Die Kinder, die Frauen und der junge Geistliche, sie alle hörten, wie hier in ihrem Namen Versprechungen gemacht wurden, die zu erfüllen sie keinerlei Absicht hegte. Sie schaute aus der Kutsche auf die Szenerie, nestelte nervös an ihren Fingern und fühlte sich denkbar unwohl.

Als er seine Rede zu Ende gebracht hatte, trat der Geistliche mit Tränen, die seine eigene Redegewandtheit ihm in die Augen getrieben hatte, nahe an den Wagen, streckte die Hand aus, segnete Anna und bekräftigte seinen Segen mit einem lauten »Amen!«. Darauf trat eine peinliche Pause ein. Susie, die das »Amen« gehört hatte, vermutete, daß so etwas wie ein Segen gesprochen worden war, und machte eine ungeduldige Bewegung. Der Geistliche erschien ihr abstoßend, erstens, weil er sie an die Prediger in den Baptistenkirchen erinnerte, in denen sie ihre voreheliche Jugend verbracht hatte, vor allen Dingen aber, weil er sie zwang, hier in diesen Sturmböen zu verharren und damit die Qual, die sie schon wegen des Fischgestanks litt, noch vergrößerte. Anna wußte nicht, was sie auf das »Amen« erwidern sollte, weshalb sie schüchterner als je dreinschaute. Schließlich stammelte sie ein verwirrtes »Danke sehr«, hoffend, es wäre eine passende Wendung, woraufhin der Pfarrer sich wieder tief verbeugte, als wollte er sagen: Aber ich bitte Sie, keine Ursache. Dann schlug der dritte Mann, offenbar der Schulmeister, eine Tongabel an, und die Kinder begannen ein Kirchenlied zu singen, dem dann noch ein paar weitere, fröhlichere Lieder folgten, in denen immer wieder die Worte *Frühling* und *Willkommen* vorkamen, während der Wind das platte Gegenteil heulte.

Als all dies vorüber war, erbat der Pfarrer die Erlaubnis, die andere klerikal aussehende Person vorstellen zu dürfen. Es handelte sich dabei um einen großen, dürren jungen Mann mit blassem Gesicht und dichtem flachsblondem Stoppelhaar. Auch er trug weiße Glacéhandschuhe und einen langen, fest zugeknöpften Gehrock aus feinem schwarzem Wollstoff.

»Herr Vikar Klutz«, sagte der ältere Geistliche mit einer Handbewegung. Der Herr Vikar machte einen tiefen Diener, umfaßte die ihm dargereichte zarte, weiche Hand mit sehr kräftigem Griff, während freundliche Augen ihm in die eigenen freundlichen, aber unsicher schweifenden blickten. Unverzüglich fühlte Vikar Klutz sich von verzweifelter Liebe gepackt, was nicht verwunderlich war, bedachte man, daß er seit mehr als sechs Monaten mit keiner Frau unter vierzig gesprochen hatte, er selbst aber erst zwanzig war und ein Dichter. Den Rest des Tages verbrachte er eingeschlossen in seiner Kammer. Alle Nahrung ablehnend, schrieb er ein glühendes Gedicht, in dem er *berauschten Sinn* auf *Engländerin* reimte, während der ältere Geistliche, in dessen Haus er wohnte, der festen Überzeugung war, er arbeite an seiner Karfreitagspredigt.

Danach stellte man Anna noch den Schulmeister vor und zuletzt die Frauen – die Gemahlinnen des Lehrers und des Geistlichen. Nachdem Anna viel gelächelt und höfliche, aber völlig unzusammenhängende kleine Reden gehalten und jeder der beiden Damen mindestens ein dutzendmal mit Lächeln und Kopfnicken die Hand geschüttelt hatte, denn tiefe Knickse allein konnten den Damen nicht genügen, machte sie die Damen auch mit der stummen Gestalt in der Ecke des Wagens bekannt, eine Zeremonie, die Letty mit runden Augen und offenem Mund beobachtete, während die Schulkinder Letty mit runden Augen und offenem Mund begafften. Schließlich fragte sich Anna, die von Miss Leech geziert und von Susie unter zusammengezogenen Brauen böse angeschaut wurde, ob es jetzt nicht endlich erlaubt sei, die Reise fortzusetzen, und falls ja, ob dann sie dazu das Zeichen zu geben habe.

Jeder lächelte jeden an, um die peinliche Pause des Zögerns zu überbrücken. Nur Susie lächelte nicht, vielmehr schloß sie mit großartig zur Schau gestellter Würde die Augen und begann so ausgeprägt zu zittern, daß der Geistliche höchst persönlich zu ihrer Rettung einsprang, indem er den Kutscher bat, ihm beim Zurückklappen des Verdecks behilflich zu sein, wobei er Anna gegenüber bemerkte, daß »Ihre Frau Schwester« an das rauhe Klima wohl nicht gewöhnt sei.

Offensichtlich war der Moment zur Weiterfahrt gekommen,

und die Verbeugungen, die eben geendet hatten, setzten mit verstärkter Vitalität von neuem ein. Anna, die es drängte, zum Schluß etwas Freundliches zu sagen, fragte die Frau des Geistlichen, während sie sich von ihr verabschiedete, ob sie nicht morgen zusammen mit ihrem Gatten zum Mittagessen zu ihr kommen wolle.

Diese Einladung rief einen sehr tiefen Knicks und ein vor Dankbarkeit rotglühendes Gesicht hervor. Ehe sie jedoch annahm, wandte sich die Empfängerin der Einladung ihrem Herrn und Gebieter zu, um sich dessen freundlichen Wohlwollens zu versichern.

»Ich fürchte, liebes gnädiges Fräulein«, sagte der Pastor, »morgen wird unmöglich sein. Es ist Karfreitag.«

»Ach ja«, stammelte Anna, beschämt über ihre Vergeßlichkeit.

»Ach ja«, rief auch die Frau des Geistlichen, die sich noch mehr schämte, diesen Umstand vergessen zu haben.

»Dann vielleicht am Samstag?« schlug Anna vor.

Der Geistliche murmelte etwas von stillen Stunden der Sammlung in Vorbereitung auf den Sabbath, doch seine Frau – Anna erschien sie als ganz außergewöhnlich untersetzte und stämmige Person – brannte vor Neugier, diese fremden Damen etwas bequemer in Augenschein nehmen zu können. Vor allem wollte sie unbedingt wissen, was für eine Art Wesen sich wohl aus den Pelzen und Federn schälen werde. So drängte sie ihren Mann mit ein paar rasch zur Seite gesprochenen Worten, doch einmal auf die stillen Stunden der Sammlung zu verzichten. Er lächelte daraufhin nachsichtig, tätschelte ihr väterlich die Wange und sagte, er werde ihr zuliebe eine Ausnahme machen und sich die Ehre geben, bei Anna zu erscheinen.

Nachdem das geklärt war, befahl Anna ihrem Kutscher: »Gehen Sie!«, und der stellte seine Intelligenz dadurch unter Beweis, daß er sie ohne Rückfrage verstand. In einer Wolke von Lächeln und Verbeugungen fuhren sie los. Die Schulmädchen knicksten, die Schulbuben nahmen die Mützen ab und dienerten, und der Geistliche stand so feierlich, den Hut in der einen Hand, den anderen Arm um die Taille seiner drallen Frau gelegt, als wäre es ein schöner Sommertag, aber niemand hätte es bemerkt.

Es sollte nicht lange dauern, bis Anna sich an diese öffentliche Schaustellung ehelicher Verbundenheit gewöhnt hatte, doch nach diesem ersten Mal wandte sie sich, sobald das Verdeck sie vom Blick der Gruppe abschirmte, lachend an Susie und fragte sie, ob sie das gesehen habe? Susie hatte aber die Augen geschlossen gehalten und folglich nichts gesehen, zudem weigerte sie sich, Fragen anders als mit einem schwachen Kopfschütteln zu beantworten.

Hinter dem Dorf endete die Chaussee; an ihre Stelle traten zwei tief ausgefahrene Sandwege. An der Gabelung stand ein Wegweiser. Auf dem Schild, das zur Rechten auf den Weg wies, der nahe am Meer entlanglief, stand ›Kleinwalde‹ gekritzelt, und unter dem Schild wartete ein Mann zu Pferde.

»Gütiger Himmel, noch mehr blödes Gequatsche!« rief Susie aus, als der Wagen erneut mit einem Ruck zum Halt kam und sie dadurch aus der Würde ihres Schmollens aufgeschreckt wurde.

»Oberinspektor Dellwig«, stellte sich der Mann vor, lupfte mit großer Geste den Hut und verbeugte sich noch tiefer und unterwürfiger als alle anderen zuvor.

»Das muß der Inspektor sein, von dem Onkel Joachim hoffte, ich würde ihn behalten«, flüsterte Anna.

»Es ist mir vollkommen schnuppe, wer das ist. Er soll nur um Gotteswillen keine Rede halten. Ich kann das Gerede nicht länger ertragen. Ich sage dir, du wirst eine Kranke im Haus haben, wenn du nicht aufpaßt; und *das* wird kein Vergnügen sein. Also, halte ihn zurück.«

»Ich kann ihn nicht zurückhalten«, sagte Anna verzweifelt, denn auch sie hatte die Nase von Reden aller Art gestrichen voll.

»Gestatten gnädiges Fräulein, daß ich meine gehorsamste Ehrerbietung ausspreche«, hob der zungenfertige Inspektor bereits an und verneigte sich bei jedem zweiten Wort bis zum Ohr seines Pferdes.

Es gab kein Entrinnen. Der Mann hatte seine Rede vorbereitet, und er würde sie halten, komme was da wolle. Die Rede war nicht so lang wie die des Geistlichen, aber auf ihre Weise genauso blumig. Sie floß über von respektvollen Anspielungen auf den dahingeschiedenen früheren Herrn und von Versicherungen seiner grenzenlosen Loyalität, seines Gehorsams und seiner Ehrerbietung gegenüber der neuen Herrin.

Als Susie merkte, daß der Mann nicht aufzuhalten war, schloß sie erneut die Augen und gab sich geschlagen. Was mußte Hilton von all dem halten, die in der Droschke knapp hinter ihnen frierend und obendrein hungrig wartete, denn seit der Abfahrt aus Berlin am frühen Morgen hatte sie nichts zu beißen bekommen. Susie fürchtete schon jetzt den Augenblick, in dem sie ihr gegenüberstehen würde.

Der Inspektor hatte inzwischen alles, was zu sagen er sich vorgenommen hatte, zu Ende gebracht. Indem er nun einen etwas umgänglicheren Ton anschlug, informierte er Anna, daß sie vom Punkte dieses Wegweisers ab durch ihr eigenes Land fahre, und erbat sodann Erlaubnis, den Rest des Weges neben der Kutsche herreiten zu dürfen. Also kamen sie für die letzten zwei Meilen in den Genuß seiner Begleitung und seiner Unterhaltung, die ausgesprochen voluminös war, denn er hatte eine flinke Zunge. Mit sehr lauter Stimme erklärte er Anna alles mögliche, wobei er sich vor allem über die Großartigkeit der letztjährigen Feldfrüchte ausließ und ihr versicherte, daß die Ernte des nächsten Sommers noch viel großartiger ausfallen werde, denn er habe eine bestimmte Düngemischung erfunden, mit der er Ergebnisse erzielen werde, so phantastisch, daß es allen pommerschen Bauern den Atem verschlagen werde.

Die Straße war schrecklich, nur mit äußerster Mühe konnten die Pferde die Kutsche durch den hohen Sand zerren. Sie schwankte und schaukelte, quietschte und knarrte bedenklich. Miss Leech war sofort von Angst gepackt, Anna hielt sich mit beiden Händen krampfhaft fest und hatte kaum die Kraft, ein passendes *ach* oder *ja* oder eine intelligent klingende Frage einzuflechten, wenn der Inspektor kurz eine Pause machte, um Atem zu schöpfen. Sein Anblick gefiel Anna überhaupt nicht. Sie wünschte innigst, sie hätte Susies Beispiel folgen und auch einfach die Augen schließen können, aber irgendwie erkannte sie, daß das unmöglich war, denn Verantwortung und Pflichtgefühl legten sich plötzlich schwer auf ihre Schultern. All diese Leute hatten bereits über ihren Kopf hinweg beschlossen, daß sie bestimmte Dinge tun werde. Und obwohl sie sich sagte, daß es völlig gleichgültig sei, was diese Leute sich vorstellten oder von ihr erhofften, fühlte sie sich doch verpflichtet, so zu handeln, wie man es von ihr erwartete. Sie wollte mit diesem unfreundlich aussehenden Mann nicht parlieren. Ohnehin war ihr, was er über die Ernte und die Düngemischung erzählte, größtenteils unverständlich, weshalb es sie schrecklich anödete. Trotzdem sprach sie mit ihm, blickte ihn freundlich an, tat so, als verstünde sie ihn, und sei an allem, was er sagte, brennend interessiert.

Als sie durch eine kleine Buchenschonung kamen, berichtete ihr Dellwig, Onkel Joachim habe die Bäumchen noch vor seinem Tode eigenhändig gepflanzt. Dann schaukelte und schlingerte der Wagen noch ein paar hundert Meter weiter durch den Sand, bevor sie wieder auf eine festere Straße kamen.

»Der Park«, erklärte Dellwig mit einer weiten Geste der Hand.

Beim Wort Park öffnete Susie die Augen und schaute sich um. »Das ist doch kein Park«, bemerkte sie mürrisch, »das ist ein Forst – eine schreckliche, düstere, dumpfe, feuchte Wildnis.«

»Oh, es ist wunderbar, es ist herrlich«, schrie Letty und hopste vergnügt auf ihrem Sitz, während sie die Reihen der engstehenden Kiefern betrachtete.

Es war ein dichter Kiefern- und Buchenwald, von der Straße auf beiden Seiten durch schwarzweiß gestreifte Holzpfosten getrennt. Onkel Joachim war nämlich der treueste aller Preußen gewesen, und seine Loyalität erstreckte sich sogar bis auf diesen Zaun. Allerdings hatte er dabei leider über keinerlei ästhetischen Instinkt verfügt. Man hätte es ihm noch so deutlich vor Augen führen können, er hätte nie begriffen, warum dieser gestreifte Zaun den Eindruck erweckte, als ob die sonst so hübsche Straße zu einem Restaurant oder einem Bahnhof führte. Die Streifen, die jedes Jahr erneuert wurden und sich deshalb erschreckend deutlich abhoben, waren ein äußerlich sichtbares Zeichen seiner unerschütterlichen Treue zum König von Preußen, ja selbst der innere Beschlag der Kutsche mit seinen weißen und schwarzen

Karos war der pure Symbolismus. Und als sie an das Gatter kamen, hinter dem das Haus stand, da blickten von den Seitenpfosten des Tores streng zwei preußische Adler auf sie herab.

6

Ein niedriges, weiß gestrichenes, zweistöckiges Haus, vom Wald lediglich durch einen kreisförmig um das Haus verlaufenden Streifen Gras und einen Graben getrennt, in dem sich jetzt halb geschmolzener Schnee und matschiges Wasser befanden, ein Haus, weder neu noch sonderlich alt, mit vielen Fenstern und einem braunen Schindeldach, ein Haus, das offensichtlich ganz für sich allein zwischen den knarrenden Kiefern stand, das also war das Zuhause, das Onkel Joachim seiner teuren und einzigen Nichte vermacht hatte.

Hier also soll ich das bessere Leben führen? dachte sie, als der Kutschwagen vor der Haustür zum Stehen kam und das Stöhnen der windgebeugten Bäume und die einsamen Laute des sturmgepeitschten Waldes das Rumpeln der Räder in ihren Ohren ersetzte. Das bessere Leben ist Onkel Joachims Meinung nach also ein Leben in völliger Einsamkeit. Ich wünschte, ich hätte gewußt – ich wünschte, ich hätte gewußt . . . Was freilich gewußt zu haben Anna sich wünschte, war überhaupt nicht klar in ihrem Kopf. Außerdem drängte sich ein sehr unordentliches, ziemlich verdutzt dreinschauendes Dienstmädchen ohne Häubchen und in Filzpantoffeln in ihre unklaren Gedanken und verwirrte sie noch mehr. Wie ein Pfeil kam das Dienstmädchen die Stufen heruntergeschossen, löste das Schutzleder an der Kutsche, klappte hastig, mit fahrigen Händen den Tritt aus und versuchte sofort, Susie aus dem Wagen zu zerren.

Girlanden aus Immergrün schmückten die Eingangstür, und darüber flatterte ein grün-weißes Fähnchen. Breit lächelnd und knicksend stand Dellwigs Ehefrau unter den Girlanden, eine kleine Frau mit glattem Haar, wettergegerbtem Gesicht und braunen Seidenhandschuhen. Anna hätte sie sicherlich für die untersetzteste Person gehalten, die sie je gesehen hatte, wäre sie nicht eben erst der Frau Pastor begegnet.

»In meinem ganzen Leben habe ich noch nicht so viele Verbeugungen gesehen«, grummelte Susie, schob die eifrige Dienstmagd ungehalten beiseite und stieg langsam und vorsichtig aus, denn sie war steif und durchgefroren und fühlte sich außerdem hundeelend.

»Letty, du stehst auf meinem Kleid – *oh, how do you do, how do you do?**, murmelte sie frostig, als die Frau Inspektor ihre Hand ergriff und in Deutsch auf sie einredete. »Anna, komm sofort her. Diese – äh – diese Person hier hält mich für dich und will mir eine Rede halten.«

Dellwig, der sein Pferd der Obhut eines Stallburschen übergab, erklärte seiner Frau rasch, daß die junge Dame, die gerade im Begriff sei, aus der Kutsche zu steigen, die Nichte ihres verstorbenen Herrn sei und daß die andere wohl die Schwägerin sein müsse, die der Notar in seinem Schreiben erwähnt habe. Daraufhin ließ Frau Dellwig sofort von Susie ab. All ihr Lächeln und ihre Willkommensgrüße schüttete sie jetzt über Anna aus. Um endlich der Kälte zu entkommen, eilte Susie ins Haus, fand sich aber augenblicklich in einem quadratischen Entree, dessen eisige Kälte vermuten ließ, daß hier seit Jahren kein Fenster geöffnet und kein wärmender Sonnenstrahl zugelassen worden war. Wenn Onkel Joachim zu Besuch gekommen war, so hatte er bloß die beiden Hinterzimmer benutzt, die eine Tür zum Garten und zu den Feldern hinaus hatten, den Flur betrat er dabei gar nicht, weshalb auch die Fensterläden fest verschlossen geblieben waren. Es gab keinen Kamin oder Ofen oder sonst eine Heizgelegenheit. Glastüren trennten das Entree von einem zweiten, geräumigeren Vestibül, von dem aus eine breite Holztreppe nach oben und jede Menge Türen in die Zimmer führten. In beiden Fluren waren die Wände erbsengrün gestrichen. An kleinen in die Decke eingelassenen Ketten hingen ausgestopfte Falken und

* How do you do? Wie geht es Ihnen? (typisch englische Grußformel, Anm. d. Ü.)

Adler. Onkel Joachim hatte sie selbst geschossen, inzwischen aber waren sie mottenzerfressen und verstaubt und schaukelten nur noch gespenstisch im Zugwind. Der mit Dielenbrettern belegte Fußboden glänzte noch feucht vom eben benutzten Wischlappen, einen Teppich gab es nicht. Ein hölzernes Wandgestell mit Messinghaken war bestückt mit unterschiedlichsten Peitschen und Jagdgeräten, und in einer Ecke hingen an einem Ständer Mäntel und Jacken. Onkel Joachims Südwester sowie andere Hüte waren so darübergestülpt, daß das Ganze wie ein Denkmal wirkte.

O Gott, wie fürchterlich, dachte Susie und zitterte noch mehr. Und was für ein muffiger Geruch! Natürlich, es ist ja alles feucht. Ich werde bestimmt bettlägerig werden. Die arme Hilton! Was wird sie von all dem halten? *»Oh, how do you do?«* fügte sie laut hinzu, als plötzlich eine weibliche Gestalt in einer weißen Schürze aus dem düsteren Nichts auftauchte, ihre Hand ergriff und sie küßte. »Anna, wer ist das? Anna, wo steckst du denn? Hier ist jemand, der meine Hand küßt.«

»Es ist die Köchin«, erklärte Anna, die nun flankiert von Dellwig und seiner Frau zusammen mit den anderen ins Haus gekommen war. Beide Dellwigs redeten gleichzeitig auf Anna ein, wobei jeder sich bemühte, einen möglichst guten Eindruck auf sie zu machen.

»Die Köchin? Dann sag ihr, sie soll uns was zu essen machen. Ich komme um, wenn ich nicht bald was zu essen kriege. Weißt du, wie spät es ist? Es ist schon nach vier. Kannst du diese Leute nicht loswerden? Und wo steckt Hilton?«

Susie schien die Dellwigs gar nicht zu sehen. Sie sprach mit Anna, während auch die beiden auf sie einredeten, als wäre sie gar nicht vorhanden. Wenn Anna das Verlangen empfand, zu all diesen Leuten freundlich zu sein, so hatte Susie alles andere als dieses Bedürfnis. Sie verstanden kein Englisch, und hätten sie es verstanden, wäre es Susie auch egal gewesen; sie hätte in jedem Fall über sie gesprochen, geradeso, als wären sie nicht anwesend.

Beide Dellwigs hatten sehr kräftige Stimmen, Susie mußte also ziemlich laut schreien, um sich ebenfalls Gehör zu verschaffen, und so herrschte bald ein gehöriger Lärm in dem fast leeren und deshalb hallenden Haus. Anna schaute sich verwirrt um und versuchte, allen gleichzeitig zu antworten; als sie merkte, daß das unmöglich war, gab sie auf, stand da und lachte.

»Ich weiß überhaupt nicht, was es da zu lachen gibt«, schimpfte Susie sehr ärgerlich. »Wir sind am Verhungern, und diese Leute hängen wie Kletten an dir.«

»Aber wie soll ich sie den wegschicken?«

»Es sind doch deine Dienstboten, oder etwa nicht? Ich würde ihnen einfach sagen, daß ich sie rufen lasse, wenn ich sie brauche.«

»Ich glaube, das würde sie sehr überraschen. Der Mann ist so weit davon entfernt, mein Dienstbote zu sein, daß er wohl eher annimmt, er sei mein Herr und Meister.«

Annas Lachen verunsicherte die beiden Dellwigs, denn keiner von ihnen beiden hatte etwas Lustiges gesagt. Machte Anna sich etwa über sie lustig? Sie schauten mißtrauisch zwischen Susie und Anna hin und her und waren für diesen kurzen Augenblick beide still.

»Wir sind hungrig«, beeilte sich Anna in diese Pause hineinzusagen.

»Das Essen wird sofort aufgetragen«, antwortete Frau Dellwig und hastete mit der Köchin und dem Dienstmädchen durch eine der Türen davon. Offensichtlich führte diese Tür zur Küche.

»Und kalt ist uns«, fuhr Anna an den Ehemann gewandt fort, der sofort eine andere Tür aufriß, hinter der sie einen bereits hergerichteten Eßtisch sahen. »Bitte, treten Sie ein«, wies er ihnen dienernd den Weg, als wäre er der Hausherr.

»Lebt diese Person hier im Haus?« fragte Susie und beäugte ihn von oben bis unten mit wenig Gewogenheit.

»Er sagte, er lebe draußen auf dem Gut, aber natürlich hat er sich hier immer um alles gekümmert.«

Nachdem Dellweg sie, wie Susie behauptete, wie eine Herde dummer Schafe ins Speisezimmer gescheucht hatte, half er ihnen mit übertrieben höflichem Gehabe, die Mäntel und Capes abzulegen. Dann verbeugte er sich fast bis zum Fußboden und erbat die freundliche Erlaubnis, sich zurückziehen zu dürfen, solange die Herrschaften speisten – eine Erlaubnis, die ihm nur zu bereitwillig erteilt wurde. Als er aber hinzufügte, er werde dann später vorbeikommen, um seine Pläne bezüglich des kommenden Sommers darzulegen, machte Anna ein langes Gesicht.

»Was sagt er?« fragte Susie, kaum daß er die Tür hinter sich geschlossen hatte.

»Er kommt später wieder vorbei.«

»Dieser Mann wird sich zur Landplage entwickeln – paß nur auf!« warnte Susie mit Nachdruck.

»Das fürchte ich auch«, stimmte ihr Anna zu und ging zu dem weißen Kachelofen hinüber, um sich die Hände daran zu wärmen. »Der saugt sich fest wie ein Egel, paß bloß auf, daß er dir nicht das Fell über die Ohren zieht.«

»Aber Blutegel ziehen doch niemandem das Fell über die Ohren«, lachte Anna.

»Von mir aus. Jedenfalls, *mich* würde er nicht rupfen, wenn ich so gut Deutsch sprechen könnte wie du. Aber du wirst sanft und schwach und liebenswürdig sein, und er wird mit dir umspringen, grad wie's ihm gefällt.«

»Sanft und schwach und liebenswürdig?« wiederholte Anna und lächelte über die Auswahl der Adjektive. »Und ich dachte immer, ich sei dickköpfig – jedenfalls hast du das immer behauptet.«

»Bist du ja auch. Aber bei dem Mann wirst du es nicht sein. Er wird dir Honig ums Maul schmieren und dich einwickeln.«

»Onkel Joachim empfahl ihn mir als ausgezeichneten Mann.«

»Haha, das mag ja sein, mit einem Mann über ihm, der was von der Landwirtschaft versteht; aber ich sage dir, *du* wirst aus diesem Gut hier keine zweitausend im Jahr rausholen, denk' an meine Worte.«

Anna schwieg. Susie war ausgesprochen gerieben und feinfühlig, wenn es um Gelddinge ging, aber in Annas Augen auch zu mißtrauisch. Sicher, Dellwigs Gesicht war nicht gerade vertrauenerweckend, auch daß er eher schrie als sprach und obendrein unaufhörlich redete, ging Anna bereits jetzt gehörig auf die Nerven. Darüber hinaus hatte sie Zweifel, ob sich der Umgang mit Frau Dellwig angenehmer gestalten werde, denn auch sie schrie, und Anna konnte Lärm nicht ausstehen. Da die Frau nicht wieder erschien, nahm Anna an, sie sei zusammen mit ihrem Ehemann nach Hause zurückgekehrt. Es breitete sich jetzt insgesamt ein großes Schweigen über das Haus, unterbrochen nur vom monotonen Seufzen des Waldes und vom Regen, der gegen die Fensterscheiben trommelte.

Das Speisezimmer war ein langer schmaler Raum mit einem großen Fenster in der Westwand, das auf das Rasenstück hinausging, auf den Graben und die Torpfosten mit den Reichsadlern. Es war eine Studie in schokoladenbraun – braune Tapeten, brauner Teppich, braunrote Vorhänge, braune Rohrstühle. Zwei braun angestrichene Anrichten standen sich an den Wänden gegenüber, auf ihnen befand sich ein Sammelsurium der verschiedensten Gegenstände: ein Essigkännchen, das bereits seit Jahren unbenutzt dort stehen mußte; ein kleiner Essigrest war am Boden eingetrocknet; Senftöpfe, die eine ekelhafte Paste enthielten, die wohl einmal Senf gewesen war; eine Handglocke mit einem Sprung, bei längst vergangenen Diners wohl benutzt, um die inzwischen schon lange verstorbenen Diener zu rufen; ein altes Weinregister mit Eintragungen, die länger als ein Vierteljahrhundert zurücklagen; eine Flasche mit einem verschimmelten Rest Worcestersauce, deren Etikett noch immer stolz behauptete, zwei oder drei Spritzer dieser Köstlichkeit verhülfen jedem faden Gericht zu Wohlgeschmack; daneben ein paar Obstschalen aus Dresdener Porzellan, verziert mit fröhlichen Schäferinnen und Schäfern, unheilbaren Optimisten, die sich unermüdlich zulächelten, zufrieden mit sich selbst und ihrer Umgebung, trotz der endlosen Tage und Nächte, die sie in Schweigen, Kälte und Dunkelheit hatten verbringen müssen. Auf dem runden Eßtisch stand eine Schale mit einem Maiglöckchenarrangement. Je ein paar Blütenstengel waren mit rosa Kreppapier umwunden und mit rosafarbenem Satinband gehalten, einzelne Zipfel des Papiers waren zwischen den Blüten aufgefaltet, um zwischen den grünen Stengeln einen hübschen Kontrast aus Weiß und Rosa zu schaffen.

»Na, hier drin ist es wenigstens warm«, bemerkte Susie, während sie langsam durch das Zimmer ging und jeden einzelnen Gegenstand mit einem Interesse betrachtete, das die Aufmerksamkeit, die sie den Kunstschätzen in den Berliner Museen geschenkt hatte, um ein Beträchtliches überstieg.

»Geht so«, antwortete Letty im Namen aller Anwesenden und rieb sich die Hände. Sie tobte durch den Raum, spähte in jede Ecke, riß jede Schranktür auf, hopste auf dem Sofa und zeigte sich so vergnügt, daß ihre Mutter, die zu Hause nur selten Gelegenheit hatte, sie zu beobachten und sie bei diesen Anlässen nur als ungezogenes oder trübsinniges Mädchen erlebte, ein- oder zweimal ihr Interesse von den Anrichten losriß, um ihre Tochter verwundert durch ihre Lorgnette zu betrachten.

Das Dienstmädchen mit den ständig überrascht hochgezogenen Augenbrauen brachte jetzt die Suppe herein. Für die Zeremonie des Aufwartens bei Tisch hatte sie sich weiße Baumwollhandschuhe übergestreift, doch an den Füßen trug sie noch immer die schlappenden Filzpantoffeln. Aus einer der Anrichten nahm sie einen Stoß Teller, stellte ihn aufgestapelt an der Tischkante ab, murmelte Unverständliches auf deutsch und eilte wieder hinaus. Sie kam erst wieder herein, als der nächste Gang fällig war, dabei verhielt sie sich ganz genauso wie zuvor und dann immer so weiter, bis zum Ende des Essens. Da es keine Klingel gab, mußten die Speisenden in den Pausen zwischen den Gängen still sitzenbleiben und geduldig warten, bis man in der Küche annahm, die Herrschaften wünschten jetzt wohl den nächsten Gang.

Es war ein sehr merkwürdiges Essen. Den Anfang machte eine kalte Schokoladensuppe, auf der schaumige weiße Klößchen herumschwammen, die nach Vanille schmeckten. Susie war so fasziniert von dieser Suppe, daß sie Hilton völlig vergaß, die – was für eine Schande! – an der Hintertür abgesetzt worden war und nun bei den gemeinen Dienstboten in der Küche hockte und darauf wartete, daß jemand Zeit fand, sie nach oben zu ihrem Zimmer zu führen. Sie verbrachte diese Wartezeit damit, sich eine geharnischte Rede auszudenken, mit der sie ihre Herrin augenblicklich von ihrer Kündigung in Kenntnis zu setzen gedachte.

Ihre Herrin drehte indessen die Schneebällchen versonnen in ihrer Suppe, sagte endlich entschieden: »Ich mag dieses Zeug nicht«, und legte den Löffel beiseite.

»Is' doch toll«, rief ihre Tochter aufgeregt. »Es ist, als würde man mit dem Nachtisch anfangen!«

»Ich kann nicht verstehen, wie du nach Berlin überhaupt noch Schokolade sehen kannst, du verfressenes Gör!« schimpfte die Mutter, angeekelt von der nur zu deutlichen Tendenz des Kindes, sich den Freuden der Tafel hinzugeben. Doch Letty war so aufgekratzt, daß sie angesichts der mütterlichen Feststellung gleich unter Beweis stellen wollte, daß der Anblick von Schokolade ihr noch immer sehr angenehm sei, weshalb sie sofort um einen Nachschlag bat – eine Bitte, die ihr unverzüglich und empört abgeschlagen wurde.

Nach der Suppe trat eine so lange Pause ein, daß sie anfingen, die gedämpften Äpfel und die eingemachten Kirschen zu essen, die zwischendurch hereingetragen worden waren. Ohne daß man gewußt hätte, zu welchem Gang sie gehören sollten, standen sie auf dem Tisch. Das braune Brot, das in dünne Scheiben aufgeschnitten auf einem Häkeldeckchen in einer Lackschale lag, fühlte sich so feucht an und war so voller Kümmelkörner, daß man es für ungenießbar erklärte. Nach endloser Wartezeit wurde eine *Plötze** serviert, die in einem Teich des Gutes gefangen worden war. Sie schmeckte nach Schlamm und hatte verblüffend viele Gräten. Danach wurden Koteletts von Annas Schweinen aufgetragen, und anschließend kam ein eigentümlich schwabbelnder roter Pudding, der wie Arznei schmeckte. Mit diesem schien das Essen offensichtlich abgeschlossen. Susie war entsetzlich hungrig und bemerkte entsprechend bissig, daß sie besser sofort nach England zurückkehren sollten, denn sollten alle Mahlzeiten so wie diese erste Probe ausfallen, so würden sie an

---

* Plötze: ein Plattfisch, auch Rotauge genannt (Anm. d. Ü.)

gedeckten Tischen Hungers sterben. »Ein Glück, daß du nicht hier bleiben wirst, Anna«, fügte sie hinzu, »denn du müßtest ein Riesentheater machen, ehe sie aufhören würden, dich wie ein Schwein abzufüttern. Sieh dir das an: Teelöffel, um damit den Pudding zu essen! Und für alle Gänge nur eine einzige Gabel. Das ist ein verdammtes Loch hier . . .« – Lettys Augenbrauen telegraphierten triumphierend zu Miss Leech hinüber: »Na, haben Sie das gehört?« – ». . . wir hätten in Berlin bleiben sollen. Wir haben absolut nichts gewonnen, dadurch, daß wir hierhergekommen sind.«

»Das Abendessen wird vielleicht besser und reichhaltiger ausfallen«, versuchte Anna ihre aufgebrachte Schwägerin zu beruhigen, freilich ohne zu ahnen, daß sie soeben die einzige warme Tagesmahlzeit verspeist hatten. Leider sind hungrige Menschen erstaunlich unempfindlich gegenüber dem Einfluß freundlicher Worte.

»Da es schlimmer gar nicht werden kann, kann es doch nur besser werden. Jedenfalls bin ich froh, daß wir gekommen sind, denn mir gefällt es hier.«

»O ja, mir auch, Tante Anna«, rief Letty, »es ist schrecklich schön hier. Es ist wie ein Picknick ohne Ende. Wann schauen wir uns das Haus an? Wann gehen wir in den Garten? Ich möchte so gern alles sehen, ich möcht so gern in den Garten gehen!«

Ungeduldig rutschte sie auf ihrem Stuhl hin und her, bis ihre Begeisterung einen unsanften Dämpfer erhielt, weil Susie ihr rundheraus verbot, im Regen in den Garten zu gehen. »Na gut, dann gucken wir uns halt das Haus an«, meinte sie, schon ganz krank vor Neugier.

»Also gut, dann sieh dir das Haus an«, gestand ihre Mutter mit einem mißvergnügten Schulterzucken zu, ein Mißmut, der jemandem, der gut gespeist hätte, unerklärlich gewesen wäre. Plötzlich erinnerte sich Susie an Hilton. Mit einem spitzen Schrei sprang sie vom Tisch auf, um sich nach ihr auf die Suche zu machen.

Die anderen legten ihre Pelzcapes um, bevor sie in die arktische Kälte des Vestibüls hinaustraten, und begannen dann ihre Erkundung des Hauses. Während sie die nächste Stunde sehr angenehm damit zubrachten, durch das ganze Haus zu stöbern, blieb Susie, die Hilton in ihrem Schlafzimmer gefunden hatte, bei ihr im Zimmer und machte ihr ein Zugeständnis nach dem anderen.

Von der Köchin ließ sich Anna ihr Schlafzimmer zeigen. Als die Köchin wieder gegangen war, betrachtete Anna die Immergrüngirlanden, mit denen das Zimmer ihr zu Ehren dekoriert war. Tief sog sie den stechenden Geruch ein, den das Grün im Zimmer verbreitete. Dann rannte sie hinaus, um ihr ganzes Haus anzuschauen. Ihr Herz war voller Stolz und Glück, als sie über die Flure von Zimmer zu Zimmer ging. Das Zauberwort *mein* klingelte silberhell in ihren Ohren und gab jedem Möbelstück einen Glanz, der so lächerlich übertrieben war, daß sie um nichts in der Welt jemandem davon erzählt hätte. Sie nahm all die Gegenstände auf, die sich im Laufe der Zeit angesammelt hatten und die nun in den Zimmern herumstanden, Gegenstände, von denen niemand hätte sagen können, warum sie hier herumstanden oder warum sie aufgehoben worden waren. Und sie stellte sie alle an einem anderen Platz wieder ab, einfach, weil sie das Recht hatte, die Dinge umzustellen, und weil es ihr Freude machte, sich selbst daran zu erinnern. Im Vorbeigehen fuhr sie mit der Hand über die Wände und die Möbel, mit zarter Geste glättete sie die Falten der Vorhänge, sie ging zu jedem einzelnen Spiegel und blieb kurz davor stehen, denn jeder Spiegel im Haus sollte das Bild seiner neuen Herrin einmal reflektiert haben. Sie war so kindisch glücklich mit ihrem mageren Besitz, daß sie froh war, Susie nicht zu begegnen, die sie bloß verspottet hätte.

Was kümmerte es sie, daß Augen, die den Überfluß von Estcourt zu sehen gewohnt waren, dieses Haus für armselig hielten. Ja, die Bodenbretter waren blank bis auf den fadenscheinigen Bettvorleger und die mottenzerfressenen Fuchsfelle vor dem Schreibtisch, die Sitzgelegenheiten bestanden aus ungepolsterten Rohr- und Holzstühlen, die Vorhänge waren aus weißem Kattun und hatten bescheidene Baumwollfransen, an den Wänden hingen billige Drucke, die schlichte hölzerne Bettstatt war bunt bemalt – doch all dies erschien ihr in seiner Ärmlichkeit und

Schlichtheit als Emblem aller Tugenden. Anna stand eine Zeitlang untätig in dem stillen Zimmer und lauschte auf Letty, die draußen auf dem Flur herumtobte. Diese spartanische Einfachheit, dieser völlige Mangel an Luxus, sagte sich Anna, sei ganz und gar dazu angetan, eine ohnehin schon weiche und empfindsame Seele noch sanfter zu stimmen, und das sei einfach wunderbar. Genauso wie in den weißgekalkten Betsälen der Puritaner mußten auch hier alle Schönheit und aller Glanz vom eigenen Inneren her kommen, aus dem Geist, denn es war die Schönheit des reinen Lebens und der Glanz der frommen Denkungsart. Sie stellte sich vor, wie es sein mußte, in einem dieser ungeschmückten Betten aufzuwachen. Sobald ihr die ersten Sonnenstrahlen ins Gesicht schienen, würde sie flink aufstehen, um sich nützlich zu machen in diesem stillen Haus, das keinen Zank, keine falschen Ambitionen und kein bitteres Herzeleid kennen würde, die so unnötig waren. Würden es nicht fröhliche Tage sein, diese Tage der einfachen Pflichten? »Das bessere Leben, das bessere Leben«, sagte Anna nachdenklich vor sich hin. Sie stand mitten in dem großen Zimmer und schaute durch das große Fenster in den Garten und auf das Stückchen Marschland hinaus, hinter dem die graue See lag, über der weiße Möwen flatterten, und ganz weit im Hintergrund sah man die dunkle Küstenlinie von Rügen, über der sich die Dämmerung zusammenzog. An ihren Fingern zählte sie mechanisch ab: Schlichtheit, Frugalität, harte Arbeit. *Dies* hatte Onkel Joachim gesagt, sei das bessere Leben, und er war doch klug und weise ... oh, er war sehr weise ... und doch ... und er liebte und verstand mich, und doch ...

Als sie aufschaute, fiel ihr Blick auf ihr Spiegelbild: eine schlanke Gestalt in einem Pelzcape, barhäuptig und mit nachdenklichen Augen, in tiefe Kontemplation versunken. Es erinnerte sie an den Tag, als sie die Briefe erhalten, als sie in London vor dem Schlafzimmerspiegel gestanden hatte, fertig umgezogen zum Abendessen. Auch an jenem Tag hatte dieser Satz in ihren Ohren geklungen, und sie hatte sich nicht vorstellen können, das Leben, das er beschrieb, selbst zu führen. Jetzt, in ihrem Reisekleid, blaß, müde, ausgelaugt von der langen Reise, allen Glanzes entblößt, den damals die Lockenpracht und das schöne Kleid um sie gelegt hatten, schalt sie sich für ihre Einfalt, mit der sie sich für zu fein gehalten hatte, zu zart, zu zerbrechlich für ein hartes Leben. »O du eitle und närrische Kreatur!« sagte sie laut zu der Gestalt im Spiegel, »bist du denn so viel besser als der Rest der Welt, daß du dein Leben lang nur eine Kosten verursachende Verzierung darstellen willst? Kannst du nicht leben, es sei denn in Luxus? Kannst du nicht schreiten, es sei denn auf Teppichen? Kannst du nicht essen, es sei denn, deine Suppe wäre Schokolade? Geh zu den Ameisen, du Faulpelz, sieh, wie sie wuseln und arbeiten, und dann werde weise!« Und sie schlang das Cape enger um sich und bot dem Mädchen dort im Spiegel mit einem herausfordernden Stirnrunzeln Trotz.

Sie stand noch immer vor dem Spiegel und blickte sich selbst mit großer Mißbilligung finster an, als das Dienstmädchen, das sie überall im Haus gesucht hatte, hereinkam, um ihr zu sagen, der Herr Inspektor sei unten und lasse fragen, ob sein Besuch jetzt angenehm sei.

Der Besuch war ihr ganz und gar nicht angenehm. Wenigstens an diesem ersten Abend hätte er mich verschonen können, dachte Anna, dennoch meinte sie, nach unten gehen zu müssen, denn irgendwie sah sie sich außerstande, eine derart herrische Person wegzuschicken.

Als sie die Treppe hinunterkam, stand der Inspektor, eine Aktentasche unter den Arm geklemmt, im Vestibül und schneuzte sich so laut, als bliese er eine Trompete. Er weckte das im Haus wohnende Echo auf. Nicht mal das kann er leise verrichten, dachte Anna, deren gerade erwachter Sinn für Eigentumsrecht sich merkwürdig irritiert fühlte von der so laut geputzten Nase. Und das Echo, das er aufweckte, gehörte ihr! Doch bei diesem Gedanken mußte sie über ihre eigene Albernheit lächeln. Sie grüßte ihn freundlich in Erwiderung seiner zeremoniösen Ehrerbietung und schüttelte ihm die Hand, als sie sah, daß er einen Händedruck erwartete, obwohl sie ihm an diesem Nachmittag schon zweimal die Hand gegeben hatte. Dann ließ sie sich von ihm in den Salon geleiten, ein Raum auf der Gartenseite des

Hauses mit großen Verandatüren, Bücherregalen und einem großen, runden, polierten Tisch in der Mitte.

Es war eines der beiden Zimmer, die Onkel Joachim bei seinen Aufenthalten hier immer benutzt hatte, und es war voll von den Spuren seiner Besuche. Sie setzte sich an den wuchtigen Herrenschreibtisch, auf dem ein großer grüner Schreibfilz lag. Ihre Füße versanken im stumpfgrauen Flor eines Teppichs. Sie bat Dellwig, neben ihr Platz zu nehmen, was er tat, indem er entschuldigend sagte: »Ich bin so frei.«

Marie, das Dienstmädchen, brachte eine Lampe mit grünem Schirm herein, schloß die Läden und schlich auf Zehenspitzen wieder hinaus, während Anna sich zurechtsetzte, um mit aller Geduld, die sie aufbringen konnte, der lauten Stimme zu lauschen, die ihre Nerven so aufrieb. Sie wappnete sich mit der Ermahnung, daß es ihre Pflicht sei, sich wirklich Mühe zu geben, ihn zu verstehen. Anders aber, als sie es bei dem Notar getan hatte, sagte sie hier kein einziges Wort, das ihn hätte vermuten lassen können, sie wolle gar nicht hier leben.

Doch Dellwigs ununterbrochener Redefluß ermüdete sie bald derart, daß es ihr unmöglich war, weiterhin aufmerksam zu bleiben. Allein die Wörter zu verstehen war schon eine große Anstrengung, denn das Deutsch, das sich um Roggen und Hafer rankte, hatte sie noch nicht gelernt. Genau davon aber sprach oder vielmehr schrie er hauptsächlich. Was nützte es ihr, wenn er ihr erklärte, in welcher besonderen Weise er die Felder gepflügt, gedüngt und die Saat ausgesät hatte, wie groß die Äcker und wo sie gelegen waren, von welcher Beschaffenheit die Krume war, wenn sie die Felder nie gesehen hatte? Glaubte er denn etwa, sie könne all diese Zahlen und Einzelheiten im Kopf behalten? »Ich habe keine Ahnung von der Landwirtschaft«, gab sie schließlich zu, »ich werde Ihre Darlegungen besser verstehen, wenn ich das Land erst einmal gesehen habe.«

»Natürlich, natürlich«, schrie Dellwig. Seine Stimme war das genaue Gegenteil der ihren, denn Anna sprach betont sanft und freundlich. »Ich habe hier eine Karte. Wenn das gnädige Fräulein erlaubt; ich werde sie Ihnen zeigen!«

Das gnädige Fräulein nickte ergeben mit dem müden Kopf. Er entrollte die Karte auf dem Schreibtisch und deutete mit seinem dicken Zeigefinger, während er erläuterte, wo die Grenzen des Landgutes verliefen und wo die Übergänge zwischen Wald, Weide und Ackerland lagen.

»Es scheint fast alles Wald zu sein«, bemerkte Anna.

»Wald, jawohl! Der Wald bedeckt etwa zwei Drittel des Gutsgeländes. Es ist der einzige Wald im gesamten Vorgebirge. Ich habe eine sonst nie gesehene Sorgfalt bei der Pflege dieses Waldes walten lassen, er ist großartig, kolossal!« Er hob die Hände, um der Bewunderung seiner eigenen Leistung besser Ausdruck verleihen zu können, und war drauf und dran, in einen Begeisterungstaumel zu fallen, als sich die Karte mit einem Knall von selbst zusammenrollte und ihm das Wort abschnitt. Er entrollte sie erneut, sicherte die Ecken, indem er Gegenstände vom Schreibtisch daraufstellte, und fing nun an, die Wirkungen verschiedener Kunstdüngermischungen auf die einzelnen Feldfruchtarten darzulegen, wobei er nicht vergaß, die Exzellenz der von ihm gefundenen Mischung herauszustreichen, ein Superlativum, das bei der nächsten Ernte sicherlich alle pommerschen Bauern vor Ehrfurcht erblassen ließe . . .

»Ja«, sagte Anna und balancierte tödlich gelangweilt einen Brieföffner auf der Kuppe ihres Zeigefingers. »Wem gehört das Land, das an das meine grenzt?« unterbrach sie ihn, mit dem Brieföffner auf die Karte deutend.

»Das Land im Norden und Westen gehört Bauern«, erklärte Dellwig. »Im Osten liegt das Meer. Im Süden gehört alles den Lohms. Das Dorf, durch das die Gnädigste heute nachmittag fuhr, liegt auf Lohmland.«

»Das Dorf, wo die Schule ist?«

»Sehr richtig. Der Pastor, Herr Manske – ein sehr ehrenwerter Mann, aber wie alle Geistlichen geneigt, den ganzen Arm zu nehmen, wenn man ihm den kleinen Finger reicht –, versorgt sowohl die Kirche von Lohm als auch die vom Dorf Kleinwalde, dessen Patronin die Gnädigste ist. Herr von Lohm, der in dem Haus wohnt, das etwas zurückgesetzt von der Straße steht, wie das gnädige Fräulein wohl bemerkt haben wird, ist Amtsvorsteher in beiden Dörfern.«

»Was ist ein Amtsvorsteher?« fragte Anna so dahin. Sie hatte sich in den Schreibtischstuhl zurückgelehnt, spielte immer noch mit dem Brieföffner und hörte nur mit halbem Ohr auf die Ausführungen Dellwigs. Von Zeit zu Zeit warf sie eine Frage ein, weil sie meinte, etwas sagen zu müssen, doch sie schaute Dellwig dabei nicht einmal an. Das gab ihm die Gelegenheit, sie im Licht der Lampe genau zu betrachten. Da sie ihm ihr Profil zuwandte und alle Aufmerksamkeit dem Brieföffner widmete, konnte Dellwig ihre gesenkten dunklen Wimpern sehen und die zarte Linie, mit der die Braue in die feine Nase überging und weiter über den Mund und das Kinn zu ihrem Hals verlief. Ihre eine Hand lag im Lichtkegel auf dem Tisch; eine schlanke, sehr schöne, charaktervolle und energische Hand. Die andere, die locker den Brieföffner hielt, ließ sie jetzt über die Stuhllehne baumeln. Anna war sehr müde und zeigte es in ihrem ganzen Verhalten. Doch Dellwig, der überhaupt nicht müde war, sich aber gerne reden hörte, hielt es für seine Pflicht, ihr alle Fragen genauestens zu beantworten. Ohne auf sich selbst oder sie Rücksicht zu nehmen, erging er sich also in der detailgenauen Beschreibung aller Einzelheiten der Aufgaben eines Amtsvorstehers, Einzelheiten, die Anna sämtlich vollkommen unverständlich und ebenso gleichgültig waren. Während er sprach, kritisierte er sie im stillen, indem er die von ihr zur Schau gestellte Trägheit der agilen Tüchtigkeit anderer Frauen gegenüberstellte. Er wisse zwar, sagte er sich, daß diese von ihm gepriesenen Frauen einer anderen Gesellschaftsschicht angehörten; seine Frau, die Frau des Pastors, die Frauen der anderen Inspektoren der anderen Güter dürften natürlich nicht auf eine Ebene mit ihr, der neuen Herrin von Kleinwalde, gestellt werden. Dennoch sei sie nur eine Frau, und eine Frau könne man so kostbar kleiden wie man wolle, man könne sie mit den ehrenvollsten Namen nennen, letztlich sei und bleibe sie aber doch eine Frau, ein Wesen, zum Dienen und Helfen gemacht, niemals und unter keinen Umständen jedoch dazu geschaffen, einem klugen Manne wie ihm gleichgestellt zu sein. Der alte Joachim hätte nach freiem Belieben handeln können, ja wenn es ihm gefallen hätte, die Füße auf den Tisch zu legen – bitte sehr, er, Dellwig, hätte es fraglos und mit allem Respekt als eine Eigenheit der Herrschaften hingenommen. Doch – aber auch das sagte er nur im stillen zu sich selbst, während er laut seine Ausführungen über die Pflichten des Amtsvorstehers fortsetzte – eine Frau hatte kein Recht, sich so aufzuführen und sich in der Gegenwart ihres natürlichen Oberhauptes derart gehenzulassen. Leider hatte der alte Joachim, sonst so ein kluger Ehrenmann mit kühlem Kopf, die Macht über sein Gut in die Hände dieses schwachen weiblichen Wesens gelegt, das da so aufreizend lässig auf dem Stuhl saß, mit den Gegenständen auf dem Tisch spielte, ihn keines Blickes würdigte und, schier konnte man es sich nicht vorstellen, wahrhaftig den Eindruck machte, als denke sie an etwas völlig anderes und höre ihm überhaupt nicht zu. Jede einzelne Frau seiner ihm bekannten Umgebung, dessen war er sich sicher, war fünfzigmal mehr wert als dieses affektierte, uninteressierte Frauenzimmer. Sie arbeiteten von früh bis spät, um ihren Ehemännern das Leben angenehm zu machen; sie waren versiert in allen Künsten, deren es bedarf, um das Leben auf dem Lande zu gestalten; sie waren Vorbilder an Fleiß und Sparsamkeit; und doch hätten sie es trotz aller Tugendhaftigkeit und aller Leistung im Traum nicht gewagt, sich bequem auf einem Stuhl zu räkeln oder nicht zuzuhören, wenn ein Mann mit ihnen sprach. Kerzengerade und ganz Ohr hätten sie auf der vordersten Stuhlkante gesessen und hätten nur eins gesagt: »Jawohl« – und auch das erst, wenn er ausgesprochen hätte.

Anna dagegen saß wirklich sehr bequem, und statt sich aufmerksam anzuhören, was zu den Aufgaben und Pflichten eines Amtsvorstehers gehört, waren ihre Gedanken mit anderen Dingen beschäftigt. Dellwigs graumelierter Schnurrbart konnte seine wulstigen Lippen nur zum Teil verdecken, außerdem hatte er Augen, die von ungalanten, aber der Wahrheit verhafteten Mitmenschen als Froschaugen bezeichnet werden, dazu eine fleischige, hartnäckig wirkende Nase, eine flache, ebenso eigensinnig wirkende Stirn und einen großen Körper auf unproportional kurzen Beinen. Und obwohl all dies, wie Anna sich ermahnend sagte, nicht seine Schuld sei und es sie folglich nicht gegen ihn einnehmen dürfe, hatte sie doch das Gefühl, es sei ihr gutes Recht, zu wünschen, er würde sich weniger beleidigend, weniger prahlerisch und weniger geräuschvoll verhalten und vor allen Dingen nicht an den Nägeln kauen. Ich frage mich, dachte sie, die Augen fest auf den Brieföffner geheftet, sich dabei seiner Blicke aber voll bewußt, ich frage mich, ob er so verschlagen ist, wie er aussieht. Sicher wird Onkel Joachim ihn gut gekannt und gewußt haben, wie er ist. Er hätte mir nie empfohlen, ihn zu behalten, wäre er von seiner Ehrlichkeit nicht überzeugt gewesen. Vielleicht ist er die Ehrlichkeit in Person, und wenn ich ihm dereinst im Himmel begegne, werde ich mich schämen müssen für die Zweifel, die ich im Augenblick hege.

Und dann überlegte sie, was für ein Bild ein geläuterter, zum Engel gewordener Dellwig wohl abgeben würde. Mit plötzlich neu erwachtem Interesse schaute sie ihm unvermittelt voll ins Gesicht.

»Ich hoffe, mich hinreichend verständlich gemacht zu haben«, schnarrte Dellwig, denn er war mit seinen Ausführungen, die er für ein meisterliches Resümee der Aufgaben Herrn von Lohms hielt, gerade zu Ende gekommen.

»Ich bitte um Verzeihung, worüber sprachen Sie gerade?« fragte Anna geistesabwesend. Mit Mühe lenkte sie ihre Gedanken von Heiligenscheinen auf die irdischen Fragen zurück, die hier zur Debatte standen. »Ah so, ja, Sie sprachen von Amtsvorstehern, nicht wahr?« und kopfschüttelnd fügte sie hinzu: »Nein, Sie haben sich nicht hinreichend verständlich gemacht. Aber das ist nicht Ihre Schuld, sondern ganz und gar meine. Ich kann noch nicht alles verstehen. Aber das wird mit der Zeit besser werden.«

»Natürlich, natürlich«, bestätigte ihr Dellwig mit lauter Stimme, im stillen aber bestätigte er sich selbst, hier wieder ein Beispiel für die angeborene Unfähigkeit der Weiber (wie er sie nannte) vor sich zu haben, auch nur den einfachsten juristischen Sachverhalt zu erfassen.

»Erzählen Sie mir noch etwas über den Viehbestand«, bat Anna, der plötzlich einfiel, daß Onkel Joachim mit viel Zuneigung von seinen Schweinen gesprochen hatte. »Gibt es viele Schweine?«

»Schweine?« wiederholte Dellwig und warf die Hände in die Luft, als wären bloße Worte gänzlich ungenügend, seine Empfindungen auszudrücken. »Solche Schweine, wie das gnädige Fräulein sie nun besitzt, gibt es in ganz Pommern kein zweites Mal. Sie sind der Stolz und zugleich das Neidobjekt der ganzen Provinz! ›Meine Würste‹, sagte der Herr Regierungspräsident im letzten Winter, als die Schlachtzeit bevorstand, ›meine Würste sollen nur und ausschließlich aus dem Fleisch jener Schweine hergestellt werden, die in Kleinwalde von meinem guten Freund, Herrn Oberinspektor Dellwig, gezüchtet werden.‹ Die Frau Regierungspräsidentin war tief verletzt, denn auch sie züchtet und mästet Schweine, aber sie sind mit unseren – äh, ich meine mit Ihren – in keiner Weise vergleichbar.«

»Wer ist der Herr Regierungspräsident?« fragte Anna zerstreut. Doch sofort erinnerte sie sich an die Langatmigkeit der Beschreibung der Aufgaben des Amtsvorstehers, und so fügte sie rasch hinzu: »Schon gut – erklären Sie es nicht. Ich nehme an, auch er wird eine Amtsperson mit klar umrissenen Aufgaben sein. Ich werde das alles besser verstehen, wenn ich erst einmal eine Zeitlang hier gelebt habe.«

»Natürlich, natürlich«, bestätigte Dellwig. Indem er also den Regierungspräsidenten unerklärt ließ, stürzte er sich in eine Vorlesung über Annas Schweine, deren außerordentliche Vorzüge, wie es schien, einzig und allein dem jahrelangen, unermüdlichen Einsatz seiner konkurrenzlosen Fähigkeiten zu danken waren. »Ich habe keine Kinder«, sagte er mit resignierend gottergeben nach oben gerichtetem Blick. »Aber die Mutterinstinkte meiner lieben Frau finden ihre volle Erfüllung in der Aufzucht und Mast dieser feinen Tiere. Wenn es ans Schlachten geht, kann sie das Quieken der Tiere nicht ertragen, sie zieht sich dann immer in den Keller zurück, wo sie die Wurstfüllen vorbereitet. Das gnädige Fräulein aß heute mittag die Koteletts eines Ihrer eigenen Schweine. Es wurde extra zu diesem Zweck geschlachtet.«

»Was? Oh, ich wünschte, das wäre nicht geschehen!« Und Anna zog in Erinnerung an das Essen die Stirne kraus. »Ich ... ich mag es nicht, wenn meinetwegen getötet wird. Und ich ... ich mag kein Schweinefleisch.«

»... mag kein Schweinefleisch«, echote Dellwig. Vor Überraschung blieb ihm der Mund offen stehen. »Habe ich das gnädige Fräulein richtig verstanden, sagten Sie, daß Sie nicht gern Schweinefleisch essen? Und meine Frau und ich gedachten Ihnen eine ganz besondere Freude zu bereiten!« Er schlug die Hände vor der Brust zusammen und schaute Anna bestürzt an. Diese unerhörte und obendrein mutwillige Zurückweisung der besten Gabe der Natur erstaunte ihn so, daß er für einen Moment sprachlos war und nicht weiterwußte. Kam denn im Körper eines einzigen Schweines nicht eine größere Auswahl an Sinnenfreuden zusammen als bei jeder anderen Vergnügung, deren er sich im Augenblick erinnern konnte? Umfaßte die Palette der Gaumenfreuden außer dem Genuß, den die gebratenen Rippchen verschafften, nicht auch solche soliden Annehmlichkeiten wie Schinken, Würste und Speck? War nicht Schweineleber – bei entsprechend guter Behandlung – eine ernstzunehmende Konkurrenz für die Gänselebern aus Straßburg? War nicht Schweinehirn eine Quelle gegenseitiger Gratulationen bei einem Familienessen? Machte nicht sogar ein Schweinskopf eine sonst minderwertige Erbensuppe zu einer Köstlichkeit? Die Rippenstücke des bewußten Schweines ruhten von seiner Frau an einem kühlen Orte wohlverwahrt und harrten der Zubereitung, denn die neue Herrin, die bei ihrem ersten Essen hier mit den minderen Koteletts begonnen hatte, sollte in der Folge mit immer neuen Köstlichkeiten langsam dem Höhepunkt des sonntäglichen Osteressens zugeführt werden, der in einem Schweinebraten bestehen sollte. Und nun erklärte diese Dame mit heuchlerisch ersterbender Stimme, sie möge überhaupt kein Schweinefleisch! Wo hatte diese Frau ihre empfindlichste Stelle? Wie würde er je in der Lage sein, zu ihr vorzudringen, Einfluß auf sie zu nehmen, wenn sie gegenüber der Hauptquelle allen Glückes auf Erden eine derartige Gleichgültigkeit empfand? Was sollte denn Ziel und Zweck seiner Mühen sein, der Mühen aller anderen, soviel Geld wie möglich zu verdienen, um so gut wie möglich zu leben? Denn was konnte »so gut wie möglich leben« anderes heißen, als reichlich und nur vom Besten zu speisen? Und was wiederum war das beste Essen, wenn nicht Schweinefleisch? Sie mag es nicht, wenn ihretwegen etwas getötet wird! Um wessentwillen sollte denn dann geschlachtet werden? Mit einer ständig am Ort weilenden Besitzerin, die sich weigerte, schlachten zu lassen, wie sollten da seine Frau und er mit zufriedenstellender Häufigkeit in den Genuß ihres Lieblingsessens kommen oder es den erwartungsvollen Freunden, die regelmäßig sonntags zu Besuch kamen, vorsetzen können? Er betrauerte den alten Joachim, der so selten vorbeigekommen war, doch bei jedem seiner Besuche hatte er seinen ehrlichen Anteil Schweinefleisch mit mehr Ernst verzehrt als nur je ein Mann. »Mein seliger Herr ...«, brach es aus Dellwig hervor, von diesem grundlegenden Unterschied zwischen Onkel und Nichte völlig am Boden zerstört, »mein seliger Herr ...«, aber es versagte ihm die Stimme. Er mußte sich heftig und laut schneuzen, denn es standen ihm echte Tränen in den Augen.

Anna blickte verwirrt auf. Sie dachte, er hätte von Schweinen gesprochen, und nun stellte sich heraus, daß er seinen heimgegangenen Herrn beweinte. Sie war aufrichtig ergriffen, als sie die Tränen sah. Der arme Mann, dachte sie bei sich, wie ungerecht war ich doch ihm gegenüber. Natürlich liebte er den guten Onkel Joachim. Daß ich, eine Fremde, nun komme und von allem Besitz ergreife, muß schrecklich für ihn sein.

Sofort von dem Wunsch gepackt, zu helfen und zu trösten, sprang sie auf und legte ihm sanft und beruhigend die Hand auf den Arm. »Auch ich habe ihn geliebt«, sagte sie mit leiser Stimme. »Aber für Sie, der Sie ihn so lange kannten, muß sein Tod schrecklich sein. Wir wollen gemeinsam versuchen, alles in seinem Sinne weiterzuführen, nicht wahr? Sie wissen, wie seine Wünsche und Vorstellungen aussahen, Sie müssen mir helfen, sie auszuführen. Sie können ihn nicht mehr geliebt haben als ich, den guten Onkel Joachim.«

Da sie sich selbst den Tränen nahe fühlte, verzieh sie das posaunenlaute Naseputzen als Ausdruck einer ehrenwerten Gefühlsregung.

Als Dellwig später nach Hause kam und von seiner schon ungeduldig wartenden Frau an der Tür mit den Worten »Na, wie ist sie?« empfangen wurde, da antwortete er lakonisch: »Verrückt.«

7

Anna erwachte mit dem vagen Gefühl, daß am Abend zuvor etwas Ärgerliches vorgefallen war, doch hatte sie so fest geschlafen, daß sie sich nicht sofort erinnern konnte, um was es dabei gegangen war. Als ihr dann die Sonne ins Gesicht schien und sie etwas munterer machte, fiel ihr alles wieder ein: Susie und Hilton waren oben in ihren Zimmern geblieben, bis die Zeit zum Abendbrot gekommen war. Dann waren sie heruntergekommen, hatten einen einzigen, unaussprechlich angeekelten Blick auf die Platten mit dem kalten Wurstaufschnitt, dem rohen Schinken, den gekochten Eiern und auf den lauwarmen Kaffee geworfen – diese abenteuerliche Zusammenstellung war als ihre Abendmahlzeit gedacht –, hatten sich ohne ein Wort oder auch nur ein Lächeln auf dem Absatz umgedreht und waren in den Salon hinübergegangen. Dort hatten sie ihren festen Entschluß verkündet, am nächsten Morgen nach England zurückzukehren.

Vergeblich hatte Anna dagegen angeredet, nichts konnte diesen unerwarteten Entschluß ins Wanken bringen. Auf all ihre Hinweise und dringenden Bitten hatte Susie nur knapp geantwortet, sie habe noch nie unter Wilden gelebt und hege auch nicht den Wunsch, es jetzt zu tun. Anna hatte aus all dem geschlossen, daß Hilton eine Szene gemacht haben mußte. Und da sie die Auswirkungen von Hiltons dramatischen Auftritten auf Susie kannte, gab sie ihren Versuch auf, Susie umzustimmen. Äußerlich stellte sie gefaßte Haltung zur Schau, innerlich dagegen zitterte sie heftig, als sie Susie davon in Kenntnis setzte, daß sie selbst unter gar keinen Umständen mitkommen könne.

Susie war darüber erneut höchst erbost gewesen; als sie jedoch Annas Gründe erfuhr, wuchs ihre Verärgerung noch einmal um ein beträchtliches. Anna hatte nämlich vorgegeben, den Geistlichen und seine Frau am Samstag zum Essen eingeladen zu haben, und diese Verpflichtung könne sie unmöglich absagen. Susie hatte dem entgegengehalten, daß Anna keinen der beiden je wiedersehen werde – denn sie würde doch wohl nie im Leben an diesen Ort zurückkehren wollen? Es sei also absurd, sich auch nur einen Deut um das zu scheren, was die beiden von ihr denken mochten. Was, um alles in der Welt, sollte es ihr, die sie sich auf der anderen Seite des Meeres befinden werde, schon ausmachen, ob zwei Wüstenbewohner sich düpiert fühlten oder nicht? Es spielte doch überhaupt keine Rolle, wie sie sich gegenüber den Leuten hier verhielt. Susie hatte Schmähworte wie absurd, dumm, idiotisch auf Annas Haupt gesammelt, aber Anna war ungerührt geblieben. Susie hatte gedroht, sie werde auch Letty und Miss Leech mitnehmen und Anna mutterseelenalleine hier zurücklassen, und Anna hatte erwidert, wenn dies ihr Wille sei, so könne sie sie nicht davon abhalten. Susie war immer erregter und immer mehr zur typischen Dobbs geworden, nicht zuletzt angestachelt von der Erinnerung an das, was sie wegen Hilton durchgestanden hatte. Anna hingegen war, wie immer bei solchen Gelegenheiten, immer stiller geworden. Letty hatte dagesessen und voll Angst gelauscht, denn sie fürchtete, dieser aufregende Kelch voller neuer Abenteuer könne frühzeitig von ihren Lippen gerissen werden. Miss Leech hatte sich auf Zehenspitzen aus dem Zimmer geschlichen. Da sie jedoch nicht wußte, wohin sie gehen konnte, hatte sie schließlich versucht, ihre nervösen Ängste in der Einsamkeit ihres Schlafzimmers zu vertreiben. Doch in diesem Raum mit seinen knarrenden Balken gab es nur Ratten, die am morschen Holz nagten. So hatte sich Miss Leech an ihre Erinnerungen an Mr. Jessup geklammert, die sich freilich angesichts der grausigen Realität von echten Ratten als wenig hilfreich erwiesen.

Zum guten Schluß, nachdem Susie alle ihre üblichen Vorhaltungen heruntergebetet hatte – Annas ungeheuerliche Undankbarkeit, ihre Vergeßlichkeit, wenn es darum ging, sich zu erinnern, was Susie in diesen fünfzehn Jahren alles für sie getan, und welche Opfer sie für sie gebracht hatte –, war man zu der Entscheidung gekommen, daß Miss Leech und Letty, wie ursprünglich geplant, in Kleinwalde bleiben und am Ende der Ferien zusammen mit Anna nach England zurückkehren sollten. Susie und Hilton dagegen würden am nächsten Morgen abreisen.

Annas Versuch, beim Gute-Nacht-Sagen eine Versöhnung herbeizuführen, war von Susie schroff abgewiesen worden. Dauernd stellte Anna ärgerliche Sachen an, dann kam sie und suchte Versöhnung. Aber Versöhnung, ohne daß die Gegenseite auch nur einen Millimeter nachgegeben hatte, schien Susie eine ausgesprochen unbefriedigende Zeremonie. Oh, diese Estcourts und ihre Dickköpfigkeit! Sehr ungehalten und empört war Susie in ihr Schlafzimmer marschiert – eine Empörung, die Hilton, während sie ihrer Herrin beim Auskleiden half, noch zu schüren wußte. Völlig zermürbt war Anna, kaum daß sie sich hingelegt hatte, sofort in tiefen Schlaf gefallen. Genau wie sie es sich ausgemalt hatte, erwachte sie in diesem merkwürdigen Holzbett, als ihr die Morgensonne voll ins Gesicht schien.

Es war ein strahlender, ein herrlicher Tag. Auf der Seite des Hauses, auf der ihr Schlafzimmer lag, konnte man den noch immer aus Nordwest wehenden Wind nicht hören. Anna öffnete eines der drei großen Fenster und ließ die kalte Morgenluft in ihr Zimmer. Das Immergrün, mit dem die Wände, der Spiegel und der Frisiertisch geschmückt waren, verströmte einen ungewohnten Geruch. Er vermischte sich mit der Hitze des Ofens und schuf eine schwere Luft, die ihr den Atem benehmen wollte. Jemand mußte schon im Zimmer gewesen sein und den Ofen angesteckt haben, denn sie konnte hinter der leicht offenstehenden Ofentür den brennenden Torf flackern sehen. Draußen dagegen – was für eine göttliche Kühle und Reinheit! Anna lehnte sich aus dem Fenster, sog die Luft in tiefen Zügen ein, während ihr die Märzsonne ins Gesicht schien. Der Garten, nichts weiter als ein unbeachtetes Stück rauher Grasfläche mit ein paar großen Bäumen, glänzte von frischen Regentropfen; auf dem jetzt tiefblauen

Meeresstreifen tanzten kleine weiße Schaumkronen, und die Küstenlinie der gegenüberliegenden Insel war ein schattiger Streifen, ausgebreitet zu Füßen der Sonne. Oh, wie wunderbar war es, in der Morgenfrische an diesem Fenster zu stehen und dem Rotkehlchen auf den noch kahlen Zweigen des Fliederbusches bei seinem Gesang und den unverschämten Spatzen unten auf dem Pfad bei ihrem Schimpfen zuzuhören, dem Wind, der die Äste der Bäume zauste, und all den anderen glücklichen Morgenklängen der Natur zu lauschen. Eine große innere Fröhlichkeit ergriff ihr Herz, eine jähe, überwältigende Freude an der Schönheit der Dinge – der Erde, des Himmels, der Sonne, des Windes. Wie lieblich war das Leben an einem solchen Morgen, in einer vom Regen gewaschenen, vom Wind gesäuberten Welt. Der Geruch der feuchten Gartenerde stieg zu ihr auf, ein Hauch von salzigem Meerwasser wehte zu ihr herüber, dazwischen hing der harzige Duft der Kiefernwälder auf der anderen Seite des Hauses. Wie hatte sie in Estcourt je atmen können? Wie hatte sie überleben können, ohne diese lebensspendenden Düfte von Meer und Wald? Vergnügt betrachtete sie den verwilderten Garten. Gegenüber den exakt geschnittenen Rasenflächen von Estcourt stellte diese Wildnis geradezu eine Erleichterung dar. Hier herrschte Freiheit von aller Konvention, dies hier war eine abgeschirmte Privatatmosphäre; dort dagegen wurde unablässig geschnitten und getrimmt und geharkt, auf Schritt und Tritt stolperte man über Gärtner, denn Susie konnte es ja unmöglich zulassen, daß irgendein Nachbar sie in Sachen Gartenpflege übertrumpfte. Und wie sähe Hill Street an einem so herrlichen Märzmorgen aus? Alle Fensterläden wären fest geschlossen, alle Leute lägen noch zu Bett – ach, wie weit weg war dies alles, nur noch ein Schattenriß. Eine Straße, bewohnt von verschlafenen Gespenstern, eine Fata Morgana von einem Milchmann, der mit seinen Phantommilchkannen unter ihrem Fenster klapperte. In diesem Morgenlicht der Wirklichkeit schien das Leben, das sie bis vor drei Tagen geführt hatte, nur noch wie ein ferner Traum. Wolken, weiß wie die Wolken im Hintergrund der Gemälde Raffaels, standen so hoch am Himmel, daß der Wind sie nicht erreichen konnte. Eine schwarze Katze saß im Sonnenlicht auf dem Pfad und putzte sich. Auch im Untergeschoß öffnete nun jemand ein Fenster. Dann hörte man Geräusche von einem Wischmop, die aber alsbald überdeckt wurden von einer Stimme, zweifellos die Stimme Maries, die in bester Karfreitags-Frömmigkeit und im Rhythmus ihres Wischlappens *Lobt Gott, ihr Christen, allzugleich* sang. Ihre Stimme klang laut und monoton, doch Anna lauschte mit einem Lächeln. Wie gern wäre sie in den Gesang eingefallen, um auf diese Weise ein wenig von ihrer inneren Freude herauszulassen.

Sie kleidete sich rasch an. Es gab weder heißes Wasser noch eine Glocke, um nach einem Dienstboten zu läuten. Und durch das offene Fenster nach unten rufen und das fromme Lied unterbrechen wollte sie auch nicht. Also verwendete Anna das kalte Wasser, das, wie sie sich aufmunternd sagte, viel erfrischender sei. Sodann setzte sie ihren Hut auf, zog ihren Mantel an und stahl sich leise aus dem Zimmer, denn sie wollte Susie nicht aufwecken, die im Nebenzimmer in ihrem Zorn schmorte. Dringend wünschte sich Anna wenigstens eine Stunde Ungestörtheit, ehe sie sich einem Tag stellte, der zweifellos ein Tag voller Sorgen und Probleme werden würde. Heute abend, wenn sie erst einmal weg ist, wird Frieden herrschen, dachte Anna und schämte sich sofort dafür, daß sie sich darauf freute, Susie los zu sein. Schließlich war ich seit meinem zehnten Lebensjahr noch nie allein ohne sie, suchte sie ihr eigenes schlechtes Gewissen zu beruhigen, und ich muß doch endlich einmal entdecken, wie es ist, ohne sie.

»Guten Morgen«, grüßte Marie, als Anna in den Salon kam, um durch die gläserne Verandatür nach draußen zu gehen.

»Guten Morgen«, antwortete Anna fröhlich.

Marie stützte sich auf den Stiel ihres Wischmops und blickte der neuen Herrin gebannt nach, als sie durch den Garten ging. Jedes Detail an Annas Kleidung interessierte sie. Ein Wesen, das zu dieser frühen Stunde in einem solchen Kleid und in Schuhen, die sogar Maries neunjähriger Schwester schon zu klein gewesen wären, in den Matsch hinausging, wo niemand sie sehen konnte, verwunderte Marie über alle Maßen.

Schon am Spätnachmittag des gestrigen Tages war Marie ein Anblick geboten worden, wie sie ihn im Leben noch nicht gesehen hatte, geschweige denn hätte sie sich so etwas vorstellen können. Ihre neue Herrin war zum Essen in einem Aufzug erschienen, den man nur als herrschaftliches Ballkleid bezeichnen konnte. Mit nackten Armen und entblößten Schultern! Und die anderen Damen waren ganz ähnlich gekleidet gewesen. Lediglich das junge englische Fräulein hatte keine unbedeckte Haut gezeigt, doch auch das Fräulein trug ein weißes Kleid, und ihr üppiger Haarschopf war wunderschön mit Bändern durchflochten. Marie war gleich in die Küche hinausgerannt, um es der Köchin zu erzählen. Und die Köchin, die das einfach nicht glauben wollte, hatte sich als Vorwand, den Raum betreten zu dürfen, schnell eine Schüssel mit Kirschkompott und gedünsteten Äpfeln geschnappt, um sich durch eigenen Augenschein zu überzeugen. Bertha, die mit einer Nachricht von der Frau Oberinspektor gekommen war, hatte es durch einen Spalt in der Küchentür gesehen, als die Damen das Speisezimmer verließen. Atemlos war sie davongerannt, um die Neuigkeit zu verbreiten. Und der Postwagen, der gerade mit den Briefen vorfuhr, trug die Unglaublichkeit nach Lohm weiter, und noch bevor es Schlafenszeit war, wußte jeder Bewohner in jedem Haus zwischen Kleinwalde und Stralsund alles über die Kleidung der englischen Damen.

»Na bitte, Frau, was habe ich dir gesagt?« sagte Dellwig, der ungeachtet der Überlegenheit seines Geschlechtes über das Geschlecht der Dienenden jedwedem Tratsch ebenso gierig lauschte wie die Weibsleute. Und seine Frau war nur zu gerne bereit, Anna als verrückt und exzentrisch zu etikettieren. Es war ihr gleichsam ein Trostpflaster dafür, daß sie aus dem Dienst eines verständlich sprechenden deutschen Edelmannes in den einer Frau und einer Ausländerin noch dazu hatte wechseln müssen.

Anna war sich des Interesses und der Neugier, die sie Meilen im Umkreis erweckte, in keiner Weise bewußt. Im Gegenteil, sie war ganz angetan von Maries naiver Frömmigkeit. Erfüllt von den freundlichsten Gefühlen gegenüber all ihren neuen Nachbarn, stand sie am Ende des Gartens, schaute über die niedrige

Hecke, die das Gartengrundstück vom Marschland und der See trennte, und dachte dabei, daß es keinen anderen Ort auf Erden geben könne, wo es einem so leicht fiele, gut und wohltätig zu sein. Hier herrschte völlige Freiheit von den ermüdenden gesellschaftlichen Verpflichtungen. Umgeben von ihren Wäldern und der See hatte sie hier eine ideale Ungestörtheit. Die Bevölkerung des dünn besiedelten Landes bestand aus schlichten, ergebenen Menschen – hatte nicht sogar Dellwig in Erinnerung an seinen dahingeschiedenen Herrn Tränen vergossen? Jeder Tag, den sie hier zubrachte, würde sie besser machen und jenem Paradies näherbringen, in dem all die guten und schlichten Seelen schon während ihres Erdendaseins leben, jenem Himmel eines heiteren Gemütes und eines ruhigen Gewissens.

Schon immer hatte Anna danach verlangt, ein guter Mensch zu sein, zu helfen, Freund zu sein, denen, die das gleiche Verlangen hegten, in denen dieses Sehnen aber durch Mangel an Gelegenheit und Mangel an innerem Frieden teilweise zerstört war.

Die gesunde Güte, die Hand in Hand geht mit innerer Zufriedenheit, das war es, was sie meinte. Nicht die tragische, die vergebliche Güte, die aus Kummer und Schmerz erwächst und ihr Haupt nur traurig in steiniger Öde erhebt, die nur in Krankenzimmern blüht und in verzweifelter Sorge und die sich Gott nur deshalb zuwendet, weil alles andere verloren ist. Anna umschritt das Haus, überquerte die Straße und ging in den Wald. Der frische Wind blies ihr ins Gesicht und schüttelte die Regentropfen von den Zweigen auf sie herab. Die Nadeln der vergangenen Jahre hatten einen dicken Teppich gebildet, auf dem es sich angenehm laufen ließ. Die Sonne schien zwischen den geraden Stämmen hindurch und wärmte Anna. Das rastlose Seufzen in den Baumwipfeln erfüllte ihre Ohren wie mit süßer Musik: Ich glaube, dieser Ort freut sich, daß ich gekommen bin, dachte sie mit einem vergnügten Lachen. Sie kam zu einer Lichtung, die sich nach Norden hin öffnete, und vor sich sah sie flache Felder unter einem weiten Himmel liegen. Die Sonnenstrahlen jagten Schatten über die lebhaft grünen Flicken, auf denen, wie sie inzwischen gelernt hatte, Winterroggen stand. In einem Loch zu ihren Füßen, von einem entwurzelten Baum hinterlassen, lag noch ein Rest Schnee, doch im Blau über ihrem Kopf sangen die Lerchen, als könnten sie von ihrem hohen Ausguck aus schon den Frühling aus dem Süden heraufziehen sehen, der langsam mit jenen ersten Anemonen, die sie unterwegs gepflückt hatte, herannahte.

Anna überkam das vollkommen neuartige Gefühl, zum ersten Mal in ihrem Leben wirklich nach Hause gekommen zu sein. Dieses arme Land, wie süß und anrührend war es doch. Nach der englischen, so reichlich mit Dörfern übersäten Landschaft mit ihren Gärten und ihren Feldern, die wie Parkanlagen aussahen, erschien dieses Land in der Tat sehr arm, sehr leer und doch ungeheuer liebenswert. Wie die schlichten Möbel ihres Hauses, so schien auch die Kahlheit dieser Landschaft ein Symbol zu sein für die robusteren Tugenden. Die Menschen, die hier lebten, mußten notwendigerweise genügsam sein und hart arbeiten, wenn sie überleben wollten. Durch schwere Arbeit mußten sie dem kargen Boden ihr Leben abringen, gestählt durch die langen Winter, waren sie bereit, Entbehrungen zu ertragen. Laster, Trägheit oder Schwächen trieb die Kälte ihnen aus, ob es ihnen gefiel oder nicht. So zumindest dachte Anna, als sie da stand und ihren Blick über die Lichtung und die Felder und über den Himmel schweifen ließ. »Wie könnte jemand hier nicht gut sein? Muß man hier nicht einfach gut sein?« murmelte sie wieder und wieder vor sich hin. Und dann bemerkte sie, daß sie sich eigentlich schon seit ihrer Ankunft in Kleinwalde diese noch immer etwas vage Frage stellte. Plötzlich entschlossen, die unklaren Dinge, die ihr im Kopf herumgingen, zu ordnen, zu klären und ehrlich zu durchdenken, setzte sie sich auf einen Baumstumpf, knöpfte ihren Mantel bis oben hin zu, denn der Wind blies ihr frontal entgegen, und begann gründlich zu überlegen, was sie eigentlich zu tun beabsichtigte.

Zum Frühstück ging Susie nicht nach unten, sie blieb in ihrem Zimmer, saß auf dem Sofa und trank ein Glas Milch, in das ein Ei gequirlt war. Dabei hörte sie sich Hiltons Kritik an der deutschen

Nation an. Und Hilton durchmischte sie mit reichlich Gift, während sie die Koffer packte. Immerhin beschwichtigte es Hilton, deren Verachtung für deutsche Sitten und Gebräuche schier unaussprechlich war, daß sie zumindest eine Herrin hatte, die ihrem Wunsch, in die Hill Street zurückzukehren, so schnell nachgegeben hatte. So war das von ihr verspritzte Gift von etwas abstrakterer Natur und enthielt keine persönlichen Spitzen und ungünstigen Vergleiche mit Herzoginnen. Und Susie nippte folglich mit einer gewissen Gemütsruhe an ihrer Milch, als es an der Tür klopfte und Anna fragte, ob sie eintreten dürfe.

»Ja, ja, komm nur herein. Hast du nachgesehen, wann die Züge fahren?«

»Ja. Es gibt nur einen vernünftigen Zug. Um den zu erreichen, müßt ihr direkt nach dem Mittagessen abfahren. Wollt ihr nicht doch lieber bleiben, Susie? Du wirst völlig übermüdet sein, wenn du ohne Ruhepause nach Hause zurückfährst.«

»Können wir nicht vor dem Mittagessen abfahren?«

»Ja, selbstverständlich, wenn ihr lieber in Stralsund essen wollt.«

»Sehr viel lieber. Hast du den Klapperkasten bestellt?«

»Ja, auf halb zwei.«

»Dann bestell' ihn um auf halb eins. Diesmal kann Hilton mit mir fahren.«

»Das dachte ich auch.«

»Hat der Kerl das Leder wieder mit Fischtran eingerieben?«

»Nach dem, was ich gestern zu ihm gesagt habe, glaube ich das nicht.«

»Ich glaube nicht, daß das, was du gesagt hast, ihn sehr eingeschüchtert hat. Du hast ihn doch angestrahlt, als wäre er dein bester Freund.«

»Hab' ich das?«

Wie komisch Anna aussieht, dachte Susie. Und sie antwortet auch so merkwürdig nervös und geistesabwesend. Offensichtlich war sie schon draußen im Freien gewesen, denn der Saum ihres Kleides war ganz schmutzig, ihre Wangen sahen rosig aus und ihre Haare wirkten zerzaust. Auch stand sie ziemlich unentschlossen herum und schaute immer wieder auf Hilton, die vor dem geöffneten Koffer kniete.

»Ist das etwa dein ganzes Frühstück?« fragte Anna, als sie das Glas Milch sah.

»Was könnte man denn sonst für ein Frühstück haben?« gab Susie, die sehr hungrig war und die gerne sehr viel mehr gefrühstückt hätte, kurz angebunden zurück.

»Nun, in jedem Fall sind die Eier und die Butter sehr gut«, murmelte Anna, die ganz offensichtlich mit ihren Gedanken woanders war.

Was geht ihr bloß im Kopf herum? fragte sich Susie und betrachtete ihre Schwägerin genau, denn sie ahnte nichts Gutes. Annas neue Stimmungen waren wahrhaftig nicht dazu angetan, Susie besondere Freude zu bereiten. Laut sagte sie spitz: »Ich kann nicht Eier mit Butter essen, ohne irgend etwas dazu. Wäre Hilton nicht selbst in die Küche gegangen, um mir diese Milch zuzubereiten, dann hätte ich überhaupt kein Frühstück bekommen.«

»Die großartige Hilton«, sagte Anna zerstreut. »Sind Sie noch nicht fertig mit Kofferpacken, Hilton?«

»Nein, Ma'm.«

Anna setzte sich auf das Sofa und fing an, die Fransen von Susies Morgenmantel um ihre Finger zu wickeln.

»Ich habe die ganze Nacht kein Auge zugetan«, sagte Susie und setzte ihr Märtyrergesicht auf. »Und Hilton auch nicht.«

»Ihr habt nicht geschlafen? Ja, wieso denn nicht? Ich habe den Schlaf der Gerechten geschlafen – ich glaube gar, ich habe besser und fester geschlafen als je ein Gerechter.«

»Was denn, ist dieser Mann nicht auch zu dir ins Zimmer gekommen?«

»Was für ein Mann? Oh, ja, Miss Leech sagte auch so etwas. Er hat das Feuer im Ofen angezündet, nicht wahr? Ich habe keinen Laut davon mitbekommen.«

»Dann mußt du geschlafen haben wie ein Stein. Jeder Mensch mit einem Hauch von Feingefühl wäre vor Angst verrückt geworden. Ich war vor Angst wie gelähmt – und Hilton auch. Um nichts in der Welt würde ich noch eine weitere Nacht in diesem Hause verbringen.«

Es schien, daß Susie gerechte Gründe für ihre Klagen hatte. Nachdem Hilton sie am gestrigen Abend in ihrem Zimmer alleingelassen hatte, war sie nervös gewesen, sie hatte nicht einschlafen können, denn der Gedanke an ihre Schutzlosigkeit ängstigte sie – sechs Frauen allein in diesem gottverlassenen Haus. Sie wünschte von ganzem Herzen, Dellwig würde im Haus leben. Die Ratten, die auf dem Dachboden herumscharrten, steigerten ihre panische Angst noch. Der Wind rüttelte an den Fenstern und sauste heulend um die Hausecken. Susie ertrug die Angst solange sie konnte, und das war länger als manch andere Frau sie ertragen hätte, dann klopfte sie an die Wand, die ihr Zimmer von Hiltons trennte. Doch Hilton, die sich die Bettdecke über den Kopf gezogen und alle Kerzen angezündet hatte, die sie hatte auftreiben können, wäre um keinen Preis der Welt aus ihrem Zimmer gekommen, schon gar nicht, um ihre Herrin zu retten. Susie, die völlig verzweifelt die kritische Stunde um Mitternacht herannahen fühlte, nahm all ihren Mut zusammen und schlich hinaus, um Hilton zu holen. Zähneklappernd und kaum bekleidet stand die arme Susie vor der verriegelten Tür ihrer Kammerzofe, die flackernde Kerze in der Hand, die jeden Augenblick zu erlöschen drohte. Völlig allein stand sie in dem langen, zugigen Flur, fürchtete sich vor dem Klang ihrer eigenen Stimme, die sich so eigentümlich mit dem Knacksen und Stöhnen des windumtosten Hauses mischte; wahrhaftig ein Bild des Jammers. Es dauerte Minuten, ehe Hilton dazu zu bewegen war, die Tür aufzumachen, und Susie hatte in ihrem ganzen geordneten und normalen Leben noch keine solchen Minuten durchgemacht. Zusammen schlichen sie in Susies Zimmer hinüber, schlossen sich ein, und Hilton legte sich auf das Sofa. Endlich fielen beide in einen leichten, sehr unruhigen Schlaf. Um halb vier Uhr in der Frühe fuhr Susie entsetzt im Bett hoch. Jemand klopfte und versuchte, die Tür zu öffnen. Die Kerzen waren längst heruntergebrannt und erloschen, so konnte Susie die Uhr nicht erkennen, nahm aber an, es sei früh am Morgen und das

Hausmädchen wolle ihr warmes Waschwasser bringen. Sie weckte Hilton auf und befahl ihr, die Tür zu öffnen. Hilton gehorchte widerwillig, dann stieß sie einen schwachen Schrei aus und taumelte zurück aufs Sofa. Ein Mann, barfuß, mit einer Kerosinlampe in der Hand, tappte fast lautlos ins Zimmer. Noch nie im Leben war Susie einer echten Ohnmacht so nahe gewesen. Sie saß im Bett, die eiskalten Hände um die Knie geschlungen, die Augen fest auf diese schreckliche Erscheinung geheftet. Völlig unfähig, ein Wort zu sagen oder sich zu bewegen, war sie wie gelähmt vor Angst. So also sollten all ihre Hoffnungen und ehrgeizigen Pläne enden – in Pommern ermordet, erschlagen wie ein gemeiner Hund. Und dann wich das Gefühl der krankmachenden Angst ganz langsam einer namenlosen Wut, als sie erkannte, daß der Mann nur hereingekommen war, um den Ofen anzustecken. Der gleiche Mechanismus, der bei einem Kind wirksam wird, das feststellt, daß es sich nicht verlaufen hat, daß es nicht überfahren worden ist, verfehlte auch bei Susie seine Wirkung nicht. Sie war sprachlos vor Zorn, als sich zweifelsfrei herausstellte, daß niemand sie zu meucheln gedachte. Der Eindringling war ein sehr alter Mann, und das flackernde Licht warf bizarre Schatten über sein Gesicht und seine Gestalt, als er da vor dem Ofen hockte und in seinen Bart murmelte, während er arbeitete. Er sprach mit dem Feuer, als handelte es sich um ein lebendiges Wesen: »Willst du nicht brennen, du Lump? Na warte!« Als er fertig war, warf er einen kurzen Blick auf die Gäste und schlich, noch immer vor sich hingrummelnd, wieder aus dem Zimmer.

»Ich vermute, das ist so Sitte in diesem Land«, war alles, was Anna dazu zu sagen hatte.

»Was du nicht sagst! Na ja, je schneller wir aus einem solchen Land herauskommen, desto besser. Bist du wirklich entschlossen zu bleiben, trotz allem? Ich sage dir, der Gedanke, daß mein Kind hier bleibt, ist mir alles andere als angenehm. Aber du zwingst mich ja dazu, ich muß sie ja hierlassen, ich kann dich schließlich nicht alleine in diesem Haus zurücklassen.«

Anna starrte Hilton an, die ein Kleid mit zeremoniöser Sorgfalt und extrem langsamen Bewegungen zusammenlegte.

»Oh, Hilton weiß genau, was ich denke«, sagte Susie mit einem Schulterzucken.

»Aber sie hat keine Ahnung, was *ich* denke«, entgegnete Anna. »Bevor du abreist, muß ich mit dir sprechen, Susie. Also bitte, laß Hilton die Packerei unterbrechen. Gehen Sie nach unten, und lassen Sie sich Ihr Frühstück geben, Hilton.«

»Frühstück?« wiederholte Susie. »Ich möchte bloß wissen, wo und wie das arme Ding hier zu einem Frühstück kommen soll.«

»Also gut, dann gehen Sie und lassen Sie sich *kein* Frühstück geben«, versetzte Anna ungehalten, die Susie dringend etwas mitzuteilen hatte und mit Hiltons Verhalten die Geduld zu verlieren drohte.

»Wie gastfreundlich von dir«, bemerkte Susie beleidigt, als sich die Tür hinter Hilton schloß, »du bist wirklich eine sehr rücksichtsvolle Gastgeberin.«

Anna lachte: »Es ist nicht meine Absicht, grob zu sein«, erklärte sie, »aber wenn wir uns von den hier angebotenen Speisen ernähren können, ohne gleich tragische Gestalten abzugeben, dann wird es ihr ja wohl auch gelingen. Zumal es sich nur um einen einzigen Tag handelt.«

»Mein einziger Trost bei dem Gedanken, Letty hier lassen zu müssen, ist der, daß sie endlich abnehmen wird, ob sie will oder nicht. Ich nehme an, du wirst sie schlank und rank zu mir zurückbringen.«

Anna stand unruhig auf und ging zum Fenster hinüber.

»Und was immer du tust, vergiß nicht, daß die Rückfahrbilletts am Vierundzwanzigsten auslaufen. Aber ich bin sicher, schon lange vorher wird dir das alles hier kreuzweise zum Halse heraushängen.«

Anna drehte sich um und lehnte sich mit dem Rücken gegen das Fenster. Das helle Morgenlicht fiel auf ihr Haar, ihr Gesicht lag im Schatten, dennoch hatte Susie den Eindruck, es wirke schuldbewußt.

»Susie, ich habe nachgedacht«, brachte Anna mühsam hervor.

»Tatsächlich? Wie schön!«

»Ja, es war schön. Ich habe nämlich endlich herausgefunden,

was ich tun muß, um glücklich zu sein. Aber ich fürchte, *du* wirst es nicht schön finden. Du wirst mich schelten. Bitte, schimpf nicht mit mir.«

»Nun, dann sag mir erstmal, was du herausgefunden hast.« Susie starrte Anna an, deren Gestalt sich im Gegenlicht abzeichnete, und bereitete sich innerlich auf eine unangenehme Neuigkeit vor. Aus Erfahrung wußte sie, daß von Anna geschmiedete Pläne im allgemeinen reichlich wild und närrisch waren.

»Ich werde hier bleiben.«

»Ich weiß, daß du hier bleibst. Ich weiß, daß es kein Argument gibt, das dich zu einer Meinungsänderung bewegen könnte. Peter ist genauso wie du – je deutlicher ich ihm vor Augen führe, wie sehr er sich zum Narren macht, desto mehr beharrt er darauf, es auch tatsächlich zu tun. Er nennt es Entschlossenheit. Durchschnittliche Menschen wie ich selbst, die ein kleineres und übersichtlicheres Gehirn haben als ihr beiden Wunderkinder, nennen es Sturheit, Dickköpfigkeit.«

»Ich meine nicht nur für die Zeit von Lettys Ferien. Ich meine, ich will für immer hier bleiben.«

»Für immer?« Susie starrte sie mit offenem Mund an. Auf ihrem Gesicht lag dieselbe blanke Fassungslosigkeit, die auch Dellwigs Gesicht gezeigt hatte, als sie sagte, sie möge kein Schweinefleisch.

»Sei bitte nicht böse mit mir«, versuchte Anna die Schwägerin zu beschwichtigen. Sie kam zum Sofa herüber und setzte sich neben Susie auf den Fußboden. Sie nahm ihre Hand und fing an, schnell und hastig zu reden. »Von Anfang an hatte ich vor, dieses Geld dazu zu verwenden, armen Menschen zu helfen, aber ich wußte nicht recht, wie ich es anstellen soll. Jetzt sehe ich meinen Weg klar vor mir, und ich muß, ich *muß* ihn gehen. Weißt du nicht mehr, daß es im Katechismus heißt, man muß seine Pflicht tun gegenüber Gott, und man muß seine Pflicht erfüllen gegenüber dem Nächsten . . .«

»Willst du mir jetzt etwa eine Moralpredigt halten?« Susie zog angeekelt ihre Hand zurück.

»Nein, nein, hör mir doch zu«, bat Anna und langte wieder

nach Susies Hand. Sie streichelte sie, während sie sprach, was Susie aufs äußerste reizte, denn sie haßte es, gestreichelt zu werden.

»Wenn du noch einmal den Katechismus zitieren willst, dann solltest du Hilton wieder reinrufen. Ihr würde es vielleicht ganz gut tun.«

»Nein, nein – ich wollte ja gerade sagen, daß es außerhalb des Katechismus noch andere Pflichten gibt, größer als die Pflicht gegenüber dem Nächsten . . .«

»Meine liebe Anna, es ist sehr unwahrscheinlich, daß ausgerechnet du den Katechismus verbessern könntest, dazu auch noch vor dem Frühstück. Und hör endlich auf, meine Hand zu streicheln, es macht mich ganz kribbelig!«

»Aber ich will dir doch nur etwas erklären – bitte hör mir zu. Die Pflicht, die der Katechismus vergißt, ist die Pflicht gegenüber sich selbst. Seinen Pflichten allerdings, das weißt du doch, Susie, seinen Pflichten kann man nicht entrinnen . . .«, und sie zog die Stirn kraus, in dem verzweifelten Versuch, ihre Gedanken zu formulieren.

»Herrgott nochmal, als ob ich das je versucht hätte! Wenn je eine arme Frau ihre Pflicht getan hat, dann bin ich es!«

». . . und ich glaube fest, wenn ich diese beiden Pflichten erfülle, gegenüber mir selbst und gegenüber meinem Nächsten, dann tue ich meine Pflicht gegenüber Gott.«

Susie rutschte ungeduldig hin und her, es erschien ihr nachgerade unanständig, zu dieser frühen Tagesstunde derart kaltblütig von heiligen Dingen zu faseln. »Was hat dieses Geseier damit zu tun, daß du dich hier niederlassen willst?« fragte sie ärgerlich.

»Es hat alles damit zu tun. Meine Pflicht gegenüber mir selbst ist es, glücklich zu sein, und zwar so gut wie nur irgend möglich. Und meine Pflicht gegenüber meinem Nächsten . . .«

»Zum Teufel mit deinem Nächsten und mit deiner Pflicht!« rief Susie zornig.

». . . besteht darin, ihm zu helfen, ebenso gut und glücklich zu sein.«

»*Ihm*? Ihr, hoffe ich doch wohl! Vergiß bitte den Anstand

nicht, meine Liebe. Ein Fräulein hat keinerlei Verpflichtungen gegenüber ihren männlichen Nächsten!«

»Nun, ich meine ja ihr«, sagte Anna und schaute Susie lachend an.

»Dann glaubst du also, hier zu leben wird dich glücklich machen?«

»Ja. Ja, davon bin ich überzeugt. Vielleicht täusche ich mich. Ich werde es herausfinden, aber dazu muß ich es versuchen.«

»Du willst all deine Freunde und deine Verwandten verlassen, um in diesem gottverlassenen Nest zu leben, wo du nicht mal wie eine Dame leben kannst?«

»Onkel Joachim sagte, es sei meine einzige Chance, ein besseres Leben zu führen.«

»Was für ein unsäglicher Hohlkopf!« In Susies Stimme schwang bitterste Verachtung. »Dieses gute Geld hier wird also an Deutsche verschwendet werden, als ob es nicht genügend Arme in England gäbe – nur weil deine Ambitionen dahin gehen, dich als Wohltäterin aufzuführen!«

»Oh, ich will mich nicht aufführen als ob – ich möchte nur armen, unglücklichen Kreaturen helfen«, rief Anna und schmiegte ihre Wange in Susies unwillige Hand. »Bitte, schimpf nicht mit mir. Vergib mir, wenn ich dumm bin; und hab Geduld, bis ich herausgefunden habe, ob ich vielleicht wirklich nur eine dumme Gans bin, die reumütig zu dir und Peter zurückgewatschelt kommt. Aber ich *muß* es tun; ich *muß* es versuchen; und ich *werde* tun, was ich für richtig halte.«

»Und wer sind die armen Würmer, bitteschön, die du glücklich zu machen gedenkst?«

»Oh, die, die mir am meisten leid tun, die, denen sonst keiner hilft, die Vornehmen, sofern ich an die herankomme.«

»Von armen Würmern unter den Vornehmen habe ich noch nie gehört«, sagte Susie patzig.

Wieder lachte Anna. »Heute morgen im Wald habe ich alles ganz gründlich durchdacht«, erklärte sie. »Die Erkenntnis traf mich wie ein Blitz: Dieses große, geräumige Haus kann doch nicht dafür geschaffen sein, daß man es nicht bewohnt. Statt also in die Welt hinauszugehen und in der üblichen Weise Geld unter den Armen zu verteilen, wäre es doch viel besser, ich ließe arme Frauen aus gutem Hause, die kein Geld haben und deshalb abhängig und elend sind, hier bei mir wohnen. Sie können alles, was ich habe, mit mir teilen – alle bekommen das Gleiche, ohne Unterschied. Es ist Platz für mindestens zwölf, und wäre es nicht herrlich, zwölf Menschen, die schon alle Hoffnung und allen Mut verloren haben, für den Rest ihrer Tage glücklich zu machen?«

»O Gott, das Kind ist verrückt geworden!« schrie Susie und sprang auf, denn es war ihr unmöglich, weiter ruhig sitzen zu bleiben. Sie ging im Zimmer auf und ab und wußte nicht, was sie sagen oder tun sollte. Susie hegte keinerlei Sympathien für wohltätige Impulse, sie war vielmehr allzeit voll von feinem Spott gegenüber Idealen. Doch sie wußte, daß bei einer Estcourt, die sich etwas in den Kopf gesetzt hatte, kein Argument ziehen würde. Susie war schockiert, daß gutes Geld, an das so schwer heranzukommen war und das so wertvoll war, wenn man es erst einmal besaß, daß dieses Geld auf eine solche Weise verschleudert werden sollte. Die Verfahrenheit der Situation machte Susie rasend vor Zorn, denn wie konnte ein junges Fräulein von Annas Alter allein leben und dazu noch ein Haus führen, voller Objekte, auf die Nächstenliebe ausgegossen werden sollte. Würden diese Objekte selbst einen hinreichenden Schutz und ausreichende Betreuung für eine junge Dame darstellen, zum Beispiel in den Augen ihrer Freunde zu Hause? Würden sie es ihr, Susie, nicht anlasten, daß sie all das erlaubt hatte? Als ob sie es verhindern könnte! Würden die Freunde gar vielleicht erwarten, daß sie bei Anna blieb, bis sie einen Ehemann gefunden hatte? Als ob irgend ein vernünftiger Mann eine solche Wahnsinnige heiraten würde!

»Verrückt, verrückt, verrückt!« rief Susie und rang die Hände.

»Ich habe schon befürchtet, daß es dir nicht gefallen würde«, sagte die am Boden sitzende Übeltäterin und betrachtete ihre Schwägerin mit betrübtem Gesicht.

»Mir gefallen? Wahnsinn ist das, der glatte Wahnsinn!« und sie ging weiterhin auf und ab und rang die Hände.

Plötzlich blieb sie vor Anna stehen und sagte: »Also gut, du bleibst hier. Ich kenne dich gut genug, mit dir zu streiten ist schiere Zeitverschwendung. Das Geld dieses in dich vernarrten alten Mannes hat dir den Kopf verdreht. Ich ahnte nicht, daß dein Kopf so schwach ist. Wenn ich weg bin, dann schau in dein Herz – du wirst Zeit und Ruhe genug dafür haben – und frage dich aufrichtig, ob das, was du tun willst, der richtige Weg ist, um das wiedergutzumachen, was ich in fünfzehn Jahren für dich getan habe, all die Ausgaben, die ich um deinetwillen gehabt habe. Du weißt, wie meine Wünsche für dich aussehen, aber es kümmert dich einen Dreck. Dankbarkeit! Kein Funke davon ist in dir. In meinem ganzen Leben habe ich keine eigennützigere Kreatur gesehen, und ich kann nicht glauben, daß Undankbarkeit und Selbstsucht die Stoffe sind, aus denen man Heilige macht. Wage nicht, mir noch mehr Geschwätz über deine Nächsten zuzumuten. Eine englische Dame, die hergeht und ihr Geld für deutsche Nächstenliebe verplempert . . .«

»Es ist deutsches Geld«, murmelte Anna.

»Die hier *lebt*, die *hier* lebt, oh, es ist verrückt, ein Stück aus dem Tollhaus!«

Und da Susies Empörung ihr die Luft abzuschnüren drohte, ging sie wieder auf und ab, hob die Arme und rang die Hände, und die Absätze ihrer Schühchen klapperten wütend auf den kahlen Holzdielen.

Am liebsten hätte sie Letty und Miss Leech nun doch mitgenommen und Anna damit gestraft, daß sie sie völlig allein ihrem Schicksal überließ, doch wegen Peter wagte sie es nicht. Immer, wenn es Probleme gab, war Peter auf Annas Seite. Sicherlich würde er etwas ganz Fürchterliches tun, wenn er davon erführe. Er wäre imstande, auch hierherzukommen und bei Anna zu leben und niemals zu seiner Frau zurückzukehren. Oh, diese Halbdeutschen! Wieso hatte sie bloß in eine Familie hineingeheiratet, die mit einem solchen Schandfleck besudelt war? »Du wirst jemanden hier bei dir haben müssen«, sagte Susie und wandte sich Anna zu, die noch immer auf dem Boden saß und in deren Gesicht sich Entschuldigung und Reue spiegelten, aber auch jene

Entschlossenheit, die Susie nur zu gut kannte. »Du kannst ja nicht alleine hier bleiben. Bis zum Ende der Ferien lasse ich also Miss Leech hier bei dir, obwohl mir der Gedanke verhaßt ist, dich dadurch in deinem Verhalten auch noch zu bestärken: Wie du siehst, tue ich meine Pflicht, wie ich es immer getan habe, und ich mache keine großen Worte darum. Wenn ich nach Hause komme, werde ich mich nach einer anständigen, älteren Frau umschauen, die bereit ist, hierherzukommen, und die darauf achtet, daß du dich nicht zu sehr zum Gespött der Leute machst. An dem Tag, an dem sie hier ankommt, schickst du mir mein Kind zurück.«

»Es ist so unendlich gütig von dir, daß du mich Letty hier behalten läßt, liebe Susie . . .«

»Liebe Susie!«

». . . aber ich habe nicht vor, mich zum Gespött der Leute zu machen, wie du es zu nennen beliebst«, fuhr Anna fort, und ein feines Grinsen lauerte in ihren Augenwinkeln, »und ich möchte auch keine Engländerin hier haben. Was sollte sie mir nützen können? Sie würde ja kein Wort verstehen, wenn man in deutscher Sprache über mich spottet. Ich gedachte den Pastor zu fragen, ob er mir behiflich sein könne, eine deutsche Dame zu finden – eine ernste und gesetzte ältere Weibsperson, wie Onkel Joachim geschrieben hat.«

»Oh, dieser Onkel Joachim . . .«, allein den Namen hören zu müssen, konnte Susie kaum noch ertragen. Es war dieser verhaßte alte Mann, der Anna diesen Floh ins Ohr gesetzt hatte. Daß er ihr Geld hinterlassen hatte, war bewundernswert. Aber einem armen Mädchen mit solch typisch deutscher Wischiwaschi-Philosophie bezüglich eines besseren Lebens und ähnlichem Quatsch den Kopf zu verwirren, wie er es bei seinem Besuch und mit seinem Brief ja ganz offensichtlich getan hatte, das war ein derart schändliches Verhalten, daß sie keine Worte fand, die stark genug gewesen wären, ihre Meinung wiederzugeben. Alle würden ihr die Schuld in die Schuhe schieben für das, was geschehen war; alle würden sich über sie lustig machen; sie würden sagen, daß Anna die erstbeste Gelegenheit genutzt hätte, um vor

Susie die Flucht zu ergreifen, selbst eine Existenz in Einsamkeit und Not wäre ihr lieber gewesen als alle Freuden eines zivilisierten Lebens, das sie aber in Susies Gesellschaft hätte führen müssen. Vor allem Peter würde sicherlich sehr ärgerlich über sie sein, würde sie ausschimpfen, weil sie Anna nicht genügend Glück bereitet hatte. Nicht genug Glück! Das Gör hatte sie mindestens dreihundert im Jahr gekostet, erst für die teure Erziehung, dann für Kleider, nachdem sie in die Gesellschaft eingeführt war. Und wenn dreihundert gute Pfund im Jahr ein Mädchen nicht glücklich machen konnten, was denn dann bitte sonst!? Und keiner, nicht eine unter all diesen schrecklichen Personen in London, die sie im stillen alle haßte – nicht einer von denen würde auch nur ein einziges rügendes Wort gegenüber Anna haben. Niemand, der Anna jemals gerügt hätte. All ihre Kapricen, ihre Grillen und Launen waren höchstens Gegenstand milden, verständnisvollen Lächelns und wurden sämtlich, das wußte Susie ganz genau, als Folge von Susies Verhalten gegen Anna eingestuft. Ihr Verhalten gegen Anna, also wirklich! Der Gedanke an diese Dinge brachte Susie schier um den Verstand. Sie hatte sich schon auf die kommende Saison gefreut, hatte sich ausgemalt, wie es wäre, mit ihrer hübschen und seit Erhalt der guten Nachricht immer fröhlichen Schwägerin an ihrer Seite, hatte nur Vorteile gesehen, die Annas Gegenwart in ihrem Haus ihr bringen würde – eine Anna, die ausgab und nichts mehr kostete, denn fraglos würde man sie überreden können, sich an den Kosten der Haushaltsführung zu beteiligen. Und jetzt das. Nun mußte sie allein nach Hause zurückreisen, ein Ziel für jedweden Spott, für Schimpf und Schande. Die Aussicht war mehr, als sie ertragen konnte. Sie ging zur Tür und öffnete sie, doch bevor sie hinausging, drehte sie sich noch einmal zu Anna um und sagte mit eisiger Stimme: »Laß mich dir einen guten Rat geben«, und ihre Stimme zitterte vor Verachtung, »wenn du glücklich sein willst, dann verschwende niemals auch nur einen einzigen Penny auf die Verwandten deines Ehemannes!«

Dann rief sie nach Hilton, und da sie nicht aufhörte, nach ihr zu rufen, bis Hilton erschien, war es Anna unmöglich, auch nur noch ein einziges Wort zu sagen.

8

Während Susies Zorn so groß war, daß sie sich weigerte, auch nur auf Wiedersehen zu sagen, und statt dessen lieber die arme Miss Leech, mit der sie im Entree stand und auf die Kutsche wartete, mit dunklen Andeutungen über Zwangsjacken zu Tode erschreckte, kannte das Entzücken des Geistlichen keine Grenzen, als Anna ihn am nächsten Tag nach dem Essen ins Vertrauen zog. »Liebes, edeldenkendes Fräulein«, brach es aus ihm hervor, und er legte die Hände zusammen und blickte Anna mit feuchten Augen an, denn er erkannte in ihr einen jungen Sproß der Frömmigkeit. Er war ein guter Mann; weder sonderlich gebildet noch besonders kultiviert, dafür aber außerordentlich sentimental und geneigt, in tränenreiche Eloquenz auszubrechen über Themen wie die lieben Kindlein, die herrliche Natur, die Frau als Schutzengel und vor allem die gesegnete Heiligkeit des Familienlebens.

Anna hielt ihn für den einzigen Menschen weit und breit, der ihr helfen könne, zwölf mutlose und verzagte Damen zu finden, die bereit waren, sich glücklich machen zu lassen. Deshalb hatte sie ihm in ihrem holperigen Deutsch so knapp wie möglich ihre Pläne enthüllt, sich dabei aber jene begleitenden Abweichungen in die Gefilde der Gefühle verkniffen, die Susie als Geseier gebrandmarkt hatte. Und nun saß sie ziemlich unangenehm berührt da und hörte sich an, wie der Pastor über ihre endlose Güte und Großzügigkeit in Lobeshymnen ausbrach. Es ist sehr schwer, nicht einfältig auszusehen, wenn jemand einem ins Gesicht all die eigenen Tugenden preist. So ging es auch Anna. Sie konnte nichts dazu, daß sie sich während dieser überschwenglichen Lobpreisung nicht nur albern vorkam, sondern auch so aussah. Anna war davon überzeugt, daß er es ernst meinte – Manske meinte es tatsächlich ernst –, aber sie wünschte sich doch, er würde sich weniger blumig ausdrücken und weniger lang bei seinen Elogen verharren und statt dessen zum Kernpunkt kommen, nämlich zu praktischer Hilfestellung. Sie trug das schlichte weiße Kleid, das in der Nachbarschaft bereits für solches Furore gesorgt hatte, ein

Gewand, das in langen weichen Falten bis zum Boden reichte und die Schlankheit ihrer Glieder betonte. Ihr glänzendes Haar hatte sie in der Mitte gescheitelt und hinter den Ohren zusammengesteckt. Alles an ihr atmete völligen Mangel an Unsicherheit oder Eitelkeit. Der leiseste Gedanke daran, daß sie möglicherweise einen nachhaltigen Eindruck machte, schien ihr gänzlich fern zu sein. Und doch war sie wunderschön, und der gute Mann, der diese Schönheit selbstredend bemerkte, meinte, auf Grund der Dinge, die Anna ihm gerade anvertraut hatte, auch auf eine gleichermaßen große innere Schönheit schließen zu können. Jedesmal, wenn er später an stillen Sonntagabenden in seinem Garten an Engel dachte, dann stellte er sie sich wie Anna vor. Und er kleidete sie auch so, wie Anna an jenem Tage gekleidet war, wobei er nicht einmal vor den bloßen, wohlgerundeten Schultern und den beinahe bloßen Armen zurückschreckte; nein, er stellte sich diesem Anblick mit dem Mut eines aufrechten Mannes, ganz gleich, wie wenig das einem Pastor geziemen sollte.

Seine Frau Gemahlin saß indessen in ihrem besten Kleid, das zugleich auch ihr engstes war, auf der Kante ihres Stuhles im Salon und wunderte sich über so allerlei. Sie hatte nicht hören können, was Anna gesagt hatte, wußte also nicht, was ihren Mann zu seinen lobenden Ausrufen verleitet hatte, denn die Gouvernante bestand darauf, zu versuchen, sich mit ihr auf Deutsch zu unterhalten und war mit ausweichenden Antworten nicht abzuwimmeln. Die überstürzte Abreise der Schwägerin hatte Frau Manske enttäuscht – einfach abgereist, bevor eine einzige Seele sie gründlich in Augenschein hatte nehmen können. Daß man sie nicht gebeten hatte, auf dem Sofa Platz zu nehmen, dem Ehrenplatz, auf dem das englische Fräulein in einer Weise saß, durch die ihr Kleid ganz sicherlich verkrumpeln mußte, überraschte sie, regelrecht verärgert aber war sie, weil man sie bei Tisch nicht gedrängt, ja nicht einmal gebeten hatte, sich von jedem Gang ein zweites Mal zu bedienen. Tatsächlich schien niemand auch nur Notiz davon zu nehmen, ob sie überhaupt irgend etwas aß. Das waren sehr merkwürdige Sitten. Und wo waren die

Dellwigs, diese »großartigen« Leute, die sie mit gewohnheitsmäßiger Herablassung behandelten, weil sie die Ehefrau des Pastors war? War es möglich, daß man sie nicht eingeladen hatte? Sollte es bereits Streit gegeben haben? Frau Manske konnte sich im Traum nicht vorstellen, daß Anna niemals der Gedanke gekommen wäre, ihren Inspektor und dessen Frau zum Essen einzuladen. In ihrer grenzenlosen Ignoranz hielt Anna nämlich den Pastor für eine sozial viel höher stehende Person als den Inspektor. All diese Dinge, zu denen sich noch die Abschätzung des Preises für den Meter Stoff gesellte, aus denen Annas, Lettys und Miss Leeches Kleider genäht waren, gaben Frau Manske mehr Nahrung für Spekulationen, als sie in Jahren gehabt hatte. Sie saß und wälzte in Gedanken all diese Mutmaßungen in den Pausen, die Miss Leech ihr zwischen ihren Sätzen ließ, während ihr Seidenkleid bei jedem schmerzhaften Atemzug, den sie tat, verdächtig in den Nähten knirschte.

»Die beste Vorgehensweise«, sagte der Pastor, nachdem er den größten Teil seines Entzückens aufgebraucht hatte, »ist wohl die, in einem christlichen Blatt zu annoncieren.«

»Aber nicht unter meinem Namen«, wandte Anna sofort ein.

»Nein, natürlich nicht. Wir müssen diskret vorgehen. Schon die Anzeige selbst muß mit viel Geschick aufgesetzt werden. Ich werde das übernehmen, und zugleich werde ich mich bei meinen Amtsbrüdern umhören. Aber in jedem Fall brauchen wir eine Anzeige. Was hält das gnädige Fräulein von dem Vorschlag, daß alle Bewerbungen bezüglich der erwünschten Angelegenheit zunächst an mich gerichtet werden?«

»Nun, ich denke, das ist ein ganz ausgezeichneter Vorschlag, vorausgesetzt, daß Sie die Mühe nicht scheuen?«

»Die Mühe! Freude erfüllt mich bei dem Gedanken, Teil eines derart hochherzigen und guten Werkes sein zu dürfen. Längst schon fern lag mir jegliche Hoffnung, daß diese arme Ecke unseres geliebten Vaterlandes ein heiliger Ort werden könne, ein gesegnetes Refugium für die Mühseligen und Beladenen, ein Schlupfwinkel, voll der süßen Düfte der Barmherzigkeit . . .«

»Nein, nein, keine Barmherzigkeit«, ging Anna dazwischen.

»... deren Wohlgerüche«, fuhr der Pastor unbeirrt fort, denn er war entschlossen, seinen Satz zu Ende zu bringen, »Tag und Nacht aufsteigen werden zu den aufmerksamen Himmeln. Solcherart sind die himmlischen Überraschungen, die die Vorsehung für uns bereit hält. Sie bietet sie uns dar, wenn wir am wenigsten mit ihnen rechnen.«

»Ja, ja«, murmelte Anna ein wenig ungeduldig. »Aber was sollen wir in die Annonce schreiben?«

»Ach ja, die Anzeige. In Kontemplation dieses wunderbaren Vorhabens habe ich die Anzeige ganz vergessen.« Und wieder gingen ihm die ekstatisch feuchten Augen über, und erneut legte er die Hände zusammen und schaute, den Kopf ein wenig zur Seite gelegt, die zukünftige Wohltäterin an, ganz so, als wäre die junge Dame selbst das wunderbare Vorhaben in Person.

Anna stand auf und ging zum Schreibtisch hinüber, um Papier und Stift zu holen, ängstlich darauf bedacht, den Pastor bei der Stange zu halten. Währenddessen betrachtete der Geistliche die grazile weiße Gestalt. Mehr denn je staunte er über diese Ähnlichkeit mit seiner Vorstellung von Engeln. Nie hätte er sich ausgemalt, daß es so leicht sein könnte, mit Augen, die längst daran gewöhnt waren, nichts anderes wahrzunehmen als die überquellende Üppigkeit seiner vortrefflichen Frau Gemahlin, ein Wesen aus einer anderen Welt anzuschauen, ein Wesen, das rein war von allen Zeichen irdischer Grobheit. Anna kam mit dem Schreibpapier zurück und nahm am Tisch Platz, auf dem die Lampe stand.

»Wie verfaßt man in Deutschland überhaupt irgendeine Anzeige?« fragte sie. »Ich könnte nicht einmal eine für ein Dienstmädchen aufsetzen. Und diese hier muß so sorgfältig formuliert werden.«

»Sehr wahr! Denn, Gott sei's geklagt, auch Damen sind manchmal nicht das, was zu sein sie vorgeben. Traurig genug, daß es in einem christlichen Lande überhaupt Hochstapler gibt, um wieviel trauriger aber ist es, daß sich in ihren Reihen sogar Mitglieder des weiblichen Geschlechtes finden.«

»Sehr traurig«, stimmte Anna lächelnd zu. »Aber Sie werden unter den Antworten die der Hochstapler herausfinden.«

»Ach, es wird nicht leicht sein«, seufzte der Geistliche, dessen Erfahrungen mit Damen sehr begrenzt waren und dem langsam dämmerte, daß er dabei war, sich eine Verantwortung aufzuladen, die sehr schwer zu werden drohte. Angenommen, er empfahl eine Bewerberin, die sich hinterher mit dem Silberbesteck des gnädigen Fräuleins aus dem Staub machte? »Ach, es wird nicht leicht sein«, wiederholte er und schüttelte den Kopf.

»Nun ja«, sagte Anna beschwichtigend, »das Risiko, daß sich auch Hochstaplerinnen melden, müssen wir eben eingehen. Vielleicht sind ja auch alle ehrlich. Also, wie würden Sie anfangen?«

Der Pastor lehnte sich in den Stuhl zurück, faltete die Hände vor der Brust, drehte die Augen zur Zimmerdecke und dachte inbrünstig nach. Anna wartete, die Feder schreibbereit in der Hand. Frau Manske spitzte die Ohren, um mitzukriegen, was da am anderen Ende des Raumes vor sich ging. Doch Miss Leech, die sowohl die höfliche Unterhalterin spielen als auch ihre Deutschkenntnisse aufpolieren wollte, hörte nicht auf, ihre abgehackten Sätze hervorzustoßen, ja sie erwartete sogar, daß Frau Manske ihre Fehler korrigierte. Außerdem gab es keinerlei Erfrischungen. Kein kühles Bier wurde gereicht, keinerlei flüssiger Trost in welcher Form auch immer, nicht einmal ein Selterswasser. Für Frau Manske war dieser Abend ein Reinfall.

»Eine christliche Dame von edler Gesinnung«, diktierte der Pastor, als läse er die Worte von der Zimmerdecke ab, »bietet in ihrem Hause ein Heim . . .«

»Soll das der Anzeigentext sein?« fragte Anna.

». . . bietet in ihrem Hause ein Heim . . .«

»Dieser Anfang gefällt mir nicht besonders«, sagte Anna mit zögernder Stimme. »Das mit der edlen Gesinnung würde ich lieber weglassen.«

»Ganz wie das gnädige Fräulein wünscht. Bescheidenheit kann nie etwas anderes als eine Zier sein. ›Eine christliche Dame . . .‹«

»Aber wieso eine *christliche* Dame? Warum nicht einfach ›Eine Dame‹. Gibt es denn heidnische Damen hier in der Gegend, daß Sie auf dem christlich bestehen?«

»Schlimmer noch, schlimmer als alle Heiden«, donnerte der Geistliche, setzte sich ruckartig kerzengerade auf und starrte Anna mit feurig glühenden Augen an. Hatte er eben noch in honigsüßen Tönen geflötet, so war seine Stimme jetzt nur noch ein zischendes Wispern, als er sagte: »Die Heiden leben in fernen Ländern, wo sie Ruhe halten, bis unsere Missionare sie unter den Fittichen der Kirche versammeln – doch hier, hier mitten unter uns, da sind sie, überall krauchen sie herum und ziehen uns das Geld aus der Tasche, nein, schlimmer noch, sie nehmen uns die Butter vom Brot: die *Juden!*«

Unmöglich, die Mischung aus Angst und Haß zu beschreiben, mit der er das Wort ausspuckte.

Anna starrte ihn erschrocken und verwundert an. »Die Juden?« wiederholte sie ungläubig. Einer ihrer besten Freunde in England war Jude; ein angenehmer, liebenswürdiger Mensch. Bei der bloßen Errinnerung an ihn mußte sie lächeln, so geistreich, so charmant, so freundlich war er. Anna konnte sich nicht entsinnen, je von Juden im allgemeinen gehört zu haben.

»Doch sie ziehen uns nicht nur das Geld aus den Taschen, sie stehlen uns nicht nur die Butter vom Brot . . .«, fuhr der Pastor fort. Er lehnte sich jetzt weit vor, die grauen Augen weit aufgerissen, sprach er in einem Flüsterton, der Anna Gänsehaut machte. ». . . sie saugen uns auch das Blut aus den Adern.«

»Das Blut aus den Adern?« hauchte Anna schwach. Es klang entsetzlich. Es beleidigte ihre Ohren. Und es hatte rein gar nichts mit der Anzeige zu tun. Das fremde Leuchten in seinen Augen gemahnte sie an Fanatismus, an Grausamkeit, an das tiefste, finsterste Mittelalter. Gemeinhin der sanfteste aller Männer, so erfuhr sie nun, ergriff den Pastor geradezu die Tollwut, wenn er das Wort Jude nur nennen hörte.

»Blut«, fauchte er, »Blut aus christlichen Adern für die Vollführung ihrer unheiligen Riten. Hat die Gnädigste etwa nie von diesen abscheulichen Mordritualen gehört?«

»Nein«, sagte Anna, um das Maß zurückweichend, um das er ihr näher kam. »Nie im Leben. Und ich will es auch jetzt nicht hören – obwohl, obwohl es interessant klingt. Ein andermal möchte ich mehr darüber erfahren. ›Eine christliche Dame bietet ihr Haus . . .‹«, fuhr sie rasch fort, während sie schrieb, dann blickte sie den Pastor fragend an.

»Ach ja«, sagte er mit seiner normalen Honigstimme, lehnte sich im Stuhl zurück, und auch seine Augen nahmen wieder ihre normale Größe an, »ach ja, die Anzeige, ich habe sie ganz vergessen. ›Eine christliche Dame bietet ihr Haus als Heim anderen Mitgliedern ihres Geschlechtes und ihres Standes, die ohne Mittel sind, . . .«

»Ohne Freunde und ohne Hoffnung«, ergänzte Anna, während sie schrieb.

»Gut, sehr gut.«

»In ihrem Haus auf dem Lande ist Platz«, sprach Anna langsam weiter und schrieb dabei, »für zwölf solcher Damen, und sie wäre glücklich, alles, was sie an Vermögen und Glück besitzt, mit diesen zu teilen.«

»Gut, sehr gut.«

»Ist das Deutsch richtig?«

»Völlig korrekt. Ich würde noch hinzufügen: ›Vor der Annahme irgendeiner Bewerberin wird Herr Pastor Manske aus Lohm schärfste Ermittlungen bezüglich derselben durchführen, weshalb alle Bewerbungen an ihn zu adressieren sind. Die Bewerberinnen müssen Damen aus bester Familie sein, die ins Unglück gerieten durch Gottes ewigen Ratschluß.‹«

Anna schrieb auch dies fein säuberlich nieder, doch nur bis zum Wort ›gerieten‹, dann setzte sie einen Punkt.

»Es gefällt mir noch nicht so richtig«, meinte Manske nachdenklich. Die Sprache ist nicht edel genug. Edle Vorhaben müssen mit edlen Worten ausgedrückt werden.«

»Aber doch nicht in einer Zeitungsannonce.«

»Warum nicht? Wir müssen unsere guten Gedanken vor unseren Mitmenschen nicht schamhaft verbergen. Vielmehr müssen wir unsere Herzen öffnen, unseren Gefühlen freien Lauf lassen, freimütig müssen wir geben von all der Tugend und der Frömmigkeit, die wir in uns tragen, zur Erbauung und zur Erheiterung der anderen.«

»Aber doch nicht in einer Anzeige. Ich möchte die Öffentlichkeit keineswegs erheitern.«

»Und warum die Öffentlichkeit nicht erheitern, liebes Fräulein? Setzt sich die Erheiterung nicht aus Elementen jener erhabenen Gefühle zusammen, die auch wir selbst empfinden? Elemente, die uns auf dem Weg zum Himmel leiten und begleiten? Elemente, die mutlos gemacht werden von denselben Sorgen und aufgerichtet werden von denselben Hoffnungen, die in Stücke gerissen werden von denselben Versuchungen, denen auch die Gnädigste und meine Wenigkeit ausgesetzt sind?« Und allsogleich ging seine Rede über in eine Flut von eloquenten Auslassungen über Elemente. Denn in Deutschland werden alle Predigten aus dem Stegreif gehalten, und so verfügt die deutsche Geistlichkeit durch ununterbrochene Übung über eine fatale Sprachgewandtheit, die sich auch während der Woche bei der geringsten Gelegenheit im Sprachfluß einer Predigt Bahn bricht, der nichts und niemand Einhalt zu gebieten vermag.

Oh – Worte, Worte, Worte, dachte Anna und hoffte, er werde bald zu Ende kommen. Seine Frau, die die geschliffenen Reden der inspirierten Augenblicke sehr gut kannte, glühte vor Stolz. Mein Adolf übertrifft sich wieder einmal selbst, dachte sie. Das Fräulein ist ganz stumm vor Staunen.

Das Fräulein staunte in der Tat. Staunend saß sie, die Ellenbogen auf die Lehnen des Stuhles gestützt, die Spitzen der gespreizten Finger zusammengelegt, und starrte auf ihre Fingerkuppen. Sie wollte den Pastor nicht anschauen, denn sie wußte genau, daß zwischen dem Eindruck, den er glaubte, auf sie zu machen, und dem Eindruck, den er tatsächlich bei ihr hinterließ, ein gewaltiger Abgrund klaffte: Der Mann tat ihr leid.

»Es ist so gütig von Ihnen, daß Sie mir behilflich sind«, flocht sie mit sanfter Stimme rasch ein, als die so sehnlich erwartete Atempause endlich eintrat. »Da ist übrigens noch etwas, dessentwegen ich Sie um Ihren Rat bitten wollte. Ich muß mich nach einer Begleiterin umschauen. Es sollte eine ältere deutsche Dame sein, die mir auch bei der Haushaltsführung zur Hand geht.«

»Ja, ja, ich verstehe. Aber wären denn die zwölf nicht genügend Gesellschaft und Begleitung und Hilfe im Haushalt obendrein?«

»O nein. Schauen Sie, ich möchte nicht, daß diese Damen das Gefühl haben, ich erwartete irgend etwas von ihnen, dafür, daß ich ihnen hier ein Zuhause biete. Ich möchte, daß sie alle genau das tun, was sie am glücklichsten macht. Sie werden alle ein trauriges Leben hinter sich haben, sie sollen keine Zeit mehr damit verschwenden, Dinge zu tun, die ihnen keine Freude bereiten.«

»Ah, wie edel, wie hochherzig!« murmelte der Pastor, der ebenso unpraktisch veranlagt war wie Anna, zugleich aber ebenso fasziniert von der Unschärfe ihres wohltätigen Planes.

»Die Gesellschafterin, die ich zu finden wünsche, müßte eine völlig andere Art von Person sein. Sie soll für ihre Hilfe auch ein Gehalt beziehen.«

»Ja, natürlich – ich verstehe.«

»Ich dachte, Sie könnten mir vielleicht auch sagen, wie man eine Anzeige für eine solche Person formuliert.«

»Sicher, sicher. Meine Frau hat eine Schwester . . .«

Er hielt inne, und Anna schaute rasch auf. Mit der Möglichkeit, daß die Frau Pastor eine Schwester haben könne, hatte sie nicht gerechnet.

»Lieber Schatz«, rief er zu seiner Frau hinüber, »was macht deine Schwester Helena im Augenblick?«

Frau Manske sprang sofort auf und kam mit dem Eifer der endlich Erlösten zu ihm hinübergelaufen. »Was sagst du, mein lieber Adolf?« fragte sie und legte ihm die Hand auf die Schulter. Er nahm die Hand in die seine, streichelte sie erst, dann küßte er sie, zuletzt legte er seinen Arm um ihre runde Taille, wo er ihn ließ, während er nun sprach. All dies geschah zum außerordentlichen Vergnügen Lettys, für die ein solches Gebaren den Charme des nie zuvor Erlebten hatte.

»Deine liebe Schwester Helena – weilt sie augenblicklich im elterlichen Hause?« fragte er und schaute liebevoll zu ihr auf. Seine Zuneigung gewann durch den Umstand an Wärme, daß er Zuschauer um sich wußte.

Frau Manske war sich bezüglich des Aufenthaltes ihrer Schwester nicht sicher, sie würde ihr schreiben, um es in Erfahrung zu bringen. Anna schlug vor, Frau Manske solle doch am Tisch Platz nehmen, doch der Pastor hielt seine Frau nur noch enger umschlungen. »Dies ist mein Schutzengel«, erklärte er und lächelte sie beseligt an, »die treusorgende Mutter meiner Kinder, die nun schon groß sind und ihre eigenen Wege gehen. Erinnert sich das gnädige Fräulein der unsterblichen Zeilen Schillers: ›Ehret die Frauen, sie flechten und weben himmlische Rosen ins irdische Leben‹? Genau dies war die Beschäftigung meiner lieben Frau. Nur unterbrochen von gelegentlichen Besuchen an den Badestränden, ist sie seit nunmehr fünfundzwanzig Jahren, seit jenem Tage, als sie sich bereit erklärte, mit mir auf dem Pfade zu wandeln, der ins Himmelreich führt, an meiner Seite. Nicht einen Tag hat es gegeben, außer jenen natürlich, die sie an der See verbrachte, der ohne jene Rosen gewesen wäre, von denen der Dichter spricht.«

»Oh«, hauchte Anna, spürte aber sogleich, daß diese Bemerkung der Erhabenheit der Situation nicht gerecht wurde, weshalb sie rasch hinzufügte: »Wie – wie interessant.« Auch das erschien ihr zwar als ziemlich unzureichend, aber da ihr überhaupt nichts mehr einfallen wollte, blieb ihr nur ein stilles Lächeln der Sympathie.

»Mit zehn Kindern hat der Herr uns gesegnet«, fuhr der Pastor fort, sich nun auf intimere Details einlassend, »und sechs hat er nach seinem Willen wieder von uns genommen.«

»Die Kanalisation . . .«, murmelte Frau Manske.

»Ja, wahrhaftig, die Kanalisation in der Stadt, in der wir damals lebten, war sehr schlecht, sie war schadhaft. Aber die Wege der göttlichen Vorsehung darf man nicht in Frage stellen.«

»Nein, das wohl nicht. Aber Rohrleitungen reparie . . .«, Anna hielt mitten im Wort inne, denn sie meinte plötzlich zu fühlen, daß unter gewissen Umständen möglicherweise sogar die Reparatur von defekten Abwasserrohren ein unfrommer Akt sein könnte. In den letzten zwei Stunden hatte sie so viel über Frömmigkeit und Vorsehung gehört, daß sie davon ziemlich verwirrt war. Sie wußte nicht mehr genau, wo die Grenze zwischen frommem und unfrommem Verhalten verläuft.

Doch der Pastor, der die Frau an seiner Seite immer noch an sich drückte, achtete gar nicht auf das, was Anna sagte. Längst schon verbreitete er sich in jeder Einzelheit über das Aussehen, die Gewohnheiten und die Laufbahnen der verbliebenen vier Kinder und verharrte mit so viel Zuneigung bei jedem einzelnen, daß er sowohl Schwester Helena als auch die zweite Anzeige vollkommen vergaß. Nachdem er die zahllosen Fähigkeiten und kleinen Eigenheiten seiner Sprößlinge aufgezählt hatte, einschließlich ihrer jeweiligen Präferenzen bezüglich Essen und Trinken, ließ er den Gegenstand urplötzlich fallen und begann, seiner Frau von Annas Plänen zu berichten. Mit schlecht verhohlener Ungeduld, denn sie brannte vor Neugier, war Frau Manske dem ersten Teil der Ausführungen ihres Gatten gefolgt, nun endlich erfuhr sie, was Anna ihrem Mann anvertraut hatte.

So mußte sich Anna all die Ausbrüche des Entzückens noch einmal anhören. Das gierige Interesse der Ehefrau verblüffte sie. Anna fragte sich, ob Frau Manske wirklich aufrichtige Sympathie für ihre Pläne hege. Ihre Neugier stand außer Frage, doch Anna hatte das untrügliche Empfinden, daß es ein himmelweiter Unterschied war, ob sie ihr Herz dem Pfarrer oder seiner Frau öffnete. Obwohl er sich so wortreich verbreitete, zeigte er doch echten Enthusiasmus. Seine Frau dagegen schien vorrangig an der Frage der Kosten interessiert zu sein. »Es werden ungeheure Kosten aus Sie zukommen«, sagte sie und betrachtete Anna von oben bis unten, »na ja, aber das gnädige Fräulein ist ja auch sehr reich«, fügte sie dann hinzu.

Anna studierte wieder ihre Fingerkuppen.

Auf dem Heimweg, der sie durch die dunklen Felder führte, kritisierte Frau Manske zunächst jeden einzelnen Gang des Menüs, das man ihnen serviert hatte, sodann gab sie ihrer Ansicht Ausdruck, daß die gesamte Bewirtung einer derart reichen Dame nicht zur Ehre gereicht habe, und bemerkte abschließend gegenüber ihrem Ehemann, daß ja wohl stimmen müsse, was sie immer über die Engländer habe sagen hören, nämlich, daß sie für lang anhaltende Anfälle von ganz besonderer Verrücktheit ganz außerordentlich anfällig seien.

»Verrücktheit! Du nennst dies Verrücktheit? Ist dies mein liebes Frauchen, die Ehefrau eines Pastors, die ein solches Wort anwendet auf ein so wunderherrliches, ein so christliches Vorhaben?«

»Aber das ganze gute Geld – es einfach so wegzugeben. Ja, es ist sehr christlich, aber es ist auch verrückt.«

»Weib, schweig sofort stille!« schrie der Pastor, außer sich vor Zorn darüber, solche Äußerungen von solchen Lippen vernehmen zu müssen.

Ganz offensichtlich war Frau Manske in diesem Augenblick nicht mir ihren Rosen verbunden.

9

Früh am nächsten Morgen ging Anna zum Gutshaus hinüber, um Dellwig zu fragen, ob er ihr eine Zeitung leihen könne. Sie wollte so bald wie möglich eine Anzeige aufgeben, um eine Begleiterin zu finden. Doch da sie jetzt von der Existenz der Schwester Helena wußte, wollte sie diese Aufgabe lieber ohne die Hilfe des Pastors erledigen, indem sie einfach eine passende Anzeige aus der Zeitung als Vorlage benutzte. Sie wußte, ohne die Dienste einer deutschen Dame, die ihr bei der geplanten Umgestaltung des Hauses zur Hand ginge, wäre sie ziemlich in Verlegenheit. Sie wollte ihr Haus rasch in Ordnung bringen, damit die unglücklichen Zwölf nicht zu lange warten mußten; und es gab viel zu erledigen. Mehr Personal, neue Möbel, alles war nötig, und Anna hatte keine Ahnung, wo man all diese benötigten Dinge herbekam. Sie wußte ja nicht einmal, wo sie Waschfrauen auftreiben sollte, und Frau Dellwig schien nie zu Hause zu sein, wenn sie nach ihr schickte oder selbst zu ihr ging. Gleich nach Susies Abreise am Karfreitag hatte sie nach der Frau Inspektor schicken lassen. Sie bedurfte dringend ihrer Hilfe wegen des Essens, das für die Manskes vorzubereiten war, und alle Vorräte schienen durch Frau Dellwigs Hände zu gehen. Doch man beschied ihr, die Dame sei in der Kirche. Am Samstagmorgen, bereits in Sorge, weil die Gäste praktisch schon vor der Tür standen, die Speisekammer aber gähnende Leere zeigte, war Anna selbst zum Gutshaus hinübergegangen. Diesmal sagte man ihr, die Dame sei in den Kuhställen – doch in welchem der verschiedenen Ställe, das wußte niemand zu sagen. Anna war gezwungen gewesen, Dellwig wegen der Lebensmittel zu fragen. Am Sonntag nahm sie Letty mit, denn das Geflüster hinter ihrem Rücken und das schamlose Gaffen, als sie alleine unterwegs gewesen war, hatte sie sehr verlegen gemacht. Doch auch bei dieser Gelegenheit bekam sie die Frau Inspektor nicht zu Gesicht, und sie fing an, sich zu fragen, ob der armen Frau wohl etwas zugestoßen sei.

Das Erstaunen und der Zorn der Dellwigs, als sie erfuhren, daß der Pastor und seine Frau zum Essen eingeladen worden waren, sie aber nicht, waren unbeschreiblich. Eine solche Beleidigung hatten sie in ihrem Leben noch nicht erfahren. Hier am Ort waren sie immer die ersten ihres Standes gewesen. Immer hielten sie den Kopf sehr hoch und zeigten sich herablassend, vor allem gegenüber der Geistlichkeit. Sie waren es, die bei Tisch zuerst bedient wurden, die als erste durch die Tür gingen, die auf der rechten Seite des Sofas saßen. Doch wenn Dellwig wütend war, so schäumte seine Frau. In Gift und Galle hätte sie die völlig unschuldige – aber, so muß man hinzufügen, höchst erfreute – Frau Manske ertränken mögen. Obgleich es in ihrem eigenen Interesse gelegen hätte, war es ihr unter den gegebenen Umständen ganz und gar unmöglich, sich dazu zu überwinden, mit Anna zusammenzukommen, wäre der Grund des Treffens, wie sie genau wußte, doch der gewesen, das Menü zu besprechen, das diesen erbärmlichen Emporkömmlingen vorgesetzt werden sollte. Tatsächlich war Frau Dellwigs Lage durchaus der schmerzvollen Situation vergleichbar, in der Susie sich befunden hatte, als die einflußreiche Londoner Bekannte sie von der Teilnahme an der Hochzeit ihrer Tochter ausschloß. Eine Peinlichkeit, die Susie, wie wir uns erinnern, gezwungen hatte, die Flucht nach Deutschland anzutreten, um den bissigen Kommentaren der Freunde auszuweichen. Frau Dellwig konnte nirgendwohin entfliehen. Sie war gezwungen, zu bleiben, wo sie war, und alles nach besten Kräften zu ertragen. Gedemütigt in den Augen der gesamten Nachbarschaft, durften sogar die Milchmägde heimlich ihren Spott über sie verbreiten. Philosophen mögen lächeln im Angesicht solcher Prüfungen. Doch für Menschen, die keine Philosophen sind – und in Kleinwalde waren diese weit in der Überzahl –, sind solche Schicksalsschläge schwerer zu ertragen als Trauerfälle im engsten Familienkreise, haftet doch solchen Situationen nichts von der Würde eines Trauerfalles an. Im Gegenteil, statt Mitleid zu empfinden, lachen sich die Freunde je nach dem Grad ihrer Zivilisiertheit mehr oder weniger offen ins Fäustchen. Da der Grad der Zivilisiertheit unter Frau Dellwigs Freunden besonders gering war, durfte sie damit rechnen, daß deren Schadenfreude am kommenden Sonntag, an dem sie wie üblich zusammenkommen würden, nur schwach bemäntelt bliebe. Und es gab kein Entrinnen, sie mußte sich den Freunden stellen und die bösartigen Kondolenzen mit bestmöglicher Haltung entgegennehmen. Statt also Würste zuzubereiten, schloß Frau Dellwig sich in ihr Schlafzimmer ein und weinte hemmungslos.

Und so geschah es, daß die gute Anna, die von all dem nicht die leiseste Ahnung hatte, die vielmehr mit all ihren Nachbarn in Frieden leben wollte, sich in weniger als zwei Tagen zwei Feinde fürs Leben gemacht hatte. »Alle Weiber«, sagte Dellwig zu seiner Frau, »ob hoch oder niedrig, sind gleich. Wenn sie keinen Ehemann haben, der sie an die Kandarre nimmt, dann werden sie religiös und rennen den Schwarzröcken hinterher. Manske hat sich sehr klug bei ihr eingeschmiert – sehr gerissen; aber wir werden ihn ausschmieren, denn wir sind genauso gerissen. Und was seine Frau angeht, wie kannst du von einer derart dummen Triene etwas anderes erwarten?«

»Na, von ihr erwarte ich wahrhaftig nichts«, rief die Frau Inspektor und warf den Kopf in den Nacken, »aber von der Nichte unseres lieben Dahingeschiedenen hätte ich das Benehmen einer Dame erwartet.« Und da just in diesem Augenblick die Nichte des lieben Dahingeschiedenen gemeldet wurde, floh die Frau Inspektor ins Schlafzimmer.

Anna, immer höflich und nett, doch gegenüber Dellwig ganz besonders freundlich, seit sie seine Tränen am Abend ihrer Ankunft gesehen hatte, trat zusammen mit Letty in das düstere Kontor, in das Dellwig rasch geeilt war. Auf ihrem Gesicht trug Anna den Sonnenschein herein, denn obgleich viele Dinge sie sehr verwirrten, war sie doch zum Bersten glücklich. Die Freiheit, die sie nach all den Jahren ihrer Knechtschaft genoß, war der Himmel auf Erden. Hier war sie in ihrem eigenen Haus, aus dem niemand sie vertreiben konnte. Sie durfte ihr Leben einrichten, wie sie wollte. Oh, was für eine wunderschöne Welt, und hier war ihre allerschönste Ecke. Sie war sich ganz sicher, der Himmel war in Kleinwalde blauer als irgendwo sonst, und die Lerchen sangen lauter. Und stand sie nicht ganz kurz davor, ihre Träume in die Tat umzusetzen: Licht und Glückseligkeit in dunkle, hoffnungslose Leben zu tragen? Oh, diese wunderschöne Welt! Sie betrat Dellwigs Kontor mit Augen, aus denen die Liebe strahlte.

Dellwig gab sich zwar servil wie immer, denn unglücklicherweise dankte er sein täglich Brot dieser abartigen jungen Dame. Doch zugleich zeigte er sich auch gesetzter und weniger redselig, denn es durfte seiner Ansicht nach nicht von ihm erwartet werden, daß er eine solch tiefgreifende Beleidigung über sich ergehen ließ, ohne wenigstens sein Verhalten zu ändern. Er sollte, so meinte er, deutlich zeigen, daß er verletzt war, und er sollte es so unmißverständlich zeigen, daß Anna sich genötigt sehe, für ihr Verhalten eine Erklärung zu bieten. Dementsprechend nahm er also die unterwürfige, aber sehr zurückgenommene Haltung desjenigen an, dessen Gefühle verletzt worden sind, und Anna dachte erleichtert bei sich: Wie rasch sich diese Bekanntschaft doch zum Positiven entwickelt.

Dellwig hätte viel darum gegeben zu wissen, wozu sie die Zeitung haben wollte, denn schließlich ist es unüblich, daß Frauen Zeitung lesen. Wenn es einen Mordfall oder etwas ähnlich Interessantes gegeben hatte, dann wünschte auch seine Frau das Tagesblatt zu sehen, sonst aber nicht.

»Interessiert sich das gnädige Fräulein für Politik?« fragte er, während er ein paar ältere Blätter zusammensuchte.

»Nein, nicht besonders«, antwortete Anna. »Jedenfalls interessiere ich mich jetzt noch nicht für die deutsche Politik. Ich muß erst ein wenig Zeit hier verbringen.«

»Dann – dann ist es vielleicht die Literatur?«

»Nein, nicht besonders. Ich weiß so gut wie gar nichts über die deutsche Literatur.«

»Gelegentlich gibt es sehr gut geschriebene Artikel über die neuesten Strömungen in der Damenmode.«

»Tatsächlich?«

»Meine Frau sagt mir, sie entnimmt ihnen oft gute Hinweise bezüglich dessen, was man gerade trägt. Damen sind ja, wie wir wissen . . .«, fügte er mit überlegenem Lächeln hinzu, das er aber sogleich zügelte, da er sich erinnerte, daß er ja verletzt worden war, ». . . Damen sind ja an diesen Dingen interessiert.«

»Ja, so ist es«, bestätigte Anna und streckte die Hand hin, damit er ihr die Zeitungen gebe.

»Ah, dann sind es diese Beiträge, die das gnädige Fräulein zu lesen wünscht«, stellte er fest.

»Nein, nicht besonders«, antwortete Anna, die endlich merkte, wie sehr ihn seine Wißbegier plagte. Doch sie hatte zuviel Angst, auch er oder seine Frau könnten Schwestern haben, die nur zu gerne bereit wären, zu kommen und ihr zum Segen zu gereichen, als daß sie sich dazu verleiten ließ, ihm von der Anzeige zu erzählen.

Dellwig begleitete Anna und Letty zur Haustür. Unten auf den Stufen vor der Tür stand ein Mann, der eben gerade von seinem Pferd gestiegen war. Während der Mann zuschaute, wie der Stalljunge das Pferd wegführte, zog er sich die Handschuhe aus. Er stand mit dem Rücken zu Anna, und Anna betrachtete diesen Rücken nicht ohne Interesse, denn er war anders, als jeder andere Rücken, den sie bisher in Kleinwalde gesehen hatte – es war, wie Anna im stillen für sich feststellte, der Rücken eines Gentleman.

»Das ist Herr von Lohm«, erklärte Dellwig. »Wir haben heute morgen ein paar Dinge miteinander zu erledigen. Einige unserer Leute trinken unglücklicherweise ein bißchen zuviel an den Feiertagen, wie beispielsweise dem vergangenen Karfreitag. Dann kommt es leider immer wieder zu Streitigkeiten. Ich berichtete der Gnädigsten bereits, daß es sich um unseren Herrn Amtsvorsteher handelt.«

Beim Klang von Dellwigs Stimme drehte Herr von Lohm sich um und zog den Hut. »Ich bitte Sie, stellen Sie mich den beiden Damen vor«, sagte er zu Dellwig und verbeugte sich elegant vor Anna und vor Letty, was diese mit großer Genugtuung zur Kenntnis nahm.

Das also ist mein Nachbar, dachte Anna und blickte, weil sie am oberen Treppenabsatz stand, mit ihren Zeitungen unter dem Arm auf ihn hinunter.

Das also ist die Nichte des alten Joachim, von der er soviel sprach, dachte Lohm und schaute zu ihr hinauf. Eine kluge Entscheidung, die der alte Herr da getroffen hat, als er ihr und nicht diesen unangenehmen Söhnen Kleinwalde vermachte. Und Lohm ließ ein paar konventionelle Höflichkeitsfloskeln fallen, derart, daß er der Hoffnung Ausdruck gab, es möge Anna in ihrem neuen Haus gut gefallen, und sie möge sich an das neue Landleben bald gewöhnen. »Es ist sehr ruhig und einsam für eine Dame, die an dieses Land mit seinen ausgedehnten Gütern und den wenigen Nachbarn nicht gewöhnt ist«, sagte er auf Englisch. *»May I talk English to you?«* fragte er dann. *»It gives me great pleasure to do so.«**

»Aber ich bitte darum«, rief Anna freudig aus, denn sie schien einen Menschen getroffen zu haben, der von unschätzbarer Hilfe sein konnte, wenn sie mit ihrem Latein (oder vielmehr ihrem Deutsch) am Ende war. Und wie gepflegt er aussah, so sauber, und was für eine angenehme Stimme er hatte. Oh, wie tat diese Stimme Annas Ohren wohl, die von Dellwigs Geschrei und dem Salbadern des Pastors schon recht in Mitleidenschaft gezogen waren.

Er muß so zwischen dreißig und vierzig sein, schätzte Anna

---

* May I talk English to you? It gives me great pleasure to do so: Darf ich Englisch mit Ihnen sprechen? Es würde mir große Freude bereiten. (Anm. d. Ü.)

und fügte im stillen hinzu: also längst nicht mehr jung, denn was sie selbst anging, so unterlag sie noch immer der Gewohnheit, sich selbst als sehr jung einzuschätzen. Ohne besonders groß oder drahtig zu sein, zeigte er doch keinerlei Tendenz zum Fettansatz, wie Anna gleichfalls mit Wohlwollen bemerkte. Seine Reitstiefel, die grüne Norfolkjacke und der grüne Filzhut, an dem eine kleine Feder steckte, gaben ihm das Flair eines Sportsmannes, und zweifellos war er ein anständiger Kerl. Anna empfand das Treffen mit ihm erfrischend und angenehm, und sei es nur deshalb, weil er beim Sprechen nicht dauernd dienerte. Während sie ihn vom oberen Treppenabsatz aus genau betrachtete, fiel ihr außerdem auf, wie sehr Dellwig und der Pastor im Vergleich zu ihm ihr Äußeres vernachlässigten. Sicherlich waren beide sehr fähig, aber Anna gab nun einmal Männern den Vorzug, die dazu noch sauber gewaschen waren.

Herr von Lohm sprach jetzt von Onkel Joachim, mit dem er sehr eng befreundet gewesen war. Anna kam die Stufen herunter, und zusammen gingen sie ein paar Schritte. Daß sie Dellwig einfach achtlos an der Tür stehen ließen, auch das beobachtete Frau Dellwig, die hinter der Schlafzimmergardine versteckt stand, haargenau.

»Ich komme gleich zu Ihnen«, rief Lohm über die Schulter zurück.

»Gut«, antwortete Dellwig und ging ins Haus, um seiner Frau zu berichten, daß diese englischen Damen einen sehr lockeren Umgangsstil mit den feinen Herren pflegten. Außerdem solle sie bloß auf seine Worte hören: In nicht zu ferner Zukunft würden Lohm und Kleinwalde zu einem einzigen Gut zusammengewachsen sein.

»Und wir? Was wird dann aus uns?« frage sie und schaute ihn ängstlich an.

»Das wüßte ich auch gerne«, erwiderte der Ehemann. »Aber das kommt davon, wenn man seine Güter nicht den natürlichen Erben vermacht.« Und mit ungeahntem Feuer verfluchte er die Erinnerung an seinen dahingeschiedenen Herrn.

Lohm sprach so ausgezeichnet Englisch, daß es Anna erstaunte. Zwar war es ein steifes, etwas verschnörkeltes Englisch, langsam und bedächtig ausgesprochen, aber völlig fehlerfrei. Sein Auftreten war gesetzt, und als sie ihn jetzt aufmerksamer betrachtete, sah sie Spuren in seinem Antlitz, die von harter Arbeit und Sorgen sprachen. Er erzählte ihr, daß seine Mutter eine Cousine von Onkel Joachims Frau gewesen sei, »so daß also eine entfernte, angeheiratete Verwandtschaft zwischen uns besteht«.

»Eine sehr entfernte«, lächelte Anna ihn an, »so entfernt, daß man sie schier nicht mehr erkennen kann.«

»Wird Ihre Nichte auf unbestimmte Zeit in Ihrem Haus verweilen?« fragte er. »Es ließ sich nicht vermeiden, daß ich erfuhr, daß es sich bei der jungen Dame um Ihre Nichte handelt«, fügte er lächelnd hinzu, »und daß sie des weiteren zusammen mit ihrer Gouvernante hier ist und daß Lady Estcourt am Karfreitag Hals über Kopf abreiste, denn alles, was Sie betrifft, ist für die Bewohner dieses stillen Fleckens von außerordentlicher Wichtigkeit, und sie sprechen praktisch von nichts anderem mehr.«

»Wie lange wird es dauern, bis sie sich an mich gewöhnt haben? Ich bin nämlich nicht gerne das Objekt allgemeinen Interesses. Nein, Letty wird nach Hause zurückkehren, sobald ich eine Begleiterin gefunden habe. Deshalb habe ich mir auch die Zeitungen des Inspektors geben lassen. Aus dem Vorrat meiner Deutschkenntnisse heraus kann ich keine Anzeige formulieren. Ich will also schauen, ob ich in der Zeitung eine Vorlage finde, an die ich mich halten kann.«

»Oh, kann ich Ihnen dabei vielleicht behilflich sein? Es müssen ja zu jeder Stunde neue Probleme auftauchen?«

»So ist es in der Tat«, konnte Anna ihm nur beipflichten, als sie an all die Dinge dachte, die noch zu erledigen waren, bevor sie ihre Türen und ihre Arme den Zwölfen öffnen konnte.

»Jeder Dienst, den ich der Nichte meines ältesten Freundes erweisen kann, wird mir ein Vergnügen sein. Erlauben Sie mir, die Annonce für Sie zu verschicken? Sie werden, nehme ich an, kaum wissen, wo und wie das zu erledigen ist.«

»Da haben Sie recht, ich weiß es wirklich nicht«, gab Anna unumwunden zu. »Es wäre sehr freundlich von Ihnen, und ich wäre Ihnen sehr dankbar. Es ist so wichtig, daß ich bald jemanden finde.«

»Es ist von außerordentlicher Wichtigkeit«, bestätigte Lohm.

Ob der Pastor ihm wohl schon von meinen Plänen berichtet hat? fragte sie sich. Aber Lohm hatte Manske an diesem Morgen noch nicht gesehen; er malte sich nur aus, wie schwierig es sein mußte für diese zarte kleine Dame, die ja an ein ganz anderes Leben gewöhnt war, in dem leeren Haus zurechtzukommen und sich mit ihren mangelhaften Deutschkenntnissen bei den beiden ungeschliffenen Dienstboten verständlich zu machen. Nun war Anna alles andere als ein armes kleines Ding, und sie wäre wohl halb amüsiert, halb beleidigt gewesen, hätte sie gewußt, daß das der Eindruck war, den er von ihr hatte.

»Meine Schwester, Gräfin Hasdorf . . .«, hob er an – Gütiger Himmel, dachte sie, hat er etwa auch eine unverheiratete Schwester? – ». . . kommt manchmal mit ihren Kindern für ein paar Tage zu mir zu Besuch. Wenn sie kommt, wird sie Ihnen in vielerlei Weise behilflich sein können, so Sie das wünschen. Auch sie kannte Ihren Herrn Onkel von Kindesbeinen an. Es wird sie sehr interessieren, zu hören, daß Sie den Mut haben, sich hier niederzulassen.«

»Den Mut?« fragte Anna zurück. »Aber hören Sie! Mir gefällt es hier. Es ist der schönste Ort auf der ganzen Welt.«

Lohm schaute sie einen Augenblick lang zweifelnd an, aber die Ernsthaftigkeit dieser Augen konnte man nicht in Frage stellen. »Es freut mich, Sie das sagen zu hören. Meine Schwester Trudi würde wahrscheinlich ihren Ohren nicht trauen, wäre sie jetzt hier zugegen. Für sie ist dies hier nämlich ein schrecklicher Ort, und sie bedauert mich aus ganzem Herzen, daß mich das Schicksal hierher verschlagen hat.«

Anna lachte. Sie glaubte, alle Trudi-Schwestern ganz genau zu kennen. »Nun, *ich* bedaure Sie nicht«, sagte sie munter. »Ich könnte niemanden bedauern, der in dieser Luft und unter diesem Himmel lebt. Schauen Sie nur, wie blau der Himmel ist – und diese Gänse. Haben Sie je so weiße Gänse gesehen?«

Eine blendendweiße Gänseschar wurde gerade über den sonnenbeschienenen Hof getrieben. Anna legte den Kopf zurück, wandte das Gesicht der Sonne zu und sog tief die Luft ein. Für einen Augenblick vergaß sie die Gegenwart Lohms – es war so ein herrlicher Ostersonntag, und die Welt war so übervoll von den guten Gaben Gottes.

Dellwig, der sie zusammen mit seiner Frau vom Schlafzimmerfenster aus beobachtet hatte, fand nun, daß die Randalierer, die es abzuurteilen galt, einen genügend großen Aufschub bekommen hatten, und trat wieder vor die Haustür.

Lohm sah ihn und merkte, daß er gehen mußte, wollte er Dellwig nicht noch mehr verärgern. »Ich muß mich um meine Amtsgeschäfte kümmern«, sagte er. »Aber da Sie mir freundlicherweise die Erlaubnis dazu erteilt haben, werde ich gleich heute Abend noch die Anzeige an die Zeitung schicken. Sie wünschen selbstverständlich eine ältere Dame aus guter Familie, nicht wahr?«

»Ja, aber sie sollte nicht zu alt sein – nicht so alt, meine ich, daß sie nicht arbeiten kann. Es gibt nämlich viel, so unendlich viel zu tun.«

Während Lohm zu Dellwig hinüberschritt, fragte er sich, was für eine Arbeit es denn geben könne, außer der, sich darum zu kümmern, daß die junge Dame gut verköstigt, ein wenig verwöhnt und in jeder Weise gut betreut würde.

10

Mit der Abendpost schickte Axel von Lohm die Anzeige an zwei oder drei der besten Blätter des Kreises. Nach der Morgenandacht war ihm der Pastor begegnet, der ihm gleich brühwarm alles über Annas zwölf Damen erzählt hatte, nicht ohne seinen Bericht mit Ausrufen wärmsten Lobes für das gnädige Fräulein und mit allerlei Preisungen der göttlichen Vorsehung zu spicken. Manskes Eröffnungen hatten Herrn von Lohm zwar ziemlich überrascht, dennoch hatte er wenig dazu gesagt. Es entsprach nicht seiner Art, viel mit dem Pastor zu reden. Die exaltierten Auslassungen des Mannes über die neue Nachbarin gingen ihm besonders auf die Nerven. Fräulein Estcourt mußte verzweifelt um Rat und Unterstützung verlegen gewesen sein, wie sonst hätte sie darauf verfallen können, sich ausgerechnet Manske anzuvertrauen? Lohm erkannte die guten Qualitäten des Geistlichen an, doch hatte seine Familie nie engeren Kontakt mit dem Pfarrer gepflegt. Möglicherweise, weil die Lohms seit urdenklichen Zeiten zumeist männliche Nachkommen hatten, und die Haltung männlicher Deutscher gegenüber Dorfgeistlichen ist bestenfalls die der herablassenden Duldung. So beschränkte auch Axel von Lohm, wie vor ihm schon sein Vater, seinen Umgang mit Manske auf die nötigen Absprachen bezüglich der Versorgung der Armen und Kranken und auf die offiziellen Treffen im Schulhaus. Bei diesen Gelegenheiten war Lohm unabänderlich höflich und kam auch den Appellen um pekuniäre Unterstützung in dem Maße nach, wie es sein schmaler Beutel erlaubten, doch niemals wäre es ihm in den Sinn gekommen, mit diesem Mann geistige Erfahrungen zu besprechen oder ihm gar im Zuge einer Unterhaltung seine persönlichen Sorgen und Nöte zu offenbaren. Die lockere, ja familiäre Ungezwungenheit, mit der Manske von Gott sprach, beleidigte Lohms Geschmack. Diese Dinge, die heiligen und schrecklichen Mysterien, waren das Geheimnis zwischen der Seele und ihrem Gott. Lohms Ansicht nach sollte kein Mensch es wagen dürfen, den Schleier, der das innerste Leben des Nächsten umhüllt, mit profanen Fragen zu berühren. Manske jedoch kannte keine Furcht und keine Zurückhaltung. Zwischen zwei Löffeln Pudding stellte er bedenkenlos die ungeheuerlichsten Fragen, wobei er sich auf die Autorität der lutherischen Kirche ebenso stützte wie auf die Heilige Schrift. Nun, wenn es den Armen und Halbgebildeten so gefiel, wenn es sie erbaute und erfreute, über ihre religiösen Gefühle zu plappern wie über den letzten Dorfskandal, so sollten sie es seinethalben tun. Lohm selbst freilich, der weder an Skandalen noch an Sentimentalitäten Geschmack fand, zog es vor, sich den Pastor auf Armeslänge vom Leibe zu halten.

Den ganzen Nachmittag lang dachte Lohm über das nach, was

Manske ihm erzählt hatte. Sie hatte also den Pastor um Hilfe gebeten, weil niemand sonst zur Hand war, an den sie sich hätte wenden können. Armes kleines Ding. Die Reden, die Manske ihr gehalten hatte, konnte er sich lebhaft vorstellen und ebenso den Wortlaut der Annonce, den er ihr diktiert hatte. Das arme kleine Ding. Nun, er konnte nichts weiter tun, als ihr so schnell wie möglich zu einer Begleiterin zu verhelfen – und das mußte eine sehr vernünftige, sehr fähige Frau sein. Kein Wunder, daß eine Bedingung lautete, die Begleiterin solle hart arbeiten können. Arbeit würde es reichlich geben, mit zwölf Frauen im Haus, die dem schwierigen Prozeß unterworfen werden sollten, glücklich gemacht zu werden. Unwillkürlich mußte Lohm über Annas Plan lächeln. Er stellte sich Miss Estcourt vor, wie sie mutig versuchte, die Kruste der Schwermut aufzuweichen, die sich im Laufe der Jahre um die Herzen ihrer Patientinnen gebildet hatte, und er konnte nur hoffen, daß Anna ihre eigene Jugend und ihre Fröhlichkeit bei diesem Versuch nicht völlig erschöpfte. Er konnte sich nicht entsinnen, je von einem ähnlichen Plan gehört zu haben. Wer weiß, vielleicht würde es ihr wahrhaftig gelingen, alle Hürden im Triumph zu nehmen, vielleicht entwickelten sich die Patientinnen, die ihr Haus beladen mit dem Elend vieler Jahre betraten, im Sonnenschein ihrer Gegenwart tatsächlich zu zwölf zügellos vergnügten Damen. Aber würde Anna selbst dabei nicht leiden? Würden ihre eigene Kraft und Hoffnungsquelle nicht ausgelaugt von denen, die sie mit ihrer Wohltat überschüttete? Er konnte nicht begreifen, wie es zum Nutzen der Welt sein sollte, wenn zwölf, fünfzig, gar hundert quicklebendige alte Damen an die Stelle traten, die jetzt dieses Mädchen mit diesen süßen und fröhlichen Augen einnahm.

Dies war natürlich ein durch und durch männlicher Standpunkt. Die Frauen, die in den Genuß von Annas Wohltaten kommen sollten – warum Lohm sie sich als alt vorstellte, ist unklar, denn um unglücklich zu sein, muß man schließlich nicht alt sein –, diese Frauen hätten wahrscheinlich mit empörten, spitzen Schreien jede einzelne für sich heftig protestiert und darauf hingewiesen, daß jede von ihnen so wertvoll sei wie eine Miss Estcourt, und mindestens jede einzelne von ihnen so gut und in ihrer Gesamtheit . . . ach, absurd.

Lohm dachte an seine Schwester Trudi. Vielleicht kannte sie jemanden, der sowohl freundlich als auch klug war und Miss Estcourt wenigstens zum Teil vor den zwölf Auserwählten würde schützen können. Trudis Freundinnen, soviel mußte er einräumen, waren nicht gerade von der Art, unter der man verläßliche Begleiterinnen zu finden hofft. Die Ehemänner der meisten waren Leutnants, und sie verbrachten ihre Zeit bei Pferderennen. Sie lebten in großen Wohnungen in Hannover, wo das Regiment stationiert war. Die Wohnungen waren leicht in Ordnung zu halten, und keine dieser jungen Frauen, so vermutete er, hätte die ständige Gegenwart einer älteren Begleiterin ertragen. Trotzdem bestand die entfernte Möglichkeit, daß die eine oder andere von ihnen in der Lage war, eine passende Person zu empfehlen. Wenn Trudi gerade hier wäre, so könnte sie natürlich selbst von großer Hilfe sein. Nicht sosehr um dessentwillen, was sie an Hilfestellung und eigenem Zupacken leisten würde. Aber zusammen mit ihr könnte er ohne Anstoß zu erregen nach Kleinwalde gehen, und umgekehrt könnte Miss Estcourt zu ihm kommen, wenn sie irgend etwas brauchte. Sie müßte sich nicht ausschließlich auf den verheirateten Pfaffen stützen. Angesichts Joachims unwandelbarer Freundlichkeit ihm gegenüber, und eingedenk der Mühen, deren der alte Mann sich unterzogen hatte, um ihm bei der Führung des Gutes zu helfen und ihn zu Zeiten zu ermutigen, als er Hilfe und Ermutigung dringend nötig gehabt hatte, sah Lohm es jetzt als seine Pflicht, alles in seiner Macht stehende für Joachims Nichte zu tun. Schon als er erfuhr, daß sie kommen würde, war er sich dieser Pflicht bewußt gewesen. Daß sie so hübsch war, so anbetungwürdig hübsch, so schlicht und freundlich, machte die Pflicht zu einem Vergnügen. Ich werde an Trudi schreiben, dachte er, und sie bitten, für ein oder zwei Wochen zu kommen.

Er setzte sich an seinen Schreibtisch vor dem großen Fenster, das auf den Hof hinausging, und begann zu schreiben. Aber er merkte sofort, daß es absurd wäre, seine Schwester zu bitten, wegen Miss Estcourt zu kommen, denn warum sollte es sein Wunsch sein, daß sie sich um die neue Nachbarin sorgte? Das würde der scharfsinnigen Trudi sofort ins Auge stechen. Also erinnerte er sie nur daran, daß sie seit dem letzten Sommer nicht mehr dagewesen sei. Er schlug deshalb vor, sie solle doch mit den Kindern ein paar Tage vorbeikommen, denn der Schnee sei geschmolzen, und der Frühling beginne. »Der Waldboden wird bald blau sein von Anemonen«, schrieb er, obwohl er genau wußte, daß Anemonen Trudi völlig kalt ließen. Vielleicht hätten ihre beiden Buben Freude daran, die Blumen zu pflücken – na ja, irgendeinen Anreiz mußte er ihr ja schließlich bieten. Draußen vor seinem Fenster befand sich ein Ententeich, dünne Eisschollen schwammen noch auf der Wasseroberfläche. Hinter dem Ententeich lag die Meierei, und auf der anderen Seite des Hofes waren die Kuhställe und die Schweinekoben. In sonntäglichem Frieden standen die Wagen im Hof auf der einen Seite nebeneinander aufgereiht, ihnen gegenüber erhob sich ein Berg von einem Misthaufen und verdeckte den Blick auf die See und die Insel, die Anna von ihrem Schlafzimmer aus sehen konnte. Wenn Trudi zu Besuch kam, betrat sie die Zimmer auf dieser Seite des Hauses niemals, denn, so erklärte sie, es gehöre nun einmal zu ihren Eigenheiten, für Misthaufen nichts übrig zu haben. So schlief sie auf der Westseite, aß dort und tat auch nur dort ihre Meinungen kund, wo sich zwischen Haus und Straße der Garten erstreckte. Sie wäre überhaupt niemals nach Lohm gekommen – denn was Blutsbande anlangte, kannte sie keine Sentimentalität –, wenn die Konvention es nicht dringend erfordert hätte, daß man im Sommer irgendwohin reiste. Sie kam nur deshalb nach Lohm, weil andere Orte außerhalb der Möglichkeiten des Familiensäckels lagen, in dem zum Ende der Rennsaison immer chronische Ebbe herrschte. So stellte Lohm einen billigen und praktischen Ausweichhafen dar. Außerdem war ihr Bruder Axel freundlich zu ihren Buben und nicht zu ärgerlich, wenn sie seine Apfelbäume plünderten, seinen Ponys gegen die Beine traten und sich redlich bemühten, seinen Ferkeln die Schwänze abzudrehen.

Axel war der älteste von drei Brüdern, und sie war die jüngste der vier Geschwister. Trudi war sechsundzwanzig, ihr Bruder Axel war zehn Jahre älter als sie. Als der Vater starb, hätte das Gut unter den vier Geschwistern aufgeteilt werden müssen, doch wäre ein solches Vorgehen höchst unwirtschaftlich gewesen. So erklärten sich die beiden jüngeren Brüder und die gerade frisch verheiratete Schwester einverstanden, sich auszahlen zu lassen und das Gut ihrem Bruder Axel ungeteilt zu überlassen. Es war die vernünftigste Lösung, aber sie brachte Axel in jahrelang anhaltende finanzielle Schwierigkeiten. Sein Vater, der über das Vierfache an Geld hatte verfügen können, hatte sehr komfortabel auf Lohm gelebt, und so waren die Kinder in relativer Wohlhabenheit aufgewachsen. Acht Jahre lang hatte der älteste Sohn das Gut mit einem Viertel des früheren Einkommens betreiben müssen, ein derart schwieriges Unterfangen, daß er darüber graue Haare bekommen hatte. Es brauchte sehr viel Können und große Achtsamkeit, dem Boden von Lohm einen anständigen Lebensunterhalt abzuringen. Ein Teil der Wiesen waren sumpfig, ein Teil der Felder halb versandet, und die Wälder waren vor dreißig Jahren von seinem Großvater gerodet worden, der sich wenig darum geschert hatte, was seine Nachfahren davon halten mochten. Als erstes hatte Axel seinerzeit auf den magersten Böden Fichten- und Kiefernschonungen anlegen lassen, und jedesmal, wenn er durch die prächtigen Wälder von Kleinwalde ritt, bereitete ihm der Gedanke Genugtuung, daß sich so in etwa hundert Jahren auch Lohm eines so schönen Waldes erfreuen werde. Allerdings war die Freude, die dieser Vorstellung entsprang, von erstaunlich minderwertiger Qualität. All seine Freuden waren von minderwertiger Qualität, denn seine Tage waren ausgefüllt mit harter Arbeit und der Suche nach Möglichkeiten, mit dem schmalen Einkommen auszukommen, zwei Faktoren, die jedem Leben unweigerlich allen Geschmack rauben. Axel von Lohm war mit einem übergenauen Pflichtgefühl geboren, und jetzt, da sich nach Jahren des Kampfes mit dieser unergiebigen Erde und diesem rauhen Klima die bessere Hälfte seines Lebens bereits dem Ende zuneigte, hatte sich seine Vorstellung von dem, was seine Pflicht sei, in den festen Glauben verwandelt, allein die bedingungslose Erfüllung der Pflicht sei den Ehrgeiz eines Mannes wert. Nur so, dachte er, wird ein Mann schließlich seinen Frieden finden.

Es ist eine Denkweise, die den gebildeten Bewohnern einsamer Landstriche eigen ist, die in ihrem Streben nicht sonderlich erfolgreich waren. Trudi hatte nur Spott dafür übrig. »Friede am Ende«, sagte sie, »ist nichts wert. Was man sich wünscht, ist Friede am Anfang und in der Mitte. Du denkst doch nur so verquast, weil du nicht genügend Geld hast. Die armen Leute faseln immer von der Schönheit der Pflichterfüllung und vom Frieden am Lebensende. Würde dir jemand ein Vermögen vermachen, du würdest alle beide, Pflicht und Frieden, nie wieder erwähnen. Oder wenn du endlich eine Frau mit Geld heiraten würdest. Ich wünschte, ich wünschte wirklich von ganzem Herzen, daß *diese* Pflicht endlich von dir erkannt würde.«

Aber ein Mann, der jeden Tag seines Lebens auf seinen Feldern verbringt, der seine Landwirtschaft nicht aus Vergnügen betreibt, sondern um der baren Existenz willen, ein solcher Mann hat keine Zeit, sich auf die Suche nach jungen Frauen mit viel Geld zu machen, und es läuft ihm auch keine zufällig über den Weg. Außerdem war Axel von Lohm vor einigen Jahren verlobt gewesen, doch die junge Frau war gestorben. Seither hatte er keinen Wunsch mehr verspürt, eine Ehe einzugehen. Vielmehr hatte er danach härter gearbeitet als je zuvor, und die Jahre verflogen in monotoner Plackerei.

Manchmal waren es gute Jahre, in denen das Einkommen nicht nur ausreichte, es blieb sogar ein kleiner Überschuß, meist jedoch gingen Einnahmen und Ausgaben bündig auf. Sein Bruder Gustav, der nächste nach ihm, sollte das Gut dereinst in ordentlichem Zustand vorfinden, wenn möglich in einem besseren als zuvor. Doch ist die Instandhaltung eines Besitzes für einen Bruder Gustav, mit welcher Entschlossenheit sie auch betrieben werden mag, nicht gerade eine Arbeit, die den Enthusiasmus des Ausführenden sonderlich beflügelt. So erstrebenswert und schön ein Leben in treuer Pflichterfüllung Axel in der Theorie auch scheinen mochte, in der Praxis erwies es sich als ein Unterfangen grau in grau. Zwei Drittel seines Hauses blieben ungenutzt. An den Abenden stahlen sich die Dienstboten davon, um ihre Liebsten zu treffen, er war dann allein in einem Haus, von dessen Wänden nur die Erinnerungen widerhallten. Das Haus war für eine große Familie mit riesiger Kinderschar und häufig zu Besuch kommenden Freunden erbaut worden. Axel aber saß allein in diesem Haus, wenn ihn die Abenddämmerung nach drinnen trieb. Dann kämpfte er gegen die Übermacht der Erinnerungen an, indem er mit seinem Inspektor lange Gespräche über die anstehenen Arbeiten führte, oder er vertiefte sich in einen Fachartikel über neueste Erkenntnisse zur Bekämpfung von Kartoffelkrankheiten.

»Ich höre, daß Bibi Bornstedt mal wieder beim Regierungspräsidenten weilt«, hatte Trudi vor einiger Zeit geschrieben. »Das ist deine Chance. Bibi ist ein wahrer Goldfisch. Du kannst doch nicht dein Leben lang um Hildegard trauern. Wenn die Alten sterben, verfügt Bibi über ein Jahreseinkommen von zweihunderttausend Mark, und sie ist ein anständiges Mädchen. Ihre Nase ist ein Fiasko, na gut; aber wenn du eine Woche verheiratet bist, wirst du gar nicht mehr sehen, daß sie überhaupt eine Nase hat. Aber die zweihunderttausend Mark sind immer noch da. Ach, Axel, was wäre das für ein bequemes Leben! Was für ein Trost liegt doch in zweihunderttausend Mark. Du könntest Hildegards Grab mit den teuersten Blumengirlanden schmücken und außerdem noch Rennpferde halten.«

Lohm erinnerte sich plötzlich an diesen Brief, als er, mit seinem eigenen Brief an die Schwester beschäftigt, aus dem Fenster schaute. Im Hof sah er zwei Jungmägde in ihren Sonntagskleidern, die, vermeintlich sicher versteckt hinter dem Heuwagen, den Stalljungen küßten. Alle drei schienen sie offensichtlich sehr vergnügt zu sein. Die Mädchen lachten, und auf dem Gesicht des Jungen lag ein Ausdruck, der zwischen Seligkeit und Schwachsinn schwankte. Sie dachten, der Gutsherr könne sie hinter dem Wagen nicht sehen, aber das Auge des Herrn gewahrte die meisten Dinge. Axel nahm die Feder noch einmal zur Hand und fügte seinem Brief ein Postskriptum an. »Wenn du bald kommst, wirst du die Gesellschaft deiner Freundin Bibi genießen können. Sie kam, glaube ich, am Mittwoch nach Stralsund.« Dann schämte er sich doch ein wenig, die unschuldige Bibi als Köder benutzt zu haben, und setzte sofort die Anzeige für Anna auf. Beide Briefe steckte er dann in den Postsack.

Der Effekt seines Postskriptums entsprach genau dem, was er erwartet hatte. Als der Brief in Hannover ankam, war es zwölf Uhr, und Trudi nahm in ihrem Schlafzimmer den Morgenkaffee zu sich. Während sie las, richtete ein Friseur ihre Haare. Ein Künstler seines Faches, der täglich auf seinem Fahrrad durch ganz Hannover radelte, die Taschen ausgebeult von Brennscheren und anderen Utensilien seines Handwerks, um den Damen der Gesellschaft für drei Mark die Haare zu ondulieren. Trudi war dem Maestro mit jener Ehrfurcht ergeben, die man für den Menschen empfindet, von dessen Kunst die eigene Schönheit abhängt. Er war in der Tat ein Künstler, dem die erstaunlichsten Verwandlungen gelangen.

»Was?! Du hast dich noch nie von Herrn Jungbluth frisieren lassen?« rief Trudi bei ihrem letzten Treffen mit Bibi, der Tochter eines Bankiers aus Hannover, die zwar überhaupt nicht in die gehobenen Kreise paßte, der aber dennoch das Geld, das sie besaß, überall ein stürmisches Willkommen garantierte. »Aber Bibi!«

In diesem »Aber Bibi!« lagen so viel echte Überraschung und so großes Mitleid, daß die junge, derart angesprochene Person das Gefühl bekam, seit Jahren leichtfertig eine Möglichkeit vertan zu haben, die absolute Glückseligkeit zu erlangen. Als besondere Empfehlung fügte Trudi dann noch hinzu, Jungbluth dufte nach Seife. Der Maestro hatte das Wesen der Frauen sorgfältig studiert: Bekam er es mit einer wirklich hübschen Frau zu tun, ergriff er die erste Gelegenheit, mit allem Respekt, doch zugleich mit großem Entzücken von dem zu schwärmen, was er ihr *klassisches Profil* nannte. Hatte er es dagegen mit einer Frau zu tun, deren Antlitz ganz und gar nicht dem entsprach, was sie sich gewünscht hätte, so flüsterte er ihr mit verschwörerisch gesenkter Stimme und verhaltenem Enthusiasmus zu, ihr Profil – dessentwegen sie selbst schon die entsetzlichsten und schlimmsten Zweifel gehegt hatte –, dieses Profil sei *höchst interessant.* Der junge Mann erfreute sich folglich in Trudis Kreisen größter Beliebtheit. Und da alle weniger aristokratischen Hannoveranerinnen hastig zu jeder Imitation bereit waren, lebte Jungbluth in gemütlichem Wohlstand mit einer jungen Ehefrau, die ihre Haare glatt nach hinten kämmte, und einem Baby, dessen Patin Trudi war.

Blaue Waldböden! Anemonen! las Trudi voll Verachtung. Ist der Junge denn noch klar im Kopf? Was für eine Idee, zu glauben, ich würde jetzt zu diesem öden Ort reisen. Aah, so, jetzt verstehe ich, dachte sie dann, als sie das Blatt umwendete, es geht um Bibi – endlich ist er hinter ihr her, und natürlich läßt sich das Verfahren beschleunigen, wenn ich ihm ein wenig zur Hand gehe. Ausgezeichnet, Axel! Aber wieso hat er sich dann die Mühe gemacht, sich erst lang und breit über die Anemonen auszulassen? Was sollen diese Umwege, statt gleich frei heraus zu sagen, um was es geht? Ah, ich durchschaue ihn, was auch immer er tut. Er ist so ein gutmütiger Kerl, er wird uns sicherlich haufenweise von Bibis Geld leihen, wenn es erst einmal in seinem Besitz ist. »So, lieber Jungbluth . . .«, sagte sie dann laut, ». . . das genügt für heute. Wunderschön – wunderschön, besser denn je, aber jetzt reicht's, ich bin in Eile. Ich fahre heute nachmittag noch nach Berlin.«

Am nächsten Tag kam sie in Stralsund an, wo ihr Bruder sie am Bahnhof abholte. Sie begrüßte ihn übeschwenglich. »Da wir schon hier sind«, sagte sie, als sie durch die Stadt fuhren, »könnten wir doch gleich der Frau Regierungspräsidentin unseren Besuch abstatten. Dann brauchen wir morgen nicht extra deswegen wieder in die Stadt zu kommen.«

»Nein, heute kann ich nicht. Ich muß so schnell wie möglich zurück. Die Arbeiter hatten gestern ihr Osterfest, und als ich Lohm heute morgen verließ, da lungerte die Hälfte von ihnen noch in den Betten herum.«

»Nun, dann müssen die armen Pferde den Weg morgen eben nochmal machen, denn wir sollten keine Zeit verlieren.«

»Ja, selbstverständlich kannst du morgen wieder in die Stadt fahren, wenn es dich derart drängt, deine Freundin zu sehen.«

»Ja, und du?« fragte Trudi sehr erstaunt.

»Ich? Ich stecke bis über beide Ohren in der Arbeit. Letzte Woche haben wir zum ersten Mal seit vier Monaten wieder pflügen können. Wir haben schon die Osterfeiertage verloren, ich kann keine einzige Stunde erübrigen.«

»Aber mein lieber Axel, Bibi ist von viel größerer Wichtigkeit für die Zukunft Lohms als alle Pflügerei.«

»Ich gestehe, ich verstehe den Zusammenhang nicht.«

»Ich verstehe *dich* nicht!«

»Wieso hast du die Jungen nicht mitgebracht?«

»Wieso hast du mich gebeten, herzukommen?

»Na hör mal Trudi, seit mehr als acht Monaten hab' ich dich nicht gesehen. Liegt es da nicht auf der Hand, daß du mich mal wieder besuchen solltest?«

»Nein, es liegt überhaupt nicht auf der Hand, daß man mitten im Winter an einen solchen Ort reist, während man zu Hause sein Vergnügen haben könnte. Ich kam wegen Bibi.«

»Was? Du kommst wegen Bibi, aber nicht wegen deines eigenen Bruders?«

»Also komm, Axel, du weißt sehr gut, daß ich um euer beider willen gekommen bin.«

»Für uns beide? Was würde Fräulein Bibi sagen, wenn sie hörte, daß du von uns als ›uns beiden‹ sprichst.«

»Ich wünschte, du würdest jetzt endlich mit diesem Quatsch aufhören. Es ist schlichte Zeitvergeudung.«

»So ist es, meine Liebe. Jeglicher Diskurs über Bibi Bornstedt ist, soweit es mich angeht, eine hoffnungslose, sinnlose Zeitverschwendung.«

»Axel!«

»Trudi!«

»Du willst mir doch nicht sagen, daß du nicht an sie denkst?«

»An sie denken? Ich lasse meine Gedanken niemals um komische junge Damen kreisen.«

»Dann sag mir jetzt in Gottesnamen: Weshalb hast du mich hergebeten?«

»Die Anemonen kommen raus . . .«

»Ach!«

»Doch, wirklich.«

»Wie wär's, wenn du mal vernünftig reden würdest, statt mich dauernd zu necken und aufzuziehen, als wäre ich ein dummes Gör von zehn Jahren und du ein frecher Rüpel. Die Hohensteins geben heute abend einen *bal masqué,* den habe ich sausen lassen, um hierherkommen zu können.«

»Oh, meine Liebe, das ist aber wirklich zuvorkommend von dir«, entgegnete Lohm, tatsächlich berührt von der Größe dieses Opfers.

»Dann sei du auch ein lieber Junge«, schmeichelte Trudi und rückte näher an ihn heran, »und sag mir, daß du bezüglich Bibi endlich klug wirst. Laß dir eine solche Chance nicht entgehen – es wäre wirklich schlecht und dumm obendrein.«

»Meine liebe Trudi, du bringst es noch so weit, daß wir im Graben landen. Es ist sehr schön, wenn du dich an mich lehnst, aber nicht, wenn ich das Pferd lenken muß. Übrigens, du erinnerst dich an unseren alten Nachbarn aus Kleinwalde? Der alte Mann, der dich immer so schrecklich verwöhnt hat?«

»Bibi wäre eine ganz ausgezeichnete Ehefrau«, sagte Trudi und zeigte gegenüber der Erinnerung an den guten alten Joachim eine undankbar kalte Schulter. »Was heute wieder für ein kalter Wind weht. Bitte, fahr schneller, Axel! Was müssen die Leute für einen Geschmack haben, die nicht nur hier leben, sondern es obendrein auch noch schön finden.«

»Du weißt, daß ich hier leben muß.«

»Aber es brauchte dir nicht zu gefallen.«

»Du hast gehört, daß Joachim Kleinwalde seiner englischen Nichte vermacht hat?«

»Du hast Bibi nur ein einziges Mal gesehen. Man gewöhnt sich sehr schnell an sie.«

»Ich möchte gern über den alten Joachim sprechen.«

»Und ich möchte über Bibi sprechen.«

»Bibi kann warten. Sie ist jünger. Du hast von dem Testament des alten Mannes gehört?«

»Ich glaube, ja. Einer seiner glücklosen Söhne ist gerade in unser Regiment eingetreten. Ihn solltest du mal über die Sache reden hören.«

»Ein sehr unangenehmes, gieriges Pack!« Lohms Ton war entschieden. »Sie haben alles bekommen, was ihnen zustand, alle sind gut versorgt. Und mit dem einen Gut, das nicht zum Erbgut gehörte, konnte er wahrhaftig tun und lassen, was ihm gefiel.«

»Es ist trotzdem nicht üblich, daß man sein Land einem Ausländer vermacht. Wird sie dort leben wollen?«

»Sie ist letzte Woche gekommen.«

»Ah ja?« In Trudis Tonfall schwang plötzliches Interesse. Es entstand eine kleine Pause, ehe Trudi fragte: »Und – ist sie jung?«

»Ziemlich.«

»Hübsch?«

»Außerordentlich.«

Trudi blickte ihn von der Seite an und lächelte.

»Na?« sagte Axel und lächelte zurück.

»Na?« äffte Trudi ihn nach, lächelte aber dabei.

Axel lachte laut auf. »Meine liebe Trudi, deine Scharfsinnigkeit macht mir angst. Du kennst nicht nur den einen Grund, weshalb ich dir geschrieben habe, du weißt mehr Gründe für den Brief, als mir selbst im Traum einfallen würden. Ich möchte dieser gänzlich hilflosen jungen Dame lediglich ein wenig Hilfestellung leisten. Weil ich aber keine Frau im Hause habe, kann ich ihr so gut wie gar nicht von Nutzen sein. Wenn ich dagegen eine Frau hätte, könnte ich ihr alle Hilfe der Welt leisten.«

»Nur würdest du es dann nicht mehr wollen.«

»Aber sicher würde ich es auch dann wollen.«

»Darf ich fragen, wieso?«

»Weil ich gegenüber ihrem Onkel in tieferer Schuld stehe, als ich je zurückzahlen kann.«

»Unsinn. Kein Mensch begleicht seine moralischen Schulden. Das Natürlichste ist, den Menschen zu hassen, der dich durch seine Wohltätigkeit gezwungen hat, dankbar zu sein. Man geht ihm folglich aus dem Wege.«

»Meine liebe Trudi, was zeigt sich da für eine Verschlagenheit«, murmelte ihr Bruder. Dann fügte er lauter hinzu: »Ich weiß sehr gut, daß deine Gedanken schon bis zu einer Hochzeit vorauseilen. Meine reichen nicht weiter als bis zu einer guten älteren Wegbegleiterin.«

»Für wen? Für dich?«

»Nein, Miss Estcourt sucht eine ältere Dame als Begleiterin, und ich wäre dir dankbar, wenn du ihr bei dieser Suche behilflich sein könntest.«

»Aber die ältere Begleiterin schließt doch eine Heirat nicht aus.«

»Wenn du Miss Estcourt erst einmal persönlich kennengelernt hast, dann wirst du begreifen, wie fern ihr selbst der Gedanke an Heirat liegt. Du wirst natürlich nicht glauben wollen, daß er auch mir völlig fern liegt, sonst würdest du nicht ständig versuchen, mich mit jedem Mädchen zu verkuppeln, das zufällig deinen Weg kreuzt. Noch vor fünf Minuten war es Bibi, jetzt ist es Miss Estcourt. Du denkst überhaupt nicht daran, welche Ideen und Vorstellungen diese jungen Frauen selbst möglicherweise haben. Miss Estcourt ist im Moment vollauf damit beschäftigt, zwölf alte Damen zu finden . . .«

»Zwölf?«

»Es ist ihr ehrgeiziger Wunsch, sich selbst und all ihr Geld in den Dienst von zwölf alten Damen zu stellen, denn sie glaubt, daß Glück und Geld für andere genausogut sind wie für sie selbst, und so möchte sie alles, was sie hat, mit denjenigen teilen, die nichts haben.«

»Entschuldige, aber – ist sie ganz richtig im Kopf?«

»Auf mich machte sie durchaus diesen Eindruck.«

»Und du sagst, sie ist jung.«

»Ja.«

»Und wirklich hübsch?«

»Ja.«

»Und könnte sie aus diesem blühenden Landgut genügend Geld für dieses verrückte Vorhaben ziehen?«

»Natürlich könnte sie das.«

»Ich werde sie gleich morgen besuchen«, sagte Trudi festentschlossen.

»Das wäre sehr nett von dir.«

»Nett? Das ist keine Nettigkeit, das ist blanke Neugier«, lachte Trudi. »Seien wir ruhig ehrlich, und nennen wir die Dinge beim Namen.«

Anna befand sich gerade im Garten und bewunderte den ersten Krokus, als Trudi auftauchte. Sie lenkte Axels Einspänner mit viel Geschick und Stil haarscharf bis vor die Haustür, denn sie hoffte, daß diese Miss Estcourt sie von ihrem Fenster aus beobachtete. Diese Engländerin sollte gleich sehen, daß sie nicht die einzigen sportlichen Frauen in der Welt waren. Doch Anna hatte für nichts anderes Augen als für den Krokus. Das Stück Wildnis hinter ihrem Haus, das bis zum Marschland reichte und als Garten diente, lag so geschützt und sonnig, daß der Frühling jedes Jahr zuerst dort Halt machte, ehe er zum Wald weiterzog. Anna liebte es, ohne Hut und Mantel direkt durch die Flügeltüren des Salons in den Garten hinauszugehen, wenn sich Zeit dafür fand. Das Mädchen lief hinaus und sagte Anna Bescheid, daß im Salon eine Dame auf sie warte. Trudi sah Anna auf das Haus zukommen. Nichts an – an einem derart kalten Tag, dachte Trudi, die selbst eine besonders sportliche Jacke mit einem riesigen Kragen trug, den sie zum Schutz der Ohren hochgeschlagen hatte. »Ich frage mich . . .«, murmelte Trudi leise vor sich hin, als sie die Gestalt betrachtete, die da auf sie zukam, ». . . warum diese Engländerinnen, die so ordentlich gekleidet sind, die so schicke Schuhe tragen, so saubere Kragen haben, warum diese Damen sich nie die Haare zu kämmen scheinen. Ein deutsches Fräulein Estcourt, das in diesem abgeschiedenen Ort vegetierte, trüge vielleicht groteske und nicht zusammenpassende Kleidungsstücke, zweifelhafte Stiefeletten und scheußliche Strümpfe, ihre Figur würde in kürzester Zeit der Heimtücke des Schweinebratens zum Opfer fallen, doch ihr Haar wäre immer mit Akribie frisiert, jede Welle glattgelegt und genau am richtigen Platz, jedes Löckchen auf den Millimeter genau, wo es hingehört, der Scheitel ein Vorbild an Geradlinigkeit, und dem Ganzen würde mit Recht die ehrenvolle Bezeichnung *Frisur* zukommen. Englische Mädchen haben Haare auf dem Kopf, aber nie eine Frisur.«

Als Anna durch die offene Verandatür hereinkam, überzog sich Trudis Gesicht mit einem ehrlichen, breiten Lächeln. *»How glad I am to make your acquaintance!«** rief sie gleich begeistert aus. Sie sprach Englisch so korrekt wie ihr Bruder und sogar noch flüssiger. »Ich hoffe, Sie nehmen meine Hilfe an, sofern ich Ihnen dienlich sein kann. Mein Bruder sagte mir, er habe Ihrem Herrn Onkel viel zu verdanken. Und als ich noch hier lebte, ist er auch zu mir immer sehr lieb und freundlich gewesen. Wie tapfer von Ihnen, daß Sie hier bleiben wollen. Und was für großartige Pläne Sie gemacht haben! Mein Bruder hat mir von Ihren zwölf Damen erzählt. Es gehört schon eine gehörige Portion Mut dazu, zwölf Frauen glücklich machen zu wollen. Ich finde es fast zu schwer, nur eine einzige Person glücklich zu machen.«

»Eine Person? Oh, ich verstehe, Sie meinen Graf Hasdorf.«

»O nein, ich meine mich selbst. Sehen Sie, wenn jeder seine ganze Kraft darauf verwenden würde, sich selbst glücklich zu machen, dann wären doch alle Menschen glücklich.«

»Nein, das wären sie nicht«, entgegnete Anna, »denn sie tun es, aber sie sind es nicht.«

Die beiden schauten sich einen Augenblick lang an, dann platzten beide mit einem hellen Lachen heraus. Sie brauchte nur noch Jungbluth, und sie wäre perfekt, dachte Trudi und schloß Anna mit der ihr eigenen Impulsivität sofort in ihr Herz.

Anna war hocherfreut, nach den kurzen, nichtsdestoweniger heftigen Begegnungen mit den Dellwigs und den Manskes jemanden ihres eigenen Standes und Alters getroffen zu haben. Und Trudi zeigte sich so interessiert an ihren Plänen und bekräftigte ihre Hilfsbereitschaft so nachdrücklich, daß Anna ihr sogleich ihr Herz ausschüttete und ihr von all ihren Schwierigkeiten und Problemen erzählte, die sie wegen der Dienstboten, der

---

* How glad I am to make your acquaintance: Ich bin sehr erfreut, Ihre Bekanntschaft zu machen! (Anm. d. Ü.)

Bettwäsche, der Tapeten und der Farben hatte. »Schauen Sie sich doch nur diese Tapete an«, sagte sie, »könnten Sie in einem Zimmer mit einer solchen Tapete leben? Niemand wird sich je wohl fühlen in diesem Raum, solange diese Tapete da an der Wand hängt. Und die im Eßzimmer ist sogar noch schlimmer!«

»Sie ist nicht gerade schön«, gab Trudi zu und betrachtete die Tapete genau, »aber sie ist das, was wir praktisch nennen.«

»Dann mag ich eben das Praktische nicht.«

»Ich auch nicht. Alle scheußlichen Sachen sind praktisch – Öltuch, schwarze Tapeten, einen Quadratmeter große Schnupftücher, dicke Stiefel, häßliche Frauen – wenn Sie je hören, daß man eine Frau als ›praktisch‹ lobt, dann können Sie sicher sein, sie ist in jeder anderen Beziehung schrecklich, häßlich und langweilig. Je häßlicher sie ist, desto praktischer ist sie. O je«, rief Trudi und verdrehte die Augen nach oben, »wie schrecklich, wie tragisch, eine häßliche Frau zu sein!« Dann schaute sie wieder ganz normal, blickte Anna an und fügte hinzu: »Meine Wohnung in Hannover ist ganz in Rosa und Blau gehalten – die kleidsamsten Räume, die man sich vorstellen kann. Ich sehe wunderschön in ihnen aus.«

»Rosa und Blau? Das sind genau die Farben, die ich hier haben will! Wird man die in Stralsund kriegen können?«

Trudi hatte ihre Zweifel. Sie hielt es prinzipiell für ausgeschlossen, daß man überhaupt irgend etwas in Stralsund bekommen könne.

»Aber es bleibt mir nichts anderes, ich muß meine Einkäufe hier machen. Ich bin so in Eile. Es wäre doch furchtbar, wenn ich irgendeine der Damen warten lassen müßte, bloß weil mein Haus nicht fertig ist.«

»Na ja, wir können's ja versuchen. Sie lassen mich doch mitkommen, oder?«

»Ich wäre Ihnen mehr als dankbar, wenn Sie das für mich tun wollten.«

»Was würden Sie davon halten, wenn wir sofort losfahren?« schlug Trudi vor, die immer zu spontanen Entschlüssen neigte und die nichts so sehr langweilte, wie eine Minute lang stillsitzen zu müssen. »Mein Bruder sagte, wenn ich Lust hätte, könnte ich heute nach Stralsund fahren. Ich habe ein kräftiges Pferd eingespannt. Wäre das nicht eine gute Idee, da Sie es doch so eilig haben?«

»Oh, das wäre eine wunderbare, eine herrliche Idee«, rief Anna. »Wie lieb von Ihnen. Aber sind Sie sicher, daß es Sie nicht zu Tode langweilen wird?«

»Oh, kein bißchen. Es wird mich, im Gegenteil, mächtig amüsieren, diese Geschäfte einmal von innen zu sehen. Außerdem gibt es mir das Gefühl, bei einer guten Sache ein wenig mitgeholfen zu haben.«

Anna hielt Trudi für ein Goldstück. Alle ihre neuen Freunde hielten Trudi für ein Goldstück, und alte Freunde hatte sie nicht.

Sie fuhr wie der Teufel. Mit alarmierender Geschwindigkeit schlingerte der Wagen durch den Sand zwischen Kleinwalde und Lohm, raste an Miss Leech und Letty vorbei, die gerade ihren Nachmittagsspaziergang unternahmen und entsetzt starrend am Straßenrand stehenblieben.

»Wer waren die beiden?« fragte Trudi.

»Meine Nichte, die kleine Tochter meines Bruders, und ihre Gouvernante.«

»Ah, ja. Ich habe von ihnen gehört. Sie sollen hier bleiben und Ihnen Gesellschaft leisten, bis Sie eine Begleiterin gefunden haben. Ihrer Schwägerin hat es in Kleinwalde wohl nicht gefallen?«

»Nein.«

Trudi lachte.

Sie brausten an dem berittenen Dellwig vorbei, der sich mit der üblichen Unterwürfigkeit den Hut vom Kopf riß und ihnen dann mit offenem Mund nachstarrte.

»Mögen Sie ihn?« fragte Trudi.

»Wen?«

»Dellwig. Ich kenn' ihn noch aus der Zeit, bevor ich heiratete.«

»Ich weiß nicht, ich kenne ihn noch nicht besonders gut«, antwortete Anna. »Aber er scheint sehr – sehr höflich zu sein.«

Trudi lachte laut und ließ die Peitsche knallen.

»Mein Onkel setzte großes Vertrauen in ihn«, sagte Anna zögernd, von Trudis Lachen ein wenig gekränkt.

»Hören Sie, Ihr Onkel war einer der fähigsten Landwirte in ganz Deutschland, zumindest habe ich das oft sagen hören. Er hatte so viel Erfahrung und war so klug, daß er hundert Dellwigs an der Nase hätte herumführen können. Dellwig war natürlich in der Gegenwart Ihres Onkels so klein mit Hut, wie man im Deutschen sagt. Er wußte ganz genau, daß es unter einem solchen Herrn nur eins gab: untadelig sein. Vielleicht dachte Ihr Onkel, Dellwig würde aus schierer Gewohnheit weiterhin untadelig bleiben, auch wenn ihm niemand auf die Finger schaut.«

»So muß es wohl sein«, entgegnete Anna unsicher. »Er hat mir empfohlen, den Mann zu halten. Aber eins ist ganz sicher, *ich* kann ihm nicht auf die Finger schauen.«

Sie näherten sich Axel von Lohm. Auch er war zu Pferde und ritt auf Trudis Seite auf der Straße. Es freute ihn, als er sich umschaute, Anna in Begleitung seiner Schwester zu sehen. Doch Trudi trieb die Pferde mit der Peitsche an, egal, was ihr Bruder empfinden mochte, und sauste an ihm vorbei, rechts und links Sand und Staub aufwirbelnd. Als sie auf einer Höhe mit ihm war, zwinkerte sie ihm feierlich zu, doch Axel blickte starr geradeaus.

11

Weder Trudi noch Anna hatten je im Leben so hart gearbeitet wie in jenen wenigen Tagen, mit denen der März sich verabschiedete und der April Einzug hielt. Alles schien sich auf einmal zu ereignen, das ganze Haus fand sich in einem plötzlichen Aufruhr. Da waren Leute, die die Wände tünchten und das Holz strichen, die Tapeten anklebten, die Möbel aus Stralsund ankarrten und ins Haus schleppten, die den Garten in Ordnung brachten. Und es kamen Leute, die sich als Dienstboten verdingen wollten. Dellwig erschien und schrie, Manske tauchte auf und salbaderte – Anna wäre wahrscheinlich völlig durchgedreht, hätte sie nicht Trudi an ihrer Seite gehabt, die den ganzen Tag mit einem mit Spitze abgesetzten Musselintuch herumlief, das sie sich ins Taillenband gesteckt hatte und von dem sie behauptete, es sei eine Schürze, und es stehe ihr phantastisch.

Trudi amüsierte sich königlich. Sie sah, wie Jungbluths Wellen sich täglich mehr und mehr verflachten, doch zum ersten Mal in ihrem Leben beobachtete sie es mit aller Seelenruhe. Sie begann sogar, eigene Aspirationen bezüglich des von Onkel Joachim so hochgepriesenen besseren Lebens zu entwickeln. Mehr als einmal überdachte sie sehr ernsthaft die Vorzüge des Entschlusses, sich mit einem Schlage von Bill, ihrem Eheman, sowie von Billy und Tommy, ihren beiden Buben, zu befreien und einen ganz neuen Anfang zu machen – als eine von Annas zwölf Auserwählten.

Frau Manske und Frau Dellwig konnten Trudis unendliche Hochnäsigkeit nicht öfter als einmal ertragen und gingen ihr deshalb aus dem Weg, obgleich die Neugier sie schier verzehrte. Als umgekehrt Dellwigs Geschrei Trudi unerträglich wurde, zögerte sie nicht, sich demonstrativ wie unter Schmerzen zu krümmen und sich die Hände an die Ohren zu legen. Als Manske vergaß, daß nicht Sonntag war und zu predigen begann, fiel sie ihm brüsk ins Wort: »Ja, ja, sehr schön, sehr schön, aber wissen Sie, lieber Herr Pastor, das müssen Sie uns am Sonntag in der Kirche erzählen, wenn wir Zeit haben zuzuhören – jetzt haben meine Freundin und ich keine Sekunde übrig, um die Ansichten des guten Apostels Paulus zu würdigen.«

»Ich glaube fast, Sie sind unhöflich zu meinem Pastor«, sagte Anna, die Trudis schnell gesprochenem Deutsch nicht immer zu folgen vermochte, aber beobachtete, wie Manske sich ganz geknickt trollte.

»Meine Liebe, wenn er sich zu weit hinauswagt, dann muß er auf seinen Platz verwiesen werden. Sie haben ja keine Ahnung, was für ein Klüngel diese Pastoren hier in Deutschland sind; sie sind nicht wie Ihre englischen Geistlichen. Wenn Sie zu diesem Mann zu freundlich sind, werden Sie keine ruhige Minute mehr haben. Ich kann mich entsinnen, zu Zeiten meines Vaters kam er jeden Sonntag zum Mittagessen. Er saß am unteren Tischende, und noch ehe der Nachtisch serviert wurde, verbeugte er sich und ging.«

»Mochte er keine Süßspeisen?«

»Ich weiß nicht, ob er Süßspeisen mag oder nicht, jedenfalls bekam er nie eine. Es war gute alte Sitte, daß der Pastor sich verzieht, ehe der Nachtisch aufgetragen wird. Leider hat Axel sie nicht beibehalten. Mein Vater hatte nie irgendwelche Scherereien mit ihm.«

»Aber was hat der Nachtisch, den er vor zehn Jahren nicht bekommen hat, damit zu tun, daß Sie noch heute unfreundlich zu ihm sind?«

»Ich wollte nur erklären, auf welcher Grundlage man mit diesen Leuten verkehren muß.«

»Und die richtige Grundlage ist eine nachtischlose? Nun, in meinem Hause sollen ihm weder Pudding noch Freundlichkeit in angemessener Dosis vorenthalten werden. Ich bitte Sie also, ihn nicht schlechter zu behandeln, als es zu seinem eigenen Besten unbedingt nötig ist.«

»Oh, Sie sind ein liebes, kleines Ding!« sagte Trudi, legte Anna die Hände auf die Schultern und schaute ihr in die Augen. Da sie beide hochgewachsene junge Frauen waren, lagen ihre Augen auf gleicher Höhe. »Ich frage mich bloß, wo das enden soll«, fuhr Trudi fort. »Wenn Sie diese Leute erst einmal genauer kennengelernt haben, dann werden Sie sehen, daß die Art, wie ich sie behandele, schon die richtige ist, obgleich sie Ihnen als unfreundlich erscheint. Denen gegenüber müssen Sie die Nase so hoch tragen, wie es überhaupt nur geht – dann platzen sie vor Ehrerbietung und Respekt. Sind Sie aber freundlich zu ihnen, vertrauen ihnen gar, dann verstehen diese Leute die Welt nicht mehr. Sie werden denken, daß mit *Ihnen* etwas nicht stimmt; hinterrücks fangen sie an, nach Ihnen zu schnappen, sie erfinden die fürchterlichsten Geschichten über Sie. Und was diesen Pastor anlangt, wieso sollte er Ihre Zimmer mit seiner Kanzel verwechseln, wieso sollte er sich Ihnen gegenüber aufführen dürfen, als hätten Sie noch nie im Leben vom Apostel Paulus gehört?«

Anna gab zu, daß sie nicht immer in der rechten Gemütsverfassung war, sich die Sermone des Pastors anzuhören, weigerte sich aber zu glauben, daß Hochnäsigkeit ein probates Gegenmittel sei. Als er das nächste Mal bei ihr vorsprach, drängte sie Manske ostentativ, zum Abendessen zu bleiben, das in diesen Tagen des Umbruchs eher einem Picknick glich, das aber – auf Lettys speziellen Wunsch hin – immer eine Süßspeise einschloß. Dreimal forderte Anna Manske auf, sich doch nochmals von dem Pudding zu bedienen, und dreimal gab er bereitwillig nach. Und jedesmal, wenn er sich den Teller frisch auffüllte, blickte Anna Trudi trotzig ins Gesicht.

Axel kam verschiedene Male vorbei, wenn er draußen auf den Feldern zu tun hatte, und jedesmal bekam er stolz die erzielten Fortschritte präsentiert. Trudi setzte sich ein, als handelte es sich um ihre eigenes Haus, führte ihren Bruder herum, verlangte seine Zustimmung und sein Lob mit einem Enthusiasmus, der sich auf Anna übertrug, und so wurden sie und Axel bald gute Freunde. Die in Stralsund angebotenen Tapeten waren so abgrundtief häßlich, daß Anna sich entschloß, die Wände tünchen zu lassen. Der Flur war schon fertig, das Erbsengrün war jungfräulicher Reinheit gewichen und entsprach so sehr der Schlichtheit des besseren Lebens, daß Anna zur größten Verwunderung der Weißbinder darauf bestand, daß auch die unempfindlichen schokoladenbraunen Tapeten im Eßzimmer und im Salon durch Tünche ersetzt werden sollten.

»Die Zwölf werden es fürchterlich finden«, kommentierte Trudi. »Aber wieso denn?« fragte Anna, die sich in die weiße Tünche verliebt hatte. »Es ist die Reinheit selbst. Es ist ein Symbol der Unschuld und der Reinheit, die unsere Herzen erfüllen werden, wenn wir uns aneinander gewöhnt haben und alle glücklich sind.«

Trudi schaute sich noch einmal den Flur an, in den jetzt die Nachmittagssonne flutete. Er sah sehr sauber aus, keine Frage, und außerordentlich fröhlich. Trotzdem war sie sich sicher, niemals würde dieses Entree Symbol eines Herzens werden, das hier Einzug hielte; aber das kam wohl daher, daß Trudi allen Herzen sehr skeptisch gegenüberstand.

Gegen Ende der Osterwoche, als Tünche und ungeordnete Mahlzeiten Trudi zu langweilen begannen, als sich erste Zweifel bei ihr regten, ob ununterbrochen getragene Musselinschürzen wirklich so kleidsam wären, und sie außerdem um ihren Teint fürchtete, dem der tagelange Aufenthalt in einem kalten Haus nicht gut tun konnte, da gingen die ersten Antworten auf die Anzeigen ein, und bald kamen sie waschkorbweise. Auf Trudis reichlich niedergebrannte Flammen des Eifers hatten die Briefe den Effekt von Blasebälgen. Sie fand die Briefe so herrlich amüsant, daß sie Manske im Flur abfing, wenn er mit den Schreiben kam, ja, sie riß sie ihm regelrecht aus den Händen und eilte damit zu Anna. Den verdutzten Manske ließ sie im Flur stehen, wo er unschlüssig überlegte, ob er bleiben und gute Ratschläge erteilen solle oder ob man von ihm erwartete, daß er nach Hause gehe, ohne sich des guten Rates entledigt zu haben, den er selbstverständlich in sich trug. Er beklagte, was er das impulsive Temperament der Gräfin nannte. Schon immer war sie so gewesen, schon seit den Tagen, als sie in seine Kirschbäume geklettert war, um dort den Vögeln zu helfen, sie zu plündern. Als er mit aller nur denkbaren Vorsicht den Vater in dieser Sache angesprochen hatte, sorgsam das Wort Kirschen vermeidend, lediglich zart andeutend, daß in Bäumen herumzuklettern für ein junges Fräulein doch wohl ein allzu gefährlicher Zeitvertreib sei, da hatte der alte Lohm aus vollem Halse gelacht und mit einem Fluch bekräftigt, daß weder er noch sonst irgend jemand gegen Trudi etwas ausrichten könne. Heimlich schien er sogar stolz darauf zu sein, daß seine einzige Tochter Kirschen stahl - denn er wußte sehr gut, zu welchem Zweck sie auf die Bäume kletterte –, und er sagte ihr eine brillante Zukunft voraus. Manske hatte sich das pflichtergeben und respektvoll angehört und war, ohne überzeugt zu sein, nach Hause geschlichen.

Anna freilich ließ ihn nicht lange im Flur stehen. Sie holte ihn in den Salon, bat ihn, ihr beim Lesen zu helfen und seine Meinung zu den Briefen zu äußern. Entgegen Trudis Rat und Beispiel behandelte sie den Pastor weiterhin mit der Ehrerbietung, die einem guten und einfachen Manne gebührt. Was machte es schon, daß er zweimal soviel redete, wie nötig gewesen wäre, und daß er sie mit seiner Gewohnheit ermüdete, für das Christentum Reklame zu machen, als handelte es sich um ein neues Wundermittel, und er sei der Vertreter dafür? Er meinte es ernst, er glaubte wirklich an etwas, er fühlte wirklich etwas. Nach fünf Tagen mit Trudi wandte Anna sich mit Erleichterung Manskes elementaren Überzeugungen zu. Nach fünf Tagen war Anna überglücklich, daß Trudi nicht zu jenen Notleidenden gehörte, die eines Platzes unter den Zwölfen bedurft hätte.

Den meisten Antwortschreiben lagen Photographien bei. Die Briefe selbst waren traurig genug, entweder dessentwegen, was sie sagten, oder dessentwegen, was sie zu verbergen trachteten. Annas Achtung vor Trudi erlitt einen schwerwiegenden Einbruch, als sie sah, wie sehr die Briefe Trudi belustigten und daß die Photographien, sonderlich die der älteren oder weniger schönen Frauen, sie zu Heiterkeitsausbrüchen animierten, die nahe an das Ungebührliche grenzten. Außerdem, dachte Anna, nimmt sich Trudi gehörig was heraus, indem sie einfach ohne zu fragen die Briefe liest, sie ohne zu fragen entgegennimmt, sie ohne zu fragen öffnet. Obendrein überhäufte sie Anna mit unerbetenen Ratschlägen, und Anna erkannte jetzt, daß sie einen Fehler begangen hatte, als sie Trudi einige der Briefe zeigte. Sie hatte kein Recht gehabt, die Bittschreiben dieser unglücklichen Kreaturen vor Trudis neugierigen und vergnügten Augen auszubreiten. Diese Erkenntnis kam Anna in dem Augenblick, als Trudi einfach von sich aus einen Brief öffnete, deren Absenderin ihr bekannt war. »Ja, was denn«, quietschte Trudi und ihr Gesicht sprühte vor Erregung, »hier ist ja einer von einer alten Schulkameradin von mir. Und ihr Bild hat sie auch beigelegt. Was für eine häßliche Vogelscheuche das geworden ist. Sie ist nur zwei Jahre älter als ich, aber sie könnte glatt schon vierzig sein. Schauen Sie sich das an! Und die hielt sich immer für was Besseres. Was auch immer Sie tun, Anna, aber *die* dürfen Sie auf gar keinen Fall nehmen. Sie hat einen der Offiziere aus Bills Regiment geheiratet und den armen Kerl so schamlos kujoniert, daß er sich erschossen hat. Was für eine Dreistigkeit, jetzt so zu schreiben!« Und Trudi stürzte sich gierig auf den Brief.

Anna stand auf und nahm ihr den Brief wortlos aus der Hand. Das kam für Trudi völlig unerwartet, sie hätte sonst sicherlich das Papier fester gehalten. »Sie hat sicherlich nicht damit gerechnet, daß ausgerechnet Sie diesen Brief lesen würden«, sagte Anna ruhig, »und es wäre unehrenhaft von mir, es Ihnen zu erlauben. Und das gilt auch für die anderen Briefe. Ich habe mir das noch einmal durch den Kopf gehen lassen, sie sind an mich gerichtet, und nur ich sollte sie lesen und vielleicht noch der Pastor, doch sonst niemand.«

»Vielleicht noch der Pastor!« rief Trudi zutiefst beleidigt.

»Und warum vielleicht noch der Pastor?«

»Weil ich die Sütterlinschrift nicht immer entziffern kann«, erklärte Anna.

»Aber eine Frau Ihres eigenen Alters, die nicht so beschränkt ist wie dieser Pfaffe, ist die beste Ratgeberin, die Sie haben können.«

»Aber Sie lachen über die Briefe, und dabei sind sie alle so traurig.«

Trudi fuhr an diesem Tag sehr früh nach Lohm zurück. »Sie hat sich in den Kopf gesetzt, mir die Briefe nicht mehr zu zeigen«, berichtete sie ihrem Bruder mit nicht geringem Zorn.

»Es wäre ein ungeheurer Vertrauensbruch, wenn sie dir die Lektüre gestattete«, entgegnete er. Trudi empfand diese Antwort als derart unbefriedigend, daß sie noch am selben Nachmittag nach Stralsund fuhr, um sich bei einer fügsameren Bibi auszuweinen.

Nachdem Trudi fast eine Woche lang Annas hübsche Nase vor Augen gehabt hatte, schien ihr Bibis Zinken noch grotesker als sonst, doch dann fiel ihr wieder Bibis Reichtum ein. Was für ein gutmütiges, großzügiges Kind – wie würde diese Bibi ihre Schwägerin anhimmeln und mit prächtigen Geschenken überhäufen. Während sie Bibi so betrachtete, die das neueste Pariser Haute-Couture-Modell für den Nachmittag trug, da wurde ihr das Herz schwer bei dem Gedanken an Axel, der das Beste in Reichweite hatte und nicht dazu zu bewegen war, die Hand danach auszustrecken. Anna würde ihn nie heiraten, dessen war

Trudi sich ganz sicher. Anna würde überhaupt niemanden heiraten, sondern ganz in ihren philantropischen Wahnvorstellungen aufgehen. Doch selbst wenn sie heiraten sollte, was wäre ihr lächerliches Einkommen im Vergleich zu Bibis? Aber solange diese Nachbarin da herumgeisterte, würde Axel Bibi keines Blikkes würdigen; und man konnte es ihm nicht einmal verdenken. Anna war einfach zu schön. Es war nicht gerecht. Und Bibi war so entsetzlich unansehnlich, und auch das war nicht gerecht. Die Regierungspräsidentin, eine angeheiratete Cousine Bibis und Mitglied einer uralten märkischen Adelsfamilie, war entzückt, Trudi zu sehen und sie über den exzentrischen Neuankömmling ausfragen zu können. Trudi hatte angeboten, Anna zu dieser Dame mitzunehmen und ihr erklärt, es sei ihre Pflicht, bei ihr vorzusprechen. Anna hatte darauf erwidert, es habe ja wohl keine Eile. »Ja, ja, schon gut, irgendwann einmal«, mit solchen oder ähnlichen Worten hatte sie deutlich gemacht, daß neue Bekanntschaften sie unendlich langweilten.

»Ist sie – ist sie ganz richtig im Kopf?« fragte die Regierungspräsidentin, nachdem Trudi alles, was sie in Annas Haus erledigt hatten, ausführlich beschrieben und alles berichtet hatte, was Anna mit ihrem Geld zu tun gedachte. Und Trudi hatte ihre Ausführungen so geschickt gestaltet und so unterhaltsam formuliert, daß die Frau Regierungspräsidentin, eine aufmerksame kleine Dame mit immer scharf gespitzten Ohren, damit ihr nur ja kein Tratsch entgehe, das Gefühl hatte, seit Jahren keinen so angenehmen Nachmittag mehr verbracht zu haben. Bibi saß und lauschte mit weit offenem Mund. Diese schlechte Angewohnheit kam jedesmal unkontrollierbar zum Durchbruch, wenn Bibi interessiert zuhörte, und Menschen, die es aufrichtig gut mit ihr meinten, bedauerten diesen Umstand sehr.

»O ja, sie ist sogar sehr richtig im Kopf. Ein bißchen zu selbstsicher. Sie weiß immer alles besser, aber sie ist durchaus richtig im Kopf.«

»Dann ist sie sehr religiös?«

»Nicht im üblichen Sinne. Sie hat's mit der Natur. *Gott in der Natur* und solcher Kram, na ja, Sie wissen schon. Kaum daß die

Sonne strahlt, geht sie hin und läßt sich von ihr bescheinen, und dabei verdreht sie die Augen und fängt zu schwärmen an. In ihrem Garten steht ein einzelner Krokus. Als wir gestern bei unserem Gang durch den Garten dran vorbeikamen, blieb sie stehen und laudierte zehn Minuten lang alle möglichen Dinge, die mit Krokussen überhaupt nichts zu tun haben – am meisten lobpreiste sie den lieben Gott. Und das natürlich alles in Englisch, und da klingt es noch schlimmer.«

»Aber dann, meine Liebe, *ist* sie doch religiös.«

»Na ja, ich glaube nicht, daß der Pastor *das* Religion nennen würde. Es ist so eine Art Kuddelmuddel-Pantheismus, wenn es überhaupt irgend etwas ist.« Woraus der geneigte Leser ersehen kann, daß Trudi hinter dem Rücken ihrer Freunde noch ehrlicher war als in ihrem Angesicht.

Sehr unzufrieden und in einer »Wozu das alles?«-Stimmung fuhr Trudi nach Lohm zurück. Mit ihrer Hilfestellung für Anna hatte sie sich völlig verausgabt, und jetzt mußte sie fürchten, daß der Aufenthalt in den kalten, zugigen Räumen und das viele Händewaschen in dem kalkhaltigen, kalten Wasser ihre Haut rauh gemacht hatte. Während sie das Haus der Regierungspräsidentin verließ, hatte sie sich ganz kurz im Spiegel gesehen und war sehr erschrocken darüber, daß ihr Anblick längst nicht so schön war, wie sie sich fühlte. Auch das Wissen, auf Annas Kosten eine höchst erbauliche Vorführung gegeben zu haben, konnte sie über diese entsetzliche Entdeckung nicht hinwegtrösten, denn sie wußte ganz genau, daß die Regierungspräsidentin, nachdem sie ihren Freundinnen getreulich alle von Trudi erhaltenen Informationen weitererzählt hatte, hinzufügen würde, daß übrigens diese Trudi Hasdorf ganz schrecklich *eingepackt* habe – das neueste Modewort benutzend, das zur Zeit im Umlauf war zur Beschreibung jenes abscheulichen und von jeder Frau mit einem Funken Selbstrespekt so gefürchteten Zustandes, der den ersten Falten unmittelbar vorausgeht. Welchem irdischen Nutzen sollte es dienen, klüger und amüsanter zu sein als andere Leute, wenn zugleich sichtbar war, daß man *einpackte?*

Was ist das für eine dumme Welt? fragte sich Trudi, während

sie im Zwielicht des frühen April über die Chaussee fuhr. Ein dünner Nebel lag über der See, und die bleiche Sichel des Neumonds hüllte sich geisterhaft in dieses Leichentuch. Über dem Land funkelten schwach ein paar Sterne, und die Erde unter ihr war feucht und duftete. Es war Samstagabend, und die beiden Glocken der Kirche von Lohm erinnerten das Land mit ihrem wehmütigen Klang daran, daß die Arbeit der Woche getan war und der Tag des Herrn vor der Tür stand. Oh, diese unendlich dumme Welt, dachte Trudi. Wenn ich nur einen einzigen Tag länger hier bleibe, werde ich sterben vor Langeweile. Und wie mir dieses Estcourt-Kind und seine Gouvernante auf die Nerven gehen! Dieses fürchterlich fette Mädchen, das über den großen Onkel geht, und diese kraftlose, schlappe Person, die nur von ihren Haarnadeln zusammengehalten wird. Ich habe die Nase gestrichen voll von Gouvernanten und Kindern – auf Schritt und Tritt begegnet man ihnen. Wenn ich nach Hause komme, dann sind da diese zwei lärmenden Bengel und Fräulein Schultz, die mich den ganzen Tag belästigen, und zu den Mahlzeiten kommt dann auch noch dieser Erzlangweiler von Bill nach Hause. Anna und Bibi, die beiden sind genau in der Situation, in der ich gerne wäre – kein Ehemann, keine Kinder und einen Haufen Geld.

Mit Augen schwarz vor Neid stierte sie starr vor sich hin und hing düsteren Gedanken nach, die sich um Bibis wunderschönes Kleid drehten und um die Blindheit eines Schicksals, das einen solchen Traum von einem Kleid an eine pummelige Bibi verschleuderte, während dieses Glanzstück doch ganz offensichtlich für eine große, schlanke Frau wie sie selbst entworfen war. Und es war ein Glück für Axels Seelenfrieden, daß, als Trudi Lohm erreichte, dort bereits ein Brief von dem widerwärtigen Bill für sie bereitlag, des Inhalts, Trudi solle unverzüglich nach Hause zurückkehren, denn der ausländische Prinz, der Honoraroberst des Regiments sei, werde jeden Augenblick in Hannover erwartet, und man werde zu seinen Ehren einige große Veranstaltungen abhalten.

Ein einziges riesengroßes, strahlendes Lächeln, reiste Trudi am nächsten Morgen mit dem ersten Zug ab.

»Miss Estcourt wird dich vermissen«, sagte Axel, »und sie wird sich fragen, warum du dich nicht von ihr verabschiedet hast. Außerdem, fürchte ich, wird die Reise heute nicht sehr angenehm sein. Ich wünschte, du wärst noch bis morgen geblieben.«

»Oh, die Gesellschaft dieser Sonntagsfahrer macht mir nichts aus«, versetzte Trudi vergnügt. »Und bitte erkläre Anna, warum ich so überstürzt habe abreisen müssen. Ich habe ihr ja zumindest mit den Arbeitern und den Leuten, die sie braucht, eine Anfangshilfe gegeben. In ein paar Wochen werde ich sie ja wiedersehen, du weißt schon, wenn Bill im Manöver ist.«

»In ein paar Wochen? Das ist in sechs Monaten!«

»Na gut, sechs Monate. Ihr müßt eben beide versuchen, in dieser Zeit ohne mich auszukommen.«

»Du scheinst überglücklich, abreisen zu können«, sagte er lächelnd, während seine Schwester auf den Bock des Einspänners stieg und die Zügel nahm und ihr Dienstmädchen, das noch Koffer und Taschen angeschleppt hatte, hinten hineingehievt wurde.

»In der Tat überglücklich«, bestätigte Trudi und strahlte ihn mit funkelnden Augen an. »Prinzen und Gesellschaften sind nämlich sehr viel amüsanter als Wandtünche und das sogenannte bessere Leben.«

»Und Brüder.«

»Ach, von wegen Brüder. Ich habe Bibi noch nie so gut aussehend erlebt wie gestern. Sie hat sich so zu ihrem Vorteil entwikkelt, niemand würde denken . . .«

»Du wirst deinen Zug verpassen«, sagte Axel und zog seine Taschenuhr hervor.

»Also, *good-bye* dann, alter Junge. Arbeite hart, tue deine Pflicht und lasse deine Gedanken nicht sooft um ausländische junge Damen kreisen. Das täten sie ohnehin nie, sagtest du, wenn ich mich recht entsinne? Na, um so besser! Denn es wäre gar nicht gut, gar nicht gut, gar nicht gut!« Und Trudi, die blendender Laune war, stupste sich zum Gruß mit der Peitsche an den Hutrand, gab mit einem »Hüa« die Zügel frei und sauste los über den Hof, durchs Tor und auf die Straße, einem Maestro Jungbluth und neuen Vergnügungen entgegen. Bevor der Wagen endgültig aus Axels Blicken entschwand, schaute sie noch einmal zu ihrem Bruder zurück, der oben auf den Stufen seines einsamen Hauses stand, und rief ihm ein letztes orakelndes »Gar nicht gut!« zu.

12

So war Anna wieder sich selbst überlassen. Die Geschwindigkeit, mit der Trudi Entschlüsse faßte und Entscheidungen fällte, erstaunte Anna. Im Laufe von nur einer einzigen Woche hatte sie von Anna gehört, war ihr begegnet, hatte sie ins Herz geschlossen, sie weniger gemocht und schließlich wieder aufgegeben. Wie ein Blitz war Trudi über den Horizont von Kleinwalde gehuscht und hatte einen Rattenschwanz von Arbeitern und neuen Dienstboten zurückgelassen, mit denen Anna sich nun von morgens bis abends allein und ohne Hilfe herumschlagen mußte. Miss Leech und Anna taten, was sie konnten, doch da sich Miss Leechs Deutschkenntnisse auf Zitate aus dem ›Erlkönig‹ und dem ›Lied von der Glocke‹ beschränkten, waren sie auf die Arbeitskräfte nur mit minderen Erfolgsaussichten anwendbar. Anna bereitete vor allem die neue Dienerschaft Kopfzerbrechen. Dienstmädchen – denn Anna sah sich außerstande, mit männlichem deutschen Personal umzugehen – waren zwar ganz außergewöhnlich billig zu haben, doch ihre Qualitäten waren bizarr. Ihr neues Zimmermädchen beispielsweise lief den ganzen Tag mit nackten Armen herum. Zuerst dachte Anna, sie hätte die Ärmel bloß hochgekrempelt, um ihren Diensteifer unter Beweis zu stellen, doch als sie mit dem Nachmittagskaffee erschien – der hier zubereitete Tee war ungenießbar –, hatte sie noch immer bloße Arme, und als Anna sie genauer betrachtete, erkannte sie, daß dies der natürliche Zustand war, denn das Kleid des Dienstmädchens war ärmellos. Noch war dieser Mangel an Ärmeln die einzige Besonderheit dieser Kreatur. Anna fragte sich ernstlich besorgt, ob ihr Haus zum Empfang der Zwölf je bereit sein werde.

Die Antworten auf die philanthropische Annonce gingen in einem Verhältnis von fünfzig zu eins auf die Suchanzeige nach einer Begleiterin ein. Auf fünfzig mittellose Damen, die bereit waren, sich dem süßen Nichtstun zu ergeben, kam eine mittellose Dame, die bereit war, für ihren Unterhalt zu arbeiten. Es bereitete Anna schreckliche Qualen, daß sie wegen ihrer räumlichen Beengung und der Begrenztheit ihrer Mittel gezwungen war, die Zahl der Begünstigten auf zwölf zu limitieren. Es war ihr beinahe unerträglich, diese Briefe zu lesen und dabei zu wissen, daß sie fast alle Bewerberinnen abweisen mußte. »Sehen Sie nur, wie viele sich durch ein elendes Dasein schleppen, während es uns so gut geht«, sagte sie zu Manske, als er neue Stöße von Briefen brachte und sie neben den alten aufhäufte. Völlig ratlos schüttelte Manske den Kopf. Im schwindelte bei dem Gedanken, daß eine solche universale Verarmung und Hoffnungslosigkeit unter den christlichen Damen aus gutem Hause herrschte.

Manske selbst konnte nicht öfter als einmal am Tag vorbeischauen, Briefe aber gingen mit jeder Post ein. So ließ er die Nachmittagspost durch Herrn Klutz überbringen, den Jungkleriker mit der poetischen Ader, der Anna bei ihrer Ankunft mit einem Gedicht gefeiert hatte, das es seiner Meinung nach mit der Frische und Spontaneität der größten Sonette aufnehmen konnte, die je geschrieben worden waren. Für diesen phantasievollen jungen Mann, diesen selbsternannten Poeten, der an seinem Äußeren Goethesche Züge erkannt zu haben glaubte und es deshalb für gar nicht ausgeschlossen hielt, auch in seinem Inneren solche Ähnlichkeit mit sich zu tragen, bedeutete es eine ungemein große Freude, täglich durch den strahlenden, flüsternden Forst zu wandern, seinen Stock zu schwingen und dabei Verse zu schmieden, die der Angebeteten, der er sie widmete, wert waren. Während er, die Taschen voll mit den für sie bestimmten Briefen, durch den Wald schritt, sah er ein verwunschenes Schloß vor sich und darin die berückende Prinzessin. Zwar trug Herr Kutz den schwarzen Rock der Kleriker, doch waren sein brauner Filzhut und die Blume im Knopfloch verräterische Zeichen der Weltlichkeit in seinem Inneren. Ein Dichter, machte er sich selbst oft Mut, ein Dichter ist ein Weltbürger, man darf ihn nicht auf einen einzigen Glaubenskreis einschränken. Dem guten Mann freilich, der ihm redlich half, sich auf jene Examina vorzubereiten, die einen vollwertigen Pastor aus ihm machen würden, dessen Segnungen er empfing und dem er mit äußerlich gewahrtem Dekorum bei Gebeten und Fürsprachen assistierte, deren Gegenstand er selbst war, diesem guten Manne verschwieg er natürlich wohlweislich seine Ansichten.

Als Klutz ihr das erste Mal einen Stoß Briefe brachte, empfing Anna ihn mit der ihr eigenen Freundlichkeit; aber an seinem Verhalten spürte sie etwas, das ihr mißfiel. Ob es seine an Dünkel grenzende Selbstsicherheit war oder bloß die Art, wie er sie anschaute, vermochte Anna nicht zu sagen, noch wollte sie Zeit darauf verschwenden, es herauszufinden. Doch als er am nächsten Tag mit der Nachmittagspost vorbeikam, wurde er nicht zu ihr vorgelassen, und so ging es auch an den folgenden Tagen. Das überraschte Klutz, der mit Dellwig die Ansicht teilte, daß selbst die herausragendste weibliche Persönlichkeit noch lange nicht das Niveau des Durchschnittsmannes erreicht; man brauchte diese Hochstehenden bloß der Vorzüge der Geburt, des Standes, des Reichtums zu entkleiden, so blieb nichts weiter übrig als eine Frau, eine Kreatur also, geschaffen, um erobert und unter den Gehorsam des Mannes gezwungen zu werden. Doch da er jung und ein Dichter war, unterschied sich seine Ansicht von der Dellwigs in einem Punkt: Für Dellwig waren Frauen Dienstboten, für Klutz waren sie bewundernswürdige Spielzeuge. Ein solches Wesen konnte lediglich dadurch ergötzt werden, daß ein Mitglied des anderen Geschlechtes sich dazu herabließ, Konversation mit ihm zu treiben. Daß das englische Fräulein also ihrem Hausmädchen erlaubte, ihm die Briefe an der Tür abzunehmen, verwirrte ihn sehr.

Oft begegnete er Miss Leech und Letty auf dem Weg von und nach Kleinwalde, und immer blieb er stehen, um mit ihnen zu plaudern, ihnen ein paar deutsche Sätze beizubringen und selbst seinen sehr dürftigen englischen Wortschatz ein wenig aufzustocken. Von diesen beiden erfuhr er alles, was die Dame seines

Herzens so trieb. Lohm, der nach Kleinwalde hinüberritt, um Differenzen zwischen Dellwig und den Arbeitern zu schlichten oder Übeltäter zu verhören, sah die drei mehrmals zusammen und vermutete, daß Klutz der Gouvernante den Hof mache.

An dem Tag, an dem Trudi abreiste, war Lohm zu Anna gekommen, um ihr Trudis Botschaft in etwas ausgeschmückter Form zu überbringen. »Sie werden sehr viel zu tun haben, jetzt, da Sie ohne Hilfe sind«, sagte er. »Ich hoffe aber, daß Sie mich um Hilfe bitten, wenn es irgendwelche Schwierigkeiten geben sollte. Wenn beispielsweise die Handwerker unverschämt werden oder wenn sich die neuen Dienstboten als unehrlich erweisen oder Ihnen sonst Schwierigkeiten bereiten sollten. Sie wissen, daß es meine Pflicht als Amtsvorsteher ist, mich einzuschalten, wenn solche Dinge passieren.«

»Sie sind sehr liebenswürdig«, sagte Anna dankbar und schaute in das ernste, gute Gesicht. »Aber es ist niemand unverschämt. Doch sehen Sie mal - hier ist eine Dame, die sich als meine Begleiterin anbietet. Es ist die erste Antwort auf diese Annonce, die mir gefällt.«

Lohm nahm den Brief und die Photographie und prüfte beide. »Wie ich sehe, handelt es sich um eine Penheim«, bemerkte er. »Das ist eine sehr gute Familie, doch einige Zweige sind in Armut geraten, wie es so vielen unserer guten Familien geschehen ist.«

»Meinen Sie nicht auch, daß sie die Richtige für mich sein könnte?«

»Durchaus. Wenn sie all das ist und kann, was sie in ihrem Brief auflistet. Sie könnten ihr vorschlagen, daß sie zunächst ein paar Wochen zur Probe kommt. Vielleicht mögen Sie sie nicht, und sie hat vielleicht nichts übrig für einen philanthropischen Haushalt.«

Anna lachte, dann erklärte sie: »Ich brauche die Begleiterin wirklich dringend, denn meine Schwägerin möchte, daß Letty und Miss Leech Ende des Monats nach England zurückkehren.«

Letty und Miss Leech seufzten schwer, als sie das erfuhren, denn sie hegten überhaupt keinen Wunsch, nach England zurückzukehren.

»Wenn die beiden abgereist sind, werden Sie sich dann nicht sehr verloren vorkommen, so ganz allein unter Fremden?«

»Ich werde sie sicher sehr vermissen, aber ich habe nicht vor, verloren zu sein«, antwortete Anna lächelnd.

Was das kleine Ding doch für einen Mut hat! dachte Lohm. Bereit, sich jeder Hürde zu stellen, um ihre Ideale zu verwirklichen. Man schämt sich direkt der eigenen Nörgeleien und Entmutigungen.

Anna schrieb Frau von Penheim, sie könne unverzüglich eine dreimonatige Probezeit beginnen. Als das erledigt war, schrieb sie an Susie, um zu fragen, wann genau sie Letty nach Hause schicken solle. Seit der überstürzten Abreise der indignierten Dame hatte sie keine Nachricht mehr von Susie bekommen. Auch an Peter hatte sie geschrieben, ihm ihre Pläne und Gründe, ihre Hoffnungen und Sehnsüchte mitgeteilt, worauf sie ein hastig aufgesetztes Gekritzel aus Estcourt als Antwort erhalten hatte, in dem ihr Peter seinen Segen für sie und ihr Vorhaben übermittelte. »Susie«, hieß es in seinem Brief, »kam wegen der Alderton-Hochzeit, zu der sie nicht eingeladen war, von Kleinwalde aus direkt hierher nach Estcourt und legte sich zu Bett. Du weißt, meine liebe kleine Schwester, alles, was Dich glücklich macht, ist zu meiner Zufriedenheit. Ich wünschte, Du hättest eine Möglichkeit gefunden, Deine Großzügigkeit verarmten englischen Damen zugute kommen zu lassen, denn so bist Du weit weg von mir; aber dort drüben hast Du im eigenen Haus freies Wohnen. Behalte Miss Leech so lange bei Dir, bis Du eine passende Begleiterin gefunden hast. Gestern ist mir der dickste Fisch . . .« und so weiter. Mit einem Wort, auch diesmal war Peter, wie es unumstößlicher Brauch war, auf ihrer Seite. Einen Tag vor der erwarteten Ankunft von Frau von Penheim erhielt Anna folgendes Antwortschreiben von Susie:

»*LIEBE ANNA,*
Dein Brief hat mich überrascht, obwohl ich ja längst wissen müßte, was ich von Dir zu erwarten habe. Trotzdem war ich verwundert, daß Du nicht einmal anbietest, für all das, was ich

für Dich getan habe, eine angemessene Wiedergutmachung zu leisten. Da ich meine, auf eine gewisse Rückzahlung ein Anrecht zu haben, zögere ich nicht, Dir zu sagen, Du solltest Letty für ein oder zwei Jahre oder auch länger bei Dir behalten. Selbst wenn Du sie bei Dir behältst, bis sie achtzehn ist, und sie in dieser Zeit kleidest und durchfütterst (füttere sie nicht zu gut!), so wären das doch nur vier Jahre. Und was, frage ich Dich, sind vier Jahre im Vergleich zu den fünfzehn Jahren, die ich Dich am Hals hatte. Ich habe gestern mit Herrn Schumpf über Letty gesprochen – seine Rechnungen waren so inflationär überzogen, daß ich ihn zwingen mußte, Abstriche zu machen –, und er sagte, sie solle unter allen Umständen in Deutschland bleiben. Alle Welt spricht heutzutage Deutsch, und Letty wird es da bei Dir in diesem fürchterlichen Ort im Handumdrehen lernen. Ich war so todkrank, als ich nach England zurückkam, daß ich sofort nach Estcourt weiterreiste. Vier Tage lang mußte ich das Bett hüten, der Arzt kam täglich zweimal. Als ich ihm erzählte, was ich alles durchgemacht hatte, sagte er, es wundere ihn überhaupt nicht, daß ich krank sei. Sogar Peter war besorgt um mich. Schicke Miss Leech zurück. Kündige ihr mit einem Monat Frist an dem Tag, an dem Du diesen Brief erhältst und schau, ob Du nicht eine deutsche Hauslehrerin findest, die täglich zu diesem verdammten Ort kommt – ich kann mich an den Namen nicht erinnern, ich müßte extra in mein Adreßbuch schauen –, um Letty Unterricht zu erteilen. In der übrigen Zeit kann sie ja mit deinen zwölf armen Opfern Deutsch reden. Ich glaube, Hauslehrer in Deutschland kriegen nur Sixpence in der Stunde, also wird Dich das nicht umbringen. Laß sie viel Sport und Gymnastik treiben und ihr Reitstunden geben. Wahrscheinlich ist sie aus ihrem alten Reitkostüm herausgewachsen, aber deutsche Schneider sind so billig, daß ein neues Kostüm so gut wie nichts kostet, und jeder Gaul, der sie kräftig durchschüttelt, ist recht. Was ihre Verpflegung anlangt, so bin ich sehr glücklich, denn ich weiß, bei Dir gibt es nichts zu essen. Gestern abend war ich bei den Ennistons, sie zeigten sich sehr betrübt darüber, daß ich in meiner engsten Verwandtschaft eine Verrückte habe, aber schließlich bin ich, wie ich den Leuten gegenüber immer wieder betone, für die Verwandten meines Ehemannes nicht verantwortlich.

Deine Dich liebende

SUSIE ESTCOURT.

P. S. Ich habe Hilton noch nie so aufgelöst gesehen wie nach dieser Deutschlandreise. Sie heulte schon los, wenn man sie nur anschaute. Kein Wunder, das arme Ding! Der Doktor sagt, sie sei ein Nervenbündel.«

Man saß in Kleinwalde beim Abendessen, als dieser Brief ankam. Das Eßzimmer war an diesem Tage fertig geworden, und es war das erste Essen, das sie nach der Umwandlung dort einnahmen. Wer es an jenem düsteren Tag gesehen hatte, als Anna angekommen war, der hätte es heute nicht wiedererkannt, so fröhlich wirkte es mit den weißgetünchten Wänden. Nun gab es keine düsteren Ecken mehr, in denen Porzellanhirten vergeblich lächelten. Das Westlicht fiel ein, und ein Mensch, der gerade aus Susies Wohnung in der Hill Street angereist wäre, hätte es als erfrischend empfunden, in einem solch einfachen, klaren und sauberen Raum zu speisen. Auch die Nahrungsmittel hatten eine Reform erlebt, so war beispielsweise das Brot nicht mehr durch Kümmelkörner entstellt. Eine große Schale mit blauen, frisch im Wald gepflückten Leberblümchen stand auf dem Tisch, und die Leberblümchen hatten genau die Farbe von Annas Augen. Als Letty die Handschrift ihrer Mutter erkannte, lief es ihr eiskalt über den Rücken. Das war die Bannbulle, die sie aus dem Garten Eden verweisen, sie zurückbeordern würde zu Tanzstunden, Geigenunterricht und Literaturlektionen. Sie war gerade dabei, sich einen Löffel voll Pudding in den schon offenen Mund zu schieben, als sie die nur zu bekannte Handschrift sah. Sie zögerte, ihre Hand zitterte, sie mußte den Löffel ablegen und den Teller von sich schieben. Wer auch könnte Pudding essen in einer solchen Lebenskrise? Wie groß war daher ihre Erleichterung und Freude, als sie sah, wie die Tante von ihrem Platz aufstand, zu ihr, die sie innerlich bereits gewappnet war, das Schlimmste zu hören, herüberkam, ihr die Arme um den Hals legte und sie auf die Wange küßte.

»Du sollst hier bei mir bleiben!« rief Anna überglücklich aus. »Meine liebe kleine Letty. Ich hätte dich ja so schrecklich vermißt. Freust du dich? Deine Mutter schreibt, du sollst auf unbestimmte Zeit hier bei mir bleiben!«

»Auweia – das ist ja großartig!« schrie Letty, und da sie eine praktisch veranlagte Person war, knöpfte sie sich gleich wieder ihren Pudding vor und aß ihn ratzeputz auf.

Auch Miss Leech sah ganz außerordentlich erfreut aus. Wie auch hätte sie irgend etwas anderes als hocherfreut sein können, angesichts der Aussicht, bei einer so freundlichen und rücksichtsvollen Person wie Anna zu verweilen? Irgendwie gelang es Anna, niemals die empfindlichen Gefühle von Miss Leech zu verletzten; Lady Estcourt dagegen hatte ein spezielles Talent, sie jedesmal zu kränken, wenn sie mit ihr sprach. Sie wußte, daß sie nicht so mimosenhaft sein durfte, daß es mehr ihre eigene Schuld war, als die der anderen, wenn sie sich unablässig beleidigt und verletzt fühlte; aber da waren diese Gefühle nun einmal. Und verletzt zu werden tat weh; dagegen mit jemandem zu leben, der so ausgeglichen war wie Anna, das waren der ideale Frieden und die reine Freude. Mr. Jessup hätte Anna sicher sehr gemocht. Miss Leech wünschte oft, er hätte Anna kennenlernen können – und ein größeres Kompliment als dieses wußte Miss Leech keinem Menschen zu machen.

Als Anna die Freude sah, die Miss Leech ins Gesicht geschrieben stand, weil sie doch glaubte, auch sie dürfe bleiben, da entschied sie auf der Stelle, daß keine Schwägerin in der Welt diese Freude mit einer Kündigung wegwischen dürfe. Sie entschloß sich, Stillschweigen zu bewahren und Miss Leech einfach zusammen mit Letty hierzubehalten. Ihre zweitausend Pfund im Jahr waren in ihren Augen von unendlicher Dehnbarkeit.

Da sie niemals eigenes Geld besessen hatte, fehlte ihr jegliche Vorstellung davon, wie weit es reichen konnte, und so zögerte sie auch nicht, unverzüglich eine Entscheidung zu treffen, die sie möglicherweise zwingen würde, die Zahl der Opfer – wie Susie sie genannt hatte – reduzieren zu müssen.

Am nächsten Tag kam die Begleiterin an. Als Anna den Wagen mit der Karodecke und der Fischölimprägnierung vorfahren hörte, ging sie in das Entree hinaus, um die Dame zu begrüßen. Sie war ziemlich nervös, als sie sie unter dem Verdeck hervorklettern sah, denn sie wußte, wieviel für die Bequemlichkeit und das Glück der Zwölf von dieser Dame abhängen würde. Und ihre Nervosität nahm noch einmal ganz gehörig zu, als die Dame gleich beim ersten Händeschütteln fragte, ob sie Anna unter vier Augen sprechen könne.

»Natürlich«, entgegnete Anna, eine vage Furcht im Herzen, Fritz, der Kutscher, könne sie auf dem Weg hierher beleidigt haben, obwohl sie Fritz doch als den sanftmütigsten aller Männer kannte.

Sie ging voraus zum Salon. O Gott, was wird sie mir Schreckliches zu sagen haben? dachte Anna, während sie ihr anbot, auf dem Sofa Platz zu nehmen, denn Trudi hatte sie belehrt, daß dies der Platz sei, den angeboten zu bekommen die Gäste erwarten. Was mach' ich bloß, wenn sie sagt, sie will nicht bleiben? Dann fängt die ganze Sucherei wieder von vorne an. Vielleicht war der Innenbezug des Wagens zuviel für sie, oder Fritz hat das Leder wieder mit Fischtran eingerieben? Laut sagte sie dann: »Bitte, nehmen Sie doch Platz«, und lächelte sehr verunsichert, während sie Frau von Penheim zum Sofa dirigierte.

Die neue Begleiterin war eine große ältere Dame mit einem klugen, verständig wirkenden Gesicht. Ihre Stiefeletten waren aus festem, haltbarem Leder, und sie trug einen gummierten Regenmantel. Sie setzte sich, schaute Anna aufmerksam an und lächelte freundlich. Die meisten Menschen lächelten, wenn sie Anna zum ersten Mal sahen. Es stellte so eine angenehme Überraschung dar, nach so vielen ausdruckslosen, langweiligen, eitlen Gesichtern, seine Augen auf einem Antlitz ruhen lassen zu können, das zu einer charmanten Person gehörte, die doch so ganz eindeutig mit anderen Dingen befaßt war als ihrer Schönheit.

»Ich empfinde es als meine Pflicht«, sagte die Dame auf deutsch, »Ihnen, bevor wir in weitere Einzelheiten gehen, die Wahrheit zu sagen.«

Das hörte sich alarmierend an. Das Verhalten der Dame war ernst und feierlich. Anna spürte Angst in sich aufsteigen und senkte den Kopf. Wie sehr wünschte sie, daß Axel von Lohm in der Nähe wäre.

»Wie ich sehe, sind Sie sehr jung«, fuhr die Dame fort, »und ich vermute, Sie sind auch sehr unerfahren.«

»So jung nun auch wieder nicht«, murmelte Anna, die sich just in diesem Augenblick ganz besonders jung, unerfahren und unbehaglich fühlte und ganz und gar nicht wie die Herrin eines großen Hauses, die mit einer zukünftigen Angestellten ein Gespräch zu führen hat. »Ich bin schon fünfundzwanzig.«

»Fünfundzwanzig? Sie sehen jünger aus. Aber was sind schon fünfundzwanzig Jahre?«

Da Anna es nicht wußte, schwieg sie.

»Ich wäre hier in einer verantwortungsvollen Stellung«, fuhr die Dame fort, betrachtete Annas Gesicht dabei genau und lächelte ihr wieder zu. »Auf ein mutterloses junges Mädchen aufpassen zu müssen, ist immer mit großer Verantwortung verbunden. Und in diesem Fall scheinen die Umstände von ganz besonderer Art zu sein.«

»Ja«, bestätigte Anna, »und sie sind noch viel besonderer als Sie sich vorstellen . . .«, und sie war drauf und dran, von der bevorstehenden Ankunft der »Opfer« zu berichten, als die Dame in meisterschaftlicher Art die Hand hob und Anna so zum Schweigen brachte.

»Hören Sie bitte erst mich an«, sagte die Dame. »Durch eine Reihe von Schicksalsschlägen bin ich seit dem Tode meines Mannes in Armut geraten. Da ich aber nicht auf die Mildtätigkeit meiner Verwandten angewiesen sein möchte, denn es ist dies die unerträglichste Form dessen, was sich gemeinhin als Nächstenliebe geriert, bin ich entschlossen, für meinen Lebensunterhalt zu arbeiten.«

Sie hielt inne, und Anna wußte nichts Besseres von sich zu geben als ein erstauntes »Oh«.

»Aus Rücksicht auf meine Verwandten, die außer sich sind über meinen Entschluß und zudem einhellig der Meinung, ich sollte mit dem, was gnädigst mir zukommen zu lassen sie sich entschließen, lieber still verhungern, statt mich durch meiner eigenen Hände Arbeit verdächtig zu machen, habe ich mich schlicht Frau von Penheim genannt. Da ich aber nicht unter falschen Vorspiegelungen hier auftreten möchte, gestehe ich Ihnen hier privat und unter vier Augen, daß mein vollständiger Titel der der Prinzessin Ludwig aus dem genannten Hause ist.«

Sie schwieg, um den Effekt dieser Eröffnung beobachten zu können. Anna war verlegen und bestürzt zugleich. Eine Prinzessin war ganz und gar nicht, was sie wollte. Wie konnte sie von einer Prinzessin erwarten, daß sie früh am Morgen aufstünde, um dafür zu sorgen, daß die Zwölf rechtzeitig ihr Frühstück bekämen. »Oh«, hauchte sie noch einmal und war danach völlig sprachlos.

Die Prinzessin beobachtete sie aufmerksam. Sie war sehr arm und sehr darauf erpicht, diese Stelle zu erhalten. » ›Oh‹ klingt so Englisch«, sagte sie lächelnd, um ihre Unruhe zu kaschieren, »wir sagen ›ach‹.«

Anna lachte nervös.

»Und bitte glauben Sie nicht, daß alle deutschen Prinzessinnen so sind wie Ihre englischen«, fuhr sie dann rasch fort. »Mein Schwiegervater wurde für seine Verdienste um den Staat in den Fürstenstand erhoben. Er hatte eine sehr große Familie, und mein Ehemann war einer der jüngsten Söhne.«

Anna schwieg. Dann platzte sie plötzlich heraus: »Ich – ich wünschte ...«, hielt aber sofort wieder inne.

»Was wünschen Sie, mein liebes Kind?«

»Ich wünschte, daß ich – daß Sie ...«

»Daß Sie das vorher gewußt hätten? Nun, dann hätten Sie mich nicht genommen, nicht mal zur Probe«, kam die prompte Antwort, und Annas Augen sagten klar und eindeutig: Ja, das stimmt. »Aber es ist lebenswichtig für mich, daß ich eine Arbeit finde. Zuerst habe ich mit meinem richtigen und vollen Namen auf Anzeigen geantwortet, mit dem Ergebnis, daß ich meine sämtlichen Bewerbungsschreiben samt Bild postwendend zurückbekam. Dies, zusammen mit der Verärgerung meiner Familie, ließ mich den Entschluß fassen, meinen Titel zu streichen. Doch ich war von Anfang an fest entschlossen, sobald ich eine Stelle finden würde, meinem Arbeitgeber unverzüglich die Wahrheit zu gestehen. Es ist schrecklich, vollkommen mittellos zu sein«, sagte sie und starrte mit umwölktem Blick vor sich hin.

»Ja«, hauchte Anna.

»Nichts, absolut nichts zu besitzen, aber mit der Last adliger Geburt beschwert zu sein.«

»Oh«, stieß Anna hervor, dann blieb ihr die Luft weg.

»Und von Menschen abhängig zu sein, die nur einen einzigen Wunsch hegen, man möge aus ihrem Leben verschwinden – und sterben.«

»Heiraten«, flüsterte Anna mit zitternder Stimme.

»Was, was wissen Sie denn davon?« fragte die Prinzessin und wandte sich Anna rasch zu, denn sie hatte eigentlich eher laut gedacht, als jemanden angesprochen.

»Ich weiß alles, ich kenne all das ganz genau«, sagte Anna, und in einer Flut von überhastetem, schlechtem Deutsch erzählte sie der Prinzessin von den alten Zeiten, als niedere Arbeiten, wie der Verkauf von Osterglocken an der Straßenecke, ihr verlockender erschienen waren als das Leben in Abhängigkeit von Verwandten, und wie seither ihr Herz voll sei mit Mitleid für die Armut der Adligen, und wie es gekommen war, daß sie selbst nun in Reichtum lebte, und daß sie nun Frauen helfen wolle, die in derselben Situation seien, in der sie sich einst befunden habe. Ihre Augen waren feucht, als sie ausgeredet hatte. Anna hatte mit ungekanntem Enthusiasmus gesprochen, und eine Welle des leidenschaftlichsten Mitgefühls hatte sie ergriffen. Erst als sie geendet hatte, fiel ihr wieder ein, daß sie diese Dame ja noch nie zuvor in ihrem Leben gesehen hatte, und doch hatte sie ihr soeben Dinge anvertraut, die sie den engsten Freunden noch nie gesagt hatte.

Sie fühlte sich plötzlich sehr unsicher, sie blinzelte heftig, ließ den Kopf sinken und wurde rot.

Die Prinzessin beobachtete sie neugierig. »Ich gratuliere Ihnen«, sagte sie und berührte einen Augenblick lang leicht Annas

Hand. »Die Idee und der gute Wille kommen von Ihnen, was auch immer daraus werden mag.«

Das war keine sehr ermutigende Antwort auf einen derart emotionalen Ausbruch. »Ich habe Ihnen mehr anvertraut als je einem anderen Menschen zuvor«, sagte Anna mit kleinlauter Stimme und schaute die Prinzessin verschämt an, »weil Sie eine ganz ähnliche Erfahrung gemacht haben wie ich.«

»Abgesehen von dem Onkel am Ende. Das macht einen sehr großen Unterschied. Darf ich fragen, ob viele Damen auf *beide* Anzeigen geantwortet haben?«

»Nein, keine einzige hat auf beide geantwortet.«

»Nicht eine einzige?«

»Nicht eine.«

Die Prinzessin war der Ansicht, für den eigenen Lebensunterhalt zu arbeiten sei dem Wohltätigkeitsangebot Annas ganz eindeutig vorzuziehen; aber sie war ja auch ganz ungewöhlich stur und von außerordentlich unabhängigem Wesen. »Ich kann Ihnen versichern«, sagte sie nach einem kurzen Schweigen, »ich werde mein Bestes geben, wenn ich mich um Ihr Haus, um Ihre – Ihre Freundinnen und Sie selbst kümmere.«

»Aber ich brauche jemanden, der *alles* macht, der sich ums Essen kümmert, der die Dienstboten beaufsichtigt – einfach alles. Dazu muß man früh aufstehen«, sagte Anna, die Stimme dünn vor lauter Zweifel. Die Prinzessin gehörte doch so eindeutig und offensichtlich in ihre Kategorie der Armen und Bedauernswerten. Hätte sie um einen Platz unter den Zwölf gebeten, es wäre so einfach gewesen, ihr einen anzubieten. Die Begleiterin, die Anna sich vorgestellt hatte, sollte ihr eine wirkliche Hilfe sein, eine, die sie, wenn nötig, herumkommandieren konnte, aber doch keine Person, die selbst gewöhnt war, Befehle zu erteilen. Da wäre ja des Pastors Schwägerin Helena noch besser gewesen!

»Selbstverständlich werde ich all das machen. Wenn ich nicht zu stolz bin, ein Gehalt anzunehmen, dann werde ich auch nicht zu stolz sein, die Arbeit zu tun, für die ich bezahlt werde.«

»Würden Sie wirklich nicht lieber . . .«, setzte Anna noch einmal zögernd an.

»Würde ich nicht lieber was, mein Kind?«

»Würden Sie nicht ... wäre es nicht angenehmer für Sie, wenn Sie hier lebten, ohne zu arbeiten? Ich könnte eine andere Begleiterin finden; ich würde mich glücklich schätzen, wenn Sie hierblieben – als ... als eine der anderen.«

Die Prinzessin lachte ein herzliches, stattliches Lachen, das ganz im Einklang stand mit ihrer achtunggebietenden Gestalt. »Nein«, sagte sie dann freundlich, »nein, das würde mir überhaupt nicht gefallen. Aber ich danke Ihnen, mein Kind, daß Sie mir das Angebot gemacht haben. Lassen Sie mich hierbleiben und die Arbeit erledigen, die erledigt werden muß; dafür bezahlen Sie mich, und wir sind quitt. Ich kann Ihnen versichern, es schafft eine tiefe Befriedigung, mit jemandem quitt zu sein. Ich erwarte nicht mehr Rücksicht, als Sie auf irgendeine Frau Schultz nehmen würden. Ich werde in der Lage sein, mich um Sie zu kümmern, und ich glaube, wenn Sie mir nicht verübeln, daß ich das so frei sage, Sie brauchen dringend jemanden, der sich um Sie kümmert.«

»Na ja, dann«, sagte Anna mit einer gewissen Anstrengung, »dann wollen wir es für drei Monate versuchen.«

Bei diesen Worten fiel der Prinzessin ein riesiger Stein vom Herzen. »Sie werden es nicht bereuen«, sagte sie mit Nachdruck in der Stimme.

Anna freilich war sich da nicht so sicher. Obgleich sie redlich versuchte, ihre Neuerwerbung fröhlich anzulächeln, fürchtete sie doch, daß das gesamte Unternehmen keinen guten Anfang genommen hatte. Während des ganzen Abends war sie ungewöhnlich nachdenklich.

13

Was Prinzessin Ludwig von ihrem neuen Umfeld hielt, läßt sich schwer sagen. Wortlos und wie selbstverständlich widmete sie sich ihrer Aufgabe, die darin bestand, den bisher Untröstlichen zu Trost zu verhelfen. Sie stand beispielhaft früh am

Morgen auf, und den ganzen Tag über klapperte sie mit ihrem großen Schlüsselbund. Überall im Hause schien sie zugleich zu sein. Sie war durch und durch praktisch veranlagt, allen Illusionen ebenso abhold wie einer guten Bildung im üblichen Sinne. Ihre Kenntnis der deutschen Literatur war kaum breiter gefächert als Lettys, von anderen Sprachen und Literaturen wußte und hielt sie ohnehin nichts. Was Illusionen anging, so sah sie die Dinge, wie sie sind. Niemals in ihrem Leben hatte sie für irgend etwas besondere Begeisterung gehegt. Noch fand sie den geringsten Gefallen an verborgenen Bedeutungen, Symbolen oder Wortspielen. Maeterlinck, wenn sie denn je von ihm gehört hätte, wäre mit einem mitleidigen Lächeln von ihr beiseite gelegt worden. Annas heißgeliebte Wandtünche war für sie nichts weiter als weiße Kalkfarbe – eine widerliche, aber billige Wandbedeckung. Weil sie so preiswert war, fand sie die Anerkennung der Prinzessin. Doch wie hätte diese ahnen können, daß die Farbe für Anna Symbolcharakter hatte? Sie träumte nie, weder bei Tage noch bei Nacht. Wenn sie durch irgendeinen Zufall je ins Sinnieren gekommen wäre, so hätte sie über Blut und Eisen nachgegrübelt, über die Überlegenheit der deutschen Nation und über die drei Formen der Küche – die feine, die bürgerliche und die Hausmannskost –, die sie alle drei in ihren sämtlichen Ausprägungen aus dem Effeff beherrschte. Kurz, die Prinzessin hätte über klare, von niemandem in Frage gestellte Fakten sinniert. Hätte sie Kinder gehabt, sie wäre eine ausgezeichnete Mutter gewesen – so war sie eine ausgezeichnete Kuchenbäckerin (auch das eine unbedingt empfehlenswerte Form der Aktivität). Sie war eine geborene Dettingen, und die Familie derer von Dettingen gehörte nicht nur zu den ältesten preußischen Familien, sie hatte auch mehr erstklassige Soldaten und Staatsmänner sowie Mütter großer Männer hervorgebracht als irgendeine andere Familie in diesem Teil Deutschlands. Seit Urzeiten gingen die Penheims und die Dettingens Ehen miteinander ein, und es war das mütterliche Dettingenblut, das dem ersten Fürsten Penheim jene Energie verliehen hatte, deren er für seine Beförderung in den Fürstenstand bedurft hatte. Prinzessin Ludwig war ein geradezu exemplarisches Beispiel für den Typus der weiblichen Dettingen. Und wie so viele andere literarisch ungebildete Personen war sie ganz besonders stolz auf ihren sturen »gesunden Menschenverstand«. Da sie diese Qualität (die sie zweifellos besaß) für ungleich wertvoller hielt als andere Qualitäten (die sie nicht besaß), durfte man nicht von ihr erwarten, daß sie Annas Plan, andere Menschen glücklich zu machen, oder diese Menschen selbst, die bereit waren, sich auf diese Weise glücklich machen zu lassen, mit besonderem Wohlwollen betrachtete. Eine vernünftige Frau, dachte sie, wird immer Arbeit finden und muß sich nicht lange nach einem Heim umschauen. Sie selbst war nur durch ihren unglücklichen Adelstitel in ihrer Suche behindert gewesen, doch mit Geduld hatte sogar sie ein Unterkommen gefunden. Nur die Faulen und die Überspannten – das heißt, die moralisch Unwerten – würden ein Angebot annehmen, wie Anna es unterbreitete. Das war ihre feste Überzeugung. Aber schließlich war *das* nicht ihre Angelegenheit, ihre Angelegenheit war es, Anna das Haus zu besorgen, und das tat sie mit einem Eifer und einer Gründlichkeit, die Annas Bedienstete das Fürchten lehrte.

Trudis Anfälle von Schaffensfreude waren nichts dagegen. Trudi hatte Handwerker und Chaos ins Haus gebracht. Mit einer Geschwindigkeit und einem Können, die jedem, der mit den Fähigkeiten einer gut ausgebildeten deutschen Hausfrau nicht vertraut ist, einem Wunder gleichkommen, setzte die Prinzessin die Handwerker vor die Tür und brachte Ordrung in das Tohuwabohu.

Innerhalb von drei Wochen war das Haus bereit, und mit pochendem Herzen sah Anna den Augenblick näher rücken, an dem der erste Schub von Unglücklichen ankommen sollte.

Manskes Freizeit wurde völlig von der Aufgabe vereinnahmt, Erkundigungsbriefe bezüglich der Bewerberinnen zu schreiben, und zur allgemeinen Überraschung mußte die Spreu scheffelweise vom Weizen getrennt werden. Von fünfzig an einem Tage eingegangenen Bewerbungen blieben nach genauer Erkundigung drei oder vier übrig, die möglicherweise Berücksichtigung finden konnten, und selbst diese drei oder vier hielten zuletzt einer genaueren Nachforschung nicht mehr stand, so daß von fünfzig keine einzige übrigblieb.

Zuerst hatte Anna neben Manskes Rat auch den Rat der Prinzessin eingeholt. Doch wenn sie bei den Beratungen zugegen war, türmte sich der Berg der als unwert Abgelehnten besonders hoch. Alle Damen, die dem bürgerlichen oder Mittelstand angehörten, waren in ihren Augen schon allein deshalb »unwert«. Hätte Anna vorgeschlagen, Waschfrauen in ihr Haus zu holen, und die Prinzessin gebeten, mitzuhelfen, deren Leben ein wenig aufzuhellen, sie hätte jede nur denkbare Unterstützung bekommen, die man von einer christlichen Dame adligen Standes erwarten darf. Doch für diese *Bürgerlichen*, für Damen jenes Standes, der unmittelbar unter dem ihren lag, empfand die Prinzessin nur dann christliche Regungen, wenn sie weit, sehr weit weg waren. Es war so viel Vernunft in den Einwendungen, die sie zu machen hatte, daß Anna, die sich größte Mühe gab, unvoreingenommen und aufmerksam jedem Rat zu lauschen, ihr zustimmen mußte, und so wanderte Brief um Brief auf den Berg der Absagen, darunter Schreiben, denen Anna unter anderen Umständen vielleicht reifere Überlegung gegönnt hätte. Nach drei oder vier Tagen dämmerte ihr, daß überhaupt keine Bewerberin angenommen würde, sollte die Prinzessin weiterhin dem Auswahlkomitee angehören, denn Manskes Ehrfurcht vor der Prinzessin war so groß, daß er unwandelbar immer sogleich ihrer Meinung war. Anna lud die Prinzessin also nicht mehr zu den Besprechungen. Doch was die Prinzessin gesagt hatte, dazu die Einsicht, daß sie ihre Landsmänninnen wohl sicherlich sehr gut kannte, hatte Anna vorsichtig gemacht, und so kam es denn, daß die ersten Ankömmlinge nur drei an der Zahl waren – ohne Mitsprache der Prinzessin ausgewählt –, darunter eine Bürgerliche.

»Wir können inzwischen mit unseren Erkundigungen über die verbliebenen Neun fortfahren«, sagte Manske, »und das gnädige Fräulein wird beständig an Erfahrung hinzugewinnen.«

In den Tagen, die der Ankunft der Auserwählten vorausgingen, schwebte Anna wie auf Wolken. Zu sagen, sie sei voll Entzücken oder Seligkeit gewesen, wäre eine gänzlich unzureichende Beschreibung ihres Zustandes. Das Wetter war herrlich, und das Wissen, daß das neue Leben der Unglücklichen in hellem Sonnenschein begänne, vermehrte Annas Glücksgefühl um das Zehnfache. Sie zweifelte keine Sekunde, daß die zu Erwartenden begeistert sein würden von dem sonnendurchfluteten Wald, der glitzernden Frische des Meeres, dem Frieden des ruhigen Landlebens, das so still war, daß jeder Tag der Woche einem Sonntag glich. Waren ihr selbst diese herrlichen Dinge nicht allein schon genug? Konnte sie sich je sattsehen an diesen Kiefern, über deren sanft sich wiegenden Wipfeln in der Ferne das klarste Blau strahlte? Das verträumte Murmeln des Waldes bereitete ihr ein unsägliches Vergnügen. Der Anblick der zwischen rosa und grau changierenden Borke der Kiefern und das Spiel der Sonnenstrahlen auf den Moosen und Flechten war ihrer Seele eine so umfassend tiefe Freude, daß ihr überhaupt nicht der Gedanke kam, andere, die so wie sie vom Leben herumgestoßen worden waren, könnten diese Freude nicht empfinden, würden in diese Welt des Friedens nicht mit der größten Dankbarkeit eintauchen. Wenn die armen, müden Frauen, denen endlich alle Last und Sorge abgenommen war, sich an der Musik und am Duft des Waldes genügend berauscht hatten, dann konnten sie sich im Garten jenseits der Straße ergehen und hinter der Hecke das bereits grünende, mit Hahnenfuß durchsetzte Marschland sehen. Und dann gab es die See mit den Fischerbooten und das silberne Blitzen der Schwingen der Möwen, wenn sie über den orangefarbenen Segeln kreisten, und Adler, die hoch am Himmel rüttelten wie Tupfen im unendlichen Azur. Und entlang der Küste konnten sie weiter nach Norden hinauf Fahrten unternehmen, bei denen der wohltuende Wind frischer blies als im Wald, und stille Abende konnten sie in dem geräumigen Haus verbringen, in dem man nichts weiter von ihnen verlangte, als daß sie glücklich waren.

»Es ist ein herrlicher Plan, nicht wahr, Letty?« sagte Anna munter am Abend, bevor die ersten Auserwählten eintreffen sollten. Sie stand mit Letty, der sie den Arm um die Schulter gelegt hatte, am Ende des Gartens und betrachtete mit ihr im Zwielicht des Sonnenuntergangs die Segel der Fischerboote, die wie leuchtende Geisterflügel über das stille Antlitz des Wassers huschten.

»Na, das will ich wohl meinen«, antwortete Letty, die ebenfalls schon ganz aufgeregt war.

Am nächsten Morgen standen sie beide bei Sonnenaufgang auf, um Blumen im Wald zu pflücken, mit denen sie die drei Schlafzimmer schmücken wollten. Für diese ersten, die kommen sollten, hatte Anna die größten und schönsten Schlafzimmer ausgewählt. Sogar ihr eigenes hatte sie aufgegeben, weil es vom Fenster aus einen so besonders schönen Blick bot, und war, ganz von dem Wunsch beseelt, das Beste, was sie hatte, den neuen Freundinnen zukommen zu lassen, in eine kleine Kammer umgezogen. Die Zimmer waren mit besonderer Sorgfalt möbliert. Ungeheuer große Überlegungen hatte Anna angestellt, bevor sie sich für die Farbe der Vorhänge, für das Muster des Waschgeschirrs und für die Auswahl der Bücher in den Regalaufsätzen der Damenschreibtische entschieden hatte. Die Farben und Muster waren die größtmögliche Näherung, die Berlin an Annas Vorstellung von Farbe und Muster hatte bieten können. Als die Räume fertig ausgestattet waren, verschwendete sie eine Menge Zeit darauf, einfach in den Zimmern zu sitzen und sich auszumalen, wie gewaltig ihre eigene Freude wäre, gehörte sie selbst zu diesen armen Damen, die aus der kalten, unfreundlichen Welt so unvermittelt in diese wunderschöne Freistatt eingelassen werden.

Die Auswahl der Bücher hatte sich sehr schwierig gestaltet. Bevor sie sich endgültig entschied, hatte es eine umfangreiche Korrespondenz mit Berlin gegeben. Bücher mußten ganz einfach her, denn Annas Ansicht nach war ein Raum ohne Bücher nicht bewohnbar. Also hatte Anna versucht, sich vorzustellen, welche Art Literatur den Unglücklichen wohl am ehesten genehm wäre. Es war anzunehmen, daß sie schon allein ihres Alters wegen jegliche Trivialität ablehnten, Anna erstand deshalb nur wenige Romane. Dickens, ins Deutsche übersetzt, hielt sie für eine sichere Wahl, dazu – für erhabene Momente – Schlegels

Shakespeare-Übertragungen. Die deutschen Klassiker waren durch Goethe im ersten, Schiller im zweiten und Heine im dritten Zimmer vertreten. In jedem Raum stand, zur Erleichterung des Umgangs, auch ein deutsch-englisches Wörterbuch. Schließlich bat sie die Prinzessin, etwas vorzuschlagen, was in jedem Falle Zustimmung finden werde, und die Prinzessin empfahl Kochbücher. »Aber sie sollen doch hier nicht kochen«, entgegnete Anna ziemlich fassungslos.

»Das ist egal – gute Rezepte zu lesen, ist immer interessant. Kein anderer Lesestoff bereitet mir ein ähnlich großes Vergnügen.«

»Aber doch nur, wenn Sie ein neues Gericht probieren möchten.«

»Nein, nein, zu jeder Zeit«, behauptete die Prinzessin.

Anna konnte sich nicht so recht vorstellen, daß dies allgemeinem deutschen Geschmack entsprach, doch für den Fall, daß eine der drei die Vorliebe der Prinzessin teilen sollte, stellte sie in eines der Regale auch ein Kochbuch. In die anderen beiden Regale stellte sie zum Ausgleich in letzter Minute ein Buch von Maeterlinck, den sie selbst in dieser Lebensphase sehr verehrte, und einen Band mit Gedichten von Matthew Arnold, den sie ebenfalls sehr verehrte.

Während all diese Vorbereitungen im Gange waren, ging die Prinzessin mit geschürzten Lippen durchs Haus. Und als sie am letzten Morgen bei Sonnenaufgang von verstohlenem Getrippel und unterdrücktem Gelächter auf dem Flur vor ihrer Tür geweckt wurde, da öffnete sie die Tür einen Spalt weit, um pflichtschuldigst hinauszuspähen und zu sehen, ob es sich vielleicht um ein unverantwortlich fröhliches Dienstmädchen handelte. Als sie aber sah, daß Anna und Letty gemeinsam auf Zehenspitzen die Treppe hinunterschlichen, Hüte auf dem Kopf und Körbe in der Hand, da erriet sie sofort, was die beiden vorhatten. Sie ging in ihr Bett zurück, die Lippen verächtlicher geschürzt denn je: Schließlich wußte sie ja, wer ausgewählt worden war, schließlich wußte sie, daß eine der drei eine Bürgerliche war!

So gegen acht, als die beiden mit gefüllten Körben und fröhlichen Gesichtern aus dem Wald zurückkehrten, kam ihnen ein gedankenverlorener Axel von Lohm zu Pferde aus Kleinwalde entgegen, wo er gerade eine unangenehme Aufgabe hatte erledigen müssen. Dellwig hatte ihm im frühen Morgengrauen eine Eilbotschaft geschickt. Wegen einer Frau hatte unter den Arbeitern ein Handgemenge stattgefunden, dabei war einer der beiden beteiligten Männer mit einem Messer schwer verwundet worden. Den Angreifer hatte Axel in die kleine Zelle sperren lassen, die als Gefängnis diente, bis etwaige Delinquenten der Obhut der Gesetzeshüter in Stralsund übergeben werden konnten. Die Frau des Täters, ein junges Ding von zwanzig Jahren, war krank und hatte drei Kleinkinder. Alle vier waren vollkommen vom Tagelohn des Mannes abhängig. Das Opfer schien im Sterben zu liegen; der Mann würde wohl sicherlich für Jahre im Zuchthaus landen. Was sollte in der Zeit bloß aus der jungen Frau und den Kindern werden, überlegte Axel. Frau Dellwig hatte ihm zwar versichert, sie werde täglich einmal einen Henkelmann voll Suppe schicken, doch einmal Suppe am Tag war weder ein Trost noch konnte man davon Fett ansetzen. Außerdem hatte Axel das untrügliche Gefühl, daß die dellwigsche Suppe der Nächstenliebe wahrscheinlich sehr wäßrig war. Ziemlich niedergeschlagen ritt er auf der Straße, die zu seinem Haus führte. Er schaute starr geradeaus, sein Mund war nur ein dünner Strich in seinem Gesicht. Gerade dachte er, wie bitter es doch sei, daß das ganze Gewicht der schweren Folgen einer Untat immer die Unschuldigen treffe, die hilflosen Weiber und die schwachen, kleinen Kinder, als er Anna und Letty fröhlich plaudernd und lachend am Waldrand auftauchen sah.

Letty war, wie wir wissen, von der Natur nicht gerade begünstigt, doch in ihrer unschuldigen morgendlichen Fröhlichkeit war sogar sie ein erfreulicher Anblick, nach dem Elend, das Axel eben gerade gesehen hatte. Annas Schönheit aber, durch die Freude und Zufriedenheit noch strahlender, erschreckte ihn geradezu. Wie ein Stich ins Herz, schon vorbei, ehe er ihn recht gespürt hatte, traf ihn eine Sekunde lang die Erkenntnis seiner eigenen großen Einsamkeit. Die Befriedigung, die er aus dem

Erhalt und der Mehrung des Gutes für seinen Bruder Gustav zu ziehen versuchte, schien ihm in diesem kurzen Augenblick eine bemerkenswerte Ähnlichkeit mit der Wäßrigkeit der dellwigschen Suppe zu haben. Er saß ab, um mit Anna zu sprechen, und ließ seine Augen, die mitgenommen waren vom Anblick der abscheulichen Leidenschaft im Gesicht des Randalierers, nun auf Anna ruhen.

»Heute ist der große Tag, nicht wahr?« fragte er, und sein Blick wanderte von ihrem blumengleichen Antlitz zu ihrem blumengefüllten Korb.

»Ja, die ersten drei kommen heute nachmittag an.«

»Manske hat es mir berichtet. Sie sind sehr glücklich, man sieht es Ihnen an«, sagte er lächelnd.

»Noch nie zuvor bin ich glücklicher gewesen.«

»Ihr Onkel war ein weiser Mann. Er erzählte mir, daß er vorhabe, Ihnen Kleinwalde zu hinterlassen, weil er meinte, sicher sein zu können, daß Sie mit Freuden das einfache Leben hier führen würden.«

»Hat er mit Ihnen über mich gesprochen?«

»Nach seinem Besuch in England sprach er von nichts anderem mehr.«

»Oh?« hauchte Anna und schaute Axel nachdenklich an. Onkel Joachim, dessen erinnerte sie sich genau, hatte immer wieder zwei Dinge betont: Sie solle das bessere Leben führen und einen guten deutschen Gentleman heiraten. Anna errötete kurz und wurde dann wieder blaß, als es ihr wie Schuppen von den Augen fiel, daß Axel der gute deutsche Gentleman war, den er gemeint hatte. Nun, auch der klügste und weiseste Onkel kann einmal einem Fehlurteil erliegen.

»Ich hoffe, die Damen werden Ihnen nicht zu viele Sorgen bereiten«, sagte Axel und dachte dabei, daß es doch zu traurig wäre, wenn diese glücklichen Augen je ihre Fröhlichkeit verlören.

»Mir Sorgen bereiten? Wo denken Sie hin, diese armen Kreaturen werden nach allem, was sie durchgemacht haben, für so etwas gar keine Kraft mehr haben. Ich habe noch niemals so traurige Briefe gelesen.«

»Nun, ich weiß nicht«, in Axels Stimme schwangen Zweifel.

»Manske sagte mir, eine der Damen sei eine Treumann. Das ist eine Familie, die sich durch ihre weite Verbreitung ebenso auszeichnet wie durch ihre Widerlichkeit.«

»Aber sie war nur mit einem Treumann verheiratet, sie selbst ist keine.«

»Das stimmt zwar, aber Frauen neigen dazu, die Eigenschaften der Familien anzunehmen, in die sie einheiraten, besonders wenn es unangenehme sind.«

»Aber sie ist schon seit Jahren verwitwet, und sie ist bitteram und ganz am Boden zerstört.«

»Ich habe noch nie von einem Mitglied der Familie Treumann gehört, das endgültig am Boden zerstört gewesen wäre«, erwiderte Axel kopfschüttelnd.

»Sie wollen mich nur verunsichern«, sagte Anna einen Hauch Ungeduld in der Stimme. Was die Auserwählten anlangte, war sie sehr empfindlich, fast wie eine Mutter mit einem behinderten Kind.

»Nein, nein, um Gottes Willen«, lenkte Axel rasch ein. »Ich wollte Sie nur warnen. Es könnte möglich sein, daß Sie enttäuscht sind – diese Möglichkeit besteht.« Der Gedanke, daß sie enttäuscht würde, war ihm unerträglich.

»Sagen Sie, wissen Sie vielleicht auch gegen die anderen etwas Negatives vorzutragen?« fragte Anna ein wenig trotzig. »Die eine ist eine Baronesse Elmreich, und die dritte ist ein Fräulein Kuhräuber.«

Axel lächelte amüsiert. »Ich gestehe, von einem Fräulein Kuhräuber habe ich nie gehört«, sagte er. »Was sagt Prinzessin Ludwig dazu, daß sie kommt?«

»Nichts, was sollte sie denn sagen?«

Tatsächlich aber war es gerade die erwartete Ankunft Fräulein Kuhräubers gewesen, die die Prinzessin hatte die Lippen schürzen lassen.

»Ich kenne einige der Elmreichs«, nahm Axel den Faden wieder auf. »Ein paar von ihnen sind sehr respektable Leute, aber ein Zweig der Familie ist sittlich vollkommen verderbt. Ein Baron

Elmreich hat sich letztes Jahr erschossen, nachdem man ihn des Betrugs beim Kartenspiel überführt hatte. Und eine seiner Schwestern – ach, na ja, die meisten Familienmitglieder sind wahrscheinlich harmlos.«

»Danke sehr!«

»Sie sind verärgert über mich, nicht wahr?«

»Ja, ziemlich.«

»Und warum?«

»Sie wollen mich gegenüber diesen armen Dingern voreingenommen machen. Dabei können sie doch nichts dafür, wenn ihre fernen Verwandten irgend etwas anstellen. In meinem Hause sind sie wenigstens geschützt vor ihnen und haben ihren Frieden.«

»Sagen Sie, Miss Letty, ist Ihre Tante oft so – wie sagt man doch, so *fractious*?«

»Ich weiß nicht, ob sie *gereizt* ist, wie Sie es zu nennen belieben«, entgegnete Letty, die es langweilig fand, still danebenstehen zu müssen, während andere redeten. »Es ist Frühstückszeit, wissen Sie, und die meisten Menschen können nicht viel aushalten, wenn sie noch kein Frühstück im Magen haben.«

»Aha, eine jugendliche Philosophin«, zog Axel sie ein wenig auf. »Noch so jung und dazu weiblich und doch schon vorgestoßen bis zur Wurzel aller menschlichen Schwäche!«

»So ein Quatsch«, versetzte Letty tief beleidigt.

»Was denn, sind auch Sie nun böse mit mir? Dann muß ich wohl aufsitzen und mich davonmachen?«

»Das wäre das Beste, was Sie tun könnten«, entgegnete Letty, wie immer frank und frei, doch um so mehr zur Offenheit neigend, wenn sie hungrig war.

»Ich hoffe, Sie werden uns bald besuchen kommen«, versuchte Anna zu beschwichtigen und raffte mit der freien Hand ihre Röcke, denn sie mußten die matschige Straße überqueren.

»Ich denke, Sie sind böse mit mir?«

Sie schaute ihn an und lachte fröhlich. »Nicht mehr«, rief sie, »es ist schon vorbei. Oder meinen Sie etwa, an einem so schönen Aprilmorgen könnte ich lange böse sein?«

»Ich rieche den Kaffee«, bemerkte Letty ungeduldig schnuppernd.

»Nun, wenn es recht ist, dann werde ich morgen kommen, um die Bekanntschaft von Frau von Treumann und Baronesse Elmreich zu machen«, sagte Axel.

»Und von Fräulein Kuhräuber«, ergänzte Anna mit Entschiedenheit. Ihr war, als bemerke sie auch bei ihm die Tendenz, die bei der Prinzessin so manifest war, nämlich die, das bloße Vorhandensein einer Person namens Kuhräuber zu ignorieren.

»Und Fräulein Kuhräuber«, wiederholte Axel feierlich mit einer angedeuteten Verbeugung.

»Sie haben schon wieder den Toast anbrennen lassen«, warf Letty ein. »Bis hierhin kann ich hören, wie sie das Schwarzverbrannte abschaben.«

»Ich wünsche Ihnen viel Glück«, sagte Axel und zog den Hut. »Von ganzem Herzen wünsche ich Ihnen Glück und daß die drei Damen bald genauso zufrieden und glücklich sein mögen wie Sie selbst.«

»So ist's besser«, stimmte Anna billigend zu. »Das hört sich doch gleich viel, viel besser an als die Dinge, die Sie vorher gesagt haben.« Sie nickte ihm freundlich zu und strahlte ihn dabei an. Dann überquerte sie mit Letty die Straße, und er ritt davon.

14

Schon lange bevor die Kutsche zurückkommen konnte, die geschickt worden war, die drei Auserwählten vom Bahnhof in Stralsund abzuholen, standen Anna und Letty erwartungsvoll am Fenster im Entree, traten ungeduldig auf die Treppe hinaus und schauten wieder und wieder in die hergerichteten Stuben, um sich zu vergewissern, daß alles in bester Ordnung war. Die Schlafzimmer quollen über von den am Morgen gepflückten Blumen. Mit unendlicher Sorgfalt war unter Annas persönlicher Aufsicht auf einem Tisch vor der offenen Verandatür im Salon die Kaffeetafel hergerichtet worden. Ein milder Aprilwind wehte herein und bewegte sanft die neuen Vorhänge. Die Prinzessin hatte zur Feier des Tages ihre besten Kuchen gebacken, nicht ohne innerlich den Umstand zutiefst zu bedauern, daß sie derart hervorragende Kuchen für solche Leute buk. Nachdem sie sich vergewissert hatte, daß alles zu ihrer Zufriedenheit war, hatte die Prinzessin darum gebeten, sich in ihre Kammer zurückziehen zu dürfen, um Laken zu stopfen; sie wollte beim Empfang der Auserwählten nicht dabei sein. »Es ist besser, wenn Sie zunächst allein Ihre Bekanntschaft machen«, hatte sie gesagt, »die Gegenwart zu vieler Fremder könnte unter den gegebenen Umständen zu verwirrend sein.«

Miss Leech profitierte von dieser Bemerkung, die in ihrer Hörweite gefallen war, und erschien ebenfalls nicht, so daß allein Anna und Letty an der Haustür im Sonnenschein standen, als der Wagen endlich durch das Tor einfuhr.

Als die drei sich langsam aus den Decken schälten und eine nach der anderen aus der Kutsche stieg, da schlug Annas Herz so heftig, daß sie kaum sprechen konnte. Ihr Gesicht wurde abwechselnd blaß und rot, und in ihren Augen lag ein Glanz, der verdächtig nach Tränen aussah. Sie verspürte den dringenden Wunsch, die drei armen Damen gleich in die Arme zu schließen, sie zu küssen, sie zu trösten und alles wiedergutzumachen, was sie erlitten hatten. Tatsächlich aber streckte sie ihnen nur eine sehr kalte, zitternde Hand hin und sagte mit unsicherer Stimme: »Guten Tag.«

»Guten Tag«, erwiderte die erste Dame, die ausstieg. Aus ihrer Trauerkleidung schloß Anna, daß es sich um die verwitwete Frau von Treumann handelte.

Anna ergriff die ihr hingestreckte Hand mit beiden Händen, hielt sie sehr fest und blickte der Dame aus tiefstem Herzen in die Augen. »Es freut mich ja so, es freut mich ja so«, wiederholte sie immer wieder.

»Ach, *Sie* sind Fräulein Estcourt?« fragte die Dame auf deutsch.

»Ja, ja«, bestätigte Anna, noch immer die Hand der Dame mit ihren beiden Händen drückend, »und es freut mich ja so, es freut mich ja so.«

Frau von Treumann ließ darauf einige Bemerkungen fallen,

von denen Anna vermutete, sie drückten Dankbarkeit aus, doch die Dame sprach so rasch und in derart gedämpftem Ton, wobei sie dem Kutscher und den Reisegefährtinnen unbehagliche Blicke zuwarf, daß Anna, die außerdem auch viel zu aufgeregt war, um aufpassen zu können, eigentlich kein Wort verstand. Wieder empfand Anna das Bedürfnis, der armen Frau um den Hals zu fallen, ihren Redefluß mit Küssen zu unterbrechen und ihr zu sagen, daß niemand hier Dankbarkeit von ihr erwartete, lediglich die Bereitschaft, glücklich zu sein. Aber sie wußte, wenn sie das täte, dann würde sie zugleich damit auch zu weinen anfangen. Tränen jedoch waren bei diesem freudigen Ereignis nun wirklich fehl am Platze, zumal niemand anders so aussah, als ob ihm zum Weinen zumute sei.

»Sie sind Frau von Treumann, nicht wahr?« fragte Anna. Nun endlich ihre Hand loslassend, wandte sie sich der nächsten Dame zu und strahlte sie an: »Und Sie sind Baronesse Elmreich?«

»Nein, nein«, rief die dritte Dame eilig dazwischen, »*ich* bin Baronesse Elmreich.«

Fräulein Kuhräuber, eine sehr stattliche Person, hatte mit ihrem in einen weiten Reisemantel gehüllten Körper die zierliche Frau hinter sich völlig verdeckt. Nun blickte sie sich verängstigt und entschuldigend um und knickste tief. Anna reichte einer nach der anderen mit all der Wärme, die in ihrem Herzen glühte, die Hand. Ihr ohnehin mangelhaftes Deutsch ließ sie völlig im Stich. Sie konnte nur immer wieder unzusammenhängend ausrufen: »Wie reizend – zu glücklich – so erfreut.« Die Pausen dazwischen füllte sie mit reihum verteiltem Lächeln und schüchternem Druck jeder Hand, die zufällig in ihre Reichweite kam.

Letty stand in der Zwischenzeit im Schatten unter der Haustür und wünschte inständig, sie wäre klein genug, um noch am Daumen lutschen zu dürfen. Aus eigenem Antrieb schob er sich immer wieder in ihren Mund, und jedesmal mußte sie ihn mit Macht wieder von dort entfernen. Dies war eine der Gelegenheiten, bei denen sie das Daumenlutschen als eine Erleichterung und einen Segen empfand. Den überflüssigen Händen gibt es Beschäftigung, dem inneren Selbst verleiht es Halt. Sie trat nervös von einem Fuß auf den anderen und hielt den rebellischen Daumen energisch fest, denn die Dame, die als erste der Kutsche entstiegen war, fixierte sie mit einem Blick, der ihr das Blut gefrieren ließ. Die große Dame war sehr lang und sehr dünn, sie hatte runde, dunkle, dicht beieinanderstehende Augen, und da sie nicht blinzelte, sah sie aus wie eine Eule. Ein Eindruck, der durch die buschigen schwarzen Augenbrauen noch verstärkt wurde. Die Dame sprach Letty mit keinem einzigen Wort an, doch sie ließ ihren prüfenden Blick ganz langsam über Lettys Gesicht gleiten von den Spitzen der zitternden Bänder in ihrem Haar bis hinunter zu den Schnallen der knarrenden Schuhe an ihren Füßen. Zutiefst verunsichert fragte sich Letty, ob sie anbieten müsse, der Dame die Hand zu schütteln, oder ob sie warten müsse, bis die Dame ihr von sich aus die Hand reiche. Jedenfalls, soviel stand fest, es war grob unhöflich von dieser Dame, sie derart unverschämt anzustarren. Ihr zumindest hatte man eingebleut: Leute anstarren gehört sich nicht!

Anna hatte Letty vollkommen vergessen. Sie entsann sich ihrer erst wieder, als schon alle im Salon versammelt waren und sie bereits angefangen hatte, den Kaffee auszuschenken. »Oh. Letty, wo steckst du denn? Dies, meine Damen, ist meine Nichte.« Und so bekam zuletzt auch Letty von allen die Hand geschüttelt.

»Ah, sie leistet Ihnen wohl Gesellschaft«, erkundigte sich die Baronesse und fügte hinzu: »Natürlich fänden Sie es sonst zu einsam hier.«

»Aber nein, ich fühle mich nie einsam«, flötete Anna fröhlich, füllte die Tassen und reichte sie Letty, die sie dann zum Tisch trug.

»Wie angenehm die Luft doch heute ist«, bemerkte Frau von Treumann und rückte ihren Stuhl so weit wie möglich vom Fenster weg. »Feucht, aber angenehm. Wie ich sehe, mögen Sie frische Luft?«

»Oh, ich liebe frische Luft«, rief Anna begeistert. »Und hier ist sie so besonders gut, so rein und so voll von den Gerüchen der See.«

»Fürchten Sie denn gar nicht, sich zu erkälten, wenn Sie so nahe am offenen Fenster sitzen?«

Jetzt endlich begriff Anna.

»Oh, zieht es? Letty, sei so gut, schließe das Fenster. Es wird wirklich ein wenig kühl. Die Tage sind bereits so schön, daß man ganz vergißt, daß es ja erst April ist.«

Die nervöse Hast, mit der Anna deutsch sprach und Kaffee ausschenkte, war ihr selbst unbekannt. Die drei Frauen, die da am Tisch saßen und sie anstarrten, machten sie furchtbar kribbelig. Sie war über alle Maßen glücklich, sie endlich sicher unter ihrem Dach zu wissen, aber sie war fahrig. Sie war fest entschlossen, von Anfang an alle Schranken der Konvention zwischen sich und den Damen niederzureißen. Keine weitere Minute ihres Lebens sollte verschwendet werden. Dies war ihr neues Zuhause, und Anna war bereit, sie alle von Herzen zu lieben. Mochte sie sich im Augenblick auch noch so unsicher fühlen, sie hatte sich in den Kopf gesetzt, sich so zu verhalten, als wären die drei ihre Freundinnen – was, wie sie sich selbst ermutigend bestätigte, ja auch tatsächlich der Fall war. Deshalb kämpfte sie mutig gegen ihre Nervosität an, sprach die Damen einzeln und im Kollektiv an, plapperte in ihrer Angst vor peinlichem Schweigen alles daher, was ihr gerade in den Sinn kam, lächelte ununterbrochen, drängte sie, von dem Kuchen der Prinzessin zu nehmen und ließ ihnen kaum Gelegenheit, auch nur einen Schluck Kaffee zu trinken, ehe sie schon anbot, die Tassen nachzufüllen. Aber es half alles nichts, sie war und blieb nervös. Und als sie die eigene Tasse an den Mund führen wollte, da zitterte ihre Hand so, daß sie sich schämte.

Fräulein Kuhräuber starrte am wenigsten. Wenn sich ihr Blick zufällig mit Annas kreuzte, schlug sie sofort die Augen nieder, während die anderen beiden Annas Blick unverwandt standhielten. Fräulein Kuhräuber saß vorn auf der Stuhlkante, genauso wie Anna es bei Frau Manske gesehen hatte, und zu allem, was man zu ihr sagte, nickte sie bloß mit dem Kopf und murmelte: »Ja, eben.« Ihre Unsicherheit war mit Händen zu greifen. Als man ihr die Zuckerdose reichte, ließ sie die Zuckerzange mit lautem Geklapper auf den frisch gebohnerten Fußboden fallen und kegelte bei dem Versuch, sie wieder aufzuheben, beinahe alle Tassen vom Tisch.

»Oh, ich bitte Sie, lassen Sie nur«, sagte Anna eilfertig. »Letty wird sie aufheben. Es ist aber auch eine dumme Zuckerzange, viel zu groß für die kleine Dose.«

»Ja, eben«, hauchte Fräulein Kuhräuber, setzte sich wieder auf und blickte verwirrt und verstohlen in die Runde. Die anderen beiden nahmen ihre Augen einen Moment lang von Annas Gesicht und starrten das Fräulein an. Die Baronesse, eine kleine, blonde Person mit einer Frisur nach der neuesten Mode – flach anliegende, ondulierte Wellen, die sich bis auf die Wangen zogen und unter dem Namen *Schmachtlocken* bekannt waren –, hatte weit offene, wasserblaue Augen und einen kleinen lippenlosen Mund (zumindest waren ihre Lippen so schmal, daß sie kaum sichtbar waren). Sie saß stocksteif und kerzengerade und ließ ihre Augen überall hinwandern, ohne dabei den Kopf zu drehen. Sie war ledig und möglicherweise so um die fünfunddreißig Jahre alt; doch das war lediglich eine Vermutung Annas, die in der Korrespondenz jegliche Frage nach dem Alter sorgfältig vermieden hatte. Auch Fräulein Kuhräuber war fünfunddreißig und so groß und erblüht, wie die Baronesse klein und blaß war. Frau von Treumann war über fünfzig und hatte, ihren Briefen nach zu urteilen, noch mehr Kummer und Sorgen erlitten als die anderen beiden. Sie saß neben Anna, die ihr zwischendurch immer mal wieder sanft die Hand tätschelte oder sie auch einen Moment lang zart darauf ruhen ließ, denn sie war entschlossen, von Anfang an alles Eis zu brechen.

»Ach, ich habe ja ganz vergessen«, rief Anna plötzlich – und sie mußte über sich selbst lachen, weil sie versuchte, soviel Fröhlichkeit wie möglich in ihre Stimme zu legen, »ich habe ja völlig vergessen, Sie einander vorzustellen!«

»Das haben wir am Bahnhof bereits selbst erledigt«, erklärte Frau von Treumann kühl, »als wir feststellen mußten, daß wir alle zusammen in derselben Kutsche fahren würden.«

»Die Elmreichs sind mit den Treumanns verwandt«, bemerkte die Baronesse.

»Wir Treumanns sind eine derart große Familie«, versetzte Frau von Treumann rasch, »daß wir praktisch mit allen namhaften Familien verwandt sind.«

Der Ton war eisig, und dann herrschte völliges Schweigen. Offensichtlich war keine der beiden Damen mit Fräulein Kuhräuber verwandt, die ihr Gesicht in ihre Kaffeetasse senkte, in der, während sie trank, noch der Löffel steckte, und die von Herzen wünschte, auch sie hätte verwandtschaftliche Bindungen. Aber sie hatte keine. Die einzigen Verwandten, die sie je hatte, waren längst alle verstorben. Seit ihrem zweiten Lebensjahr war sie Vollwaise, betreut von einer Tante, die sich um sie kümmerte, bis sie zehn war. Dann starb auch die Tante, und das Kind fand Zuflucht in einem Waisenhaus. Als Fräulein Kuhräuber sechzehn war, eröffnete man ihr, daß sie sich von nun an ihr täglich Brot selbst verdienen müsse. Doch schon damals war sie ein faules Mädchen, das sein Brot lieber aß, als es zu verdienen. Da im Waisenhaus mit dieser Einstellung nicht länger willkommen, mußte sie sich bei einem Pastor als sogenannte Stütze der Hausfrau verdingen. Diese Hausmädchen, die inzwischen in den Häusern der Mittelklasse gang und gäbe sind, haben dort vielfältige Pflichten zu erfüllen. Sie helfen beim Kochen, Backen, Putzen, Flicken, Waschen und Bügeln und kümmern sich um die Kinder – kurz, sie sind eine Stütze und ein Segen für die gequälten, überlasteten Mütter. Fräulein Kuhräuber allerdings besaß keinerlei Talent, Stütze einer überlasteten Mutter zu sein, und so sah sie sich sehr bald und sehr dringend gebeten, den geschäftigen, dicht bevölkerten Pastorenhaushalt zu verlassen. Daraufhin hatte jenes unstete Leben begonnen, das sie zwanzig Jahre lang hierhin und dahin geworfen hatte, bis schließlich ein günstiger Wind sie in jenen von Anna errichteten Hafen trieb.

Fräulein Kuhräubers Zukunft sah schwarz aus wie nie zuvor, als sie die Anzeige fand. Das Fräulein hatte, wie üblich, gerade sein Kündigungsschreiben erhalten, eine neue Stelle war weit und breit nicht in Aussicht, und es hatte keinen müden Pfennig gespart. Nun bot die Anzeige zwar nur Frauen aus guter Familie eine Freistatt, aber diese Hürde war leicht zu nehmen. Denn als die junge Frau über ihre Familie nachdachte und ihr einfiel, daß alle im Himmel weilten, da wurde ihr schlagartig klar, daß es ja wohl keine besseren Verwandten geben könne als Engel. Sie schrieb also in glühenden Worten von Vater Kuhräuber, »gegenwärtig mit Gott«, wie sie es formulierte, pries seine hohen Fähigkeiten, seine Gaben und seinen Geist (er sei zur Zeit seines Wandelns auf Erden »Gesandtschaftsangehöriger« gewesen, sagte sie), und Manske konnte trotz aller Bemühungen nichts über sie herausfinden, außer daß sie, wie sie ja selbst gesagt hatte, Vollwaise war, arm, ohne Freunde und ums nackte Überleben kämpfend. Anna, die gerade von den nicht endenden Einwänden der Prinzessin die Nase voll hatte, traf kurzentschlossen die Entscheidung, dieses Fräulein, gegen das nichts Nachteiliges in Erfahrung zu bringen war, aufzunehmen. Und so sah sich Fräulein Kuhräuber, das ihr Leben damit verbracht hatte, sich geschickt vor der Arbeit zu drücken, das ziemlich verschwenderisch, leichtsinnig und unbekümmert, aber niemals besonders unglücklich gewesen war, dieses Fräulein Kuhräuber also, Tochter eines Gepäckboten in einem Warenhaus, sah sich nun in Annas Haus mit einer Begeisterung und einem Überschwang willkommen geheißen, die überwältigend waren. Man lächelte sie an, man klopfte ihr freundschaftlich auf die Schulter, sagte ihr Nettigkeiten, lauter Dinge, die das genaue Gegenteil von dem waren, woran die junge Frau gewöhnt war, Dinge, die ihr die Sicherheit vermittelten, endlich ihren Frieden gefunden zu haben, endlich nichts weiter tun zu müssen, als sich zurückzulehnen und glücklich zu sein.

Es war einfach großartig. Es schien viel, viel zu gut, um wahr zu sein. Doch die unbändige Freude, die sie erfüllte, als sie den ausgezeichneten Kuchen in sich hineinstopfte, und das Unbehagen, das sie zugleich zu ertragen hatte, weil die beiden anderen Frauen sie so unablässig anstarrten, sowie das Wissen darum, daß sie nie gelernt hatte, sich in der Gesellschaft von Menschen, deren Namen den Zusatz *von* trägt, richtig und angemessen zu benehmen, all dies rief derart gemischte Gefühle der ekstatischen Freude und der schlimmsten Angst in ihr hervor, daß es eigentlich nur natürlich war, daß sie die Zuckerzange fallen ließ, das Sahnekännchen umstieß und sich am Kaffee verschluckte. All dies passierte Fräulein Kuhräuber zu Annas größtem Bedauern, denn selbst ganz aufgeregt, litt sie ganz furchtbar mit dem armen Ding, während die Augen der beiden anderen jede neue Katastrophe mit eiskaltem Blick und tiefstem Interesse verfolgten.

Es war eine sehr ungemütliche halbe Stunde. Ich bin schüchtern, und sie sind schüchtern, sagte sich Anna und entschuldigte so die nicht zu leugnende und nicht zu behebende Einsilbigkeit der Damen. Doch wie könnte es anders sein, dachte sie dann. Wollte sie etwa Schwatzbasen im Haus haben? Gütiger Himmel, nein! Der Übergang vom Zustand der Vernachlässigung und der Einsamkeit in ein neues Leben voller Liebe stellte doch zweifellos einen schweren Krisenpunkt in ihrem Leben dar. Daß die beiden adligen Damen ihn so gänzlich damit verbrachten, sich allein nur für die Ungeschicklichkeiten Fräulein Kuhräubers zu interessieren, bereitete Anna freilich ein vages Gefühl der Verwunderung.

Ihr Deutsch wurde immer verworrener und drohte zuletzt, sie gänzlich im Stich zu lassen. Endlich kam die unvermeidliche Pause, man hörte nur noch das Schimpfen der Spatzen draußen im goldenen Garten und das ferne Quietschen einer Wasserpumpe.

»Wie still es ist«, bemerkte die Baronesse mit leicht vibrierender Stimme.

»Sie haben eben keinen Wirtschaftshof beim Haus, um es ein bißchen lebhafter zu machen«, stellte Frau von Treumann fest. »In meinem Vaterhaus gab es hinten einen großen Garten, und vorn lag der Wirtschaftshof. Da fühlte man sich nicht so abgeschnitten von allem. Im Hof war immer etwas los – immer Leben und Lärm.«

»Tatsächlich?« hauchte Anna, und wieder quietschte die Pumpe, und die Spatzen schimpften.

»Diese Stille ist wirklich bemerkenswert«, wiederholte die Baronesse.

»Ja, eben«, ließ sich nun auch Fräulein Kuhräuber hören.

»Aber es ist doch herrlich, nicht wahr?« rief Anna fröhlich und blickte hinaus auf das glitzernde Wasser. »Es ist so erholsam, so beruhigend. Schauen Sie nur, was es heute abend für einen wunderschönen Sonnenuntergang geben muß. Von dieser Seite des Hauses können wir ihn freilich nicht sehen, aber schauen Sie doch nur die Farben, dieses Gras und das Wasser.«

»Ach, Sie sind eine Naturfreundin?« fragte Frau von Treumann. Für einen kurzen Augenblick drehte sie den Kopf, um einen raschen Blick aus dem Fenster zu werfen, dann schaute sie wieder Anna an. »Ich auch. Es gibt nichts, das ich mehr liebe als die Natur. Malen Sie?«

»Ich wünschte, ich könnte es.«

»Ah, dann singen Sie – oder spielen ein Instrument?«

»Ich kann nichts von alledem.«

»So? Ja, aber was haben Sie dann hier zur Zerstreuung, was tun Sie zum Zeitvertreib?«

»Ich denke, ich brauche so etwas nicht«, antwortete Anna lächelnd. »Ich war bis jetzt sehr beschäftigt damit, alles für Sie vorzubereiten. Und jetzt, nachdem alles geschafft ist, werde ich einfach genießen, daß ich am Leben bin.«

Frau von Treumann schaute sie einen Moment verdutzt an, dann sagte sie: »Ach so.«

Dann herrschte wieder Schweigen.

»Nehmen Sie doch noch einen Schluck Kaffee«, drängte Anna und legte schon die Hand an die Kanne. Sie kam sich ziemlich albern vor und war nach dem »Ach so« heftig errötet.

»Nein danke«, wehrte Frau von Treumann ab und legte eine schützende Hand über ihre Tasse, »sehr freundlich von Ihnen, aber zwei Tassen sind eine Grenze, die auch die maßlose Gier nicht überschreiten sollte. Wie meinen? Sie selbst hätten drei gehabt? Nun ja, Sie sind jung, und junge Menschen können sich mit geringerer Gefahr Tricks mit ihrer Verdauung erlauben als wir älteren.«

Nach diesen unmißverständlichen Worten stand Fräulein Kuhräuber die Schuld klar ins Gesicht geschrieben, denn sie hatte vier Tassen Kaffee gehabt. Die Vorstellung, sich bereits beim allerersten Essen als maßlos gierig erwiesen zu haben, war ihr entsetzlich. Hastig schob sie die halbleere Tasse von sich – zu hastig, denn sie kippte um, und bei dem Versuch, sie doch noch aufzufangen, stieß sie sie ganz zu Boden, wo sie zerbrach.

»Ach, herrje!« rief sie aus und wäre am liebsten im Erdboden versunken.

Die anderen beiden wechselten vielsagende Blicke, der Ausdruck auf den Lippen einer Dame von Stand ist unnachahmlich.

»Aber das macht doch nichts, wirklich, das macht gar nichts«, beeilte sich Anna, sie zu trösten. »Lassen Sie alles liegen – Letty hebt es auf. Der Tisch ist wirklich zu klein. Es ist kein Platz für irgend etwas.«

»Ja, eben«, murmelte das völlig aus der Fassung geratene Fräulein Kuhräuber.

»Ich bin sicher, Sie würden nun alle gerne in Ihre Zimmer gehen«, schlug Anna übereifrig vor. »Sie müssen doch schrecklich müde sein«, fügte sie, Frau von Treumann anschauend, hinzu.

»Ja, das bin ich«, antwortete die Angesprochene und schloß für einen Moment mit einem kleinen Lächeln, das geduldig getragenes Leiden ausdrückte, die Augen.

»Dann gehen wir nach oben. Kommen Sie«, sagte Anna und reichte Fräulein Kuhräuber die Hand. »Nein, nein, lassen Sie Letty die Scherben aufheben«, denn das Fräulein war in seinem eifrigen Bemühen, den Schaden wiedergutzumachen, drauf und dran, mit dem Ärmel seines weiten Mantels auch noch die übrigen Tassen vom Tisch zu fegen.

Anna zog Fräulein Kuhräubers Hand durch ihren angewinkelten Arm, streichelte und tätschelte sie ermutigend. »Ich gehe voraus und zeige Ihnen den Weg«, rief sie über die Schulter zurück.

Und so geschah es, daß Frau von Treumann und Baronesse Elmreich doch tatsächlich einer Person namens Kuhräuber an Türen und Treppen den Vortritt lassen mußten! Wieder tauschten die beiden vielsagende Blicke miteinander. Was auch immer ihre persönlichen Vorbehalte gegenüber der jeweils anderen sein mochten, einen Punkt zumindest gab es, in dem sie uneingeschränkt miteinander übereinstimmten, denn mit absolut dekkungsgleicher Innigkeit mißbilligten sie beide die Anwesenheit dieses Fräulein Kuhräuber.

15

Sobald sich Baronesse Elmreich in ihrem Zimmer allein fand, nahm sie alle Gegenstände im Raum mit akribischer Genauigkeit in Augenschein. Abendessen, hatte man ihr gesagt, werde es nicht vor acht Uhr geben. Da sie nicht viel auszupacken hatte, legte sie Hut und Cape ab, vergewisserte sich im Spiegel, daß alle Löckchen an der genau richtigen Stelle lagen, dann begann sie ihre Inspektion des Zimmers. Jeden einzelnen Gegenstand nahm sie in die Hand, drehte und wendete ihn, um ihn genau betrachten zu können. Die Schalen und Gläser mit den Leberblümchen hob sie vorsichtig hoch über ihren Kopf, um zu sehen, ob darunter vielleicht noch ein Preisschildchen klebe. Sie schlug das Bett auf, um die Qualität der Laken zu fühlen, sie knuffte die Matratze, um deren Härte zu prüfen, und sie betrachtete mit besonderem Interesse die Stickereien auf dem Paradekissen. Doch alles war so erlesen und fein, wie es nur die Begeisterung auszuwählen vermag. Sie bemühte sich wirklich redlich, doch nirgendwo konnte sie Anzeichen dafür entdecken, daß man hier Billiges und Schäbiges zusammengetragen hatte. Nicht einmal bei den kleinsten Nebensächlichkeiten konnte sie finden, wonach sie so dringend suchte und was ihr geholfen hätte, die Gastgeberin zu verstehen. »Diese Spitze muß mindestens zwei Mark das Meter gekostet haben«, murmelte sie vor sich hin, während sie sie kennerhaft befingerte. »Die hat Geld wie Heu! Und diese Tapete – wie unpraktisch! Sie ist so hell, daß man jedes Fleckchen drauf sieht. Allein die Fliegen werden sie in einem Monat verdrecken.«

Sie zuckte die Achseln und lächelte. Komischerweise gefiel ihr der Gedanke, daß Annas Tapeten ruiniert würden.

Noch nie hatte sie sich in einem Zimmer von annähernd

gleichwertiger Eleganz aufgehalten. Wenn auch in den unteren Räumen und an Annas Lieblingsplätzen einfache Kalktünche vorherrschte, so hatte diese doch in den Räumen der Auserwählten keinen Einzug gehalten. Annas Überlegungen waren dahin gegangen, daß diese armen Damen wahrscheinlich den größten Teil ihres Lebens an kahlen Orten verbracht hatten und sich dementsprechend in der Umgebung von dicken Teppichen, feinen Tapeten und gepolsterten Stühlen ebenso wohl fühlen würden wie sie in der strengen Schlichtheit ihrer getünchten Räume, nachdem sie ihre Jugend in verschwenderisch ausgestatteten Häusern verlebt hatte. Die Baronesse freilich erfüllten diese Eleganz und dieser Luxus lediglich mit tiefen Zweifeln. Nachdem sie ihre Inspektionstour beendet, jeden Gegenstand befühlt und seinen Preis geschätzt hatte, stand sie mitten im Zimmer und fragte sich, wer diese Miss Estcourt bloß sein könnte. Anna wäre sehr enttäuscht, möglicherweise sogar zu Tränen betrübt gewesen, hätte sie gewußt, daß dieses Zimmer, das sie selbst für so außerordentlich hübsch hielt, der Baronesse, deren Geschmack in Sachen Einrichtung nicht über die Wertschätzung schwerer dunkler Wandbehänge und ebensolcher Walnußtische hinausreichte, bestenfalls als verschroben erschien.

Verschroben und obendrein über alle Maßen teuer. Wo kam das Geld her, für eine Möblierung, die so unbekümmert, ja leichtsinnig hell in den Farben war, daß jeder Kratzer und jedes Fleckchen sofort ins Auge springen mußte? Ihr Blick wanderte zu dem Regal über dem Schreibtisch – in ihrem Zimmer standen Heine und Maeterlinck –, und wieder fragte sich die Baronesse, wozu all diese Bücher dienen sollten. Allein die Bücher hatte sie nicht angefaßt, denn sie faßte nie ein Buch an. Von dem gelegentlichen Trivialroman und dem häufiger zur Hand genommenen, von allen deutschen Frauen geliebten Journal ›Die Gartenlaube‹ abgesehen, las sie grundsätzlich nie.

Auf dem Damenschreibtisch lag eine Schreibmappe. Ein wunderschönes besticktes Etwas, das so klar, wie es eine Schreibmappe nur vermag, sagte: Ich wurde mit äußerster Sorgfalt ausgewählt. Als die Baronesse die Mappe öffnete, fand sie darin

Briefpapier und Umschläge mit der Kleinwalder Adresse und ihrem eigenen Monogramm. Dies war Annas kleines Geschenk für die Auserwählten, ein kindisches Extra, das auszuwählen und bereitzulegen ihr ein absurd großes Vergnügen bereitet hatte. Die glückliche Idee, wie sie selbst es nannte, war ihr eines Nachts gekommen, als sie schlaflos über ihre neuen Freundinnen und deren mutmaßliche Geschmäcker nachgegrübelt hatte. Indem sie sich an deren Stelle versetzte, war sie auf den Gedanken mit den Schreibmappen gekommen.

»Sonderbar«, lautete der Kommentar der Baronesse. Dann kam ihr der Geistesblitz, daß es wohl am besten wäre, die Klingelschnur zu ziehen und aus dem Hausmädchen mittels eines langen Kreuzverhörs private Informationen über diese Miss Estcourt herauszukitzeln.

Sie zog kräftig an der Schnur, dann setzte sie sich kerzengerade aufs Sofa. Die Hände im Schoß gefaltet, saß sie still und wartete. Ihre Seele war von Zweifel und Mißtrauen zerfressen. Wer war dieses englische Fräulein? Wo waren die Beweise dafür, daß sie, wie sie behauptet hatte, von adligem Stand war? Daß sie nicht besonders fromm war, war offensichtlich; sie hätte sonst gleich bei der Ankunft der Damen irgendeine religiös gefärbte Bemerkung fallenlassen. Doch nichts dergleichen war geschehen, kein Wort, nicht der allerleiseste Hinweis war zu hören gewesen, nicht einmal ein Seufzer, ein himmelwärts gerichteter Blick. Dennoch hatte der Pastor, über den die Korrespondenz gelaufen war, viele Seiten gefüllt mit seinen Auslassungen über ihren Eifer, mit dem sie sich der gottgefälligen Rechtschaffenheit verschrieben habe. Und dann war sie auch noch so jung! Die Baronesse hatte eine ältere Person zu sehen erwartet, zumindest eine Person, die das Alter von allen anderen hatte, was gleichbedeutend war mit ihrem eigenen Alter. Aber hier handelte es sich um ein junges Ding, das sich – nach der Art seiner Kleidung zu schließen – obendrein für hübsch hielt. Es war in der Tat höchst suspekt, daß eine derart junge Frau allein und unabhängig und ganz offensichtlich auch noch bar jeglicher Kontrolle hier lebte, über eine Unmenge Geld verfügte und nur ein kleines Mädchen, ein halbes Kind noch, bei sich hatte, um sich den Anschein von glaubwürdiger Ehrenhaftigkeit zu geben. Angenommen, es handelte sich bei ihr überhaupt nicht um eine ehrenwerte Person, angenommen, sie wäre eine aus der Gesellschaft Ausgestoßene, eine, der die eigenen Landsleute den Rücken gekehrt hatten? Dieses brennende Verlangen, ihren Wohlstand mit angesehenen Damen zu teilen, konnte ja auf zweierlei Weise ausgelegt werden: Entweder trieb leidenschaftliche Frömmigkeit sie dazu, wovon freilich nicht die leiseste Spur zu entdecken war, oder sie war eine zwielichtige Gestalt, der es nur darum ging, feine Damen aus bester Gesellschaft in ihr Haus zu locken, damit sie mit deren Hilfe ihren eigenen Ruf wiederherstellen konnte.

Die Baronesse saß steif wie eine Statue. Ihr Bruder war es gewesen, der mit gezinkten Karten gespielt hatte, aufgeflogen war und sich erschossen hatte, und es war ihre Schwester, von der Axel von Lohm merkwürdige Geschichten gehört hatte, und bekanntlich sind nur wenige Menschen so unerbittlich und rücksichtslos anständig wie die noch ehrbaren Verwandten der bereits in Unehre gefallenen.

»Die Bedienung in diesem Haus ist sehr schlecht«, sagte sie laut und stand wütend auf, um erneut zu läuten. »Ganz sicherlich hat sie Schwierigkeiten mit der Dienerschaft.«

Doch gerade als ihre Hand nach der Klingelschnur angelte, klopfte es an die Tür. Auf ihr »Herein!« trat jedoch nicht das Dienstmädchen ins Zimmer, sondern ihre Gastgeberin persönlich. Anna war nach einer, wie es der Baronesse schien, verwunderlichen, ja geradezu verwerflichen Mode gekleidet, sah aber so fröhlich aus wie ein unschuldiges Kind, für das so etwas wie das Böse überhaupt nicht existiert. Sie schien sich ihres Kleides und ihres völlig unbedeckten Halses überhaupt nicht bewußt zu sein, noch bot sie eine Erklärung, warum sie angezogen war, als wollte sie zu einem Ball gehen. Einen Augenblick lang stand Anna in der Türfüllung, versuchte etwas auf deutsch zu sagen und lachte dann über ihren vergeblichen Versuch. Natürlich wußte die Baronesse, daß dieses Lachen nur vorgetäuscht war, weil Anna ihre Wangengrübchen zeigen wollte (die zu besitzen letztendlich keine besonders großartige Sache war; bevor sie so dünn geworden war, hätte sie selbst beinahe ein Grübchen gehabt).

»Darf ich reinkommen?« fragte Anna schließlich und gab den Versuch auf, sich gewählter auszudrücken.

»Bitte«, antwortete die Baronesse mit einem Lächeln, das die Franzosen als *pince** bezeichnen.

»War niemand da, um Ihre Sachen auszupacken?«

»Ich habe geklingelt.«

»Und es ist niemand gekommen? Oh, ich werde Marie ausschimpfen. Es ist das einzige, was ich in deutsch gut kann. Sprechen Sie Englisch?«

»Nein.«

»Aber Sie verstehen es?«

»Nein.«

»Französisch?«

»Nein.«

»Oh, dann müssen Sie mit mir und meinem schlechten Deutsch Geduld haben. Wenn ich mit jemandem allein bin, geht es besser, aber wenn viele Leute zuhören, dann bin ich nervös und bringe kaum ein Wort heraus. Ich freue mich ja so, daß Sie hier sind.«

Jetzt, da sie mit einer ihrer Verlorenen allein war, verflog Annas Schüchternheit. Munter plapperte sie eine Weile so dahin, wobei sie so viele Fehler in ihre Sätze packte, wie überhaupt nur hineingingen. Schließlich aber bemerkte sie, daß die Antworten der Baronesse sämtlich einsilbig ausfielen und daß sie sie mit einer solchen Aufmerksamkeit vom Kopf bis zur Fußspitze sezierte, daß kein Funken Aufmerksamkeit übrig sein konnte für das, was Anna sagte.

Das machte sie wieder befangen. Kleider waren für Anna von gänzlich zweitrangiger Bedeutung. Susie hatte sie zur Verfügung gestellt, und Anna hatte sie angezogen – fertig. Als sie aber jetzt feststellte, daß es ihr Kleid war und nicht sie selbst, dem das unge-

* pince: gezwungen, hochnäsig (Anm. d. Ü.)

teilte Augenmerk der Baronesse zukam, da wünschte sie, sie hätte den Mut zu sagen: »Verschwenden Sie damit nicht Ihre Zeit – ich lasse es Ihnen heute abend aufs Zimmer bringen, dann können Sie es in aller Ruhe anschauen, so lange und so gründlich wie Sie nur wollen. Jetzt aber möchte ich mit Ihnen sprechen, mit *Ihnen*, die Sie so viel gelitten haben. Ich möchte so schnell wie möglich Ihre Freundin werden, ich möchte, daß Sie glücklich sind. Also, lassen Sie uns nicht die wertvolle Zeit damit vertun, daß wir über Kleider nachdenken.« Doch das zu sagen hatte sie weder genügend Courage noch hinreichende Deutschkenntnisse.

Statt dessen streckte sie schüchtern die Hand aus, und in dem Bemühen, das Interesse ihres Gastes auf das zurückzulenken, was wirklich wichtig war, sagte sie leise: »Ich hoffe, es wird Ihnen bei mir gefallen. Ich hoffe, wir alle werden sehr glücklich miteinander sein. Ich kann Ihnen gar nicht sagen, wie glücklich es mich macht, Sie sicher hier bei mir zu wissen, und daß Sie für immer bei mir bleiben werden.«

Die Baronesse hatte die Hände fest im Schoß zusammengelegt, und sie öffneten sich nicht, um Annas Händen entgegenzukommen. Lediglich ihr Blick löste sich bei Annas letzten Worten von dem Kleid, und dann begann die Baronesse, Fragen zu stellen.

»Wie ich sehe, sind Sie sehr einsam hier«, sagte sie und rang sich ein weiteres gezwungenes Lächeln ab. »Hatten Sie denn keine Verwandten? Niemanden aus der eigenen Familie, der hier mit Ihnen leben möchte? Kommt denn Ihre Frau Mama nicht nach Deutschland?«

»Meine Mutter ist tot.«

»Ach – meine auch. Und der Herr Papa?«

»Er ist tot.«

»Ach – meiner auch.«

»Ich weiß, ich weiß«, sagte Anna und streichelte die teilnahmslosen Hände; eine Geste, die sie regelmäßig einsetzte, wenn sie trösten wollte, und die Susie immer zur Weißglut gebracht hatte. »In Ihren Briefen haben Sie mir ja geschrieben, wie einsam Sie sind. Ich habe bei meinem Bruder und seiner Frau gelebt, bevor ich hierher kam. Sie haben keine Geschwister, das schrieben Sie doch, nicht wahr?«

»Überhaupt keine«, antwortete die Baronesse mit starrem Blick.

»Nun, wenn Sie es mir erlauben, dann werde ich Ihre Schwester sein.«

»Zu gütig von Ihnen.«

»Oh, ich bin nicht gütig – ich bin einfach nur schrecklich glücklich. Ich habe alles auf der Welt, was ich mir gewünscht habe. Und jetzt, da Sie hier sind, um es mit mir zu teilen, gibt es nichts mehr, das ich mir sonst noch wünschen könnte.«

»Ach«, bemerkte die Baronesse. Dann fügte sie nach einer kleinen Pause hinzu: »Und haben Sie keine Tanten oder Basen und Vettern, die zu Ihnen kommen und bei Ihnen leben wollten?«

»Oh, massenhaft. Aber sie sind alle reich und ganz zufrieden, und es würde ihnen hier bei mir überhaupt nicht gefallen.«

»Sie würden nicht mit Ihnen leben wollen? Wie merkwürdig!«

»Sehr merkwürdig«, lachte Anna. »Sehen Sie, sie haben alle miteinander keine Ahnung, wie liebenswürdig ich in meinem eigenen Haus sein kann.«

»Und Ihre Freundinnen – möchten die auch nicht kommen?«

»Ich weiß nicht, ob sie kommen würden oder nicht. Ich habe sie nicht gefragt.«

»Sie haben also niemanden, absolut niemanden, der bereit wäre, sein Leben mit Ihnen zu teilen, damit Sie nicht so einsam sind?«

»Aber ich bin doch nicht einsam!« Anna schaute die kleine Dame mit leicht amüsiertem Ausdruck an. »Und daß jemand sein Leben mit mir teilt, ist das letzte, was ich wünsche!«

»Ja, aber warum wollen Sie dann das Haus voller Fremder haben?«

»Warum?« fragte Anna verdutzt zurück. War denn nicht mit den letztendlich Auserwählten eine lange Korrespondenz geführt worden? Und waren nicht alle ihre Beweggründe wahrheitsgemäß darin aufgeführt worden? »Nun, weil ich möchte, daß Sie auch etwas von all meinen schönen Dingen haben.«

»Aber Ihre Freunde und Ihre Verwandten sollen nichts davon haben?«

»Sie haben alles, was sie brauchen.«

Es herrschte ein längeres Schweigen. Anna hörte auf, die Hand der Baronesse zu streicheln. Was für eine komische kleine Person das doch ist – äußerlich, dachte Anna. Innerlich ist sie natürlich völlig anders, die Ärmste.

Doch sie schien wie von einem dicken Panzer umgeben. Und Anna fragte sich, wie lange es wohl dauern werde, bis sie zur Seele dieser Frau vordringen könne, die, dessen war Anna sich ganz sicher, gut und liebenswert war. Zugleich war Anna jedoch unfähig, den Gedanken zu unterdrücken, daß die meisten Menschen solche Fragen, wie die Baronesse sie gestellt hatte, für ziemlich unverschämt halten würden. Aber sie wollte einen solchen Gedankengang gar nicht erst aufkommen lassen. »Ich stehle Ihnen hier mit meinem Gerede die Zeit«, sagte sie deshalb, in ihre vorherige Munterkeit zurückfallend, »und dabei sind Ihre Sachen noch nicht einmal ausgepackt. Ich werde Marie tüchtig ausschimpfen, weil sie nicht gekommen ist, als Sie nach ihr geläutet haben, und dann schicke ich sie zu Ihnen.« Und sie eilte rasch aus dem Zimmer, böse mit sich selbst, weil sie sich so enttäuscht fühlte, und eine Baronesse zurücklassend, die noch mehr Zweifel hegte als vorher.

Nachdem Anna die ziemlich finster dreinblickende Marie gerügt hatte, klopfte sie an Frau von Treumanns Tür. Sie erhielt keine Antwort. Sie klopfte noch einmal, wieder keine Antwort. Ganz vorsichtig öffnete sie die Tür einen winzigen Spalt weit und spähte ins Zimmer hinein.

Diese ersten Momente des ungestörten Alleinseins mit ihren neuen Freundinnen waren für Anna kostbare Augenblicke, wertvolle Möglichkeiten, das Eis zu brechen. Nun gut, von dem Eispanzer, der die Baronesse umgab, hatte sie nicht viel wegschmelzen können, aber sie war entschlossen, sich von den kleinen – und zu erwartenden – Anfangsschwierigkeiten nicht entmutigen zu lassen. So blickte sie denn mit neuer Hoffnung im Herzen in das Zimmer von Frau von Treumann.

Wie groß war ihr Entsetzen, als sie die Dame mit langen, von höchster Erregung sprechenden Schritten auf und ab gehen sah, das Gesicht tränenüberströmt.

»Oh, was . . . was ist denn los?« rief Anna mit zartem Stimmchen, huschte hinein und schloß sofort die Tür hinter sich.

Frau von Treumann hatte das zaghafte Klopfen nicht gehört. Als sie Anna nun sah, blieb sie wie angewurzelt stehen und versuchte, ihr Gesicht in ihrem Taschentuch zu verbergen.

»Aber so sagen Sie mir doch, was los ist?« bat Anna mit zärtlich mitfühlender Stimme.

»Nichts, nichts«, kam die hastige Antwort, »ich habe Sie nicht anklopfen hören . . .«

»Aber so sagen Sie mir doch, was los ist«, bat Anna erneut und legte leicht ihren Arm um die bedauernswerte Dame. »Unsere Briefe haben schon soviel gesagt; was sollte es jetzt noch geben, das Sie mir nicht sagen können? Und wenn ich Ihnen helfen kann . . .«

Mit einer hastigen, ungehalten wirkenden Bewegung befreite sich Frau von Treumann und ging wieder auf und ab. »Nein, nein, Sie können nichts tun, Sie können gar nichts tun«, sagte sie, ging hin und her und weinte dabei.

Anna beobachtete sie bestürzt.

»Sehen Sie nur, was aus mir geworden ist . . . sehen Sie nur, was aus mir geworden ist!« wiederholte die erregte Dame leise, aber mit leidenschaftlicher Intensität, während sie wieder und wieder an ihrer erschrockenen Gastgeberin vorbeischritt. »Daß ich so tief gestürzt bin . . . daß ich so tief gestürzt bin.«

»So tief gestürzt?« wiederholte Anna sehr besorgt.

»In meinem Alter . . . ich, eine Treumann . . . ich, eine geborene Gräfin Ilmas-Kadenstein . . . von Almosen muß ich leben . . . in einer solchen Institution, in einem Wohlfahrtsheim bin ich gelandet!«

»Institution? Wohlfahrt? Aber nein! Nein, nein!« rief Anna.

»Dies ist ein Heim, und vom Keller bis zum Boden gibt es hier keine Wohlfahrt«, und mit weit ausgestreckten Händen ging sie auf Frau von Treumann zu.

»Ein Heim! Ja, genau das ist es«, weinte Frau von Treumann und machte Anna Zeichen, von ihr fernzubleiben. »Ein Heim ist es, ein Wohlfahrtsheim!«

»Nein, doch nicht ein solches Heim – ein richtiges Heim, mein Heim, Ihr Heim – ein, ein *Heim* eben!« protestierte Anna verzweifelt, aber vergeblich, denn es wollte ihr kein anderes Wort einfallen. Doch das deutsche Wort *Heim* und das englische *home** – an das Anna natürlich dachte –, haben nun einmal recht unterschiedliche Bedeutungen.

»Ja, ein Heim, ein Heim«, wiederholte Frau von Treumann mit bitterer Stimme, »ein Frauenheim – ja, das ist es, und jeder weiß es.«

»Jeder weiß es?«

»Wie konnte ich denn ahnen«, rief Frau von Treumann und rang die Hände, »als ich mich entschloß, hierherzukommen, wie hätte ich denn da ahnen können, daß Sie die ganze Welt in Ihre Pläne einzuweihen wünschen? Ich dachte, das würde geheimgehalten. Ich dachte, die Welt solle glauben, wir seien Ihre Freundinnen . . .«

»Aber, das sind Sie doch!«

». . . Ihre Gäste . . .«

»Oh, mehr als Gäste. Dies hier ist Ihr Heim.«

»Heim! Heim! Heim! Immer dieses Wort . . .«, und wieder brach Frau von Treumann in einen heftigen Tränenstrom aus.

Anna stand hilflos da. Was auch immer sie sagte, schien Frau von Treumanns Kummer und Wut nur noch mehr anzustacheln – denn ganz eindeutig mischten sich hier Besorgnis und Verärgerung. Anna konnte sich die Gründe für diesen Ausbruch überhaupt nicht erklären. War denn nicht jede noch so winzige Einzelheit in ihrem Briefwechsel geklärt worden? War

---

* home: Zuhause, ständiger Wohnort, Heimat (Anm. d. Ü.)

die Korrespondenz nicht bis zum Überdruß ausführlich gewesen?

»Sie haben Ihren Bediensteten erzählt . . .«

»Meinen Bediensteten?«

»Sie haben Ihnen erzählt, daß wir Wohlfahrtsempfänger sind . . .«

»Ich . . .«, hob Anna an, doch dann blieben ihr die Worte weg.

»Und auf mich trifft das in keiner Weise zu . . . ich bin aus vielen anderen Gründen hier . . . aber die Dienstboten halten mich für eine Wohlfahrtsempfängerin. Ich habe nach dem Mädchen geklingelt . . . ich kann die Riemen meiner Reisetruhe nicht selber lösen . . . man hat nie von mir erwartet, daß ich eine solche Arbeit selber mache«, wieder unterbrachen einen Augenblick lang heftige Schluchzer ihre Reden. »Nachdem ich lange gewartet habe, kam Ihr Dienstmädchen endlich . . . das Ding war so anmaßend und patzig, ich habe sie gleich hinausgeschickt . . . da, sehen Sie, die Truhe ist noch immer verschnürt . . . sie, sie weiß alles.«

»Ich werde sie morgen entlassen.«

»Die anderen denken genau dasselbe.«

»Sie werden morgen das Haus verlassen – das heißt, waren sie unverschämt zu Ihnen?«

»Noch nicht, aber das wird kommen.«

»Wenn sie unverschämt werden, dann müssen sie gehen!«

»Ich ging auf den Korridor hinaus, um mir selbst andere Hilfe zu suchen . . . und da traf ich . . . da traf ich . . .«

»Wen?«

»Oh, daß ich so tief gestürzt bin!« rief Frau von Treumann, schlug verzweifelt die Hände zusammen und richtete ihre tränenüberströmten Augen gen Himmel.

»Aber wen haben Sie denn getroffen?«

»Ich traf . . . ich traf die Penheim.«

»Die Penheim? Ach, Sie meinen Prinzessin Ludwig?«

»Mit keinem Wort haben Sie erwähnt, daß sie auch hier ist . . .«

»Ich wußte nicht, daß das für Sie von Interesse wäre.«

». . . und von der Wohlfahrt lebt . . . sie war schon immer eine schamlose Person . . . ich bin mit ihr zusammen in die Schule gegangen. Oh, um keinen Preis der Welt wäre ich hierhergekommen, wenn ich auch nur geahnt hätte, daß sie hier ist! Nichts ist dieser Person heilig. Sie prahlt sogar mit ihrer eigenen Erniedrigung. All ihren Freunden wird sie schreiben, daß auch ich hier bin . . . und ich habe meinen Bekannten doch gesagt, ich führe hierher, um Sie zu besuchen. Sie wissen alle, daß ich Ihren Herrn Onkel kannte . . . aber die Penheim . . . die Penheim . . .«, und Frau von Treumann ließ sich erschöpft auf einen Stuhl sinken und bedeckte ihr Gesicht mit beiden Händen, in der Hoffnung, so die fürchterliche Vision zu vertreiben.

Annas Mundwinkel begannen ganz langsam nach oben zu wandern, eine Aufwärtsbewegung, die unausweichlich mit einem Lächeln enden würde. Da sie aber spürte, wie unangebracht angesichts dieses stürmischen Leidensausbruchs eine fröhliche Miene wäre, bemühte sie sich, ihren Zügen wieder den angemessenen Ernst zu geben. Außerdem, warum auch sollte sie lächeln? Die arme Dame war ganz eindeutig über irgend etwas verzweifelt unglücklich, obwohl Anna nicht recht begriffen hatte, was dieses Etwas war. Anna hatte sich so auf diesen ersten Abend mit ihren neuen Freundinnen gefreut. Etwas ganz Besonderes sollte dieser Abend sein, etwas, das weit über die normalen Erfahrungen des Lebens hinausreichen würde, tiefgreifend in seinem Frieden, perfekt in seiner Harmonie – der erste Geschmack von Ruhe nach dem Krieg, der endlich erreichte Hafen nach der stürmischen See. Und hier war Frau von Treumann, hineingestürzt in ein nur zu deutlich vernehmbares Leid, und im Nebenzimmer saß die Baronesse, eine verwirrende Mischung aus Neugierde und Eiseskälte, und ein wenig weiter den Korridor hinunter war Fräulein Kuhräuber . . .

In welchem Zustand, fragte sich Anna besorgt, werde ich sie wohl vorfinden? Wie auch immer, sie hatte wenig Grund zu lächeln. Freilich, das Entsetzen, mit dem Prinzessin Ludwig erwähnt worden war, erschien Anna recht drollig, angesichts der stahlharten Qualitäten dieser hervorragenden Frau. Sie ging zu dem Stuhl hinüber, auf dem Frau von Treumann mehr lag als saß, zog sich einen eigenen Stuhl heran und setzte sich neben sie. Sie war froh, daß sie nun das Stadium des Sitzens erreicht hatten, denn es ist schwer, in Ruhe mit einem Menschen zu sprechen, der ständig auf und ab geht.

»Es tut mir so schrecklich leid«, sagte sie in ihrem hübschen, zögernden Deutsch, »daß Sie gleich an Ihrem ersten Abend hier so unglücklich sind. Marie ist eine kleine, freche Göre. Nehmen Sie sich ihre Dummheit nicht zu Herzen. Sie werden sie nicht wiedersehen, ich verspreche es Ihnen.« Sie tätschelte Frau von Treumann den Arm. »Und was Prinzessin Ludwig anlangt«, fuhr sie munter fort, »so kann ich Sie beruhigen. Sie ist schon seit ein paar Wochen hier bei mir, und einen Menschen, mit dem man jeden Tag zusammen ist, lernt man bald kennen. Ich habe feststellen können, daß sie nur gut und freundlich ist.«

»Ach, sie ist eine schamlose Person . . . sie schreckt vor keiner Erniedrigung zurück!« brach es erneut aus Frau von Treumann hervor, die plötzlich die Hände vom Gesicht nahm. »Sie machen sich ja keinen Begriff von den Sorgen und Problemen, die sie ihren Verwandten bereitet hat! Mit dem größten Wohlbehagen zerrt sie ihren eigenen Namen in den Schmutz. In den unmöglichsten Familien hat sie um eine Stelle nachgesucht. Sie hat nicht einmal den Versuch unternommen zu verbergen, was sie da tut. Dem alten Fürsten hat sie das Herz gebrochen. Und überall spricht sie frei und offen darüber. Sie kennt keine Scham und keinen Anstand . . .«

»Aber ist es nicht bewundernswert . . .«, setzte Anna an.

»Sie wird sich an meinem Elend weiden, jedem wird sie brühwarm erzählen, daß ich unter den gleichen Bedingungen hier bin wie sie. Wenn sie sich für sich selbst nicht schämt, glauben Sie, dann wird sie mich verschonen?«

»Aber wieso meinen Sie, als meine Freundin hier bei mir zu sein sei etwas, dessen man sich schämen müsse?«

»Nein, nein, solange meine Gründe, warum ich hierher kam, allgemein bekannt sind, liegt absolut nichts Ehrenrühriges darin. Aber die Leute reden so grausam daher. Nur zu gerne werden sie alle Tatsachen verdrehen. Wir Treumanns haben den Kopf immer sehr hoch getragen. Und jetzt diese Penheim!« Und wieder fing sie heftig an zu schluchzen.

»Ich werde die Prinzessin bitten, niemandem zu schreiben, daß Sie hier sind.«

»Ach, ich kenne sie. Sie wird es trotzdem tun.«

»Nein, das glaube ich nicht. Sie tut alles, worum ich sie bitte. Sehen Sie, sie führt hier das Haus für mich. Sie ist nicht unter den gleichen Bedingungen hier wie Sie und Baronesse Elmreich, und sie hat höchstens Interesse daran, hierzubleiben.«

Frau von Treumanns tief gesenkter Kopf fuhr mit einem Ruck hoch. »Ach? Sie wollen sagen, sie hat also endlich eine Stelle gefunden? Sie ist *Ihre* bezahlte Begleiterin? Sie ist Ihre Haushälterin?«

»Ja. Und sie ist die Güte in Person, und ich glaube, sie würde um nichts in der Welt unfreundlich sein oder Ihnen gar einen bösen Streich spielen.«

»Ach so!« sagte Frau von Treumann. »Ach soooo!« Und das lang ausgezogene »so« drückte umfassendes Verständnis aus. Wie durch einen Zauber versiegten augenblicklich ihre Tränen, sie tupfte mit dem Taschentuch Augen und Wangen trocken. Ja, natürlich würde die Penheim ihr Schandmaul halten, wenn Fräulein Estcourt es ihr befahl! Sie wußte doch haarklein von jeder einzelnen Bemühung der Penheim, eine Arbeitsstelle zu bekommen; nachdem sie diese hier endlich ergattert hatte, würde sie sehr, seeeehr vorsichtig sein, um sie nicht wieder zu verlieren. Die arme Penheim. Jetzt war sie also tatsächlich so tief gesunken, daß sie Lohnarbeit machen mußte. Was für ein Abstieg für eine Dettingen! Und die Dettingens hatten die Treumanns immer behandelt, als gehörten sie nur zum kleinen Adel. So, so, ja, ja – jeder zu seiner Zeit! Nun war sie, die Treumann, die liebe Freundin, und die Penheim war die bezahlte Haushälterin. Gut, seeehr gut!

Frau von Treumann setzte sich gerade hin, glättete ihre Haare und nahm wieder ihre gewohnte Haltung stiller Würde ein. »Es tut mir aufrichtig leid, daß Sie Zeugin meiner außerordentlichen

Erregung geworden sind«, sagte sie mit einem schwachen Lächeln, »normalerweise kann mich nichts so ohne weiteres verleiten, meine Empfindungen zur Schau zu stellen. Aber der menschlichen Leidensfähigkeit sind Grenzen gesetzt. Es gibt gewisse Dinge, die selbst der Stärkste nicht zu ertragen vermag . . .«

»Ja«, stimmte Anna zu.

». . . und für eine Treumann ist die soziale Schande – das heißt eine jegliche Handlung, die unsere Ehre befleckt und es uns unmöglich macht, den Kopf hoch zu tragen – schlimmer als der Tod.«

»Aber ich kann nirgendwo eine Schande entdecken.«

»Nein, nein, mein Kind, es gibt ja auch keine, solange die Tatsachen nicht verdreht werden. Sehen Sie, es ist doch ganz einfach: Sie brauchen Freunde, und ich bin bereit, Ihre Freundin zu sein. Mein Sohn sieht das ganz genauso. ›Liebe Mama‹, hat er zu mir gesagt, ›ganz eindeutig braucht diese reizende junge Dame Freunde und Mitgefühl. Warum solltest du da zögern, statt dich nützlich zu machen? Du mußt es als ein gutes Werk betrachten.‹ Mein Sohn würde Ihnen bestimmt gefallen. Seine Offizierskameraden beten ihn an.«

»Tatsächlich?« Anna war ziemlich durcheinander.

»Er ist so empfindsam und so vernünftig. Das ganze Regiment liebt und respektiert ihn. Ich werde Ihnen seine Fotografie zeigen . . . ach, die Truhe ist ja immer noch verschnürt.«

»Ich gehe rasch und schicke Ihnen jemand – aber nicht wieder Marie«, rief Anna und sprang eilig auf. Sie hatte kein Verlangen danach, das Bild zu sehen. Und die merkwürdige Sichtweise des Sohnes hatte sie mehr als erstaunt. »Es muß gleich Essenszeit sein. Möchten Sie sich nicht lieber hinlegen und sich etwas ausruhen? Ich lasse Ihnen das Essen gerne heraufbringen. Nach dem vielen Weinen müssen Sie doch Kopfweh haben. Sie haben unser neues Leben reichlich mit Tränen getauft. Ich hoffe, das ist ein gutes Omen.«

»Aber nein! Selbstverständlich werde ich zum Essen herunterkommen! Und Sie werden tun, was Sie mir versprochen haben, nicht wahr? Sie werden der Penheim auf der Stelle verbieten, irgendeinen Tratsch über mich zu verbreiten.«

»Ich werde der Prinzessin Ihre Wünsche mitteilen.«

»Oder wenn sie schon tratschen muß, dann soll sie wenigstens die Wahrheit sagen. Wenn mein Sohn mich nicht so gedrängt hätte, hierherzukommen, dann glaube ich kaum, daß ich . . .«

Langsam und nachdenklich ging Anna den Gang entlang zu Fräulein Kuhräubers Zimmer. Einen Moment lang zögerte sie. Sollte sie diesen Besuch nicht lieber streichen? Vielleicht war auch Fräulein Kuhräuber in einem unerwünschten und verwirrenden Zustand. Entmutigt? O nein, sie war sicherlich nicht jetzt schon entmutigt. Wie war das Wort bloß in ihren Sinn gekommen? Sie beschleunigte ihren Schritt. Als sie vor der Tür stand, fielen ihr die Tasse und die Zuckerzange wieder ein. Vielleicht war im Schlafzimmer auch schon etwas zerbrochen, und Fräulein Kuhräuber saß zerknirscht und in Tränen aufgelöst zwischen den Trümmern? Sie war nämlich unerwartet groß, und ausgerechnet die Möbel in ihrem Zimmer waren besonders zierlich. Aber Kummer dieser Art war so leicht zu schlichten, wie zerbrochene Möbel repariert werden konnten. Es war das ungleich vielschichtigere Leid der Frau von Treumann, das auszuräumen sich Anna außerstande sah. Doch was das anlangte, so wollte sie jetzt überhaupt nicht darüber nachdenken. Anna schottete ihre Gedanken mit dem tröstenden Satz ab: *Tout comprendre c'est tout pardonner.** Es war ein Satz, den sie sehr mochte, doch hatte sie nicht erwartet, seiner beruhigenden Wirkung so bald zu bedürfen.

Als sie Fräulein Kuhräubers Tür öffnete, glätteten sich die Runzeln auf Annas Stirn unverzüglich, denn hier endlich fand sie den gesuchten Frieden vor. Keine Probleme mit Klingelzügen, Kofferriemen oder Marie hatte es hier gegeben, denn Fräulein Kuhräuber hatte ihre Koffer ohne Hilfe geöffnet und ausgepackt. Als Anna ins Zimmer kam, hatte das Fräulein bereits all ihre Sa-

---

* Tout comprendre c'est tout pardonner: Alles verstehen heißt alles verzeihen. (Anm. d. Ü.)

chen verstaut. Gewaschen und frisch gekämmt saß sie in ihrer Sonntagsbluse in einem Sessel am Fenster und war in ein Buch vertieft. Zufriedenheit stand ihr voll ins Gesicht geschrieben, ihre ganze Gestalt drückte Wohlbehagen aus. Als sie Anna sah, sprang sie auf, machte einen Knicks und strahlte. Das Strahlen spiegelte sich in Annas Gesicht, und so strahlten sie sich gegenseitig an.

»Na?« fragte Anna, die sich bei diesem Mitglied des Trios vollkommen ungezwungen geben konnte, »sind Sie glücklich?«

Fräulein Kuhräuber errötete und strahlte noch mehr. In Annas Gegenwart war sie weit weniger verlegen als in der Präsenz der beiden schrecklichen adeligen Damen, ihren Reisegefährtinnen. Doch ohnehin hatte sie noch nie im Leben viel Konversation betrieben. Auch hatte sie sich nie viele Gedanken gemacht. Die Unsicherheiten ihres Lebens hatten sie selten ernstlich beunruhigt. Sie hatte eine ausgezeichnete Verdauung, und sie war der festen Überzeugung, daß die Rechtschaffenen – zu denen sie sich zählte – niemals von Gott verlassen sind. Und sind diese beiden Gegebenheiten nicht die Grundvoraussetzung für alle Glückseligkeit? Ja, selbst wenn es an allem anderen gebricht, so sind diese beiden Ingredienzen alleine doch schon ausreichend für die Mischung eines schmackhaften Lebens.

»Oh, ich sehe, Sie haben schon ein interessantes Buch gefunden?« sagte Anna, erfreut darüber, daß die mit soviel Sorgfalt ausgewählte Literatur wenigstens hier sofortige Wertschätzung gefunden hatte. Sie nahm das Buch auf, um zu sehen, um welches es sich handelte, legte es aber sofort wieder zurück, denn es war das Kochbuch.

»Ich lese viel«, bemerkte Fräulein Kuhräuber.

»Ja?« fragte Anna interessiert, und ein Funke Hoffnung glomm wieder in ihrem Herzen auf. Vielleicht war das mit dem Kochbuch bloß ein Zufall.

»Ich kenne mehr als hundert Rezepte allein für Süßspeisen auswendig.«

»Wirklich?« entgegnete Anna, und der Funke erlosch.

»Nun können Sie sich vorstellen, wie viele Bücher ich schon gelesen habe.«

»Und hier stehen noch jede Menge anderer Bücher für Sie.«

»Ja, schon«, sagte Fräulein Kuhräuber und schaute unsicher zum Regal hinüber, »aber man sollte nicht zuviel Zeit mit dem Lesen verschwenden. Es gibt so viele andere Dinge im Leben. Ich lese ausschließlich nützliche Bücher.«

»Nun, das ist sehr lobenswert«, versetzte Anna tapfer lächelnd. »Wenn Sie Kochbücher sosehr mögen, muß ich mehr für Sie besorgen.«

»Wie gütig Sie sind – so unendlich gütig«, flüsterte Fräulein Kuhräuber und starrte die hübsche Gestalt vor sich mit herzlich empfundener Bewunderung und Dankbarkeit an. »Dieses wunderschöne Zimmer ... ich kann es gar nicht genug anschauen. Ich kann gar nicht glauben, daß es wirklich für mich ist, daß ich hier schlafen und mich hier aufhalten darf, wann immer ich will. Was habe ich getan, um das alles zu verdienen?«

In der Tat, was hatte sie getan? Nicht einmal wirklich unglücklich war sie gewesen, obwohl sie jede Menge Möglichkeiten dazu gehabt hätte, von Stelle zu Stelle, von einer erbosten Hausfrau zur nächsten geschickt, seit sie die Schule verlassen hatte. Anna aber, fest davon überzeugt, Fräulein Kuhräuber aus den tiefsten Tiefen unaussprechlicher Verzweiflung errettet zu haben, war überglücklich über diese Worte. »Sprechen Sie nicht davon, was Sie verdient haben«, sagte sie deshalb sanft. »Sie hatten so ein schlimmes Leben. Sollten Sie von nun an für die nächsten fünfzig Jahre ununterbrochen glücklich sein, so wäre es nur richtig und gerecht.«

Fräulein Kuhräubers Übereinstimmung mit dieser Einschätzung der Lage war so umfassend, daß sie Annas Hand ergriff und sie innig küßte. Anna lachte, während dies geschah, und ihre Augen leuchteten mehr denn je. Sie hatte keine Dankbarkeit erwartet, doch jetzt, da sie ihr so spontan gezeigt wurde, empfand sie es doch als sehr ermutigend und herzerwärmend. Einem unwiderstehlichen Impuls folgend, legte Anna dem Fräulein einen Arm um den Hals und küßte es auf die Wange; und dies war der erste wahre Kuß, den diese Dame in ihrem Leben empfing; denn die mechanischen Umarmungen der zurückhaltenden, pflichtgetreuen Tanten konnten mit diesem schönen Wort wahrhaftig nicht belegt werden.

»Von jetzt an«, rief Anna mit fröhlichem Lachen, »sind wir für immer Freundinnen. Kommen Sie, gehen wir nach unten. Ich habe die Glocke gehört, die zum Abendessen ruft.«

Und zusammen gingen sie nach unten und erschienen Arm in Arm in der geöffneten Flügeltür, als kennten und liebten sie sich schon seit Jahren.

»Als wären sie Zwillinge«, zischelte die Baronesse Frau von Treumann zu, die als bestätigende Antwort darauf nur ganz leicht eine Schulter hob.

16

Abgesehen von diesem kleinen, Dankbarkeit und Anerkennung ausdrückenden Ausbruch Fräulein Kuhräubers, war dieser erste Abend des neuen Lebens eine herbe Enttäuschung. Das Fräulein, das unter dem Eindruck des soeben erhaltenen Kusses den Raum so fröhlich und gelöst betrat, wurde augenblicklich linkisch und verlegen, sobald sie die beiden Damen erblickte. Als sie sich dann aber auch noch dem kritischen und mitleidlosen Blick der Prinzessin ausgesetzt sah, fiel sie gänzlich in einen bedauernswerten Zustand nervöser Fahrigkeit zurück. Ihr Erfahrungsschatz schloß die Begegnung mit Prinzessinnen nicht ein, und so machte sie hintereinander mehrere ungeschickte Knickse, denn sie dachte, einer allein sei für eine so hochstehende Dame nicht genug. Sie hatte das schreckliche Gefühl, das kalte Auge der Prinzessin durchbohre sie und habe die im dunkelsten Winkel ihrer Seele so sorgfälitg verborgen gehaltene Erinnerung an den Gepäckboten bereits zielsicher aufgestöbert und entlarvt. Jedesmal, wenn die Prinzessin sie anblickte, flammte plötzlich das lebhafte Wissen um den Gepäckboten in ihr auf und ließ sich auch durch die beruhigende Selbstermahnung nicht auslöschen, daß er doch schon seit mehr als dreißig Jahren unter den Engeln weilte. Dieses offensichtlich bestens geschulte Auge und diese geschürzten Lippen verwirrten Fräulein Kuhräuber so sehr, daß sie während des ganzen Essens kein einziges Wort sprach. Sie saß neben Anna und aß Leberwurst wie in einem Alptraum. Ja, sie verspeiste die Wurst mit einer Emphase, die unter Etikettebewußten zumindest ungewöhnlich, für den Seelenfrieden der Ultra-Mäkligen jedoch ruinös ist. Sogar Anna bekam das Gefühl, daß das häufige und lange Starren, mit dem die Damen das Fräulein von der anderen Seite des Tisches aus bedachten, eine gewisse Berechtigung habe. Und doch ist auch sie eine unsterbliche Seele – was macht es schon aus, auf welche Weise sie Leberwurst ißt? dachte Anna bei sich. Was bedeuten solche Nichtigkeiten, solche Manieriertheiten schon. Ich wäre in der Tat eine bedauernswerte Kreatur, wenn ich mich darüber ärgern würde. Trotzdem drehte sie den Kopf beiseite und sprach beharrlich ausschließlich mit Letty.

Es gab sonst niemanden, mit dem sie hätte sprechen können. Frau von Treumann und die Baronesse hatten sich sofort und unaufgefordert zu beiden Seiten der Prinzessin niedergelassen und widmeten sich in der Konversation einzig und allein ihr. Später dann, im Salon, geschah genau dasselbe. Die drei deutschen Damen saßen dicht an dicht auf dem Sofa, und die drei Engländerinnen waren mehr oder weniger sich selbst überlassen. Lediglich Fräulein Kuhräuber versuchte, Anschluß an sie zu finden. Um eine Aufspaltung in zwei feindliche Lager zu vermeiden, rückte Anna ihren Stuhl in die Mitte zwischen beide Gruppen und bemühte sich – freilich recht erfolglos –, sich in die Gespräche auf beiden Seiten einzuklinken. Äußerlich lag beschauliche Ruhe über dem Raum: gedämpfte Stimmen, die heitere Gelassenheit der Arbeit an einer feinen Stickerei, der Friede von Poesiealben. Und doch konnte Anna sich des Eindrucks nicht erwehren, es herrsche eisige Kälte, gerade so, als mißtraue jede einzelne anwesende Person jeder anderen, und jeder wäre bis an die Zähne zur Verteidigung gewappnet. Frau von Treumann, das konnte man nicht anders sagen, war gegenüber der Prinzessin die Liebenswürdigkeit in Person. Ununterbrochen parlierte sie mit ihr, zeigte sich nett und freundlich. Leider verhielt sich die Prinzessin kaum liebenswürdig gegenüber Frau von Treumann. Ein unvoreingenommener Beobachter hätte gesagt, sie verabscheue Frau von Treumann, versuche aber redlich, ihre Mißbilligung zu kaschieren. Sie beschäftigte sich intensiv mit ihrer Handarbeit und sprach sowenig wie möglich. Sowohl auf die Annäherungsversuche Frau von Treumanns als auch auf die Aufmerksamkeiten der Baronesse reagierte sie kühl.

Was die Baronesse anging, waren ihre Zweifel bezüglich Annas Respektabilität auf der Stelle und für immer zerstreut, sobald sie vor dem Abendessen die Tür zum Salon geöffnet hatte und dort auf dem Sofa keine Geringere als eine geborene Dettingen hatte sitzen sehen. Die Baronesse hatte ihr ganzes Leben in einer abgelegenen kleinen Provinzstadt verbracht, doch sie kannte die großen Familien der Dettingens und der Penheims namentlich aus den Almanachen, und eine Prinzessin war ihrer Meinung nach ein wertvolles, anbetungswürdiges Wesen, ganz gleich, was auch immer zu tun sie sich entschieden haben mochte. Nun waren zwar die moralischen Bedenken der Baronesse aus dem Weg geräumt, dennoch konnte das Eis zwischen ihr und Anna nicht so ohne weiteres schmelzen. All ihre Liebenswürdigkeit und ihre Versuche, einen guten Eindruck zu machen, richteten sich allein an die Adresse der Prinzessin, die, abgesehen davon, daß sie durch Geburt und Heirat die höchststehende Person darstellte, der die Baronesse in ihrem Leben bisher begegnet war, außerdem auch ihre eigene Sprache korrekt sprach, keine Grübchen hatte und ihr nicht die Hand streichelte. Mit einer Mischung aus Ehrfurcht und Verwirrung betrachtete die Baronesse die ungezwungene, beinahe leutselige Art, mit der sich Frau von Treumann dieser großen Dame näherte. Ja, ihr Verhalten gegenüber der Prinzessin hatte beinahe etwas Gönnerhaftes. Wirklich, diese Treumanns waren eine schamlose Sippe! Dreiste ostpreußische Junker, die sich für mindestens ebensogut, wenn nicht für etwas Besseres hielten. Und die da war nicht einmal eine echte Treumann, sondern bloß eine Ilmas, obendrein aus der minderen Kadenstein-Linie. Der Bruder der Baronesse – jener Bruder, der so ein plötzliches Ende gefunden hatte – war einmal zum Manöver nahe Kadenstein stationiert gewesen. Später hatte er ihr berichtet, um was für ein heruntergekommenes, schäbiges Anwesen es sich da handelte: Nur ein paar Meter von der Haustür entfernt habe ein halb verfallener Hühnerstall gestanden, und da die Haustür den ganzen Tag sperrangelweit offengestanden habe, seien gackernd die Hühner im Entree und in den Zimmern herumspaziert! Nun, augenblicklich lag kein Schatten der Art, von der der Bruder berichtet hatte, auf Frau von Treumann, doch da sie einen Sohn hatte, konnte man nie wissen, wie lange dieser schattenlose Zustand anhalten würde. Nichtsdestoweniger versuchte die Baronesse, sich auch bei dieser Dame in Gunst zu setzen. Die freilich nahm die Schmeicheleien der Baronesse kühl entgegen und taute nur auf, wenn das Gespräch auf Fräulein Kuhräuber kam.

Fräulein Kuhräuber saß hinter Letty und Miss Leech so weit abseits von den anderen, wie es irgend ging. Sie hatte einen Strickstrumpf in der Hand, aber sie strickte nicht. Sie strickte nie, wenn es sich irgend vermeiden ließ, und sie wußte sehr genau, daß sich ihre Nadeln aus Mangel an Übung langsamer als gemeinhin üblich bewegten – genaugenommen so langsam, daß es schon verdächtig war. Letty, die instinktiv gespürt hatte, daß hier jemand war, der sich unter dem starrenden Blick der großgewachsenen Dame genauso unwohl fühlte wie sie selbst, war sehr freundlich zu Fräulein Kuhräuber und zeigte ihr ihr Fotografiealbum. Persönlich hielt Letty das Fräulein für die Beste unter den Neuankömmlingen, und zum ersten Mal wünschte sie, genügend Deutsch zu können, um das Fräulein nach seiner Meinung über Schiller befragen zu können. Es war etwas in den Blicken und dem Verhalten des Fräuleins, das ihr die Gewißheit gab, daß sie in ihrer Meinung über Schiller miteinander übereinstimmen würden.

Annas Bemühungen endeten damit, daß auch sie ausschließlich mit dieser Gruppe sprach, denn ihre Versuche, sich in das Gespräch der deutschen Damen einzuschalten, blieben erfolglos. Ein wenig enttäuscht darüber, daß man sie aus ihr unerfindlichem Grunde offensichtlich auszuschließen versuchte, wandte sie sich Fräulein Kuhräuber zu und widmete sich ihr immer mehr. Woraufhin die Baronesse Frau von Treumann zuflüsterte: »Sehen Sie nur, die beiden sind schon ganz unzertrennlich. Die englische Miss scheint diese Kuhräuber für eine angemessene Wahlverwandte zu halten.« Sie konnte und konnte nicht vergeben, daß man ihr an der Tür den Vortritt genommen hatte.

Die Prinzessin schaute über die Gläser der Brille, die sie trug, wenn sie Handarbeiten machte, zu Anna hinüber.

»Nun ja, Fräulein Kuhräuber bildet eben einen ausgezeichneten Hintergrund«, sagte Frau von Treumann. »Neben ihr wirkt Miss Estcourt geradezu zart und vergeistigt.«

»Halten Sie sie denn für hübsch?« fragte die Baronesse.

»Nun, sie sieht sehr vornehm aus.«

In diesem Moment kam ein Dienstmädchen herein und verkündete laut von der Tür her, Dellwig sei zur üblichen Abendvisite eingetroffen. Anna stand auf und ging hinaus. Alle beobachteten sie, während sie durch den langen Raum schritt. Als sie hinter der Tür verschwunden war, konnten sie sich etwas ungezwungener über sie auslassen, denn ihrem raschen Deutsch vermochten weder Letty noch Miss Leech zu folgen, und Fräulein Kuhräuber war für sie ohnehin eine Unperson.

»Wo ist sie denn hingegangen?« fragte die Baronesse neugierig.

»Sie spricht mit ihrem Inspektor«, erläuterte die Prinzessin.

»Ach so«, sagte die Baronesse.

»Ach so«, kam wie ein Echo die Stimme von Frau von Treumann.

»Ist der Inspektor noch jung?« wollte die Baronesse wissen.

»O nein, ziemlich alt«, erwiderte die Prinzessin.

»Diese Engländer sind ein merkwürdiger Menschenschlag«, bemerkte Frau von Treumann. »Welches deutsche Mädchen ihres zarten Alters hätte schon soviel Energie und Unternehmungsgeist?«

»Ist sie denn noch so jung?« In der Stimme der Baronesse schwang unverhohlen Überraschung.

»Na hören Sie! Die ist doch fast noch ein Kind«, kam die belehrend klingende Replik Frau von Treumanns.

»Sie ist fünfundzwanzig«, sagte die Prinzessin ruhig dazwischen.

»Ein ziemlich altes Kind«, versetzte die Baronesse spitz mit Blick auf Frau von Treumann.

»Sie sieht aber sehr viel jünger aus. Und fünfundzwanzig ist doch wohl ein junges Alter für ein solches Leben, so weit weg von ihren eigenen Leuten«, verteidigte sich Frau von Treumann.

»Ja, aber wieso hat sie sich ausgerechnet das ausgesucht?« verlangte die Baronesse nun unbedingt zu wissen. »Sie können es uns doch sicherlich sagen, Prinzessin? Hat sie sich mit all ihren Freunden überworfen?«

»Davon hat mir Miss Estcourt nichts berichtet«, antwortete die Prinzessin kühl.

»Aber sie muß sich zerstritten haben! Exzentrisch wie die Engländer auch sein mögen, haben doch auch ihre Überspanntheiten gewisse Grenzen. Niemand verläßt ohne guten Grund sein Haus, seine Freunde, seine Heimat«, Frau von Treumann schüttelte den Kopf.

»Sie hat sich bestimmt mit allen verfeindet, dessen bin ich sicher«, stimmte ihr die Baronesse zu.

»Ganz sicher«, kam sofort die Bestätigung zurück, »das glaube ich auch. Von Anfang an hatte ich diesen Verdacht. Auch mein Sohn hat das gleich gesagt. Sie erinnern sich doch an Karlchen, liebe Prinzessin?«

»Sehr gut!«

»Besonders diese Frage habe ich natürlich gründlich mit ihm durchgesprochen. Schließlich hing davon ab, ob ich überhaupt herkommen sollte oder nicht. Ich gestehe, ich habe nicht kommen wollen. Es bedeutete eine große Überwindung, alles aufzugeben und so weit entfernt von meinem Sohn zu leben. Aber schließlich darf man ja nicht eigennützig sein«, und Frau von Treumann seufzte tief und machte eine dramatische Pause. Erst als niemand etwas sagte, fuhr sie fort: »Wenn man älter wird, spürt man, wie groß die Bedürfnisse anderer Menschen sind. Und als Witwe mit nur einem Sohn kann man soviel tun, man kann sich so nützlich machen. Das hat auch mein Karlchen gesagt. Als ich zögerte – denn ich fürchte, man schreckt nur zu leicht vor der Unbequemlichkeit zurück –, als ich zögerte, da sagte er zu mir: ›Liebste Mama, es wäre ein Akt der Nächstenliebe, zu der armen jungen Dame zu gehen. Du, die du immer die erste warst, deine helfende Hand den von allen Freunden Verlassenen zu reichen, du willst jetzt anfangen zu zögern? Verlaß dich drauf, bei ihr zu Hause hat es Zerwürfnisse gegeben, sie braucht jetzt jede nur erdenkliche Hilfe und Unterstützung. Du hast keinen Anhang, du kannst dich freier bewegen als andere. Du mußt es als ein gutes Werk betrachten.‹ Und das hat mir bei meiner Entscheidung geholfen.«

Die Prinzessin ließ einen Augenblick lang ihre Handarbeit in den Schoß sinken und blickte Frau von Treumann über den Rand ihrer Brillengläser an. »Wirklich?« fragte sie mit sehr interessierter Stimme. »*Das* waren ihre Gründe? Formidabel!«

»Ja, das waren und sind meine Gründe!« bestätigte Frau von Treumann gravitätisch und hielt dem Blick der Prinzessin mit nachdenklichen, aber fest schauenden Augen stand. »Das ist mein wichtigster Grund. Ich betrachte mein Hiersein als einen Akt der Nächstenliebe!«

»Das ist wirklich sehr nobel von Ihnen«, murmelte die Prinzessin und nahm ihre Stickerei wieder auf.

»Ja, ganz genauso habe auch *ich* es gesehen«, beeilte sich die Baronesse einzuflechten. »Ich stimme voll und ganz mit Ihnen überein, liebe Frau von Treumann.«

»Ich will gar nicht zu verbergen versuchen . . .«, fuhr Frau von Treumann an die Prinzessin gewandt fort, dabei die Worte der Baronesse übergehend, als hätte sie sie überhaupt nicht gehört, ». . . ich will gar nicht leugnen, daß mir das Leben hier aus wirtschaftlicher Sicht gelegen kommt, arm, wie ich seit dem Tode meines über alles geliebten Gatten nun einmal bin – Sie erinnern sich doch an Karl, liebe Prinzessin?«

»Sehr gut!«

»Arm, wie ich nun einmal bin, habe ich doch immer genug gehabt für meine bescheidenen Bedürfnisse. Im Traum hätte ich nicht daran gedacht, mein beschauliches Leben aufzugeben, wenn die Briefe dieser Miss Estcourt nicht so unendlich anrührend gewesen wären.«

»Ach, ihre Briefe waren anrührend?«

»Oh, sie hätten ein Herz aus Stein erweichen können! Und das Herz einer Witwe ist nicht aus Stein, wie Sie, liebe Prinzessin, ja selber nur zu gut wissen. Die Vollwaise, die sich flehentlich an die Witwe wendet – wie hätte ich da ablehnen können?«

»Nun, wie Sie sich jetzt durch eigenen Augenschein überzeugen können, ist Miss Estcourt keineswegs alleine und einsam«, versetzte Prinzessin Ludwig mit munterer Stimme. »Hier sind wir, fünf insgesamt, zählt man die kleine Letty mit, um ihr Gesellschaft zu leisten. Es besteht also gar kein Grund, daß Sie sich unnötig aufopfern.«

»Oh, ich gehöre nicht zu denen, die, wenn sie erst einmal die Hand an den Pflug gelegt haben ...«

»Aber wo ist denn hier ein Pflug, liebe Frau von Treumann? Hier gibt es keinen Pflug.«

»Ach, liebe Prinzessin, Sie nehmen immer alles so wörtlich.«

»Ja, ja, das haben Sie mir schon in den guten alten Zeiten vorgeworfen, als wir noch zusammen zur Schule gingen und Sie Gedichte schrieben, die Sie mir dann vorlasen. Und ich war ungezogen genug, Sie zu fragen, ob sich in diesen poetischen Ergüssen auch irgendein Sinn verberge. Damals hätten wir nicht gedacht, daß wir uns ausgerechnet hier wieder begegnen würden, nicht wahr?«

»Nein, wahrhaftig nicht! Und ich kann Ihnen gar nicht sagen, wie sehr ich Ihren Mut bewundere.«

»Meinen Mut? Was für feine Qualitäten Sie mir zusprechen.«

»Miss Estcourt hat mir anvertraut, wie bewundernswert gewissenhaft Sie Ihre Aufgaben hier erfüllen. Das erscheint mir wunderbar. Sie sind ein beispielhaftes Vorbild für uns alle, sie erfüllen mich mit Scham ob meiner eigenen Nutzlosigkeit.«

»Oh, Sie stellen Ihr Licht unter den Scheffel, beste Frau von Treumann. Menschen, die alles zurücklassen, nur um selbstlos anderen zu helfen, können sich doch nicht als nutzlos bezeichnen. Ja, es stimmt, ich kümmere mich für Miss Estcourt um das Haus, und ich hoffe, ich kümmere mich genausogut um sie selbst.«

»Um sie selbst?« fragte Frau von Treumann gedehnt. »Gehört das ebenfalls zu Ihren Pflichten? Hat sie vertraglich mit Ihnen vereinbart, daß Sie sie auch persönlich überwachen? Nein, wie sich die Zeiten doch ändern! Als mein Karl noch lebte und wir in Sommershof residierten, hätte ich es sicherlich nicht ertragen, wenn meine Haushälterin sich angemaßt hätte, außer meinem Haus auch mich selbst in Ordnung zu halten.«

»Ihr Fall lag ja auch völlig anders, liebe Frau von Treumann. Hier haben wir es mit einer ganz außerordentlich hübschen jungen Dame zu tun, die obendrein über Geld verfügt. Sie wird allen Schutz brauchen, den ich ihr geben kann, und es ist mir eine große Befriedigung, zu wissen, daß ich hier bin und in der Lage, ihr diesen Schutz zu gewähren.«

»Aber das Blatt könnte sich jeden Tag wenden, und sie könnte Sie bitten, das Haus zu verlassen.«

»Das könnte natürlich geschehen, doch ich hoffe, es wird nicht passieren, ehe sie in Sicherheit ist.«

»Aber halten Sie sie denn für so hübsch?« warf die Baronesse ein, die der Unterhaltung ziemlich konsterniert zu folgen versucht hatte; doch die beiden nahmen keine Notiz von ihr.

»In Sicherheit? Was für besondere Gefahren sollten denn ausgerechnet hier Ihrer Meinung nach auf sie lauern?« fragte Frau von Treumann mit einem spöttischen Lächeln um den Mund. »Beste Prinzessin, Sie haben Ihre Pflichten immer sehr ernstgenommen. Was für ein wertvoller Schatz hätten Sie mir sein können. Es ist bewundernswert. Aber erstrecken sich Ihre Pflichten wirklich so weit, daß Sie auch über Miss Estcourts Herz zu wachen hätten? Denn ich nehme doch an, Sie denken an ihr Herz?«

»Nein, ich denke an Abenteurer«, versetzte die Prinzessin scharf. »Jeder junge Mann ohne einen Pfennig Geld in der Tasche wäre entzückt, könnte er sich diese junge Dame sichern und Kleinwalde dazu. Und diejenigen, die statt Geld einen Sack voll Schulden haben, wären noch entzückter«, die Prinzessin schaute Frau von Treumann über den Rand ihrer Brille lang und fest an. »Nein«, wiederholte sie schließlich und nahm ihre Nadelarbeit wieder auf, »ich dachte nicht an ihr Herz, aber an die zahllosen

Unannehmlichkeiten, die man ihr bereiten könnte. Im übrigen glaube ich nicht, daß es leicht sein wird, ihr Herz zu erobern.«

Just in diesem Augenblick ging die Tür auf, und Anna kam herein, um ein paar Unterlagen zu holen, die sie brauchte. Sie hatte die letzten Worte der Prinzessin gerade noch gehört. Während sie nun die Schreibtischschublade öffnete und darin herumstöberte, sagte sie lächelnd: »Was? Sie reden über Herzen? Dann stimmt es also doch, daß Frauen keine halbe Stunde beieinandersitzen können, ohne über Herzensangelegenheiten zu sprechen. Wenn Sie drei Männer wären, dann würden Sie jetzt von der Schweinezucht reden«, und dann fiel ihr plötzlich Onkel Joachim ein, und mit fester Überzeugung in der Stimme sagte sie: »Und quiekende Schweine sind besser!«

Erst als sie die Tür wieder hinter sich geschlossen hatte, fiel ihr auf, daß bei ihrem Eintreten sowohl die Prinzessin als auch Frau von Treumann übernatürlich sanft, mild und gütig ausgesehen hatten.

17

Axel von Lohm stand im Vestibül. Das Dienstmädchen half ihm gerade aus dem Mantel.

»Sie hier?« rief Anna überrascht aus und streckte ihm beide Hände entgegen. Sie freute sich mehr als sonst, ihn zu sehen. »Manske hatte einen Stoß Briefe für Sie, konnte Sie Ihnen aber leider nicht selber bringen, weil er eine Pastorenkonferenz in seinem Haus abhalten muß. Ich war gerade bei ihm und sah die Briefe, und da dachte ich, Sie würden sie gerne möglichst schnell haben wollen.«

»O nein, ich will sie nicht ... zumindest herrscht keine Eile. Aber die Briefe sind doch nur ein Vorwand, nicht wahr?«

»Ein Vorwand?« fragte er mit Unschuldsmiene, errötete aber leicht.

»Geben Sie es zu, Sie wollen meine Neuankömmlinge sehen.«

»Aber ganz und gar nicht.«

»Na, na! Leider sind Sie eine Minute zu früh gekommen und haben mich hier draußen im Vestibül angetroffen. So ist Ihr schöner Plan danebengegangen. Sind das die Briefe? Mein Gott, was für ein Stoß!«

Sie machte ein langes Gesicht.

»Aber Sie suchen noch neun weitere Damen. Sie wünschen doch eine breite Auswahl, der weitaus größere Teil Ihrer Arbeit liegt also noch vor Ihnen.«

»Ich weiß. Warum sagen Sie mir das?«

»Weil Sie nicht sehr erfreut scheinen über die neuen Briefe.«

»O doch, natürlich freue ich mich! Nur, heute abend bin ich ziemlich müde, und bei dem Gedanken an neun weitere Damen werde ich . . . werde ich ganz schläfrig.«

Sie stand direkt unter der Lampe, hielt das Briefbündel locker an der Kordel und lächelte ihn an. Ihm war, als entdecke er einen Schatten in ihren Augen, wo er doch gewohnt war, fröhliche, kleine Lichter darin leuchten zu sehen, und in ihrem Lächeln bemerkte er einen schwachen Hauch Niedergeschlagenheit.

»Nun, wenn Sie müde sind, so müssen Sie zu Bett gehen«, sagte er in einem so sachlichen Ton, daß beide lachen mußten.

»Leider kann ich das nicht«, entgegnete Anna, »ich bin gerade auf dem Weg zurück zu Herrn Dellwig. Er wartet da drin auf mich«, und sie machte eine Kopfbewegung in Richtung Eßzimmertür. »Sagen Sie«, fügte sie dann mit gesenkter Stimme hinzu, »haben Sie eine Ziegelei auf Lohm?«

»Eine Ziegelei?« fragte er erstaunt. »Nein! Wie kommen Sie denn darauf?«

»Aber wieso haben Sie keine Ziegelhütte?«

»Weil es auf Lohm nichts gibt, woraus man Ziegel brennen könnte. Es ist ja fast ausschließlich sandiger Boden.«

»Er sagt«, und wieder nickte sie mit dem Kopf gen Eßzimmertür, »er sagt, es gäbe hier an einer Stelle hervorragenden Lehm, und er wolle einen Brennofen bauen.«

»Wer? Dellwig?«

»Psst . . .!«

»Ihr Onkel hätte bereits vor Jahren einen gebaut, wenn es hier wirklich brauchbaren Lehm gäbe. Ich muß mir den Ort anschauen, den er meint. Ich kann mich nicht entsinnen, hier je so eine Stelle gesehen zu haben. Es ist sehr unwahrscheinlich, daß das stimmt, was er sagt. Ich bitte Sie, stimmen Sie seinen Vorschlägen nicht überstürzt zu.«

»Es würde Unsummen verschlingen, so eine Ziegelei zu bauen, nicht wahr?«

»Ja, und wahrscheinlich nichts einbringen.«

»Aber er versucht mir weiszumachen, es wäre spottbillig. Das Brennholz, sagt er, könnte ich aus meinen eigenen Wäldern nehmen. Ich kann aber den Gedanken nicht ertragen, einen Haufen Bäume fällen zu lassen.«

»Wenn Ihnen die Vorschläge, die er macht, unerträglich erscheinen, dann lehnen Sie ab, weiter darüber zu verhandeln!«

»Aber er redet und redet, bis es tatsächlich so aussieht, als ob er recht hätte. Gerade eben erst hat er mir erzählt, es würde den Wert meines Gutes glatt verdoppeln.«

»Das halte ich für unmöglich.«

»Doch, seiner Meinung nach könnte ich, wenn ich Ziegel herstellte, doppelt so viele arme Damen aufnehmen.«

»Ich glaube, mit weniger Damen und gar keinen Ziegeln wären Sie bedeutend glücklicher«, versetzte Axel mit ehrlicher Überzeugung.

Anna stand nachdenklich da. Sie hatte den Zeigefinger durch die Schlaufe der Kordel gesteckt, mit der die Briefe zusammengehalten waren, und sie beobachtete, wie ihre Fingerkuppe blutrot anlief, während das sich drehende Bündel die Schlaufe enger und enger schnürte.

»Ich nehme an, Sie haben niemals eine Frau sein wollen«, murmelte sie und beobachtete das Phänomen der sich rötenden, schwellenden Fingerkuppe mit offensichtlichem Interesse. Axel lachte.

»Sehen Sie, schon die Frage allein erscheint Ihnen lächerlich«, sagte sie und schaute auf. »Ich habe noch nie von einem Mann gehört, der eine Frau sein wollte. Aber Unmengen von Frauen würden alles drum geben, ein Mann zu sein.«

»Und Sie gehören dazu?«

»Ja.«

Er lachte wieder.

»Sie denken, ich würde einen komischen kleinen Mann abgeben, was?« und auch sie lachte jetzt. Doch sofort war ihr Gesicht wieder ernst, und mit einem Blick auf die geschlossene Eßzimmertür fuhr sie fort: »Es ist so schrecklich, wenn man sich schwach fühlt. Meine Schwägerin Susie behauptet zwar immer, ich sei schrecklich dickköpfig. Vielleicht war ich das bei ihr auch. Aber andere Menschen haben auch andere Einflüsse auf einen.« Sie senkte die Stimme zu einem bloßen Flüstern und schaute Axel verschwörerisch an. »Sie können sich nicht vorstellen, was für eine Mühe und Qual es für mich bedeutet, ›Nein!‹ zu diesem Mann zu sagen.«

»Was? Zu Dellwig?«

»Psst!«

»Aber wenn das so ist, meine liebe Miss Estcourt, dann gibt's nur eins: Der Mann muß sofort gehen.«

»Das sagt sich so leicht. Doch wer soll ihm die Kündigung aussprechen?«

»Ich mache das, wenn Sie es wünschen.«

»Wenn Sie eine Frau wären, glauben Sie, Sie wären in der Lage, einen Dienstboten zu entlassen, der so viele Jahre hier gearbeitet hat?«

»Ja. Ich bin sicher, daß ich das könnte, wenn ich das Gefühl hätte, daß er mir über den Kopf wächst.«

»Nein, Sie könnten es nicht. Alle möglichen Dinge würden Sie daran hindern. Sie würden sich daran erinnern, daß Ihr Onkel Ihnen wärmstens ans Herz gelegt hat, gerade ihn zu behalten. Sie würden daran denken, daß er schon seit Jahren hier ist, daß er immer ehrlich, treu und ergeben war . . .«

»Hören Sie, ich glaube nicht, daß es da je viel Ergebenheit und Treue gegeben hat . . .«

»O doch, ganz bestimmt. Am ersten Abend hat er sogar um Onkel Joachim geweint.«

»Er hat geweint?« wiederholte Axel ungläubig.

»Wenn ich es Ihnen sage!«

»Dann muß es wegen etwas anderem gewesen sein«, antwortete Axel kopfschüttelnd.

»Nein, nein, er weinte um Onkel Joachim. Er hat ihn wirklich sehr gemocht.«

Axel sah alles andere als überzeugt aus.

»Aber all das sind gar nicht die wahren Gründe«, sprach Anna weiter. »Sie sollten es sein, aber es sind nicht meine wahren Gründe. Die schlichte Wahrheit lautet: Ich bin ein Feigling, und ich habe Angst. Ich habe schreckliche Angst, er könnte eine Szene machen.« Und sie schaute Axel an und lachte wehmütig. »Da sehen Sie, was es heißt, eine Frau zu sein. Wenn ich ein Mann wäre, dann lägen die Dinge ganz einfach. Können Sie sich vorstellen, welche Demütigung es für mich bedeutet, jetzt schon zu wissen, daß ich wider besseres Wissen nachgeben werde, wenn er nur lange genug auf mich einredet. Er hat den stärksten Willen, der mir je begegnet ist.«

»Ich hoffe doch, Sie haben bisher noch in keinem wichtigen Punkt nachgegeben?«

»Bis jetzt ist es mir noch gelungen, zu allem, was ich nicht will, ›Nein!‹ zu sagen. Aber Sie würden lachen, wenn Sie wüßten, was diese Neins mich kosten. Warum kann das Gut nicht so weitergeführt werden wie bisher? Ich wäre damit vollkommen zufrieden. Aber es vergeht kaum ein Tag, an dem er nicht mit irgendeinem großartigen neuen Plan aufkreuzt, und dann redet er. Gott, wie er redet! Ich glaube, er könnte sogar Sie überzeugen!«

»Der Mann ist Ihnen ja wahrhaftig völlig über den Kopf gewachsen!« sagte Axel mit großem Ärger in der Stimme. Und da ärgerliche Stimmen gemeinhin auch laute Stimmen sind, hatte dieser letzte Satz den Effekt, daß sich gleichzeitig drei Türen öffneten: erstens die Tür, die zu den Räumen der Dienstboten führte. Dort erschien Maries Gesicht und verschwand sofort wieder – sie eilte nämlich in die Küche, um dort von bevorstehenden Hochzeiten zu orakeln. Zweitens öffnete sich die Tür zum Speisezimmer, hinter der Dellwig immer ungehaltener geworden war, weil man ihn so lange warten ließ, und drittens ging die Tür zum Salon auf, hinter der die Baronesse schon eine Weile unschlüssig verharrt hatte. Eigentlich hatte sie nach oben gehen und ihre Stickschere holen wollen, dann aber gezögert, denn sie wollte die Geschäftsbesprechung zwischen Anna und dem Inspektor, dessen Stimme sie hinter der Tür zu hören vermeinte, nicht stören.

Auch die Baronesse schlug die Tür sofort wieder zu.

»Aha ... ein Bewunderer!« sagte sie zu sich selbst und eilte rasch zu ihrem Platz auf dem Sofa zurück. »Die Miss spricht mit einem jungen Herrn«, verkündete sie, die Augen weiter aufgerissen den je.

»Mit einem *jungen* Herrn?« wiederholte Frau von Treumann. »Ich dachte, der Inspektor sei alt?«

»Oh, dann wird es Axel von Lohm sein«, sagte die Prinzessin, ohne von ihrer Arbeit aufzublicken. »Er schaut sehr oft herein«, fügte sie wie beiläufig hinzu.

»Nun, offensichtlich macht er ihr den Hof«, bemerkte die Baronesse mit säuerlichem Lächeln.

»Dergleichen ist mir bisher nicht aufgefallen«, erwiderte die Prinzessin kühl.

»Für mich hat es aber ganz so ausgesehen«, beharrte die Baronesse.

»Ist das der Lohm, der vor Jahren mit einem der Kiederfels-Mädchen verlobt war?« wollte Frau von Treumann wissen.

»Ja, aber sie ist gestorben.«

»Hat er denn nicht kurz darauf geheiratet? Ich habe gehört, er habe geheiratet.«

»Das war sein jüngerer Bruder. Dieser hier ist der älteste, er ist unser Nachbar, und er lebt allein.«

Frau von Treumann schwieg eine Weile. Dann sagte sie zuckersüß: »Nun gestehen Sie schon, Prinzessin! *Er* ist die gefährliche Person, vor der Sie glauben, Miss Estcourt beschützen zu müssen.«

»Aber nicht doch«, erwiderte die Prinzessin ebenso süß und milde. »Was ihn anlangt, so hege ich überhaupt keine Befürchtungen.«

»Was denn, hat er etwa auch ein unverwundbares Herz?«

»Über sein Herz weiß ich nichts. Ich sprach, wenn ich mich recht entsinne, von Abenteurern. Und niemand könnte Axel von Lohm einen Abenteurer oder Glücksjäger nennen. Ich dachte eher an Männer, die ihr eigenes Geld und das ihrer Angehörigen bei Pferdewetten und im Spielkasino durchgebracht haben und die nun eine naive Frau suchen, die für ihre Schulden aufkommen wird.«

»Ach so«, sagte Frau von Treumann mit perfekter Weltgewandtheit. Dieses Gespräch über die Notwendigkeit, Miss Estcourt in einer Gegend vor Hasardeuren zu schützen, in der es kaum irgendwelche Menschen gab, geschweige denn Glücksritter, dafür aber jede Menge Bäume, Marschen und Sand, wäre einem Unbeteiligten sehr dumm vorgekommen. Den beiden Sprecherinnen aber war der Gegenstand des Gespräches nur zu klar, und dieses Wissen steigerte ihre gegenseitige Zuneigung in keiner Weise. Als Dellwig die Tür aufgerissen und Lohms ansichtig geworden war, da hatte er die Hacken zusammengeschlagen und sich mit gewohnheitsmäßiger Übertreibung tief verbeugt. »Ich bitte tausendmal um Entschuldigung«, bellte er laut, »ich dachte, das gnädige Fräulein wäre beschäftigt und käme nicht mehr zurück, und so wollte ich gerade nach Hause gehen.«

»Nein, nein, ich habe die Unterlagen gefunden. Ich komme sofort zu Ihnen«, entgegnete Anna möglichst kühl. »*Well, goodnight*«, fügte sie dann auf englisch hinzu und streckte Axel lächelnd die Hand hin.

»Wenn Sie erlauben, dann würde ich gern Prinzessin Ludwig meine Aufwartung machen, ehe ich gehe«, erwiderte er ebenfalls auf englisch, wobei er den Hintergedanken hegte, Anna später noch einmal zu sehen.

»Ah, sehen Sie, ich hatte doch recht!« Sie lächelte triumphierend. »Sie wollen bloß die Neuankömmlinge sehen! Wie kann ein Mann bloß so neugierig sein? Aber ich sage Ihnen trotzdem jetzt schon gute Nacht. Ich werde noch Stunden mit Herrn Dellwig verhandeln müssen und Sie heute nicht mehr sehen.« Sie schüttelte ihm die Hand und ging ins Eßzimmer. Dellwig trat dienernd einen Schritt beiseite, um sie vorbeizulassen. Als sie sich umdrehte, um etwas zu ihm zu sagen, konnte Axel noch einmal ihr Gesicht sehen, und er entdeckte darauf eine Mischung aus unendlicher Langeweile und tiefem Selbstmißtrauen. Als er nun in den Salon zur Prinzessin hineinging, hatte er selbst einen ungewöhnlich ernsten und entschlossenen Gesichtsausdruck.

Dellwig war bärbeißig, als er an diesem Abend nach Hause zurückkehrte. »Dieser junge Mann«, fauchte er seine Frau an, schmiß dabei Mantel und Hut auf einen Stuhl und ließ sich aufs Sofa fallen, »dieser junge Spund drängt sich immer mehr in unsere Angelegenheiten.«

»Du meinst diesen Lohm?« fragte sie, rollte ihren Strickstrumpf zusammen und machte sich bereit, ihm den Abendtrunk zu holen.

»Ich hatte diese Miss schon fast soweit, daß sie dem Bau der Ziegelei zustimmte. Sie war ziemlich vernünftig und ging bloß kurz raus, um den Plan zu holen, den ich schon entworfen hatte. Da läuft sie diesem Schnösel über den Weg – dauernd lungert dieser Kerl da herum!«

»Und dann?« fragte Frau Dellwig drängend.

»Und dann?« äffte er sie nach. »Verdammte Weiberherrschaft! Um das kleinste Zugeständnis muß man bitten und betteln, es kann einen ehrlichen Mann ganz krank machen!«

»Dann stimmt sie also nicht zu?«

»Hm«, schnaubte Dellwig, »als sie zurückkam, war sie plötzlich stur wie ein Maulesel. Ich mußte wieder ganz von vorn anfangen.«

»Sie stimmt also nicht zu?«

»Sie sagte, Lohm würde sich die Stelle anschauen und sie dann beraten.«

»Also so was!« rief Frau Dellwig rot vor Zorn und Empörung.

»Sie beraten? Hast du ihr nicht gesagt, daß *du* ihr Berater bist?«

»Worauf du dich verlassen kannst! Ich habe ihr klipp und klar gesagt, daß Lohm sich hier nicht einzumischen hat und daß ihr Onkel immer auf mich gehört hat. Sie hockte wortlos da, wie sie's ja immer macht ... sie guckt mich nicht einmal an. Ich kann nie sicher sein, ob sie mir überhaupt zuhört.«

»Ja, und dann?«

»Sie sagte: ›*ouuh naain*‹ mit diesem albernen ausländischen Akzent und mit einer Stimme, mit der sie genauso ›*ouuh jaaa*‹ hätte sagen können.« Dellwig imitierte Annas Tonfall mit größter Verbitterung. »Ich sag' dir was, Frau: Bei all ihrer Sturheit und Dickköpfigkeit ist diese Miss doch weich wie Wachs. Wer zuletzt mit ihr spricht, der kann sie immer rumkriegen.«

»Na, dann mußt *du* eben als letzter mit ihr sprechen!«

»Wenn dieser aufgeblasene Pinsel nicht wäre, dieser Lohm, dieser Esel, der mir da in die Quere kommt, dieses unvergleichliche Rhinozeros ...«

»Er will sie natürlich heiraten.«

»Wenn er sie heiratet ...« Dellwig hielt inne und starrte düster auf seine dreckigen Stiefel.

»Wenn er sie heiratet ...«, wiederholte seine Frau, aber auch sie hielt abrupt inne. Sie wußten beide nur zu genau, was geschehen würde, sollte Lohm diese Anna heiraten ...

Der Bau der Ziegelei war für die Dellwigs längst zu einer Ehrenangelegenheit geworden. Bei Annas Ankunft in Kleinwalde hatten Freunde, benachbarte Kleinbauern und die anderen Inspektoren den Dellwigs zu ihrer völligen Unabhängigkeit von jeglicher Kontrolle gratuliert. Denn natürlich würde eine unwissende junge Dame die gesamte Gutsverwaltung in die treusorgenden Hände ihres Inspektors legen und sich auf diejenige Tätigkeit beschränken, die einer Dame von Stand zukommt: die Rechnungen zu begleichen. Keine Sekunde hatte Dellwig daran gezweifelt, daß es so und nicht anders gehen werde. Folglich hatte er nicht nur laut mit seinen diversen Plänen geprahlt, er hatte auch überall stolz verkündet, daß er sie allesamt problemlos werde umsetzen können. Das Gut, über das er seiner Meinung nach nun praktisch unumschränkt verfügte, sollte in der ganzen Provinz berühmt werden für den Unternehmungsgeist, der hier herrschte, und für die in alle Richtungen gehenden Geschäfte, die hier getätigt wurden. Die Ziegelei war dabei ein lange gehegter Wunschtraum. Sein ältester Freund und Rivale, ein Oberinspektor auf einem Gut auf der anderen Seite von Stralsund, besaß eine Ziegelhütte und drängte Dellwig unablässig, auch eine zu errichten. Doch der alte Joachim, der sich über die Qualität des Lehms auf seinem Grund keinen Illusionen hingab und durch keinen noch so geschickten Winkelzug dazu zu bewegen war, nicht zu glauben, was er mit eigenen Augen sah, wollte von einer Ziegelei nichts hören. Dellwig mußte schließlich einsehen, daß angesichts dieser strikten Ablehnung seines Brotherrn nichts zu machen war. Bei ihren sonntäglichen Treffen trumpfte der Freund mit seiner eigenen Ziegelei und seinem nachgiebigeren Gutsherrn auf. Er spottete, knuffte Dellwig in die Rippen, tönte höhnend von Abhängigkeit und Gehorsam und eingeengten Machtbefugnissen. Solche Freunde mit Haltung zu ertragen ist sehr schwer. Dellwig und viel mehr noch seine Frau hatten es kaum aushalten können, wenn in ihrer Gegenwart jemand das Wort »Ziegel« in den Mund nahm. Als dann jedoch Anna auf der Bildfläche erschien – jung, eine Ausländerin und ganz offensichtlich eine Närrin obendrein –, da protzte Dellwig siegesgewiß bei seinem Freund, daß die Errichtung einer riesengroßen Ziegelei nun nur noch eine Frage von Wochen sei.

Schon immer ein Aufschneider, hatte er nicht widerstehen können, ein wenig zu früh zu prahlen. Abgesehen davon war er sich wirklich ganz sicher gewesen. Ja, sogar der Freund hatte es für selbstverständlich erachtet, daß angesichts der neuen Herrin das Ding so gut wie gebaut war.

Das war im März gewesen. Inzwischen war es Ende April, und jeden Sonntag fragte der Freund mit wachsender Schadenfreude in der Stimme, wann denn nun mit dem Bau begonnen werde. Und jeden Sonntag antwortete Dellwig ausweichend, man warte nur noch, bis die Tage länger würden. Die Tage wurden täglich länger, und in wenigen Wochen wäre der längste Tag des Jahres erreicht – wie der Freund zu betonen nicht müde wurde –, und noch immer war nichts geschehen. Den vielen Menschen, denen es völlig schnurz ist, was ihre Nachbarn von ihnen denken, wird die Tortur, die die Dellwigs der noch immer ungebauten Ziegelei wegen durchlitten, nicht nachvollziehbar sein. Für die beiden Dellwigs aber waren die Leiden so akut, daß sie in jenen schwächeren Momenten, die den sonntäglichen Essen mit den Freunden vorauszugehen pflegten, ernsthaft überlegten, ob es nicht besser wäre, Kleinwalde zu verlassen, statt diese Qualen länger zu ertragen. Ja, vor diesen Mahlzeiten und während schlaflos verbrachter Nächte war Frau Dellwig fest davon überzeugt, es wäre das Beste, auf der Stelle tot umzufallen. Die gute Meinung ihrer Nachbarn – was heißen will, der grüne Neid der Nachbarn – war den Dellwigs so wichtig wie anderen Menschen die Luft zum Atmen. In ihrem Umfeld mußten sie unbeschritten die Ersten, die Besten, die Glücklichsten, die Klügsten, die Wohlhabendsten sein. Jede Position außer der mächtigsten war unerträglich. Seit aber diese Anna hier aufgetaucht war, hatten sie nichts anderes als schmachvollste Demütigungen hinnehmen müssen. Erst dieses Essen für die Manskes, von dem sie ausgeschlossen worden waren. (Frau Dellwig packte noch heute die schiere Weißglut bei der Erinnerung an das sonntägliche Treffen mit den Freunden, das auf dieses Essen gefolgt war.) Dann die Renovierung des »Schlosses«, ohne daß man sie auch nur gefragt, ihren Rat, ihre Hinweise, ihre Hilfe erbeten hätte. Dann die häufigen Gespräche mit dem Pastor, die diesen Mann vollkommen über seinen angestammten Platz hinaushoben, das Vertrauen, das in ihn gesetzt wurde, der lächerliche Respekt, den man dem Pastor zollte, seine Einbindung in dieses aberwitzige Wohltätigkeitsprojekt. Und jetzt das Schrecklichste von allem, Annas hartnäckige Weigerung, die Ziegelei zu bauen! Es war mit Händen zu greifen, sie, die Dellwigs, waren auf dem besten Wege, von den Nachbarn bemitleidet zu werden. Bemitleidet! Was für ein grauenhafter Gedanke! Das Größte im Leben ist es doch, so situiert zu sein, daß man andere bemitleiden kann. Aber selbst bemitleidet zu werden!? Oh, der dreimal verfluchte Wahn dieses alten Joachim: Kleinwalde einer Frau zu vermachen! Kein Auge konnte Frau Dellwig in dieser Nacht zutun vor lauter Haß auf Anna. Sie lag da, starrte mit heißen Augen in die Dunkelheit und haßte Anna mit einer Inbrunst, die die junge Frau vor Schreck hätte erstarren lassen. Die aber wußte von all dem nichts. Nur einen Katzensprung entfernt saß sie bewegungslos in dem Sessel, in den sie sich nach dem langen Kampf mit Frau Dellwigs Ehegatten erschöpft hatte fallen lassen, zu müde, um sich auch nur die Kleider auszuziehen.

»Diese Engländerin wird uns ruinieren!« Plötzlich unfähig, noch länger schweigend zu hassen, hatte Frau Dellwig ihre schreckliche Erkenntnis laut herausgeschrien.

»Wie? Was?« rief Dellwig, der schon eingeduselt war, und nun erschrocken hochfuhr.

»Ruinieren . . . ruinieren wird uns dieses Weib«, jammerte seine Frau.

»Was wird sie? Uns ruinieren? Die Engländerin? Ach was . . . dummes Zeug! Mit *der* kann man fertig werden. Dieser Lohm, der ist die Gefahr. Es ist der Lohm, der uns ruinieren wird. Wenn wir den loswerden könnten . . .«

»Ach Gott, wenn er doch nur sterben würde«, rief Frau Dellwig, die gefalteten Hände zum Himmel gereckt. »Ach Gott, wenn er doch nur sterben würde!«

»Ach Gott, ach Gott«, äffte ihr Mann sie gereizt nach, denn er konnte es auf den Tod nicht ausstehen, wenn er aus dem ersten Schlaf gerissen wurde. »Die Leute sterben nie, wenn irgendwas davon abhängt«, grummelte er und drehte sich auf die andere Seite. Und er verfluchte Axel mehrmals aus tiefstem Herzen und schlief wieder ein.

18

Der Philosoph belehrt uns, daß nach dem heilenden Intermezzo des Schlafes wir des Morgens erwachen und bereit sind, uns wie Götter und Göttinnen zu begegnen – für so frisch, gestärkt, tatkräftig, friedlich und heiter hält er den zeitweilig abwesend Gewesenen und nun Neuerstandenen. Es ist dies ein sehr beruhigender Glaube; die Erfahrung jedoch, diese hoffnungslos prosaische Diktatorin, die uns keinen Tag der Ruhe gönnt, vernichtet den schönen Glauben sogleich und gründlich. Denn was wird aus einer gottgleichen Morgenstimmung, wenn nur ein einziger in einer größeren Gesellschaft ihrer inne ist? Die Alten und diejenigen mittleren Alters, die in allen Gesellschaften an Zahl überwiegen, sind selten gottgleich, niemals jedoch zur Frühstückszeit.

Am Morgen nach der Ankunft der Auserwählten erwachte Anna in einer wahrhaft olympischen Laune. Eine ungewöhnlich milde und liebliche Aprilsonne hatte sie aus der glücklichen Welt der Träume sanft hinübergeleitet in eine glückliche Welt der Wirklichkeiten. Anna brauchte bloß das Fenster zu öffnen, um sich davon zu überzeugen, daß alles, was sie umgab, voll des göttlichen Segens war. Genau unter ihrem Fenster stand ein blühender Kirschbaum. Was für ein herrlicher Anblick – diese Blüten im Sonnenschein von fleißigen Bienen umsummt. Die unvernünftige Fröhlichkeit, die Annas Herz regelmäßig erfaßte, wenn schönes Wetter herrschte, füllte es auch jetzt mit einem Schwall von Hoffnung und neuem Vertrauen. Diese Welt, diese wunderschöne Morgenwelt, die sie von ihrem Fenster aus sah und roch, diese Welt war ganz eindeutig ein Ort der Glückseligkeit. Sie sah nur Gutes um sich, selbst die Erinnerung an Dellwig war in diesem klaren Licht wie verwandelt. Und während sie sich ankleidete, schalt sie sich heftig für die Niedergeschlagenheit, die sie am Tag zuvor empfunden hatte. O ja, niedergedrückt hatte sie sich gefühlt – doch warum? Doch nur, weil sie so aufgeregt und übermüdet gewesen war und weil ihr Geist noch immer unfähig war, sich über die Schwächen des lästigen Fleisches zu erheben. Sich von diesem Dellwig niederschmettern zu lassen, bloß weil er so laut redete und Überzeugungen vertrat, die sie nicht teilte. Die göttliche Morgenstimmung war stark in ihr, und mit Verachtung dachte sie an ihr lustloses Selbst des vergangenen Abends, ein Selbst, das solange verzagt und mutlos im Sessel gesessen hatte, unfähig, sich zu erheben und zu Bett zu gehen. Diese abendlichen Besprechungen mit Dellwig, überlegte sie jetzt, waren eine schlechte Idee. Er kam zu einer Stunde, zu der sie kaum noch fähig war, seinen Redefluß und sein Geschrei zu ertragen; schon das Wissen um seinen bevorstehenden Besuch machte sie kribbelig, es untergrub die Heiterkeit, die ihrer Meinung nach die allein angemessene Gemütsverfassung für ein Haus war, welches sich der Liebe verschrieben hatte. Aber es waren ja nicht bloß Dellwig und seine Ziegelei, die sie so deprimiert hatten, es hatten sie ja auch heftige Zweifel wegen ihrer drei neuen Freundinnen beschlichen, Zweifel bezüglich der Empfänglichkeit ihrer Seelen und bezüglich ihrer Fähigkeit, die Liebe, die sie empfingen, auch zu erwidern. In einem schrecklichen Augenblick hatte sie sogar bezweifelt, daß sie überhaupt Seelen besaßen. Doch an diesem Punkt hatte sie ganz rasch und resolut die Kerze ausgeblasen und damit zugleich auch den Zweifel gelöscht. Unter der Bettdecke hatte sie ihn erstickt, indem sie sofort fest eingeschlafen war, was gesunden jungen Menschen bekanntlich gegeben ist.

Jetzt hatte ein neuer Tag begonnen. Der Schlaf hatte Annas Befürchtungen ausgeräumt. Mit ruhiger Gelassenheit dachte sie an das Gespräch zurück, das sie gestern vor dem Abendessen mit Frau von Treumann geführt hatte, denn diese Unterhaltung war der Hauptgrund für ihre Niedergeschlagenheit gewesen. Frau von Treumann hatte ihr bezüglich ihrer Gründe, warum sie nach Kleinwalde gekommen sei, eine Unwahrheit gesagt, eine ganz offensichtliche, absurde Unwahrheit, verglich man ihre gestrigen Worte mit dem, was sie in ihrer Korrespondenz geschrieben hatte. Gestern nämlich hatte sie behauptet, sie sei bloß auf intensives Drängen ihres Sohnes hin nach Kleinwalde gekommen, und zwar, weil dieser Sohn Miss Anna Estcourt für ein hilfsbedürftiges und der Hilfe wertes Objekt erachtete. Die Schäbigkeit dieser Schwindelei hatte Anna verletzt und sehr traurig gemacht. Denn es war doch ihr größter Wunsch, so bald wie möglich zu den Seelen ihrer Freundinnen vorzudringen, jene wunderbare Nähe zu erreichen, in der jede Notlüge überflüssig wird. Und so wenig verstand diese Frau von Treumann Annas Absichten, daß sie eine Freundschaft fürs Leben mit einer Flunkerei begonnen hatte, die selbst ein kleines Kind durchschauen konnte. Doch derart ist die Wirkung eines gesunden Schlafes und eines herrlichen Aprilmorgens, daß Annas Herz ob der Schäbigkeit und Armseligkeit der Schwindelei sich für die arme Dame erweichte. Wie leidenschaftlich tief mußte ein Stolz sein, der seine Wunden unter derart bedauernswerten Lumpen zu verbergen suchte. Aus Annas Sicht war ein solcher Stolz natürlich falsch und von Übel. Für Frau von Treumann war er real und schmerzlich genug. Ein solcher Stolz mußte die Notwendigkeit, Annas Angebot akzeptieren zu müssen, noch viel grausamer erscheinen lassen, als sie es tatsächlich war, obgleich jede Notwendigkeit immer auch eine gewisse Grausamkeit darstellt.

Während Anna sich ankleidete, öffnete sich ihr Herz weit für die neue Freundin, denn sie erkannte, daß die Schwäche, die zur Lüge zwingt, eine Schwäche ist, die der ganz besonderen Liebe und Zuwendung bedarf. Denn nur, so hämmerte Anna sich ein, wer von der Furcht vor übergroßem Leiden bedrängt ist, wird jemals zu einer Lüge Zuflucht nehmen. Wenn es Frau von Treumann also glücklicher und ihr Leben hier angenehmer machte, so sollte sie ruhig denken, Anna glaube ihr, sie sei allein um Annas willen hierhergekommen. Was machte es denn schon? Niemand ist ohne Fehler, und so viele Menschen waren überraschend bemitleidenswert.

Inzwischen hatte sich ein strahlender Tag entwickelt, und mit dem beschwingten Schritt der Hoffnung sprang Anna die Stufen hinab. Während ihr anregende Gedanken durch den Kopf gingen, erwartete sie, daß keinerlei Mißverständnisse und keine bösen Ahnungen mehr die Oberfläche dieses schönen Morgens trüben würden. Beim Frühstück sähen sie sich alle offen in die Augen und läsen darin nichts als gegenseitiges Verständnis und Interesse und den innigen Wunsch, von nun an das Glück zu teilen, das Leben zu teilen, das glückliche Leben einander in Zärtlichkeit zugetaner Schwestern zu teilen.

Die Entreetür stand offen, und das Haus war erfüllt von Aprildüften: der Geruch von frischen Blätterknospen und altem, auf feuchter Erde verfaulendem Laub, von Kiefernnadeln, nassem Moos und Marschland. »Oh, so ein schöner, so ein wunderschöner Morgen!« wisperte Anna und rannte mit ausgebreiteten Armen zur Tür hinaus auf die Außentreppe und reckte der Sonne ihr Gesicht entgegen, so, als wollte sie alle Schönheit der Welt umarmen und festhalten. Tief sog sie die Luft ein. Dann wandte sie sich wieder zum Haus und sang mit leidenschaftlicher, doch leicht gedämpfter Stimme die erste Strophe des Magnifikats. Die Küchentür sprang auf, und zu Annas großer Verblüffung erschien Baronesse Elmreich aus diesen dunklen Gefilden. Das Magnifikat erstarb auf Annas Lippen, sie war zu überrascht. Wieso kam die Baronesse aus der Küche? Die Baronesse ihrerseits sah die Gestalt ihrer Gastgeberin bewegungslos im Gegenlicht stehen. Da es im Entree sehr dunkel, draußen aber strahlend hell war, dachte sie, Anna stünde mit dem Rükken zu ihr. Sie schloß die Küchentür also leise und vorsichtig wieder und wartete dahinter, bis sie meinte, ungesehen herauskommen zu können. Anna vermutete, die Prinzessin zeige der Baronin die Räume der Dienstboten. Als sie aber ins Frühstückszimmer trat, fand sie dort die Prinzessin allein vor und damit beschäftigt, den Kaffee aufzubrühen.

»Da sind Sie ja«, rief die Prinzessin herzlich. »Das ist schön, da können wir gemütlich zusammen Kaffee trinken, bevor die anderen herunterkommen. Waren Sie schon draußen? Sie riechen nach frischer Luft.«

»Ich bin nur einen Augenblick vor der Tür gewesen.«

»Kommen Sie, setzen Sie sich neben mich. Sie haben gut geschlafen, das sehe ich Ihnen an. Und erkennen Sie jetzt den Vorteil, gleich zum Frühstück zu kommen und nicht erst im Wald herumzulaufen? Sie sind als erste da und kriegen die erste, frischeste Tasse Kaffee.«

»Aber es ist nicht recht, daß ich das Beste bekomme«, entgegnete Anna und nahm lächelnd die Tasse entgegen, »wenn ich Gäste im Hause habe.«

»O doch, es ist recht, es ist sogar sehr recht. Außerdem sagten Sie mir doch, es seien Ihre Schwestern.«

»Das sind sie auch. War die Baronesse noch nicht hier?«

»Nein, die schläft sicher noch.«

»Nein. Ich hab sie vor ein paar Augenblicken gesehen. Ich dachte erst, Sie seien bei ihr.«

»O mein Gott, doch nicht schon so früh am Morgen!« rief die Prinzessin abwehrend aus. »Wann habe ich sie denn zuletzt gesehen? Vor weniger als neun Stunden. Sie folgte mir hinauf bis vor meine Schlafzimmertür und redete unablässig. Selbst um Ihnen einen Gefallen zu tun, könnte ich sie nicht schon wieder um mich haben.« Und sie schaute Anna liebevoll an. »Sie waren sehr müde gestern abend, nicht wahr?« fuhr sie fort. »Axel von Lohm ist so lange geblieben. Ich glaube, er wollte noch einmal mit Ihnen sprechen. Aber Sie sind ja dann gleich zu Bett gegangen.«

»Ich hatte bereits mit ihm gesprochen, bevor er zu Ihnen hineinkam. Nein, er wollte nicht noch einmal mit mir sprechen, die Neugier, meine neuen Freundinnen zu sehen, hat ihn getrieben.«

»Tatsächlich? Nun, er zeigte sich nicht sonderlich interessiert an ihnen. Er sprach fast die ganze Zeit ausschließlich mit mir. Einen Moment lang meinte er wohl, die Baronesse zu kennen – jedenfalls starrte er sie zuerst an und schien irgendwie überrascht. Aber es stellte sich dann heraus, daß sie lediglich jemandem ähnlich sieht, den er kennt. Sie jedenfalls hatte ihn offensichtlich noch nie zuvor gesehen. Es bereitet mir immer großes Vergnügen, mit dem jungen Mann zu sprechen«, redete die Prinzessin munter weiter, während Anna ihren Toast aß.

»Mir auch«, gab Anna zu.

»Mir sind schon viele Menschen im Leben begegnet, und ich habe mich oft über den Mangel an netten Menschen gewundert. Wie wenige gibt es doch, mit denen man gern zusammen ist, die man gern immer wieder sieht. Axel ist einer dieser wenigen, ganz eindeutig.«

»Ja, so ist es«, stimmte Anna zu.

»Nicht wahr, die Güte steht ihm in jeder Falte ins Gesicht geschrieben.«

»O ja, er hat das freundlichste Gesicht. Und er ist so stark. Wenn ich ihn sehe, habe ich immer das Gefühl, wenn etwas geschähe, ich meine, wenn etwas Schlimmes hier passierte, dann käme er sicher und würde es wieder in Ordnung bringen; wenn das Haus zusammenfiele, er würde es wieder aufbauen; wenn es brennen würde, dann würde er es löschen; er würde uns beschützen in diesem Haus der einsamen Frauen, wenn jemand uns entführen wollte.« Und Anna nickte der Prinzessin zustimmend zu und nahm noch eine Scheibe Toast. »Genauso denke ich über ihn«, sagte sie, »so sicher bin ich mir, daß er nicht nur bereit wäre zu helfen, sondern auch die Macht und die Kraft dazu hätte.« Während Anna so über Axel sprach, vergaß sie die Erscheinung der Baronesse, die sie eben erst gesehen hatte. Er war so freundlich, so gut, so stark. Wie sehr bewunderte sie Willenskraft, Unabhängigkeit, einen Charakter, der entschlossen ist, sein Glück zu finden, indem er sein Bestes gibt.

»Wenn ich eine Tochter hätte«, sagte die Prinzessin und füllte Annas Tasse nach, »dann würde ich sie Axel von Lohm zur Ehe geben.«

»Wenn *ich* eine Tochter hätte«, versetzte Anna, »würde ich sie ihm zur Ehe geben, also könnte Ihre Tochter ihn nicht heiraten. Ich würde sie nicht einmal fragen, ich wäre mir so sicher, daß es gut und richtig für sie ist, daß ich einfach sagen würde: ›Mein liebes Kind, ich habe meinen Schwiegersohn gewählt; also, setz deinen Hut auf, komm in die Kirche und heirate ihn.‹ Und damit wäre der Fall erledigt.«

Die Prinzessin begriff, daß es ein unrentables Geschäft war, die Sache Axel von Lohms zu betreiben. Sie hatte längst erkannt, wie er zu Anna stand; und mit der anrührenden Manier aller Witwen war sie außerdem überzeugt, daß es für eine Frau keinen besseren Weg zum Glück gebe als die Heirat. Ihrer Meinung nach war die Ehe allen anderen Arten und Formen weiblicher Beschäftigung haushoch überlegen. Doch jedesmal, wenn sie das Gespräch auf Axel von Lohm brachte, traf sie lediglich auf diese Art der herzlichen Beipflichtung, der ehrlichen Begeisterung, die ihr die Worte aus dem Mund nahmen, die das Lob verdoppelten und verdreifachten. Kurz, es war eine sehr vielversprechende Freundschaft; aber es war ein einzigartig entmutigendes Präludium für die Liebe.

»Bitte brühen Sie frischen Kaffee auf«, bat Anna. »Die anderen werden bald herunterkommen, und sie sollen keinen kalten Kaffee vorgesetzt bekommen.« Bei der bloßen Erwähnung ›der anderen‹ war Annas Stimme weich und liebevoll geworden. Wenn sie die Prinzessin oder Axel erwähnte, die sie beide sehr mochte, hatte sie nie dieses zärtliche Schwingen in der Stimme, wie der Prinzessin bereits aufgefallen war. Sie beide hatten offensichtlich nichts an sich, das die zarte, die mütterliche Seite in Annas Wesen ansprach, eine Seite, die alle guten und sogar die meisten bösen Frauen haben. Die Prinzessin und Axel von Lohm waren Annas Freunde, unerschütterliche Freunde, die sie mochte und respektierte. Aber die beiden waren in Annas Augen auch robuste, fähige Menschen, fest eingewurzelt und in der Lage, auf den eigenen Füßen zu stehen, fähig, den Kampf des Lebens erfolgreich zu führen. Wie ganz und gar anders waren doch dagegen die Armen und Hilflosen, die Anna errettet hatte und die Anna weiterhin so dringend brauchten, für die Anna alles war, die in ihren Nöten und Leiden Annas als Schutz und Schild so dringend bedurften.

Zwei dieser Armen und Hilflosen traten in diesem Augenblick mit frostigen Morgengesichtern in das Frühstückszimmer. Anna verdrängte den Anblick, den sie an der Küchentür gesehen hatte, aus ihrer Erinnerung, stand auf, ging zu den beiden hin und begrüßte sie mit fröhlichem Lachen und freundlichen Worten. Frau von Treumann tat ihr Bestes, warm zu reagieren, doch es war eindeutig zu früh am Morgen, um schon Warmherzigkeit zu zeigen. Es gehörte zu den eingefleischten Angewohnheiten Frau von Treumanns, zu dieser frühen Morgenstunde etwas ungehalten zu sein. Außerdem hatte sie noch keinen Kaffee bekommen, ihre Gastgeberin aber sehr wohl, und das macht einen großen Unterschied für die Gefühle. Die Baronesse sah bedrückt und blaß aus. Anna gegenüber war sie ausgesprochen frostig, erwähnte auch nicht, daß sie sie von der Küchentür aus bereits gesehen habe, und es schien, als wünsche sie nichts sehnlicher, als daß man sie in Ruhe lasse. Es kam also gar nicht erst dazu, daß sie sich gegenseitig freundlich in die Augen schauten.

Die Prinzessin blieb nur solange, bis sie sich überzeugt hatte, daß alle hatten, was sie wollten und brauchten, dann verließ sie mit dem Schlüsselbund rasselnd das Zimmer. Und nach einer Pause, in der Anna bei hermetisch geschlossenen Fenstern und wärmendem Frühstück fröhlich ungrammatisches Deutsch geplappert hatte, taute Frau von Treumann langsam auf, wurde zugänglicher und begann zu sprechen. Sie zog einen Brief und eine Fotografie aus der Tasche. »Das ist mein Sohn«, sagte sie mit stolzer Stimme. »Ich habe das Bild mitgebracht, um es Ihnen zu zeigen, und ich habe schon einen langen Brief von ihm erhalten. Er würde seine Mutter niemals vernachlässigen. Wahrlich, ein guter Sohn ist eine Quelle der Freude.«

»So wird es wohl sein«, erwiderte Anna.

Die Baronesse heftete ihre Augen auf das Bild. Aha, dachte sie, schon wieder der Sohn. Gestern abend der Sohn, heute morgen der Sohn, immer der Sohn. Diese gerissene Treumann verliert keine Zeit.

»Sieht er nicht sehr gut aus, mein Karlchen?«

»Ja«, antwortete Anna höflich, »die Uniform steht ihm wirklich gut.«

»Oh . . . was heißt hier, steht ihm? Er sieht anbetungswürdig aus! Besonders zu Pferd. Ich hätte gar nicht zugelassen, daß er etwas anderes als Husar wird. Diese Uniform«, schwärmte sie, »sie sitzt wie angegossen bei seiner hervorragenden Figur; so eine elegante Erscheinung. *Er* stolpert niemals über irgend jemandes Füße. Herr von Lohm dagegen ist mir gestern abend auf den Fuß getreten. Er hat mir fast die Zehen zerquetscht. Ich mußte mich sehr zusammennehmen, um nicht laut zu schreien. Ich habe diese großgewachsenen Männer noch nie leiden mögen, diese Bohnenstangen, von denen man fürchten muß, daß sie nicht aufhören zu wachsen, bis sie an die Decke stoßen.«

»Ja, er ist tatsächlich sehr groß«, stimmte Anna amüsiert lächelnd zu.

Ungebunden, dachte Frau von Treumann. »Sagen Sie mir, liebe Miss Estcourt . . .«, säuselte sie dann und legte ihre Hand auf Annas.

»Oh, bitte, nennen Sie mich nicht Miss Estcourt.«

»Aber wie denn dann?«

»Oh, Sie müssen mich Anna nennen. Wir sind doch wie Schwestern hier. Und Sie auch, bitte, auch Sie müssen mich Anna nennen«, wandte sie sich an die Barnonesse.

»Sie sind zu gütig«, antwortete die Baronesse kühl.

»Nun, meine kleine Schwester«, flötete Frau von Treumann lächelnd, »mein kleines Schwesterchen . . .«

Kleines Schwesterchen! dachte die Baronesse pikiert. Wirklich formidabel, diese Treumann!

». . . schauen Sie, eine Frau meines vorgerückten Alters könnte doch unmöglich eine so junge Schwester haben.«

»Aber sicher doch! Keine richtige Schwester vielleicht, aber eine Halbschwester.«

»Nun, ganz wie Sie wünschen. Was für eine süße Vorstellung für mich. Ich wollte Sie nämlich fragen . . . aber Karlchens Brief ist zu anrührend, wirklich, solche umsichtigen Gedanken . . . solche hohen Ideale . . .«, und sie raschelte mit den Briefbogen, von denen es drei Stück gab, und dann putzte sie sich die Nase.

»Er hat Ihnen aber einen sehr langen Brief geschrieben«, bemerkte Anna freundlich, während das Naseputzen sich in eine Länge zog, die Anna unruhig machte. Würde Frau von Treumann wieder zu weinen anfangen?

»Haben Sie sich erkältet, liebe Frau von Treumann«, erkundigte sich die Baronesse scheinbar besorgt.

»Ach nein, nicht doch«, murmelte Frau von Treumann, hantierte mit den Briefbogen und putzte sich die Nase noch heftiger.

Gleich wird sie ihr abbrechen, dachte Letty, die unbemerkt ins Zimmer geschlüpft war, am fernen unteren Ende des Tisches Platz genommen hatte und ihr Butterbrot verzehrte.

Die arme Frau, dachte Anna, sie betet ihr Karlchen an.

Es trat eine allgemeine Pause ein, in der nur weiterhin die Nase geputzt wurde.

»Dieser Brief ist so wunderschön . . . aber so traurig, so schrecklich traurig«, erklärte Frau von Treumann endlich und schüttelte dazu den Kopf. »Der arme Junge . . . der liebe, arme Junge, er vermißt seine Mutter ja so sehr. Ich wußte, daß er mich vermissen würde, aber ich hätte im Traum nicht gedacht, daß ihm die Trennung so schlimm sein würde. Oh, meine liebe Miss Estcourt – oh, entschuldigen Sie – meine liebe Anna« – schwaches Lächeln –, »ich werde Ihnen nie sagen können, was für ein Kampf es war, was für eine schreckliche Überwindung, was für ein schwerer Schritt, ihn, mein Karlchen, zu verlassen, der nun seit fünf Jahren – ich bin seit fünf Jahren verwitwet, wissen Sie –, der seit fünf Jahren mein einziges ein und alles war.«

»Es muß furchtbar gewesen sein«, murmelte Anna mitfühlend.

Die Baronesse saß kerzengerade und bewegungslos und hielt die Augen starr auf Frau von Treumann gerichtet.

»›Meine allerliebste Mama, wann werde ich dich wiedersehen?‹ – das waren seine Abschiedsworte. Und ich konnte ihm keine Hoffnung geben – keine Antwort.« Das Taschentuch wanderte zu den Augen.

Ach du meine Güte, jetzt flennt sie auch noch! Was soll bloß das ganze Geseier? dachte Letty bei sich.

»Ich sehe ihn noch vor mir, wie er da auf dem Bahnsteig steht. Immer kleiner wurde er, während der Zug abfuhr, um mich einem neuen, unbekannten Leben zuzuführen. Der einzige Sohn . . . der einzige Sohn einer Witwe . . . ist alles, alles für eine Mutter.«

»So muß es wohl sein«, hauchte Anna.

Wieder herrschte einen Moment lang Stille. Dann wischte sich Frau von Treumann die Augen und nahm den Brief wieder zur Hand. »Jetzt schreibt er mir, obwohl ich doch erst zwei Tage von Rislar weg bin – die Stadt, in der er stationiert ist, wissen Sie –, jetzt schreibt er, daß es ihm bereits scheint, als wären es Jahre. Der arme Junge. Er ist ganz verzweifelt . . . hören Sie sich das an . . . ach, der arme Junge«, und sie lächelte tapfer und fing an, laut zu lesen: »›Liebste, beste Mama, ich muß Dich sehen, wenigstens von Zeit zu Zeit. Ich hatte ja keine Ahnung, daß mir die Trennung so schwerfallen würde. Hätte ich das gewußt, ich hätte Dich niemals gehen lassen. Ich flehe Dich an, bitte Miss Estcourt . . .‹«

Aha! dachte die Baronesse.

»›. . . mir zu erlauben, meine Mutter gelegentlich zu besuchen. Im Dorf muß es doch einen Gasthof geben. Wenn nicht, könnte ich in Stralsund bleiben; ich würde Miss Estcourt in keiner Weise stören. Aber ich muß meine liebste Mutter, das Wesen, um das ich mich seit dem Tode meines Vaters gekümmert habe, von Zeit zu Zeit besuchen können.‹ Der liebe, der arme, der dumme Junge . . . er ist völlig verzweifelt . . .«, und Frau von Treumann legte die Briefbogen zusammen, steckte sie in den Umschlag zurück, lächelte Anna mit letzter Kraft an, und dann vergrub sie ihr Gesicht im Taschentuch.

Formidabel diese Treumann, dachte die Baronesse bei sich.

Anna war völlig perplex. Söhne waren in ihren Berechnungen nicht vorgekommen. In der Korrespondenz mit Frau von Treumann war der Sohn ganz en passant erwähnt worden, als ein Offizier, der von seinem Sold ein mageres Auskommen hat, doch keinen überflüssigen Pfennig besitzt, um damit einen Elternteil zu finanzieren. Nicht mit einer einzigen Silbe war von so etwas wie Zuneigung zwischen den beiden die Rede gewesen. Jetzt aber schien es, als ob Mutter und Sohn eine unzertrennliche Einheit bildeten, und wenn es so war, dann mußte die Trennung in der Tat schrecklich sein. Mutterliebe war ein Gefühl, das Anna den allergrößten und tiefsten Respekt abforderte. Vor ihren unbekannten Höhen und Tiefen stand sie mit Ehrfurcht und Schweigen. Wie konnte sie, eine alte Jungfer, dieses heilige Gefühl auch nur annähernd verstehen oder nachempfinden? Mutterliebe war in ihren Augen eine wunderschöne Emotion, ein Mysterium, dem sie nur von Ferne größte Ehrerbietung zollen konnte. Keinesfalls durfte sie sich zwischen Mutter und Kind stellen, und doch . . . und doch wünschte sie, sie hätte mehr Zeit zur Verfügung, um sich die Dinge durch den Kopf gehen zu lassen.

Sie blickte Frau von Treumann ziemlich hilflos an und drückte ihr linkisch die Hand. Die Hand reagierte nicht auf den Druck, und das Gesicht blieb im Taschentuch verborgen. Nun, es wäre absurd, den Sohn endgültig von der Mutter trennen zu wollen. Wenn er gelegentlich kam, um seine Mutter zu besuchen, so würde das nichts ausmachen. Sie drückte die Hand etwas fester und sagte mit einer Überwindung, die sie aber tapfer zu verbergen suchte: »Nun, dann muß er Sie besuchen kommen, wenn er kann. Es ist eine ziemlich weite Reise, nicht wahr? Sagten Sie nicht, Sie hätten in Berlin übernachten müssen?«

»Oh, meine liebste Miss Estcourt – Verzeihung – meine Liebe Anna, meine ich«, und Frau von Treumann ließ unverzüglich das Taschentuch in den Schoß sinken und ergriff Annas Hand enthusiastisch mit ihren beiden Händen, »mir fällt ein Stein vom Herzen, ein Stein, so groß wie ein Mühlstein! Die ganze Nacht habe ich gegrübelt und überlegt. Ich habe mich gefragt, wie ich das nur ertragen kann. Ich darf meinem Karlchen also schreiben, daß er mich besuchen kann? Sie befürchten, es wäre eine zu lange Reise? Sie befürchten, es könnte ihn zu sehr anstrengen? Oh, es wird ihm nichts machen, mein Karlchen wird es gar nicht spüren, wenn er seine Mutter nur sehen kann. Wie kann ich Ihnen nur danken? Sie denken vielleicht, mein Dank ist übertrieben, für so eine Kleinigkeit, nun, nur eine Mutter allein kann verstehen . . .«

Kurz, Karlchens Erscheinen in Kleinwalde war nur noch eine Frage von Tagen.

Unverschämt, lautete der nur im Geist formulierte Kommentar der Baronesse.

19

Anna setzte ihren Hut auf und ging hinaus, um alles zu überdenken. Fräulen Kuhräuber schlief wohl noch. Letty war in Begleitung von Miss Leech auf dem Weg zur Pfarrei in Lohm, wo sie bei Herrn Klutz, der sich bereit erklärt hatte, sie Deutsch zu lehren, heute ihre erste Lektion erhalten sollte. Frau von Treumann sagte, sie müsse unverzüglich an Karlchen schreiben, und schloß sich dazu in ihrem Zimmer ein. Die Baronesse äußerte sich nicht klar über ihre Absichten und verschwand. So konnte Anna das Haus allein verlassen; sie überquerte die Straße und ging schnellen Schrittes zum Wald hinüber. »Wenn es sie so glücklich macht, dann bin ich froh«, sagte sie zu sich selbst. »Schließlich ist sie hier, um glücklich zu sein. Und wenn sie Karlchen sosehr braucht, nun, dann müssen sich die beiden eben von Zeit zu Zeit sehen. Ich frage mich bloß, warum ich Karlchen nicht ausstehen kann.«

Die Augen fest auf den Boden geheftet, schritt sie schnell aus. Die Stimmung, in der sie das Magnifikat gesungen hatte, war verflogen; auch hatte sie keine Augen mehr für den Aprilmorgen. Frau von Treumann war noch keine vierundzwanzig Stunden unter ihrem Dach, und schon gesellte sich ihr Sohn zu ihnen. Auch wenn er natürlich nur gelegentlich auftauchte, so war er doch bereits ein Bestandteil der Hausgesellschaft. Angenommen, die Baronesse und Fräulein Kuhräuber sollten ebenfalls eine Unfähigkeit entdecken, ohne die gelegentlichen Besuche eines geliebten Anverwandten leben zu können? Angenommen, die anderen neun, die bis dato noch gar nicht Erwählten, sollten auch alle miteinander einen Verwandten haben, der tragisch vernachlässigt im Hintergrund lauerte und die Erlaubnis erbat, von Zeit zu Zeit seine Aufwartung machen zu dürfen? Und angenommen, all diese Anverwandten wären zufällig obendrein auch noch männlichen Geschlechts?

Dies waren schwerwiegende Fragen – so schwerwiegend, daß Anna sich unfähig sah, darauf eine Antwort zu finden. Und unerwartet hatte sie das Gefühl, daß jemand sie anschaute. Sie hob den Blick und sah Axel nur wenige Schritte vor sich auf einem bemoosten Seitenpfad stehen.

»So tief in Gedanken?« fragte er lächelnd, als er sah, wie sie erschrocken zusammenfuhr. Anna fragte sich, wieso er sooft durch den Wald ging. War der Wald eine Abkürzung zwischen Lohm und irgendwo? Sie hatte ihn jüngst drei- oder viermal hintereinander getroffen, und immer an ziemlich abgelegenen Stellen. Er schien zu jeder Stunde durch den Wald zu reiten oder zu laufen.

»Wie geht's mit Ihrem Kartoffelacker voran?« fragte sie unwillkürlich. Sie wußte, daß für die Kartoffeln Eile geboten war, nicht umsonst fuhr sie täglich mit Dellwig auf einem rumpeligen alten Karren ohne Sprungfedern zu den Äckern hinaus. Axel mußte ebenfalls Kartoffeln zu pflanzen haben, warum also blieb er nicht auf seinem Gut und machte es?

»Was für eine passende Frage aus dem Munde einer fleißigen Landfrau«, antwortete er belustigt. »Sie verschwenden keine Zeit mit Morgengrüßen oder Fragen nach dem Befinden, sondern kommen gleich zur Sache, respektive zu den Kartoffeln. Nun, ehrlich gesagt, ich glaube nicht recht, daß meine Kartoffeln Sie wirklich interessieren, also werde ich Ihnen nichts über sie erzählen. Sie wollen mich nur daran erinnern, daß ich mich um die Aussaat kümmern sollte, statt im Wald herumzuspazieren.«

Anna lächelte. »Ich fürchte, ich habe in der Tat so oder ähnlich gedacht«, gab sie zu.

»Nun, ganz so ziellos, wie Sie denken, ist mein Gang durch den Wald nicht«, erklärte er, während er neben ihr herging. »Ich habe mir die Stelle angeschaut.«

»Was für eine Stelle?«

»Wo Dellwig die Ziegelei bauen möchte.«

»Ach ja? Und, was halten Sie davon?«

»Genau das, was ich mir gleich dachte. Es ist ein aberwitziger Plan. Der Lehm ist vollkommen ungeeignet, viel zu mager. Ich frage mich, wie er bei dieser Qualität des Ausgangsmaterials auf diese verrückte Idee verfallen konnte. Ein bißchen mehr Verstand hätte ich ihm schon zugetraut.«

»Er ist ganz versessen darauf, die Ziegelei zu bauen. Letzte Nacht dachte ich, er würde überhaupt nicht mehr aufhören, auf mich einzureden.«

»Aber Sie haben nicht nachgegeben?«

»Keinen Fußbreit! Ich sagte ihm, ich würde Sie bitten, daß Sie sich die Sache anschauen. Da wurde er regelrecht fuchtig, direkt unverschämt. Ich glaube, Sie haben recht, er wird Kleinwalde verlassen müssen. Wir werden nie miteinander zurechtkommen. Und jetzt, da Sie mir versichern, daß der Lehm nicht geeignet ist, werde ich ihm strikt untersagen, einen Brennofen zu bauen.«

Axel lächelte, als er ihr energisches Auftreten sah. Morgens war Anna, was Dellwig anging, immer fest entschlossen. »Sie sind sehr entschlossen heute morgen«, stellte er fest. »Gestern abend schienen Sie Angst vor Dellwig zu haben.«

»Ach, er kommt immer, wenn ich schon müde bin. Aber ich werde ihn abends nicht mehr vorlassen. Es ist ein zu häßlicher Abschluß für einen glücklichen Tag.«

»Dann war gestern also ein glücklicher Tag?« fragte Axel rasch.

»Ja . . . das heißt, es hätte ein glücklicher Tag sein sollen, und er wäre es sicher auch gewesen, hätte mich nicht die Müdigkeit übermannt.«

»Aber die anderen . . . die Neuankömmlinge, die müssen doch glücklich und zufrieden gewesen sein?«

»Ja . . . o ja . . .«, Annas Stimme wechselte von sofortiger Zustimmung zu einem Zögern, ». . . ich glaube schon. Also, Fräulein Kuhräuber war es ganz bestimmt, hier und da. Und die anderen wären es gewiß auch gewesen, hätten sie nicht so eine beschwerliche Reise hinter sich gehabt.«

»Übrigens, entsinnen Sie sich, was ich Ihnen gestern bezüglich der Elmreichs sagte?«

»Und ob! Sie haben ja schreckliche Dinge gesagt.« Annas Stimme bekam einen anderen Ton.

»Über einen gewissen Baron Elmreich. Aber er hatte auch eine Schwester, die sich in Berlin das Leben verpfuscht. Ich bin ihr dort ein- oder zweimal begegnet: Sie tanzt im Wintergarten und tritt dort sogar unter ihrem eigenen Namen auf.«

»Das arme Ding. Aber, wissen Sie, das interessiert mich nicht.«

»Warten Sie, werden Sie nicht gleich wieder böse.«

»Aber ich möchte es nicht wissen. Und überhaupt, warum sollte sie nicht tanzen? In London kannte ich eine ganze Reihe von Leuten, die als Tänzer im Wintergarten endeten.«

»Aha, dann geben Sie also zu, daß es ein Ende ist?«

»Na ja, ein Anfang ist es nicht gerade«, gestand Anna ein.

»Die Tänzerin sah Ihrer Baronesse so verblüffend ähnlich . . . sie müßte sich nur stark schminken und eine Perücke aufsetzen und . . .«

»... und Sie wären davon überzeugt, daß es Schwestern sind. Herzlichen Dank! Und was glauben Sie, habe ich nun davon, daß Sie mir das erzählt haben?« Und sie reckte sich zu ihrer vollen Größe auf und blickte ihn mit ärgerlich funkelnden Augen an.

Axel gab sich die größte Mühe, aber er konnte angesichts ihres Zornes ein Lächeln nicht unterdrücken. Es war der Zorn einer Mutter, deren Kind von einem Dritten absichtlich verletzt wurde.

»Ich wünschte«, sagte er, »Sie wären nicht immer gleich so ärgerlich, wenn ich Sie über Dinge unterrichte, die zu wissen für Sie sehr wichtig sein könnten. Wenn nämlich Ihre Baronesse tatsächlich die Schwester der tanzenden Baronesse ist, dann ...«

»Sie ist es aber nicht!« unterbrach ihn Anna ungehalten. »Gestern abend erst hat sie mir erneut bestätigt, daß sie keine Geschwister hat, wie sie es schon in ihren Briefen schrieb. Denken Sie, es ist eine lobenswerte Beschäftigung für einen Mann, ehrenrührige Dinge über eine Frau auszugraben, die sehr arm und sehr hilflos ist?«

»Nein, das denke ich nicht«, antwortete Axel ruhig und mit fester Stimme. »Und unter allen anderen Umständen würde ich mich in die Angelegenheiten dieser armen Dame nicht einmischen. Aber bitte bedenken Sie«, und er folgte ihr, denn sie hatte sich mit forschem Schritt in Bewegung gesetzt, »bitte bedenken Sie Ihre ungewöhnliche Lage. Sie sind eigentlich viel zu jung, um so fern von Ihren Freunden zu leben, viel zu jung und zu unerfahren, um ein Heim für heimatlose Frauen zu leiten. Sie sollten bei der Auswahl der Menschen, die Sie in Ihr Haus aufnehmen, ganz außerordentliche Vorsicht walten lassen. Es könnte höchst ungemütlich für Sie werden, wenn sich herausstellte, daß Leute von zweifelhaftem Ruf darunter sind.«

»Aber sie sind nicht von zweifelhaftem Ruf«, versetzte Anna trotzig und starrte vor sich hin.

»Eine Schwester, die im Wintergarten als Tänzerin auftritt ...«

»Habe ich Ihnen nicht gesagt, daß sie keine Schwester hat?«

Axel zuckte mit den Schultern. »Die Ähnlichkeit ist so groß, sie könnten Zwillinge sein«, sagte er schlicht.

»Dann denken Sie also, sie sagt die Unwahrheit?«

»Wie kann ich das wissen?«

Anna blieb stehen und schaute ihm ins Gesicht. »Angenommen, es wäre so. Angenommen, die Tänzerin aus dem Wintergarten ist tatsächlich die Schwester von Baronesse Elmreich, und sie hat versucht, mir das zu verheimlichen. Wissen Sie, was ich dann denken würde?«

»Nun, ich hoffe doch, Sie wären entsprechend empört!«

»Nein. Ich würde sie um so mehr lieben. Ha, ich würde sie zweimal, dreimal soviel lieben wie jetzt. Denken Sie doch nur an ihre Schande und ihr Elend . . . die arme, kleine Frau, die versuchen muß, alles geheimzuhalten, die alles allein ertragen muß. Sie liebt ihre Schwester, sie wird ihren Bruder geliebt haben. Die ganze Geschichte stimmt natürlich nicht, aber wenn es so wäre, könnten Sie mir dann einen Grund nennen, nur einen einzigen, warum ich dieser Frau den Rücken zukehren sollte?«

Anna blickte ihn an, die Augen voller zorniger Tränen. Er schwieg. Wenn das ihre Meinung war, was hätte er da antworten können?

»Ich habe nie begriffen«, fuhr sie mit vor Erregung zitternder Stimme fort, »warum die Unschuldigen bestraft werden sollen. Glauben Sie denn, eine Frau *wünscht* sich, daß ihr Bruder beim Kartenspiel betrügt und sich dann erschießt? Glauben Sie, sie *wünscht* sich, daß ihre Schwester im Wintergarten auftritt? Aber wenn sie das tun, muß man dann diese Frau, die ohnehin schon Leid und Sorgen genug deswegen hat, auch noch schneiden und ihr aus dem Weg gehen, als wäre sie aussätzig? Halten Sie das für gerecht? Ist das richtig? Ist das auch nur im Entferntesten christlich?«

»Nein, natürlich ist es das nicht. Es ist sehr hart und sehr häßlich, aber es ist auch ganz natürlich. Eine ältere Frau in sehr gesicherter Position könnte eine solche Person vielleicht aufnehmen, sie trösten und lieben, wie Sie sich das vorstellen. Aber eine sehr junge Frau sollte das keinesfalls und unter keinen Umständen tun.«

Anna wandte sich mit einer Geste der Ungeduld ab und schritt rasch aus. »Wenn Sie immer bloß auf der Tatsache herumhacken, daß ich eben eine junge Frau bin, dann werden wir nie über irgend etwas vernünftig miteinander reden können. Wann werden Sie aufhören, von meiner Jungmädchenhaftigkeit zu reden? In fünf Jahren werde ich dreißig sein. Wollen Sie so weitermachen, bis ich dieses gesegnete Alter erreicht habe?«

»Ich habe kein Recht, mich über irgend etwas weiter auszulassen«, entgegnete Axel ruhig.

»Eben!« sagte Anna.

»Aber bitte bedenken Sie, daß ich Ihrem Onkel zu sehr großem Dank verpflichtet bin. Und seien Sie nachsichtig mit mir, wenn ich in meinem Wunsch, seine Nichte vor Unannehmlichkeiten zu schützen, ein wenig über das Ziel hinausschieße.«

»Dann hören Sie wenigstens auf, mir dauernd einzureden, ich sei zu jung, um Gutes zu tun. In Anbetracht meines Alters ist es lächerlich und außerdem schrecklich. Ich fürchte nämlich, Sie werden es sagen, bis ich dreißig oder gar vierzig bin, und dann, wenn es wahrhaftig nicht mehr höflich wäre, auf meine Jugend zu verweisen, werden Sie den Spieß umdrehen und sagen, ich sei alt genug, um es besser zu wissen.«

Axel lachte laut heraus, und für einen winzigen Augenblick erschienen Annas Grübchen; sie verschwanden aber sogleich wieder.

»Also«, sagte sie ganz ernst, »ich will nichts mehr über die arme kleine Else hören. Sollen ihre entfernten Anverwandten tanzen, bis sie umfallen . . . hier in Kleinwalde geht das niemanden etwas an.«

»Die kleine Else?«

»Die Baronesse. Natürlich werden wir uns alle bei den Vornamen nennen. Schließlich sind wir Schwestern.«

»Ich verstehe.«

»Nein, Sie verstehen überhaupt nichts«, entgegnete sie und warf ihm einen kurzen Seitenblick zu.

»Meine liebe Miss Estcourt . . .«

»Wenn mein Plan je gelingen sollte, dann sicherlich nicht deshalb, weil man mich ermutigt hätte.«

In seiner Stimme lag plötzlich sehr viel Wärme, als er sagte:

»Miss Estcourt, Sie mißverstehen mich. Ich halte Ihren Plan für ganz wunderbar, und er konnte auch nur von einem ganz wunderbaren Wesen entworfen werden.«

»Oh?« rief Anna verwundert aus. Ein rosiger Hauch von Dankbarkeit huschte über ihr Antlitz, doch es war die warme Herzlichkeit in seiner Stimme, die sie noch mehr überraschte als die Worte selbst. Wieder blieb sie stehen, um ihn anzuschauen. Auch ihre Stimme war sanft, als sie jetzt sagte: »Es ist so schade, daß wir fast immer streiten, wenn wir miteinander sprechen, denn Sie können so nett sein, wenn Sie wollen. Sagen Sie nur so freundliche Dinge zu mir. Wir wollen doch glücklich sein. Ich bin so gerne glücklich.«

Lächelnd streckte sie ihm die Hand hin. Er nahm sie, schüttelte sie kräftig und wie selbstverständlich und ließ sie wieder los. Er benahm sich tölpelhaft, denn in seinem Inneren kämpfte er mit dem überwältigenden Wunsch, sie fest in die Arme zu schließen, sie zu küssen und sie nicht mehr loszulassen, bis sie versprach, ihn zu heiraten. Die Situation war ihm über alle Maßen peinlich, denn er wußte ganz genau, sollte er tun, wonach ihn sosehr verlangte, so wäre das augenblicklich das Ende von allem.

Er wurde ziemlich blaß und schob beide Hände tief in die Taschen. »Ja, der Plan ist wunderbar«, sagte er so fröhlich und aufgeräumt, wie es ihm nur gelingen wollte, »aber sehr unpraktisch. Und das Wesen, das ihn entworfen hat, ist, wie ich sehen kann, ebenfalls wunderschön, aber natürlich genauso unpraktisch wie der Plan.«

Und weil Axel größer war als Anna, schaute er mit einem breiten, jungenhaften Grinsen auf sie herab.

»Ich weiß ja selbst, daß ich die Dinge nicht immer richtig anpacke«, gab sie zu. »Wenn Sie sich bloß über die Vergangenheit meiner Freundinnen nicht so viele Gedanken machen würden und darüber, was ihre Verwandten in grauer Vorzeit angestellt haben mögen, dann könnten Sie mir soviel Hilfestellung geben.«

Zu seiner größten Erleichterung setzte sie den Spaziergang

fort. »Prinzessin Ludwig ist eine vernünftige und sehr erfahrene Frau«, antwortete er. »Sie kann Ihnen bei vielen Dingen viel besser helfen als ich.«

»Aber sie sieht nur die praktische Seite der Dinge, und das ist wahrhaftig nur die eine Seite. Ich bin zu unpraktisch, das weiß ich, aber sie ist nicht unpraktisch genug. So, und jetzt will ich nicht mehr von ihr und den anderen Damen sprechen. Was ich sagen wollte ist vielmehr, wenn die armen Damen erst einmal ausgewählt und hier sind, ist die Zeit, Nachforschungen über sie anzustellen, vorbei, nicht wahr? Jedenfalls sehe ich das so. Ich werde sie nie im Stich lassen – niemals, *niemals.* Also, bitte, versuchen Sie nicht, mir im nachhinein Dinge über sie zu erzählen, es ändert meine Gefühle für die armen Frauen in keiner Weise, es macht mich nur böse auf Sie. Und das ist sehr schade. Ich möchte mit all meinen Nachbarn in Frieden und Eintracht leben.«

»Nun«, sagte er, als sie geendet hatte, »ich vermute, das war die Einleitung zu einem neuen Kapitel.«

»Ja, das stimmt. Es war die Einleitung zu Karlchen.«

»Karlchen?«

Sie blickte ihn an und lachte nervös.

»Ich fürchte«, sagte sie, »Karlchen wird kommen und bei mir bleiben.«

»Und wer, bitte schön, ist Karlchen?«

»Der einzige Sohn seiner Mutter, und diese Mutter ist eine Witwe.«

Diesmal blieb er wie angewurzelt stehen. »Was?« rief er, »Frau von Treumann hat Sie gebeten, ihren Sohn nach Kleinwalde einladen zu dürfen?«

»Nun, sie hat nicht direkt darum gebeten, aber sie hat einen traurigen Brief von ihm bekommen; die Trennung schien sie soseh zu schmerzen. Sie weinte deswegen . . . und da, da habe ich es ihr zugestanden, daß sie Karlchen kommen läßt.«

Axel schwieg.

»*Ich* sehne mich wahrhaftig nicht danach, Karlchen zu sehen«, sagte Anna mit kleinlautem Stimmchen. Irgendwie hatte sie auf einmal das Gefühl, daß ihr die Einladung auf unfaire Weise abgeluchst worden war.

Axel bohrte mit seinem Stock ein Loch ins Moos und antwortete nicht.

»Natürlich hängt seine arme Mutter an ihm. Und er an ihr.«

Axel konzentrierte sich auf das Loch im Moos und sagte noch immer nichts.

»Sie bedeuten die Welt füreinander.«

Axel füllte das Loch wieder auf und trat das Moos sorgfältig mit dem Fuß fest. Endlich sagte er tonlos: »Ich habe noch nie von zwei Treumanns gehört, die sich gegenseitig die Welt bedeutet hätten.«

»Sie scheinen auch gegen die Treumanns was zu haben.«

»Nein, ganz und gar nicht. Ich glaube, dafür interessieren sie mich nicht genug. Es ist eine ostpreußische Junkerfamilie, die sich weit über ihre natürlichen Grenzen hinaus ausgebreitet hat, man begegnet ihnen überall und kennt ihre Charaktereigenschaften. Was ist dieser junge Mann? Ich kann mich nicht entsinnen, je von ihm gehört zu haben.«

»Er ist Offizier beim Regiment in Rislar.«

»In Rislar? Das sind die roten Husaren. Möchten Sie, daß ich Erkundigungen über ihn einziehe?«

»Ach nein, es ist zwecklos. Seine Mutter kann ohne ihn nicht glücklich sein; er muß auf jeden Fall kommen.«

»Darf ich dann fragen, warum wir überhaupt über ihn sprechen, wenn ich in der Sache doch nicht von Nutzen sein kann?«

»Ich wollte Sie fragen, ob Sie meinen . . . ob Sie meinen, daß er oft kommen wird?«

»Ich nehme an«, sagte Axel mit Bestimmtheit, »daß er in der Tat sehr häufig kommen wird.«

»O je«, seufzte Anna.

Schweigend gingen sie weiter.

»Haben Sie sich schon überlegt«, sagte er mit einemmal, »was Sie tun werden, wenn auch die anderen . . . äh, Schwestern darum bitten, ihre Verwandten einladen zu dürfen? Weihnachten zum Beispiel ist eine Zeit, in der im Aufblühen der allgemeinen Freude selbst die kältesten Herzen sich erwärmen. Verwandte, die das ganze Jahr über erbittert zerstritten waren, besuchen sich an Weihnachten und schwärmen tränenüberströmt von ihren Blutsbanden. Und Geburtstage . . . werden Ihre zwölf Schwestern damit zufrieden sein, ihre zwölf Geburtstage fernab von allen Familienmitgliedern zu feiern? Geburtstage sind in diesem Lande sehr wichtige Feiertage. Sie werden im Schnitt jeden Monat einen in Kleinwalde zu begehen haben.«

»Ich bin noch nicht weiter gediehen, als über Karlchen nachzudenken«, versetzte Anna mit Ungeduld in der Stimme.

»Ein männlicher Kuhräuber«, sagte Axel nachdenklich, schwang seinen Stock und schaute die Wolken an, die wie Schaffelle über den Wipfeln der Kiefern hingen, »ein männlicher Kuhräuber wäre ein Anblick, wie Sie ihn wohl noch nie im Leben gesehen haben.«

»Es gibt keinen männlichen Kuhräuber«, entgegnete Anna. »Jedenfalls«, korrigierte sie sich dann, »hat Fräulein Kuhräuber das behauptet. Sie sagte, sie habe überhaupt keine Verwandten. Aber vielleicht . . . vielleicht hat sie einige vergessen und wird sich ihrer im Laufe der Zeit wieder erinnern. Oh, ich wünschte, sie würden mir alle ehrlich sagen, wie die Dinge stehen, und nicht versuchen, vor mir etwas geheimzuhalten. Ich dachte, wir hätten in unseren Briefen nichts unaufgeklärt gelassen. Aber diese Sache mit Karlchen, es scheint . . .«, sie hielt abrupt inne und biß sich auf die Unterlippe. Sie war ja drauf und dran, gegenüber Axel das Verhalten ihrer Schwestern zu kritisieren. »Sehen Sie nur«, rief sie aus, als sie ein paar rote Dächer zwischen den Bäumen leuchten sah, »ist das nicht Lohm? Ohne es zu wissen, habe ich Sie nach Hause begleitet.«

Sie streckte ihm die Hand hin. »Das viele Reden ist nicht gut, nicht wahr?« fragte sie von einem plötzlichen Impuls getrieben, und blickte wehmütig lächelnd zu ihm auf. »Wir reden und reden und kommen doch der Sache oder uns selbst nicht näher. So viele Worte, um sich zu erklären, und doch führt es zu nichts. Dabei meine ich nicht nur Sie und mich . . . es ist immer so, mit allen und überall. Es ist sehr seltsam. *Good-bye.*«

Er aber hielt ihre Hand fest und ließ sie nicht gehen.

»Nein«, sagte er mit einer Stimme, wie sie sie an ihm nicht kannte, »bitte, bleiben Sie noch einen Moment. Warum gestatten Sie mir nicht, Ihnen wirklich zu helfen? Glauben Sie denn, Sie werden jemals etwas erreichen, wenn Sie die Augen vor der Wahrheit verschließen? Ist es nicht besser, erst der Wahrheit ins Angesicht zu sehen und dann zu versuchen, sein Bestes zu geben? Warum sind Sie jedesmal böse mit mir, wenn ich versuche, Ihnen die Wahrheit über diese Damen zu sagen – oder das, was ich für die Wahrheit halte. Mit Sicherheit werden Sie diese Wahrheit eines Tages selbst auch erkennen. Aber in der Zwischenzeit zwingen Sie mich, tatenlos zuzusehen, wie Sie enttäuscht und gekränkt werden, vielleicht sogar schamlos betrogen . . . in jedem Fall aber wird Ihr Vertrauen mißbraucht . . . und Sie reduzieren unsere Gespräche auf so etwas wie einen Sparringskampf, der unser beider nicht würdig, wirklich unser beider nicht würdig ist . . .«, jetzt hielt er unvermittelt inne und ließ zugleich ihre Hand los. Die Leidenschaft in seiner Stimme war nicht zu überhören gewesen, und Anna hatte mit erstaunt aufgerissenen Augen gelauscht. »Ich rede wie ein Schulmeister«, fuhr er dann in seinem bekannt gleichmäßigen, ruhigen Ton fort. »Verzeihen Sie mir, wenn ich denke, Sie gehen Ihren Plan in einer Weise an, die niemals zum Erfolg führen kann. Es ist, wie Sie sagen: Wir reden und reden, und je mehr wir reden, desto weniger verstehen wir uns. Es ist eine dumme Welt und vor allem eine sehr einsame Welt.«

Er zog den Hut, drehte sich um und schritt rasch davon. Anna öffnete den Mund, um etwas zu erwidern, aber er war schon zu weit weg.

Sie ging nach Hause und dachte über Vulkane nach.

20

In Norddeutschland entsprach der Mai in jenem Jahr dem Taum eines jeden Dichters. Wie Perlen auf einer Schnur reihten sich die Tage aneinander, jeder neue Tag schöner und kostbarer als der vorangegangene; der Flieder blühte zwei Wochen früher als in anderen Jahren, die Stürme, sonst so ruhelos an diesen flachen Küsten, schienen alle einen langen Schlaf zu halten und regten sich kaum. Um die Mitte des Monats herrschte Vollmond, und der Wald war wie verzaubert. Es war eine Zeit für Liebende und für die Liebe, für Treueschwüre und Küsse, für alle schönen, glücklichen, hoffnungsvollen Dinge. Nur die Bauern, die für Treueschwüre und die Liebe schon zu alt waren, beäugten grummelnd ihre Roggenfelder und schimpften, weil der Regen ausblieb.

Karlchen aber, der am ersten Samstag dieses gesegneten Monats nach Kleinwalde kam, war ganz auf Liebe eingestellt, vorausgesetzt, diese Engländerin hätte auch nur die klitzekleinste liebenswerte Seite. Besondere Ansprüche stellte Karlchen ohnehin nicht an eine junge Frau mit viel Geld, er betete nur still, sie möge nicht gar so häßlich sein, wie es Frauen mit viel Geld sooft sind. Er war ein Mann und daran gewöhnt, zu bekommen, was er wollte, schließlich hatte er sein eigenes und das Geld seiner Mutter bereits dafür ausgegeben. Auf seinem Kopf hatte er eine kleine kahle Stelle, in seinem Kopf hatte er den Gedanken an viele Schulden, und außerdem näherte er sich jenem kritischen Punkt in seiner Offizierskarriere, an dem unerbittlich die Spreu vom Weizen getrennt wird – kurz, er hatte drei ausgezeichnete Gründe, eine reiche Ehe anzustreben. Heiß, wie er die Ehe ersehnte, hatte er auch bereits mehrere Anläufe genommen, bisher jedoch nichts erreicht. Die Väter der reichen deutschen Mädchen waren das Problem: Sie kannten seine desolate Finanzlage mit einer Genauigkeit, die beschämend war, und sie kannten darüber hinaus alle seine charakterlichen Schwächen. Die Väter gaben ihre Töchter folglich anderen Bewerbern. Hier aber war endlich ein Mädchen ohne Vater, das absolut nichts über ihn und seine Verhältnisse wußte. Selbstverständlich gab es da irgendeine häßliche Geschichte im Hintergrund, die erklärte, warum diese Miss Estcourt dieses Leben gewählt hatte; doch das war um so besser, denn genau dieser Geschichte wegen würde sie überglücklich in die Arme eines Ehemannes fliegen, der sie der Notwendigkeit enthob, ihren Ruf auf diejenigen zu gründen, die Karlchen gleich beim ersten Anblick als ›alte Schachteln‹ abqualifizierte. Einen guten Ruf, überlegte Karlchen und starrte Fräulein Kuhräuber an, kann man sich leicht auch zu teuer erkaufen. Ganz zweifellos zöge die junge englische Miss einen leichtlebigen Ehemann, der ihr ein Leben mit all seinen Vergnügungen böte, dieser trostlosen und ziellosen Existenz vor.

Da haben die Treumanns mal wieder Schwein gehabt, dachte er. Was war ihm seine Mutter während der letzten fünf Jahre doch für eine Last gewesen. Davon hatte ihn Miss Estcourt schon mal gut befreit. Nun galt es, seine Schulden zu begleichen, und auch das würde sie erledigen. Die häßliche Geschichte, die es da in England gegeben hatte, würde hier in Deutschland, wo niemand mehr wußte, als daß es sich bei Anna um die Nichte des hochangesehenen Joachim handelte, niemanden interessieren. Er jedenfalls war großzügig bereit, die Vergangenheit ruhen zu lassen. Seinen Koffer ließ er zunächst im Gasthaus in Kleinwalde, einer unmöglichen Kaschemme, wie er mit Genugtuung feststellte. Er schickte die Droschke weg und ging zu Fuß zum Haus hinüber, doch Anna bekam er nicht zu Gesicht. Bis zum Abend hielt sie sich zurück, denn sie wollte Mutter und Sohn reichlich Zeit geben, glücklich miteinander zu sein. Als er sie dann endlich sah, verliebte er sich augenblicklich in sie. Karlchen war von sehr schlichter Natur. Nur aus Instinkten zusammengesetzt, verliebte er sich mit einer Leichtigkeit, die auf langer Übung fußt. Annas Gesicht und ihre Figur waren viel hübscher, als er zu hoffen gewagt hatte. Sie ist ja eine Schönheit, sagte er sich und war hocherfreut. Die Treumanns hatten wahrhaftig Glück. Vor Freude vergaß er völlig, daß er ja die Rolle des liebenden Sohnes hätte spielen sollen.

Statt dessen widmete er sich mit geübter Aufmerksamkeit ganz und gar Anna. Doch hätte er es nicht vergessen, so hätten seine Mutter und er, die alles andere als daran gewöhnt waren, gegenseitige Zuneigung zur Schau zu stellen, ohnehin eine sehr schlechte Vorstellung gegeben. Es herrscht eben ein großer Unterschied zwischen zärtlichen Briefen, die man allein in der Abgeschiedenheit seines Zimmers formulieren kann, und zärtlichen Worten, die klingen sollen, als kämen sie einem direkt aus dem Herzen. Nichts dieser Art kam je von Karlchens Herzen. Anna erkannte auf Anhieb, daß es zwischen Mutter und Sohn kein einziges Zeichen einer ungewöhnlichen Zuneigung gab. Karlchen benahm sich seiner Mutter gegenüber nicht einmal mit der allgemein üblichen Höflichkeit, noch schien seine Mutter Höflichkeit von ihm zu erwarten. Als ihr die Schere zu Boden glitt, mußte sie sich selbst bücken, um sie wieder aufzuheben. Als ihr kurz darauf der Fingerhut hinunterfiel, mußte sie selbst auf dem Boden herumkriechen und ihn suchen. Als sie das Fußbänkchen brauchte, mußte sie aufstehen und es sich selbst unter seiner Nase heranholen. Als sie ins Zimmer kam und einen Sitzplatz suchte, mußte Letty aufstehen und ihren Stuhl anbieten. Mit übereinandergeschlagenen Beinen blieb Karlchen gemütlich in seinem Sessel sitzen und spielte mit dem Papiermesser, das er aus dem Buch genommen hatte, in das Anna es sich als Lesezeichen gesteckt hatte. Er hatte die großen schwarzen Augen seiner Mutter geerbt und zudem sehr lange dichte Wimpern, auf die er sehr stolz war. Da er sich der Schönheit dieser seidigen Wimpern bewußt war, hielt er die Lider absichtlich gesenkt, damit sie sich um so besser gegen seine Wangen abhoben. Letty war ganz fasziniert von diesen Wimpern und fragte Miss Leech im Flüsterton, ob sie je im Leben so etwas gesehen habe.

»Ja. Mr. Jessup hatte auch derart seidige Wimpern«, hauchte sie verträumt.

»Die sind doch nicht aus Seide, die sind aus Baumwolle«, entgegnete Letty verächtlich.

»Aber Letty«, murmelte Miss Leech.

Anna war wegen ihrer unzureichenden Deutschkenntnisse im Nachteil. Auf Englisch hätte sie ihn geschickt zurückweisen können, als er ihr in seiner aufdringlich höflichen Art zusetzte. Außerdem überwachte die Mutter die erste Begegnung, und Anna wollte nicht hochmütig erscheinen. Zum Glück war die Prinzessin an diesem Abend ungewöhnlich gesprächig. Sie saß neben Karlchen und mischte sich ununterbrochen in die Unterhaltung ein. Sie war die fröhliche Liebenswürdigkeit in Person und bestand darauf, alles, aber auch alles über sämtliche Söhne ihrer Bekannten in seinem Regiment zu erfahren. Als Karlchen ihr halb den Rücken zuwandte und mit gesenkter Stimme rasch auf Anna einsprach, die nun überhaupt nichts mehr verstand, da belehrte ihn die Prinzessin sehr freundlich, daß er langsam und deutlich sprechen müsse, täte er es nicht, verstünde Miss Estcourt ihn sicherlich gar nicht. Mit einem Wort, die Prinzessin nahm Karlchen ganz unter ihre Fittiche, ob ihm das gefiel oder nicht, und blieb beharrlich bei ihrer unveränderten Freundlichkeit ihm gegenüber, obwohl seine Mutter verzweifelt versuchte, sie durch ein Gespräch von ihrem Sohn abzulenken.

»Warum gehen wir nicht nach draußen, liebe Anna«, flötete Frau von Treumann schließlich, als sie das Verhalten der Prinzessin nicht länger ertragen konnte. »Sehen Sie doch nur, was für ein wunderschöner Abend es ist. So angenehm warm.« Und sie, die bisher immer alle Fenster hermetisch abgeriegelt hatte und sich für absolut unfähig erklärte, in die frische Luft hinauszugehen, sie öffnete nun höchst persönlich die Verandatüren und trat ins Freie hinaus.

Da ihrem Vorschlag aber unverzüglich alle folgten, war nichts gewonnen. Vor Wut über das Betragen der Prinzessin hätte sie mit dem Fuß aufstampfen mögen. Alles, was für ein erfolgreiches Liebeswerben nötig war, gab es in Hülle und Fülle: funkelnde Sterne, eine murmelnde See, warme Mailüfte, duftende Fliederbüsche, ein Mädchen, das in der Abenddämmerung in ihrer blassen Schönheit wie die Liebe selbst aussah, ein junger Mann, der sich nichts mehr ersehnte, als sie in Ruhe lieben zu dürfen, und eine Mutter, die nur zu gern ihren Segen gegeben hätte.

Leider war zum allergrößten Pech auch die Prinzessin anwesend, und sie war entsetzlich gesellig. Diese Frau ist die Bosheit in

Person! dachte Frau von Treumann, denn was gingen sie die Treumannschen Pläne an? Die Prinzessin hakte sich bei Anna unter und wich nicht von ihrer Seite, während man im Garten auf und ab schlenderte, und sie ließ nicht davon ab, Karlchens Aufmerksamkeit mit ihren absurden Fragen über die anderen Offiziere mit Beschlag zu belegen. Anna ging in der Mitte zwischen den beiden und dachte an andere Dinge. Dabei lupfte sie ihr schleppendes weißes Kleid mit einer Hand und hielt mit der anderen ihren blauen Umhang am Hals zusammen. Anna war, genau wie seine Mutter, die auf seiner anderen Seite ging, einen halben Kopf größer als Karlchen. Je länger sie so auf und ab schlenderten, desto mehr verliebte sich Karlchen, der durch seine dichten Wimpern zu Anna hinaufschaute und sich sagte, daß die Treumanns in der Tat ganz unverschämtes Glück hatten, denn er war über eine Göttin gestolpert.

»Das Gras ist feucht«, versuchte Frau von Treumann die endlosen Fragen der Prinzessin zu unterbrechen. »Sie mit Ihrem Rheumatismus, liebe Prinzessin, und ich mit meiner Veranlagung zu Erkältungen, wir sollten wahrhaftig nicht durch dieses Gras gehen. Kommen Sie, gehen wir dort auf dem Weg – wir sind nicht mehr jung genug, die Risiken nasser Füße auf uns zu nehmen.«

»Oh, mir macht das feuchte Gras nichts aus, ich trage feste Stiefeletten. Aber wenn Sie um Ihre Gesundheit fürchten müssen, dann sollten Sie unbedingt ins Haus gehen.«

»Ja, das Gras ist wirklich feucht«, sagte Anna und betrachtete die Sohlen ihrer Schuhe. »Wollen wir auf dem Pfad dort weitergehen?«

Auf dem Pfad mußten sie paarweise gehen. Als das Grüppchen dort ankam, blieb die Prinzessin stehen, hakte sich noch fester bei Anna ein, lächelte sehr verbindlich und sagte: »Mein liebes Kind, wir haben Herrn von Treumann ungeachtet seiner Gefühle die ganze Zeit von seiner Mutter ferngehalten. Ich bitte wegen dieser Gedankenlosigkeit vielmals um Verzeihung«, wandte sie sich nun direkt an ihn, »aber mein egoistisches Interesse, zu hören, wie es den Söhnen all meiner Bekannten geht, hat mich ganz vergessen lassen, daß Sie diese lange und beschwerliche Reise ja ausschließlich deshalb auf sich genommen haben, um Ihre liebe Frau Mutter sehen zu können. Wir wollen sie beide also nicht länger stören. Kommen Sie, mein liebes Kind, ich wollte Sie nämlich fragen . . .«, und sie führte Anna mit sich fort und verwickelte sie in ein vertrauliches Gespräch, bei dem es um die Einstellung einer neuen Köchin ging.

Es war zum Auswachsen! Das einzige Körnchen Trost, das Karlchen erhielt – aber es war ein recht großes Korn –, war die zögernd ausgesprochene Einladung, doch das Gepäck aus dem Gasthof holen zu lassen und im Hause zu nächtigen. Als nämlich nach dem Spaziergang die Stunde des Abschieds nahte, begann Frau von Treumann in eindringlichsten Tönen die Schäbigkeit des Gasthofs zu beschreiben, in dem ihr Sohn hätte übernachten sollen.

»Sie sind zu gütig, meine Gnädigste«, sagte Karlchen, durch Annas Angebot für das eben erlittene Tête-à-tête mit seiner Mutter entschädigt, »aber wenn es Ihnen irgendwelche Umstände bereiten sollte . . . wir Soldaten sind gewohnt, daß es rauh zugeht . . .«

»Aber doch nicht so, mein Junge, doch nicht so«, fiel die Mutter ihm rasch ins Wort. »Diese Spelunke kann man nicht einmal einem Hund zumuten. Außerdem sagte das Hausmädchen heute abend erst, eines der Kinder des Wirtes habe die Masern.«

Das gab den endgültigen Ausschlag, Anna konnte Karlchen nicht der Gefahr aussetzen, sich die Masern zu holen. Warum auch war er nicht, wie er geschrieben hatte, in Stralsund geblieben? Da er aber nun schon im Hause war, konnte sie nicht zulassen, daß er sich die Masern holte. Also bat sie die Prinzessin, dafür zu sorgen, daß man sein Gepäck vom Gasthof bringe und ihm ein Zimmer im Hause herrichte.

Einen Beweis für Annas Ernst an diesem ersten Tag mit Karlchen erbrachte das Gespräch, das die Mutter am Abend allein mit dem Sohn führte. Annas Schönheit preisend, wies sie dabei besonders auf die Wangengrübchen hin, und Karlchen fragte: »Welche Grübchen?«

Ein Beweis für die Falschheit von Müttern wurde dagegen am nächsten Morgen in der Kirche erbracht, als die Prinzessin die rosige Familie des Gastwirts in der Kirchenbank sitzen sah. Als sie nämlich zwischen Predigt und Gesang die Kinderschar durchzählte, stellte sie fest, daß nicht eines fehlte.

Am Sonntagabend reiste Karlchen nach einem wenig erfolgreichen Besuch wieder ab. In der Annahme, man erwarte dies von ihm, war er zur Kirche mitgegangen, hatte dort aber zu seiner maßlosen Enttäuschung feststellen müssen, daß Anna in der Zwischenzeit einen Spaziergang unternommen hatte. So saß er eingeklemmt zwischen seiner Mutter und Prinzessin Ludwig und zog soviel Trost wie nur möglich aus der äußerlichen Vernachlässigung der Zeremonie und einem gesunden Schlummer während der Predigt.

Der Morgen war also verschwendet. Auch während des Mittagessens war Anna unerreichbar, denn Karlchen war gebeten worden, neben seiner Mutter Platz zu nehmen, und Anna saß geschützt in der Mitte zwischen Letty und Fräulein Kuhräuber, mit denen sie die ganze Zeit sprach.

»Wer ist dieses Fräulein Kuhräuber?« wollte Karlchen ziemlich verärgert von seiner Mutter wissen, als sie am Nachmittag alleine waren.

»Nun, ich denke, man sieht, wer sie ist«, antwortete seine Mutter ebenso verärgert. »Sie ist eben einfach Fräulein Kuhräuber und damit fertig.«

»Mit ihr spricht Anna mehr als mit jedem anderen«, stellte er fest. Für ihn war sie also schon Anna, *tout court*.

»Ja, es ist abscheulich.«

»Es ist mehr als abscheulich. Es ist ungeheuerlich, daß man Treumanns zwingt, sich mit solchen Leuten auf einer Ebene gemein zu machen.«

»Es ist ein Skandal. Aber du, mein Sohn, wirst das ändern.«

Karlchen zwirbelte die Enden seines Schnurrbarts und schaute an seiner Nase entlang nach unten. Wegen seiner Wimpern schaute er oft an seiner Nase entlang. Er summte eine Melodie vor sich hin und war mit sich und der Welt wieder ganz zufrieden. Axel von Lohm hatte recht gehabt, als er bezweifelte, daß es je einen endgültig am Boden zerstörten Treumann gegeben habe.

»Sie hat ein komisches Sortiment von alten Schachteln hier«, sagte Karlchen nach einer Pause, in der er rosigen Gedanken nachgehangen hatte. »Diese Elmreich zum Beispiel. Was sagte sie doch noch, sei ihre verwandtschaftliche Beziehung zu Arthur Elmreich?«

»Der Mann, der sich erschossen hat? Oh, mit ihm ist sie überhaupt nicht verwandt, es ist allerhöchstens ein entfernter Vetter von ihr.«

»Na, na!« antwortete Karlchen voller Skepsis.

Seine Mutter blickte ihn an und wartete auf mehr. »Was meinst du?« fragte sie, schwieg dann aber.

Er stand vor dem Spiegel und zwirbelte die Spitzen seines Oberlippenbartes. »Meinen?« sagte er schließlich. »Du weißt, daß Arthur Elmreichs Schwester Lolli letztes Jahr ein Engagement im Wintergarten hatte? Sie war kein großer Erfolg. Zu alt. Aber sie stand als Baronesse Elmreich auf den Plakaten, deswegen strömten die Leute herbei. Aus purer Neugier wollten sie sie sehen und auch wegen der Sache mit ihrem Bruder.«

»Oh . . . schrecklich«, murmelte Frau von Treumann.

»Nun, ich kenne Lolli. Ich werde sie das nächste Mal fragen, ob sie eine Schwester hat.«

»Aber diese hier behauptet, keinerlei lebende Verwandte mehr zu haben«, sagte seine Mutter, der bei dem Gedanken, daß sie täglich mit einer Schwester dieser Lolli am gleichen Tisch sitzen könnte, ganz übel wurde.

»Na, na!« war alles, was Karlchen darauf zu sagen wußte.

»Schau, Karlchen, es ist so gänzlich unwahrscheinlich . . . die Baronesse ist ein Muster an Korrektheit. Sie hat derart strikte Ansichten, was solche Dinge anlangt – beinahe absurd. Sie hatte ja, bevor sie herkam, sogar allergrößte Bedenken, ob Anna eine würdige Begleitperson für sie wäre . . .«

Karlchen hörte auf, seine Schnurrbartspitzen zu zwirbeln, und starrte seine Mutter an. Dann warf er den Kopf in den Nacken und wieherte vor Lachen. Er lachte so sehr, daß er minutenlang kein Wort sagen konnte. Das Gesicht seiner Mutter, die ihn ohne das geringste Lächeln anschaute, ließ ihn nur noch mehr lachen. »Liebste Mama«, sagte er endlich und wischte sich die Tränen aus den Augen, »das braucht zwar alles nicht wahr zu sein. Es ist aber durchaus möglich, daß es nicht wahr ist, aber ich bin mir ziemlich sicher, daß es doch wahr ist. Diese Elmreich hier und die kleine Lolli in Berlin ähneln sich nämlich wie ein Ei dem anderen! Anna keine geeignete Gesellschaft für Lollis Schwester! Ach Gott, ach Gott«, und er prustete wieder los.

»Wenn das wahr ist«, und Frau von Treumann richtete sich zu ihrer vollen Größe auf, »dann ist es meine Pflicht, Anna davon in Kenntnis zu setzen. Mit einer solchen Frau kann ich nicht unter einem Dach leben. Sie muß auf der Stelle gehen.«

»Vorsicht«, sagte der Sohn, von einem ungewöhnlichen Blitz der Weisheit durchzuckt. »Vorsicht, liebe Mama. Daß Anna die Elmreich wegschicken würde, ist keineswegs sicher.«

»Was!? Wenn sie das wüßte, von dieser . . . dieser Lolli, wie du sie nennst?«

Karlchen schüttelte den Kopf. »Jedenfalls wäre es sehr unklug, mit Ultimatenstellungen zu beginnen«, sagte er weise. »Wenn du sagst, daß du mit dieser Person unmöglich unter einem Dach leben kannst, und Anna schickt die Elmreich nicht weg, dann wirst *du* gehen müssen. Und das«, fügte er in höchste Alarmbereitschaft versetzt hinzu, »das wäre eine Katastrophe. Nein, nein, halt dich da raus! Auf jeden Fall solltest du dich zurückhalten, bis ich mit Lolli gesprochen habe. Ich komme bald wieder, dessen kannst du gewiß sein. Ich wünschte, wir könnten die Penheim irgendwie loswerden. Das wäre wirklich ein Gewinn. Denk mal drüber nach.«

Doch Frau von Treumann hatte das deutliche Gefühl, daß noch soviel Nachdenken sie nicht von der Penheim befreien würde. Auch an jenem Abend kam Frau von Treumann in der Abenddämmerung in den Garten hinaus. »Sie mögen mein Karlchen nicht?« fragte sie Anna nachdenklich, die im Garten stand und zu den Sternen hinaufblickte. Karlchen war inzwischen schon unterwegs nach Berlin.

»Ich bin sicher, ich würde ihn sehr mögen, wenn ich ihn nur besser kennen würde«, antwortete Anna mit aller Herzlichkeit, die sie aufzubieten vermochte.

Frau von Treumann schüttelte traurig den Kopf. »Aber jetzt, ich sehe, daß Sie ihn jetzt nicht mögen. Sie haben kaum zwei Worte mit ihm gesprochen. Es hat ihn sehr verletzt. Eine Mutter . . .« – Oh, dachte Anna, ich habe genug von Müttern. – ». . . eine Mutter spürt so etwas.«

Mit der einen Hand zog Frau von Treumann ihr Taschentuch hervor und begann, sich die Augen zu wischen, während sie sich mit der anderen Hand bei Anna einhakte. Anna ließ es schweigend geschehen und beobachtete sie.

»Was denn, was denn? Schon wieder Tränen? Vermissen wir denn unser Söhnchen bereits jetzt schon wieder sosehr?« war hinter ihnen eine fröhliche Stimme zu vernehmen. Schon wieder diese Prinzessin!

Schlange, dachte Frau von Treumann, aber was half es, »Schlange« zu denken. Sie mußte sich dreinfügen, daß ihr von dieser Penheim falscher Trost gespendet wurde, während Anna sich entfernte.

21

In den Tagen, die Karlchens ersten Besuch vom zweiten trennten, schien Anna Frau von Treumann ständig aus dem Weg zu gehen. Frau von Treumann bemerkte es mit einem gewissen Unbehagen und hoffte, sie bilde es sich nur ein. Die junge Frau hatte doch anfänglich so anomal viel Güte und Warmherzigkeit verströmt, war so versessen darauf gewesen, ihre Zuneigung zu zeigen, ihren Enthusiasmus, ihr Mitgefühl – es war nachgerade absurd gewesen. War es denn möglich, daß von dieser Fülle der Gefühle, von all dieser Herzlichkeit und Wärme für einen so gutaussehenden, angenehmen jungen Mann wie Karlchen kein Funken mehr übrig war? Frau von Treumann schob den Gedanken als lächerlich beiseite. Schon als Vierzehnjähriger hatte der Sohn als simple, aber unumstößliche Lehrmeinung erkannt: Alle Mädchen lieben alle Männer. In ihren Gesprächen miteinander hatte er der Mutter diese Doktrin oft dargelegt, und ihre eigene Erfahrung mit jungen Mädchen hatte ihre Richtigkeit hinreichend bestätigt. Die Penheim muß Anna gegen Karlchen eingenommen haben, war der einzige ihr mögliche Schluß, mit dem sie sich die Interessenlosigkeit zu erklären suchte, die Anna an den Tag legte, sobald es Neuigkeiten von Karlchen zu berichten gab. Hatte man je eine solche Gehässigkeit gesehen? Was ging es denn diese Frau an, die selbst keinen Sohn hatte, wen Anna heiratete? Irgend jemand würde sie heiraten, gar keine Frage; und ebenso fraglos verlöre die Penheim dadurch ihre Stelle. Wieso also konnte es dann nicht Karlchen sein?

Die Prinzessin freilich, unschuldigste aller edlen Damen, hatte lediglich ein einziges Mal in einem Gespräch Anna gegenüber Karlchens Namen erwähnt, nämlich als sie gefragt hatte, ob man sein Bett mit den besten oder den zweitbesten Laken beziehen solle, worauf Anna kurz angebunden geantwortet hatte: »Mit den schlechtesten.«

Wenn Frau von Treumann Annas wegen ein gewisses Unbehagen empfand, so war Annas Unbehagen bezüglich Frau von Treumann ungleich größer. Wann immer es Anna möglich war, entfloh sie in den Wald, wo sie versuchte, in Ruhe über die Dinge nachzusinnen. Sie wehrte sich standhaft gegen das Gefühl, daß das Leben um sie her zäher zu werden schien – und doch ließ sich das Empfinden nach Karlchens Besuch nicht leugnen. Täglich gab es weniger und immer weniger stille Ruhepausen im trivialen Gewusel ihrer Existenz, immer weniger klare Momente, in denen sie durch das Fenster schauen und die feierliche Stille des natürlichen Tages erblicken und genießen konnte. Aus solchen Momenten aber hätten ihre Tage eigentlich bestehen sollen. Frau von Treumann war ihr unablässig auf den Fersen und redete von Karlchen. Fräulein Kuhräuber trottete mit einer hündischen Anhänglichkeit ständig neben ihr her, schien ihr etwas sagen zu wollen, kam aber nie weiter als bis zu dunklen Andeutungen, die Anna viel Kopfzerbrechen bereiteten. Baronesse Elmreich dagegen wies Annas Annäherungsversuche sämtlich entschieden zurück, nannte sie mit größter Dezidiertheit »Miss Estcourt« und kommentierte mit schneidenden Worten alles, was gesagt oder getan wurde. Ich glaube, sie kann mich nicht leiden, dachte Anna verwirrt, aber warum bloß?

So war es in der Tat, und der Grund war der einfachste von der Welt: Baronesse Elmreich konnte Anna nicht leiden, weil sie jünger, hübscher, reicher, gesünder war als sie selbst. Dafür haßte sie sie aus ganzem Herzen, doch mit noch größerer Inbrunst haßte sie Anna, weil sie wußte, daß sie ihr eigentlich zu Dank verpflichtet war. Die Baronesse verabscheute es, dankbar sein zu müssen – ein Abscheu, der sich keineswegs auf Baronessen beschränkt –, doch war in diesem Fall die Last der Verpflichtung so groß, daß sie darunter zusammenzubrechen drohte. Und es gab kein Entfliehen. Als Anna sie aufnahm, war sie kurz vor dem Verhungern gewesen, und sie wäre dem Hungertod erneut ausgesetzt, würde Anna sie wegschicken. Sie verdankte Anna buchstäblich alles, was also lag näher und war natürlicher, als Anna aus ganzem Herzen zu hassen? Die seltenste Liebe ist die Liebe des Schuldners gegenüber dem Gebenden.

Wenn Anna nachts allein in ihrer Kammer war, dachte sie über den Tag, den sie verbracht hatte, über dessen unbefriedigende Leere nach. Wann endlich finge das bessere Leben an, das Leben der engen Seelenverbundenheit, auf das sie sosehr wartete? Wie fleißig waren sie doch gewesen, was hatten sie doch alles erledigt! Ach, alles Trug. Ein wenig ziellos geredet hatten sie, ein wenig ziellos gehandarbeitet, ziellos waren sie durchs Haus gegangen, hatten ein paar Briefe geschrieben, die zu schreiben nicht nötig gewesen wäre, hatten eine Zeitung durchgeblättert, die niemanden interessierte, hatten in rascher Folge die Tagesmahlzeiten zu sich genommen – dann folgten Nacht und Vergessen. Das war das Bild, das sich an der Oberfläche bot. Was sich unter dieser Oberfläche verbarg, konnte Anna nur erahnen, denn nach nunmehr vollen zwei Wochen mit den Auserwählten, war sie noch immer bloß mit Oberflächen konfrontiert. Während die Auserwählten ihr Mittagsschläfchen hielten, wanderte Anna im warmen Wald, dessen aromatische Düfte schläfrig machten, in dem die Kohlweißlinge weiße Punkte auf die Schatten der Kiefernstämme setzten und die Zitronenfalter den ganzen Tag lang über die endlosen Pfade gaukelten. Sie suchte sich die entferntesten Winkel, und sie entdeckte ein besonders liebliches Fleckchen. Dort setzte sie sich vor einer fern im Sonnenlicht strahlenden Wiese unter einen Busch mit herrlich grün knospenden Blättern am Fuß einer riesigen Kiefer ins Moos. Wenn sie nach oben blickte, sah sie durch die Zweige das herrliche Spiel von Blau und Weiß hoch oben über ihrem Kopf. Hier saß sie und dachte nach, bis sie davon müde wurde. Karlchens Blicke ließen keinen Raum für Mißverständnisse. Nicht umsonst war Anna zu Hause auf den alljährlichen Bällen einige Jahre lang eine der umschwärmten Schönheiten gewesen. Karlchen beabsichtigte, sie zu heiraten. Anna dagegen beabsichtigte keineswegs, Karlchen zu ehelichen. Doch das glättete keine der Falten im Teppich, den sie vor sich ausgebreitet sah. Erst mußte sie die mit der Werbung verbundenen Schmeicheleien über sich ergehen lassen. Wenn dann die Werbung selbst jenen Punkt der Reife erreicht hatte, an dem sie ihm klipp und klar ihre eigenen Vorstellungen darlegen konnte, gäbe es eine Reihe schmerzlicher Auftritte mit der Mutter durchzustehen. Schließlich würde die Mutter den Staub Kleinwaldes von ihren beleidigten Füßen streifen und das Haus verlassen, und Annas erste Niederlage wäre perfekt. In den tiefsten Winkeln ihres Herzens spürte Anna, daß es – so unangenehm ihr Karlchens Werbung sicherlich auch sein werde – letztlich, wenn alles vorüber war, gar keine so schlechte Sache wäre. Denn seit Karlchens Besuch war eines eindeutig klar: Frau von Treumann war nicht die Art von Bewohnerin, die Anna sich für ihr Heim der Unglücklichen erträumt hatte. Unglücklich war die arme Frau zweifellos gewesen, doch würde sie bei Anna niemals glücklich sein können. Zwar waren die ersten Schwindeleien, die sie Anna aufgetischt hatte, längst vergeben und vergessen, doch Anna konnte nicht auf immer und ewig fortfahren, Flunkereien zu verzeihen. All diese ausgeklügelten Unwahrheiten in Wort und Brief rund um Karlchens Besuch, das war einfach schrecklich. Wahrhaftigkeit ist nicht nur in sich gut und angenehm, dachte Anna, als Grundlage einer echten Freundschaft ist sie absolut unverzichtbar. Wie konnte ein Mensch sich einem anderen durch ein ganzes Netzwerk von Lügen nähern? Noch schmerzlicher aber war die Erkenntnis – und Anna gestand sich selbst schamhaft ein, daß es sie mehr noch verletzte als die Lügen –, noch schmerzlicher war die Erkenntnis, daß Frau von Treumann Anna ganz offensichtlich für einen Dummkopf hielt. Nicht nur für eine Person, der es ein wenig an Intelligenz mangelt, jemand, der ein bißchen naiv oder schwer von Begriff ist, nein, sie hielt Anna für eine schwachsinnige Idiotin. Es mußte so sein, sonst hätte sie sich doch ein bißchen, wenigstens ein ganz klein bißchen mehr Mühe gegeben, ihre Winkelzüge weniger plump und offensichtlich zu gestalten. Anna haßte sich selbst dafür, daß ausgerechnet dieser Umstand sie so besonders kränkte, aber sie konnte es nicht ändern, es tat ihr weh. Selbst ein Philosoph wird, wenn er ehrlich ist, zugeben müssen, daß es ihm keine Freude bereitet, volle zwei Wochen lang fälschlich für einen Schwachkopf gehalten zu werden. Auch wenn er milde dazu lächelt, wird es ihm Schmerz bereiten. Da Anna kein Philosoph war, lächelte sie nicht und empfand sehr großen Schmerz.

»Ich denke«, sagte sie zu Manske, als er eines Morgens mit einer Liste von ihm ausgewählter Bewerberinnen aufkreuzte, »ich denke, wir sollten ein wenig warten, bevor wir die nächsten neun aussuchen.«

»Die Gnädigste ist doch nicht etwa der guten Taten schon überdrüssig?« fragte er rasch.

»O nein, ganz und gar nicht, ich liebe es, Gutes zu tun«, antwortete Anna ziemlich lahm, »aber es ist nicht ganz so einfach . . . nicht ganz so einfach, wie es aussieht.«

»Ich habe neun höchst würdige Fälle entdeckt«, drängte er, »später wird es möglicherweise keine . . .«

»Nein«, unterbrach Anna ihn schroff, »wir werden abwarten. Im Herbst vielleicht. Jetzt nicht! Ich muß erst die glücklich machen, die bereits hier sind. Denn wissen Sie«, fügte sie lächelnd hinzu, »sie kamen her, um glücklich gemacht zu werden.«

»Wahrlich, wahrlich, ich weiß es sehr wohl. Und glücklich müßten sie sein in diesem Hause, umgeben von allem, was das Leben angenehm und begehrenswert macht.«

»Man sollte es meinen«, entgegnete Anna nachdenklich. »Es ist schön hier, nicht wahr? Es sollte nicht schwerfallen, hier glücklich zu sein, und doch bin ich mir gar nicht sicher, daß sie es sind.«

»Nicht sicher . . .?« Manske blickte sie verdutzt an.

»Was brauchen Menschen . . . die meisten Menschen . . . gewöhnliche Menschen, damit sie glücklich sind?« fragte Anna sinnend. Dabei sprach sie mehr mit sich selbst als mit dem Pastor, und sie erwartete keine erleuchtende Antwort.

»Gottesfurcht«, antwortete Manske prompt; und damit war das Gespräch beendet.

Abgesehen von den Kopfzerbrechen, die die Auserwählten ihr bereiteten, hatte Anna noch andere Sorgen. Dellwig hatte Annas Weigerung, die Ziegelei bauen zu lassen, mit unglaublich anmaßender Überheblichkeit entgegengenommen. In seiner Wut hatte er derart unverschämte Äußerungen über Axel von Lohm hervorgesprudelt, daß auch Anna der Kragen geplatzt war. Sie hatte ihm auf der Stelle gekündigt. Es war eine sehr unschöne Szene gewesen, bleich und zitternd hatte sie den Raum verlassen. Eigentlich hatte sie vorgehabt, Axel zu bitten, die Entlassung auszusprechen, sollte sie sich je zu diesem endgültigen Schritt entscheiden. Doch dann war sie von dem unvermittelten Zornesausbruch des Mannes und den unverschämten Unterstellungen, die sie nur zur Hälfte verstanden und deshalb für schlimmer gehalten hatte, als sie tatsächlich waren, so überrumpelt, daß sie selbst in eine unbändige Wut geriet. Und so hatte sie auch die Kündigung selbst erledigt. Seitdem hatte sie den Inspektor nicht mehr vorgelassen. Aufgrund der Abmachung, die Dellwig mit Onkel Joachim hatte, stand ihm eine Kündigungsfrist von sechs Monaten zu. Vor Beginn des Winters würde er also das Gut nicht verlassen, und Anna wußte genau, daß sie ihm bis dahin nicht ständig aus dem Weg gehen konnte. Aber sie fürchtete das nächste Zusammentreffen. Hinzu kam die große Verunsicherung bei dem Gedanken, daß die Verwaltung des Gutes für die kommenden Monate in den Händen eines Mannes lag, der jetzt ihr erbitterter Feind war. Axel war gleichermaßen besorgt, als er erfuhr, was sie gemacht hatte. Natürlich war der Schritt unausweichlich gewesen, doch als er Dellwig das nächste Mal traf, war er tief beunruhigt über den Blick des Mannes. Axel bat Anna um die Erlaubnis, ihr Gut sooft wie möglich durch Kontrollgänge zu beobachten, und sie war ihm dankbar für dieses Anerbieten, denn sie wußte, daß nicht nur ihr eigenes, sondern auch das Überleben ihrer armen Freundinnen davon abhing, das Kleinwalde gut geführt wurde. Und sie selbst war so hilflos. Welches Wesen auf Erden hätte hilfloser sein können als eine junge Engländerin in ihrer Lage? Sie legte die Schriften Maeterlincks beiseite und borgte sich von Axel Bücher über die Landwirtschaft aus. Sie las und studierte sie fleißig, seitenweise lernte sie Auszüge mit besonders wichtigen Informationen über die beiden wichtigsten Produkte ihres Gutes auswendig: Kartoffeln und Schweine.

»Dellwig kann nicht viel Schaden anrichten«, versicherte ihr Axel. »Die Kartoffelernte ist, wie ich sehe, eingebracht. Und was kann er schon mit den Schweinen anstellen? Seine eigene Eitelkeit wird ihn daran hindern, das Gut in heruntergekommenem Zustand zu hinterlassen. Ich habe von einem guten, fleißigen Mann gehört. Soll ich ihn kommen lassen, damit Sie mit ihm wegen der vakanten Stelle verhandeln können?«

»Wie freundlich Sie sind«, sagte Anna dankbar. Axel schien wirklich ein Fels in der Brandung zu sein.

»Jeder würde tun, was er kann, um einer verlorenen jungen Dame in einer so schwierigen Lage zu helfen«, sagte er und lächelte sie an.

»Aber mit Ihnen als Nachbar, der mir aus allen Schwierigkeiten heraushilft, fühle ich mich nicht als verlorene junge Dame.«

»In diesen einsamen Landstrichen müssen die Menschen lernen, nachbarschaftlich miteinander umzugehen«, antwortete er so gemessen, wie es nur gehen wollte.

Seit jenem denkwürdigen Waldspaziergang hatte er das Thema der Auserwählten nicht mehr berührt. Und obgleich er wußte, daß Karlchen dagewesen war, erwähnte er seinen Namen mit keiner Silbe. Und auch Anna schwieg sich diesbezüglich aus. Je länger sie mit ihren Schwestern zusammenlebte, desto weniger Verlangen verspürte sie, über sie zu sprechen, vor allem mit Axel. Und was die unsäglichen Pläne der Frau von Treumann anlangte, wie um alles in der Welt hätte sie ihm davon berichten können?

Und ausgerechnet jetzt bereitete ihr Letty, das einzige Wesen ihrer unmittelbaren Umgebung, das sich befriedigend entwickelt hatte, die größten Kopfzerbrechen. Letty war mit ihren Deutschstunden bei Herrn Klutz merkwürdig zufrieden. Ohne das geringste Murren machten sich Letty und Miss Leech täglich auf den Weg, und wenn sie zurückkamen, sahen sie rundum glücklich aus. Von der Pfarrei brachten sie regelmäßig kleine Geschenke mit – einen Strauß Narzissen, die ersten Veilchen, von Frau Manske gebackene Kuchen, immer irgend etwas. Anna nahm die Blumen entgegen, aß die Kuchen und schickte freundliche Dankesbotschaften zurück. Wäre sie weniger von Dellwig und den Eigenheiten ihrer drei neuen Freundinnen in Anspruch genommen gewesen, Lettys völliges Stillschweigen über den Deutschunterricht wäre ihr sicherlich aufgefallen, und sie hätte die Nichte gründlich ausgefragt. Aber es gab kein Knottern nach dem ersten Tag, keine Beleidigungen für Schiller oder die Musen. Ein einziges Mal war Anna, als sie durch Kleinwalde ging, Klutz begegnet, und sie hatte sich nach Lettys Fortschritten erkundigt. »Kolossal«, hatte der junge Mann geantwortet, »sie macht kolossale Fortschritte!« Und Annas Ringe hatten sich schmerzhaft in ihre Finger gebohrt, als Klutz ihr die Hand drückte, die sie ihm unvorsichtigerweise gereicht hatte. Dunkelrot angelaufen war er, während er Anna mit Augen anschaute, deren schmachtender Blick – dessen war er sich ganz sicher – ihr in der Seele brannte. Anna bemerkte allerdings weder den schmachtenden Blick noch die Röte, denn seine Augen, was auch immer er selbst von ihnen halten mochte, waren nicht von der Art, die eine Seele rühren, und außerdem war er ein blasser junger Mann, dem sich, wenn er errötete, lediglich die Ohren färbten. Wähend er Annas Finger im Schraubstock seiner Hand zermalmte, hatte er in der Tat blutrote Ohren, doch Anna beachtete sie nicht.

»Frau Manske ist zu freundlich«, sagte Anna, als die Blumengebinde, die zunächst nur gelegentliche Mitbringsel gewesen waren, zur täglichen Gabe wurden. Und größer wurden sie auch, bis sie zum Schluß solche Ausmaße erreichten, daß Letty sie kaum umfassen konnte. »Sie darf ihren schönen Garten nicht derart plündern.«

»Er ist aber voll von Blumen«, verteidigte Miss Leech die Sträuße. »Wirklich, alles ist in diesem Garten vorhanden, und die Sträuße liegen immer schon fertig gebunden auf dem Tisch, wenn wir kommen. Gestern erst sagte ich ihr, Sie fürchteten, der schöne Garten könne Schaden nehmen, wenn sie so viele Blumen schneidet, aber sie schien mich gar nicht zu verstehen. Sie zeigt mir, wie man diese Kuchen backt, von denen Sie sagten, daß Sie sie sosehr mögen.«

»Ich wünschte, ich hätte nur ein paar von diesen Blumen in meinem Garten«, sagte Anna und legte ihre Wange an den Strauß Goldlack, den Letty ihr diesmal überreicht hatte. In ihrem eigenen Garten gab es nichts außer Gras und Bäumen. Onkel Joachim hatte für Blumen nichts übrig gehabt.

Sie nahm den Strauß mit hinauf in ihr Zimmer, küßte ihn auf dem Weg nach oben und stellte ihn in einer Vase auf die Fensterbank. Erst als der üppige Strauß nach einigen Tagen zu welken begann, sah sie die Ecke eines Briefumschlags daraus hervorlugen. Sie zog den Umschlag heraus – er war an das *Hochwohlgeborene Fräulein Anna Estcourt* adressiert –, öffnete ihn und entnahm ihm ein Blatt, auf das oben ein großes, blutrotes Herz gemalt war, das zusätzlich dazu, daß ein bluttropfender Pfeil es durchbohrte, auch in der Mitte noch auseinanderbarst. Unter dem Herz stand in einer kaum lesbaren, schrecklich verschnörkelten Handschrift:

The earth am I, and thou the heaven,
The mass am I, and thou the leaven,

No other heaven do I want but thee,
Oh Anna, Anna, Anna, pity me!
August Klutz, Kandidat

(Die Erde bin ich und Du das Firmament.
Der Teig bin ich, und Du bist das Ferment.
Mein Paradies kannst Du allein nur sein,
O Anna, Anna, Anna, erbarm Dich mein!)

Augenblicklich fiel Anna Lettys außergewöhnliche Zufriedenheit mit den Deutschstunden ein. Was hatten die beiden denn da ausgeheckt? Und wo steckte Miss Leech während der Stunden, daß so etwas möglich war?

Es war eine schreckliche, eine sehr finster blickende Tante, die Letty beim Heimkommen auf der Treppe erwartete.

»Hallo, Tante Anna, ist dir ein Gespenst begegnet?« fragte Letty mit argloser Munterkeit, doch das Herz rutschte ihr bis in die Stiefel, als sie der Tante in deren Zimmer folgte.

»Sieh dir das an«, fauchte Anna und hielt ihr den Briefbogen unter die Nase. »Wie konntest du so was bloß machen? Denn natürlich steckst du dahinter, Herr Klutz kann kein Englisch!«

»Wart's bloß ab! Er macht Fortschritte wie verrückt . . . er büffelt nächtelang.«

»Wie ist das bloß möglich gewesen?« fuhr ihr Anna laut ins Wort und schlug mit dem Handrücken gegen das Blatt.

»Aber es ist doch allerliebst, nicht wahr?« sagte Letty, aber sie grinste nur schwach. »Die letzte Zeile mußten wir natürlich abändern. Ich meine, das Gedicht ist kein Original, weißt du, abgesehen von den Annas. Die habe ich eingefügt. Der Lakai, den Mutter so billig einstellen konnte, weil ihm ein Finger fehlt, hatte es Hilton letztes Jahr zu ihrem Geburtstag geschickt . . . sie war ganz aus dem Häuschen vor lauter Freude. Die letzte Zeile hieß natürlich ›O Hilton, Hilton, Hilton . . .‹«

»Wie kommst du dazu, so einen haarsträubenden Unsinn mit Herrn Klutz zu reden, noch dazu über mich!«

»Ich doch nicht. Er hat angefangen! Er hat die ganze Zeit von dir geredet, gleich am ersten Tag, an dem Leechy zum Kochen ging, fing er damit an.«

»Zum Kochen?«

»Ja, sie ist immer bei Frau Manske in der Küche. Wir haben dir doch die Kuchen mitgebracht, und du schienst sie wie verrückt zu mögen.«

»Und statt Deutsch zu lernen, habt ihr diesen unsäglichen Quatsch veranstaltet?«

Annas Stimme und mehr noch ihre Augen machten Letty wirklich Angst. Sie trat von einem Fuß auf den anderen und schaute schuldbewußt zu Boden. »Was nützt es denn, daß du jetzt so sauer bist«, sagte sie zum Teppich. »Es ist doch nur eine Wiederholung der Geschichte mit Mr. Jessup. Leechy war auch nicht verärgert über Mr. Jessup, sie war im Gegenteil ganz schrecklich hingerissen. Sie sagt, es sei das schönste Kompliment, daß ein Mensch einem anderen machen kann, wenn er sich aufführt wie Herr Klutz und einen Haufen Mumpitz quatscht.«

Anna starrte sie bestürzt und verwirrt zugleich an. »Mr. Jessup?« wiederholte sie. »Soll das etwa heißen, daß auch Miss Leech von diesem ... diesem ekelhaften Unsinn weiß?« Sie hielt das geborstene Herz auf Armeslänge von sich und zerknüllte es dann in der Hand.

»He, du machst es ja kaputt! Er hat tagelang daran geschuftet. Es gab nämlich im ganzen Haus keine rote Farbe, die rot genug gewesen wäre für die Wunde. Er mußte extra nach Stralsund fahren, um Farben zu kaufen. Er hat an nichts anderes mehr gedacht.« Und obwohl sie schreckliche Angst hatte, mußte Letty doch ein wenig kichern.

»Letty, soll das heißen, daß Miss Leech von dieser Sache weiß?« fragte Anna mit scharfem Ton nach.

»Eigentlich eher nicht. Es ist ein Geheimnis, weißt du. Er hat mir das feierliche Versprechen abgenommen, daß ich keiner Menschenseele was verrate. Natürlich macht es nichts, daß ich jetzt mit dir darüber rede, du gehörst ja zu den unmittelbar Betroffenen. Schließlich kann man ja nicht heiraten, ohne darüber informiert zu sein, also breche ich auch mein Versprechen ihm gegenüber nicht, wenn ich mit dir darüber rede und . . .«

»Heiraten? Was für einen ungeheuerlichen Quatsch hast du denn da im Kopf?«

»Genau! Genau das habe ich ihm gesagt . . . oder so ähnlich. Ich sagte ihm, es sei nichts anderes als ›*jolly rot*‹*. Er fragte mich, was heißt das: ›*jolly rot*‹, und ich sagte: ›Na eben, genau das!‹«

»Genau was?« fragte Anna zornig. Sie hätte Letty bei den Schultern packen und kräftig durchschütteln mögen.

»Na ja, ebendieses Gerede davon, dich zu heiraten und so. Ich sagte ihm, das sei man bloß ›*jolly rot*‹; du würdest das nie tun. Aber da er das Wort einfach nicht verstanden hat, hat es zu nichts geführt. Er hat es dann im Wörterbuch gesucht, aber das hat auch nichts gebracht. Ich glaube, es steht nicht drin.«

Anna schaute ihre Nichte mit Empörung im Blick an. »Weißt du überhaupt, was du da angestellt hast?« rief sie fassungslos. »Kaum daß Miss Leech dir den Rücken kehrt, fängst du an . . . du, ein kleines Mädchen . . . in deinem Alter . . . fängst an, solche ungeheuerlichen Dinge zu reden . . . mit einem wildfremden Mann . . .«

»Ich habe nicht angefangen«, weinte Letty jetzt, denn der Zorn in Annas Stimme überwältigte sie.

»Aber du hast die ganze Zeit heimlich weitergemacht, statt auf der Stelle Miss Leech oder mir Bescheid zu sagen.«

»Ich hab' doch noch nie . . . noch nie zuvor einen Verliebten gesehen. Es war einfach . . . es war eben ein Mordsspaß.«

»Du hast offensichtlich wirklich keine Ahnung, was du das angerichtet hast! Dann waren also all die Blumen von ihm?«

»Jaaaa«, schluchzte Letty unter Tränen.

»Und er dachte, daß ich das auch wüßte, daß sie von ihm sind?«

Keine Antwort.

»Dachte er das?« fauchte Anna.

»Jaaaa.«

---

* jolly rot: köstlicher Mumpitz (Anm. d. Ü.)

»Du bist ein ganz, ganz schlimmes, ein ganz böses Mädchen.« Anna zeigte eine unbekannte Strenge. »Du hast Tag für Tag unaufrichtig gehandelt, das ist genauso schlimm wie Lügen. Ich glaube nicht, daß du weißt, was für eine furchtbare Sache du da angestellt hast – ich hoffe bei Gott, daß du es nicht weißt. Natürlich sind deine Lektionen bei Klutz mit dem heutigen Tag beendet. Du wirst da nie wieder hingehen, hörst du! Vielleicht schicke ich dich zu deiner Mutter zurück. Ja, ich bin mir ziemlich sicher, daß ich das tun werde. Und jetzt geh!« Anna deutete auf die Tür.

An diesem Abend erschienen weder Letty noch Miss Leech zum Abendessen. Beide hatten sich in ihrem Zimmer eingeschlossen und waren in Tränen aufgelöst. Miss Leech war unfähig, sich selbst zu vergeben. Alles sei einzig und allein ihre Schuld, meinte sie. Als Anna ihr das blutrote, pfeildurchbohrte, zerrissene Herz zeigte, war sie entsetzt gewesen, sie hatte keine Ahnung von dem gehabt, was sich oben abspielte, während sie in Frau Manskes Küche kochen lernte.

»So ein stiller, respektabel aussehender junger Mann!« rief sie wie vom Grauen gepackt aus, »und so einer will die Heilige Weihe empfangen!«

»Nun, wie Sie sehen, ist er weder still noch respektabel«, sagte Anna. »Er ist ungewöhnlich unternehmungslustig und ohne jeden Sinn für Moral. Nur ein vollkommen entsittetes Individuum nutzt die unschuldige Unwissenheit seiner Schülerin so schamlos aus.«

Anna zündete eine Kerze an und verbrannte das Herz. »So«, sagte sie, nachdem alles zu Asche zerfallen war, »der Fall wäre erledigt. Weiß der Himmel, was auszuplaudern er Letty verführt oder was für Ideen er ihr in den Kopf gesetzt hat. Ich darf gar nicht daran denken. Ich hatte nicht den Mut, sie lange auszufragen – ich hatte Angst, es würden Dinge ans Licht kommen, die mich noch zorniger machen würden oder über die ich sogar den Pastor in Kenntnis setzen müßte. Wie auch immer, liebe Miss Leech, wir werden Letty nie wieder aus den Augen lassen, nicht wahr? Nie wieder! Ich glaube zwar nicht, daß so eine Sache ein zweites Mal geschehen wird, aber wir werden kein Risiko eingehen, nicht wahr? So, nun seien Sie nicht so unglücklich. Erzählen Sie mir von Mr. Jessup.«

Natürlich war es Miss Leechs Schuld, das wußte Anna. Aber Miss Leech schien sich ihrer großen Schuld selber so bewußt zu sein, daß Zurechtweisungen und Schelte gar nicht in Frage kamen. Den Abend und fast die ganze Nacht verbrachte sie mit sinnlosem Jammern und Klagen, während auch Letty im Zimmer nebenan ihr tränenüberströmtes Gesicht ins Kopfkissen drückte. Lettys Gewissen durchlebte einen schmerzlichen Aufruhr. Sie hatte es gut gemeint und das Schlimmste angestellt. Der Gedanke, daß ihre Tante ernstlich böse sein könnte, war ihr wirklich nicht gekommen – war sie denn nicht im Besitz aller Details der Jessupschen Liebeswerbung? Und hatte Miss Leech sie nicht darüber belehrt, daß einer Frau keine größere Ehre auf Erden widerfahren könne, als daß ein Mann sich in sie verliebe und ihr die Ehe antrage? Selbstverständlich war Herr Klutz nicht der Mann, den ihre Tante heiraten würde, denn erstens war ihre Tante in ihren Augen schon hochbetagt, und Klutz sah aus, als wäre er im selben Alter wie ihr eigener Vater, und zweitens schien er Letty der Kaste der Straßenkehrer anzugehören, einer Kaste also, deren Mitglieder an den Nägeln kauen, aber doch niemals wirklich irgend jemandes Tante heiraten. Schließlich aber konnte ihre Tante, wenn es denn je zum Äußersten kommen sollte, immer noch »Nein« sagen. Es konnte doch wahrhaftig niemand ernsthaft beleidigt sein, bloß weil jemand in ihn verliebt ist, und Klutz war ganz furchtbar schrecklich verliebt, und er quatschte den blühendsten Mumpitz zusammen. Außerdem hatte Letty ihn in keiner Weise ermutigt, im Gegenteil, entmutigt hatte sie ihn. Aber jetzt war es ausgerechnet diese Entmutigung, so tugendhaft verabreicht, die so schwer auf Lettys geplagtem Gewissen lastete. Bis zum Augenblick der Unterredung mit ihrer Tante war sie sogar stolz darauf gewesen. Seither jedoch war sie ihr in anderem Licht erschienen, und inzwischen war sie sich sicher, schrecklich sicher, wüßte ihre Tante auch davon, sie wäre sehr, sehr verärgert, noch viel, viel ärgerlicher, als sie es wegen des Herzens war.

Letty wälzte sich gequält im Bett hin und her, denn die Entmutigung, die sie Klutz verabreicht hatte, war ihm in Form von Dichtung zugegangen. Poesie, niedergeschrieben auf dem Briefpapier ihrer Tante, so den Eindruck erweckend, sie käme direkt von Anna. Letty hatte es so gut gemeint, und was hatte sie getan? Als auf sein zwischen dem Goldlack verstecktes Gedicht keine Antwort kam, hatte Klutz sich geweigert zu glauben, daß das Bouquet sein Ziel erreicht hatte. »Hier ist Verrat im Spiel«, hatte er ausgerufen. »Sie haben mich hintergangen«, und er schien unter dem Schmerz der Betrübnis zusammenzubrechen.

»Ich hab ihr den Strauß ganz bestimmt gegeben. Sie hat nur den Brief noch nicht gefunden«, versuchte Letty, überrascht von der Lautstärke seiner Qual, ihn zu trösten. »Es ist schon alles in Ordnung. Warten Sie ein bißchen. Die Blumen haben ihr schrecklich gut gefallen, sie hat sie doch geküßt.«

Der arme unglücklich Verliebte, dachte sie romantisch, sein Herz soll nicht so bluten. Wenn Tante Anna den Brief je findet, schickt sie ihm doch bloß eine rüde Antwort. Ich werde für sie antworten und ihn so sanft wie möglich entmutigen. Denn wenn auch die Worte, die Lettys Mund entschlüpften, meist unelegant klangen, so waren ihre Gedanken, wenn sie um Mr. Jessup oder Herrn Klutz kreisten, doch in die zärtliche Sprache der Gefühlsduselei gekleidet.

Die halbe Nacht war sie aufgeblieben und hatte ein Gedicht geschrieben, dessen Botschaft Entmutigung und Trost zugleich sein sollte. Es kostete sie unendliche Qual, doch als es endlich fertig war, hatte sie das stolze Empfinden, es wäre alle Mühen wert gewesen. In Druckbuchstaben übertrug sie ihr Werk fein säuberlich auf einen Bogen von Annas Briefpapier, faltete den Bogen dann sehr sorgfältig zusammen und knüpfte das Briefchen mit einem ihrer eigenen Haarbänder an einen kleinen Strauß Maiglöckchen, die sie eigenhändig zu diesem Zweck im Wald gepflückt hatte.

Und so lautete das Gedicht:

It is a matter of regret
That circumstances won't
Allow me to call thee my pet,
But as it is they don't

For why? My many years forbid,
and likewise thy position.
So take advice, and strive amid
Thy tears for meek submission.

Anna

(Dein denkbar mißlich Ding mag's sein,
Doch läßt's die Konvention nicht zu,
Daß ich Dich nenn' mein Lämmchen fein.
Es ist nun einmal so!

Mein Alter, es verbietet's mir,
Und Dir verwehrt's die Position.
So höre denn auf meinen Rat:
Geh weinend stumm davon.)

Und just dieses Gedicht steckte in diesem Augenblick, wie Letty nur zu gut wußte, in der Rocktasche von Herrn Klutz.

22

Der durchschnittliche junge Mann, ob Deutscher oder Angehöriger einer anderen Nationalität, kommt ausgehungert aus dem Knabenalter und tritt ein in eine schmackhafte Welt, die zum Verzehr gemacht scheint. Er stillt seinen Appetit, indem er sich an dieser Welt gütlicht tut, bis er sterbenskrank wird. Auf der festen Grundlage seiner eigenen närrischen Leiche oder – wie der Dichter sagen würde – seines eigenen toten Selbst, errichtet er dann die sogenannten besseren Dinge seiner späteren Jahre.

Klutz war ein durchschnittlicher junger Mann und erreichte das frühe Mannesalter so ausgehungert wie all seine Altersgenossen. Doch sein Vater war ein Geistlicher, wie schon sein Großvater ein Geistlicher gewesen war, alle seine Onkel waren Geistliche, und da auch ihm sich das Schicksal grausam und unerbittlich in der düsteren Robe des Pfarrers der Lutherischen Kirche näherte, war seinen natürlichen Torheiten der Weg nach draußen versperrt geblieben. Sie hatten sich dann in seinem Inneren entwickeln können und hatten sich dann in seinem Herzen versteckt halten müssen, wo sie sich freilich köstlich amüsierten, indem sie dort – zu Klutzens Ungemach – ununterbrochen schäumten und gärten, während der gute Pastor, in dessen Obhut Klutz sich befand, zu ihm von den Freuden der anderen Welt sprach.

Die andere Welt, dachte Klutz, den es nach denjenigen Genüssen hungerte und dürstete, die diese Welt zu bieten hatten dieses Jenseits mag auf seine Weise gut sein oder auch nicht; in jedem Fall ist jene Welt nicht meine Welt. Und er lauschte Manskes Ausführungen mit einem Schweigen, das man entweder als Ehrfurcht oder als Langeweile auslegen konnte; Manske interpretierte es als Ehrfurcht. »Unser junger Vikar«, sprach er folglich lobend zu seinem Weibe, »denkt sehr viel nach. Er ist ernsthaft und kontemplativ, weit über seine Jahre hinaus. Er macht nicht viele Worte und führt keine eitle Rede.« Worauf sein teures Weib nur mit einem verächtlichen Schnauber antwortete, der ihre Skepsis ausdrücken sollte.

Sie hatte keine handfesten Beweise dafür, daß Klutz nicht ernsthaft und kontemplativ war, doch während des ersten Winters, den er in ihrem Hause verbrachte, war er bei ihr in Ungnade gefallen, weil er eine ungalant heftige Neigung zu ihrem Apfelgelee gefaßt hatte. Nicht, daß sie ihm Apfelgelee in vernünftigen Mengen mißgönnt hätte – sowohl ihr Ehemann als auch sie selbst mochten es ja auch sehr. Außerdem gehörte sein Verzehr zum Glück zu jenen irdischen Freuden, deren Genuß als unschuldig gilt. Aber es gibt Grenzen, jenseits derer sogar Gelee zum Bösen wird, und diese Grenzen pflegte Herr Klutz ununterbrochen zu überschreiten. Im Herbst pflegte Frau Manske eine Zahl von

Gläsern zuzubereiten, ausreichend, den durchschnittlichen Appetit eines ganzen Jahres zu decken. Es waren immer Vikare im Haus gewesen, und nie hatte Mangel an Gelee geherrscht. Dieses Jahr aber waren bereits zu Ostern nur mehr zwei Gläser mit Apfelgelee übrig. Frau Manske hatte weder eine Möglichkeit, die Gläser sicher wegzuschließen, noch konnte sie sich weigern, Gelee auf den Tisch zu bringen, denn dann hätten ihr Gatte und sie selbst ebenfalls darauf verzichten müssen. Den ganzen Winter über hatte sie tatenlos zusehen müssen, wie sich ein Glas nach dem anderen lehrte, und je schneller sich die Gläserreihen in ihrem Vorratsraum lichteten, desto mehr wuchs ihre Überzeugung, daß Klutzens Frömmigkeit nur hauchdünn war. Ein junger Mann, der sich so zügellos der Gier hingab, konnte kein ernsthafter Mensch sein. Irgend etwas an solchem Verhalten roch verdächtig nach Fleischeslust und Teufel. Groß war folglich ihr Erstaunen, als am Ostermorgen das allerletzte Glas Apfelgelee auf den Tisch gekommen war und Klutz sich mit Ekel davon abgewandt hatte. Ja, er würdigte nie wieder irgendein Glas Apfelgelee auch nur eines Blickes, noch aß er von den anderen Delikatessen hinreichend, um ihn am Leben zu erhalten. Er, der sonst so gierig geschlungen hatte, vergaß die Mahlzeiten. Man mußte ihn lokken, damit er überhaupt etwas aß. Jede freie Minute brachte er mit Schreiben zu, oft saß er ganze Nächte lang am Schreibtisch und verbrauchte nun Kerzen in der Quantität, in der er zuvor Gelee konsumiert hatte. Und als Anfang Mai der Gatte wieder einmal eine Bemerkung über die Ernsthaftigkeit des jungen Vikars fallen ließ, da verbot ihr das Gewissen, weiterhin nur mit einem verächtlichen Schnauber zu antworten.

»Sie müssen krank sein«, sagte sie schließlich eines Tages zu Klutz, als er wieder schweigend vor seinem Teller saß und nichts zu sich nahm.

»Krank!« brach es aus Klutz hervor, dessen Körper und Seele zugleich vom Feuer des Fieberwahns ergriffen schien. »Elend bin ich – elend bis auf den Tod!«

Und wie elend er sich fühlte! Zwei Tage waren vergangen, seit er Annas Gedicht erhalten hatte. In einen Taumel der Freude und des Triumphes hatte es ihn geworfen, denn die Entmutigung, die die Zeilen enthielten, hatte ihn bloß um so mehr angefeuert und ermutigt. Ihm schienen sie nämlich lediglich Zeichen der angemessenen Geringschätzung des eigenen Selbst, die man von einem Weibe mit Fug und Recht erwarten durfte, das sich dem ihr von der Natur bestimmten Herrn gegenübersah. Klutz war großzügig bereit, ohne alle Einschränkung über alle Hindernisse hinwegzusehen, auf die in den Zeilen des Gedichtes zart hingedeutet worden war. Daß die Angebetete schon so alt war, nun, dazu konnte sie ja nichts. Zwar zählte sie tatsächlich mehr Lenze, als Klutz sich gewünscht hätte, aber zum Glück waren sie ja auf diesem noch immer lieblichen Gesicht nicht abzulesen. Was sodann die Position anlangte, so vermutete er, Anna habe damit sagen wollen, daß er ja nicht adelig sei. Aber ein Mann, so überlegte er, ist im Vergleich zu einer Frau durch sein nobleres und höheres Wesen quasi von Natur aus adelig, ganz gleich, wie sein Name auch lauten mag. Klutz hatte sofort nach Kleinwalde eilen wollen, doch seine Schülerin und Vertraute hatte *»Don't«** gesagt, und zwar mit so unmißverständlichem Nachdruck, daß der Kandidat zumindest an diesem ersten Tag der Versuchung widerstand. Und jetzt, genau am Morgen des Tages, als die Frau Pastor ihn fragte, ob er krank sei, hatte er eine kurze Notiz von Miss Leech erhalten, in der sie ihm mitteilte, Miss Letty Estcourt werde ab sofort keine Deutschstunden mehr bei ihm nehmen. Was war geschehen? Selbst das Gedicht, das in der Tasche über seinem Herzen brannte, konnte seine Befürchtungen nicht zerstreuen. Unfähig, sich dem Diktat seines Herzens länger zu widersetzen, war er unverzüglich nach Kleinwalde hinübergeeilt, um sich höchstpersönlich vor Annas Füßen zu Boden zu werfen, die ihn, daran hegte er absolut keinen Zweifel, doch sehnlichst erwarten mußte. Doch man hatte ihm die Tür vor der Nase zugeknallt! Ein grobes, ungehobeltes Dienstmädchen, deren Betragen ihn so wütend gemacht hatte, daß er ihr beinahe die kostba-

* Don't: Tun Sie das nicht! (Anm. d. Ü.)

ren Verse unter die Nase gehalten hätte, um ihr zu beweisen, was für eine wichtige Persönlichkeit er in diesem Hause darstellte, dieses Dienstmädchen hatte ihm die Tür vor der Nase zugeschlagen. Das einzige, was ihn davon abgehalten hatte, ihr die wertvollen Zeilen zu zeigen, war die blitzartige Erkenntnis, daß dieses ungebildete Gör der englischen Zunge ja nicht mächtig war.

»Möchten Sie den Herrn Doktor konsultieren?« erkundigte sich Frau Manske, von dem Anblick, den Klutz bot, und von seinen Worten beunruhigt. Vielleicht hatte er sich eine anstekkende Krankheit geholt – ein ansteckender Vikar im Hause wäre entsetzlich!

»Den Arzt?« schrie Klutz und fügte dramatisch jene Zeilen aus Shakespeares ›Macbeth‹* an, die da beginnen mit den Worten: *»Kannst du nicht Arzt sein für ein krank Gemüt . . .?«*

Frau Manske erschrak zu Tode. Da sie nicht begriff, daß Klutz Dichterzeilen deklamierte, hörte sie ihn nur voll Entsetzen »Du« zu ihr sagen, ein Privileg, das sich auf Liebende, Eheleute und nahe Verwandte beschränkt. Obendrein stellte er ihr Fragen, die kein anständiger Vikar je einer ehrenhaften Familienmutter stellen würde.

»Ich bin sicher, der Arzt sollte nach Ihnen sehen«, sagte sie nervös, sprang auf und wollte zur Tür eilen.

»Nein, nein«, wehrte Klutz ab. »Den Arzt, der mir helfen könnte, gibt es nicht.«

Seine Hand legte sich unwillkürlich auf die Brusttasche, die das Gedicht enthielt, mit fiebrigen Fingern befühlte er das Papier. Es drängte ihn, der Frau Pastor das Gedicht zu zeigen, es für sie zu übersetzen, um sie mit eigenen Augen sehen zu lassen, was die junge Dame aus Kleinwalde, zusammen mit Herrn von Lohm Mitpatronin ihres Ehemannes, von ihm, Vikar Klutz, dachte.

»Ich werde meinen Mann wegen des Arztes fragen«, insi-

---

* William Shakespeare: Macbeth, 5. Akt, 3. Szene (Anm. d. Ü.)

stierte Frau Manske und schlüpfte mit einer Hast aus dem Zimmer, die bei ihrer Leibesfülle überraschte. Wäre sie nur eine Minute länger geblieben, er hätte ihr das Gedicht gezeigt.

Klutz wartete nicht ab, was der Pastor sagen würde, er stülpte sich den Filzhut auf den Kopf und stürmte zu einem Gewaltmarsch aus dem Haus. Er marschierte durch Kleinwalde, an Annas Haus vorbei und durch die Wälder, irgendwann verweilte er irgendwo. Es war ein heißer, windiger Mainachmittag. Der Wind, der solange geschwiegen hatte, wirbelte nun Staubwolken auf, doch Klutz hastete weiter, ohne auf die Hitze, den Wind, den Staub zu achten, und legte dabei eine Ausdauer an den Tag, die für jemanden, der den ganzen Tag nichts gegessen hatte, erstaunlich war. Wie ein Wirbelsturm war die Liebe über ihn gekommen. Seit er die Schule verlassen hatte, war er nach ihr auf der Suche gewesen, doch seine achtsamen Eltern hatten ihn an einsame Orte verbannt – leere, unbewohnte Orte wie Lohm, Orte, in denen die Töchter der Pastoren entweder schon verheiratet sind oder noch im Kinderstühlchen sitzen. Gelegentlich war er von den Dellwigs in einem Akt größter Herablassung zu den sonntäglichen Mittagessen geladen worden. Auch dort hatte er die Liebe gesucht, aber die Gesellschaft bestand ausschließlich aus untersetzten Bauersfrauen, Weiber von dreißig, vierzig, fünfzig Jahren – schwindelerregend alt also –, und sie redeten nur vom Buttern und Wurstmachen, und für die Liebe hatten sie nichts übrig.

»Oh, Liebe, Liebe, Liebe, wo werd ich dich finden?« schrie er verzweifelt zu den Sternen hinauf, wenn er auf dem Heimweg von diesen Treffen durch den Wald eilte, doch die Sterne funkelten nur kalt. Offensichtlich war es ihnen völlig egal, ob er sie fand oder nicht. Die Schubladen seiner Kommode quollen über mit Gedichten, in die er all die Gefühle seiner zwanzig Jahre ergossen hatte, all die Sentimentalitäten und Rührseligkeiten, die ein gut gefütterter, zu keiner Arbeit angehaltener Zwanzigjähriger für die Seele hält. Und dann war wie ein Blitz aus heiterem Himmel das englische Fräulein vor seinem starrenden Blick aufgetaucht. An einem stürmischen Märztag hatte sie in ihrer Kutsche gesessen, ihn vom ersten Moment an freundlich angelächelt, sein Herz mit Blicken aus Augen durchbohrt, die nicht nur Klutz wunderschön fand. Und so hatte er die Liebe gefunden und von Stund an alles Interesse an Apfelgelee verloren.

Es war eine überzeugte, kühne Liebe, die mehr Hoffnungen als Ängste kannte, mehr Sicherheit als Befürchtungen. Das Gedicht schien ein Loch in seine Tasche zu brennen, so heftig wünschte er, es herumzuzeigen und jedermann von seinem Glück zu erzählen. Die Maiglöckchen, an die das Gedicht gebunden gewesen waren und die seither in seiner Tasche steckten, waren noch nicht braun verfärbt, und doch war er es schon leid, ein solches Geheimnis allein tragen zu müssen. Welchen Gewinn brachte es ihm, daß die Dame von Kleinwalde ihm mitteilte, zu ihrem größten Bedauern könne sie ihn leider nicht ihr *Lämmchen* oder *Schätzchen* nennen (diese beiden Alternativen hatte ihm sein Wörterbuch für das ihm unbekannte Wort *pet* genannt), wenn niemand sonst auf der Welt es wußte?

Als er zum Haus kam, umschlich er es im Schneckentempo und starrte zu den dunklen, abweisenden Fenstern hinauf. Keine Menschenseele war zu sehen. Mißmutig ging er weiter. Was sollte er tun? Es war ihm heute schon einmal die Tür vor der Nase zugeschlagen worden – warum, war ihm unerfindlich. Er zögerte und ging dann zurück. Er würde es noch einmal versuchen. Warum auch nicht? Ganz sicherlich hatte die Miss heute morgen das Dienstmädchen heftig ausgeschimpft, als sie erfuhr, daß man dem Menschen, der als *»pet«* in ihrem Herzen wohnte, den Zutritt verweigert hatte.

Kühn überschritt er die Grasfläche vor dem Haus und betätigte den Klopfer an der Tür.

Es erschien dasselbe Dienstmädchen wie am Morgen. Ihn sehen, die Tür zuknallen und dabei laut schreien »Is' niemand zu Hause!« war eins.

»Ekelhaftes Benehmen«, schimpfte Klutz laut und von unsäglicher Wut gepackt. Seine Geistesgaben, die noch nie sehr stark gewesen waren, hatten, ebenso wie sein Körper, durch die aufregenden Tage der Liebe und des Fastens weitere Schwächungen erlitten. Eine Zorneswelle schwappte über ihn hin, als er vor der verrammelten Tür stand und hörte, wie sich drinnen die Schritte des Dienstmädchens entfernten. Ohne recht zu wissen, was er tat, ergriff er den Klopfer und schlug ihn heftig gegen seinen metallenen Gegenpart, wieder und wieder, bis der ganze Wald von seinem Klopfen hallte.

Mit einemmal hörte Klutz, wie sich auf dem Fußpfad hinter ihm eilige Schritte näherten. Noch immer mit der Hand den Türklopfer betätigend, schaute er sich um und sah, daß Dellwig auf ihn zugerannt kam.

»Heda!« schrie Dellwig außer Atem und starrte Klutz mit blankem Unverständnis an. »Was zum Teufel soll denn dieser Lärm? Steht die Pfarrei in Flammen?«

Klutz glotzte den herannahenden Dellwig wie benommen an. Angesichts dieser stärkeren Natur hatte sich seine Wut augenblicklich verbraucht, und da er erst zwanzig war und halb verhungert und zudem davon überzeugt, daß man ihm übel mitspielte und ihn aufs grausamste mißhandelte, brach er hier auf Annas Schwelle im vollen Licht der Abendsonne und unter Dellwigs Augen in eine heftige Tränenflut aus.

»Was zum Teufel ... was ist denn los in Lohm, Sie großes Schaf?« fragte Dellwig, nahm Klutz beim Arm und schüttelte ihn. Durch ein Kopfschütteln deutete Klutz an, daß in Lohm alles in Ordnung sei, während er wie ein kleiner Bub in sein großes rotes Schnupftuch heulte und kein Wort sprechen konnte.

Dellwig, der ihn noch immer am Arm hielt, stierte ihn ein paar Augenblicke lang schweigend und unschlüssig an, dann schubste er ihn vor sich her die Treppe hinunter und führte ihn ab. »Sie kommen mit mir, junger Mann«, sagte er barsch. »Für diesen Auftritt möchte ich eine Erklärung. Wenn Sie verrückt geworden sind, dann wird man sie einsperren. Wir wollen hier keine Verrückten haben. Und wenn Sie nicht verrückt sind, dann wird der Herr Amtsvorsteher Sie wegen ungebührlichen Betragens bestrafen. Derart an die Tür einer Dame zu klopfen! Direkt ein Wunder, daß Sie die Tür nicht eingeschlagen haben. Ist ja nur ein Glück, daß die Herrschaften ausgefahren sind.«

Klutz fühlte sich wirklich krank. Er stützte sich auf Dellwigs Arm und ließ sich von ihm weiterzerren, alle Kraft war zusammen mit seiner Wut aus ihm gewichen. »Sie haben eben nie geliebt«, war alles, was er endlich unter Tränen hervorbrachte.

»Ach so, das ist es. Aus Liebe wollten Sie den Türklopfer abreißen. Warum sind Sie denn nicht an die Hintertür gegangen? Welche von denen ist es denn? Die Köchin, hä? Natürlich. Sie sehen ja schon ganz verhungert aus. Ein Kandidat, der sich wegen einer Köchin die Augen ausheult!« Dellwig warf den Kopf in den Nacken und lachte schallend.

»Die Köchin?« rief Klutz, von diesem Wort zu neuem Leben erweckt. »Die Köchin?« Er schob eine zitternde Hand in seine Brusttasche und zog es hervor, das kostbare Papier, entfaltete es mit zittrigen Fingern und hielt es Dellwig unter die Nase. »Hier haben Sie Ihre Köchin«, sagte er mit einer vor Triumph bebenden Stimme. Sie standen mitten auf der Straße, außerhalb der Sichtweite des Hauses. Dellwig nahm ihm das Papier ab und hielt es sich dicht unter die Augen. »Was soll das?« fragte er und zog die Stirn in Falten. »Das ist kein Deutsch.«

»Es ist Englisch«, versetzte Klutz voll Stolz.

»Was denn, die Gouvernante . . .?«

Klutz deutete nur auf den Namen am Ende. Oh, was für ein süßer Augenblick!

»Anna?« las Dellwig laut. »Anna? Das ist der Vorname von Miss Estcourt.«

»Jawohl«, sagte Klutz, und all seine Tränen waren versiegt.

»Es scheint ein Gedicht zu sein«, sagte Dellwig langsam.

»Jawohl«, antwortete Klutz.

»Wieso haben Sie das?«

»Tja, warum wohl? Es gehört mir. Sie hat es mir geschickt. Für mich hat sie es verfaßt. Diese Blumen . . .«

»Miss Estcourt? Miss Estcourt hat Ihnen das geschickt? Dieses Gedicht? *Ihnen*?« Dellwig schaute von dem Blatt zu Klutz auf, ließ seinen prüfenden Blick dann über seine ganze Gestalt gleiten, ganz langsam vom Kopf bis zu den Füßen, so, als sähe er den Herrn Vikar Klutz zum ersten Mal. Sein Gesichtsausdruck, während er das tat, war alles andere als schmeichelhaft, aber Klutz bemerkte selten Gesichtsausdrücke. »Wovon handelt es denn?« fragte Dellwig, als sein Blick Klutzens Stiefel erreicht hatte, die ihn sehr zu überraschen schienen, denn Dellwig schaute zweimal hin.

»Liebe«, antwortete Klutz mit stolz geschwellter Brust.

»Liebe?«

»Nehmen Sie mich mit zu sich nach Hause«, drängte Klutz. »Da übersetzte ich Ihnen die Zeilen. Hier, wo man uns stören könnte, kann ich das nicht.«

»Na, dann kommen Sie mal«, sagte Dellwig und marschierte mit großen Schritten, das kostbare Billett in der Hand, voran. Gerade als sie in den Wirtschaftshof einbogen, hörte man das Rumpeln von Kutschenrädern.

»Halt«, rief Dellwig und legte Klutz die Hand auf den Arm. »Die Herrschaften waren zum Kaffeetrinken im Wald, jetzt kommen sie zurück. Wenn Sie warten, können Sie einen Gruß erhaschen.« Sie stellten sich beide an den Straßenrand, und es dauerte nicht lange, da kam Anna mit einigen ihrer Hausgenossinen vorbeigefahren. Dellwig und Klutz rissen sich die Hüte von den Köpfen. Als Anna Klutz sah, wurde sie scharlachrot. Es war nicht zu übersehen und nicht zu leugnen: Bis in die Haarwurzeln hinauf lief sie scharlachrot an und drehte ganz rasch den Kopf beiseite. Dellwigs Lippen spitzten sich zu einem Pfiff. »Kommen Sie rein, junger Mann«, drängte er jetzt und schaute Klutz wieder an, »kommen Sie rein und übersetzen Sie mir Ihr Gedicht.«

Selten hatte Klutz köstlichere Augenblicke durchlebt als jene, in denen er Lettys Verse ins Deutsche übertrug und beide Dellwigs ihm die Worte regelrecht von den Lippen saugten. Die stolzen und erhabenen Dellwigs! Noch vor einem Monat wäre die bloße Vorstellung ein viel zu übermütiger Gedankenflug gewesen; in seinen kühnsten Träumen hätte er sich das nicht ausgemalt. In diesem Zimmer hier, in dem man ihm bei Gesellschaften die kalte Schulter gezeigt, ihn unbeachtet und links liegengelassen hatte, während die anderen nebenan zum Essen schritten, in diesem Zimmer saß er nun als absolute Mitte des aufmerksamsten

Interesses, und die einstmals so hochnäsigen Gastgeber hingen an seinen Lippen, lauschten einem jeden seiner kostbaren Worte. Als er zum Ende gekommen war – leider war das Ende seiner köstlichen Aufgabe nur zu schnell erreicht –, blickte er die Dellwigs triumphierend an. Doch ohne zu fackeln setzte Dellwig dem Triumph des Kandidaten Klutz einen herben Dämpfer auf, indem er einen verächtlichen Lacher ausstieß und sagte: »Junger Mann, Ihre Hoffnungen können Sie begraben – Miss Estcourt ist mit Herrn von Lohm verlobt.«

»Verlobt? Mit Herrn von Lohm?« wiederholte Klutz dümmlich. Der Unterkiefer klappte ihm herunter, er ließ den Mund offenstehen, und die Hand, die das Blatt hielt, sank kraftlos an seiner Seite herab.

»Verlobt, verlobt, verlobt«, fiel Dellwig in einen vergnügten Singsang. »Nicht offiziell, aber heimlich. Ver-lobt.«

»Es ist wahrhaftig ein Skandal!« rief Frau Dellwig, schrecklich aufgeregt, denn sie war felsenfest davon überzeugt, soeben Annas eigene Worte vernommen zu haben. Gehörte sie denn nicht selbst dem Geschlecht der Weiber an, wußte sie nicht selbst, wozu Weiber fähig sind?

»Halt den Mund, Frau!« befahl Dellwig.

»Und sie nimmt meine Blumen entgegen . . . meine täglichen Gaben, die floralen wie die poetischen, und sie schickt mir ihre Verse und ist dabei . . . ist dabei einem anderen zur Ehe versprochen?« Klutz konnte es nicht fassen.

»So ist es, junger Mann«, und erneut lachte Dellwig laut heraus, denn Klutzens Gesicht amüsierte ihn unendlich. Er stand auf und schlug Klutz kräftig auf die Schulter. »Das ist Ihre erste Erfahrung mit den Weibern, hä? Machen Sie sich wegen der das Herz nicht schwer. Sie ist eine junge Dame, der es Spaß macht, ein bißchen Katz und Maus zu spielen. Sie denkt sich nichts dabei . . .«

»Sie ist eine schamlose Person!« rief Frau Dellwig entrüstet.

»Halt den Mund, Frau!« blaffte Dellwig. »Schauen Sie, junger Mann . . . aber mein Gott, wie sehen Sie denn aus? Sie sind ja totenblaß. Hol ihm ein Glas Schnaps, Frau, oder er fängt uns wieder an zu flennen. Setzen Sie sich grade hin, und seien Sie ein Mann! Miss Estcourt ist nichts für Sie und wird es nie sein. So einen Unsinn kann sich auch nur ein Vikar einbilden. Nur ein Vikar kann auf so einen lyrischen Quatsch reinfallen. Aber auch wenn Sie nur ein Vikar sind, so sind Sie doch ein Mann, hä? Hier, trinken Sie das, und zeigen Sie uns, daß Sie ein Mann sind!«

Klutz machte einen schwachen Versuch, das Glas abzuweisen, aber Dellwig bestand darauf, daß er es austrank. Klutz war kreidebleich wie ein Gespenst, und seine Augen schwammen schon wieder in Tränen.

»Oh, diese Person, dieses englische Frauenzimmer. Einem ehrbaren jungen Mann so schamlos mitzuspielen«, schäumte Frau Dellwig und starrte auf das Häufchen Unglück, das Anna zu verantworten hatte.

»Du sollst den Mund halten, Frau!« schrie Dellwig laut und stampfte mit dem Fuß auf den Boden. »Sie dürfen sich nicht so behandeln lassen«, sagte er dann sanfter an Klutz gewandt, der, aus dem abstinenzlerischen Hause eines Geistlichen kommend, nur daran gewöhnt war, viel Milch zu trinken, und dem das eine Gläschen Schnaps bereits wie Feuer durch die Adern rollte. »Sie dürfen sich nicht zum Gespött machen lassen, ohne etwas dagegen zu unternehmen. Ein Vikar darf zwar nicht kämpfen, aber Sie können Genugtuung finden, junger Mann.«

Klutz zuckte zusammen. »Genugtuung? Ja, aber wie denn, wo denn?«

»Nichts, was mit Miss Estcourt zu tun hätte. Lassen Sie die aus dem Spiel . . .«

»Sie aus dem Spiel lassen?« rief Frau Dellwig aufgebracht. »Aber sie hat doch . . .«

»Schweig, Frau!« brüllte Dellwig. »Also, lassen Sie Miss Estcourt aus dem Spiel. Dort können Sie gar nichts gewinnen. Gehen Sie zu ihrem Bräutigam, gehen Sie zu Herrn von Lohm und erzählen Sie ihm alles, zeigen Sie ihm das Zeugs da. Es wird ihn bestimmt sehr interessieren.«

Dellwig lachte schallend und schritt zwei-, dreimal rasch im Zimmer auf und ab. Er hatte dem alten Joachim jahrelang gedient, hatte den alten Lohm und die anderen Gutsbesitzer jahrelang um sich gehabt, er kannte deren Ansichten in Fragen der Ehre und der Moral. Und von Axel von Lohm wußte er, daß er ganz besonders strikt und sittenstreng war, daß er in ganz besonderem Maße jenen Idealen verhaftet war, die Dellwig für so absurd und unpraktisch hielt – die Ideale des christlichen Ehrenmannes nämlich. Kannte er diesen Axel von Lohm nicht von Kindesbeinen an? Schon immer war der ein Tugendbold gewesen. Wie würde es dem wohl gefallen, wenn Miss Estcourt zum Geschwätz der Leute würde!? Und die Leute würden über sie schwätzen! Denn Klutz konnte man den Mund nicht verbieten. Der ganze Distrikt würde in Null Komma nichts wissen, was vorgefallen war. Eine junge Dame, die einem Vikar heimlich Liebesgedichte schickte, konnte und würde Axel von Lohm niemals heiraten. Und wenn alle Beziehungen zwischen Lohm und Kleinwalde erst einmal abgeschnitten waren, ja, dann konnte doch das Leben seinen gemütlichen alten Lauf nehmen: Er, Dellwig, bliebe dann auf seinem Posten, er würde sogar, ganz natürlich, zum einen und einzigen Ratgeber seiner Herrin avancieren und nach angemessener Überredung letztlich alles durchsetzen und erreichen können, was er wollte, einschließlich des Baues der Ziegelei. Es war wunderbar, wie klar und einfach die Zukunft vor ihm lag. Er schritt im Zimmer auf und ab, gab seltsame Laute der höchsten Zufriedenheit von sich und brachte seine Frau mit zunehmender Heftigkeit zum Schweigen, sobald sie den Mund aufmachen und etwas sagen wollte. Sogar seine Frau, die doch sonst gar nicht so schwer von Capee war, hatte nicht begriffen, wie dieses Gedicht ihre Situation mit einem Schlag zum Guten wendete, vorausgesetzt, sie beleidigten die Gnädigste jetzt nicht vor einem dummen jungen Tölpel, der in ihrem Ränkespiel eine wichtige Rolle spielen sollte. Dellwig wußte, daß es der Haß auf Miss Estcourt war, der seine Frau blind machte. Selbst wenn es zu ihrem eigenen Nachteil gereichte, waren die Weiber doch immer die Sklaven ihrer eigenen Gefühle, und wenn es nicht ihre Liebe war, dann war es eben ihr Haß, der ihnen im Wege stand. Nie konnten sie in Ruhe abwarten. Die aufwallenden Gefühle mußten herausgelassen, es mußte in ihnen gebadet werden, tödlich, wie der Ausgang solch unvernünftigen Verhaltens auch sein mochte. Was für ein dummes Geschmeiß die Weiber doch waren! Noch die Besten unter ihnen – Törinnen! Er warf seiner Frau einen bitterbösen Blick zu. Doch als sein Blick von der Frau hinüberglitt zu Klutz, der mucksmäuschenstill dasaß, den Kopf auf die Brust gelegt, die Beine ausgestreckt, der Arm mit dem Papier schlaff hängend, so daß die Hand unter dem manschettenlosen Ärmel fast den Boden berührte, die leeren Augen starrend ins Nichts gerichtet, als er Klutz so sah, da kehrte seine gute Laune zurück. Er stieß erneut einen rauhen Lacher aus, blieb breitbeinig vor der geschlagenen Gestalt stehen, stemmte die Hände in die Hüften und sagte: »Na, junger Mann, wie lange wollen Sie noch so schlaff hier herumsitzen? Wenn ich an Ihrer Stelle wäre, ich würde keine Zeit verlieren. Sie wollen doch nicht, daß die beiden auch nur eine Stunde länger als nötig die Verliebten spielen und sich munter vergnügen können, während Sie draußen in der Kälte stehen? Sie, der Sie so grausam hintergangen wurden? Man hat Sie der Lächerlichkeit preisgegeben, junger Mann! Wenn ich Sie wäre, ich würde den beiden einen dicken Strich durch die Rechnung machen, auf der Stelle!«

»Ja, ja, Sie haben recht. Ich werde zu Herrn von Lohm gehen und ihn um eine Unterredung bitten.«

Mit einer großen Schaustellung von wilder Entschlossenheit erhob sich Klutz, steckte das kostbare Blatt zurück in seine Brusttasche und knöpfte die Jacke zur Sicherheit bis oben hin zu. Doch dann zögerte er.

»Es *ist* doch eine Schamlosigkeit, nicht wahr?« Er schaute Dellwig fragend ins Gesicht.

»Eine Schamlosigkeit? Es ist eine unerhörte Grausamkeit!«

»Eine Schamlosigkeit . . .«, hob auch Frau Dellwig wieder an.

»Du sollst schweigen, sag ich dir! Schauen Sie, lieber Herr Klutz, die Scherze junger Damen sind mitunter grausam. Ich glaube, sie hat sich mit Ihnen einen gemeinen Scherz erlaubt, einen sehr herzlosen Scherz, der Sie noch dümmer erscheinen läßt, als halbfertige Pastoren Ihres Alters ohnehin schon sind. Es ist nur gerecht, wenn Sie nun hergehen und ihr das Spiel verderben. Nehmen Sie noch einen Korn, und dann gehen Sie und führen es aus!«

Klutz stierte Dellwig einen Augenblick lang an, dann langte er beherzt nach dem Glas, kippte den Schnaps hinunter, griff sich seinen Hut und stürmte aus dem Zimmer, ohne Dellwig oder seiner Frau einen Gruß zu entbieten. Sie sahen ihn unter dem Fenster vorbeigehen, den Hut tief in die Stirn gezogen, das Gesicht kreidebleich und die Ohren feuerrot.

»Da geht er hin, der Tor«, sagte Dellwig und rieb sich schadenfroh die Hände, »und so nützlich, wie ich nur je einen gesehen habe. Aber hier ist eine Törin«, fügte er scharf hinzu und wandte sich zu seiner Frau um. »Und in meinem Hause dulde ich keine Torheiten!«

Und er fuhr fort, ihr in der kräftigen und überzeugenden Sprache eines mit Recht erzürnten Ehemannes deutlich zu sagen, was er von ihr dachte.

23

So rasch, wie seine wackligen Beine ihn tragen wollten, eilte Klutz nach Lohm. Als er an Annas Haus vorüberkam, warf er einen vor Verachtung brennenden Blick zu den Fenstern hinauf. Er hoffte, Anna stünde versteckt hinter einem Vorhang und finge den Blick auf. Danach versuchte er, sie aus seinem Gedächtnis zu streichen, denn nun mußte er verzweifelte Anstrengungen unternehmen, sich auf die kommende Unterredung zu konzentrieren. Er vermutete, es läge am Schnaps, daß es ihm fast unmöglich war, sich zu erinnern, warum er eigentlich zu Herrn von Lohm gehen solle und nicht zu der Person, die ihm so skandalös mitgespielt hatte. Aber Herr Dellwig wußte es sicherlich besser, denn er beurteilte den Fall ja völlig neutral. Es wäre nur gerecht, wäre Herr von Lohm, dieser so unverschämt viel glücklichere Rivale, ein wenig verärgert. Sollte seine Verärgerung aber jenen erstrebenswerten Grad erreichen, an dem er bereit wäre, die Verlobung mit Anna zu lösen ... nun, wer weiß, dann könnte zuletzt ...? Der durchschnittliche Christenmensch ist gehalten, dem irrenden Bruder zu vergeben, um wieviel mehr war dann der angehende Pastor gehalten, seiner irrenden Schwester zu verzeihen? Trotzdem wünschte sich Klutz, es hätte ihm jemand jenen Teil der Aufgabe abgenommen, die nötige Verärgerung bei Herrn von Lohm auszulösen, und ihm allein den Teil überlassen, der sich mit Anna beschäftigte, einer Frau, einer Angehörigen jenes Geschlechtes, in dessen Gegenwart er sich nie verunsichert fühlte. Der Schnaps verhinderte, daß Klutz es so deutlich empfand, wie er es im nüchternen Zustand gespürt hätte, aber die schlichte, nicht vom Schnaps gemilderte Wahrheit war die, daß er Herrn von Lohm mit einem Respekt betrachtete, der an nackte Angst grenzte. Nie im Leben war er mit Axel von Lohm allein gewesen, ja, er hatte über die üblichen Höflichkeitsfloskeln hinaus noch nie ein Wort mit ihm gewechselt, und er hatte eine Heidenangst.

Als er Axels Ställe erreichte, die an der Straße etwa fünf Minuten Fußweg vom Haustor entfernt standen, da sah er sich gezwungen, sich alle durchgestandenen Leiden noch einmal Stück um Stück vor Augen zu führen. Er mußte an all die nicht eingenommenen Essen denken, an die im Fieberwahn verbrachten Nächte und an die mit Bangen und Zagen zugebrachten Tage, er mußte sich ins Gedächtnis rufen, was Dellwig ihm über seinen gegenwärtigen Zustand der Lächerlichkeit gesagt hatte, oder er hätte sich auf dem Absatz umgedreht und wäre nach Hause gerannt. Aber diese Gedanken und Erinnerungen gaben ihm den Mut, den er brauchte, um durch das Tor zu schreiten. Und als Klutz die kleine Kurve im Pfad zum Haus erst einmal hinter sich gebracht hatte, gab es kein Entrinnen mehr, denn Axel stand auf den Stufen vor seinem Haus. Die Hände in den Hosentaschen, eine Zigarre im Mund, stand er da und beobachtete den Gang einer Stute, die von einem Stallknecht vor dem Haus auf und ab geführt wurde. Zwei Pointer lagen zu seinen Füßen. Sowie Klutz auf dem Pfad auftauchte, sprangen die Hunde auf und schlugen an. Normalerweise fürchtete sich Klutz nicht vor bellenden Hunden, aber heute war er ganz außerordentlich nervös, und so zuckte er unwillkürlich zusammen und trat beiseite. Der Stallknecht, der die Stute führte, grinste breit, Axel pfiff die Hunde bei Fuß. Klutz wankte mit roten Ohren näher und zog den Hut.

»Nun, Herr Klutz, was kann ich für Sie tun?« fragte Axel, die Hände weiterhin in den Hosentaschen und den Blick auf die Beine der Stute geheftet.

»Ich wünsche Sie unter vier Augen zu sprechen«, antwortete Klutz.

»Gut. Warten Sie bitte einen Moment.« Und Klutz wartete, während Axel in aller Gemütsruhe – wie es Klutz schien – erst die Prüfung der Stute fortsetzte und dann in einem langen Gespräch mit dem Stallburschen sämtliche Mängel und Vorzüge dieses Tieres en detail zu besprechen begann.

Das war zu viel! Klutz war wegen einer Angelegenheit von vitaler Brisanz zum Hause Lohm gekommen, und nun ließ man ihn hier herumstehen, schon mindestens eine halbe Stunde lang, wie es ihm schien, gerade so, als wäre er ein Hund oder ein Bettler. Während die Zeit verstrich und er immer noch wartend dastand, kehrte ganz langsam die Wut zurück, die er am Nachmittag vor Annas verschlossener Haustür empfunden hatte. All seine Ängste, seine Zweifel und auch sein Respekt schmolzen dahin. Was für einen Tag voller Leiden und Demütigungen aller Art hatte er hinter sich! Die riesige Strecke, die er auf den Wegen von und nach Kleinwalde heute schon marschiert war, hätte ausgereicht, einen gesunden, kräftigen Mann zu ermüden. Er aber war nicht gesund – er war krank, er hatte gefastet, und er zitterte am ganzen Leibe. Während er gelitten und geschwitzt hatte, wie er sich nun selbst zähneknirschend bestätigte, hatte dieser Mann mit seinen Gamaschen und seinen ekelhaft sauberen Manschetten wahrscheinlich gemütlich irgendwo herumgesessen und fraglos sehr nette und angenehme Stunden verbracht. Der hatte heute schon wenigstens drei Mahlzeiten zu sich genommen, während er, Klutz, keine einzige gehabt hatte. Der da hatte Zigarren geraucht und Pferdebeine betrachtet, war ein bißchen geritten, war ein bißchen gefahren und würde sich jetzt gleich nach Kleinwalde auf den Weg machen, um dort in der Abendkühle im Dämmerlicht zu sitzen und sich von Miss Estcourt »Schatz« nennen zu lassen. Das konnte kein Mensch länger aushalten. Dellwig hatte ja so recht – dieser Mann dort mußte verärgert, bestraft und um jeden Preis aus seiner abgehobenen Gleichgültigkeit wachgerüttelt werden.

»Ich erinnere Sie daran«, platzte Klutz laut heraus, und seine Stimme bebte vor Erregung, »daß ich noch immer hier stehe und warte. Und ich habe nur zwei Beine. Ihr Gaul dort hat aber vier, wie ich sehe, und ist deshalb besser befähigt, herumzustehen und zu warten als ich.«

Axel drehte sich zu ihm um und schaute ihn verwundert an. »Was ist denn los? Sie *sind* doch Manskes Vikar, oder nicht? Ja, natürlich sind Sie es. Ich konnte nicht ahnen, daß Sie mir etwas so Dringendes mitzuteilen haben. Es tut mir leid, daß ich Sie habe warten lassen – kommen Sie herein.«

Er schickte die Stute zu den Ställen und ging voraus in sein Arbeitszimmer. »Nehmen Sie Platz«, sagte Axel, zog einen Stuhl für seinen Besucher heran und setzte sich selbst hinter seinen Schreibtisch. »Möchten Sie eine Zigarre?«

»Nein.«

»Nein?« Axel blickte wieder erstaunt. »›Nein, danke‹ ist die vom Vorurteil bevorzugte Wendung, nicht wahr?« sagte er mit milder Zurechtweisung in der Stimme.

»Das ist mir völlig schnurz.«

»Was ist los mit Ihnen, mein lieber Herr Klutz? Sie scheinen über irgend etwas höchst verärgert.«

»Eine Frau hat mir schamlos mitgespielt.«

»Das kann einem jungen Mann schon mal passieren«, sagte Axel und lächelte.

»Auf Ihre billigen Weisheiten kann ich verzichten!« schrie Klutz mit zornfunkelnden Augen.

Axels Brauen hoben sich. »Sie sind unverschämt, mein guter Herr Klutz«, entgegnete er ruhig. »Bitte bemühen Sie sich, etwas höflicher zu sein, wenn Sie wünschen, daß ich Ihnen behilflich sein soll. Wenn Sie das nicht können, muß ich Sie bitten zu gehen.«

»Ich werde nicht gehen!«

»Mein lieber Herr Klutz . . .«

»Ich sagte, ich werde nicht gehen. Nicht, bevor ich Ihnen gesagt habe, weswegen ich gekommen bin. Die Frau, die ich meine, ist Miss Estcourt.«

»Miss Estcourt?« wiederholte Axel verwundert. Dann fügte er hinzu: »Nennen Sie sie ›Gnädiges Fräulein‹.«

»Sie ist eine Frau, in jeder Hinsicht und durch und durch.«

»Nennen Sie sie ›Gnädiges Fräulein‹. Es klingt besser aus dem Munde eines Mannes Ihres Standes.«

»Meines Standes! Was denn, ein Mann mit dem Gehirn eines Mannes, mit dem Geist eines Mannes, mit den Muskeln eines Mannes sollte nicht gleichgestellt, sollte nicht höhergestellt sein als ein bloßes Weib, ganz egal, welchen Standes der Mann auch sein mag?«

»Ich will mich hier auf keine Diskussion Ihrer inneren Angelegenheiten einlassen. Hat es Mißverständnisse bezüglich des Salärs gegeben, das Sie zu erhalten haben?«

»Was denn für ein Salär?«

»Nun, Sie unterrichten Miss Letty Estcourt, nicht wahr?«

»Phfff – das Salär. Liebe schaut nicht auf den Verdienst!«

»Das klingt großartig. Sagten Sie Liebe?«

»Während all der Wochen, die ich die Nichte unterrichtete, hat sie meine Blumen angenommen, meine Botschaften, erst die mündlichen, dann die schriftlichen . . .«

»Einen Moment bitte, von wem sprechen wir? Ich habe Sie zusammen mit Miss Leech gesehen . . .«

»Die Gouvernante? Na, ich danke! Es ist Miss Estcourt, die mich ermutigt hat, die mich immer weiter getrieben hat. Und jetzt, nachdem sie mich ihr ›Lämmchen‹ genannt hat, nimmt sie die Nichte aus dem Unterricht und schlägt mir die Tür vor der Nase zu . . .«

»Haben Sie getrunken?«

»Keinen Tropfen!« schrie Klutz um so empörter, als er sich der getrunkenen Schnäpse nur zu bewußt war.

»Dann gibt es überhaupt keine Entschuldigung dafür, daß Sie in diesem Ton von meiner Nachbarin sprechen!«

»Entschuldigung! Wenn man Sie so reden hört, könnte man ja meinen, es handelte sich um eine Königin«, versetzte Klutz und lachte dreckig. »Und wenn sie eine wäre, dann würde ich immer noch reden, wie's mir paßt. Eine Katze darf wohl einen König anschauen, ja?« Und wieder lachte er, diesmal ein bitteres Lachen, denn sich auch nur einen Moment lang in der Rolle der Katze zu sehen mißbehagte ihm sehr.

»Eine Katze kann schauen, solange und sooft sie will«, sagte Axel, »aber sie sollte dem König nicht in die Quere kommen. Ich denke, Sie können erraten, warum.«

»Ich bin nicht hergekommen, um irgendwas zu raten.«

»Oh, es ist nicht sehr schwer – die Katze würde selbstverständlich einen Tritt bekommen.«

»Oh, ho! Nicht, wenn sie beißen kann. Das heißt, wenn sie das in der Tasche hätte, was ich in der Tasche habe.«

»Katzen haben keine Taschen, mein lieber Herr Klutz. Nun bitte, was haben Sie in Ihrer Tasche?«

»Ein kleines Gedicht, das mir Miss Estcourt als Antwort auf eines der meinen geschickt hat. Ein kleines, süßes Gedicht. Ich dachte, es würde Sie interessieren, zu sehen, was Ihre zukünftige Frau anderen Männern schreibt.«

»Ah so, das ist der Grund, warum Sie sich so freundlich an mich gewandt haben? Aus purer Rücksichtnahme. Miss Estcourt ist also meine zukünftige Ehefrau?«

»Die Spatzen pfeifen es doch von den Dächern!«

»Sehr zu meinem Bedauern ist es allerdings nicht wahr.«

»Ah ja? Ich wußte, daß Sie es leugnen würden«, rief Klutz, schlug sich auf die Schenkel und verzog das Gesicht zu einer grinsenden Fratze. »Ich wußte, daß Sie sie verleugnen würden, wenn Sie erfahren, daß sie sich derart ungebührlich aufgeführt hat. Aber leugnen und abstreiten ändert nichts . . . niemand . . . niemand wird Ihnen glauben . . .«

Axel zog die Schultern hoch. »Darf ich das Gedicht mal sehen?« fragte er.

Klutz nahm das Blatt aus der Brusttasche und hielt es ihm hin. Das Zwielicht fiel ins Zimmer, Axel legte den Bogen einen Augenblick beiseite, während er die Kerzen auf dem Tisch anzündete. Dann glättete er die Kniffe im Papier, hielt das Blatt nahe ans Licht und las aufmerksam. Klutz lehnte sich vor und beobachtete Axels Gesicht. Kein Muskel zuckte. Axels Züge waren vorher völlig ruhig und entspannt gewesen, und so blieben sie auch jetzt. Klutz konnte kaum an sich halten, am liebsten wäre er aufgesprungen und hätte in dieses unbeteiligte Gesicht hineingeschlagen, damit eine Gefühlsregung in ihm sichtbar würde.

Er hatte seine höchste Trumpfkarte ausgespielt, und Axel war völlig ungerührt. Was konnte er tun, was konnte er jetzt noch sagen, um ihn zu verletzen?

»Was halten Sie davon, wenn wir das verbrennen?« fragte Axel, als er vom Blatt aufschaute.

»Verbrennen? Mein Gedicht verbrennen?«

»Es ist ein alberner Schabernack. Das Gedicht wurde von einem Kind geschrieben. Und da es hier nur ein einziges Kind gibt, das englisch schreiben kann, wissen wir, um wen es sich handelt.«

»Miss Anna Estcourt hat das geschrieben, wenn ich es Ihnen sage!« Klutz sprang auf die Füße und riß Axel das Blatt aus der Hand.

»Daß Sie das behaupten, Herr Klutz, überzeugt mich in keiner Weise. Ich bin sicher, Miss Estcourt weiß überhaupt nichts davon.«

»Und ob ... Und ob sie es weiß!« Klutz war ganz außer sich.

»Ihre Miss Estcourt ... Ihre *Braut* ... Sie versuchen, hier den starken Mann zu markieren, weil Sie sich für das Verhalten Ihrer Braut schämen. Aber das nützt nichts ... Jeder soll das sehen, jeder soll es hören ... der ganze Distrikt wird klingen davon ... ich werde nicht zum Gespött der Leute, ich nicht, aber *Sie*. Kein Arbeiter, kein Knecht, der davon nicht hören wird ... «

»Mir fällt auf«, sagte Axel und erhob sich, »daß Sie unbedingt eine Tracht Prügel wollen. Ich möchte das aber nicht in meinem

Hause erledigen – es scheint wenig gastfreundlich. Wenn Sie folglich einen passenden Ort vorschlagen könnten, irgendwo auf neutralem Boden, dann bin ich gerne bereit, mitzukommen und Sie durchzuprügeln.«

Er schaute Klutz mit aufmunterndem Lächeln an. Dann aber erregte etwas in dem zuckenden Gesicht seines Besuchers Axels Aufmerksamkeit. »Wissen Sie, was ich glaube«, sagte er mit plötzlich veränderter Stimme. »Sie brauchen keine Tracht Prügel, Sie brauchen dringend ein gutes Essen. Sie sehen ja wirklich aus, als hätten Sie seit Tagen nichts zu beißen gehabt. Sie werden sich wundern, wie rasch ein anständiges Beefsteak Ihre Ansichten verändern wird. Kommen Sie, kommen Sie«, Axel klopfte ihm freundschaftlich auf die Schulter, »ich habe Sie viel zu ernst genommen, aber Sie sind ja offensichtlich nicht ganz bei sich. Wann haben Sie denn zuletzt was zu essen bekommen? Was hat die Frau Pastor denn bloß gemacht? Und Ihre Augen sind so rot, daß ich beinahe glaube . . .«, Axel sah ihn sich genauer an, »ja, ich glaube beinahe, Sie haben geweint.«

»Mein Herr«, sagte Klutz und kämpfte heftig gegen die erneut aufsteigenden Tränen an, denn Selbstmitleid ist ein äußerst zartes und tränenreiches Gefühl, »mein Herr . . .«

»Lassen Sie mich das Beefsteak für Sie bestellen«, wiederholte Axel freundlich. »Meine Köchin wird es in zehn Minuten zubereitet haben.«

»Mein Herr«, äußerte Klutz mit der riesenhaften Würde, die den unmittelbar folgenden Tränen oft vorauszugehen pflegt, »mein Herr, ich bin nicht bestechlich.«

»Nun, dann nehmen Sie wenigstens eine Zigarre«, entgegnete Axel und hielt ihm die geöffnete Schachtel hin. »Das korrumpiert Sie weniger als ein Beefsteak und wird Sie auf dem Heimweg ein wenig trösten. Denn Sie müssen nach Hause gehen und sich zu Bett legen. Sie stehen näher vor dem Ausbruch einer Krankheit, als ich es je erlebt habe.«

Die Tränen waren so nahe, so schrecklich nahe, daß Klutz, ehe er recht begriff, was er tat, lieber die Zigarre nahm, als etwas zu sagen. Er langte in die hingehaltene Schachtel und zündete die

Zigarre an dem Streichholz an, das Axel ihm bot. Seine Hand zitterte erbärmlich.

»Nun gehen Sie nach Hause, mein lieber Klutz«, ermunterte ihn Axel in sehr freundlichem Ton, »sagen Sie der Frau Pastor, sie soll Ihnen was zu essen geben, und dann gehen Sie zu Bett. Ich wünschte, Sie hätten das Beefsteak angenommen . . . hier ist Ihr Hut. Wenn Sie möchten, werden wir später noch einmal über diesen Unsinn reden. Glauben Sie mir, es ist ein Schabernack und purer Unsinn. Sie werden der erste sein, der das nächste Woche sagt.«

Und Axel begleitete Klutz hinaus bis zu den Stufen vor der Haustür und wartete, bis er unten war, denn er hatte das ungute Gefühl, Klutz könne stolpern und stürzen, so schwach und wacklig schien er auf den Beinen. »Was für ein warmer Wind!« rief er ihm nach. »Sie werden einen staubigen Heimweg haben. Gehen Sie langsam. Gute Nacht.«

Armer Teufel, dachte er, während er Klutz nachblickte, der, ohne ein weiteres Wort gesagt zu haben, den Pfad entlangtorkelte und langsam in der Dunkelheit entschwand. Der arme Teufel . . . das größtmögliche Quantum an Selbstüberschätzung und das kleinstmögliche Quantum an Hirn. Schwacher Wille und starke Instinkte. Zuviel ungesundes Studium des Alten Testaments mit dem guten Manske. Gerade mal zwanzig Jahre alt und schon erfüllt ihn der schönste Frühling seit Menschengedenken mit allen möglichen anti-klerikalen Sehnsüchten. Ich hätte ihn vielleicht besser nach Hause begleiten sollen. Er sah aus, als ob er jeden Moment ohnmächtig wird.

Dieser Gedanke ließ Axel nicht mehr los. Er stellte sich vor, wie Klutz ohnmächtig zusammengebrochen im Graben lag und dort lang hingestreckt die ganze Nacht lang liegenblieb. Die Vorstellung ließ sich nicht verscheuchen. Endlich schnappte Axel sich seinen Hut und ging Klutz hinterher die Straße hinunter.

Aber er konnte Klutz, der wohl schneller davongeschlurft war, als es den Anschein gehabt hatte, nirgendwo entdecken. Axel öffnete das Tor und schaute angestrengt die Straße hinunter, die an den Ställen vorbei zum Dorf, zur Pfarrei und dann über die Felder nach Kleinwalde führte, doch Klutz war nicht zu sehen. Er ging sogar ein Stück weit die Straße entlang und schaute in die Gräben rechts und links: kein Klutz, weder aufrecht gehend noch lang hingeschlagen liegend. Nun, wenn er im Graben läge, sagte sich Axel, so könnte er nicht ertrinken, die Gräben waren nicht nur leer, sie waren von der schon vier Wochen anhaltenden Dürre und der ungewöhnlichen Wärme regelrecht ausgedörrt. Axel wandte sich zum Haus zurück. Das tröstende Sprichwort *Unkraut vergeht nicht* im Sinn, näherte er sich wieder dem Tor seines Hauses, denn es war schon spät, er hatte noch eine Menge Arbeit zu erledigen, und Klutz hatte ihn ziemlich lange aufgehalten. Ein Mann zu Pferde kam ihm entgegen und kreuzte seinen Weg. Es war Dellwig, und die beiden erkannten einander, doch in diesen Tagen des tiefen gegenseitigen Mißtrauens waren sie froh über die Entschuldigung, die die Dunkelheit ihnen lieferte, denn so konnten sie die sonst üblichen Grüße vermeiden. Dellwig ritt schweigend Richtung Kleinwalde, und Axel ging durch das Tor zu seinem Haus.

Nun, dem armen Teufel, wie Axel ihn nannte, waren keineswegs die Sinne geschwunden. Axels Einfluß entronnen, hastete er die Straße hinunter, und weit davon entfernt, in Ohnmacht zu fallen, mußte er sogar mächtig an sich halten, um nicht vor Raserei laut zu schreien. Er verfluchte seine eigene unerträgliche Schwäche, seinen erbärmlichen Mangel an Selbstkontrolle in Gegenwart eines Mannes, den er nun als seinen Erzfeind betrachtete. Die Tränen in seinen Augen hatten Lohm die Möglichkeit gegeben, so zu tun, als habe er Mitleid mit ihm, ja, sie hatten ihn veranlaßt, ihm in beleidigender und höhnischer Weise Essen anzubieten. Es gab keine größere Demütigung als die Behandlung, der er durch Lohm ausgesetzt gewesen war. Erst hatte er ihn wie einen Hund dastehen und warten lassen, dann – und das war viel schlimmer und sehr viel schwerer mit Würde zu tragen – hatte er ihn behandelt wie ein unmündiges Kleinkind. Wie wär's mit einem Beefsteak? Oh, wie versengte die Schande seine Seele, als er daran dachte! Dieser ekelhafte Vertreter der Oberschicht hatte mit einem hassenswerten Lächeln voller väterlicher Herablassung erklärt, daß all seine Liebe, all sein Leiden, all seine gerechte Empörung allein nur davon abhingen, ob er ein Beefsteak esse oder nicht. Konnte es eine größere Grobheit, eine größere Gemeinheit, eine größere Gefühlslosigkeit geben? »Dreimal verfluchte Nation!« schrie Klutz laut und reckte die geballte Faust drohend den unbeteiligten Sternen entgegen. »Dreimal verfluchte Nation, deren herrschende Klasse aus derart abscheulichen, widerwärtigen Männern besteht!« Und da er, um diese Äußerung tun zu können, die Zigarre hatte aus dem Mund nehmen müssen, fiel ihm jetzt zu seinem Entsetzen ein, daß es ja Axels Zigarre war, die er da rauchte.

Er hatte gerade die Höhe vor Axels Pferdeställen erreicht, das Tor zum Stallhof stand weit offen, und drinnen im Hof türmte sich vor einem der Gebäude eine Wagenladung Stroh. Im Nu wußte Klutz, was er zu tun hatte. Ein Blitz der klarsten Entschlossenheit erleuchtete sein Gehirn. Es war Essenszeit – weit und breit war kein Mensch zu sehen. Er rannte durch das Tor in den Hof und warf die brennende Zigarre auf das Stroh. Da es nicht sofort sichtbar Feuer fing, suchte er in seinen Taschen nach Streichhölzern; ein Hölzchen nach dem anderen riß er an und steckte sie in einem Anfall von Raserei zwischen das locker geschichtete Stroh.

Erst stieg ein sich kräuselnder Faden grauer Rauch auf, dann loderte eine Stichflamme aus dem Strohhaufen empor. Als Klutz sah, daß ihm sein Vorhaben gelungen war, packte ihn plötzlich die nackte Angst. So schnell er konnte, rannte er weg von dem flackernden Lichtschein und versteckte sich bibbernd in der Dunkelheit der Landstraße.

24

Es ist in Stralsund«, rief die Prinzessin, die gleich beim ersten Alarm in den Garten hinausgelaufen war.

»Es ist in Lohm«, schrie jemand anders.

Schweigend betrachtete Anna den Lichtschein am Horizont. Ihr Gesicht war noch blasser als gewöhnlich, ihre Haare waren vom Wind zerzaust. Die Bäume im dunklen Garten schwankten und krachten, die Luft war trocken und voller Staub. Von Augenblick zu Augenblick schien das Licht heller zu leuchten. Sicherlich war es sehr nah. Ganz bestimmt näher als Stralsund. »Es ist in Lohm«, sagte jemand mit fester Überzeugung, und Anna drehte sich um und rannte los.

»Wo rennst du hin, Tante Anna?« fragte Letty. Atemlos lief sie der Tante hinterher. Seit der Geschichte mit Klutz folgte sie ihr ständig wie ein geprügelter Hund.

»Der Löschwagen . . . es gibt einen auf dem Gut . . . er muß hinfahren . . .«

Anna und Letty nahmen sich bei den Händen und rannten schweigend. Zwischen den aufheulenden Windstößen konnten sie die Kirchenglocken von Lohm hören, und fast zeitgleich damit setzte nun auch das einzige Glöckchen von Kleinwalde ein. Es bimmelte verzweifelt mit einem verloren klingenden Ton, der einem das Blut in den Adern gerinnen ließ, so anders als der sonntägliche Ruf zum Gottesdienst war dieser Klang.

Frau Dellwig stand mit verschränkten Armen vor ihrem Haus und betrachtete den Himmel. »Es ist Lohm«, sagte sie, als Anna keuchend näher kam.

»Ja . . . der Löschwagen . . . ist er bestellt? Ist er losgefahren? Nein!? Ja, aber dann hopp, hopp . . .«

»Jawohl, jawohl«, antwortete Frau Dellwig mit der philosophischen Seelenruhe desjenigen, der das Unglück anderer betrachtet. Sie sagte irgend etwas zu einer der Mägde, die in Grüppchen auf dem Hof herumstanden, aufgeregt miteinander flüsterten, lachten und kicherten. Die angesprochene Magd schlurfte in ihren klappernden Holzschuhen gemächlich davon.

»Mein Mann ist nicht da«, erklärte Frau Dellwig mit abweisender Stimme, »und die Männer sind beim Essen.«

»Ja, Herrgott, dann müssen sie ihr Essen eben unterbrechen«, schrie Anna außer sich. »He, ihr Mädchen, lauft, sagt ihnen Bescheid . . . sehen Sie doch nur, es wird immer schlimmer . . .«

»Ja, es ist ein großes Feuer. Das Mädchen wird den Männern schon Bescheid sagen. Man sagt, es sei das Schloß.«

»Oh, gehen Sie selbst und sagen Sie es den Männern ... Sie sehen doch, daß niemand kommt ... jede Minute ist kostbar ...«

»Das ist nicht so einfach mit dem Löschwagen. Er ist – Gott sei Dank – seit Jahren nicht gebraucht worden. Mietze, geh und sag, sie sollen sich etwas beeilen.«

Das Mietze genannte Mädchen trollte sich. Die anderen steckten die Köpfe zusammen, betrachteten ihre junge Herrin und wisperten. Ein Stalljunge kam zur Wasserpumpe und füllte einen Eimer. Alle schienen sehr gefaßt, und dabei färbte sich der Himmel blutrot, und die Glocke stieß ihren verzweifelt schrillen Hilfeschrei aus.

Anna konnte es schier nicht ertragen. Was geschah dort drüben mit ihrem lieben Freund?

»Ja, ja, es ist das Schloß«, antwortete der Stalljunge auf eine diesbezügliche Frage von Frau Dellwig, als er mit seinem vollen Eimer zum Löschwagen lief und dabei bei jedem Schritt Wasser verschüttete.

»Dachte ich's mir doch«, sagte Frau Dellwig und schaute Anna genau an.

Anna machte eine verzweifelte Anstrengung und lief dem Mädchen Mietze die Stufen hinunter nach. Nun konnte Frau Dellwig nicht anders, auch sie mußte folgen; sie tat es aber langsam und mit einem Abstand, der all ihre Mißbilligung ausdrückte.

In diesem Augenblick kam Dellwig in den Hof galoppiert. Sein Pferd war ganz in Schweiß. Aufgrund seiner lauten, energischen Befehle wurde endlich der Spritzenwagen aus dem Schuppen geholt. Die Pferde wurden angespannt, und nach einer Zeit, die Anna wie eine Ewigkeit vorkam, rumpelte der Löschkarren vom Hof. Als er losfuhr, war der Himmel im Süden bereits ein einziges, schreckliches, blutrotes Leintuch.

»Es sind die Ställe«, informierte Dellwig Anna kurz angebunden.

»Herrn von Lohms Ställe?« fragte Anna zurück.

»Ja. Man kann sie nicht mehr retten.«

»Und das Wohnhaus?«

Dellwig zuckte die Schultern. »Es ist windig heute nacht«, bemerkte er lakonisch, »und der Wind weht in Richtung Haus. Es stehen Kiefern dazwischen. Alles ist trocken wie Zunder.«

»Die Ställe . . . sind sie versichert?«

Aber Dellwig hörte sie schon nicht mehr. Er war dem Spritzenwagen hinterhergeritten.

»Letty, was können wir denn tun? Was sollen wir bloß machen?« rief Anna an Letty gewandt, als das Rumpeln der Räder in der Ferne verklang und über dem Pfeifen und Heulen des Windes nur noch der drängende Ruf der Glocken zu hören war.

»Es ist so schrecklich hier, wo die Glocke so laut tönt und man tatenlos diesen Himmel anschauen muß. Wenn ich doch nur einen einzigen Eimer voll Wasser auf das Feuer schütten könnte, dann käme ich mir nicht so nutzlos vor, so unendlich nutzlos.«

Keine von beiden hatte je im Leben einen Brand erlebt, und beide waren von Grauen gepackt. Die Nacht schien so dunkel, die ganze Welt um sie her so schwarz, nur dieser eine Ort bildete eine Ausnahme. Anna wußte, daß Axel sich Geldverluste nicht leisten konnte. Sie wußte es durch das, was Trudi und die Prinzessin ihr im Vertrauen gesteckt hatten. In Lohm selbst – wie Anna eher vermutete als wußte – herrschte Überfluß an allem, was man für ein komfortables Leben braucht, denn so war das im allgemeinen mit den Landgütern. Bares Geld dagegen war knapp; eine Reihe schlechter Ernten, manchmal nur eine einzige schlechte Ernte oder sonst eine unvorhergesehene Begebenheit, konnten das Bargeld sogar sehr knapp machen, so knapp, daß die weitere Bewirtschaftung des Gutes unmöglich wurde. Angenommen die Ställe waren nicht versichert. Woher sollte dann das Geld für den Wiederaufbau kommen? Und die Pferde! Anna hatte gehört, daß Pferde aus Angst vor dem Feuer verrückt werden und sich dann weigern, die Ställe zu verlassen. Und das Haus! Angenommen, es wäre unmöglich, das Feuer wegen dieses grausamen Windes unter Kontrolle zu bringen und es fräße sich voran bis zu Axels Haus? »O Gott, was können wir bloß tun?« wollte Anna von der selbst völlig verängstigten Letty wissen.

»Fahren wir hin«, schlug Letty vor.

»Ja!« rief Anna und schlug die Hände zusammen. »Den Wagen, Frau Dellwig, bestellen Sie den Wagen. Sagen Sie Fritz, er soll sofort den Wagen vorfahren. Sagen Sie ihm, er soll sich eilen. Na los schon!«

»Das gnädige Fräulein möchte jetzt nach Lohm fahren?«

»Ja . . . rufen Sie ihn, lassen Sie nach ihm schicken . . . Fritz! Fritz!« begann sie nun selber laut zu rufen.

»Ja, aber . . .«

»Fritz! Fritz! Los, Letty, lauf und schau, ob du ihn finden kannst!«

»Wenn ich mir erlauben darf, einen Rat zu erteilen . . .«

»Fritz! Fritz! Fritz!«

»He du, hol den herrschaftlichen Kutscher Fritz!« befahl Frau Dellwig mit lauter und strenger Stimme einem vorbeieilenden Stalljungen. »Nicht nur verrückt, sondern auch noch ohne einen Funken Anstand«, lautete Frau Dellwigs privater Kommentar zu Annas Entscheidung. »Bei Nacht und Nebel besucht sie ihren Bräutigam . . . den uneingestandenen Bräutigam.« Selbst ein möglicherweise lichterloh in Flammen stehender Bräutigam konnte in ihren Augen einen derart schamlosen Schritt nicht entschuldigen.

Die Dunkelheit verbarg den Abscheu auf Frau Dellwigs Gesicht, und die Empörung in ihrer Stimme bemerkte Anna nicht, und hätte sie sie bemerkt, so wäre es ihr herzlich egal gewesen. Sie rannte in Richtung Stallungen und überließ Frau Dellwig ihren Überlegungen.

»Prinzessin Ludwig sucht dich überall«, rief Letty, der es gelungen war, Fritz aufzustöbern und ihm zu verklickern, was sie wollten.

»Wo ist sie? Kommt die Kutsche?«

»Er sagte, er braucht fünf Minuten. Die Prinzessin war vor Dellwigs Haus und fragte das Dienstmädchen, ob es dich gesehen habe.«

»Dann komm mit, wir gehen rasch zu ihr.«

»Ich fürchtete schon, ich würde Sie auch hier nicht finden«, sagte die Prinzessin, als Anna die Stufen hinauf ins Haus eilte und ins Licht des kleines Flurs trat. »Ich hatte Angst, Sie wären nach Lohm hinübergefahren, um das Feuer zu löschen. Mein liebes Kind, wie sehen Sie denn aus? Kommen Sie, schauen Sie sich im Spiegel an.«

Sie führte Anna zu dem Spiegel neben Dellwigs Hutständer.

»Ich bin dabei hinüberzufahren«, sagte Anna, während sie in den Spiegel schaute, ohne sich zu sehen. »Fritz spannt gerade an.«

»Dann komme ich auch mit. Was hat der Wind denn bloß mit Ihren Haaren gemacht? Sehen Sie, ich wußte doch, daß Sie ohne Kopfbedeckung hinausgelaufen waren. Ich habe Ihnen ein Tuch mitgebracht. Kommen Sie, lassen Sie es mich über diese aufgeregten Löckchen legen, damit Sie wie eine anständige, wohlerzogene junge Dame aussehen.«

Anna neigte den Kopf und ließ die Prinzessin tun, was sie für nötig hielt. »Herr Dellwig befürchtet, das Feuer könne sich auf das Haus ausbreiten«, sagte Anna atemlos. »Und unser Löschwagen ist eben erst losgefahren . . .«

»Ich habe ihn gehört.«

»Es ist so ein alter Rumpelkarren, er wird Stunden brauchen, bis er ankommt . . .«

»Aber doch keine Stunden. Ein halbes Stündchen vielleicht.«

»Ist Lohm versichert?«

»Die Gebäude? Ganz bestimmt. Aber es bleibt immer ein Verlust, der nicht abgedeckt werden kann . . . ach, Frau Dellwig, guten Abend . . . Sie sehen, wir haben Ihr Haus mit Beschlag belegt. Keine Ställe und möglicherweise nicht einmal mehr Pferde zu haben, wenn die arbeitsreiche Zeit beginnt, ist eine Katastrophe. Der arme Axel! So, jetzt sehen Sie ordentlich aus. Warten Sie, lassen Sie mich Ihnen den Umhang zuknöpfen, damit Ihr hübsches Kleid geschützt ist. Kommt Letty auch mit?«

»Oh . . . wenn sie mag. Wo bleibt der Wagen?«

»Es wäre viel besser, wenn Letty zu Bett ginge«, empfahl die Prinzessin.

»Och«, versetzte Letty enttäuscht.

»Es ist längst Schlafenszeit für sie. Sie hat weder einen Hut auf noch einen Umhang um. Sollten wir nicht Frau Dellwig bitten, sie mit einem Mädchen zum Haus zu schicken?«

»Aber gewiß . . .«, hob Frau Dellwig eifrig an.

Doch Anna war schon wieder draußen auf dem Treppenabsatz vor dem Haus. Während sie mit der Hand die Augen vor dem flammenden Himmel abdeckte, schaute sie angestrengt ins Dunkel hinüber zum Schuppen, in dem die Kutschwagen standen. Sie hörte Fritzens Stimme und das Geklapper der Hufe auf dem Kopfstein. Dann sah sie auch das schaukelnde Licht der Laterne, die der hin und her rennende Stalljunge schwenkte. »Schnell, schnell, Fritz«, schrie Anna ungeduldig.

»Jawohl, gnädiges Fräulein«, kam die Antwort im typisch fröhlichen und zugleich beruhigenden Tonfall des alten Mannes. Doch dort stehen und warten zu müssen, während die kostbaren Minuten verrannen und Axel so schreckliche Dinge geschahen und sie unfähig war, auch nur einen einzigen Schritt in seine Richtung zu tun, das war wie ein Alptraum.

»Nimm mich mit. Bitte, laß mich mitkommen«, bettelte Letty hinter ihr und schob ihre Hand in Annas.

»Dann binde dir wenigstens ein Taschentuch oder so was um den Kopf«, sagte Anna, die Augen fest auf die Laterne gerichtet, die vor dem Schuppen geschwenkt wurde. Endlich leuchteten die Lampen der Kutsche auf, und im nächsten Augenblick rumpelten die Räder über das Pflaster im Hof.

Es war eine Geisterfahrt. Jedesmal, wenn sich die Wipfel der Kiefern in einer Windböe zur Seite neigten, sah man das rote Grauen am Himmel. Als sie dann aber auf die Landstraße hinausfuhren, mußte Anna unwillkürlich aufschreien, denn es sah aus, als stünde die ganze Welt in Flammen. Die Kirchturmspitze von Lohm und die Dächer der Häuser hoben sich gegen das grelle Licht deutlich ab. Je näher sie dem Brandherd kamen, desto ängstlicher wurden die Pferde, sie scheuten so, daß Fritz sie nur mit größter Mühe halten konnte. Nachdem sie die Kurve bei der Pfarrei hinter sich hatten, waren die Tiere nicht dazu zu bewegen, auch nur einen Meter weiterzugehen. Sie bäumten sich, standen auf der Hinterhand, versuchten seitwärts auszubrechen, schlugen nach hinten aus und waren so verängstigt, daß sie jeden Moment die Kutsche umzureißen und in den Graben zu werfen drohten.

Anna sprang aus dem Wagen und rannte zu Fuß weiter. Die etwas voluminösere und folglich langsamere Prinzessin ließ sich von Letty helfen und folgte dann so rasch sie konnte. Die ganze Bevölkerung war zusammengelaufen und hatte sich auf der Straße und dem Feld gegenüber den Ställen versammelt, hell erleuchtete Gestalten, die eifrig debattierend in Grüppchen beisammenstanden. Von der Wasserpumpe auf dem Rasenplatz vor der Schule bis hin zu den Löschwagen mit ihren mechanischen Feuerspritzen hatten die Helfer eine Kette gebildet, volle Wassereimer wurden von Hand zu Hand gereicht, eine andere Wasserquelle gab es nicht. Die Löschwagen arbeiteten ein Stück weit von den Ställen entfernt. Sie spritzten ihre Wasservorräte auf die Bäume, die zwischen den Ställen und dem Haus standen, um so ein Übergreifen des Feuers zu verhindern. Männer standen im Garten vor dem Lohmschen Wohnhaus und schlugen mit Äxten die Bäume um, die dem Haus am nächsten standen. Denn sollten diese Bäume Feuer fangen, so hätte das eine große Gefahr für das Haus bedeutet. In dem ganzen Aufruhr waren die Axthiebe von dem anderen Lärm kaum zu unterscheiden, nur von Zeit zu Zeit stürzte eines der geschlagenen Opfer mit lautem Krachen zwischen seine noch stehenden Brüder.

»Oh, Axel, der arme, arme Axel!« murmelte Anna und zog sich, als sie an den Ställen vorbeihastete, das Kopftuch über das Gesicht, um es vor der schier unerträglichen Hitze zu schützen. In ihrem blauen Cape und dem darunter blitzenden weißen Kleid war sie allerdings eine unverkennbare Figur. Jeder erkannte sie, als sie zu den Spritzenwagen hinüberhastete. Und die Gaffer stupsten sich gegenseitig mit den Ellenbogen an, schnickten mit den Köpfen in ihre Richtung und guckten ihr nach.

»Wie ist das passiert?« fragte Anna ein Grüppchen von Frauen, in das sie beinahe hineingestolpert wäre. Die Frauen waren gerade damit beschäftigt gewesen, Anna durchzuhecheln, weshalb sie ertappt innehielten und nur dümmlich glotzten.

»Niemand weiß es«, gab schließlich die Älteste aus der Runde zögernd Auskunft, nachdem Anna ihre Frage wiederholt hatte. »Man sagt, das Feuer sei mit Absicht gelegt worden.«

»Mit Absicht?« sprach Anna die Worte der Frau gedehnt nach und starrte die Sprecherin an. »Ja, aber wer zündet denn mit Absicht ein Haus an?«

Doch auf diese Frage erhielt Anna nun überhaupt keine Antwort mehr. Die Frauen traten nervös von einem Fuß auf den anderen, ein junges Ding unter ihnen kicherte und legte sich rasch die Hand auf den Mund.

Auf dem Kartoffelacker auf der anderen Seite der Straße hatte ein Storchenpaar, das über viele Jahre hin auf einem der Stalldächer regelmäßig genistet hatte, seine Jungen in Sicherheit gebracht. Die erst vor wenigen Tagen geschlüpften Jungstörche waren von den Alten aus dem Nest geworfen und dann aus der Gefahrenzone gezerrt worden. Nun standen die Altvögel Wache bei ihrem verletzten, der Wohnstatt beraubten Nachwuchs. Im Glühen der Umgebung verwandelte sich das Gefieder der Vögel in ein wunderschönes, strahlendes, von rosa überhauchtes Weiß: eine vertriebene Storchenfamilie, die sich an ihrem Fluchtort wie vergeistigt, wie glorifiziert zaghaft zusammenkuschelte.

Anna sah die Vögel, ohne zu wissen, daß sie sie sah. Es waren drei Jungvögel, einer davon war tot. Die Prinzessin und Letty sahen Anna unweit der Störche stehen. Sie beobachtete das brüllende Inferno der brennenden Ställe mit offenem Mund und mit vor Entsetzen weit aufgerissenen Augen.

»Die meisten Pferde konnten noch rechtzeitig herausgeholt werden«, sagte die Prinzessin und nahm Anna beim Arm, denn sie wollte nicht, daß sie ihr noch einmal entschlüpfte. »Außerdem sagt man, die Gebäude seien gut versichert gewesen. Er wird sich jetzt sehr viel bessere bauen können.«

»Aber der Zeitverlust . . . man kann sie doch nicht an einem Tag bauen . . .«

»Der Mann, mit dem ich sprach, sagte, es seien so alte Gebäude gewesen und obendrein in so schlechtem Zustand, daß Axel sich nur dazu gratulieren könne, daß sie abgebrannt seien. Trotzdem ist die Sache natürlich mit Zeitverlust verbunden. Haben Sie ihn gesehen? Lassen Sie uns ein wenig beiseite gehen . . . hier werden wir uns noch versengen, wenn wir so nahe am Feuer in der Hitze stehen.«

Sowohl Axel als auch Dellwig überwachten die Arbeit der Männer an den Schläuchen. »Ich will auf keinen Fall, daß die Bäume Feuer fangen, sie sind nicht versichert«, sagte Axel zu Dellwig, mit dem er in der Anspannung des Augenblicks wie selbstverständlich seinen alten Umgangston wiederaufgenommen hatte. Mit einer Gelassenheit, die einigen der Umstehenden als sehr merkwürdig erschien, hatte Axel die Ställe abbrennen sehen. Dellwig und den meisten anderen Bewohnern dieses Distrikts war es so selbstverständlich, bei allen kleinen und großen Gelegenheiten ein Riesengeschrei zu veranstalten, daß sie sich gar nicht erklären konnten, wie es möglich war, daß Axel in einem solchen Augenblick die Ruhe bewahrte. »Es ist ausgesprochen ärgerlich«, sagte er zwar mehrmals, doch schien dies kaum ein angemessener Ausdruck aufgewühlter Gefühle.

»Die Ställe sind wohl alle gut versichert?« fragte Dellwig.

»Ja, ja. Ich werde sehr schöne, übersichtliche Gebäude an ihrer Stelle errichten können.«

»Die alten waren wohl schon ziemlich . . . ziemlich heruntergekommen?« bohrte Dellwig weiter und schaute Axel verstohlen, aber sehr genau an.

»Das kann man wohl sagen, sehr heruntergekommen«, bestätigte Axel.

Anna und die Prinzessin standen ein wenig abseits von den Spritzpumpen und beobachteten die Bemühungen der Männer, die Ausbreitung des Feuers zu verhindern. Es dauerte eine Weile, ehe Axel sie bemerkte. Manske, der sich als einer der ersten Freiwilligen in die Eimerkette eingereiht hatte, verbeugte sich lächelnd von seinem Platz aus. Die beiden Frauen starrten zu ihm hinüber und fragten sich, wer dieses freundliche, rußverschmierte Individuum wohl sei.

»Es ist der Pastor«, rief die Prinzessin plötzlich. Sie lächelte und winkte ihm zu, worauf Manskes Lächeln und seine Verbeugungen sich verdoppelten. Dabei verschüttete er allerdings den Inhalt des Eimers, den er gerade in die Hand gedrückt bekam.

»So ist es«, bestätigte Anna.

»He, Nummer 3, paß gefälligst auf!« brüllte Dellwig, der so tat, als wüßte er nicht, wer sich hinter der Nummer 3 verbarg. Es war eine zu verlockende Gelegenheit, den Pastor ungestraft zu schurigeln. Dellwig veranstaltete einen solchen Lärm, brüllte so viele Befehle und Zurechtweisungen, daß ein unbeteiligter Fremder ihn und keinen anderen für den verzweifelten Eigentümer des brennenden Besitzes gehalten hätte.

»Sehen Sie nur, der Pastor sieht auch nicht sehr besorgt aus«, sagte die Prinzessin beruhigend zu Anna. »Wenn Axel hier schwere Verluste erlitten hätte, dann würde er in die Eimer weinen, statt uns so freundlich zuzulächeln.«

»Sie haben recht«, bestätigte Anna, auf die das verschmierte, lächelnde Gesicht ebenfalls beruhigend wirkte. Ihre Augen wanderten zu Axel, der so gelassen, aufmerksam und ruhig die nötigen Anweisungen gab, der keinen einzigen kostbaren Moment darauf verschwendete, doch noch zu retten, was ohnehin unrettbar verloren war, sondern ohne laut zu werden sich allein darauf konzentrierte, Schaden dort abzuwenden, wo noch keiner entstanden war.

»Es kann nicht gut sein, ein solches Feuer kann doch nicht gut sein«, sagte Anna wieder und wieder zu sich selbst.

In diesem Moment stürzte eine riesige gefällte Kiefer krachend zu Boden. Im Fallen riß sie so viele Äste und Zweige einer Rotbuche mit, daß die Buche für immer geschädigt war. Immerhin hatte der Fall einige der schon brennenden Zweige der Kiefer gelöscht, die jetzt rasch von ihren Genossinnen weggezerrt wurde. Anna beobachtete schweigend, welche Verheerung unter Axels Bäumen angerichtet wurde. Es kann nicht sein, daß ihm das gleichgültig ist, dachte sie. In dem Augenblick wandte er sich um, als hätte er ihre Gedanken gehört, und blickte ihr genau in die Augen.

»Sie hier?« rief er und kam mit großen Schritten über die Straße auf sie zu.

»Ja, wir sind hier«, antwortete die Prinzessin. »Wir können doch nicht zusehen, wie es bei unserem Nachbarn brennt, ohne unsere Hilfe anzubieten. Aber allen Ernstes, man sagt, es sei eigentlich eine gute Sache für Sie.«

»Ich würde der weniger guten Sache, die ich vorher hatte, unbedingt den Vorzug geben. Aber nun ist es geschehen, und ich werde keine Zeit damit verschwenden, mich deswegen aufzuregen.« Er rannte wieder zurück, um einzugreifen, als etwas schiefzulaufen drohte, kam aber gleich darauf wieder zu ihnen, um ihnen zu sagen, sie sollten zu seinem Haus gehen und dort auf ihn warten, statt hier in der glühenden Hitze zu stehen.

»Sie sehen so müde . . . und so verängstigt aus«, sagte er. Seine Augen suchten Annas Blick. »Was verängstigt Sie so? Das Feuer hat Ihnen Angst gemacht, nicht wahr? Nun, ich kann Sie beruhigen, es ist alles bestens versichert. Es ist nur lästig, daß ich ausgerechnet jetzt alles neu aufbauen muß.«

Er konnte nicht bleiben und eilte zu den Männern zurück.

»Wir sollten wahrhaftig einen Moment lang ins Haus gehen«, meinte die Prinzessin, »und dort nach dem Rechten sehen. Es steht offen, niemand ist da. Es ist ja nicht nötig, daß er obendrein auch noch bestohlen wird. Seine Mamsell ist wie die Haushälterinnen aller Junggesellen – sie wird keine Zeit verlieren, sich auf seine Kosten ihr Nest zu polstern.«

Anna hielt dies für eine günstige Möglichkeit, Axel doch noch behilflich zu sein, denn niemand hatte sie gebeten, sich in die Eimerkette einzureihen oder Wasser auf die Flammen zu schütten. Sie drehte sich um und wollte Letty rufen, doch Letty war weit und breit nicht zu sehen.

»Wo . . . wo steckt denn Letty?« fragte sie und schaute sich um.

»Ich dachte, sie steht hinter uns«, antwortete die Prinzessin.

»Das dachte ich auch.« Anna war ernstlich beunruhigt.

Sie gingen ein paar Schritte und suchten sie unter den Umstehenden. Endlich sahen sie sie nahe bei den brennenden Ställen, das Taschentuch noch immer um den Kopf gebunden, doch darunter quoll ihr langes, dickes Haar hervor und drapierte sich um ihre Schultern. Wie hypnotisiert starrte Letty auf eine Feuersäule. Plötzlich stieg von den Leuten auf der Straße ein Schrei auf, alle stoben auseinander und rannten hinüber zum Kartoffelacker. Anna und die Prinzessin standen schreckensstarr wie angewurzelt und hielten sich fest bei den Händen. Als Letty die Leute schreien hörte, drehte sie sich um und rannte los. Die brennende Außenwand eines der Ställe wankte und wackelte und stürzte dann mit einem ohrenbetäubenden Krachen nach außen. Augenblicklich erfüllte sich der ganze Straßenabschnitt mit einer dicken Wolke aus Qualm, in der hell die Funken stoben. Ein unmittelbar folgender Windstoß blies den fliehenden Zuschauern Rauch und kleine Flammen hinterher.

Seit ihren Kindertagen war die Prinzessin sicherlich nicht mehr so schnell gerannt wie jetzt, als sie zusammen mit Anna zu der Stelle stürzte, an der sie Letty zuletzt gesehen hatten. Eine Menschentraube hatte sich bereits um die Stelle versammelt, sie konnten aufgeregt gestikulierende Arme sehen. Umringt von neugierigen Leuten fanden sie Letty offenbar unverletzt auf dem Boden hocken, es hatte ihr lediglich irgend jemand seinen Mantel über den Kopf geworfen. Sehr blaß blickte Letty zu ihrer Tante auf, lächelte sie aber entschuldigend an. »Sie sind alle ab?« fragte sie und zeigte auf ihren Kopf.

»Was ist ab?« rief Anna und sank neben ihr in die Knie.

»Ach Gott, die Haare . . . die herrlichen Haare«, zeterte eine Frau in der Menge. Der Geruch von verbrannten Haaren erklärte ohne Worte, was geschehen war. Anna schloß Letty in die Arme. »Du hättest umkommen können . . . Du hättest umkommen können«, wiederholte sie atemlos und wiegte die Nichte in den Armen. »Oh, Letty, wer hat dich bloß gerettet?«

»Jemand hat mir diesen scheußlichen Fetzen über den Kopf gestülpt. Er stinkt nach Hering. Ein paar Funken sind mir in die Haare geflogen und haben sie alle abgesengt. Kann ich das stinkende Ding jetzt abnehmen? Die Haare brennen ja nicht mehr, und ab sind sie auch.«

Durch den Mantel hindurch tastete und klopfte die Prinzessin vorsichtig Lettys Kopf ab, dann nahm sie den Mantel weg und gab ihn dem verschämt danebenstehenden Besitzer mit vielen Dankesworten zurück. Als Lettys Kopf zum Vorschein kam, ging ein mitleidiges Raunen durch die Reihen der Frauen: Die ganze üppige Lockenpracht, Lettys einziger Glorienschimmer, war wie abgeschoren. »O weh, die herrlichen Haare!« seufzten einige der Frauen. »O weh, o weh!«

Zum Glück hatte das so fest um den Kopf gebundene Taschentuch Letty vor einem noch schlimmeren Schicksal bewahrt. Doch war sie vorher ein häßliches kleines Mädchen gewesen, so sah sie nun, nachdem das Unglück geschehen war, wie ein häßlicher kleiner Junge aus.

»Aber Tante Anna, es macht doch nichts«, beruhigte Letty ihre Tante, denn Anna weinte und küßte die Nichte, und band das Kopftuch immer wieder neu, setzte es so und wieder anders auf und streichelte und glättete die wenigen noch verbliebenen Strähnen, als liebe sie sie unendlich.

»Es tut mir so schrecklich leid. Ich hatte keine Ahnung, daß dir meine Haare so lieb waren.«

»Komm. Komm, laß uns ins Haus gehen«, war alles, was Anna schließlich sagen konnte. Sie rappelte sich auf, legte Letty den Arm um die Schulter und hielt sie so eng umschlungen, daß die beiden kaum laufen konnten.

»Wir gehen einen Moment ins Haus«, rief die sehr blaß gewordene Prinzessin Axel zu, als sie bei den Löschwagen vorbeigingen. Er lächelte zu ihr hinüber und zog den Hut.

»Ich habe noch nie einen so gefaßten Menschen erlebt«, bemerkte die Prinzessin gegenüber Anna. Sie hoffte, Anna damit auf andere Gedanken bringen zu können. »Ihr Herr Dellwig dagegen, der führt sich genau auf, wie es die Leute hier bei solchen Gelegenheiten erwarten. Ich bin sicher, Axel wird heute nacht eine Menge Leute sehr verwundert haben.«

Doch Anna gab keine Antwort. Sie dachte ausschließlich an Letty. Um Haaresbreite wäre sie zu Tode gekommen. Und was für ein schrecklicher, was für ein entsetzlicher Tod. Die kleine

Letty, die unter ihrer Aufsicht, unter ihrem Schutz stand, für die sie verantwortlich war und die sie völlig vergessen hatte, so groß war ihr lächerliches Interesse an Axel von Lohms Angelegenheiten gewesen. Typisch Frau, war sie nun sehr ärgerlich auf Axel. Was ging es sie an, ob Axel von Lohms Besitz zu Asche verbrannte oder nicht? Aber Letty ging sie etwas an, ihre eigene kleine Nichte, die arme einsame, praktisch mutterlose Letty, die so häßlich war und so voller guter Absichten steckte. Wegen dieser albernen Sache mit Klutz hatte sie das Kind so heftig ausgeschimpft. Dieser Klutz! Im Grunde war es einzig und allein seine Schuld, daß Letty sich so kindisch verhalten hatte, und doch hatte allein die arme Letty die Schimpftiraden einstecken müssen. Anna drückte sie noch enger an sich. Im Licht dieser Rettung in allerletzter Sekunde, wie trivial, wie unwichtig schien da all dieses dumme Zeug um Liebesgeflüster, heimliche Botschaften und Verärgerungen. Für einen winzigen Augenblick tat sich vor Anna die Wirklichkeit auf. Sie sah Leben und Tod in ihren wahren Proportionen. Doch noch während sie das Bild klar und mit erschrekkender Deutlichkeit erfaßte, begann es bereits wieder zu verblassen – es sank zurück in den Nebel der Unklarheit, ausgelöscht von den unausweichlichen Einzelheiten der vorübergehenden Stunde.

»Dachte ich's mir doch«, sagte die Prinzessin, als sie sich dem Haus näherten. »Alle Türen sperrangelweit offen und keine Menschenseele im Haus.«

Und mit einem Schlag fiel Anna aus der eben erkannten Realität zurück in den nur zu gut bekannten Traum vom täglichen Leben, und sofort hatte sie das Gefühl, der eben erlebte Erkenntnisblitz sei ein Traum gewesen, und dies hier sei das richtige Leben.

Das Entree lag in völligem Dunkel, lediglich durch die Ritzen einer Tür fiel ein schwacher Lichtschein. Auf ihn bewegten sie sich tastend zu. Das Haus selbst war totenstill. Weit weg hörten sie Axthiebe und die Schreie der Männer, die im Garten die Bäume fällten. Die Prinzessin stieß die Tür auf, hinter der man das Licht sah. Sie fanden sich in Axels Arbeitszimmer, in dem die Kerzen, die Axel angezündet hatte, um Lettys Verse lesen zu können, noch immer im Windzug des offenen Fensters flackerten. Eine Uhr auf dem Schreibtisch zeigte, daß es bereits nach Mitternacht war. Das Zimmer machte einen sehr unordentlichen Eindruck, so, als kümmere sich niemand darum.

»Jaja, so ein Junggeselle ...«, bemerkte die Prinzessin, als sie sich in all der Unordnung umschaute, die vor allem von Zigarrenstummeln und alten Briefumschlägen herrührte, »... ist doch eine bedauernswerte Kreatur. Was kann es Schlimmeres geben, als der Gnade einer Mamsell ausgesetzt zu sein. Ich werde mich mal erkundigen, wohin sich die Mamsell dieses Hauses verzogen hat. Axel wird etwas zu essen haben wollen, wenn er von draußen zurückkommt.«

Sie nahm eine der Kerzen und ging hinaus. Letty hatte sich gleich auf den erstbesten Stuhl gesetzt. Sie sah sehr bleich aus. Anna knüpfte das Kopftuch auf und versuchte, was an Haaren noch da war, zu einer Frisur zu arrangieren. »Ich muß diese Zipfel und Strähnen abschneiden«, sagte sie zerstreut, »aber wo gibt es hier eine Schere?«

»Hör mal«, sagte Letty und blickte sie fest an.

»Ich glaube, du hast schreckliche Angst gehabt, nicht wahr, mein armes kleines Ding?« sagte Anna sanft, als sie das blasse Gesichtchen sah. Zart streichelte sie Letty über den abgesengten Schopf.

»Ach, nicht so besonders, nur ein bißchen. Es war ja gleich vorbei. Mach dir keine Sorgen. Was Mama wohl sagen wird, wenn sie meinen Kopf sieht?« Und Lettys Mund verzog sich zu einem breiten Grinsen. »Hör mal«, setzte sie dann erneut an und fiel doch wieder in Schweigen.

»Nun, was?« fragte Anna, setzte sich neben Letty auf die Kante desselben Stuhles und legte den Arm um sie.

»Was dieses Gedicht angeht, da kennst du noch nicht die ganze Geschichte.«

»Diese dumme Geschichte mit Herrn Klutz? Ach, gibt's da noch mehr zu berichten? Letty, was hast du noch angestellt? Ich bin's so leid, ihn, das Ganze. Also, erzähl's mir, und dann wollen wir's vergessen.«

»Ich fürchte, du wirst es aber nicht vergessen. Ich fürchte, ich bin ein größeres Biest, als du denkst, Tante Anna«, und Letty sprach mit solcher Überzeugung, daß es Anna mit der Angst bekam.

»O Letty«, hauchte sie schwach, »was hast du getan?«

»Na ja, ich ... ich will's dir ja sagen ... ich ... also, er war so todunglücklich, als auf sein Gedicht keine Antwort von dir kam ... auf das mit dem Herz, du weißt schon ...«

»Jaja, ich weiß sehr gut!«

»Na ja, also, er war in einem solchen Zustand, daß ich ... daß ich ... also, ich habe selbst ein Gedicht geschrieben, um ihn zu trösten und um ihn zu beruhigen ... und, und ich hab' so getan, als wäre das Gedicht von dir.« Sie warf den Kopf zurück, und blickte die Tante voll an. »So, jetzt ist es raus!«

Anna schwieg einen Augenblick. »War es, war es ein sehr gefühlvolles Gedicht?« fragte sie endlich ganz leise. Dann rutschte sie auf den Fußboden hinunter, kniete sich vor Letty hin und legte beide Arme um sie. »Nein, sag mir nichts mehr«, weinte sie und preßte ihr Gesicht gegen Lettys Knie. »Ich will es gar nicht wissen. Stell dir vor, du wärst eben schwer verletzt worden ... verbrannt ... oder, oder sogar tot, was würde es dann noch ausmachen? Oh, wir wollen diesen ganzen lächerlichen Blödsinn vergessen, wir wollen nur nie, nie, nie wieder so dumm sein. Laß uns zusammen glücklich sein und mit diesem Herrn Klutz ein für allemal Schluß machen – es war alles so dumm, so lächerlich, es war die ganze Aufregung nicht wert.«

Und Anna hob ihr Gesicht, und beide weinten und küßten sich unter Tränen. Und so kam es, daß Letty in ein und derselben Stunde sowohl all ihrer Gewissensnöte als auch der meisten ihrer Haare verlustig ging und Anna sie mit verdoppeltem Enthusiasmus wieder tief in ihr Herz schloß. Die Logik war eben nicht Annas starke Seite.

25

Zwei Stunden später kam Axel nach Hause und brachte Dellwig, Manske und zwei oder drei andere Helfer mit, Bauern, die über die Ebene den Feuerschein gesehen hatten und herbeigeeilt waren, um zu tun, was sie tun konnten. Als Axel das Haus betrat, fand er es hell erleuchtet, und im Speisezimmer standen Essen und Getränke bereit.

Letty und Anna hatten hinreichend Zeit gehabt, sich von ihren Tränen und Versprechungen zu erholen. Ein paar kleine Brandblasen auf Lettys Nacken waren mit Watte behandelt worden, und die allgemeine Erregung war einer größeren Ruhe und Gelassenheit gewichen, die es den beiden ermöglichte, der Prinzessin behilflich zu sein. Die Aufgabe, das Haus eines anderen mitten in der Nacht komfortabel herzurichten, entpuppte sich durchaus als ein Vergnügen. Die Mamsell, ebenso unfähig der Autorität des Namens und dem strengen Blick der Prinzessin Ludwig zu widerstehen wie die Dienstboten in Kleinwalde, hatte auf Geheiß der Prinzessin die Dienstmädchen zusammengetrommelt und selbst eifrig Hand angelegt. Schmutzig, verqualmt und ausgedörrt von der Hitze war Axel mit den Männern nach Hause zurückgekehrt. Die Gefahr, daß das Feuer auf das Haus übergriffe, war endgültig gebannt, doch Axel war innerlich darauf vorbereitet, sich selbst im Hause nach Erfrischungen für die Helfer umschauen zu müssen. Um so angenehmer war er überrascht, als er nicht nur die Lampe im Entree brennen sah, sondern auch eine putzmuntere Mamsell mit frischer Schürze vorfand, die anbot, den Herren heißes Wasser für ein Bad zu bereiten. Das war sehr aufmerksam. Axel hatte sie noch nie so einfühlsam erlebt. Die Herren allerdings lehnten übereinstimmend das heiße Wasser ab. Das Glas Wein, das Herr von Lohm so freundlich angeboten habe, nähmen sie gerne an, doch dann wollten sie so schnell wie möglich nach Hause zurück und sich endlich zu Bett legen. Manske, bei weitem der ruß- und dreckverschmierteste von allen, war zugleich auch derjenige, der das heiße Bad mit größter Entschiedenheit ablehnte. Er war ein gottesfürchtiger Mann, aber er liebte keine über das übliche Maß hinausgehenden Waschzeremonien, wozu ein Bad um zwei Uhr nachts ja wohl ganz eindeutig zählte. Axel ließ die Männer einen Augenblick im Vestibül stehen und ging in sein Arbeitszimmer, um die Zigarren zu holen. Dort stieß er auf Letty, die sich hinter der Tür versteckt hielt.

»Du hier, junge Dame?« rief Axel erstaunt aus.

»Es soll mich niemand sehen«, flüsterte sie. »Prinzessin Ludwig und Tante Anna sind nebenan in Ihrem Eßzimmer. Ich bin rasch hier hineingerannt, als ich hörte, daß Sie Leute dabeihaben. Meine ganzen Haare sind abgebrannt.«

»Was? Bist du zu nahe ans Feuer gegangen?«

»Ein paar Funken haben mich erwischt. Bitte, lassen Sie die Herren nicht reinkommen . . .«

»Aber sonst bist du nicht verletzt?«

»Nein. Nur ein bißchen, bloß ein paar kleine Brandblasen im Nacken, aber das ist nichts weiter.«

Axel schaute sie ernst an und sagte sehr streng: »Ich bin sehr froh, daß deine Haare abgebrannt sind!«

»Ich auch«, kam aus tiefstem Herzen ein Stoßseufzer als Antwort. »Jede Nacht haben sie sich verfilzt, schrecklich!«

Die Zigarrenkiste unter den Arm geklemmt, stand Axel einen Augenblick lang schweigend da und überlegte, ob er Letty über die Sträflichkeit ihres Verhaltens bezüglich Klutz und ihrer Tante aufklären solle. Offensichtlich hatte sie ein völlig reines Gewissen, und doch hatte sie mehr Schaden angerichtet, als momentan abzuschätzen war, denn Axel war sich ziemlich sicher, daß Klutz die Ställe angezündet hatte. Hundertprozentig sicher konnte er sich natürlich nicht sein. Aber das Feuer war ungefähr zu der Zeit ausgebrochen, als Klutz an den Ställen hatte vorbeikommen müssen, und so hegte Axel kaum Zweifel an Klutzens Täterschaft. In seiner Funktion als Amtsvorsteher würde er noch Befragungen durchzuführen haben. Sollten diese Befragungen mit der Arrestierung von Klutz enden, dann käme unweigerlich die ganze dumme Geschichte mit Anna ans Tageslicht, denn Klutz würde größtes Interesse daran haben, seine Beweggründe für diese Tat offenzulegen. Was für ein gefundenes Fressen für den ganzen Distrikt! Ganz Stralsund würde sich das Maul zerreißen! Er konnte nur inständig hoffen, daß Klutz nicht der Schuldige war. Denn falls er der Täter war, hätte dieses Kind, das ihn da aus der Ecke hinter der Tür so fröhlich angrinste, ein Unheil angerichtet und Anna in eine Sache hineingezogen, so ungeheuerlich, daß ihm schwindelte. So ein kleiner, dummer Schabernack und derart weitreichende Konsequenzen! Als Axel jetzt Zeit fand, zum ersten Mal richtig darüber nachzudenken, blieben ihm die Worte weg. Er blickte Letty sehr böse an und ging dann ungehalten, aber wortlos aus dem Zimmer.

Was ist dem bloß für 'ne Laus über die Leber gelaufen? dachte Letty und steckte den Daumen in den Mund, denn Axels höchst verärgerter Blick war ihr aufgefallen, doch hatte sie keine Erklärung dafür.

Als die Männer, die in der Zwischenzeit im Vestibül gewartet hatten, den Speisesaal betraten und dort die Damen aus Kleinwalde vorfanden, fühlten sie sich gleich sehr unwohl. Mit Ausnahme von Manske konnte keiner von ihnen Damen ausstehen, doch Damen in der späten Nacht bedeuteten dem schwachen Fleisch eine ganz besondere Last. Nachdem Dellwig seine beiden tiefen Verbeugungen vor Anna und der Prinzessin vollführt hatte, warf er seinen Freunden, den drei Bauern, bedeutungsvolle Blicke zu. Miss Estcourts heimliche Verlobung schien durch ihre Anwesenheit in Lohm zu dieser Stunde und bei dieser Gelegenheit nun keinem Zweifel mehr zu unterliegen.

»*How delightful of you**«, sagte Axel in Englisch und mit aufrichtiger Freude in der Stimme zu Anna.

»Es freut mich zu hören, daß Sie keine Verluste erlitten haben«, erwiderte Anna sehr steif in Deutsch, denn sie nahm es Axel persönlich übel, daß Lettys Haare abgebrannt waren.

»Keine Verluste?« schrie Manske fröhlich. »Aber im Gegenteil, gnädiges Fräulein! Es war das Beste, was ihm passieren

---

* How delightful of you: Wie reizend von Ihnen. (Anm. d. Ü.)

konnte ... das Allerbeste! Diese Ställe waren doch schon lange baufällig, nicht wahr, Herr von Lohm? Ich kann ehrlichen Herzens sagen, ich bin froh, daß sie endlich weg sind. Schon zu Zeiten Ihres seligen Herrn Vaters waren die Ställe der reinste Bruch.«

»Ja, sie hätten längst schon renoviert werden müssen, aber man hat nicht immer das nötige Geld dafür in der Tasche. Bitte, bedienen Sie sich doch, Herr Pastor.«

»Wer ist Ihr Feind?« schnitt Dellwigs harte Stimme messerscharf in die kurz eingetretene Stille.

»Ja, das ist die Frage.« Manske nickte traurig. »Das ist die traurige Seite dieser Geschichte ... daß jemand, vielleicht gar ein Schäfchen aus meiner Gemeinde, fähig sein sollte, ein solches Verbrechen zu begehen.«

»Nun, mir hat er jedenfalls letztlich einen guten Dienst erwiesen«, meinte Axel und füllte die Gläser.

»Er hat seine unsterbliche Seele in Gefahr gebracht«, sagte Manske ernst.

»Haben Sie denn einen Feind?« fragte Anna verwirrt.

»Nicht, daß ich wüßte. Wahrscheinlich war es ein armer, sinnverwirrter Teufel, oder vielleicht ... vielleicht war es auch ein Kind.«

»Aber ich sah die Flammen hochschlagen, direkt nachdem ich Ihnen vor Ihrem Haus begegnet war«, sagte Dellwig. »Sie waren offensichtlich auf dem Heimweg und nur einen Steinwurf weit von Ihren Ställen entfernt. Als ich an Ihnen vorbeiritt, muß das Feuer bereits gebrannt haben. Ist Ihnen denn auf dem Weg niemand begegnet?«

»Nein, ich habe niemanden gesehen«, versetzte Axel knapp. In Dellwigs Stimme schwang ein aggressiver Unterton, der Axel fürchten ließ, Dellwig werde nur zu eifrig seine Hilfe anbieten, den Übeltäter seiner gerechten Strafe zuzuführen.

»Es war zur Abendessenszeit ...«, überlegte Dellwig laut, »... die Männer werden also alle im Hause gewesen sein. Waren Sie denn bei den Ställen, gnädiger Herr?«

»Nein. Nehmen Sie doch noch ein Glas Wein. Eine Zigarre? Wer immer es war, er hat mir einen Dienst erwiesen.«

»Das kann man mit Fug behaupten«, bestätigte Dellwig und fixierte Axel mit einem sehr eigentümlichen Ausdruck im Gesicht.

»Ein paar von uns hätten bestimmt nichts dagegen, wenn ihnen derselbe Dienst erwiesen würde«, bemerkte einer der Bauern scherzhaft.

»Überhaupt nichts hätten sie dagegen«, stimmte ein anderer lachend zu.

»Vorausgesetzt, man könnte sich darauf verlassen, daß der Mann überall das gleiche Unterscheidungsvermögen an den Tag legt«, mischte sich nun auch der dritte lachend ein.

»Man macht keine Witze über ein solches Verbrechen«, wies Manske sie zurecht.

»Das Unterscheidungsvermögen des Täters ist wahrhaftig beachtenswert«, warf Dellwig mit scharfem Ton ein.

»Eben. Genau deshalb vermute ich ja auch, daß es sich um einen mehr oder weniger Schwachsinnigen gehandelt haben muß«, versetzte Axel, »sonst hätte er doch eines der guten Gebäude gewählt, dessen Zerstörung mir wirklichen Schaden gebracht hätte.«

»Der Täter muß ausfindig gemacht werden, schwachsinnig oder nicht«, schnarrte Dellwig.

»Ich werde meine Pflicht tun«, gab Axel darauf steif zurück.

»Auf meine Hilfe können Sie sich verlassen«, rief Dellwig, wofür sich Axel mit einem »Sie sind zu gütig« bedankte. Dellwigs Stimme hatte etwas Ominöses an sich, das Anna schaudern ließ. Was für ein abscheulicher Mensch dieser Dellwig doch war, immer und zu jeder Zeit. Doch heute nacht kam ihr sein ganzes Verhalten und Auftreten besonders unverschämt und beleidigend vor.

»Was wird mit dem armen Kerl passieren, wenn man ihn faßt?« fragte sie ganz eindeutig an Axel gewandt.

»Er kommt ins Zuchthaus«, antwortete Dellwig sofort.

Anna drehte Dellwig den Rücken zu. »Selbst dann, wenn sich herausstellt, daß er schwachsinnig ist? Sind Sie denn verpflichtet, ihn zu suchen? Können Sie ihn nicht einfach laufen lassen? Er hat Ihnen doch einen Gefallen getan.«

»Nein, nein. Ich muß ihn schon ausfindig machen«, entgegnete Axel. »Es ist meine Pflicht als Amtsvorsteher.«

»Und das gnädige Fräulein sollte auch bedenken . . .«, schrie Dellwig hinter ihrem Rücken.

Anna drehte sich zu ihm um. »Ich werde gar nichts bedenken«, fauchte sie ihn an.

». . . sollte bedenken, daß es eine Frage der Gerechtigkeit ist.«

»Die Menschlichkeit geht vor«, versetzte Anna, die ihm schon wieder den Rücken zuwandte.

»Sehr nobel«, murmelte Manske.

»Die Empfindungen des gnädigen Fräuleins gereichen ihrem Herzen doch immer wieder zur Ehre«, sagte Dellwig und dienerte tief.

»*But not to her head, he thinks**«, flüsterte Anna mit einem schwachen Lächeln Axel zu.

»Sprechen Sie nicht weiter mit ihm«, entgegnete er genauso leise und ebenfalls auf englisch. »Der Mann haßt uns beide so offensichtlich. Sie sollten jetzt nach Hause fahren. Wo ist Ihr Wagen? Prinzessin, begleiten Sie Miss Estcourt nach Hause.«

»Ach, Herr Dellwig, seien Sie doch bitte so liebenswürdig . . .«, wandte sich die Prinzessin honigsüß an ihn und schickte ihn weg, nach Fritz zu schauen.

Als sie in Kleinwalde ankamen, schweigend, erschöpft und nur noch von dem Wunsch beseelt, so schnell wie möglich ins Bett zu kommen, da trafen sie auf Frau von Treumann und die Baronesse, die sie schon erwarteten. Verletztheit und Tadel standen beiden ins Gesicht geschrieben. Letty schlüpfte sofort die Treppe hinauf nach oben in ihr Zimmer, sie fürchtete Kritik wegen ihrer Haarlosigkeit.

»Die ganze Nacht haben wir auf Sie gewartet, Anna«, Frau von Treumanns Stimme hatte einen gekränkten Ton.

»Oh, das wäre nicht nötig gewesen«, antwortete Anna müde.

---

* But not to her head, he thinks: Aber nicht ihrem Kopf, das denkt er doch. (Anm. d. Ü.)

»Aber wir konnten doch nicht annehmen, daß Sie die ganze Zeit nur das Feuer angucken . . .«, sagte nun die Baronesse.

». . . wir haben uns folglich ernsthaft Sorgen gemacht«, setzte Frau von Treumann den Satz der Baronesse fort. »Meine Liebe, Sie sollten uns keine solche Angst einjagen.«

»Sie hätten uns wenigstens eine Nachricht hinterlassen oder uns mitnehmen können.« Die Baronesse war beleidigt, das war unüberhörbar.

»Wir sind genauso interessiert an Herrn von Lohm, wie es Letty und Prinzessin Ludwig sind«, Frau von Treumanns Ton war eher beschuldigend.

»Niemand konnte uns sagen, ob Sie wirklich zum Brandort gefahren waren oder nicht.«

»Noch konnte uns irgend jemand etwas Genaues über das Ausmaß der Katastrophe sagen.«

»Wir vermuteten, daß die Prinzessin bei Ihnen sei, doch nicht einmal das war sicher.«

»Liebe Baronesse«, murmelte die Prinzessin und nahm ihr Kopftuch ab, »darüber konnten ja wohl nur Sie im Zweifel sein.«

»Der Feuerschein am Himmel ist bereits vor Stunden erloschen . . .«, bemerkte Frau von Treumann.

». . . und doch sind Sie nicht zurückgekehrt«, fügte die Baronesse hinzu. »Wo also sind Sie gewesen?«

»Oh, morgen werde ich Ihnen alles ganz genau erzählen. Aber jetzt bin ich zu müde, gute Nacht!« Anna wollte mit der Kerze in der Hand nach oben gehen.

»Was? Obwohl wir die ganze Nacht hier gewartet und uns solche Sorgen gemacht haben, wollen Sie uns jetzt nichts erzählen?«

»Es gibt nichts zu erzählen, wirklich nicht. Und ich bin schrecklich müde, gute Nacht.«

»Wir haben die Dienstboten wachgehalten, und im Kessel kocht Wasser, falls Sie Kaffee mögen.«

»Das ist sehr nett und freundlich, aber alles, was ich will, ist mein Bett. Gute Nacht.«

»Auch wir sind sehr abgespannt. Aber wie Sie sehen, haben wir trotzdem ausgeharrt.«

»Oh, das hätten Sie nicht tun sollen. Sie werden jetzt auch sehr schläfrig sein. Gute Nacht.«

Anna schleppte sich die Treppen hinauf. Jeder Schritt fiel ihr schwer, und sie mußte sich am Geländer hochziehen. Die Standuhr im Flur schlug halb drei. War es nicht Napoleon gewesen, dachte sie, der etwas über den Mut um drei Uhr morgens gesagt hatte? Hatte noch nie jemand etwas über die Liebe zu den Mitmenschen um drei Uhr morgens gesagt?

»Gute Nacht«, wiederholte sie noch einmal, als sie oben angekommen war, und nickte den beiden Damen kraftlos zu, die unten standen und ihr mit empörten Blicken nachstarrten. Anna schaute nochmals auf die Uhr und verschwand sehr niedergeschlagen in ihrem Zimmer. Sie hatte eine beunruhigende Entdeckung gemacht: Um drei Uhr in der Früh waren ihre Gefühle gegenüber den Auserwählten von einer Gleichgültigkeit, die an Abneigung grenzte.

26

Als Frau Manske am Morgen nach dem Feuer von ihrem Frühstück aufblickte, um zu sehen, wer da die Straße herunterritt, da sah sie Herrn Dellwig sich dem Gartentor nähern. Ihr Ehemann war im Morgenmantel und in Pantoffeln, ein Habit, das er gern früh am Morgen zu tragen pflegte, und da so herrliches Wetter war, frühstückten sie draußen auf der Veranda. Es gab also keine Möglichkeit mehr, den Morgenmantel zu verbergen und auch nicht die Tatsache, daß das Häubchen, das Frau Manske trug, nicht ganz so rein und gestärkt war, wie es ein Häubchen hätte sein sollen, auf dem der große Dellwig seinen Blick ruhen läßt. Zwar wußte Frau Manske, daß Dellwig kein Stern erster Größe war, wie Herr von Lohm, aber er war doch ein großartiger Vertreter der Sterne zweiter Ordnung. Tatsächlich empfand sie Dellwig als sehr viel eindrucksvoller als Herrn von Lohm, dessen stille Art sie nie begriffen hatte. Dellwig putzte sie so systematisch herunter, zeigte ihr mit so brutaler Eindeutigkeit die kalte Schulter, daß sie gar nicht anders konnte, als ihn respektvoll zu vergöttern. Frau Manske gehörte nämlich zu den Frauen, die dankbar die Rute küssen. Ganz aufgeregt hastete sie zum Gartentor, öffnete es knicksend und erhielt als Gegenleistung weder einen Dank noch einen Gruß.

»Guten Morgen, Herr Dellwig! Guten Morgen«, wiederholte sie, immer wieder knicksend. »Was für ein wunderschöner Morgen, Herr Dellwig.«

»Wo ist Klutz?« bellte er, ohne vom Pferd zu steigen oder den Hut zu ziehen.

»Ach, Herr Dellwig . . .«, setzte sie an und hob die Hände zum Himmel, ». . . der arme junge Mann. Er hat einen Brief von zu Hause erhalten und ist ganz untröstlich. Sein Vater . . .«

»Wo ist er?«

»Sein Vater? Im Bett, und man erwartet, daß er . . .«

»Wo Klutz steckt, will ich wissen . . . der junge Klutz. Herr Manske, kommen Sie doch mal einen Augenblick her. Guten Morgen. Ich möchte Ihren jungen Vikar sprechen.«

»Mein Vikar hat schlechte Nachrichten von zu Hause erhalten, er ist abgereist.«

»Abgereist?«

»Ja, heute morgen. Der arme Kerl, sein betagter Vater . . .«

»Ich pfeife auf seinen betagten Vater. Wo steckt der Kerl, welchen Zug will er nehmen?«

»Den um halb zehn. Er ist mit der Postkutsche um sieben abgefahren.«

Dellwig schwenkte sein Pferd, und ohne ein weiteres Wort galoppierte er Richtung Stralsund. Den erwisch' ich noch, dachte er bei sich und trieb sein Pferd an.

»Was kann er denn von unserem Vikar bloß wollen?« fragte sich Frau Manske.

»Eine ruppige Art hat der. Und ich zweifle, daß er ein gutes Herz hat«, seufzte Manske und schlug den flatternden Morgenmantel gedankenverloren über seinen Beinen zusammen.

Klutz stand auf dem Bahnsteig und wartete auf den Zug nach Berlin, der innerhalb der nächsten fünf Minuten einlaufen sollte, als Dellwig leise hinter ihn trat und ihm die Hand auf die Schulter legte.

»Na, was zucken Sie denn so zusammen?« rief Dellwig und brach in ein lautes Gelächter aus.

Nachdem der erste große Schreck vorüber war, starrte Klutz ihn nur sprachlos an und wartete auf das, was kommen sollte. Er war kreidebleich.

»Na, geht's dem Vater so schlecht, was?« fragte Dellwig mit gespielter Teilnahme. »Völlig mit den Nerven runter, wie? Na ja, ist wohl genug, um einen armen Jungen blaß aussehen zu lassen, wenn der Vater in den letzten Zügen liegt . . .«

»Was wollen Sie von mir?« zischte Klutz zwischen farblosen Lippen. Auf dem Plafond standen ein paar Leute, die Dellwig kannten. Sie starrten interessiert auf die Szene.

»Nun«, sagte Dellwig und senkte die Stimme, »Sie haben sicher von dem Feuer gestern gehört. Ich habe Sie übrigens nicht unter den Helfern gesehen. Sie waren aber gestern abend bei Herrn von Lohm, nicht wahr? Nun schauen Sie doch nicht so verängstigt, Mann. Wenn man das von Ihrem Vater nicht wüßte, dann könnte man ja meinen, Sie hätten vor irgend etwas Angst. Ich will Sie doch nur fragen . . . da ist nämlich ein merkwürdiges Gerücht im Umlauf . . .«

»Ich bin auf dem Weg nach Hause . . . nach Hause, hören Sie?« kreischte Klutz hysterisch.

»Ja sicher doch, ich weiß. Niemand will Sie aufhalten. Ich will Sie nur was fragen. Wer hat Ihrer Meinung nach Feuer an die Ställe gelegt?«

Klutz sah aus, als fiele er gleich in Ohnmacht.

»Man sagt, es war Lohm selbst«, flüsterte Dellwig und hielt die Augen dabei fest auf das Gesicht des jungen Mannes geheftet. Klutz bekam augenblicklich brandrote Ohren. Er schaute zu Boden, blickte nach oben, sah über die Schulter zurück in die Richtung, aus der der Zug zu erwarten war. Kleine kalte Schweißperlen standen ihm auf der flachen Stirn.

Dellwig, dem nicht eine einzige Bewegung im zuckenden Gesicht des jungen Mannes entgangen war, sprach eindringlich, aber noch immer ungewohnt leise: »Die Sache ist nämlich die. Sie müssen mit Lohm zusammengewesen sein, fast bis zu dem Augenblick als . . . Sie sind doch von uns aus direkt zu ihm gegangen, oder nicht?«

Klutz ließ den Kopf auf die Brust sinken.

»Dann können Sie ihn erst kurz bevor das Feuer ausbrach verlassen haben. Ich selbst bin ihm fünf Minuten . . . ach, was sage ich, zwei Minuten, bevor die Flammen aufloderten, auf der Straße zwischen den Ställen und dem Tor zu seinem Haus begegnet. Ohne ein Wort zu sagen, ging er eilig an mir vorbei, ganz so, als hoffte er, ich hätte ihn nicht erkannt. Also, sagen Sie mir jetzt, was Sie wissen. Sagen Sie mir nur, ob Sie etwas gesehen haben. Es liegt in unser beider Interesse, ihm die Krallen zu stutzen.«

Klutz preßte die Hände aneinander und hielt wieder nach dem Zug Ausschau.

»Mann, wissen Sie, was passieren wird, wenn Sie großzügig sind und sich schützend vor ihn stellen? Er wird behaupten, daß *Sie* es gewesen sind. Auf die Art kann er Sie loswerden, und über die Sache mit Miss Estcourt kann er das Mäntelchen des Schweigens hängen. Ich sehe doch Ihrem Gesicht an, daß Sie wissen, wer es getan hat. Jeder sagt hinter vorgehaltener Hand, daß es Lohm selbst war.«

»Aber . . . aber warum? Warum sollte . . . Warum sollte er? Warum sollte er seine . . . seine eigenen Ställe anzünden?« stammelte Klutz.

»Warum? Na, weil sie schon beinahe zusammenfielen und gut versichert waren. Weil er kein Geld für neue Ställe hat, aber jetzt, da die Versicherung zahlen muß, da hat er Geld. Die ganze Sache ist so klar und eindeutig . . . ich bin so fest davon überzeugt, daß er es selber gewesen ist . . .«

Sie hörten den Zug kommen. Klutz bückte sich rasch und nahm seine Reisetasche auf. »O nein«, zischte Dellwig, packte Klutz beim Arm und hielt ihn sehr fest. »Ich lasse Sie nicht gehen, ehe Sie mir nicht sagen, was Sie wissen. Sie oder Lohm, einer von beiden wird bestraft werden . . . welcher ist Ihnen lieber?«

Klutz schaute Dellwig mit verzweifelt gehetztem Blick an. »Er ... er«, stotterte er, aber die Worte wollten ihm nicht über die trockenen Lippen.

»Er hat es getan? Sie wissen es? Sie haben es gesehen?«

»Ja, ja, ich hab's gesehen ... ich hab' ihn gesehen ...«, Klutz brach in heftiges Schluchzen aus.

»Armer Junge«, rief Dellwig sehr laut und klopfte ihm tröstend auf die Schulter, »armer Junge ... das ist wirklich schrecklich ... der Vater so krank ... auf dem Sterbebett ... und noch so eine lange Reise vor sich ...«, und sein Mitgefühl für jeden auf dem Bahnsteig hörbar herausschreiend, suchte Dellwig ein leeres Abteil für Klutz, schob ihn hinein, warf ihm die Tasche hinterher, blieb dann vor dem Abteilfenster stehen und redete bis zur Abfahrt des Zuges laut von kranken und sterbenden Vätern. »Ich bin ganz sicher, Sie werden den Herrn Papa in besserem Zustand vorfinden, als Sie erwarten«, schrie er dem abfahrenden Zug nach, »nur nicht den Mut verlieren, junger Mann, nur nicht den Mut verlieren. Das ist unser Herr Vikar«, erklärte er dann einem in der Nähe stehenden Bekannten, der alles verwundert beobachtet hatte. »Ein einziger Sohn, wissen Sie. Und gerade hat er erfahren, daß der Vater im Sterben liegt. Er ist ganz mutlos vor Trauer.«

Bei seiner Heimkehr rieb sich Dellwig die Hände und sagte zu seiner Frau: »Meine liebe Theresa«, eine Anrede, die er nur bei jenen seltenen Gelegenheiten benutzte, bei denen er rundum zufrieden war, »meine liebe Theresa, über unseren Freund Lohm brauchst du dir keine Gedanken mehr zu machen. Die Miss wird ihn niemals heiraten, und uns wird er keinen Ärger mehr machen.« Und sie hatten eine kurze Unterhaltung unter vier Augen. Später dann, beim Essen, machten sie eine Flasche Sekt auf und behaupteten dem Dienstmädchen gegenüber, heute sei der Geburtstag einer sehr sehr lieben Tante. Wieder und wieder stießen sie auf die Gesundheit der alten Tante an und waren ausgelassener und fröhlicher, als man sie seit Jahren erlebt hatte.

27

Es war eine merkwürdige, vielleicht aber unausweichliche Konsequenz des kalten Bades, das Anna morgens zu nehmen pflegte, daß sie dabei eine große Zahl von Entschlüssen faßte. Am Morgen nach dem Feuer war deren Zahl besonders groß.

Zunächst schwor sie sich, sie werde sich nie wieder so leicht entmutigen und deprimieren lassen. Nie wieder werde sie in Zukunft der Sklave ihrer körperlichen Verfassung sein, sie lasse es einfach nicht mehr zu, daß Müdigkeit sie dazu verleiten könne, sich selbstsüchtig, gleichgültig oder unfreundlich zu benehmen. Was, fragte sie sich und schnürte ihr Taillenband besonders eng, was nütze es einem, eine Seele zu haben, die nach Perfektion strebe, wenn sie so ganz und gar die Sklavin des sie umschließenden Körpers sei, daß sie nur dann ihre Flügel ausbreiten könne, wenn der Körper ihr in den seltenen Momenten seines eigenen Wohlbehagens und seiner eigenen Zufriedenheit die Erlaubnis dazu erteile? Anna schämte sich sehr, daß die Hitzigkeit und Anstrengung der Tage mit den Auserwählten sie so leicht beeinflussen konnten. Wie war es nur möglich, daß sie unter dem Gewicht der Trivialitäten des alltäglichen Lebens ihre Ideale aus dem Blick verlor? Von nun an würde sie ein besseres Auge auf ihre Ideale haben, sie mit größerer, unerschütterlicherer Geduld verfolgen – kurz, sie würde weise werden. Das Leben ist so schnell dahin, dachte sie, wie rasch ist es verflogen. Wie dumm war es da, zu vergessen, daß aller Ärger und alle Sorgen ebenso schnell vorüber waren, ja, schon in der Ferne entschwanden, noch während man sich damit quälte. Mit jeder Stunde wurden sie kleiner, verschwanden, kamen nie mehr zurück. Was sie letztes Jahr getan und erlitten hatte – wie gleichgültig, wie unendlich unwichtig war das jetzt. Und wie hatte sie sich damals angestrengt, gekämpft, wie sehr war sie zum Widerstand entschlossen gewesen, wie sehr hatte sie sich jede Kleinigkeit zu Herzen genommen, hatte sich aufgeführt, als würde die Situation sich nie im Leben wieder ändern. Oh, in Zukunft würde sie weise sein und alles genießen, was es zu genießen gab, alles lieben, was es zu lieben gab, und vor dem Rest die Augen verschließen. Von den Auserwählten beispielsweise würde sie nicht mehr erwarten, als diese zu geben in der Lage wären. Denn es lag doch auf der Hand, sie konnten nicht mehr geben, als sie hatten, weder an Liebe noch an Verständnis, noch an Menschenfreundlichkeit, noch an sonst irgend etwas, das wertvoll war. Wer nichts hat, kann nichts geben. Und wenn sie enttäuscht war, dann war es ihr eigener Fehler, weil sie mehr erwartete, als die anderen geben konnten. Sie mußte lernen, die Auserwählten zu nehmen, wie sie waren. Sie mußte lernen, glücklich zu sein mit dem, was sie von ihnen bekam, und zu übersehen, daß es von minderer Qualität war. Sie selbst war doch auch nicht ohne Fehler, sie merkte doch, wie oft ihr Verhalten die Auserwählten irritierte. An die gelegentlichen kleinen Marotten wollte sie dabei gar nicht denken. Sie waren so klein, daß Anna sich schämte, sie überhaupt bemerkt zu haben. Und doch, gerade diese Kleinigkeiten waren es, die den Tag so schwermachten. Nein, diese Allüren konnten nicht Gegenstand neuer Vorsätze sein, sie waren wirklich zu trivial. Sie umfaßten beispielsweise die Angewohnheit von Frau von Treumann, unverzüglich jede Tür und jedes Fenster zu schließen, egal, wie großartig das Wetter sein mochte, egal, wie sehr die anderen nach frischer Luft japsten. Sie umschlossen auch das außergewöhnlich merkwürdige Verhalten, das Fräulein Kuhräuber bei Tisch an den Tag legte und das zu beobachten Anna viermal täglich gezwungen war. Und sie umfaßten die unstillbare Neugier der Baronesse hinsichtlich der Korrespondenz und der Dienerschaft anderer Leute – jede Postkarte las sie, jeden Umschlag betrachtete und befingerte sie, bei jedem Telegramm hielt sie es für ihre Pflicht, es zu lesen, und fand immer einen plausiblen Grund, weshalb sie das hatte tun müssen; und ihr Interesse an den Angelegenheiten der Dienstmädchen war unersättlich. Ach, das sind nur Kleinigkeiten, sagte sich Anna, die spielen doch keine Rolle. Aber sie dachte es mit Ungeduld, denn ausgerechnet diese Kleinigkeiten drängten sich mit Macht in ihre Erinnerungen, gerade als sie den Entschluß faßte, in Zukunft weise zu sein. »Wenn wir doch alle, und sei es nur für einen einzigen Tag, unseren Körper verlassen und allein in unseren Seelen herumgehen könnten, ach, was wäre das herrlich!« seufzte sie. Doch leider blieben die Seelen der Auserwählten in aggressiven Körpern gefangen, die weiterhin alle Fenster und Türen schlossen, Telegramme dagegen öffneten und beim Essen das Messer in den Mund steckten.

Die zu Frau von Treumann gehörende Seele war in just diesem Augenblick damit beschäftigt, in fiebriger Hast ein paar Zeilen an Karlchen auf einen Briefbogen zu kritzeln. Sie bat ihn, keine Zeit zu verlieren, denn es liege Unheil in der Luft. Anna zeige ein alarmierendes Interesse an den persönlichen Angelegenheiten dieses bestechenden Heuchlers Lohm. »Komm unangemeldet«, schrieb sie, »es ist besser, wenn Du sie überraschst. Vor allen Dingen aber: komm sofort!«

Den Brief gab sie dem Postboten persönlich in die Hand. Da sie außer Stickarbeiten, die nicht notwendig erledigt werden mußten, nichts weiter zu tun hatte, sich aber nach der langen Nachtwache nicht sonderlich wohl fühlte und außerdem sehr beunruhigt war wegen des offensichtlichen Interesses, das Axel von Lohm an Anna zeigte, ging sie in den Salon und verbrachte den Morgen damit, sehr sorgfältig und grundsätzlich anderer Meinung zu sein als die Baronesse.

Die beiden hatten oft Meinungsverschiedenheiten. Nicht, daß sie sich je gestritten hätten, es herrschte lediglich ein ununterbrochenes Trommelfeuer von spitzen Bemerkungen, die nicht dem Frieden dienten. Über ihre Nadelarbeiten gebeugt, tauschten sie unablässig sehr fein austarierte Sticheleien. Wenn beispielsweise Frau von Treumann mit dem Schloß ihrer Ahnen in Kadenstein prahlte, von seiner Pracht berichtete und dem Pomp, den ihr Bruder, ungeachtet aller Kosten, dort betrieben hatte – wohl wissend, daß die Baronesse über kein anderes Ahnenhaus verfügte als eine kleine Wohnung in einer Provinzstadt –, so konterte die Baronesse, indem sie – natürlich unter Hinweis auf die verleumderische Falschheit sogenannter Freunde – eine Geschichte wiedererzählte, die man ihr zugetragen habe, in der es um große Misthaufen vor der Tür des Ahnenschlosses und um freilaufende Hühner in den Zimmern des Schlosses selbst ging. Einmal war Frau von Treumann drauf und dran gewesen, die Grenzen der Besonnenheit zu überschreiten, die unbedingt einzuhalten Karlchen ihr eingeschärft hatte. Größtes Mitgefühl heuchelnd, hatte sie angefangen, von dem Unglück zu sprechen, das einige Mitglieder die Familie Elmreich jüngst befallen hatte, darunter ein armes Wesen namens Lolli, doch die plötzliche Totenblässe ihres Opfers hatte ihr einen solchen Schrecken eingejagt, daß sie rasch das Thema wechselte und sich entschloß, die Enthüllung ihres vollen Wissens über Lolli Karlchen zu überlassen.

Die einzigen Gelegenheiten, bei denen die beiden Damen vollkommene Übereinstimmung erzielten, waren die, bei denen sie gemeinsam über Fräulein Kuhräuber herfielen. Und mehr als einmal schon hatte sich die unglückliche junge Frau weinend aus dem Zimmer geschlichen. Annas Gedanken hatten sich in letzter Zeit mit anderen Dingen beschäftigen müssen, so hatte sie dem, was so geredet wurde, wenig Aufmerksamkeit geschenkt, doch es schien ihr, als hätten Frau von Treumann und die Baronesse bei Fräulein Kuhräuber einen wunden Punkt entdeckt, dessen Berührung für die junge Frau ganz besonders schmerzhaft war. Wieder und wieder, wenn sie es leid waren, untereinander ihre Kämpfe auszutragen, kamen sie auf diesen Punkt zurück, wobei sie nie verfehlten, liebevolle Worte zu wählen und sehr freundlich zu blicken, und doch gelang es ihnen immer, das arme Fräulein in einen bedauernswerten Zustand der totalen Verwirrung zu versetzen. Wenn dieses Stadium erreicht war, und Fräulein Kuhräuber rasch den Salon verließ, um sich in ihrem Schlafzimmer auszuweinen, dann pflegten die beiden Damen sich anzuschauen und sich sehr zufrieden zuzulächeln.

In allem, was Fräulein Kuhräuber anging, herrschte zwischen der Baronesse und Frau von Treumann völliger Gleichklang und absolute Gnadenlosigkeit. Es bereitete Anna erhebliche Sorgen, denn das Fräulein war das einzige Mitglied des Trios, das glücklich war – das heißt, solange die anderen beiden sie in Ruhe ließen. Durch das kalte Bad in dem Glauben bestärkt, Frieden stiften zu können, faßte Anna einen neuen Entschluß: Ohne länger zu zögern würde sie heute zwischen den dreien Harmonie schaffen. Es war so eindeutig zu ihrem eigenen Vorteil, wenn sie alle im Einklang miteinander lebten, daß es ihnen durch ein klärendes Gespräch einfach in die Augen springen mußte. Sicher würden auch sie sich Harmonie wünschen. Sie waren keine kleinen Kinder, noch schienen sie unvernünftiger zu sein als andere Menschen, noch konnten sie, wo sie doch selbst soviel gelitten hatten, absichtlich einem anderen Menschen gegenüber unfreundlich sein. Noch heute würde sie die Dinge ins Lot bringen!

Wie hätte Anna auch ahnen können, daß es nur eine einzige Sache gab, die den beiden, der Baronesse und Frau von Treumann, Lebensodem einhauchte: die periodisch vorgenommene Verunsicherung Fräulein Kuhräubers. Das Leben in Kleinwalde war unerträglich langweilig für die beiden. Es gab praktisch keine Nachbarn, und Wälder konnten sie nicht ausstehen. Die Prinzessin zeigte sich so gut wie nie. Anna war Engländerin und obendrein mehr oder weniger geistesgestört – wenn man recht darüber nachdachte eine nachgerade gefährliche Kombination. Und der Genuß, den sie anfänglich darin gefunden hatten, sich gegenseitig mit Beschreibungen des Glanzes verflossener Tage zu übertrumpfen, wurde ihnen auch schon fad. Die Besuche des Pastors hatten ebenfalls anfangs willkommene Abwechslung geboten, denn beide waren fromme Frauen, die es liebten, einen neuen Zuhörer mit der Stärke ihres Glaubens und dem Ausmaß ihrer Entsagung zu beeindrucken. Doch nachdem sie Manske etwas besser kennengelernt hatten, nachdem alles bereits mehrmals gesagt war und sie außerdem feststellten, daß, sobald sie eine Sprechpause einlegten, Manske anfing, die Vorzüge und Freuden des Lebens bei Miss Estcourt zu preisen (von denen sie beide mit keinem Wort gesprochen hatten), waren sie auch davon bald gelangweilt und hörten auf, erfreut zu sein, wenn sie den Pastor sahen. Sie waren also zurückgeworfen auf das kleine Vergnügen, das sie aus ihren gegenseitigen Kabbeleien zogen und aus der gemeinsamen Erforschung der wunden Punkte von Fräulein Kuhräuber.

Anna hatte den Vormittag zunächst damit zugebracht, mit Hilfe der Prinzessin deutsche Briefe zu schreiben, in denen sie sich nach einem neuen Lehrer für Letty erkundigte. Gegen Mittag war sie ein wenig in den Garten gegangen. Nun näherte sie sich der Rückseite des Hauses, denn sie wollte durch die Verandatür in den Salon, in dem sie die Auserwählten vermutete, mit denen über Harmonie zu sprechen Anna sich vorgenommen hatte. Die Verandatür war fest geschlossen. Anna klopfte an die Scheibe und versuchte, in den dunklen Raum hineinzuspähen. Es war ein brütend heißer Tag, und sie hatte keinen Hut auf. Anna klopfte also wieder und hielt sich die Hände über den Kopf, denn die Mittagssonne stach unerträglich. Anna trug eines ihrer Kleider vom letzten Sommer, ein Gewand aus fliederfarbenem Musselin, das trotz seines Alters in Kleinwalde noch immer als ausgesprochen hübsch gelten konnte. Sie sah dort draußen im strahlenden Licht hübscher aus als je, obwohl ihr die Sonne heftig auf die geglätteten Haare brannte.

»Ich glaube, Anna möchte hereinkommen«, bemerkte Frau von Treumann, blickte von ihrer Stickerei auf und betrachtete die Gestalt, die draußen in der Sonne stand.

»Ja, das vermute ich auch«, entgegnete die Baronesse sehr ruhig.

Keine von beiden regte sich.

Anna klopfte erneut.

»Sie wird einen Sonnenstich kriegen«, stellte Frau von Treumann sachlich fest.

»Ja, das glaube ich auch«, bestätigte die Baronesse.

Keine von beiden rührte einen Finger.

Anna beugte sich ein wenig vor, legte die Hände seitlich an die Augen und versuchte, in den Salon hineinzuschauen, konnte aber drinnen nichts erkennen. Sie klopfte noch einmal, wartete kurz, dann ging sie weg.

Die beiden Damen stickten schweigend.

Komische alte Jungfer, dachte Frau von Treumann und warf der Baronesse einen verstohlenen Blick zu. Als ob eine verheiratete Frau meines Alters aufstehen und eine Tür öffnen könnte, solange sie auch im Zimmer ist.

Lächerlich, diese Treumann, dachte die Baronesse, scheinbar ganz in ihre Arbeit vertieft. Was glaubt die denn, wer sie ist? Ich werde sie lehren, daß ich mindestens soviel wert bin wie sie. Ich bin genausowenig hier, um Türen zu öffnen, wie sie!

»Ja, aber Sie sind ja doch hier drin!« rief Anna verwundert aus, als sie ohne anzuklopfen die Salontür öffnete und ins Zimmer trat.

»Wo haben Sie denn den ganzen Morgen gesteckt?« fragte Frau von Treumann mit liebenswürdigem Ton. »Wir bekommen Sie ja kaum noch zu Gesicht, liebste Anna. Ich hoffe, Sie sind gekommen, um sich ein wenig zu uns zu setzen. Kommen Sie, setzen Sie sich neben mich, dann können wir ein kleines Schwätzchen halten.« Sie rutschte ein wenig auf dem Sofa beiseite, um Platz für Anna zu machen.

»Wo ist Emilie?« fragte Anna. Emilie war Fräulein Kuhräuber, und Anna war die einzige Person im ganzen Haus, die sie so nannte.

»Sie kam vor einiger Zeit herein, ging aber sofort wieder weg. Ich fürchte, sie fühlt sich nicht wohl in unserer Gegenwart.«

»Das ist genau das Thema, über das ich mit Ihnen sprechen wollte . . .«, hob Anna an.

»Tatsächlich? Nein, was für ein merkwürdiger Zufall! Gestern Abend erst, als wir hier auf Sie warteten, hatten die Baronesse und ich ein sehr langes, ernstes Gespräch über Fräulein Kuhräuber, und wir faßten den gemeinsamen Entschluß, bei der ersten sich bietenden Gelegenheit mit Ihnen über die Schlußfolgerungen zu sprechen, zu denen wir gekommen sind.«

»Ja, so ist es«, bestätigte die Baronesse.

»Es ist beinahe verwunderlich, daß Prinzessin Ludwig Ihnen noch nicht die Augen geöffnet hat . . .«

»In der Tat, sehr verwunderlich«, plapperte die Baronesse nach.

»Aber meine Augen sind weit offen. Und sie sehen, daß Sie beide, nun, wie soll ich sagen, daß Sie . . . nicht gerade sehr, na ja . . . nicht *sehr* freundlich zu der armen Emilie sind. Können Sie sie denn gar nicht leiden?«

»Meine liebe Anna, wir finden es ganz und gar unmöglich, Fräulein Kuhräuber zu mögen . . .«

». . . oder sie auch nur zu ertragen«, ergänzte die Baronesse.

»Und dabei habe ich noch nie ein freundlicheres und liebenswerteres Wesen gesehen«, versetzte Anna überrascht.

»Sie täuschen sich in ihr«, lautete die knappe Replik von Frau von Treumann.

»Wir haben herausgefunden, daß sie unter Vorspiegelung falscher Tatsachen hier ist«, erläuterte die Baronesse.

»Was . . .«, sagte Frau von Treumann, unfähig, sich dabei eines scharfen Blickes auf die Baronesse zu enthalten, ». . . was eine ganz furchtbare und schreckliche Sache ist.«

»In der Tat«, stimmte die Baronesse kopfnickend zu.

Anna schaute von einer zur anderen. »Ja, und?« sagte sie schließlich, als keine der beiden zu weiteren Auskünften bereit schien. Dann fiel ihr wieder ein, daß sie ja als Friedensstifterin gekommen war und daß sie doch der Überzeugung war, man müsse nur ruhig mit den Damen sprechen, dann könne man sie schon überzeugen. »Was glauben Sie, was ich Ihnen sagen wollte«, setzte sie mit einem dunklen Lachen an, in dem keine Fröhlichkeit steckte. »Ich wollte Ihnen vorschlagen, daß Sie einfach anfangen, Emilie zu lieben. Sie haben sie sooft zum Weinen gebracht . . . wie oft habe ich Emilie mit ganz roten Augen hier aus diesem Zimmer kommen sehen. Ich bin ganz sicher, Sie haben beide längst genug davon. Sicherlich würden Sie auch viel lieber glücklich mit ihr zusammenleben, sie für all das Gute lieben, das in ihr steckt, und den ganzen Rest einfach übersehen und . . .«

»Meine liebe Anna . . .«, fiel Frau von Treumann ihr gereizt ins Wort, ». . . es ist ganz und gar unmöglich, daß Damen von Geburt und Stand dieses Fräulein Kuhräuber auch nur in ihrer Nähe dulden.«

»Sehr wohl, so ist es!« stimmte die Baronesse mit größtem Nachdruck zu.

»Und, und warum? Ist sie denn keine Frau wie wir? War sie denn nicht auch arm und elend? Und wird sie nicht auch eines

Tages in den Himmel kommen, so wie wir – hoffentlich – in den Himmel kommen werden?«

Die Damen hielten diese Vorstellung für blasphemisch. Dennoch sagte Frau von Treumann sanft: »Nun, wir werden alle, dessen bin ich gewiß, dereinst in den Himmel kommen.« Sie räusperte sich, dann fuhr sie fort: »Doch halten wir es inzwischen hier auf Erden für unsere Pflicht, Sie zu fragen, ob Sie wissen, was der Vater von Fräulein Kuhräuber war.«

»Er war Gesandtschaftsangehöriger«, antwortete Anna, getreulich das Wort wiederholend, das Fräulein Kuhräuber als Antwort auf Annas diesbezügliche Frage benutzt hatte.

»Genau. Aber was für eine *Gesandtschaft*«, fragte die Baronesse und spuckte Anna das letzte Wort regelrecht vor die Füße. »Sie hat uns genau wie Sie mit diesem Wort zu blenden versucht.«

»Was für eine Gesandtschaft?« wiederholte Anna verdutzt.

»Er gehörte zu den Botengängern eines Kaufhauses, die *gesandt* werden, die Waren auszutragen!« erklärte Frau von Treumann.

»Botengänger?«

»Ja, mein Kind. Mit einem Wort. Er war ein einfacher Dienstmann, und sie hat Ihnen eine dicke Lüge aufgetischt.«

Es herrschte ein tiefes Schweigen. Mit der Schuhspitze schob Anna ein neben ihr stehendes Fußbänkchen hin und her. »Es ist nicht schön . . .«, sagte sie nach einer Weile, die Augen auf das Fußbänkchen geheftet, ». . . wenn jemand die Unwahrheit sagt.«

»So ist es in der Tat«, stimmte ihr die Baronesse zu.

»Ganz besonders in diesem Fall«, ergänzte Frau von Treumann.

»Ja, besonders in diesem Fall«, sagte Anna und blickte auf.

»Wir dachten uns, daß Sie die Wahrheit einfach nicht wissen können, und wir meinten auch, daß Sie sicherlich schockiert darüber sein werden. Aber jetzt verstehen Sie sicherlich, warum es für Damen von Stand ganz und gar unmöglich ist, sich mit so einer Person gemein zu machen. Und wir sind sicher, daß Sie nicht von uns verlangen werden, daß wir mit ihr unter einem Dach leben – Sie werden sie wegschicken.«

»Nein«, sagte Anna leise, aber fest.

»Nein was, liebes Kind?« erkundigte sich Frau von Treumann säuselnd.

»Nein, ich kann sie nicht wegschicken.«

»Was? Sie können sie nicht wegschicken?« schrien beide Damen wie aus einem Munde. Beide ließen zugleich ihre Arbeit in den Schoß sinken, beide starrten Anna an, die ihrerseits wieder das Fußbänkchen anschaute.

»Haben Sie etwa einen Vertrag auf Lebenszeit mit ihr geschlossen?« fragte Frau von Treumann scharf, denn mit ihr gab es keinen solchen Vertrag.

»Entschuldigen Sie, ich habe mich nicht richtig ausgedrückt«, sagte Anna und schaute wieder auf. »Ich wollte nicht sagen, daß ich sie unter keinen Umständen wegschicken kann, denn, natürlich, wenn ich wollte, könnte ich sie fortschicken. Was ich sagen wollte ist, ich *will* sie nicht wegschicken.«

Es entstand erneut eine peinliche Pause. Eine solche Haltung hatte keine der beiden Damen erwartet.

»Das ist eine sehr ernste Angelegenheit«, bemerkte Frau von Treumann schließlich hilflos. Sie nahm ihre Stickerei wieder zur Hand, war aber so nervös, daß sie einen Knoten in den Faden machte. Sowohl die Baronesse als auch sie waren sich hundertprozentig sicher gewesen, daß Anna wütend und empört reagieren würde, wenn sie die Wahrheit erfuhr. Ihr Verhalten deutete auch ganz eindeutig auf Mißvergnügen hin, doch erstaunlicherweise schien sich dieses Mißvergnügen auf die beiden Damen, nicht aber auf Fräulein Kuhräuber zu beziehen. Was konnten sie jetzt tun, ohne ihre Würde zu verlieren? Frau von Treumann war verärgert und perplex. Sie erinnerte sich an Karlchens Warnung, um Gottes willen keine Ultimaten zu stellen, und wünschte jetzt inständig, den Rat besser befolgt zu haben. Aber wer hätte denn auch ahnen können, daß Annas Wahn so weit reichte? Noch nie, überlegte Frau von Treumann, hatte sie einen Menschen getroffen, der derart närrisch war.

»Es ist ein Fall für die Polizei!« platzte die Baronesse unvermittelt heraus. Der geballte Stolz aller Elmreichs begehrte in einem einzigen Aufruhr gegen das Schicksal auf, das sie dazu zu verurteilen drohte, den Rest ihrer Tage in der Gesellschaft der Nachfahrin eines Dienstmannes zu verbringen.

»In Ihrer Anzeige machten Sie eine gute Herkunft zur ausdrücklichen Bedingung, und diese Kuhräuber ist unter falschen Vorspiegelungen hier. Sie haben die Beweise dafür in ihren Briefen. Sie befindet sich innerhalb der Zugriffsmöglichkeiten des Armes des Gesetzes.«

Anna mußte lächeln. »Zeigen Sie sie nicht an!« bat sie. »Es wäre entsetzlich, wenn so etwas wie der Arm des Gesetzes in mein Haus hineinlangte. Ich werde die Beweise gleich nach dem Essen verbrennen.« Dann wandte sie sich an Frau von Treumann: »Ich weiß, daß Sie nicht wollen, daß ich so mitleidlos, so gnadenlos bin, die arme Emilie ins Elend zurückzustoßen, nur weil ihr Vater, der schon seit dreißig Jahren tot ist, als Warenausträger tätig war.«

»Aber Anna, so seien Sie doch vernünftig . . . Sie müssen doch auch die andere Seite sehen. Noch von keiner Treumann hat man je erwartet, mit einer solchen Person in einem Hause . . .«

»Aber wenn er ein braver Mann gewesen ist? Wenn er seine Arbeit fleißig und ehrlich gemacht hat, wenn er gebetet und sich nie etwas hat zuschulden kommen lassen? Wir haben keinen Anlaß zu bezweifeln, daß er ein zuverlässiger Austräger war«, ihre Augen strahlten plötzlich, »pünktlich, fleißig und in jeder Weise lobenswert.«

»Dann haben Sie also keinerlei Einwände zu erheben?« rief die Baronesse mit großer Bitterkeit in der Stimme. »Dann ziehen Sie also keinerlei Trennlinie? Dann sind Ihnen also alle Traditionen, Sitten und Urteile des Adels vollkommen gleichgültig?«

»O nein, ich erhebe jede Menge Einwände. Es wäre mir auch lieber, der Gesandtschaftsangehörige wäre ein echtes Mitglied einer Botschaft gewesen, wie Emilies Äußerungen vermuten ließen – um ihretwillen, um meinetwillen und um Ihretwillen. Ich kann Unwahrheiten nicht ausstehen und werde sie nie mögen. Aber ich mag Emilie, und ich vergebe und verzeihe ihr alles.«

»Dann wird sie also hierbleiben?«

»Ja, solange sie selbst das wünscht. Und versuchen Sie, *bitte* versuchen Sie beide, das Gute in ihr zu sehen, und wie vieles an ihr ist liebenswert. Sie haben ihr einen großen Dienst erwiesen«, fügte Anna nach einer kleinen Pause lächelnd hinzu. »Denn jetzt, da es heraus ist, muß sie sich nicht mehr damit belasten. Jetzt erst wird sie hier richtig glücklich sein können.«

Die Baronesse raffte ihre Handarbeit zusammen und erhob sich. Frau von Treumann beobachtete sie nervös und stand ebenfalls auf.

»Unter diesen Umständen . . .«, hob die Baronesse an. Sie war kreidebleich, denn ihr Gefühl für Anstand und ihr Stolz waren bis in die Grundfesten verletzt.

»Ja, unter diesen Umständen . . .«, wiederholte Frau von Treumann, zwar deutlich leiser, doch meinte sie, in dieser Sache dem Beispiel der Baronesse folgen zu müssen. Schließlich konnten sie sich ja später immer noch beknien lassen, doch bitte, um Gottes willen, ihre Meinung zu ändern.

Auch Anna erhob sich. Nun standen sie alle drei da und schauten sich an. Anna spürte, daß sich etwas Schreckliches zusammenbraute, aber was? Würden die beiden ihr jetzt und hier kündigen?

Die Baronesse richtete sich zu ihrer vollen Größe auf, blickte Anna ins Gesicht, machte den Mund auf, um ihren begonnenen Satz zu vollenden – und schloß ihn wieder, ohne etwas gesagt zu haben. Sie war auf das äußerste erregt und hielt ihre kleinen, dünnen, klauenähnlichen Hände fest gefaltet, um zu verbergen, wie sie zitterten. Alles, was sie in dieser Welt noch besaß, war ihr Stolz darauf, eine Elmreich und eine Baronesse zu sein. Und da sie im Laufe der mitleidlosen Jahre ärmer und immer ärmer, immer schlichter, immer unbedeutender geworden war, hatte ihr Stolz genau in dem Maße zugenommen, in dem sich ihre Lage verschlechterte. Zuletzt war dieser Stolz zusammen mit ihrem untrüglichen Sinn für Anstand und ihrem grauenhaften Abscheu vor allem, dessen Ruf auch nur im entferntesten in Zweifel gezogen werden konnte, das einzige, woraus sie noch Lebenskraft zog.

»Unter diesen Umständen . . .«, begann die Baronesse noch

einmal unter Aufbietung aller Kräfte, denn in ihrer Erinnerung stand ihr deutlich vor Augen, daß sie manchmal nichts zu essen gehabt hatte, wenn es sie hungerte, daß sie manchmal kein Feuer gehabt hatte, wenn es sie fror, daß sie manchmal keinen Arzt hatte rufen können, wenn sie krank gewesen war, und daß das Wetter immer dann besonders hart zuschlug, wenn sie am wenigsten Geld hatte, so daß sie mehr an Kälte und Hunger litt, folglich leichter krank wurde, geradeso, als ob die Natur ihr persönlich etwas übelnähme.

Oh, diese Ultimaten! beklagte Frau von Treumann im stillen den Schritt, den die Baronesse zu tun drauf und dran war. Es war doch wahrhaftig maßlos übertrieben von der Baronesse, die Dinge derart tragisch zu nehmen.

Genau in diesem dramatischen Augenblick flog die Tür auf. Ohne abzuwarten, bis das Mädchen ihn gemeldet hätte, stürmte Karlchen in seiner feschen Husarenuniform in den Salon. Er strahlte von einem Ohr zum anderen, und seine blitzenden Stiefel knallten auf dem Boden.

»Karlchen! Du engelsguter Junge!« kreischte seine Mutter, und es wäre schwer, zu sagen, ob in diesem Schrei die schiere Erleichterung oder die Freude überwog.

»Ich konnte nicht länger fern von dir bleiben«, rief Karlchen und erwiderte die heftige Umarmung der Mutter. »Ich *mußte* einfach kommen. Erst nach vielem Bitten und Betteln habe ich Urlaub bekommen – und nur für ein paar Stunden. Noch heute nacht muß ich wieder zurück. Ich hoffe, Sie verzeihen mir?« fragte er an Anna gewandt, wobei er sich über ihrer Hand verneigte.

»Ja«, hauchte Anna, die ebenfalls erleichtert lächelte, denn sie hatte das Empfinden, daß Karlchen diesmal wirklich im rechten Moment gekommen war.

»Heute morgen erst habe ich dir geschrieben . . .«, sagte seine Mutter aufgeregt, doch sie hielt noch rechtzeitig inne und verbarg ihre Verwirrung, indem sie ihn erneut umarmte.

Karlchen war von dieser unerwartet herzlichen Begrüßung so überrumpelt, daß er vollkommen den Kopf verlor. Anna stand da und lächelte ihn ununterbrochen an, wie sie bei seinem ersten Besuch kein einziges Mal gelächelt hatte. Ja, tatsächlich, da waren sie, die Wangengrübchen, von denen seine Mutter gesprochen hatte – was für ein herrlicher Anblick! Es waren wirklich göttlich schöne Grübchen. Karlchen nahm noch einmal Annas Hand und küßte sie. Dieses wunderhübsche Händchen, so köstlich, so zart. Und dieses Kleid – Karlchen hatte ein Auge für Kleider – wie exquisit, wie elegant. »Ihr freundlicher Empfang überwältigt mich«, sagte er stürmisch, und er sah so beschwingt aus, so heiter, so absolut zufrieden mit sich selbst und der ganzen Welt, daß Anna nicht nur lächelte, sie lachte. Und übrigens stand ihm seine Uniform wahrhaftig ganz ausgezeichnet, die Zivilkleidung, die er bei seinem ersten Besuch getragen hatte, war ein trauriger Beweis für die Überlegenheit von Uniformschneidern.

»Ah, Baronesse«, rief Karlchen, als sein Blick zuletzt auf die kleine, schweigende Gestalt fiel. Laut schlug er die Hacken zusammen, verbeugte sich zackig und tief und ging dann zu ihr hin, um ihr die Hand zu schütteln. »Ich komme, beladen mit Grüßen für Sie«, sagte er.

»Grüße?« wiederholte sie betreten, und ein merkwürdig ängstlicher Ausdruck kroch ihr in die Augen.

Karlchen hatte nicht vorgehabt, es jetzt schon zu tun, er war sich nicht einmal sicher gewesen, ob er es überhaupt bei diesem Besuch tun würde, aber er fühlte sich plötzlich so unbeschwert, er schwebte so gänzlich im siebten Himmel, daß er nicht widerstehen konnte. »Ich war gestern abend in Berlin im Wintergarten . . .«, sagte er strahlend, ». . . und habe dort mit Ihrer Schwester gesprochen, mit Baronesse Lolli. Sie tanzt besser denn je. Sie bittet mich, Ihnen allerherzlichste Grüße auszurichten, und Ihnen zu sagen, daß sie Sie demnächst besuchen wird.«

Die Baronesse stieß einen schwachen Kiekser aus, schloß die verdrehten Augen, öffnete die Arme und stürzte wie von einer Kugel getroffen zu Boden.

28

Ist Herr von Treumann abgereist?«

Es war spät am selben Nachmittag, und Prinzessin Ludwig war leise in das Schlafzimmer getreten, in dem der Arzt aus Stralsund sich noch immer vergeblich bemühte, die Baronesse wiederzubeleben. Die Prinzessin war hereingekommen, um Anna mitzuteilen, Axel von Lohm warte unten im Vestibül und hoffe, sie sprechen zu können. »Ist Herr von Treumann abgereist?« fragte Anna noch einmal und machte zugleich deutlich, daß sie das Zimmer nicht verlassen werde, sollte er sich noch im Hause aufhalten.

»Ja. Und seine Mutter hat ihn zum Bahnhof begleitet.«

Anna war nicht von der Seite der Baronesse gewichen, seit die Katastrophe geschehen war. Vor lauter Tränen konnte sie den auf Kissen gebetteten Kopf der Bewußtlosen gar nicht sehen. Hatte man je von einer derart barbarischen und obendrein völlig grundlosen Grausamkeit gehört, wie der des jungen Treumann? Zweimal war seine Mutter auf Zehenspitzen hereingeschlichen, das letzte Mal, um Anna mitzuteilen, daß ihr Sohn jetzt abreise, und um sie zu fragen, ob sie nicht nach unten kommen wolle, damit Karlchen erklären könne, wie unendlich leid es ihm tue, unwissentlich ein solches Unheil angerichtet zu haben. Doch Anna hatte nur den Kopf geschüttelt und sich gleich wieder der bedauernswerten, kleinen Gestalt auf dem Bett zugewandt. Nie wieder, schwor sie sich, niemals wieder würde sie mit diesem Karlchen auch nur ein einziges Wort wechseln.

Die Bewegung, mit der sich Anna von Frau von Treumann abwandte, war vielsagend. Frau von Treumann schlich hinaus und häufte bitterste Vorwürfe auf Karlchens Haupt. Allein deswegen auch begleitete sie ihn zum Bahnhof nach Stralsund. Sie wollte hinreichend Zeit haben, ihm all das vorzuwerfen, was ihr das Herz schwermachte. Und je länger sie so sprach, desto bedrückter wurde er, und desto weniger Worte fand er zu seiner Verteidigung. Denn im Grunde war ihm die Beziehung zwischen Lolli und der Baronesse herzlich gleichgültig. Er hatte gedacht, es gäbe einfach einen Mordsspaß. Mit Vorfreude hatte er sich ausgemalt, wie Anna die Baronesse auf der Stelle vor die Tür setzen werde. Wie hätte er, dickhäutig und denkfaul, wie er war, eine solche Krise vorausahnen können? Er war sehr verliebt in Anna. Bei dem Gedanken an den Blick, den sie ihm zugeworfen hatte, als man die ohnmächtige Baronesse aus dem Salon trug, lief es ihm noch immer kalt den Rücken hinunter. Er war gewißlich in einem elenden Zustand, und seine Mutter konnte ihn nicht heftiger schelten, als er selbst sich schalt. Doch während sie mit Vehemenz auf das nur zu Offensichtliche hinwies, dachte Karlchen traurig über die lange, unbequeme Reise nach, die er für nichts und wieder nichts auf sich genommen hatte. Den ganzen Morgen hatte er in dem engen Coupé geschwitzt, und jetzt würde er wieder eine endlose Folge von Stunden schwitzen und leiden müssen. Seine viel zu warme, wie angegossen sitzende Uniform, die er nur angelegt hatte, um Anna zu beeindrucken, vervielfachte seine Qualen um ein Beträchtliches. Die Entfernung zwischen Rislar und Stralsund war groß, die Fahrtkosten waren entsprechend hoch. Viel zu teuer, wenn alles, was man als Gegenleistung dafür erhielt, der berauschende Anblick zweier Wangengrübchen war, gefolgt von einem zornigen Blick, der einem das Blut gefrieren ließ. Seit den achtziger Jahren hatte er sich nicht mehr so niedergeschlagen und bedrückt gefühlt, fiel ihm jetzt ein. In jenen dunklen Jahren war er einmal gezwungen gewesen, sich einem Duell zu stellen. Karlchen hegte große Abneigung gegenüber Duellen, er hielt sie für albern. Doch da er Offizier war – er war damals ein auffallend munterer Leutnant –, blieb ihm keine andere Wahl. Was immer er auch vom Duellieren halten mochte, er mußte sich dem Kampf stellen, oder er sänke auf ewig in den Rang eines namenlosen Unbekannten ab. Er hatte damals auf Kosten eines anderen einen anzüglichen Witz gemacht. Dieser andere erwies sich als Mann ohne Humor, nahm die Sache persönlich und ließ Karlchen wissen, daß er sein Blut sehen wolle. Während er nun mit seiner zu Recht wutschäumenden Mutter durch Staub und Hitze zum Bahnhof nach Stralsund kutschierte, dachte Karlchen an jene gräßliche Nacht, die er vor dem Duell durchgestanden hatte. Ihm fiel auf, daß seine damalige Niedergeschlagenheit seiner jetzigen fast aufs Haar glich, denn damals hatte er befürchtet, er könne ernsthaft verletzt werden. Und was immer die Leute auch über Mut zu sagen haben, niemand ist scharf darauf, verletzt zu werden. Aber wer weiß, vielleicht wendete sich das Blatt in der Sache mit Anna noch zum Guten, schließlich war ja auch das Duell damals gut ausgegangen: Er hatte den Mann getötet, und statt mit Wunden hatte man ihn mit Lobpreisungen bedeckt. Karlchen gab sich redlich Mühe, während der Fahrt nach Stralsund in dieser Erinnerung ein wenig Trost zu finden, doch sein Herz war sehr schwer.

»Ich hoffe . . .«, sagte die Mutter mit beißendem Ton, nachdem Karlchen in den Zug eingestiegen war und nur noch geduldig darauf wartete, daß ihn dieses Gefährt endlich aus der Hörweite ihrer Stimme trüge, ». . . ich hoffe, daß du dich gründlich schämst. Es ist eine bittere Erfahrung, eine sehr bittere Erfahrung, zu der Erkenntnis zu gelangen, daß man die Mutter eines Idioten ist!«

Worauf Karlchen, noch immer wie benommen, antwortete, indem er seinen Kragen aufknöpfte, sich mit dem Taschentuch das Gesicht abwischte und den am Zug vorbeikommenden Getränkeverkäufer mit herzzerreißender Schlichtheit anflehte, ihm »um Gottes willen ein Bier« zu bringen.

Axel wartete im Salon, wo auf dem kleinen Tischchen neben der Verandatür noch die Reste von Karlchens Abschieds-Kaffee-und-Kuchen herumstanden, als Anna herunterkam. »Es tut mir sehr leid für Sie«, sagte er. »Prinzessin Ludwig hat mir berichtet, was vorgefallen ist.«

»Um mich brauchen Sie sich keine Sorgen zu machen. Mit mir ist alles in Ordnung. Um die unglückliche kleine Seele dort oben muß man sich ernsthafte Sorgen machen.«

Axel küßte Annas rechte Hand, was, wie sie inzwischen gelernt hatte, hier Sitte war. Sofort darauf küßte er auch ihre linke Hand, was überhaupt nicht Sitte war. Mit ihren rotverweinten Augen und den blassen Wangen bot Anna ein Bild des Jammers.

Doch als Axel ihr die Hände küßte, legte sich ein Hauch Farbe über ihr Antlitz, denn er tat es mit so unmißverständlicher Hingabe, daß Anna sich zum ersten Mal beunruhigt fragte, ob dies wohl das Ende ihrer wunderschönen Freundschaft anzeige. Während sie ihre Hände zurückzog, sagte sie lächelnd: »Bitte, seien Sie nicht zu freundlich. Ich . . . ich komme mir heute so dumm vor, ich möchte nur einfach ganz schrecklich weinen.«

»Nun, dann würde ich es doch tun, damit ich es schnell hinter mir hätte.«

»Ich tue es ja, aber ich kriege es nicht hinter mich.«

»Nun, dann denken Sie einfach nicht daran. Wie geht es der Baronesse?«

»Noch immer keine Veränderung. Der Doktor ist sehr besorgt. Und sie hat doch keinerlei Konstitution. Jahrelang hat sie von nichts genug gehabt, nicht genug zu essen, keine Kleider oder . . . oder so was.«

Anna schritt rasch zu dem Kaffeetischchen hinüber, um zu verbergen, wie nah sie schon wieder den Tränen war. »Nehmen Sie doch einen Kaffee«, sagte sie, den Rücken zu ihm gewandt, während sie die Tassen ziellos auf dem Tisch herumschob.

»Vergessen Sie bitte nicht«, sagte Axel tröstend, »daß das frühere Elend der armen Dame nun vorbei und vorüber ist. Denken Sie daran, was für ein großes Glück der Baronesse zuletzt begegnet ist. Wenn sie die Krankheit überstanden hat, wird sie hier bei Ihnen in Sicherheit sein, umgeben von Liebe, Fürsorge und Zärtlichkeit . . . Segnungen, die nicht allen zuteil werden.«

»Aber sie mag keine Liebe, Fürsorge und Zärtlichkeit. Jedenfalls nicht, wenn sie von mir kommen. Sie kann mich nicht leiden.«

Axel konnte keinen Ruf der Verwunderung ausstoßen, denn er war in keiner Weise verwundert. Die Baronesse war ihm vom ersten Augenblick an als hoffnungslos sauertöpfisch erschienen. Und wie, fragte er sich, sollte ein hoffnungslos sauertöpfischer Mensch wohl einen übernatürlich süßen Engel lieben können? Axel schwieg folglich und blickte Anna nur an, die noch immer nervös die Tassen auf dem Tisch herumschob.

»Warum sagen Sie das?« fragte sie endlich, wobei sie ihm noch immer den Rücken zukehrte.

»Warum sage ich was?«

»Daß, wenn sie das überstanden hat, sie alle diese Segnungen empfangen wird. Erinnern Sie sich noch? Als die Baronesse hier zu mir ins Haus kam, da sagten Sie zu mir: Sollte sich herausstellen, daß sie tatsächlich die Schwester der Tänzerin aus Berlin ist, dann müßte ich sie unter allen Umständen sofort aus dem Haus werfen. Oder wissen Sie das nicht mehr?«

»O doch, ich erinnere mich sehr gut. Aber gehe ich denn nicht recht in der Annahme, daß Sie sie *behalten* werden? Sehen Sie, ich kenne Sie jetzt besser, als ich Sie damals kannte.«

»Wenn es ihr hier gefiele ... wenn sie hier glücklich wäre ... wie gerne würde ich sie hierbehalten, der ganzen Welt zum Trotz.«

»Aber wie die Dinge liegen ...«

Mit einer Tasse kalten Kaffees in der Hand kam sie zu ihm. Er nahm ihr die Tasse ab und rührte den Kaffee mechanisch um.

»Wie die Dinge liegen«, sagte Anna leise, »ist sie sehr krank. Und bevor wir irgend etwas entscheiden, muß sie erst wieder gesund werden. Wer weiß«, fügte sie dann hinzu und blickte ihn gedankenvoll an, »vielleicht wird die Krankheit sie verändern?«

Axel schüttelte den Kopf. »Ich fürchte, nein«, sagte er. »Für eine kleine Weile vielleicht ... für ein paar Wochen, solange sie sich noch erinnert, wie aufopfernd Sie sie gepflegt haben ... aber dann, dann wird sie wieder ganz die alte sein.«

Er stellte die Tasse mit dem ungetrunkenen Kaffee auf dem nächstbesten Tisch ab, kam zurück zu ihr und sagte: »Seinem ureigenen Selbst kann der Mensch nicht entfliehen. Deshalb ist auch die Arbeit, die Sie sich hier vorgenommen haben, so hoffnungslos.«

»Hoffnungslos?« rief sie mit bestürzter Stimme, denn er hatte laut ausgesprochen, was sie selbst schon mehr als einmal im tiefsten Winkel ihres Herzens – beinahe – geflüstert hatte. »Um auch nur einen Funken Hoffnung auf Erfolg zu haben, hätten Sie mit der Baronesse vor dreißig Jahren beginnen müssen.«

»Na, hören Sie, da war sie fünf Jahre alt und sicherlich quietschvergnügt. Und mich hat es überhaupt noch nicht gegeben.«

»Ich meine das im Ernst. Fünf Jahre sollte das Durchschnittsalter Ihrer Auserwählten höchstens betragen. Was nützt es, im Leben schon weit vorangeschrittene, unglückliche Menschen aufzulesen und zu glauben, man könne sie glücklich machen. Wie wollen Sie sie denn dazu bringen, glücklich zu sein? Wenn die Möglichkeit dazu in ihrer Natur läge, dann wären sie es ohnehin, ganz gleichgültig, wie arm sie auch sein mögen. Und sie wären nicht so arm und nicht so unglücklich geworden, wenn sie bereit gewesen wären, zu arbeiten. Arbeit ist ein phantastisches Elixier. Schauen Sie die Prinzessin an. Sie arbeitet und findet das Leben recht erträglich. Mit Menschen wie Frau von Treumann und der Baronesse werden Sie niemals Erfolg haben, Anna. Sie gehören zu einem Menschenschlag, der noch im Paradies murren und sich beschweren wird. Wie leicht könnten Sie die, die im Grunde schon glücklich sind, noch glücklicher machen, weil die Dankbarkeit, die Freude am Leben und seinen Segnungen schon in ihnen steckt. Leider aber sind das nicht die Menschen, die Sie zu erreichen wünschen. Sie denken, daß ich predige?« unterbrach er sich unerwartet.

»Ja, tun Sie das denn nicht?«

»Ich sage das alles, weil ich nicht danebenstehen und zuschauen kann, wie Sie sich selbst verletzen.«

»Ach«, sagte Anna, »Sie sind ein Mann. Sie können sich Ihren Weg durchs Leben selbst erkämpfen. Es geht Ihnen gut, und Sie sind ziemlich wohlhabend. Wie können Sie da mit einer Frau wie Else mitfühlen? Weil sie nicht mehr jung ist, haben Sie überhaupt keine Empfindung für sie . . . nur Gleichgültigkeit. Sie sprechen davon, daß ich mich selbst verletze . . . aber ihre Verletzungen sind Ihnen egal. Und wenn ich schon vierzig wäre, ich bin ganz sicher, dann wären Ihnen meine auch einerlei.«

»Nein, Anna, das wären sie mir nicht«, erwiderte Axel mit derart nachdrücklicher Überzeugung, daß Anna schnell murmelte: »Ich möchte jetzt aber nicht über Verletzungen reden.«

»Ich hoffe, die Wunden der Baronesse, die dieser außergewöhnlich brutale junge Mann ihr beigebracht hat, werden bald verheilt sein. Sie stimmen mir zu, daß er ein außergewöhnlich brutaler junger Mann ist?«

»Ohne Frage.«

»Und ich hoffe auch, daß, wenn die Baronesse wiederhergestellt ist, Sie sie so glücklich machen, wie zu sein sie nur fähig ist.«

»Wenn ich nur wüßte wie!«

»Einfach, indem Sie sie gehen lassen und ihr stillschweigend genügend zahlen, damit sie allein für sich ein anständiges Leben führen kann. Es wäre bei weitem die beste Lösung für beide, für Sie und für die Baronesse.«

Anna senkte den Blick. »Das habe ich auch schon gedacht«, flüsterte sie, denn sie kam sich vor, als würde sie bereits die Flagge streichen.

»Vielleicht erlauben Sie mir zu helfen.«

»Helfen?«

»Lassen Sie mich einen Teil dazu beitragen. Warum sollte ich nicht auch wohltätig sein? Wenn wir uns zusammenschließen, wäre es bloß zum Vorteil der Baronesse. Sie brauchte es ja nicht zu wissen. Schließlich sind Sie keine Millionärin.«

»Sie sind aber auch kein Millionär«, sagte Anna und lächelte ihn an.

»Wir Pechvögel, die wir von unseren Kartoffeln leben müssen, sind niemals Millionäre. Trotzdem können wir wohltätig sein.«

»Aber weshalb sollten *Sie* der Baronesse helfen? Ich habe sie ausfindig gemacht, ich habe sie hierhergeholt, also bin ich auch der Mensch, der für sie verantwortlich ist.«

»Sie still zu unterstützen, wird sehr viel kostspieliger sein, als sie hier wohnen zu haben.«

»Das ist mir gleich, wenn sie nur glücklich ist. Und ich werde nicht zulassen, daß Sie die Kosten tragen für meine Experimente mit der Menschenfreundlichkeit.«

»Ist Frau von Treumann glücklich?« fragte er unvermittelt.

»Nein«, gab Anna mit einem müden Lächeln zu.

»Ist Fräulein Kuhräuber glücklich?«

»Nein.«

»Und sagen Sie mir noch eins, sind *Sie* glücklich?« fragte er eindringlich.

Anna errötete. »Was für eine komische Frage«, antwortete sie und fügte ausweichend hinzu: »Warum sollte ich denn nicht glücklich sein?«

»Dann sind Sie es also?«

Sie schaute ihn an, zögerte, schließlich hauchte sie mit ganz dünnem Stimmchen: »Nein.«

Axel ging zwei-, dreimal im Zimmer auf und ab.

»Ich dachte es mir«, sagte er, und dann murmelte er irgend etwas in deutscher Sprache über »die Weiber« in seinen Bart. »Nach allem, was vorgefallen ist, werden Sie, so vermute ich doch, den jungen Treumann hier nicht mehr empfangen?« fragte er und blieb dicht vor ihr stehen.

»Niemals mehr!«

»Dann werden Sie es schwer haben – mit seiner Mutter, meine ich.«

Anna errötete erneut. »Ich fürchte, so wird es sein«, gab sie zu.

»Sie haben schwierige Wochen vor sich«, stellte er fest. »Die Baronesse möglicherweise gefährlich krank, Frau von Treumann ernstlich böse mit Ihnen. Ich weiß, Prinzessin Ludwig tut, was sie kann . . . aber letztlich stehen Sie allein da mit all diesen Schwierigkeiten.«

Und dabei waren die Schwierigkeiten und Probleme viel größer, als Anna wußte oder ahnte. Den ganzen Tag war Axel damit beschäftigt gewesen, offizielle Erkundigungen einzuziehen bezüglich des Feuers, das gestern nacht gewütet hatte, und alle Indizien deuteten auf Klutz als Täter. Axel hatte nach Klutz schikken lassen, aber Klutz, so beschied man ihm, sei nach Hause gereist. Daraufhin hatte er ihm hinterhertelegraphiert, und der Vater hatte unverzüglich geantwortet, er erwarte weder den Besuch seines Sohnes noch sei er krank. Klutz hatte sich also aus dem Staub gemacht, um sich den Konsequenzen seiner Tat zu entziehen. Natürlich konnte es nur eine Frage von Tagen sein, bis die Polizei ihn beim Schlafittich hatte und zurückbrachte. Dann freilich würde er die ganze abstruse Geschichte ausposaunen, und ganz Pommern würde sich auf Annas Kosten bucklig lachen. Bei dem bloßen Gedanken an dieses Gelächter wurde Axel heiß und kalt.

Er stand an der Verandatür und blickte in den verdörrten Garten hinaus. Die Zweige der Fliederbüsche hingen durstig, die Insel jenseits des Wassers lag im Dunst. Der Wind hatte sich gelegt, ein grauer Schleier überzog den Himmel. Ganz unten am Ende des Gartens saß Miss Leech unter dem Kastanienbaum und nähte, während Letty ihr laut vorlas. Das monotone Geleier von Lettys Lesestimme, nur gelegentlich unterbrochen von ärgerlichen Zwischenrufen, wenn eine Mücke sie stach, drang an Axels Ohr, als er schweigend da an der Verandatür stand. In seinem Inneren tobte ein heftiger Kampf. Er liebte Anna mit einer Leidenschaft, die er nicht länger geheimhalten konnte, zugleich wußte er, daß er diese Leidenschaft verborgen halten mußte. Er war sich sicher, daß sie nichts Gleichartiges für ihn empfand. Er war sich sicher, daß sie nicht einmal im Traum daran dächte, ihn zu heiraten. Und doch, wenn je eine Frau des Schutzes durch eine allumfassende Liebe bedurfte, dann war es Anna in diesem Moment.

»Für einen kleinen Menschen dieses Alters hat dieses Kind da draußen eine gehörige Menge Unheil angerichtet«, entfuhr es Axel plötzlich mit einer Heftigkeit, die Anna zusammenzucken ließ.

»Was für ein Kind?« fragte sie und stellte sich dicht hinter ihn, um über seine Schulter schauen zu können.

Er drehte sich rasch zu ihr um. Zu spüren, daß sie so dicht hinter ihm stand, zerriß auch noch den letzten Fetzen mühsam aufrecht erhaltener Selbstkontrolle.

»Sie wissen, daß ich Sie liebe«, sagte er, und die Gemütserregung ließ seine Stimme beben.

Augenblicklich wurde Anna weiß wie die Wand. Sie stand so dicht, sie berührte ihn fast, doch sie verharrte regungslos, als wage sie nicht, sich zu bewegen. Ihre Augen blickten mit furchtsamem, fasziniertem Blick in die seinen.

»Sie wissen es. Sie wissen es schon lange. Was also sagen Sie mir?«

Sie schaute ihn nur an, wortlos, regungslos.

»Anna, was also sagen Sie mir?« fragte er eindringlicher, ergriff ihre Hände, küßte sie abwechselnd, ohne recht zu wissen, was er tat, außer sich vor Liebe zu ihr.

Sie beobachtete ihn hilflos. Sie fühlte sich schwach und krank. Sie hatte einen furchtbaren Tag hinter sich, und dieses jüngste Unglück warf sie vollends aus der Bahn. Axel, ihr guter, lieber Freund Axel hatte sie verlassen – für immer verlassen. Die angenehme Freundschaft war dahin. Anstelle des Freundes, den sie so dringend brauchte, anstelle der Freundschaft, die sie als so tröstend empfunden hatte – jetzt das.

»Würden Sie . . . würden Sie bitte meine Hände loslassen?« stieß sie schwach hervor. Sie kannte ihn nicht wieder. War das möglich, daß er um ihretwillen solche Liebesqualen litt? Sie kannte sich selbst so gut – sie wußte, für wen er da sein Herz aufs Spiel setzte. Wie herrlich und wie unendlich, wie unsäglich traurig, daß ein guter Mann wie Axel um ihretwillen derart leiden sollte. Doch noch mitten in ihrer Furcht und ihrem Elend wollte ihr der Gedanke nicht aus dem Kopf gehen, daß er sich nicht um ihretwillen das Herz zerrisse, wenn sie zufällig aussähe wie Fräulein Kuhräuber oder die Baronesse, selbst wenn sie innerlich haargenau die wäre, die sie war. »Oh, bitte, lassen Sie mich gehen . . .«, flüsterte sie, drehte den Kopf beiseite und schloß die Augen, denn sie konnte den Anblick der Liebe und der Verzweiflung in den seinen nicht länger ertragen.

»Aber Anna, Anna, was sagen Sie mir?«

»Oh, Sie wissen . . . Sie wissen doch . . .«

»Anna, Sie haben doch sonst so großes Mitleid mit Menschen, die leiden . . .«

»Oh, bitte . . . bitte, hören Sie auf . . .«

»Nein! Nein, ich werde nicht aufhören! Bin ich denn verdammt dazu, danebenzustehen und zuzuschauen, wie Sie Ihre Liebe verschwenden und verschleudern an Menschen, die diese Liebe überhaupt nicht haben wollen, die sie zurückweisen, die ihrer überdrüssig sind . . . die keine Ahnung haben, wie wertvoll, wie kostbar sie ist, wie sehr mich danach hungert, dürstet, oh, ich vergehe, ich vergehe vor Verlangen nach einem einzigen Tropfen davon . . .«, seine Stimme zitterte, wieder ergriff er ihre Hände und bedeckte sie mit Küssen, die ihr in der Seele brannten.

Es war grauenhaft. Noch niemals zuvor hatte etwas in ihrer Seele gebrannt. Irgend etwas mußte geschehen, damit es aufhörte. Sie konnte doch nicht für immer und ewig dastehen, die Augen fest geschlossen, während ihr die Hände geküßt wurden.

»*Bitte*, lassen Sie mich los«, flehte sie schwach, und in ihrer Hilflosigkeit begann sie zu weinen.

Er ließ sie augenblicklich los. Sie stand weinend vor ihm. Es war so furchtbar, den besten Freund nicht nur zu verlieren, sondern ihm auch noch so weh tun zu müssen. »Ich hätte mir nie träumen lassen, daß Sie . . . daß Sie . . .«, weinte sie.

»Was, daß ich Sie liebe?« fragte er ungläubig, mit jetzt sehr sanfter Stimme, denn ihr unergründlicher Schmerz linderte den seinen. Über sein Gesicht legte sich die Erkenntnis der Hoffnungslosigkeit: Sie weinte, weil er ihr leid tat.

»Ich weiß nicht, ich glaube . . . ich habe ja nicht geahnt . . . ich meine, neulich . . . ein- oder zweimal . . . aber ich hätte mir doch nie träumen lassen, daß es . . . daß es so schlimm ist, daß Sie so ein . . . so ein . . . daß Sie so ein Vulkan sind. Oh, Axel, warum bloß sind Sie so ein Vulkan?« stammelte sie weinend und schaute ihn an, und die Tränen perlten ihr über die Wangen. »Warum haben Sie alles zerstört? Es war alles so wunderbar. Wir waren so gute Freunde. Und jetzt . . . wie . . . wie kann ich denn mit einem Vulkan befreundet sein?«

»Anna, wenn Sie sich über mich lustig machen . . .«

»Aber nicht doch, nein . . . wie sollte ich . . . wie könnte ich etwas so Unaussprechliches tun. Aber, wir wollen es nicht dramatisieren. Oh, bitte, wir wollen kein Drama daraus machen. Sie . . . Sie kennen meine Pläne, Sie kennen sie in- und auswendig vom Anfang bis zum Ende . . . und wie kann ich, wie *könnte* ich da jemanden heiraten?«

»Großer Gott, diese Weiber . . . diese Weiber, die nicht glücklich sind. Die Ihr Glück zerstört haben, die jetzt auch noch meines zerstören . . . unser Glück, Anna!« Er packte sie fest bei den Armen, so, als wollte er sie um jeden Preis wachrütteln aus einem tödlichen Schlummer. »Anna, heißt das, Sie würden meine Frau werden, wenn es diese Frauen nicht gäbe?«

»Oh, wenn Sie es doch bloß nicht so tragisch nähmen . . .«

»Anna, soll das heißen, daß *das* Ihr Grund ist?«

»Oh, ist es denn kein hinreichender Grund . . .?«

»Nein. Wenn Ihnen etwas an mir läge, dann wäre das kein Einwand.«

Sie weinte bitterlich. »Aber ich kann nicht«, schluchzte sie. »Nicht so . . . nicht in dieser Weise. Es ist abscheulich von mir, daß ich nicht so für Sie empfinde . . . ich weiß, wie gut Sie sind, wie freundlich, wie . . . alles sind Sie, und doch, ich . . . ich kann nicht. Ich weiß nicht, warum, ich weiß es nicht, aber ich kann nicht. O Axel, es tut mir so leid . . . schauen Sie nicht so traurig . . . ich, ich kann es nicht ertragen.«

»Was kann es Ihnen ausmachen, ob ich traurig aussehe, wenn Ihnen nichts an mir liegt?«

Anna schluchzte und rang die Hände. Er ergriff ihr Handgelenk. »Anna, schauen Sie mich an.«

Aber sie bedeckte ihr Gesicht mit dem Taschentuch.

»Sehen Sie mich an. Ich glaube, Sie kennen Ihre eigenen Gefühle nicht. Ich möchte Ihnen in die Augen blicken. Ihre Augen waren immer ehrlich – schauen Sie mich an.«

Aber sie blickte ihn nicht an.

»Das . . .«, bat er, ». . . wenigstens das werden Sie doch noch für mich tun?«

»Da gibt es gar nichts zu sehen«, weinte sie, »wirklich gar nichts. Oh, es ist so furchtbar für mich, so schrecklich, aber ich kann es nicht ändern.«

»Bitte! Schauen Sie mich doch bitte an!«

»Oh, Axel, was soll es denn nützen, wenn ich Sie anschaue?« weinte sie verzweifelt und nahm das Taschentuch weg.

Schweigend erforschte er einen Augenblick lang ihr Gesicht,

als glaubte er, wenn er nur in ihrer Seele lesen könnte, dann verstünde er Anna besser, als sie selbst sich verstand. Diese lieben Augen – sie waren voller Mitleid, voller Qual, doch sosehr er auch suchte, etwas anderes konnte er nicht in ihnen finden.

Ohne ein Wort wandte er sich ab.

»Bitte, bitte nehmen Sie es nicht so tragisch«, flehte sie und eilte ihm besorgt ein paar Schritte hinterher. »Wenn Sie ... wenn Sie es nicht so schwernähmen, dann könnten wir immer noch Freunde bleiben ...«

Aber er drehte sich nicht wieder zu ihr um.

Ein Dienstmädchen kam mit einem Tablett herein, um den Kaffeetisch abzuräumen. »Oh ...«, rief Anna aus, als sie sah, daß es unmöglich war, ihr tränenüberströmtes Gesicht vor dem fragenden Blick des Mädchens zu verbergen. »Oh, Johanna, die arme Baronesse, sie ist so furchtbar krank ... Es ist so schrecklich ...«

Und Anna ließ sich in den nächstbesten Sessel fallen, drückte ihr Gesicht in das Kissen und weinte so hysterisch, daß ihr Übermaß an Kummer eine ganz außerordentliche und reichlich ungewöhnliche Zuneigung zur Baronesse verriet.

»Ach Gott, die arme Baronesse«, gab Johanna pflichtschuldig ihrem Mitleid Ausdruck, zu sich selbst aber sagte sie im stillen: »In diesem Augenblick hat die Miss den Heiratsantrag des gnädigen Herrn abgewiesen.«

29

Was Anna sich in den folgenden Tagen am dringendsten wünschte, war eine Mutter. Ach, wenn ich doch nur eine Mutter hätte, dachte sie. Nicht einmal, nein, wieder und immer wieder dachte sie es, und in ihren Augen lag ein wehmütiges Sehnen, wenn sie es dachte. Wenn ich doch nur eine Mutter hätte. Eine liebe Mutter, ganz für mich allein, ganz allein nur die meine, dann könnte ich ihr den Kopf an die teure Schulter legen und so lange weinen, bis ich wieder glücklich wäre. Erst würde ich ihr alles erzählen. Und sie würde mir verständnisvoll zuhören, wie albern auch sein mag, was ich sage. Und sie würde nie müde werden, egal, wie lange ich auch rede, und dann würde sie sagen: Mein lieber kleiner Schatz, du bist eben nur ein kleines Kind. Und dann würde sie ein ganz klein bißchen schimpfen, und dann würde sie mich lange küssen und herzen, und dann würde ich ihr getröstet zuhören, und die ganze Zeit würde ich mein Gesicht gegen ihr schönes, weiches Kleid pressen, und ich würde mich so sicher und geborgen fühlen, denn sie würde mir klipp und klar sagen, was ich jetzt als nächstes tun soll. Man ist so einsam, es ist so kalt und schwierig ohne eine Mutter.

Im Hause herrschte helle Aufregung. Die Baronesse war aus ihrer Ohnmacht erwacht, aber sogleich in ein Delirium hinübergeglitten. Die Ärzte, die wußten, daß sie mit niemandem im Hause verwandt war, sprachen ganz offen von der Möglichkeit ihres Todes. Inzwischen waren es zwei Ärzte und zwei Krankenschwestern, die sich um die Baronesse bemühten. Anna bestand darauf, selbst ebenfalls Pflegedienste zu leisten, und sie opferte sich um so mehr auf, als sie ganz genau wußte, daß es keinen Menschen in der Welt gab, den es interessierte, ob die Baronesse lebte oder tot war.

All die Menschen, die zuschauten, wie dieser abgehärmte Körper um sein Leben kämpfte, waren Fremde, und so beobachteten sie das Geschehen mit der natürlichen Gleichgültigkeit der Fremden. Da lag eine Person in mittleren Jahren, die wahrscheinlich sterben würde. Wenn sie starb, erlitt niemand einen Verlust, und sollte sie weiterleben, dann wäre es auch egal. Von den Ärzten und Schwestern, die an diese Dinge gewöhnt waren, konnte man nicht erwarten, daß sie sich bei einem derart uninteressanten Fall besonders einsatzfreudig zeigten. Frau von Treumann bemerkte pflichtschuldigst mindestens einmal täglich, wie schrecklich das alles sei, dann wandte sie sich wieder ihrer Stickarbeit zu. Fräulein Kuhräuber weinte jedesmal ein bißchen, wenn sie auf dem Weg in ihr eigenes Schlafzimmer am Zimmer der Baronesse vorbeikam und dabei hörte, wie sie im Delirium schrie und tobte. Aber erstens weinte Fräulein Kuhräuber ohnehin sehr leicht, und zweitens jagten ihr diese Anfälle der Baronesse große Angst ein. Die Prinzessin meinte, unter den gegebenen Umständen sei der Tod eine Erlösung und ein Segen. Letty und Miss Leech mieden das Haus und verbrachten die brennend heißen Tage damit, Stromerspaziergänge in den Wäldern zu machen, die von Überfluß und Leben strotzten.

Was Anna anging, so fühlte sie sich, wenn sie das Krankenzimmer der Baronesse betrat, als deren engste und zärtlichste Verwandte, und doch war dieses tiefe Gefühl, das sie ergriff, keine Liebe, sondern nur ein endloses, nicht auszulotendes Mitleid. »Wenn sie wieder gesund wird, dann soll sie niemals wieder unglücklich sein«, schwor sich Anna in jenen Tagen, in denen sie vermeinte, die Schritte des Todes auf den Stufen des Hauses zu hören. »Hier oder irgendwo anders . . . wo immer sie will . . . soll sie leben und glücklich sein. Sie soll sehen, daß das Tun der armen Schwester für mich ohne Belang ist. Sie soll sehen, daß jetzt kein Schatten mehr zwischen uns steht.«

Doch was nützt der heiligste Schwur? Als der Juni in seine zweite Woche kam, überschritt die Baronesse langsam und zögernd den Höhepunkt ihrer Krankheit. Sobald sie auf dem Wege der Besserung war, wurde sie zänkisch und reizbar.

»Sie werden es schwer haben«, hatte Axel an dem Tag gesagt, an dem er ihre Freundschaft zerstört hatte, und wie recht hatte er gehabt. Die schwere Zeit begann, kaum daß die Baronesse über den Berg war. Und je besser es ihr ging, je näher sie der völligen Wiederherstellung ihrer Gesundheit kam, desto schwieriger wurde das Leben für Anna. Es nahm seinen alten Kurs, und alle waren wieder, wie sie schon immer gewesen waren. Bis aufs Haar waren sie die alten, und auch der Schatten einer ungenannten Lolli stand wieder zwischen ihnen, genau, wie Axel es vorhergesagt hatte. Und doch gab es einen Unterschied: Die Eigenheiten der Damen Treumann und Elmreich traten noch deutlicher hervor, und keine der Auserwählten sprach mit einer der anderen aus dem Trio auch nur ein einziges Wort.

Frau von Treumann war noch immer fest im Hause etabliert, und es gab nicht das leiseste Anzeichen dafür, daß sie es zu verlassen wünschte. Sie verbrachte ihre Zeit damit, nach Anna auf der Lauer zu liegen, denn sie suchte nach einer Möglichkeit, das Gespräch über Karlchen wieder in Gang zu bringen. Anna versuchte, dem unausweichlichen Tag zu entfliehen, aber schließlich kam er doch. Im Garten, in den sich Anna zurückgezogen hatte, um darüber nachzudenken, wie sie sich der bis dato vollkommen unnahbaren Baronesse bezüglich der brennenden Frage um Lolli am besten nähern könnte, schnappte die Falle zu. Plötzlich stand Frau von Treumann da. Leise und vorsichtig hatte sie sich über das Gras geschlichen, und nun gab es für Anna kein Entrinnen mehr.

»Anna!« rief Frau von Treumann vorwurfsvoll, als sie sah, daß Anna Anstalten machte davonzurennen. Ja, sie hatte wirklich vorgehabt, wegzulaufen. »Anna, habe ich denn die Pest?«

»Ich hoffe nicht«, versetzte Anna.

»Sie behandeln mich aber so.«

Anna schwieg. Wieso ist sie noch immer hier? Wie kann sie, nach allem, was geschehen ist, in meinem Haus bleiben? hatte sich Anna in letzter Zeit oft gefragt. Aber vielleicht war sie ja jetzt gekommen, um ihren Auszug anzukündigen. Anna setzte sich also zurecht und war bereit, willigen Ohres zuzuhören. Sie saß im Schatten einer Blutbuche und schaute zur öligen See hinüber, hinter der die Küste von Rügen flirrend in der Hitze auszumachen war. Anna war mit nichts beschäftigt. Sie schien nie irgend etwas zu tun, wie die Damen mit den flinken Fingern schon oft bemerkt hatten.

»Blau und Weiß . . .«, schwärmte Anna und blickte zu den Möwen am Himmel hinauf, um Frau von Treumann Zeit zu geben, ». . . die pommerschen Farben. Nun weiß ich, woher sie kommen.«

Doch Frau von Treumann war nicht in den Garten geeilt, um von den pommerschen Farben zu sprechen. »Mein Karlchen war sehr krank«, sagte sie, die Augen auf Annas Gesicht geheftet.

Anna beobachtete die Möwen am azurblauen Himmel. »Else auch«, entgegnete sie knapp.

Du meine Güte, dachte Frau von Treumann, was für ein bitterer Groll!

Sie legte Anna die Hand aufs Knie, doch wurde keine Notiz davon genommen.

»Können Sie ihm denn gar nicht vergeben?« fragte Frau von Treumann mit sanfter Stimme. »Können Sie eine so kleine Indiskretion nicht verzeihen?«

»Nicht ich habe hier zu vergeben«, sagte Anna und beobachtete die Möwen. Eine flog plötzlich im Sturzflug nach unten und tauchte mit einem Fisch im Schnabel wieder auf, dessen silberne Schuppen einen Moment lang in der Sonne blitzten. »Es ist nicht meine Angelegenheit. Es ist an Else, zu vergeben.«

Frau von Treumann fing an zu weinen. Es war so hoffnungslos unvernünftig, die Sache so zu sehen. Als sie ihr Taschentuch hervorzog, dachte Anna bloß: Sie muß ja Berge davon verbrauchen. Noch nie hatte sie Menschen erlebt, die so leicht und so viel weinten wie die Auserwählten. Längst schon war Anna an den Anblick rotverheulter Augen gewöhnt: Mindestens eine der drei Schwestern hatte sie wenigstens einmal täglich, denn je weiter das frühere körperliche Ungemach und die echten Sorgen von einst hinter ihnen lagen, desto verletzlicher und empfindlicher wurden sie.

»Karlchen konnte es einfach nicht ertragen, mitanzusehen, wie man Sie hier unter Vorspiegelung falscher Tatsachen ausnützt«, schluchzte Frau von Treumann. »Sobald er von dieser schrecklichen Schwester erfahren hatte, eilte er herbei, um Sie zu retten, liebe Anna. ›Mutter‹, sagte er zu mir, schon als sich in ihm die erste Vermutung regte, ›wenn es wirklich so sein sollte, so darf sie durch diese Sache auf keinen Fall beschmutzt werden!‹«

»Wer darf nicht beschmutzt werden?«

»Oh, Anna! Sie wissen doch, daß mein Karlchen alleine nur an Sie denkt!«

»Nun sehen Sie«, sagte Anna sehr kühl, »es macht mir nichts aus, beschmutzt zu werden.«

»Oh, mein liebes Kind, ein junges hübsches Mädchen wie Sie sollte so etwas keinesfalls sagen.«

»Ich wiederhole, es macht mir nichts aus: Aber was ist mit Ihnen selbst? Fürchten *Sie* nicht ... beschmutzt zu werden?« Als es heraus war, bekam Anna Angst vor der eigenen Courage, und um nichts auf der Welt hätte sie Frau von Treumann jetzt ins Gesicht gesehen.

»Nein, mein liebes Kind . . .«, antwortete die Dame in einem Ton tränendurchtränkter Süße, ». . . ich bin schon zu alt, um noch darunter zu leiden, wenn ich mit den unmöglichsten Menschen Umgang pflegen muß.«

»Aber ich dachte, eine Treumann . . .«, murmelte Anna, von ihrem Innersten gedrängt, weiter voranzuschreiten, auch wenn die Furcht größer und größer wurde.

»Liebe Anna, eine Treumann hat sich noch nie einer Pflicht entzogen.«

Das brachte Anna zum Schweigen. Danach konnte sie nur noch den Möwen zuschauen.

»Sie werden also die Baronesse bei sich im Hause behalten?«

»Wenn sie bleiben möchte . . . ja.«

»Ich dachte es mir. Sie selbst müssen entscheiden, wen Sie in Ihrem Hause haben wollen. Aber, aber was würden Sie tun, wenn diese . . . diese Lolli ihre Schwester besuchen möchte?«

»Das kann ich wahrhaftig noch nicht sagen.«

»Nun, seien Sie einer Sache ganz sicher«, rief Frau von Treumann enthusiastisch aus, »*ich* werde Sie nicht im Stich lassen, liebe Anna. Sie befinden sich jetzt in einer außerordentlich heiklen Situation. Aber ich werde Sie in keinem Fall im Stich lassen.«

Also würde sie das Haus nicht verlassen. Mit einem schwachen Seufzer stand Anna auf. »Es ist schrecklich heiß hier«, sagte sie. »Außerdem wird es Zeit, daß ich auch einmal wieder nach Else schaue.«

»Ach, und ich wollte unbedingt über Karlchen mit Ihnen sprechen . . . aber Sie weichen mir ständig aus . . . Sie wollen mich nicht anhören. Wenn wir im Haus sind, dann ist es im Haus zu heiß, sind wir im Garten, ist es im Garten zu heiß. Sie wollen nicht mehr mit mir zusammensein.«

Anna widersprach ihr nicht. Es quälte sie die Frage, was sie jetzt tun sollte. Sollte sie Frau von Treumann demütig erlauben, in Kleinwalde zu bleiben und dabei in Kauf nehmen, daß jemand anders, der vielleicht bedürftiger war, ausgeschlossen wurde? Oder sollte sie allen Mut zusammennehmen und sich der schrecklichen Aufgabe stellen, Frau von Treumann zu sagen, daß sie gehen müsse? Sie dachte: Ich werde Axel um Rat fragen, und dann fiel ihr ein, daß es keinen Axel mehr gab. Seit jenem Tag war er nicht mehr in ihre Nähe gekommen. Er war so vollständig aus ihrem Leben verschwunden, als hätte er Lohm verlassen. Seit jenem furchtbaren Tag hatte sie ihn weder gesehen noch von ihm gehört. Wie oft sagte sie sich: Ich werde Axel fragen. Und jedesmal traf sie wie ein schwerer Schock die Erinnerung, daß sie das ja nicht konnte. Dann fühlte sie die Einsamkeit, und es setzte jener Gedankenstrom ein, der mit dem Stoßseufzer »Ach, wenn ich doch nur eine Mutter hätte«, endete, und dabei war der Blick ihrer Augen sehnsuchtsvoll.

»Vielleicht liegt es ja an dieser Hitze«, sagte sie unvermittelt nach einer langen Redepause zu der Prinzessin, mit der sie sich zwei Tage später am Abend unterhielt. Sie hatten gerade über die Dienstboten gesprochen.

»Sie meinen, es liegt an der Hitze, daß Johanna andauernd Tassen zerbricht?«

»Nein, daß ich so viel an Mütter denke.«

Die Prinzessin wandte ihr rasch den Kopf zu und schaute sie genau an. Es war Sonntagabend, und die anderen waren zur Kirche gegangen. Mit Ausnahme der Baronesse, die sich nur langsam erholte und deshalb in ihrem Zimmer blieb.

»Was für Mütter?« wollte die Prinzessin natürlich wissen.

»Ich finde, diese andauernde Hitze ist einfach furchtbar«, sagte Anna schlicht. »Ich habe kein Rückgrat mehr. Ich fühle mich schlaff und schlapp und dumm. Wenn es jetzt kalt wäre, ich glaube, ich würde eine Mutter nicht halb sosehr vermissen.«

»Dann fehlt Ihnen also die Mutter?« sagte die Prinzessin, nahm Annas Hand in die ihre und tätschelte sie freundlich. Sie glaubte zu wissen, warum. Jedermann im Hause konnte sehen, daß zwischen ihr und Axel irgend etwas vorgefallen sein mußte und daß er deshalb dem Hause fernblieb. Vielleicht tat es Anna leid, und nun hätte sie gern eine Mutter gehabt, die ihr hätte helfen können, die Dinge wieder ins Lot zu bringen.

»Ich dachte immer, es wäre herrlich und wunderbar, unabhängig zu sein«, sinnierte Anna. »Und jetzt ist es das irgendwie gar nicht. Es ist ermüdend. Ich hätte so gern jemanden, der mir sagt, was ich tun soll, und der darauf achtet, daß ich es auch tatsächlich erfülle. Und jemanden, der mich ein bißchen verhätschelt. Manchmal fehlt es mir so sehr, daß keiner da ist, der mich streichelt.«

Die Prinzessin schenkte Anna einen wissenden Blick. »Mein liebes Kind«, sagte sie, »es ist nicht die Mutter, die Sie vermissen. Kennen Sie das Couplet:

Man bedarf der Leitung
Und der männlichen Begleitung?

Ein exzellenter und sehr wahrer Reim.«

Anna lächelte: »Das ist die deutsche Vorstellung von weiblicher Seligkeit, nicht wahr? Ständig von irgendeinem Ehemann an der Nase herumgeführt zu werden.«

»Nicht von *irgendeinem* Ehemann, meine Liebe – vom eigenen Ehemann. Sie können das ›an der Nase herumführen‹ nennen, wenn Sie wollen. Ich kann nur sagen, ich habe mich von dem meinen gerne führen lassen und habe es seit seinem Tode schmerzlich vermißt.«

»Aber Sie haben auch den richtigen Mann gefunden.«

»Es ist nicht besonders schwierig, den richtigen Mann zu finden.«

»O doch, das ist es – sogar sehr schwierig.«

»Ich glaube nicht«, entgegnete die Prinzessin ruhig. »Der Richtige ist nie weit entfernt. Manchmal lebt er sogar gleich nebenan.« Und sie schaute über Annas Kopf hinweg an die Zimmerdecke, als hätte sie von nichts eine Ahnung.

»Und außerdem«, sagte Anna, »möchte ich wissen, warum Frauen immerzu geleitet, geführt und gestützt werden wollen. Warum kann eine Frau ihren Lebensaufgaben nicht auf ihren eigenen Füßen nachkommen? Warum muß sie sich immer an jemanden anlehnen?«

»Gerade eben sagten Sie, es sei deshalb, weil es so heiß ist.«

»Tatsache ist«, seufzte Anna, »daß ich nicht klug genug bin, um mich in diesem Labyrinth von Fragen zurechtzufinden. Und das entmutigt mich.«

»Ich kann mir gut vorstellen, daß Sie viele Fragen haben.«

»Ja, es ist schon verwirrend, nicht wahr? Mit Ihnen kann ich offen darüber reden, weil Sie ja sowieso alles sehen. Es scheint so absurd, daß all meine Versuche, die Menschen glücklich zu machen, nur dazu führen, daß alle – ich selbst eingeschlossen – zum Schluß todunglücklich sind. Das ist doch Verschwendung, nicht wahr? Verschwendung von Glück, meine ich, denn zumindest ich war vorher glücklich.«

»Und Sie werden es auch wieder sein, meine Liebe.«

Anna zog die Stirn kraus und dachte angestrengt nach. »Wenn ich durch mein Unglücklichsein wenigstens die anderen glücklich gemacht hätte, dann wäre es ja nicht so schlimm. Jedenfalls wäre dann nicht alles so ganz und gar dumm und albern. Das einzige, was ich mir jetzt noch vorstellen kann, um dieses Phänomen zu erklären, das ist, daß ich die falschen Leute herausgepickt habe.«

»Gott bewahre, nein!« rief die Prinzessin laut. »Sie sind alle gleich. Wenn Sie diese da wegschicken, dann kriegen Sie genau dasselbe in Grün, wie man bei uns zu sagen pflegt. Die Gesichter, die Namen wären andere – aber die Frauen wären haargenau dieselben. Sie alle wären Treumanns und Elmreichs, und nicht eine einzige aus dem ganzen Haufen wäre einen Pfifferling wert.«

»Trotzdem. Ich werde sie nicht verlassen – Else und Emilie, meine ich. Sie brauchen Hilfe, alle beide. Und schließlich ist es ja auch schlicht Eigennutz, wenn man selbst immer nur glücklich sein will. Ich habe angefangen einzusehen, daß das wichtigste im Leben nicht die eigene Glückseligkeit ist, sondern stark und mutig zu sein.«

Die Prinzessin seufzte tief auf. »Der arme Axel!« sagte sie.

Anna starrte sie an und wurde puterrot. »Ich bitte Sie, was hat Herr von Lohm damit zu tun, daß ich stark und mutig bin?« fragte sie mit gebieterischem Ton.

»Nun, weil Sie auf seine Kosten stark und mutig sind. Ach, der arme Mann. Von mir, meine Liebe, dürfen Sie nichts anderes erwarten als gesunden Menschenverstand. Und der sagt mir, daß Sie dabei sind, all Ihre Hoffnungen auf ein eigenes Glück aufzugeben, weil Sie es für Ihre Pflicht erachten, diesen Mann und sich selbst für eine Bande von undankbaren, wertlosen Weibern zu opfern. Und das nennen Sie dann stark und mutig. Ich nenne das unnatürlich, dumm und albern.«

»Herr von Lohm hat bei der ganzen Sache nie eine Rolle gespielt«, versetzte Anna kalt, ja geradezu eisig. »Welche Ansprüche hätte er auf mich? Meine Pläne waren allesamt fix und fertig, noch bevor ich wußte, daß er überhaupt existiert.«

»Ach, meine Liebe, Ihre noblen Pläne sind eine sehr verwirrende Angelegenheit. Eine vernünftige junge Frau sollte nur einen einzigen Plan schmieden: Wie sie möglichst schnell einen möglichst guten Ehemann findet.«

»Was?« rief Anna. Sie sprang empört auf, um sich aus der Gegenwart der Prinzessin zu entfernen, die ihr plötzlich so unangenehm wurde. »Sie reden ja noch schlimmer als Susie!«

»Susie?« fragte die Prinzessin gelassen, denn sie kannte Annas Schwägerin nicht unter diesem Namen. »War diese Susie auch jemand, der Ihnen die Wahrheit gesagt hat?«

Doch Anna war schon hocherhobenen Hauptes und ohne Antwort zu geben aus dem Zimmer geschritten. Sie verzog sich hinter ein paar Büsche in die einsamste Ecke des Gartens und weinte. Später sollte sie sich an diese kindischen Tränen und an all die anderen Vorkommnisse erinnern wie an den letzten Teil eines langes Schlafes – ein Schlaf, gestört von beängstigenden und närrischen Träumen, doch trotz allem nur ein Schlaf, nur Träume.

Am nächsten Tag wachte sie auf, und für den Rest ihres Lebens blieb sie hellwach.

Am nächsten Morgen fuhr Anna in Begleitung von Miss Leech nach Stralsund zu ihrem Bankier. Als sie an Axels Haus vorbeikamen, sah sie, daß die Pfosten an der Einfahrt mit Kränzen geschmückt waren. Um den Zaun waren Blumengirlanden gewunden, die sanft in der Sommerbrise schaukelten. »Sehen Sie nur, wie festlich alles aussieht«, rief Anna verwundert.

»Herr von Lohm hatte gestern Geburtstag«, erklärte Miss Leech. »Ich hörte, wie Prinzessin Ludwig es erwähnte.«

»Ach so«, sagte Anna, aber in ihrer Stimme schwang ein pikierter Ton. Sie drehte den Kopf zur Seite und betrachtete die Heuhaufen auf dem gegenüberliegenden Feld. Auch Axel mußte schließlich Geburtstag haben, und wenn es ihm gefiel, warum sollte er dann keine Girlanden an seinem Zaun anbringen lassen? Dennoch konnte Anna sich nicht überwinden, noch einmal hinzusehen. Auch schwieg sie während des ganzen restlichen Weges. Alle Versuche, die Miss Leech unternahm, die lange Fahrt mit etwas Konversation erträglicher zu machen, führten zu nichts. Anna war zu keiner Unterhaltung zu bewegen; es sei zu heiß, behauptete sie. In Wahrheit dachte sie, daß alle Männer doch einfach abscheulich seien und das Leben eine gemeine Falle.

Weit entfernt davon, festlich gewesen zu sein, war Axels Geburtstag ganz im Gegenteil einer der einsamsten, die er je erlebt hatte. Die fröhlichen Girlanden waren von einem dienstbeflissenen Gärtner aufgehängt worden, der aus eigener Initiative und ohne Auftrag gehandelt hatte. Niemand außer Axels eigenen Untergebenen waren unter ihnen hindurchgegangen, um ihm Glück und alles Gute zu wünschen. Trudi hatte ihm ihre Glückwünsche telegraphiert, was bedeutete, daß sie in knappster Form gehalten waren. Sogar Axels Freunde aus Stralsund hatten ihn offensichtlich vergessen. In früheren Jahren war ihnen der Geburtstag immer eine willkommene Entschuldigung gewesen, eine sommerliche Landpartie zu unternehmen, doch in diesem Jahr sah die erstaunte Mamsell, daß ihre Geburtstagskuchen unangerührt blieben, und auch die Braten warteten vergeblich, daß jemand käme und sie äße.

Axel fiel dies weder auf noch interessierte es ihn. Es war Zeit, die Heuernte einzubringen, und abgesehen davon, daß ihn seine eigenen Probleme plagten, war er auch mit Annas Problemen befaßt. Hätte Anna nicht fast ihre gesamte Zeit im Krankenzimmer der Baronesse zugebracht, sie wäre ihm oft genug begegnet. Sie dachte nur, er hege keinerlei Interesse, je wieder in ihre Nähe zu kommen. Tatsächlich war er andauernd, wann immer er Zeit dazu hatte und oft genug auch, wenn er eigentlich keine Zeit dazu hatte, draußen auf ihren Feldern, um ein Auge darauf zu haben, daß Dellwig seine Aufgaben korrekt erfüllte. Anna sollte nicht darunter leiden müssen, daß er sie glücklos liebte, sagte sich Axel. Sie sollte nicht dafür bestraft werden, daß sie ihn nicht lieben konnte. Er würde weiterhin für sie sorgen, so gut er nur konnte, keinesfalls zöge er sich in seinem Alter in den Schmollwinkel zurück und überließe sie hilflos ihren Schwierigkeiten.

Axel hatte erwartet, von Dellwig beim ersten Zusammentreffen bei seinen Kontrollgängen auf Annas Domäne mit Groll begrüßt zu werden, doch Dellwig grollte überhaupt nicht, er war im Gegenteil sehr umgänglich und gab von sich aus jede nur gewünschte Auskunft über seine Arbeit. Noch hatte er sich letztlich als unangenehm eifrig erwiesen in der Suche nach dem Brandstifter. Und auch die Polizei in Stralsund war zum Glück nicht sonderlich emsig tätig geworden. Nachdem Axel Klutz als mutmaßlichen Täter angegeben hatte, war eine Zeitlang nach dem Vikar gesucht worden, doch dann schien es, als wäre die Sache ad acta gelegt worden. Seit zehn Tagen war in der Angelegenheit nichts mehr unternommen oder gesagt worden. In Axel regte sich die Hoffnung, die ganze Sache sei damit ausgestanden, habe vor allen Dingen für Anna kein böses Nachspiel. Als er erfuhr, daß die Baronesse weitgehend wiederhergestellt war, entschloß er sich, in Kleinwalde einen Besuch zu machen – ganz so, als wäre nichts geschehen. Anna und er konnten nicht Nachbarn sein und sich niemals sehen. Am Tag nach seinem Geburtstag wollte er sein Vorhaben am Nachmittag einlösen und die Fäden des ganz normalen Umgangs wiederaufnehmen, so schwer ihm das auch fiele.

In der Zwischenzeit erledigte Anna ihre Geschäfte in Stralsund und entdeckte beim Gespräch mit ihrem Bankier, daß sie bereits mehr als zwei Drittel ihres gesamten Jahreseinkommens verbraucht hatte. Nachdem sie diese Hiobsbotschaft erhalten hatte, verzehrte sie zusammen mit Miss Leech sehr nachdenklich eine Portion Eiscreme zum Mittagessen, machte mit ihr einen Spaziergang am Kai entlang und beobachtete die Fischer, die ihren Fang einbrachten, während Fritz und die Pferde ihr Mittagsmahl einnahmen. Die Einwohner Stralsunds, die selten etwas derart Hübsches zu Gesicht bekamen, starrten sie so schamlos an, daß Anna froh war, als man gegen zwei Uhr die Heimfahrt antrat.

Als sie sich Axels Tor näherten und sie gerade den Kopf abwenden wollte, um die ostentative Fröhlichkeit der Girlanden nicht sehen zu müssen, da kam eine geschlossene, schwarze Droschke aus dem Tor auf sie zu, knapp dahinter von einer zweiten gefolgt.

Miss Leech sagte nichts, denn so merkwürdig, wie dieser Anblick der geschlossenen Kutsche ihr auch schien, dachte sie doch, es handele sich um die abreisenden Gäste. Und genau wie Anna fragte sie sich, wie es möglich war, daß ein glücklos Liebender doch fröhlich genug war, Gesellschaften zu geben. Auch Anna sagte nichts, blickte aber neugierig auf die sich nähernden Droschken. In der ersten Kutsche saß Axel an dem Fenster, das auf Annas Seite lag. Er trug seine normale Arbeitskleidung – eine lose Jacke mit Gürtel und seinen weichen grünen Filzhut. Drei Männer saßen bei ihm in der Droschke, ziemlich schäbig aussehende Individuen in schwarzen Jacken. Instinktiv nickte Anna grüßend mit dem Kopf, denn Axel blickte aus dem Fenster und schaute ihr voll ins Gesicht, doch er nahm von ihrem Gruß keinerlei Notiz. Anna wurde kreidebleich.

In der zweiten Droschke saßen vier weitere, merkwürdig aussehende Gestalten in schwarzer Kleidung. Nachdem die Droschken vorbeigerumpelt waren, hielt Fritz von sich aus sein Gespann an, drehte sich auf dem Bock um und blickte den Wagen nach, die sich hinter einer Staubwolke Richtung Stralsund entfernten.

Axel hatte Anna geschnitten. Doch das hatte sie nicht so weiß werden lassen. Es war vielmehr etwas in seinem Gesicht. Axel hatte Anna gerade ins Gesicht geschaut, aber er hatte sie nicht gesehen!

»Wer sind diese Leute?« wollte Anna von Fritz wissen. Dabei versagte ihr fast die Stimme, und sie wußte nicht warum. Fritz gab keine Antwort. Er starrte den Droschken nach, schüttelte den Kopf, dann kratzte er sich ihn, gab sich einen Ruck und wandte sich wieder den Pferden zu, fuhr ein paar Meter weit, blieb dann ein zweites Mal stehen, schaute zurück, schüttelte den Kopf und schwieg.

»Fritz, wer waren diese Leute?« rief Anna mit mehr Autorität.

Fritz murmelte jedoch nur irgend etwas Beruhigendes vor sich hin und fuhr weiter.

Anna hatte das Gesicht ihres Kutschers genau beobachtet, nachdem die Droschken vorbeigefahren waren. Es hatte einen merkwürdig überraschten, ja erschrockenen Ausdruck gehabt. Anna schien das Herz schwer wie ein Stein zu werden, aber sie hatte keine Erklärung dafür. Sie wollte dem Kutscher befehlen, durch das offene Tor die Auffahrt zu Axels Haus zu nehmen, doch ihre Lippen waren strohtrocken, und die Worte blieben zwischen ihnen stecken. Und während sie noch darum kämpfte, die Worte herauszubringen, war ihre Kutsche schon am Tor vorbei. Dann war sie erleichtert, daß sie vorbeigefahren waren, denn wie hätte sie einfach zu Axels Haus fahren können, bloß weil sie eine unerklärliche Ahnung hatte, daß großes Unheil geschehen war. Was hätte sie denn dort auch tun wollen? Miss Leech schaute Anna an und fragte sie besorgt, ob etwas nicht in Ordnung sei.

»Nein, schon gut«, flüsterte Anna und blickte starr geradeaus. Es war alles in Ordnung – bis auf dieses vollkommen ausdruckslose Gesicht, das Axel gehabt hatte, und dieses fremde Gefühl in Annas Herz.

Vor dem Postgebäude stand eine kleine Menschentraube und

diskutierte aufgeregt. Wie auf Kommando schwiegen alle still und starrten Anna an, als die Kutsche um die Ecke bog. Fritz ließ die Peitsche knallen und trieb die Pferde zum Galopp an.

»Halt, anhalten!« schrie Anna, als sie sich der Pfarrei näherten. »Ich möchte hier aussteigen.« Und an Miss Leech gewandt, sagte sie: »Macht es Ihnen etwas aus, einen Moment zu warten? Ich möchte kurz mit dem Herrn Pastor sprechen. Es wird nicht lange dauern.«

Sie lief den schmalen, ordentlichen Pfad zum Gartentor hinauf. Das Alleinmädchen räumte gerade den Kaffeetisch ab, und Frau Manske kam geschäftig herbeigeeilt, als sie Annas Stimme hörte, die nach dem Pastor rief. Frau Manske sah ungewöhnlich aufgeregt aus. »Er ist noch nicht wieder zurück«, rief sie schon von weitem, noch bevor Anna fragen konnte. »Er ist noch im Schloß. Gott Du Allmächtiger, hat man je etwas so Schreckliches gehört.«

Anna schaute die Frau Pastor an, ihr Gesicht war so weiß wie ihr Kleid. »Erzählen Sie mir«, wollte sie sagen, doch ihre Stimme versagte ihr den Dienst. Sie nahm alle Kraft zusammen, und im Flüsterton kamen die Worte heraus: »Erzählen Sie mir.«

»Was, das gnädige Fräulein hat es noch nicht gehört? Herr von Lohm ist verhaftet worden.«

Eine derart ungeheuerliche Neuigkeit für sich zu behalten war unmöglich. Die Freude, sie zu teilen, war zu verlockend, ganz gleich, wie aufrichtig entsetzt man auch sein mochte. Und nicht ohne Stolz tat Frau Manske ihr Wissen kund, denn das war eine Nachricht, die man schlecht überbieten konnte. Erst dann fiel ihr ein, was über Anna und Axel getratscht wurde, und sie beäugte Anna mit wachsendem Interesse. Würde sie jetzt in Ohnmacht fallen? Wenn es stimmte, daß Axel von Lohm ihr den Hof gemacht hatte, dann wäre eine Ohnmacht jetzt die einzig angemessene Reaktion gewesen.

Doch Anna, der eben noch die Stimme versagt hatte, schien plötzlich merkwürdig kalt und gefaßt, als sie erst einmal gehört hatte, was geschehen war.

»Wessen wird er denn beschuldigt?« fragte Anna so ruhig, daß

Frau Manske später ihren Freundinnen berichtete, der Ton des Fräuleins sei angesichts dieses Unglücks nicht einmal weiblich gewesen.

»Er hat seine Ställe angezündet«, sagte Frau Manske.

»Das ist eine gemeine Lüge«, entfuhr es Anna. Auch dies, wie Frau Manske später ihren Freundinnen berichtete, eine ganz und gar unweibliche Bemerkung.

»Er hat es selbst gemacht, um das Geld von der Versicherung zu bekommen.«

»Das ist eine gemeine Lüge«, wiederholte Anna scharf und kalt.

»Aber es gibt Augenzeugen, die es beschwören.«

»Dann lügen sie«, beharrte Anna, drehte sich um und ging.

»Fahren wir!« sagte sie zu Fritz und nahm ihren Platz neben Miss Leech wieder ein.

Sie saß ganz still, bis das Haus fast erreicht war, dann befahl sie Fritz erneut, anzuhalten. »Ich gehe noch ein wenig im Wald spazieren«, rief sie und sprang aus dem Wagen. »Fahren Sie inzwischen schon nach Hause.« Und im Eilschritt überquerte sie die Straße. Einen Augenblick lang sah man ihr weißes Kleid zwischen den Kiefernstämmen flattern, dann war es zwischen den weichen grünen Schatten verschwunden.

Miss Leech fuhr alleine weiter und seufzte leise. Irgend etwas bedrückte ihre liebe Miss Estcourt. Irgend etwas Außergewöhnliches mußte vorgefallen sein, und sie wünschte, sie könnte ihr helfen. Seufzend fuhr sie weiter.

Sobald die Straße außer Sicht war, schlug Anna nach links über Moos und Flechten die Richtung zu einer Lichtung ein, von der aus, wie sie wußte, ein schmaler Pfad nach Lohm hinüberführte. Sie ging sehr rasch quer durch den Wald, fand bald auch den Pfad und beschleunigte ihren Schritt zu einem Rennen. Was hatten sie mit Axel vor? Ganz allein rannte sie zu Axels Haus. Die Leute würden über sie reden. Was machte das schon? Wie lächerlich gleichgültig ist doch üble Nachrede, wenn es um Leben und Tod geht! Alle bösen Zungen der Welt hätten sie nicht von Axels Haus fernhalten können. Ihren Augen tat sich ein neuer Blick auf: Zum ersten Mal war sie hellwach, sah sie das Leben, wie es war, ohne Träume und Phantastereien. Sie sah es klar und deutlich in seiner Grausamkeit und Gnadenlosigkeit. Das war das Leben – das waren die Realitäten: Leiden, Ungerechtigkeit und Schande, denen offensichtlich die Ehrenhaftesten und Unschuldigsten nicht entgehen konnten. Aber man konnte wenigstens mit allen einem zu Gebote stehenden Mitteln und Waffen dagegen ankämpfen. Mit unbeugsamem Mut konnte man sich dagegen bis zuletzt zur Wehr setzen, wie auch immer das Ende aussehen mochte. Von allen Gaben der Götter war es der Kampfesmut, den man am meisten brauchte – nicht die Glückseligkeit. Oh, was für ein närrischer, kindischer Traum! Wie konnte irgendein Mensch glücklich sein, solange es böse, hinterhältige Menschen gab? Nein, Mut brauchte man! Dieser Blick, den Axel gehabt hatte, wie aus blinden Augen – nein, sie wollte jetzt nicht daran denken, es zerriß ihr das Herz. Sie stolperte, wäre fast gestürzt, als sie rannte – nein, auch daran wollte sie jetzt nicht denken.

Draußen auf dem freien Feld zwischen dem Wald und Lohm begegnete sie Manske. »Ich war gerade auf dem Weg zu Ihnen«, sagte er.

»Und ich bin auf dem Weg nach Lohm«, entgegnete Anna atemlos.

»Ach, meine liebe junge Dame«, rief Manske, und zwei dicke Tränen kullerten ihm über die Wangen.

»Weinen Sie nicht«, sagte Anna fest, »es hilft ihm nicht.«

»Aber wie kann ich nicht weinen, nach allem, was ich heute gesehen habe?«

Anna eilte weiter. »Kommen Sie, wir dürfen keine Zeit verlieren. Er braucht Hilfe. Ich gehe zu seinem Haus, um zu sehen, was ich tun kann. Wo haben Sie ihn hingebracht?«

»Ins Gefängnis.«

»Wo?«

»Stralsund.«

»Wird er lange dort bleiben müssen?«

»Bis nach der Verhandlung.«

»Und wann wird die sein?«

»Das weiß Gott allein.«

»Ich gehe zu ihm. Kommen Sie mit mir. Wir nehmen seine Pferde.«

»Ach, liebes Fräulein, liebes Fräulein«, weinte Manske und rang die Hände. »Sie werden uns nicht zu ihm lassen. Sie werden Sie unter gar keinen Umständen zu ihm vorlassen, und mich auch erst, nachdem unendlich viele Hürden überwunden sind. Der Beamte, der die Arretierung leitete, war die Brutalität selbst. Als ich die Erlaubnis erbat, meinen lieben Herrn besuchen zu dürfen, da fragte er mich höhnisch: ›Wieso sollten Sie ihn besuchen wollen? Der Gefängniskaplan wird schon für die Bedürfnisse seiner Seele sorgen.‹ ›Lassen Sie es gut sein, Manske‹, sagte mein guter Herr, aber ich bat und bettelte weiter. ›Ich kann Ihnen keine Genehmigung erteilen‹, versetzte der Mann schließlich, meiner zudringlichen Bitten überdrüssig, ›das muß mein Vorgesetzter entscheiden; fragen Sie den.‹«

»Wer ist sein Vorgesetzter?«

»Ich weiß es nicht. Ich weiß gar nichts. Mir dreht sich der Kopf.«

»Irgendwo in Stralsund muß er ja sein. Wir werden ihn ausfindig machen, und wenn wir uns von Tür zu Tür durchfragen müssen. Und ich werde für mich selbst eine Besuchserlaubnis erwirken.«

»Liebstes, bestes Fräulein, Sie werden keine Erlaubnis erhalten. Der Mann sagte, nur seine nächsten Anverwandten, und auch die nur ganz selten – denn ich habe ihn nach allem gefragt, was mir einfiel. Ich dachte, die Augenblicke seien kostbar, und mein guter Herr sprach kein einziges Wort. ›Seine Frau, wenn er eine hat‹, sagte der Mann und machte ein paar scheußliche Andeutungen, denn er wußte sehr gut, daß es keine Ehefrau gibt, ›oder sein Fräulein Braut, wenn er so was hat, oder ein Bruder oder eine Schwester, aber sonst niemand.‹«

»Wissen Axels Bruder und Trudi Bescheid?«

»Ich habe ihnen umgehend telegraphiert.«

»Dann werden sie heute Abend hier sein?«

Die Frauen und Kinder kamen aus den Häusern gerannt, um Anna unverhohlen anzustarren, als sie vorbeilief, aber sie sah sie nicht. Die Tür zu Axels Haus stand offen. Die Mamsell, überwältigt von der Schande, in einem solchen Hause in Diensten gewesen zu sein, hockte in der Küche und heulte hysterisch, während der Inspektor, ein ergebener Diener, der seinen Herrn aufrichtig liebte, sie aus tief empfundener Empörung zurechtwies, weil sie es wagte, solche Dinge über einen solchen Herrn zu sagen. Das Lamento der Mamsell und die wütenden Vorwürfe des Inspektors schallten durch das ganze Haus. Die Haustür war ebenso wie das Tor mit Blumengirlanden geschmückt. Kaum mehr als eine Stunde war vergangen, seit Axel unter diesen Girlanden hindurch in seine persönliche Katastrophe geschritten war.

Anna ging geradeaus durch ins Arbeitszimmer. Überall lagen verstreute Papiere herum. Die Schreibtischschublade war unverschlossen, der Schlüssel steckte. Axel war wohl gerade dabeigewesen, Briefe zu schreiben, denn ein unvollendetes Schreiben lag auf dem Tisch. Einen Augenblick lang stand Anna bewegungslos in dem stillen Zimmer. Manske hatte sich auf die Suche nach dem Kutscher gemacht. Anna hörte seine Schritte auf den Kieseln unter dem offenen Fenster. Die Trostlosigkeit dieses verlassenen Zimmers, das schreckliche Empfinden, daß ein Unglück schlimmer als der Tod brütend über diesem Haus hing, traf sie wie ein Schlag, der ihre fröhliche Jugend für immer beendete. Niemals wieder sollte sie den Anblick dieses Zimmers und das dabei empfundene Gefühl vergessen. Sie ging zum Schreibtisch, sank davor in die Knie und ließ ihre Wange mit überfließender Zärtlichkeit auf dem unvollendeten Schreiben ruhen. »Wie sind solche Dinge nur möglich – wie sind sie nur möglich«, murmelte sie. Von ihren Gefühlen überwältigt, schloß sie die Augen, um die sinnlosen Tränen zurückzuhalten. »Es ist so sinnlos, zu weinen, so sinnlos«, wiederholte sie, als sie spürte, wie sich die brennenden Tränen zwischen ihren dichten Wimpern hervorstahlen, trotz aller Anstrengung, sie zurückzuhalten. Und alles andere, was sie tat oder tun konnte – völlig sinnlos. Was konnte sie, die sie nicht mit Axel verwandt war, für ihn tun? Wie konnte sie ihn über diesen Abgrund des Elends hinweg erreichen? Ja, es war gut, kühn zu sein in dieser Welt, es war gut, mutig zu sein. Doch Mut ohne Waffen – was nützte einem der? Sie war eine Frau, eine Fremde in einem fremden Land. Sie hatte keine Freunde, keinen Einfluß. Sie war nutzlos. Manske fand sie noch immer kniend vor, den Schreibtisch mit ausgebreiteten Armen umfassend, ihn an sich drückend, als wäre er ein lebendiges Ding und eines Gefühles fähig. Ihre Augen waren geschlossen, ihr Gesicht ein Bild der Verzweiflung. »Weinen Sie nicht«, bat nun er sie. »Liebstes Fräulein, bitte, weinen Sie nicht . . . es kann ihm ja nicht helfen.«

Bevor sie das Haus verließen, schlossen sie Axels Papiere und alles, was sie für wertvoll hielten, in seinen Schreibtisch ein. Manske nahm die Schlüssel an sich. Anna hatte schon fast die Hand danach ausgestreckt, doch dann hatte sie sie wieder sinken lassen. Sie hatte weniger Anrecht darauf als Manske: Er war wenigstens Axels Seelsorger, sie war gar nichts für Axel. Sie ließen den Einspänner am Stadtrand stehen und machten sich zu Fuß auf die Suche nach einer Droschke. Manskes wettergegerbtes Gesicht färbte sich dumpfrot, als er dem Kutscher den Befehl gab, zum Gefängnis zu fahren. Das Gefängnis lag in einer Seitenstraße zwischen heruntergekommenen Häusern. Köpfe erschienen an den Fenstern dieser Häuser, als die Droschke über das Kopfsteinpflaster rumpelte, und die Kinder, die unter den Haustoren und in der Gosse spielten, unterbrachen ihre Spiele und rotteten sich um die Droschke zusammen, um zu gaffen.

Manske und Anna stiegen die schmutzigen Stufen zur Tür hinauf und zogen an der Klingelschnur. Sofort ging die Tür ein paar Zentimeter weit auf, und das Gesicht eines Uniformierten erschien. »Besuchszeit für heute beendet«, bellte er und knallte die Tür zu.

Manske zog wieder an der Klingelschnur.

»Was wollen Sie?« schrie der Uniformierte ärgerlich und steckte den Kopf aus der Tür.

Manske ließ den Uniformierten in den freundlichsten und mildesten Tönen wissen, daß er ihm zu ewigem Dank verpflichtet sei, wenn dieser ihm bitte gnädigst höfliche Auskunft darüber erteilen wolle, welche Schritte er zu unternehmen habe, um eine Besuchserlaubnis für einen Insassen zu erwirken.

»Nur mit schriftlicher Anordnung«, schnauzte der Mann und wollte die Tür schon wieder zuschlagen. Die Straßenkinder bildeten eine Traube am Fuß der Stufen und lauschten begierig.

»Und an wen, bitte, muß ich mich da wenden?« fragte Manske.

»An den Untersuchungsrichter.«

Die Tür krachte ins Schloß, und man hörte, wie sie von innen mit viel Schlüsselgeklapper gründlich abgesperrt wurde. Bei diesem Rasseln der Schlüssel wurden Anna die Knie weich. Axel befand sich auf der anderen Seite dieser Demonstration brutaler Gewalt. Zitternd mußte sie an der Wand Halt suchen. Die Kinder kicherten. Das mußte ja eine feine Dame sein, die hinter diesen Mauern Freunde hatte!

»Der Untersuchungsrichter«, wiederholte Manske wie benommen.

»Wer könnte das denn wohl sein? Ich fürchte, ich habe erschütternd wenig Erfahrung in diesen Dingen.«

Es blieb nichts anderes übrig, man mußte sich dem wütenden Zorn dieses Beamten noch ein weiteres Mal aussetzen. Zaghaft zog Manske am Klingeldraht. Diesmal ließ man ihn warten. Mitten in der Tür war ein kleines rundes Guckfenster. Als Manske hindurchschaute, konnte er den Wachbeamten an einem Tisch lehnen und sich die Nägel reinigen sehen. Auch der Mann konnte Manske sehen. In seiner Verzweiflung klopfte der Pastor jetzt gegen das Glas des kleinen Fensters. Der Mann blieb mit seinen Fingernägeln beschäftigt.

Anna durchlitt ein Martyrium. Ihr Kopf sank tiefer und tiefer. Die Kinder lachten laut. Doch da hörte man auf einmal schwere Schritte auf dem Kopfsteinpflaster näher kommen, und mit schrillem Geschrei stoben die Kinder auseinander. Ein zweiter Uniformierter, ganz offensichtlich von höherem Dienstrang als der Mann da drin, näherte sich ihnen. Während der Mann aus der Tiefe seiner Hosentasche einen schweren Schlüssel hervorzog, betrachtete er die beiden Bittsteller mit neugierigem Blick. Noch ehe er den Schlüssel ins Schloß gesteckt hatte, sah ihn der Mann drinnen durch das Fensterchen, war zur Tür gesprungen, hatte sie hastig entriegelt und aufgerissen und stand nun in Hab-Acht-Stellung kerzengerade neben der offenstehenden Tür. Manske erkannte seine Chance. Er riß sich den Hut vom Kopf. »Mein Herr«, rief er tief dienernd, »um des gütigen Gottes willen, gewähren Sie mir einen Augenblick.«

»Nun, was?« fragte der Mann scharf.

»Wo, bitte, kann ich eine Einlaßgenehmigung bekommen?«

»Um wen zu besuchen?«

»Meinen lieben gnädigen Herrn, Herrn von Lohm, der durch einen unverständlichen und abscheulichen Irrtum . . .«

»Da müssen Sie zum Untersuchungsrichter gehen.«

»Ja, ja. Aber bitte, wer ist das, wo kann ich ihn finden?«

Der Beamte zog seine Uhr hervor. »Wenn Sie sich beeilen, treffen Sie ihn noch im Gerichtshof an. Nächste Straße. Untersuchungsrichter Schultz.«

Und zack, war die Tür zu.

So machten sie sich also auf zum Gerichtshof, rannten endlose Treppenfluchten hinauf und hinunter, eilten durch dunkle Korridore auf der vergeblichen Suche nach jemandem, der ihnen hätte sagen können, wo Untersuchungsrichter Schultz zu finden war. Das Gebäude schien leer, sie trafen nicht eine einzige Menschenseele an. Einen Gang nach dem anderen liefen sie entlang, während Annas Herz immer größere Angst beschlich und eine kaum geringere Traurigkeit sich in Manskes Herz breitmachte. Schließlich hörten sie irgendwo ferne Stimmen durch die Leere hallen. Sie folgten den Lauten und fanden zwei Putzfrauen.

»Können Sie mir sagen, wo ich das Zimmer von Herrn Untersuchungsrichter Schultz finde«, fragte Manske höflich mit einer Verbeugung.

»Die Herren sind alle schon nach Hause gegangen, die Amtsstunden sind vorüber«, lautete die Antwort. Kannten Sie vielleicht die Privatadresse des Herrn Untersuchungsrichters? Nein, die kannten sie nicht, vielleicht, daß der Pförtner . . . Und wo, bitte, wäre der Pförtner zu finden? Oh, irgendwo hier im Gebäude.

Sie rannten die Treppe wieder hinunter auf der Suche nach dem Pförtner. Wertvolle zehn Minuten vergeudeten sie mit der Suche nach ihm, schließlich sahen sie ihn durch das Glas der Eingangstür draußen auf den Stufen vor dem Gebäude stehen – er war hinausgegangen, um etwas frische Luft zu schnappen. Der Pförtner gab ihnen die Adresse, und sie eilten hinaus. Dort verloren sie wieder kostbare Zeit mit der Suche nach ihrer Droschke, denn sie waren zu einer anderen Tür aus dem Gerichtshof hinausgekommen, als sie beim Eintreten benutzt hatten. Als sie ihre Droschke endlich wiederhatten, war Manske unfähig zu sprechen, und Anna war halb tot.

Mit letzter Kraft schleppten sie sich die drei Stockwerke zur Wohnung des Untersuchungsrichters hinauf. Nachdem sie schier endlos lange auf ihn gewartet hatten – »Der Herr Untersuchungsrichter ist zu Tisch«, hatte das schlampige Dienstmädchen gemault –, erfuhren sie knapp und bündig von ihm, daß sie sich wegen einer Besuchserlaubnis nicht an ihn, sondern an den Herrn Staatsanwalt zu wenden hätten. Anna schlich wortlos aus dem Zimmer. Manske dienerte und entschuldigte sich überschwenglich, den Herrn Untersuchungsrichter in seiner Freizeit gestört zu haben. Er empfand eine starke Notwendigkeit, vor diesen allmächtigen, hohen Herren zu kriechen. Der Untersuchungsrichter gab auf diese gejammerten Liebenswürdigkeiten gar keine Antwort, er drehte sich brüsk auf dem Absatz um und überließ es den Besuchern, die Ausgangstüre selbst zu finden.

Der Staatsanwalt wohnte am anderen Ende der Stadt. Auf dem Weg dorthin sprach keiner von beiden ein Wort. Auf ihre schüchterne Anfrage, ob sie wohl den Herrn Staatsanwalt sprechen könnten, erhielten sie von der Frau, die die Tür geöffnet hatte, die schroffe Antwort, daß dies unter gar keinen Umständen möglich sei, denn der Herr Anwalt habe soeben zu Abend gespeist und halte nun sein übliches Nickerchen.

Anna fing an zu weinen. Manske ergriff ihre Hand, hielt sie fest und tätschelte sie ermutigend, während er die Dienstbotin weiter befragte. »Der Herr Anwalt empfängt so spät nicht mehr«, beschied sie ihm. »Er schläft jetzt bis neun, dann geht er aus. Sie müssen morgen wiederkommen.«

»Um wieviel Uhr?«

»Um zehn Uhr geht der Herr Staatsanwalt zum Gerichtshof. Sie müssen vorher hier sein.«

»Ich danke Ihnen«, sagte Manske und zog Anna beiseite. »Nun weinen Sie doch nicht, mein liebes Kind«, beschwor er sie, dabei schwammen seine eigenen Augen in herzzerreißenden Tränen. »Der Kutscher soll Sie nicht so sehen. Wir müssen jetzt nach Hause zurückkehren. Heute können wir nichts mehr tun. Morgen früh kommen wir zurück, dann werden wir mehr Erfolg haben.« Ein paar Augenblicke lang blieben sie unten im dunklen Hausflur stehen, um ihre Fassung wiederzugewinnen. Sie wagten nicht, sich gegenseitig anzuschauen, dann traten sie hinaus ins Freie und fuhren ab.

Als sie später über die stille Landstraße nach Hause fuhren, funkelten die Sterne am Himmel, und auf dem ganzen Weg war die Luft erfüllt von den Düften der Nelken und des frisch geschnittenen Heus. Der Himmel über den Roggenfeldern zur Linken war noch ein wenig graurot gestreift, doch kein Blatt regte sich. Einmal, als der Kutscher anhalten mußte, um aus dem Huf eines Pferdes einen eingetretenen Stein zu entfernen, hörten sie das Zirpen der Grillen und das fröhliche Summen der Kriebelmücken über ihren Köpfen.

31

Als Gustav von Lohm am Nachmittag mit seiner Frau aus dem Tiergarten zurückkam, fand er Manskes Telegramm auf dem Tisch vor.

»Was ist denn los?« fragte seine Frau, als sie ihn blaß werden sah. Sie nahm ihm das Telegramm aus der Hand und las selbst. »So eine Schande«, murmelte sie.

»Ich muß sofort hinfahren«, sagte er und blickte sich hilflos um.

»Hinfahren?«

Nun, wenn eine Ehefrau mit solchem Tonfall »Hinfahren?« sagt und der Gatte ein Mann des Friedens ist, dann fährt er nirgendwohin, er bleibt, wo er ist. Auch Gustav blieb, wo er war. Es stimmt zwar, daß er zunächst den Entschluß faßte, Berlin am nächsten Morgen mit dem Frühzug zu verlassen, doch seine Frau brachte die Stunden der Dunkelheit, in denen Gustav schlaflos lag, damit zu, in der Sprache der Weisheit auf ihn einzureden. Freilich war ihre Weisheit von jener robusten Art, die man als weltklug bezeichnet, und so rief sie bei einem empfänglichen Geist auch den gewünschten Effekt hervor.

»Verwandte«, belehrte sie ihn nämlich, »sind immer schlecht. Sie tun weniger für dich und erwarten mehr von dir, als irgend jemand sonst. Sie sind die letzten, die dir gratulieren, wenn du Erfolg hast, und die ersten, die dich im Stich lassen, wenn du versagst. Sie betrachten es als unendlich viel besser, guten Rat zu erteilen, als je einen guten Rat anzunehmen. Doch solange sie nicht wirklich gegen das Gesetz verstoßen, verlangt es der Anstand, daß wir sie ertragen. In meiner Familie hat noch nie jemand gegen das Gesetz verstoßen. Ich mußte erst heiraten, um mit Kriminellen in Verbindung zu kommen.«

Sie war eine Frau, die geschickt, gut und flink zu reden verstand, und sie fuhr in der vorgeführten Weise eine geraume Zeitlang fort. Gegen Morgen, als die Natur sich endgültig weigerte, noch mehr zu ertragen, fiel Gustav in einen bleiernen Schlaf. Als er aufwachte, war der Frühzug schon längst aus dem Bahnhof gerattert.

Auf die gleiche Art und Weise verhinderte seine Frau auch, daß Gustav an seinen unglücklichen Bruder schrieb. »Es ist traurig genug, daß solche Dinge überhaupt vorkommen«, sagte sie, »traurig genug, daß ein Mann von Stand ein derart vulgäres Verbrechen begeht. Aber gut, er hat es getan. Er hat Schande über uns gebracht, er hat uns und unserer gesellschaftlichen Stellung einen Schlag versetzt, der sich nur zu leicht als tödlich erweisen kann, wenn wir jetzt nicht größte Vorsicht walten lassen. Hör auf meinen Rat und halte dich da raus! Das Gesetz soll über ihn urteilen und mit ihm verfahren, wie es sich gebührt. Wir, die wir dem Gesetz treu folgen, sind wohl bestens gerechtfertigt, wenn wir den Umgang mit jenen meiden, die in so abscheulicher Weise und mit voller Absicht das Gesetz gebrochen haben. Also, halte dich da raus!«

Und Gustav hielt sich da raus.

Trudi war bei einem Picknick, als die Nachricht in ihrer Wohnung einging. Mit ein paar Freundinnen und einem ganzen Schock fescher Leutnants war sie draußen vor den Toren der Stadt, und alle tobten ausgelassen in den Heuschobern herum. Ihre zwei kleinen Buben, Billy und Tommy, denen es riesigen Spaß gemacht hätte, in den Heuschobern zu spielen, waren streng zum Zuhausebleiben verdonnert worden. Einem spontanen Einfall folgend, lud Trudi die ganze Gesellschaft zum Abendessen in ihre Wohnung ein. Sie fuhr mit dem reichsten der jungen Männer in dessen Einspänner und unternahm größte Anstrengungen, ihm zu gefallen. Sie meinte, mit ihrem blumengeschmückten Strohhut und ihrem duftigen Musselinkleid, in dem sie sich gegen den blaßgoldenen Abendhimmel abhob, einfach unwiderstehlich hinreißend auszusehen.

Während die Picknickgesellschaft lärmend in die Wohnung strömte, fiel Trudis Blick auf das Telegramm.

»Kommt Bill nach Hause?« fragte jemand.

»Ich fürchte ja«, antwortete sie und riß den Umschlag auf. Sie las und konnte nicht verhindern, daß sich ihr Gesichtsausdruck dabei schlagartig änderte. Ein schallendes Gelächter brach aus, einer der jungen Männer schwor laut, er werde niemals heiraten. Die jungen Frauen, zu jeder Zeit bereit, die Ehemänner anderer Frauen zu bemitleiden, kritisierten Trudis blaß gewordenen Teint, insgeheim aber bedauerten sie Bill. Trudi zündete sich eine Zigarette an, schmiß sich in den nächstbesten Sessel und wurde unnatürlich fröhlich. Noch nie hatte man sie so aufgekratzt erlebt. Bis in den frühen Morgen hinein unterhielt sie die ganze Gesellschaft, die vor Lachen kaum noch an sich zu halten wußte. Der reiche Leutnant, der sie während der Heimfahrt als ungemein lästige Langweilerin empfunden hatte, verließ das

Haus ganz beschwingt vor Zuneigung. Als alle gegangen waren, warf sich Trudi aufs Bett und weinte und schluchzte.

Am Morgen stand die Nachricht in der Zeitung, und so waren Trudi und ihre Familie zum Frühstück Gegenstand des allgemeinen Geredes. Bibi kam herbeigeeilt, aufrichtig bekümmert. Zum Picknick war sie nicht eingeladen gewesen, doch in ihrer einfühlsamen Anteilnahme vergaß sie es.

»Ich wollte dich unbedingt noch erwischen, bevor du abfährst«, sagte sie und umarmte die arme Freundin heftig.

»Wo sollte ich denn hinfahren?« fragte Trudi und bot Bibis Küssen eine kalte Wange.

»Ja, fährst du denn nicht zu deinem Bruder?« rief Bibi entsetzt aus und ließ wie üblich den Mund offenstehen.

»Was denn, zu einem Bruder, der versucht, Versicherungsgesellschaften zu betrügen?«

»Aber er hat diese Gebäude doch nie und nimmer selbst angezündet, ganz bestimmt niemals!«

»Nein? Hat er nicht?« Trudi schaute Bibi direkt in die Augen.

»Ich kenne ihn besser als du«, sagte sie langsam.

Trudi war zu dem Schluß gekommen, daß es nur eines gab: Axel ganz und gar abzuschreiben. Und das hatte unverzüglich und gründlich zu geschehen. Ja, wie war es überhaupt möglich, ihn nicht zu hassen? Sie war ja schließlich in jeder Weise die Leidtragende! Egal, ob er schuldig war oder nicht, wie konnte er so blöd sein, sich in eine solche Situation zu bringen? Einen solchen Idioten konnte sie nur hassen. Trudi leistete einen heiligen Schwur, daß sie mit Axel fertig war, ein für alle Mal.

In Kleinwalde bewirkte die Nachricht von Axels Verhaftung, daß Frau Dellwig ein Schwein schlachtete und Einladungen für eine ungewöhnlich große Sonntagsgesellschaft verschickte. Nur mit größter Mühe konnten sie und ihr Mann die strahlende Genugtuung, die sie empfanden, hinter dem Schleier vorgetäuschter Bestürzung verbergen. »Was hätte sein armer Vater, der beste Freund unseres lieben dahingegangenen Herrn, dazu wohl gesagt!« rief Dellwig beim Mittagessen aus, als das Dienstmädchen ins Zimmer trat.

»Es ist wahrhaftig eine Gnade Gottes, daß er das nicht mehr erleben mußte«, ergänzte seine Frau und schüttelte scheinheilig den Kopf.

Was Anna dauernd in Stralsund wollte, konnte sich niemand erklären. Sie behauptete, sie habe Ärger mit ihrer Bank. Miss Leech wies darauf hin, daß sie doch am Montag erst bei der Bank gewesen sei. »Eben . . .«, versetzte Anna am Abend eines fruchtlosen Dienstags, den sie wiederum mit Manske in Stralsund verbracht hatte, erneut vergeblich darum kämpfend, irgendwo eine Besuchserlaubnis für Axel zu erstreiten, ». . . und deshalb muß ich morgen wieder hin.« Und mit gesenktem Kopf und schwacher Stimme fügte sie hinzu, es sei eine sehr verdrießliche Angelegenheit. Und tatsächlich sah sie todunglücklich aus.

»In Gelddingen kann man gar nicht vorsichtig genug sein«, bemerkte Frau von Treumann, aufgeschreckt durch Annas blasses Gesicht und von der tiefen Furcht ergriffen, daß durch eine Nachlässigkeit dieser dummen Göre die Geldquelle zum Versiegen kommen könnte. Sie unterstützte deshalb Annas häufige Besuche bei der Bank auf das heftigste. »Kümmern Sie sich um Gottes willen bloß um Ihre Bank«, sagte sie, »dann kümmert die Bank sich auch um Sie. Jedenfalls sagen wir das in Deutschland.«

Doch Anna hörte nicht zu. In ihrem Kopf gab es nur einen einzigen Gedanken, in ihrem Herzen nur einen einzigen Schrei: Wie konnte sie Axel erreichen, wie konnte sie ihm helfen? Axel von Lohm befand sich in einer Zelle, die knapp fünf Meter lang und drei Meter breit war. Zwischen dem aufgeschlagenen Feldbett und dem an der gegenüberliegenden Wand stehenden, aus rohen Brettern gezimmerten Tisch war gerade genügend Platz zum Durchgehen. Außer dieser Möblierung verfügte die Zelle noch über einen Brettstuhl, eine leere, umgedreht aufgestellte Holzkiste, auf der eine emaillierte Blechschüssel stand – das war sein Waschbecken –, und ein Brett an der Wand, das als Regal diente. Auf diesem Brett standen ein Blechteller, ein Becher aus Blech sowie ein kleiner Topf mit Salz. Auf dem Teller lag ein Kanten Schwarzbrot, und daneben lag eine Bibel. Die Wände waren braun gestrichen, und das mit Milchglas versehene Fenster war ganz hoch oben knapp unter der Decke angebracht. Das Fenster war von außen vergittert, und nur der obere Teil ließ sich ein paar Zentimeter weit aufklappen. An der Tür war eine sauber gedruckte Papptafel befestigt. Sie klärte den gewohnheitsmäßig dreckigen Zelleninsassen über die reinigenden Eigenschaften des Wassers auf und belehrte ihn des weiteren darüber, welches Quantum an Tüten er täglich zu kleben habe. Die Zelle wurde offensichtlich gelegentlich auch mit verurteilten Kriminellen belegt, daher die Erwähnung der Tüten. Jedesmal, wenn er beim Auf- und Abgehen das Türende der Zelle erreichte, fiel Axels Blick auf diese Papptafel. Ohne sich dessen bewußt zu sein, hatte er die verzeichneten Regeln schon auswendig gelernt. Zuerst war er wie benommen gewesen, völlig unfähig, die Tragweite und das Ausmaß des Unglücks zu begreifen, das da wie ein Blitz aus heiterem Himmel über ihn gekommen war. Aber dieses Gefängnis war von grimmiger, unmißverständlicher Realität. Die schweren Türen, durch die man ihn geführt hatte. Jede einzelne wurde hinter ihm sorgfältig verschlossen und verriegelt, jede einzelne schnitt ihn noch ein Stück mehr von der Freiheit des Lebens draußen ab. Und dann der Anblick der jammervollen Gestalten, die von bewaffneten Bewachern zu oder von ihren Arbeitsplätzen geführt wurden. Die Gefängniswärter selbst mit ihren riesigen Schlüsseln, die von der ständigen Handhabung ganz blankgeputzt waren. Über all diesen Dingen schwebte eine unerbittliche Wirklichkeit, die Axel aus der blinden Teilnahmslosigkeit aufrüttelte, in die er bei seiner Verhaftung gefallen war. Hier mußte ein ganz ungeheuerlicher Irrtum vorliegen, denn Axel wußte, daß er nichts verbrochen hatte. Sobald er wieder zusammenhängend zu denken vermochte, sagte sich Axel, es könne nur eine Sache von Stunden sein, bis man ihn wieder freiließe. Doch das Grauen seiner Lage stand ihm klar vor Augen. Freigelassen oder nicht, wer entschädigte ihn für seine Leiden, mehr noch, wer ersetzte ihm seine Verluste? Bei seiner Ankunft hier war er durchsucht worden. Sein Geld, seine Uhr, einen Ring – ein Erbstück von seiner Mutter – hatte man ihm abgenommen. Der junge Beamte, der ihn arretiert hatte – es war der

Unterstaatsanwalt –, überwachte auch diese Prozedur mit größtem Diensteifer. Da er noch jung und völlig unbekannt war, lechzte er danach, sich einen Namen zu machen. Die Möglichkeiten dazu waren in einer kleinen Stadt wie Stralsund nicht gerade dick gesät. Da man zufällig ihm diesen spektakulären Fall übertragen hatte, malte er sich bereits in den rosigsten Farben eine brillante Zukunft aus. Sein Name, der schlicht und einfach Meyer lautete, würde in der Flammenschrift der Glorie aus der Asche von Axels Ehre aufscheinen. Stralsund, das widerhallte von dem altehrwürdigen Namen Lohm, würde gezwungen sein, nun auch von dem weniger alten, gar nicht ehrwürdigen und überhaupt nicht interessanten Namen Meyer Kenntnis zu nehmen, denn er, Unterstaatsanwalt Meyer, hatte Herrn von Lohm verhaftet. Ihm war der Fall übertragen, es konnte nicht ausbleiben, daß man von ihm sprechen würde. Demgemäß groß waren sein Diensteifer und seine persönliche Satisfaktion, und beides veranlaßte ihn, weit über die Grenzen des Üblichen hinaus tätig zu werden. Axel stand verwirrt vor diesem Spiel des Schicksals, durch das er so urplötzlich den mächtigen Händen eines jungen Mannes namens Meyer ausgesetzt war.

Kurz nachdem man ihn in seiner Zelle eingeschlossen hatte, erschien ein Wärter mit einem großen Kessel voller Eintopf, der hauptsächlich aus Bohnen bestand, in dem aber auch noch andere Bestandteile herumschwammen, die Axel unbekannt waren.

»Teller!« schnauzte der Wärter und schnickte mit dem Kopf in Richtung des Brettes, auf dem Axels Eßgeschirr stand. Zugleich hob er den Kessel an, aus dem er eine Portion in Axels Blechnapf zu gießen gedachte.

»Nein danke«, lehnte Axel ab. »Ich möchte nichts.«

»Dann werden Sie Kohldampf schieben«, sagte der Wärter. »Heute gibt's nichts mehr.«

Axel erwiderte nichts darauf, und der Mann ging. Der Geruch des nahrhaften Eintopfs hing ekelhaft in der kleinen Zelle, und Axel versuchte, das Fenster weiter zu öffnen. Doch obwohl er auf den Tisch gestiegen und wahrhaftig selbst nicht klein war, konnte er nicht bis zum Fenster hinauflangen.

Es fing an, dunkel zu werden. Die Lampen unten in der Straße wurden angezündet, und das Geschrei der Kinder drang zu ihm hinauf. Axel schätzte, daß es bereits nach neun sein müsse und fragte sich, wie lange man ihn noch ohne Licht sitzenlassen wolle. Als es immer dunkler wurde, wurden auch Axels Gedanken düsterer. Mit wachsender Unruhe ging er auf und ab und versuchte verzweifelt, seine Gedanken zu ordnen. In der Hast und im ersten Schrecken hatte er seine Schlüssel in Lohm vergessen. Sein Geld, seine Habseligkeiten, seine Unterlagen waren der Gnade des Erstbesten ausgeliefert, der zufällig vorbeikam. Er war nicht reich, er konnte es sich nicht leisten, Geld zu verlieren oder Zeit. Angenommen, er würde länger als ein paar Stunden festgehalten? Was würde aus seiner Landwirtschaft werden? Ausgerechnet jetzt, wo die meiste Arbeit anfiel. Seine Leute waren daran gewöhnt, ihre Instruktionen und Anweisungen von ihm persönlich zu erhalten, selbst sein Inspektor unternahm nie etwas ohne Axels Anordnung. Und wie würde sich seine Inhaftierung auf ihre Moral auswirken? Hätte er Papier und Stift, dann könnte er rasch eine Nachricht schreiben, um sie bis zu seiner Rückkehr alle bei der Stange zu halten. Aber er hatte keinerlei Schreibmaterial in der Zelle. Er war völlig hilflos. Lediglich seinem Anwalt in Stralsund hatte er noch hastig ein Wort zukommen lassen, oder vielmehr hatte er Manske gebeten, dem Anwalt sofort zu telegraphieren. Eigentlich hatte er erwartet, den Anwalt schon wartend am Gefängnistor anzutreffen. Aber er war nicht gekommen – noch immer nicht. Warum erschien er nicht? Warum überließ er Axel in einem solchen Moment hilflos seinem Schicksal? Axel war entschlossen gewesen, diesem Unglück mit Ruhe und Gelassenheit entgegenzutreten, doch das Gefühl vollkommener Machtlosigkeit, die Erkenntnis, daß ihm wahrhaftig Hände und Füße gebunden waren, wo doch unverzügliches Handeln so nötig gewesen wäre, diese Erkenntnis zerstörte fast seine gesamte Entschlußkraft. Es kann nur für ein paar Stunden sein, machte er sich selber Mut, während er seinen Schritt beschleunigte und die Hände tiefer in die Taschen grub. Und ein paar Stunden lang konnte er alles aushalten. Sein Bruder käme bald, und gleich morgen früh würde sein Anwalt erscheinen. Es war alles so völlig grotesk und aberwitzig. Und doch, was für ein verwirrendes Maß an Leid konnte ein derart absurder Irrtum auslösen. »Dem Himmel sei Dank . . .«, rief Axel plötzlich laut aus und blieb wie angewurzelt stehen, als ihm dieser Gedanke durch den Kopf fuhr, ». . . dem Himmel sei Dank, daß ich weder Frau noch Kinder habe.« Und wieder ging er auf und ab, langsamer jetzt, die Schultern gebeugt, den Kopf gesenkt, ein betrübter Ausdruck auf seinem Gesicht. Er dachte an Anna.

Die Tür wurde aufgeschlossen, ein Aufseher mit einer Blendlaterne trat rasch in die Zelle. »Der Staatsanwalt kommt«, rief er atemlos. »Wenn er reinkommt, stehn Sie stramm, nennen Ihren Namen und das Verbrechen, dessen Sie angeklagt sind, verstanden?«

Er hatte diesen Satz kaum zu Ende gebracht, als der Staatsanwalt in der Tür erschien. Der Aufseher schlug stramm die Hakken zusammen und salutierte. Sehr langsam, sehr unwillig, sehr unmilitärisch tat Axel dasselbe.

»Na?« schnauzte der große Mann, als Axel nichts sagte. Der Staatsanwalt war ein alter Mann, dessen Gesicht hart und verschlagen geworden war in den langen Jahren des Umgangs mit Verbrechern aller Art und durch Erlebnisse, die sich allein auf die häßlichen Seiten des Lebens beschränkten.

»Mein Name ist Lohm«, hob Axel an, doch er spürte sofort, daß es ein Wahn war, zu glauben, einen Mann, der an diesem Ort die absolute Macht besaß, mit einem Namen beeindrucken zu können. Axel gab sich geschlagen und nannte das Verbrechen, dessen man ihn bezichtigte.

Der Staatsanwalt, der bis aufs I-Tüpfelchen alles genau über Axel wußte, hatte er doch selbst jedes Detail der Verhaftung arrangiert, brummelte etwas völlig Unverständliches vor sich hin und ging weiter.

»Kann ich bitte irgendeine Art von Licht haben?« rief ihm Axel hinterher. »Und Schreibmaterial. Ich muß unbedingt . . .«

»Sie können hier nicht den Luxus eines Schlosses erwarten«, höhnte der Staatsanwalt, drehte sich um und signalisierte dem

Aufseher, er solle die Zelle wieder verschließen. Dann setzte er seinen abendlichen Rundgang fort und gratulierte sich selbst dafür, wie gut er deutlich gemacht hatte, daß in seinen objektiven Augen die Träger der ältesten und ehrwürdigsten Namen und der Auswurf der Straße – ob nur verdächtigt oder bereits schuldig gesprochen – in diesem Hause absolut gleich waren. Sünder, sie alle, und alle erfuhren unter seinen Händen die gleiche Behandlung. Tatsächlich war der Staatsanwalt so erpicht darauf, allen Einwohnern dieser kleinen Gefängniswelt diese löbliche Unparteilichkeit angedeihen zu lassen, daß er über das Ziel hinausschoß und Axel kleine Annehmlichkeiten versagte, die er ohne zu zögern einem Bittsteller namens Schmidt, Schultz oder Meyer gewährt hätte.

Außer dem schwachen Lichtschein, der von der Straßenlaterne herrührte, war es jetzt völlig dunkel in Axels Zelle. Todmüde warf er sich auf das kleine Feldbett. Er hatte ein paar nötige Kleinigkeiten mitgebracht, hastig von seinem Diener in eine Tasche geworfen und von dem jungen Unterstaatsanwalt Meyer Stück um Stück wieder herausgefischt und mit größtem Argwohn untersucht, ehe er Erlaubnis erteilte, sie wieder einzupakken. Jetzt verspürte Axel keinerlei Verlangen, sie auszupacken. Nach der Kürze der Pritsche zu urteilen, mußten Kriminelle einer ziemlich verkrüppelten Rasse angehören, dachte sich Axel. Dieses Bett machte es nicht gerade leicht, zu etwas Schlaf zu kommen. So lag Axel denn wach und starrte auf das Muster, das die Eisengitter vorm Fenster an die Decke malten. Die Schatten hatten eine seltsame Wirkung auf ihn. Er schloß die Augen, aber er sah die Streifen noch immer. Er drehte den Kopf zur Wand, versuchte, nicht an die Streifen zu denken, doch noch immer sah er sie. Sie waren Sinnbild des ganzen Elends seiner Situation. Völlig erschöpft war Axel schließlich eingedöst. Ein sehr helles, ihm direkt ins Gesicht strahlendes Licht, weckte ihn unsanft auf. Axel fuhr verwirrt hoch, konnte sich kaum erinnern, wo er war. Ein Gefühl, das nackter Panik sehr nahe kam, überfiel ihn plötzlich. Jemand hielt ihm eine Blendlaterne dicht vors Gesicht. Der Mann, der sie hielt, sprach kein Wort, rückwärts ging er wieder aus der Zelle und verschloß die Tür von außen. Axel ließ sich auf das Bett zurückfallen und sagte sich, daß solche Überraschungen, zu denen sich die Ängste und das schlechte Essen gesellten, die Nervenkräfte eines Verdächtigen mit größter Geschwindigkeit und sehr gründlich aufzehren mußten. Bis man einen derart behandelten Mann vor den Richter schleppte, wo er sich zu seiner Tat äußern sollte, konnten an Ruhe und klarer Überlegenheit nicht mehr viel übrig sein. Der Vorfall hatte Axel nicht nur den Schlaf geraubt, er machte es auch unmöglich, daß er wieder einschlafen konnte. Hellwach, gequält von beängstigenden Gedanken, blieb er liegen. Im frühen Morgengrauen – und er dankte Gott, daß es endlich kam – erfüllte mit einem Mal ein furchtbares Schreien die Stille des Gefängnisses. Axel fuhr entsetzt hoch und lauschte. Das Blut gefror ihm, so schrecklich waren die Schreie, die durch das ganze Gebäude gellten. Wieder packte ihn das Gefühl nackter Angst. Wie lange wäre er in der Lage, das noch zu ertragen? Die Schreie wurden immer entsetzlicher. Axel sprang auf und rannte zur Tür, legte sein Ohr dagegen. Da er meinte, draußen Schritte zu hören, hämmerte er mit der geballten Faust gegen die Tür. »Was hat dieses Schreien zu bedeuten?« rief er laut. Doch er bekam keine Antwort. Die schrillen Schreie erreichten einen qualvollen Höhepunkt und brachen dann mittendrin ab. Plötzliche Totenstille legte sich über das ganze Gefängnis. Was von der Nacht noch übrig war, verbrachte Axel wieder unruhig auf und ab gehend.

Der Gefängnistag begann nicht vor sechs. Axel, an ein arbeitsreiches Leben gewöhnt, das ihn in den Sommermonaten früh um vier auf sein Pferd und auf die Felder hinauszwang, hörte den Lärm des sich regenden Lebens in den Straßen – vorbeirumpelnde Karren und rufende Stimmen – noch lange bevor das Leben innerhalb der Mauern erwachte. Später erfuhr er, warum es den Insassen gestattet war, so lange im Bett zu liegen: Es war einfacher für das Wachpersonal. Die Gefangenen standen um sechs Uhr früh auf und wurden um sechs Uhr abends wieder zu Bett geschickt, egal, ob in diesen Junitagen um diese Zeit noch voll die Nachmittagssonne schien. Derart aller weiteren Pflicht enthoben, konnten die Aufseher in Ruhe ihren Feierabend genießen. Die Wirkung auf die Gefangenen – ob moralisierend oder demoralisierend, denn sie konnten sich beim besten Willen nicht nachmittags um sechs zu Bett begeben – war sämtlichen Verantwortlichen eine Angelegenheit größter Gleichgültigkeit. Axel, der noch nicht verhört und deshalb auch noch nicht in den allgemeinen Schlafsaal verlegt worden war, sah sich folglich auch nicht gezwungen, zu einer bestimmten Zeit die Pritsche aufzusuchen. Er hätte die langen Abende genießen können, geradeso wie die Wärter selbst, und er konnte früh aufstehen, geradeso, als warte unten vorm Haus sein Pferd, um ihn zu den Wiesen zur Heuernte zu bringen. Doch ohne irgendeine Beschäftigung waren diese Extrastunden wertlos und sinnlos vergeudet. Sehnsüchtig hielt Axel nach dem Tageslicht Ausschau, mit dem sein Anwalt kommen und sein Martyrium hilflos verbrachter Wartezeit beendet sein würde. Gegen sieben brachte ihm ein Mitgefangener, dessen gute Führung ihm den Dienst als Kalfaktor eingebracht hatte, einen Kanten Schwarzbrot und einen Becher Muckefuck. Von diesem jungen Mann, einem weißgesichtigen, listig aussehenden Individuum mit kurzgeschorenem Stoppelhaar und der üblichen rauhen, braunen Gefängniskleidung, erfuhr Axel, daß die haarsträubenden Schreie, die er in der Nacht gehört hatte, von einem Gefangenen stammten, der an *Delirium tremens** litt. Man habe den Mann in eine Zelle im Keller gesperrt, dort könne er schreien, soviel er wolle, wenn ihn seine Angstanfälle heimsuchten, dort höre ihn niemand. Der Mann werde immer in den Keller gesteckt, wenn sich die Anfälle wieder häuften. Der junge Mann grinste breit, während er das berichtete, offensichtlich hielt er es für eine gute und lustige Lösung.

»Der arme Kerl«, sagte Axel mit tiefempfundenem Mitgefühl für die armen Hunde, die seine Leidensgenossen waren.

* Delirium tremens: Bei chronisch Alkoholabhängigen durch Alkoholentzug auftretende schwerste Entzugserscheinungen, die mit angsterregenden, panischen Wahnvorstellungen und anderen Symptomen einhergehen. (Anm. d. Ü.)

»Wieso? Der ist ganz vergnügt da unten – er spielt den ganzen Tag Rattenfangen.«

»Ratten?«

»Es heißt, es gäbe hier gar keine Ratten, daß der sich nur einbildet, welche zu sehen. Doch ob es nun echte Ratten gibt oder ob er sie sich nur einbildet, er hat jedenfalls jede Menge Spaß, wenn er versucht, sie zu fangen. Wenn er dann wieder ruhig ist, kommt er zurück zu uns in die Gemeinschaftszelle.«

Der Aufseher erschien und meinte, hier werde zuviel geredet. Schnell und lautlos huschte der Kalfaktor davon. Er war ein professioneller Dieb von außerordentlichem Können und großer Intelligenz.

Axel aß ein wenig von dem Brot, es gelang ihm auch, ein paar Schlucke von der Plörre zu trinken, dann ging er wieder in seiner Zelle auf und ab. Jedesmal, wenn er die Tür erreichte, blieb er stehen und lauschte angestrengt nach draußen, ob nicht bald die Schritte seines Anwalts zu hören wären. Der Morgen muß doch schon fast halb vorbei sein, dachte er. Warum kommt er nicht? Wie konnte ihn sein Anwalt in einer solchen Situation warten lassen? Wie konnte irgendeiner von ihnen – Gustav, Trudi, Manske – ihn in dieser Krise allein lassen? Langsam beschlich ihn eine furchtbare Angst. Er hatte erwartet, daß Gustav mit dem ersten Zug aus Berlin käme, er wäre dann spätestens um neun bei ihm gewesen. Sein anderer Bruder, das wußte er, würde per Telegramm schwieriger zu erreichen sein. Durch seine berufliche Tätigkeit war er mit den Aktivitäten eines Prinzen verknüpft, der sich ständig auf Reisen befand. Aber Gustav? Nun, er mußte wohl Geduld haben. Immerhin war es möglich, daß auch Gustav nicht zu Hause gewesen war, vielleicht kam er mit dem Nachmittagszug.

Die Tür sprang auf, und Axel fuhr freudig herum, doch es war wieder nur der alte Staatsanwalt.

»Name, Name und Verbrechen!« flüsterte ihm der Aufseher scharf zu, als Axel locker dastand und schwieg. Äußerst widerwillig wiederholte Axel die gestern vorgeführte Prozedur. Jedesmal, wenn er diese sinnlosen Besuche erhielt, hatte er das gleiche

Ritual zu vollziehen: Hacken zusammen, strammstehen, Name und Verbrechen nennen.

»Bett nicht gebaut«, bemerkte der Staatsanwalt streng.

»Bett nicht gebaut«, wiederholte der Wärter und stierte Axel böse an.

»Bett machen!« befahl der Herr des Hauses und entschwand.

»Bett machen!« zischte der Aufseher und folgte seinem Herrn.

Axels Anwalt kam gleichzeitig mit dem Mittagessen.

»Teller!« brüllte der Aufseher mit dem Essenskessel.

»Das ist ein trauriger Anblick, Herr von Lohm«, bemerkte der Anwalt.

»In der Tat«, stimmte ihm Axel zu und holte seinen Blechnapf vom Regalbrett. Er ließ sich eine kleine Portion von dem ekligen Eintopf in den Napf gießen. Er hatte nicht vor zu verhungern, nur weil dieser Fraß nach niemandes Geschmack war.

»Ich habe Sie schon gestern erwartet«, ließ Axel den Anwalt wissen.

»Nun, ich hatte gestern sehr viel zu tun.«

Das Verhalten des Anwalts war so seltsam, daß Axel ihn anstarrte und sich voll Zweifel überlegte, ob er für ihn noch der richtige Mann sei. Er war ein eingesessener Stralsunder, und Axel hatte mit ihm zusammengearbeitet, seit er das Gut übernommen hatte. Bisher war er mit seiner Arbeit immer zufrieden gewesen. Auch war der Mann immer von ausgesuchter Höflichkeit, höflich bis zur Katzbuckelei – aber das (wie Manske sicherlich betont hätte) kam allein daher, daß er Jude war. Jetzt schien der ganze Mann wie verwandelt. Das verbindliche Lächeln, die Verbeugungen, das Händereiben, wo waren sie? Der Anwalt saß gemütlich zurückgelehnt auf dem einzigen Stuhl im Raum, die Beine übereinandergeschlagen, Hände in den Hosentaschen, einen Zahnstocher im Mund, und beobachtete Axel mit skeptisch zusammengekniffenen Augen, während dieser ihm seine Geschichte darlegte.

Er glaubt tatsächlich, ich hätte meine Ställe wirklich selbst angezündet, dachte Axel, als ihm der Blick auffiel.

Und so war es auch. Der Anwalt nahm immer das Schlimmste

an, denn die Erfahrung hatte ihn gelehrt, daß das Schlimmste der Wahrheit meist am nächsten kam, aber auch das rührte natürlich (wie Manske gesagt hätte) bloß daher, daß er ein Jude war. Das Gespräch war rundum unbefriedigend.

»Ich habe noch einen dringenden Termin«, sagte der Anwalt und zog demonstrativ seine Taschenuhr, noch ehe Axels Fall auch nur zur Hälfte besprochen war.

»Sie scheinen zu übersehen, daß dies hier für mich eine Sache von ganz außerordentlicher Wichtigkeit ist«, versetzte Axel, Zorn in Augen und Stimme.

»Das sagen alle meine Klienten ohne Ausnahme«, entgegnete der Anwalt und langte über den Tisch nach seinen Handschuhen.

»Wie können wir denn in einem zehnminütigen Gespräch in dieser Sache irgend etwas regeln?« begehrte Axel empört auf.

Der Anwalt hob die Schultern. »Ich kann doch Ihretwegen nicht meine ganzen anderen Geschäfte vernachlässigen.«

»Ich kann mich nicht entsinnen, daß Sie früher je derart unter Zeitdruck gestanden hätten. Ich erwarte Sie heute nachmittag noch einmal hier.«

»Vollkommen unmöglich.«

»Dann sofort morgen früh. Das heißt, sollte ich dann noch hier sein.«

Der Anwalt grinste breit. »Es ist sehr viel leichter, hier hinein- als wieder hier herauszukommen«, sagte er und zog seine Handschuhe an. »Ach ja, und übrigens – mein Honorar ist in solchen Fällen immer im voraus zu begleichen.«

Axel schäumte innerlich. Er konnte beinahe seinen Augen nicht trauen. War das der servile Mensch, der so viele Jahre lang seine Angelegenheiten geführt hatte? »Darum wird sich mein Bruder Gustav kümmern«, entgegnete Axel steif. »Sie sehen ja selbst, daß ich von hier aus nichts regeln kann. Er wird heute nachmittag hiersein.«

»Ach, tatsächlich?« antwortete der Anwalt zweiflerisch. »Heute nachmittag? Nun, das wäre ein bemerkenswertes Beispiel brüderlicher Verbundenheit. Ich freue mich wirklich sehr, das zu hören. Einen guten Tag noch«, er nickte knapp, ging hinaus und ließ Axel mit seiner Wut allein.

Das einzig gute Ergebnis dieses Besuches bestand darin, daß Axel kurze Zeit später Schreibutensilien erhielt. Er begann sofort, Briefe und Telegramme aufzusetzen, dringende Briefe und Telegramme, von verzweifelter Wichtigkeit für ihn selbst. Als ihm der Nachmittagskaffee gebracht wurde, händigte er die Schreiben dem Aufseher aus und bat ihn inständig, sich darum zu kümmern, daß sie so rasch wie möglich befördert würden. Dann ging er wieder auf und ab, wenigstens durch das Gefühl erleichtert, nun mit der Außenwelt wieder Kontakt aufgenommen zu haben.

»Sind die Briefe unterwegs?« fragte er den Wärter, als er ihn das nächste Mal zu Gesicht bekam. »Jawohl«, lautete die Antwort. Und tatsächlich waren sie schnellstens befördert worden, und zwar auf den Schreibtisch des Herrn Untersuchungsrichters Schultz, wo sie nun hübsch aufgestapelt lagen und darauf warteten, daß der Herr Richter Muße habe und Neigung empfinde, die Schreiben zu lesen und sodann darüber zu befinden, ob und wann und wie sie weiterzubefördern seien. Drei Tage lagen sie dort. Dann wurden die meisten der Schreiben nicht weitergeleitet, denn dem Herrn Richter mißfiel der Ton, diese Selbstverständlichkeit, mit der dieser Untersuchungshäftling vom Umstand seiner Unschuld ausging. Er kannte diesen Trick. Ohne Ausnahme behauptete jeder Gefangene, unschuldig zu sein. Aber diese Behauptungen hier waren mit einer solch starken, unerschütterlichen Überzeugung vorgetragen, daß sie sogar in seinem eigenen, von langer Erfahrung gestählten Gespür einen vorübergehenden Zweifel erzeugten, ob die Behörden von Stralsund in diesem speziellen Fall nicht möglicherweise doch tatsächlich geschludert hatten. Absurd natürlich und nicht einen Augenblick lang weiter in Betracht zu ziehen. Schließlich bedeutete Schludrigkeit nachfolgende Disziplinarmaßnahmen von höherer Stelle und Stillstand, wenn nicht sogar Rückschritt in der eigenen Karriere. Man durfte, ja man mußte also schon allein deshalb jedwede Nachlässigkeit ausschließen. Und selbst wenn

Irrtümer vorliegen sollten, so war es niemals ratsam, das an die große Glocke zu hängen, vertuschen war allemal besser. Folgerichtig schloß der Untersuchungsrichter fast alle Briefe von der Weiterbeförderung aus.

Gustav mußte auch den zweiten Zug verpaßt haben. Denn als der Fetzen Himmel, den Axel sehen konnte, sich in der Abendsonne rosig färbte, wußte er, daß auch dieser Tag sich langsam neigte, und noch immer war er allein.

Die Stunden, von denen er zunächst gemeint hatte, daß er sie an diesem Ort verbringen müsse, weiteten sich aus zu Tagen. Wenn Gustav nicht bald käme, was sollte er dann tun? Er brauchte doch dringend jemanden, der zwischen ihm und dem Anwalt als Mittler fungierte, zwischen ihm und der Außenwelt. Jemand mußte sich doch um seine Angelegenheiten kümmern! Und wer denn, wenn nicht sein Bruder und Erbe? Sicher, ganz sicher würde er bald kommen, und Trudi auch. Die arme kleine Trudi – sie war sicherlich ganz furchtbar traurig und durcheinander.

Doch die Stunden verrannen, und niemand kam.

Am Abend brachte man Axel eine Lampe. Sie brannte schlecht und stank infernalisch. Axel fragte, ob man das Fenster ein bißchen weiter öffnen könne. Bitten um Vergünstigungen müßten schriftlich eingereicht werden, beschied ihm der Aufseher, sie würden dann auf dem üblichen Wege dem Herrn Staatsanwalt zugeleitet, ohne dessen ausdrückliche Erlaubnis kein Fenster angefaßt werden dürfe. Axel schrieb seine Bitte rasch auf, und der Wärter nahm den Zettel gleich mit. Zwei Tage später erhielt Axel ihn zurück. Quer über seine eigene Schrift war die Mitteilung gekritzelt, daß der Untersuchungsgefangene Lohm gerne eine schlechtere Zelle haben könne, wenn er mit seiner jetzigen nicht zufrieden sei.

Die Nacht kam und mußte irgendwie durchgestanden werden. Stundenlang hockte Axel auf der Bettkante. Den Kopf mit den Händen stützend, kämpfte er gegen die aufkommende Verzweiflung an. Eine große Niedergeschlagenheit erfaßte ihn. Das Wissen, daß er absolut nichts verbrochen hatte, gab ihm schon längst keine Sicherheit mehr. Der Anwalt hatte völlig recht, wenn er sagte, es sei leichter hier hinein- als wieder hier herauszukommen. Klutz hatte ihn angezeigt, um seinen eigenen Kopf aus der Schlinge zu ziehen, daran hatte Axel überhaupt keinen Zweifel. Und Dellwig, gut bekannt und allgemein geachtet, hatte Klutz unterstützt. Das erklärte jetzt auch Dellwigs jüngstes Verhalten. Axels Mut stand gefährlich nahe vor dem endgültigen Zusammenbruch, als er die Schwierigkeiten erkannte, die er haben würde, seine Unschuld zu beweisen. Wenn er von außen keine Hilfe bekam, dann war sein Fall in der Tat hoffnungslos. Axel konnte sich nicht entsinnen, je einen Freund in Not im Stich gelassen zu haben. Wie war es da möglich, daß jetzt nicht ein einziger Freund zur Stelle war, um sich um ihn in dieser ausweglosen Lage zu kümmern? Wo steckten sie denn alle, die wohlwollenden Kumpane, die sein Gut zur Jagdsaison überschwemmten, die keine Entfernung scheuten, ihn zu besuchen, wenn die Jagd auf war? Und was hielt Gustav ab? Warum schickte er ihm nicht wenigstens eine Nachricht? Wieso unternahm nicht wenigstens Manske, der doch vorgab, seinem Hause so treu verbunden zu sein, abgesehen von den Unmengen von Nächstenliebe, die zu besitzen er behauptete, wieso unternahm nicht wenigstens Manske einen Versuch, ihn zu erreichen? Niemals in seinem Leben hatte er von irgend jemandem irgend etwas gewollt oder verlangt. Aber das hier war so schrecklich, seine Not war so groß. Sein ganzes Leben war ein einziger Mißerfolg. Immer war er allein gewesen. In all den Jahren, in denen andere Männer Familien gründen, Frau und Kinder haben, war er allein gewesen und hatte hart gearbeitet. Er hatte keine glücklichen Tage gesehen, wie die alten Römer gesagt hätten. Und jetzt stand er vor dem endgültigen Ruin. Während er dort saß, begann er die aussichtslose Verzweiflung zu verstehen, die unglückliche Menschen in ähnlichen Situationen erfaßt, wenn sie, von Gott und aller Welt verlassen, tobsüchtige Anstrengungen unternehmen, sich aus einem solchen Ort zu befreien, wohl wissend, daß sie nichts, gar nichts erreichen können. Wenigstens aber können sie sich durch selbst beigebrachte Verletzungen und Verwundungen oder durch totale Erschöpfung in den Zustand gesegneter Gleichgültigkeit versetzen.

Zäh zogen sich die Stunden, jede einzelne lang wie ein ganzes Leben, jede einzelne gespickt mit tausend Möglichkeiten, den Verstand zu verlieren. Und er zählte die Stunden, die schon vergangen waren, die ihn weiter und immer weiter von seiner früheren Freiheit und der Ehrbarkeit seiner Vergangenheit entfernten. Als langsam der Morgen graute, gesellte sich zu seinen anderen quälenden Sorgen die Befürchtung, er könne krank werden, ehe Schritte zu seiner Befreiung eingeleitet würden. Den Kopf gegen die Wand gelehnt, saß er auf seinem Feldbett, gleichgültig gegenüber dem, was um ihn herum geschah, kaum noch Gustavs Schritte erwartend, ja, er hatte aufgehört, irgend etwas zu erwarten. Er saß bewegungslos, denn inzwischen litt sein Körper. Ein absonderliches Gefühl machte sich in seinem Kopf breit, seine Gedanken kreisten dumpf um das physische Ungemach, das ihm die Enge der Zelle und die grausamen Nächte bereiteten. Er bot alle Kräfte auf und zwang sich, von dem ekligen Eintopf zu essen, aber er brachte keinen Bissen hinunter. Was würde aus ihm werden, wenn er weder essen noch schlafen konnte? Auf welche Energiequellen sollte er zurückgreifen, wenn die Zeit zu seiner Selbstverteidigung nahte? Er saß neben dem Tisch, den Hinterkopf an die Wand gelehnt, die Augen geschlossen, als der junge Kalfaktor hereinkam, um das unangetastete Essen wegzunehmen. »Schon krank?« fragte der junge Mann fröhlich. Axel rührte sich nicht und gab keine Antwort. Zu sprechen war eine zu große Anstrengung.

Auf die Bemerkung des Kalfaktors hin, daß Nummer 32 unwohl scheine, warf der Wärter einen Blick durch das Guckloch in der Tür und entschied, daß der Häftling Lohm noch nicht krank sei, das heißt, noch nicht krank genug. In einer Woche wäre er reif für den Gefängnisarzt, er hatte da seine Erfahrung. Diese Dinge gingen ihren Gang, und der Gang war immer der gleiche; schließlich war er seit zwanzig Jahren Aufseher, und er wußte fast auf die Stunde genau, wann der Zeitpunkt nahte, daß nach der Festnahme der Gefängnisarzt gerufen werden mußte.

Axel saß genau in derselben Haltung, als gegen drei Uhr nachmittags die Tür aufgeschlossen wurde. Er rührte sich nicht, noch öffnete er die Augen.

»Ihr Fräulein Braut ist hier«, rief der Wärter.

Das Wort ›Braut‹ schleuderte Axel um Jahre zurück in die Zeit seiner Verlobung mit Hildegard. Seine Braut? Trieb jemand seinen Spott mit ihm oder hatte er geträumt? Axel wandte ein wenig den Kopf und blickte desinteressiert zur Tür. Der weite Korridor draußen war erfüllt von strahlendem Sonnenlicht. In diesem Glanz stand Anna auf der Schwelle.

Was hatte sie doch noch sagen wollen? Es fiel ihr einfach nicht mehr ein. Worte der tiefen Entschuldigung und der Scham waren es gewesen. Aber all ihre Befürchtungen, all ihre Scham fielen von ihr ab, wie ein loses Gewand. »Axel«, murmelte sie, »oh, mein armer, mein armer Axel . . .«, und schluchzte kurz auf.

Er versuchte aufzustehen, um zu ihr hinzukommen. Sie eilte ihm entgegen, und im nächsten Augenblick stolperte er, fiel vor ihr auf die Knie, klammerte sich an ihr Kleid als wäre es der rettende Strohhalm.

»Aber es ist nicht aus Mitleid, Anna?« fragte er mit einer Stimme, die vor unerträglicher Furcht schrill klang.

Und Anna, halb blind vor Tränen, schlang die Arme um seinen Hals, und gab sich selbst und ihre ganze Zukunft mit dieser Geste in seine Hände. Für immer hatte sie die Segel ihres unabhängigen Frauendaseins gestrichen. Sie neigte ihr Gesicht dem seinen zu, in das noch immer die quälende Frage geschrieben stand, und legte ihre Lippen auf die seinen. »Nein«, flüsterte sie und küßte ihn zwischen den einzelnen Worten mit zärtlicher Leidenschaft, »es ist Liebe . . . nur Liebe . . .«

32

Eine majestätische, ohne allen Schmuck auskommende Schönheit umgab diese Verlobung im Gefängnis. Hier war kein Platz für die Koketterien und Geziertheiten üblichen Liebesgeplänkels. Alles, was der Schlichtheit entbehrte, fiel wie Flitter und Tand von ihnen ab, denn daran hatte an diesem bedrükkenden Ort niemand Bedarf. Nicht der dünnste Schleier von Konvention oder Brauch trennte hier Seele von Seele. Klaren Blickes, standfest, wie es die sein mögen, die mit Gelassenheit den Tod nahen sehen, blickten sie sich einander in die Augen und wußten, daß sie allein waren, nur er und sie, allein gegen die Welt. Das Versprechen, treu zusammenzuhalten, fest zusammenzustehen gegen den ganzen Rest der Welt, nur er und sie, das war es, was diese Verlobung bedeutete. Axel, für immer von seinesgleichen abgeschnitten, sollte es ihm nicht gelingen, sich von dem Vorwurf der Brandstiftung zu befreien, und Anna, die sich von sich selbst abtrennte, um für immer ihm anzugehören. Endlich hatten ihre Füße den richtigen Pfad gefunden, und ihre Augen waren weit offen. Wie zwei Freunde am Vorabend einer Schlacht, in der beide kämpfen und dem Tod ins Auge sehen müssen, wie zwei Freunde, die zu einer langen, entbehrungsreichen Entdeckungsreise aufbrechen, an deren Ende der Tod stehen kann, so machten auch sie ruhig und still ihre Pläne, sprachen über das, was nun am besten zu unternehmen sei, und ermutigten sich gegenseitig mit dem Licht vollkommenen Vertrauens in den Augen. Wie stark sie sich zusammen fühlten! Wie fähig, der Zukunft furchtlos entgegenzuschreiten, sich jedem Schmerz und jedem Leiden gemeinsam zu stellen! Der Aufseher, der neben ihnen stand, dieser erbärmliche Ort, die elenden Einzelheiten der Situation, das alles existierte nicht mehr für sie. Nichts konnte ihnen mehr etwas anhaben, nichts konnte sie mehr verletzen, wenn sie nur zusammenhielten. In dem Kreis, den die Liebe um sie zog, waren sie sicher, geschützt, warm und gesegnet. Solange er sie hatte, solange sie ihn hatte, solange gab es Hoffnung, solange gab es eine gute Zukunft, auch wenn sie deutlich erkannten, wie groß ihr Elend sein würde, sollte der Mut sie verlassen. Was könnte es schlimmstenfalls bedeuten, sollte er wirklich verurteilt werden, wollte sie wissen. Zwei, vielleicht drei Jahre Wartezeit, doch dann für den Rest eines ganzen Lebens zusammen. Lohnte es sich nicht, sich darauf zu freuen?

Machte diese Aussicht nicht jeden Stachel stumpf, fragte sie, die Hände auf seine Schultern gelegt, ihr Antlitz vor Vertrauen und Mut strahlend schön. Als er sagte, sie solle ihr Schicksal unter den obwaltenden Umständen besser nicht mit dem seinen verbinden, da lächelte sie nur und schmiegte ihre Wange an seinen Arm. All ihre kindischen Phantastereien, ihre Unschlüssigkeit, ihre Fehlstarts, das war Schnee von gestern. Mit einem Schlag war das Leben ganz einfach geworden. Sie mußte bloß zu ihm halten bis in den Tod, das war alles. Sie wußten alle beide, wenn diese goldene Stunde vorüber war, wenn sie wieder gehen mußte, dann fingen auch die Leiden wieder an. Nur zweimal in der Woche durfte sie ihn besuchen, und die Tage dazwischen würden Tage der Qual sein. Und als der Augenblick dann tatsächlich gekommen war, als sie sich mit tapferem Blick Lebewohl gesagt hatten, jeder dem anderen versichernd, daß eine so kurze Trennung doch gar nichts sei, daß sie ihnen nichts ausmache, daß sie doch schon vorüber wäre, ehe sie sie überhaupt bemerken würden, und nachdem die Tür schwer ins Schloß gefallen und Axel sich in seiner Zelle wieder allein gefunden hatte, da war auch Anna wieder ganz von ihrem Schmerz überwältigt. Das Leiden wartete auf sie, wo sie es zurückgelassen hatte, ergriff voll und ganz Besitz von ihr, legte sich schwer und unabstreifbar über sie, eine Verzweiflung und eine Qual, die ihr mit ihrem Gewicht das Herz zu brechen drohten.

Ein Gefühl von physischer Kälte kroch über Annas Leib, als sie mit Letty nach Hause fuhr – ein körperlicher Ausdruck der unaussprechlichen Verlorenheit im Innern. Fern von Axel, wie schwach war sie da, wie unfähig zu Mut und Tapferkeit. Würde Letty verstehen können? Würde sie ein liebes Wort sagen, ein winziges Wort – irgend etwas –, das Anna das Gefühl gäbe, nicht so schrecklich allein zu sein? Mit vielen Pausen und immer neuem Zögern, immer neuen Ansätzen erzählte Anna ihr die ganze Geschichte und schaute Letty dabei mit Augen an, die die ganze Pein des Gedankens an Axel ausdrückten, an ihn, der nun wieder allein in dieser düsteren Zelle hockte, geduldig wartend, bis sie wiederkäme. Letty war von Ehrfurcht ergriffen – sowohl vor dem unendlichen Kummer, der sich auf Annas Gesicht spiegelte, als auch vor der Eröffnung, daß Anna sich verlobt hatte. Letty wußte natürlich, daß man Axel verhaftet hatte – sprach denn irgend jemand in Kleinwalde den ganzen Tag lang von irgend etwas anderem? –, aber diese Wendung hätte sie sich niemals träumen lassen. Sie fand keine Worte, und so legte sie nur zaghaft ihre Hand auf Annas. »Mir ist so kalt«, sagte Anna, senkte den Kopf und sprach kein Wort mehr, bis sie nach Hause kamen.

Sie fuhren durch seine Felder, an seinem offenen Tor vorbei, durch das Dorf, das in seiner Gänze ihm gehörte, und Anna schloß die Augen. Sie konnte den Anblick dieser fröhlichen Sommerfelder nicht ertragen, all die zufriedenen Gesichter derjenigen, die doch genau wußten, wo er sich befand. Kein noch so armer Dienstbote, kein noch so zerlumptes Kind, das im Staub spielte, kein halbverhungerter Hund, der sich auf der Türschwelle sonnte, deren Schicksale nicht gesegneter gewesen wären als das seine. Die Heuarbeiter packten sein Heu auf die Wagen. Mädchen mit weißen Sonnenhauben, nackten Armen und Beinen standen hoch oben auf den Wagen und nahmen die duftende Last entgegen, die die Männer ihnen auf den Forken anreichten. Ihre Gestalten hoben sich scharf gegen den ruhigen Sommerhimmel ab, ihr Geschrei und ihr ausgelassenes Gelächter schwebten über die Felder. Hier, unter Gottes freiem Himmel, hatten sie die Freiheit, zu kommen und zu gehen, wann und wie es ihnen gefiel. Wie kostbar war sie doch, diese Freiheit, wie unaussprechlich kostbar. Unter allen Gottesgaben war sie die wertvollste. Und wie gewöhnlich, wie universal war sie; jeder besaß sie – nur Axel nicht.

Als sie das Haus in Kleinwalde erreichten, schien das Entree voll von Menschen. Die Glocke zum Abendessen war gerade geläutet worden, und die Hausbewohner begaben sich sprechend und lachend ins Eßzimmer. Dellwig, die Hände voller Papiere, die er Anna hatte vorlegen wollen, verabschiedete sich gerade wortreich und mit vielen Dienern von den versammelten Damen. Nach den zwei Stunden stillen Leidens, die zwischen dem Jetzt und dem Besuch bei Axel lagen, wie fremd war Anna da all dieser geschäftige Lärm des alltäglichen Lebens. Sie schnappte Gesprächsfetzen auf, Fetzen von ihrem üblichen Geschwätz, dasselbe nichtssagende, dumme Zeug, das sie jeden Tag redeten, begleitet von demselben uninteressierten, dümmlichen Lachen. Wie fremd war ihr das mit einem Mal, wie abscheulich der Gegensatz zwischen der Entsetzlichkeit des Lebens, der Nähe des Todes, der absoluten Unbarmherzigkeit des Leidens und diesem hirnlosen Geplapper.

»Um Gottes willen«, schrie Frau von Treumann schrill, als sie plötzlich der weißen Gestalt in ihrer Mitte gewärtig wurde, ein Abbild des Grams und der Kümmernis. »Ihre Bank ist also pleite gegangen?« Und sie versuchte, sich unbemerkt, aber schnell zu dem Tischchen im Entree hinzubewegen, auf dem ein Brief von Karlchen lag, in dem er, wie sie wußte, um Annas Hand anhielt. Anna wandte sich wie blind um, tastete mit der ausgestreckten Hand nach Letty, zog sie an ihre Seite, instinktiv einen Halt und einen Trost suchend. Einen Augenblick stand sie so, Letty fest bei der Hand haltend, und blickte mit schwermütigen, nichts sehenden Augen auf den kleinen Menschenauflauf.

»Mein Gott, was ist denn geschehen, Anna?« fragte die Prinzessin beunruhigt.

»Sie alle müssen mir gratulieren . . .«, sagte Anna mit sehr hocherhobenem Kopf. Ihr Gesicht war totenbleich, und sie sprach sehr langsam auf Deutsch. In Dellwigs Augen blitzte intuitives Verstehen auf, fast brauchte er die folgenden Worte gar nicht mehr anzuhören. ». . . denn Herr von Lohm und ich haben uns heute verlobt.« Mit einem vagen, rührenden Blick schaute Anna in die Runde und legte sich die Hände an den Hals. »Wir werden heiraten . . . wir werden heiraten . . . sobald . . . sobald es Gott gefällt.«

Schluß

Als Manske, um eine Erfahrung reicher, an den Winterabenden einem guten Freund jene Teile der Begebenheit erzählte, von denen er persönlich Kenntnis hatte, da lautete seine Moral von dieser Geschichte schlicht und einfach: »Alle Weiber sollten am besten verheiratet sein. Ihr Streben und Trachten mag hochherzig genug sein, um dem edelsten männlichen Geiste zur Ehre zu gereichen. In der Tat zeugten ja die Bestrebungen unserer gnädigen Dame von der größten Nobilität. Doch das Fleisch des Weibes ist ganz besonders schwach. Ein Weib kann nicht alleine stehen. Die Frau bedarf der ständigen Führung und Leitung. Das Weib ist exzellentes Material, aber es ist bloßes Rohmaterial.«

»Was?« rief seine Frau.

»Schweig und halte Frieden, Frau! Ich sage, das Weib ist nur Rohmaterial. Und als solches ist es für niemanden von praktischem Nutzen, bis die Hand des Herrn und Meisters daraus eine Form schafft.«

»Sehr richtig«, stimmte der Freund nachdrücklich zu, war er sich doch nur zu deutlich bewußt, selbst eine Frau zu Hause zu haben, die sich in zwanzig Ehejahren erfolgreich jeglichem Formungsversuch widersetzt hatte.

»Das«, betonte Manske, »ist jedoch nur die augenfälligste Moral. Daneben gibt es noch eine weitere.«

»Die Geschichte scheint mir voll von ihnen«, entgegnete der Freund, dem sie alle, eine um die andere, von Manske dargelegt wurden, an diesen Abenden der heulenden Stürme und des häuslichen Friedens. Der perfekte Frieden einer gemütlich am warmen Ofen bei einem Glühwein geschmauchten Pfeife.

»Eine weitere Moral ist die«, sagte Manske, »daß es sehr sündhaft ist, wenn kleine Mädchen Liebesgedichte im Namen ihrer Tanten schreiben.«

»Liebesgedichte zu schreiben sollte unter gar keinen Umständen die Beschäftigung kleiner Mädchen sein«, entgegnete der Freund.

»Sehr richtig, ein solches Verhalten kann gar nicht scharf genug verurteilt werden«, stimmte Manske zu. »Aber es auch noch im Namen einer anderen zu tun, ist nicht nur nicht mädchenhaft, es ist geradezu sündhaft.«

»Diese kleinen englischen Mädchen scheinen überhaupt kein Schamgefühl zu besitzen«, bemerkte Frau Manske.

»In der Tat könnten sie viel von unserer eigenen weiblichen Jugend lernen«, meinte der Freund.

Lettys Gedicht war zweifellos der indirekte Grund des Feuers gewesen, der Arretierung Axels und der Heirat Annas. Doch wenn das Gedicht auch Annas Glück bewirkt hatte, so hatte es doch auch den Ruin von Klutz ausgelöst. Klutz nämlich – nervlich zerrüttet, willensschwach und vom Zustand seines Gewissens und den in Aussicht stehenden Höllenqualen überwältigt, denn das Blut dreier Pastorengenerationen rollte in seinen Adern und jeder einzige Tropfen dieses Blutes schrie ihm Tag und Nacht ins Ohr, er solle doch wenigstens seine Seele retten, was immer auch mit seinem Körper geschehen möge –, dieser Klutz hatte ein umfassendes Geständnis abgelegt. Er war erst zwanzig, er wußte von sich selbst, daß er im Grunde völlig harmlos war, niemals hatte er andere als vollkommen verrückte Absichten gehegt, und nun fand er sich hier – am Boden zerstört. Seine Tat war ganz eindeutig ein Akt zeitweiliger Unzurechnungsfähigkeit. Danach hatte er dann, von Dellwig beeinflußt, versucht, seine Haut zu retten. Nun mußte er den Preis zahlen, den schweren Preis, so riesenhaft im Vergleich zur Winzigkeit des Wahns, der ihn Schritt um Schritt immer weitergetrieben hatte. Sein schlechter Geist, Dellwig, ging frei aus und lebte später genügend weit weg von Kleinwalde, um für den Rest seiner Tage angesehen und hochgeehrt zu sein. Manskes Augen füllten sich mit Tränen, als er an den Einfluß der göttlichen Fügung in dieser Sache dachte – die mysteriöse Verschlungenheit von Gottes Wegen, deren ausgesprochene Unerforschlichkeit, die dazu geführt hatten, daß ein junger, seit dem Eintritt in sein Leben von einer schweren Charakterschwäche behinderter Vikar, auf der Schwelle zum Erwachsenendasein von einem so schweren Schicksal eingeholt wurde.

»Wahrlich, die Wege des Herrn sind unerforschlich«, sprach Manske und schüttelte traurig den Kopf.

»Ich habe ihm nie über den Weg getraut«, sagte seine Frau und dachte an ihr Apfelgelee.

»Weib, tritt nicht nach dem, der bereits am Boden liegt!« wandte sich der Ehemann mit vorwurfsvoller Strenge an seine Frau.

»Treten?« entgegnete seine Frau und warf ob des Tadels den Kopf in den Nacken. »So unweiblich, daß ich schon trete, bin ich hoffentlich nicht!«

»Gute Frau Manske, das ist doch nur eine Redewendung«, erklärte der Freund mit milder Stimme.

»Und mir gefällt sie nicht«, erwiderte Frau Manske verdrießlich.

»Schweig und halte Frieden!« sprach darauf ihr Ehemann.

Nachwort

Wie bei allen Romanen von Elizabeth hat auch ›Anna Estcourt‹ einen autobiographischen Hintergrund. Auch hier mischen sich reale Erfahrungen mit den Erfindungen ihrer sprudelnden Phantasie. Darum ist es ein Vergnügen ganz eigener Art, sich auf Elizabeth von Arnims Spuren zu begeben und die Schauplätze ihrer Romane und Bücher zu suchen. So ist eine Reise im Frühling nach Stralsund noch immer ein so überwältigendes Erlebnis wie für Elizabeth und ihre Heldin Anna Estcourt.

Eine weite Landschaft, die Luft steht so klar über den Dächern, und je weiter man nordwärts kommt, desto lauter schlägt das Herz, bis man die See wittert. Schon Kilometer vorher haben jeder Pfahl und jedes Strohdach eine andere Bedeutung, gleich hinter dem nächsten Wäldchen muß das Wasser sein, windumweht stehen die Büsche, feiner Sand knirscht zwischen den Zähnen. Die Ostsee, die ihr Kleid mit dem Himmel ändert, mal türkis funkelt, mal gelblich schwer und mal bleiern daliegt. Und dann die riesigen Kiefernwälder, die Buchen und das Moos, auf dem es sich so weich geht, daß der Schritt nicht zu hören ist, und der kleine Weiher mitten im Wald, der das Bild kurz verdoppelt und in der Sonne glitzert. Dies im April zu erleben, wenn der Frühling ausbricht, langsam, getragen, wenn die Birken das Leitmotiv bilden mit den ersten Blättern, die im Wind zwischen erstaunlichem Lila und Purpur wechseln, und Rehe über Äcker flitzen, die von beeindruckender Größe sind – damals ebenso wie heute. Das ist wie ein Rausch für alle Sinne.

Stralsund ist eine alte Hansestadt, die mit den dicken roten Mauern der altehrwürdigen Gebäude imponiert, etwa dem gotischen Rathaus, das Anna Estcourt aufsucht, mit seiner wuchtigen Fassade, die an die Zeiten erinnert, in denen die Hansestadt Stralsund einmal wirtschaftlicher Mittelpunkt des westlichen Pommerns war. Als Elizabeth von Arnim selbst sich in diese Landschaft verliebte, als sie mit ihrer Familie dort hinzog und später ihr Mann verhaftet wurde, wie im Roman Axel von Lohm, da handelte es sich allerdings nicht um die Gegend in der Nähe von Stralsund, sondern um einen Landstrich etwas weiter östlich, in der Nähe von Stettin. Stralsund lernte sie erst bei ihrer »Reise nach Rügen« kennen.

Gut Nassenheide, das heute Rzedziny heißt, liegt knapp zwanzig Kilometer westlich von Stettin, heute Szczecin, auf der Landkarte etwas unterhalb vom Stettiner Haff, gleich hinter der Grenze zwischen Deutschland und Polen. Wer dort hinfährt, muß allerdings schon vorher alle Illusionen über Bord werfen, noch irgend etwas von Elizabeth und ihrem berühmten deutschen Garten wiederzufinden. Auf der bundesdeutschen Seite zerrasen Autos die Stille, die Preise im Hotel sind gesalzen, die Gäste beschweren sich lautstark über die Hütten der Fischer, während drinnen im Restaurant nachgemachte Fischernetze zur Dekoration hängen; in den Wäldern darf der Spaziergänger den Weg im Naturschutzgebiet nicht verlassen, und so wird das alles eine Theaterdekoration der Kurverwaltung. Das ist natürlich noch schön, aber bei näherem Hinsehen ist die Verzauberung verschwunden, ein Schleier ist gefallen, wir sehen zuviel. Man mag sich vorstellen, wie das zu Elizabeths Zeiten war: ländlicher, wahrscheinlich roch es richtig nach Land, Teiche, Plankenwagen, Misthaufen, alles war voller Wunder, und die Ränder der Wiesen leuchteten mit lauter bunten Blumen. Noch führen ein paar Straßen durch Baumtunnel aus Rotbuchen, Roßkastanien, Linden und Eichen, die hoffentlich nicht alle gigantischen touristischen Erschließungsprojekten weichen müssen. In einigen Ortschaften wird gerade das Kopfsteinpflaster herausgerissen und vielleicht an die Großstädte im Westen verkauft, um dort in den verkehrsberuhigten Zonen wieder verwendet zu werden, oder es wird einfach Asphalt darüber geschüttet. Über die Straße geht eine alte Frau in einem Kittel, einem Kleidungsstück, das bei uns fast schon verschwunden ist. Wir nähern uns der polnischen Grenze: Linken – Lubieszyn. Und dann ist plötzlich alles anders. Abseits von der Straße scheint die Landschaft in einen tiefen Dornröschenschlaf gefallen zu sein. Kein Auto fährt, ein Pferdefuhrwerk zottelt durch die Allee, die Häuser sehen verwahrlost aus, die Äcker sind selten bestellt, Kraniche fliegen über Brachland. Raubvögel beobachten ihr Jagdrevier von einem zerborstenen Zaunpfahl aus. Die bittere Armut der Menschen hier ist offensichtlich. In Rzedziny gibt es noch ein paar verfallene Reste vom alten Gutshof, riesige Stallungen, die später dazugekommen sein müssen, stehen leer, das Vieh ist geschlachtet, die meisten Gebäude sind ausgehöhlt, alles, was man davon verheizen oder verkaufen konnte, ist weg. In einem halbwegs intakten Gutsverwalterhaus leben ein paar Familien.

Eine Frau wird geholt, die immer gerufen wird, wenn jemand nach Elizabeth von Arnim fragt. Viele kommen und wollen den Garten sehen. Maria führt die Besucher dann am Zaun entlang, über den der Müll geworfen wird, zu einem verwilderten Stück Land und zeigt: Dort soll einmal eine Blumenuhr gewesen sein. Als sie nach dem Krieg hierher kam, da waren hier immer noch lauter schöne Blumen, aber die sind alle weg. Es gibt noch einen kleinen Wald, der entfernt an einen englischen Landschaftspark erinnert, ein paar exotische Bäume, einen kleinen schmutzigen Fluß, an dem einmal die berühmten Lilien gestanden haben müssen, und dann sind da noch ein paar Steinbrocken, Reste vom Schloß. Das sei im Krieg zerbombt worden, sagt Maria. Die Wiesen rings herum mit lauter Obstbäumen sehen im Mai aus, als würde hier Hochzeit gefeiert mit einer Pracht und Schönheit, als gelte es, lauter verwöhnte kleine Prinzessinnen zu vermählen. Satter, gelber Löwenzahn überall – so wie Elizabeth ihn liebte. Maria erzählt, manche der Arnim-Fans nähmen Erde und Blumensamen von hier mit. Aber all das, so wie es heute aussieht, macht geradezu schwermütig. Das soll es nun gewesen sein, das Gartenparadies Nassenheide.

Elizabeth war 1896 von Berlin aus hierhergekommen. Sie begleitete ihren Mann, Henning Graf Arnim, damals auf einer Inspektionstour zu seinen Gütern und war entzückt von dieser Landschaft, dem Wind, den Gerüchen und dem freien Leben. Zu Hause in Berlin war der Alltag von langweiligen Konventionen bestimmt, morgens gab man dem Personal Anweisungen und fuhr dann zu Bekannten, gab seine Karte ab, tauschte Höflichkeiten, klatschte ein bißchen und fuhr zur nächsten Visite. Ein grauenhaftes Leben – während es hier draußen doch einfach wunderbar sein müßte. Der 18. März 1896, als Elizabeth Nassenheide zum ersten Mal besuchte, war ein kalter nasser Tag. Die Kutsche muß sich durch schwarzen, schweren Sand auf schlechten Wegen gewühlt haben, durch Schlaglöcher geholpert sein, mit lauter quälenden Attacken auf das Rückgrat, bis man endlich ankam. Der Garten war damals noch trostlos und öde, aber der intensive erste Frühlingsgeruch erinnerte Elizabeth an die glücklichsten Momente ihrer Kindheit, und sie hatte das Gefühl, in ihr eigenes Königreich einzutreten. Wenn sie nur hier leben könnte! Ganz einfach und in Ruhe das Glück genießend, das von Blumen und Bäumen ausgeht! So wie es Anna Estcourt auch vorschwebte, als sie ihr mildtätiges Werk auf dem Lande in Szene setzen wollte.

Die Parallelen zwischen Anna Estcourt und Elizabeth beginnen jedoch schon früher, in einer Zeit nämlich, als Elizabeth noch Mary Annette Beauchamp hieß, von ihrer Familie May genannt.

Geboren wurde Elizabeth am 31. August 1866 im Ferienhaus der Familie in Neuseeland. Ihr Vater, ein englischer Schiffskaufmann, lebte mit seiner Familie in Australien, kehrte aber mit Kind und Kegel 1869 wieder nach England zurück. Von ihrer Mutter hatte May die Gabe allersüßester Umgarnungskunst geerbt, von ihrem Vater Humor, unstillbare Neugier und Reiselust. Zusammen war das eine unwiderstehliche Kombination, originell und durchsetzungsfähig. Am 31. August 1887 hatte die Familie Mays Volljährigkeit gefeiert. Sie war eine zierliche Person, die alle damit überraschte, wieviel Willensstärke und Temperament in einem derart kleinen Körper stecken können. Aufgewachsen war sie mit einem Mindestmaß an elterlichen Zwängen in einer quirligen, verrückten Familie.

An aufmerksamen Verehrern herrschte kein Mangel, aber May vertrieb sie mit ihrer spitzen Zunge und dem, was man wohl nicht nur als Haare, sondern als »Zöpfe auf den Zähnen«

bezeichnen muß. Alle anderen jungen Damen der Familie waren längst standesgemäß verheiratet, so daß May sich auf den Bällen schon mit vierundzwanzig Jahren wie eine alte Schachtel vorkam. Sie legte sich eine unnahbare Art zu, trug betont schlichte Kleider und Frisuren, benahm sich wie eine der gefährlichen Feministinnen und schockierte die Familie mit ihrem Plan, allein fortzugehen, um in einem kleinen Haus auf dem Land mit einer Kuh zu leben und Gemüse anzubauen. Den Eltern, Henry und Louey Beauchamp, schien eine Auslandsreise dringend geboten.

1889 brachen Tochter und Vater zu einer klassischen Italienreise auf. Für May – ähnlich wie in ›Anna Estcourt‹ beschrieben – war es auch eine Reise in die zerklüfteten Regionen der Liebe. Der Mann, den sie auf dieser Reise traf, war eine Art Mischung aus jenem Onkel Joachim, der seine Mitmenschen schon mal als »Duselfritz« oder »Quatschkopf« bezeichnet, und dem bodenständig freundlichen Axel von Lohm. Graf Henning August von Arnim-Schlagenthin verliebte sich – wie es so schön in Romanen heißt »vom Fleck weg« – in die zierliche Engländerin.

Bei der ersten Begegnung hörte und sah er sie Orgel spielen, dazu mußte sie abenteuerlich herumturnen, um auch die Fußpedale zu erreichen. Die zweite Begegnung war bei einem Ball in Rom, dort begann der Graf sein heftiges Werben. Er war fünfzehn Jahre älter, viel größer als May und seit kurzer Zeit Witwer. Seine finanziellen Verhältnisse standen nicht zum besten. Der Historiker George Kents berichtet, sein Vater Harry von Arnim habe seinerzeit eine riskante Fehde gegen Bismarck angezettelt und verloren. Er versuchte noch nach seiner ersten Niederlage Bismarck weiterhin zu diskreditieren. Die Sache spitzte sich so zu, daß er zu fünf Jahren Zuchthaus verurteilt wurde, falls er je wieder deutschen Boden betreten sollte. Die Familie ging nach Nizza ins Exil, und bald darauf starb Harry. Bismarck hatte die Besitztümer der Familie in Pommern beschlagnahmen lassen, und Henning übernahm nach dem Tod seines Vaters dessen hohe Schulden.

Das bedeutete in jener Phase, als er Elizabeth, also Mary Annette Beauchamp, kennenlernte, daß er damit beschäftigt war, all diese Dinge zu ordnen. Er warb zwar heftigst um sie, stellte sie seinen Freunden vor, tat so, als habe er sie geradezu persönlich erfunden, machte ihr einen Heiratsantrag und lud sie zusammen mit ihren Eltern zu einer Reise nach Bayreuth zu den Wagner-Festspielen ein. Aber dann verhielt er sich ausgesprochen zögerlich, er wollte zunächst seine Verhältnisse ordnen, seine Besitztümer zurückbekommen und die Schulden des Vaters begleichen.

Über die folgende Verlobungszeit gibt es widersprüchliche Berichte. Die Eltern schreiben in Briefen und Tagebüchern, wie sehr ihre kleine May sich in den sonderbaren deutschen Grafen verliebt habe, der allerdings tatsächlich eine fabelhafte Figur machte bei seinen Gesellschaftsauftritten. Übrigens war auch sein Englisch so vorzüglich wie das des Axel von Lohm. Sie notieren immer wieder, daß sie es besser fänden, wenn ihr Liebling jemanden aus den eigenen Kreisen heiraten würde, aber das Kind weinte, sobald es sich von seinem Verlobten auch nur für Stunden oder Tage trennen mußte. Andererseits werden die hohen Summen beklagt, die in eine passende Garderobe samt Accessoires investiert werden mußten. Elizabeth selbst erinnert sich in ›Alle meine Hunde‹ an diese Zeit, als ob sie eine Art Marionette für die Wünsche und Arrangements anderer gewesen sei. Der Verlobte selbst redete, wie zu jener Zeit in Deutschland üblich, sehr viel von Ehre und Gewissen, womit gemeint war, daß er erst heiraten konnte, sobald er solvent war. Auch May bekam hin und wieder Anfälle von Zweifeln und meinte, die mit der Hochzeit einhergehende Pein doch nicht ertragen zu können. Henning zog sich merklich zurück, und brieflich teilten Henry und seine Tochter mit, sie wollten die Verlobung auflösen. Der Graf bat auf diese als Anreiz gedachte Drohung lediglich kühl um Mitteilung, falls May anderweitig heiraten sollte. Kurzum: Es gab ein ziemliches Hin und Her. Elizabeths Biographin Karen Usborne berichtet, schließlich habe May resolut selbst dafür gesorgt, das Zögern und Zieren des Grafen in die Entscheidung zur Heirat münden zu lassen.

Wir werden später sehen, daß Elizabeth in der Figur des Axel von Lohm, der durchaus Züge ihres Mannes trägt, sich sozusagen einen etwas idealeren Gatten erfand. Henning von Arnim gelang es nie so recht, seine finanziellen Verhältnisse in Ordnung zu bringen wie von Lohm, später experimentierte er mit der Landwirtschaft, versuchte sein Glück mit Futterlupinen oder einer robusten Kartoffelsorte und fing schließlich eine Schweinezucht an. Aber all seine Versuche waren nie wirklich von Erfolg gekrönt. Er betrieb auch noch ein paar andere Geschäfte, mit denen er die Landwirtschaft finanzierte und die ihn in eine ähnlich prekäre Lage gebracht haben wie den armen Axel die Affäre um den Scheunenbrand. Doch das gehört nicht zum Beginn dieser Liebesgeschichte.

Erinnern wir uns an die arme Anna, die im Haushalt ihres Bruders lebt, der ein bißchen zu viel Schopenhauer gelesen hat, das heißt, etwas weltfremd und daher gezwungen war, reich, aber unglücklich zu heiraten. Anna fühlt sich geduldet im Haushalt der Familie des Bruders und leidet darunter, daß so viel Geld in sie investiert wird. Sie haßt diese Heiratsmarktbälle, auf denen Frauen durchgemustert werden.

Ähnliches empfand auch May, die bei ihren Eltern leben sollte, bis sich ein passender Ehemann einfände. Sie war es gewöhnt, als jüngste in einer großen und lauten Familie auf sich aufmerksam machen zu müssen, und hatte eine hohe, leicht meckernde Stimme, die – wie ein Freund einmal meinte – an einen heiseren Chorknaben erinnerte. Und mit allem, was sie mit dieser etwas hochgequetschten Stimme sagte, vertrieb sie Verehrer erst recht. Henning von Arnim-Schlagenthin aber liebte die kesse Art, ihre Frische, Schlagfertigkeit und ihr verblüffendes Ausgeschlafensein.

Nach der Hochzeit am 21. Februar 1891 zog das Paar nach Berlin, und Henning verwandelte sich blitzartig vom Charmeur mit europäischen Manieren in einen deutschen Ehemann. Dazu gehörte, daß eine Ehefrau sich unterzuordnen hatte und stumpfsinnige Riten und Bräuche akzeptieren mußte. May paukte deutsche Anstandsregeln und verabscheute das hektische Berlin, das damals die Nachteile einer amerikanischen Großstadt und einer deutschen Provinzstadt in sich zu vereinen wußte.

Anna Estcourts weitblickende und kluge Weigerungen, sich einem noch so herzensgut wirkenden Bewerber als Ehefrau anzuvertrauen, die uns so ungewöhnlich weise für ein junges Mädchen erscheinen, entsprangen also in Wirklichkeit den bitter erworbenen Erfahrungen der Autorin. Elizabeth sah sich selbst unversehens in der Rolle der Frau, die einen männlichen Erben zur Welt bringen sollte. Im Dezember 1891 kam ihre erste Tochter zur Welt, nach einer furchtbar langwierigen und schweren Geburt. Evi hieß das Mädchen und wurde von seiner Mutter vergöttert. Der Vater war ein wenig enttäuscht, daß es kein Sohn war. Elizabeth reiste mit dem Baby nach England, um es ihrer Familie vorzuführen. Auch das zweite Kind war eine Tochter, Elizabeth Irene getauft und Liebet genannt. Die dritte Tochter hieß Beatrix Edith. Auf einem Photo in dieser Berliner Zeit sah Elizabeth aufgequollen und unglücklich aus. Sie hatte begonnen, einen Roman zu schreiben, in dem sie so deftig mit ihrem Mann abrechnete, daß sie ihn erst nach seinem Tod zu Ende schreiben und veröffentlichen konnte. Schreiben muß für sie ein Rettungsanker gewesen sein, so wie man manchmal für sich selbst im Keller ein Lied singt, um keine Angst zu haben, wenn man ganz allein ist. Elizabeth und ihr Mann lebten inzwischen aneinander vorbei. Er kümmerte sich um seine Güter, die ihm der Kaiser zurückgegeben hatte; sie spielte mit den Kindern, machte Besuche oder ging ins Theater.

Und eben in jenem Frühjahr 1896 begleitete sie dann ihren Mann nach Nassenheide. Dort gab es ein leeres Schloß, in der zweiten Hälfte des sechzehnten Jahrhunderts erbaut, mit 30000 Hektar Land, das Hennings Vater einmal gekauft hatte. Es war wie jenes Anwesen, das Onkel Joachim im Roman seiner Nichte Anna vermacht: ein Paradies, in einer wunderschönen Landschaft gelegen.

Elizabeth wollte es spontan für die Familie als Ferienhaus herrichten lassen. Sie fuhr in jenem Frühling zwischen Berlin und Nassenheide hin und her und ließ es renovieren. Sie verwandelte das düstere Gebäude in ein helles freundliches Schloß mit Bibliothek und Musikzimmer: also nicht nur für die Ferien, sondern als Wohnsitz. Sie muß aufgeatmet haben hier draußen auf dem Lande, fern der Großstadthektik und dem quengelnden, befehlenden Gemahl. Henning kam wütend nachgereist, ging durch den Garten, gab Anweisungen, die Fliederhecke müsse gestutzt werden, und beschuldigte seine Frau, die Familie zu vernachlässigen. Elizabeth gelobte Besserung, aber sobald er wieder fort war, jubelte alles in ihr; sie wanderte morgens mit einem Buch in den Garten, legte sich zwischen Gänseblümchen und Löwenzahn auf die Wiese und vergaß Zeit und Ehemann. Manchmal ließ sie eine kleine Kutsche anspannen und fuhr in den Wald, einfach den Luxus genießend, in Ruhe unter den dichten Zweigen nachzudenken.

Natürlich wirkte sie auf alle anderen Dorfbewohner als rotes Tuch. Ihr Desinteresse an Dorfangelegenheiten, am Meinungsaustausch über die Herstellung von Butter und Käse war skandalös. Auch hier gab es natürlich ein so schreckliches Verwalterehepaar wie in ›Anna Estcourt‹: Herr und Frau Schleck. Sie wirtschafteten ruinös, traten aber mit so pompöser Allwissenheit auf, daß Elizabeth sie Papst und Päpstin nannte. Die Päpstin wollte jeden Morgen Elizabeth aufsuchen, mit ihr die Abrechnungen durchsehen und über das Personal klagen.

Elizabeth war es unterdessen gelungen, das Haus in ein würdiges Schloß zu verwandeln. Vom Frühjahr bis Mitte Oktober hatte das praktisch Sklavenarbeit für sie bedeutet. Weihnachten wurde in aller Poesie, die dieses Fest haben kann, auf Gut Nassenheide gefeiert. Nach dem Fest kamen Gäste, Elizabeth veranstaltete Schlittenfahrten durch die sonnige Winterlandschaft, man fuhr über zugefrorene Seen und lange Strecken durch die Wälder, in denen die Kiefern abends ihre schneegekrönten Häupter gegen das Abendlicht hoben.

Die Besucher, die in den nächsten Jahren nach Nassenheide eingeladen wurden oder ihren Besuch selbst ankündigten, sind in den Figuren des unsäglichen Fräulein Kuhräuber, der Frau von Treumann und der Baronesse Elmreich gnadenlos karikiert. Die lustige, liebenswerte Letty erinnert ein wenig an Elizabeths Nichte Magery, Drish genannt. Anders als Letty wollte sie allerdings wohl ziemlich bald wieder nach Hause, jedenfalls schickte Elizabeths Schwester Charlotte ein Telegramm, sie solle sofort nach England zurückkommen. Elizabeth war überzeugt davon, daß das Mädchen die Mutter gebeten hatte, sie zu erlösen, und weinte einen Tag lang vor Enttäuschung. Aber später kam auch ihre Schwester mit ihren Kindern zu Besuch.

Sie verbrachten viele heitere Sommer auf Nassenheide, die Töchter, die April-, Mai- und Juni-Kinder hatten eine unbeschwerte Kindheit in der Natur, mäßig von Hauslehrern und »Fräuleins« belästigt. Elizabeth begann intensiv, an ihrem ersten Erfolgsbuch zu arbeiten. Es handelte von ihrem Garten. Der wollte zwar in den ersten beiden Jahren nicht so recht gelingen, etliche Gärtner waren schon darin verschlissen worden, was die Gutsherrin allerdings nicht davon abhalten konnte, ihn in aller Pracht zu beschreiben. Das Buch wurde ein Bestseller, wohl weil es auf geheimnisvolle Weise den Lesern Kraft gibt und Trost spendet. Von den nicht unbeträchtlichen Honoraren bezahlte Elizabeth die Schulden ihres Mannes, nach damaligem Recht gehörte ihm übrigens sowieso alles.

Immer wieder kam es zwischen den Eheleuten zu unangenehmen Auseinandersetzungen und Krächen, weil Henning sich einen Sohn wünschte und Elizabeth nie wieder schwanger werden wollte. Elizabeths vierte Tochter, Felicitas Joyce, kam 1899 in England zur Welt. Als Elizabeth mit dem Baby im September nach Nassenheide zurückkehrte, waren ihre Töchter entzückt, ihre Mutter wieder bei sich zu Hause zu haben. Sie war zufrieden mit dem Garten, das Korn stand gut, und alles schien zum Besten.

Elizabeth saß eines Tages nach dem Essen im Salon und las, als der Verwalter eintrat, die Hacken zusammenschlug und meldete: »Frau Gräfin, man will den Graf verhaften.« Das Ereignis muß ein solcher Schock für Elizabeth gewesen sein, daß es fortan eine persönliche Zeitrechnung für sie gab: »vor der Verhaftung« und »die Zeit danach«, als sie endlich erwachsen geworden war und die Gemeinheit, Grausamkeit und Mitleidlosigkeit des Lebens begriffen hatte. Das war die Realität: Leid und Ungerechtigkeit, die auch die ehrenwertesten und unschuldigen Menschen treffen konnten.

Henning wurde ins Stettiner Gefängnis gebracht. Man warf ihm Unregelmäßigkeiten bei einer Bank vor, deren Vorsitzender er war. Elizabeth fuhr natürlich sofort los, um ihn zu besuchen und etwas für ihn zu tun. Sie erlebte dabei die grausamen Dinge, die Anna Estcourt erlebt. Der Richter, der nicht zu sprechen war, weil er gerade zu Tisch sei, die höhnischen Wächter und die Quälereien durch den ganzen undurchsichtigen Justizapparat. Es ist leichter, ins Gefängnis zu kommen als wieder heraus, das war auch Hennings Erfahrung. Plötzlich waren all die Freunde verschwunden, die sonst so gern zu Besuch kamen. Nicht einmal sein Vetter Bernd, ein enger Vertrauter, kam. Alle hielten die gleiche Distanz wie Axel von Lohms Bruder Gustav. In seiner stickigen Zelle dehnten sich die Stunden für Henning von Arnim zu Tagen, er bekam weder Schreibzeug noch Nachrichten von draußen, der Gaul namens Sozialneid genoß es, so großzügig mit Zucker gefüttert zu werden. Henning hatte sich Feinde bei der Stettiner Regierung gemacht, weil er bei ihren betrügerischen Geschäften nicht mitmischen wollte. Man warf ihm Fälschung vor, und es war eine außerordentlich komplizierte Angelegenheit, seine Unschuld zu beweisen. Nach einigen Tagen erreichte Elizabeth zusammen mit dem Anwalt, daß er aus dem Gefängnis entlassen wurde, aber die Verhandlung des Falles vor Gericht dauerte lange. Erst drei Jahre später schrieb Henning seinem Schwiegervater einen Brief, in dem er die Aufklärung meldete und darstellte, worum es gegangen war.

So wie Anna Estcourt dem Werben und Liebesverlangen des Axel von Lohm unter diesen Umständen nicht länger widerstehen will, erging es auch Elizabeth. Sie bemerkt, kurz nachdem ihr Mann wieder zu Hause ist, daß sie sich erneut in anderen Umständen befindet. Ihr fünftes Kind, von dessen zu erwartender Ankunft niemand außer Henning und Elizabeths Bruder, der als Gynäkologe in London bei der Geburt helfen sollte, etwas wußte, war endlich der ersehnte Erbe: Henning Bernd von Arnim. Elizabeth haßte dieses Kind viele Jahre lang und konnte ihm nicht verzeihen, daß es in ihr Leben eingebrochen war. Selbst die Kindermädchen wurden angewiesen, ihn nur ja recht kräftig mit der Bürste zu schlagen. Er hatte es schwer. Seine Schwestern mußten zwar auch manchmal unter den Schwerstlaunen ihrer Mutter leiden; wenn sie zu rundlich waren, wurden sie bei Spazierfahrten hinter der Kutsche hergescheucht, oder sie mußten die sogenannte Zehnerrunde laufen, eine bestimmte Trainingsstrecke im Garten. Aber Elizabeth war für sie auch der Ursprung von Lachen und überschwenglicher Lebensfreude, wenn sie mal zu Hause war und nicht auf Reisen. Bei ihrer Ankunft stellten die Mädchen sich dann in einer Reihe auf und hielten strahlend ihre kleinen Blumensträuße umklammert. Ihre Mutter war wie eine Göttin für sie. Heftig vermißt und heiß geliebt bei jeder Rückkehr. Sie wurden dann zu privaten Bällen in ihr Treibhaus, in dem sie ihr Büro hatte, schriftlich auf kleinen Kärtchen eingeladen. Dazu trugen sie die hochhackigen Schuhe ihrer Mutter und deren alte Kleider, um auch ordentlich fein zu sein. Es fielen aber auch Schatten über ihre Kindheit. Ein Mädchen, das in Ungnade fiel, wurde »unter eine Wolke« gestellt, wie sie es nannten. Das bedeutete, daß es einfach ignoriert wurde, eine unbestimmte Strafzeit lang. Sie hatten im allgemeinen aber jede Menge Spaß und Privilegien. Sie bekamen Reit- und Tennisunterricht, im Sommer lernten sie schwimmen und unternahmen viele Wanderungen. Einige ihrer Hauslehrer wurden später berühmte Schriftsteller wie etwa E. M. Forster oder Hugh Walpole. Diese Männer, die sich beinahe alle ein wenig in Elizabeth verliebten, finden sich sicherlich in der Figur des unseligen Hauslehrers Klutz parodiert.

Beeindruckend und geradezu düster vorausschauend in diesem Roman ›Anna Estcourt‹ ist die Schilderung der ins Abstruse reichenden Judenhasserei des Pastors Adolf Manske. Zusätzlich angestachelt von seiner Ehefrau, steigert er sich in seinen Verfolgungswahn, seine Angst vor den jüdischen Ritualmorden und seine Überzeugung, Deutsche würden von Juden bedroht und bestohlen. Für uns heute ist das erschreckend und grausam zu lesen. Solche klarsichtigen und warnenden Passagen über gefährliche politische Strömungen in Deutschland hat Elizabeth in einige ihrer Romane eingeflochten, sie sind keineswegs nur so leicht und luftig, wie sie bei oberflächlicher Lektüre erscheinen. Sie sind vielschichtiger gearbeitet, als es im ersten Moment den Anschein hat.

In jedem ihrer Romane ist es Elizabeth gelungen, einen Teil ihres unglaublich aufregenden Lebens zu verarbeiten und zu verstekken. Aber sie variiert auch die Grundmelodie ihres Lebens, das Leitmotiv, das jedesmal auftaucht: die Sehnsucht, endlich irgendwo zu Hause zu sein, Ruhe zu haben und ein ganz einfaches, reines Leben zu führen, an einem Ort, der ihr das Gefühl gibt, er sei erfreut, daß sie endlich angekommen ist, nach so langem Suchen.

Ein Ort müßte es sein, an dem das verträumte Flüstern eines Waldes zu hören ist, wo es einen Ausblick in die Ferne gibt, Blumen, Wasser, Tannennadeln, auf denen man laufen kann wie auf einem Teppich. Sie wollte schlicht möglichst nahe bei Gott sein, der für sie in der Natur war. Wir wissen, daß sie diesen Ort nie wirklich gefunden hat, und selbst wenn es einmal für kurze Zeit einen gab, konnte sie es nie lange dort aushalten. Das Idyll ist nicht bewohnbar.

Immer wieder ließ sie ihre Koffer packen und reiste weiter, floh vor irgend etwas, raste zu irgendeinem Termin, wollte jemanden besuchen oder etwas erkunden. Sie war stets durch und durch eine Städterin auf dem Lande. Mit all den komplizierten Facetten ihres Lebens wirkt sie geradezu wie eine visionäre Erscheinung, und es ist sicherlich kein Zufall, daß sie jetzt wieder entdeckt und gelesen wird. Sie verkörpert praktisch schon am Anfang dieses Jahrhunderts alles, was Frauenleben gegen Ende dieses Jahrtausends zu bestimmen scheint. Ihre damals ungewöhnliche Rastlosigkeit können wir täglich auf den Flughäfen, Bahnhöfen und Autobahnen beobachten: die Menschen scheinen ununterbrochen unterwegs zu sein. Flüge, Busse, Bahnen, Straßen, alles ist überfüllt, weil offenbar jeder unentwegt irgendwohin muß. Wer heute Elizabeths Tagesausflüge mit einer Reisegeschwindigkeit von durchschnittlich hundert Stundenkilometern nachfährt, ist ein wenig erschöpft von der ständigen Fahrerei. Wie mag das damals nur gewesen sein, mit Bummelzügen und Droschken? Zumindest muß sie sehr viel Geduld gehabt haben.

Auf Rügen kann man noch wie Elizabeth eine Kutsche mieten und mit zwei Pferdestärken durch den Wald zuckeln. Kleinste Entfernungen dauern Stunden. Aber man hat Gelegenheit, all das wirklich zu genießen. Den Wald, die Aussicht, man könnte lesen, lange nachdenken, sich etwas aufschreiben oder intensive Gespräche führen. Elizabeth beschreibt ein Vorkriegsidyll, das es danach nie wieder so gegeben hat: die Zeit vor dem ersten Weltkrieg, bevor Europa seine Unschuld für immer verloren hat. Danach ist es merkwürdig, zu beobachten, daß es keine Stetigkeit mehr gibt, man hat keine Zeit mehr, denn es mußte Geld verdient werden, unter allen Umständen mußte Geld verdient werden. Das bürgerliche Zeitalter war dahin. Man kann das sogar an all den Alltagsgegenständen ablesen, die nach dem Krieg nie mehr mit so viel Muße und Zeit geduldig verziert für eine Ewigkeit hergestellt worden sind. Edle, haltbare, für uns luxuriöse Gegenstände, die damals selbstverständlich waren, werden zur Zeit wiederentdeckt. Elizabeth hat die Ära vor dem Krieg beschrieben und die Epoche danach.

Sie notiert akribisch die sich drastisch verändernden Beziehungen zwischen den Geschlechtern. Ihr Mann bezahlte von dem Geld, das Elizabeth mit ihren Bestsellern verdiente, seine Schulden, nahm sich aber dennoch das Recht, über alles zu bestimmen. Er war kein Mann mehr, der für seine Familie sorgen konnte mit dem, was er erwarb. So wie es auch heute seltener wird, daß Ehemänner ohne Familienerbe oder eine arbeitende Ehefrau allein für den Unterhalt aufkommen können.

Elizabeth erscheint auf ganz neuzeitliche Art wurzellos, sie erzeugte kleine Wirbelstürme, wo immer sie auftauchte, weil sie mit einer Geschwindigkeit vorwärtsraste, als säße sie in der Zeitmaschine ihres Freundes und Geliebten H. G. Wells. Kunst und Natur übernahmen für sie die Funktion der Religion. Ihre Ehe zerbrach, wie heute viele Ehen zerbrechen. Bei Elizabeth war vermutlich ein entscheidender Grund, ihren Mann zu verlassen, eine seiner Marotten, die im Alter immer hartnäckiger störten. Er pflegte etwa nach Mahlzeiten noch am Tisch sein Gebiß aus dem Mund zu nehmen, in eine Fingerschale zu legen, mit einem gräßlichen Geräusch den Mund zu spülen und dann die Zähne wieder einzusetzen. Man kennt Ehefrauen, die aus weit geringfügigerem Grund sich haben scheiden lassen. Es gab die heute ebenfalls üblichen Querelen um Geld und Kinder. Henning forderte seine Kinder zurück, als Elizabeth ihn verlassen hatte und nach England übersiedelt war. Als Henning von Arnim dann krank wurde und es keine Hoffnung mehr auf Besserung gab, begleitete sie ihn aber treu ins Sanatorium und blieb bei ihm. Zum Schluß ließ sie auch die Kinder kommen, damit sie Abschied nehmen konnten von ihrem Vater. Als er gestorben war, seufzte sie in ihren Briefen, daß man manchmal zu spät weiß, welche Kostbarkeiten man besessen hat und vermißte den Vater ihrer Kinder. Er mag etwas schrullig gewesen sein, aber er muß auch freundlich, beständig und vertrauenerweckend gewirkt haben, wie Axel von Lohm in ›Anna Estcourt‹. Seine bösen Seiten hat sie in anderen Romanen porträtiert, etwa in der ›Reisegesellschaft‹ als Baron Otto.

Elizabeth von Arnim war eine komplizierte Frauenpersönlichkeit. Sie konnte unglaublich grausam und kalt spöttisch sein, aber sie schätzte auch klare Urteile, ohne Sentimentalität. Sie hatte Sinn fürs »Komische in einer Welt, die voller Wut und erhobener Zeigefinger ist«. (Karen Usborne)

Ihr weiteres Leben verlief turbulent und in offenkundig immer atemloserem Tempo. Es spiegelt sich in ihren Romanen. Zum Beispiel ihre Zeit als unabhängige, alleinstehende Frau, nach dem Tod ihres ersten Mannes, als sie das Leben unbeschwert genießt wie die Damen in ›Verzauberter April‹.

Sie berichtet in dem Roman ›Vera‹ von der furchtbaren Phase während ihrer zweiten Ehe mit Earl Francis Russell, einem grausamen Psychopathen, den sie sehr geliebt haben muß und sich daher nur schwer von ihm trennte. Von der reifen Liebe einer älteren Frau zu einem wesentlich jüngeren Mann erzählt sie in dem Roman ›Liebe‹. Das ist die Geschichte ihrer ebenso schönen wie quälenden Zuneigung zu Alexander Stuart Frere. In ihrem letzten Buch ›Die sieben Spiegel der Lady Frances‹ schließlich rechnet sie mit dem Schönheitswahn ab. Sie beschreibt minutiös und entlarvend den verzweifelten Versuch einer Frau, jünger auszusehen, als sie ist.

Die letzten Monate ihres Lebens verbrachte Elizabeth in Amerika, sie besuchte ihre Töchter, auf der Flucht vor dem Krieg in Europa. Immer hektischer reiste sie von Hotel zu Hotel auf der Suche nach »wirklichen« Gesprächspartnern. Die meisten ihrer Freunde, die sie bezaubert und denen sie den Kopf verdreht hat, mit denen sie diskutiert und Spaziergänge unternommen hat, waren nicht mehr zu erreichen. Ihre Bücher schienen ein wenig aus der Mode gekommen zu sein.

Nach ihrem Tod, nach dem zweiten Weltkrieg, waren die Bücher ihrer Cousine Katherine Mansfield anerkannter als ihre eigenen, denn Katherine pflegte die schwere Nachdenklichkeit, die den damaligen Gefühlen entsprach. Man fand solche Texte wertvoller als den leichten, filigran humorvollen Stil von Elizabeth. Heute ändert sich das gerade. Denn leicht bedeutet nicht flach, witzig nicht oberflächlich. Menschen zu erheitern ist meist viel schwieriger, als sie zum Weinen zu bringen. Mit den Jahren hat sich erwiesen, daß diese so zerbrechlich wirkende Kunst ihrer Erfinderin ähnelt. Sie ist zäher, widerstandsfähiger und kräftiger, als man bei der zierlichen Bauweise annimmt. Es sind originelle Gesprächsangebote noch heute oder heute wieder. Unwiderstehlich, wenn man sie einmal kennengelernt hat. Tröstlich und erheiternd. Immer findet man wundervolle kleine Lebenshilfen für sich selbst versteckt in ihren Büchern. Raffinierte kleine Ausgänge aus einem Dickicht von lauter öden Alltagszwängen. Gedanken, die geeignet scheinen, sich münchhausenartig aus dem Schlamassel zu ziehen. Es ist einfach unverwüstlich jener Funken Entschlossenheit darin verborgen, der uns einen verdorbenen Tag retten kann.

Annemarie Stoltenberg

Bitte beachten Sie
die folgenden Seiten

VITA SACKVILLE-WEST
Erloschenes Feuer
Roman
Mit einem Nachwort von
Renate Schostack
Ullstein Buch 30378

MAJA BEUTLER
Die Wortfalle
Roman
Mit einem Nachwort von
Gudrun Bouchard
Ullstein Buch 30380

VITA SACKVILLE-WEST
Die Ostergesellschaft
Roman
Mit einem Nachwort von
Ingrid von Rosenberg
Ullstein Buch 30382

MARGARETE ZIGAN
Das letzte Fest
Roman
Mit einem Nachwort von
Rumjana Zacharieva
Ullstein Buch 30395

JOURNAL FÜR DIE FRAU
(Hrsg.)
Südlich liegt die Sanftmut
Neue Gedichte von Leserinnen
Ullstein Buch 30397

MAJA BEUTLER
Die Stunde, da wir fliegen lernen
Roman
Mit einem Nachwort von
Gudrun Bouchard
Ullstein Buch 30398

POLINA SUSLOWA
Dostojewskis Ewige Freundin
Mein intimes Tagebuch
Mit einem Nachwort von
Verena von der Heyden-Rynsch
Ullstein Buch 30399

ASTA NIELSEN
Ein Tag im Paradies
Zwölf Novellen
Mit einem Nachwort von
Allan O. Hagedorff
Ullstein Buch 30400

MARINA SAUER
Clara Rilke-Westhoff
Biographie
Ullstein Buch 30401

VERENA WYSS
Die Untersuchungsrichterin
Roman
Mit einem Nachwort von
Eva Weissweiler
Ullstein Buch 30402